徐鹏 著

THE STORY
OF PINGDU SHAN

平都山

重庆出版集团
重庆出版社

图书在版编目(CIP)数据

平都山 / 徐鹏著. —重庆:重庆出版社,2023.7
ISBN 978-7-229-17717-1

Ⅰ.①平… Ⅱ.①徐… Ⅲ.①长篇小说—中国—当代 Ⅳ.①I247.5

中国国家版本馆CIP数据核字(2023)第114651号

平都山
PINGDU SHAN
徐鹏 著

责任编辑:李 茜
责任校对:冉炜赟
装帧设计: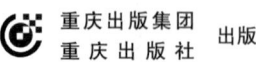周 娟 钟 琛 刘 玲
封面插画:贺 莹

重庆出版集团 出版
重庆出版社

重庆市南岸区南滨路162号1幢 邮编:400061 http://www.cqph.com
重庆出版社艺术设计有限公司制版
重庆恒昌印务有限公司印刷
重庆出版集团图书发行有限公司发行
E-MAIL:fxchu@cqph.com 邮购电话:023-61520646
全国新华书店经销

开本:890mm×1240mm 1/32 印张:17.75 字数:400千
2023年7月第1版 2023年7月第1次印刷
ISBN 978-7-229-17717-1
定价:59.00元

如有印装质量问题,请向本集团图书发行有限公司调换:023-61520678

版权所有 侵权必究

谨以此书献给

鼓励和帮助过我的你们。

前 记

　　自古有传言，天下太平时，就会有凤凰出现，它带着无上至宝和长生秘术，吸引着历代王侯将相执着追寻。

　　余鹏飞望着面前的这一幕，一时间感慨得说不出话来，被震惊得就像不会动的木偶一样。

　　千百年以来，不知道有多少人为了争夺此时此刻面前的这个东西，付出一世又一世的代价。

　　这几个月，余鹏飞仿佛走过了很多人的一生。

　　他们有的用一辈子来保护它，也有的筹谋几代来争夺它。

　　而它的真身竟然是……

目录
Contents

第一章 悼会诡事 001

第二章 白玉凤凰 027

第三章 神秘水洞 055

第四章 凤凰血脉 087

第五章 画中奇画 115

第十一章 护卫奇队 275

第十二章 凤书定情 302

第十三章 众方汇聚 327

第十四章 凤凰遗宝 354

第十五章 再探秦宅 383

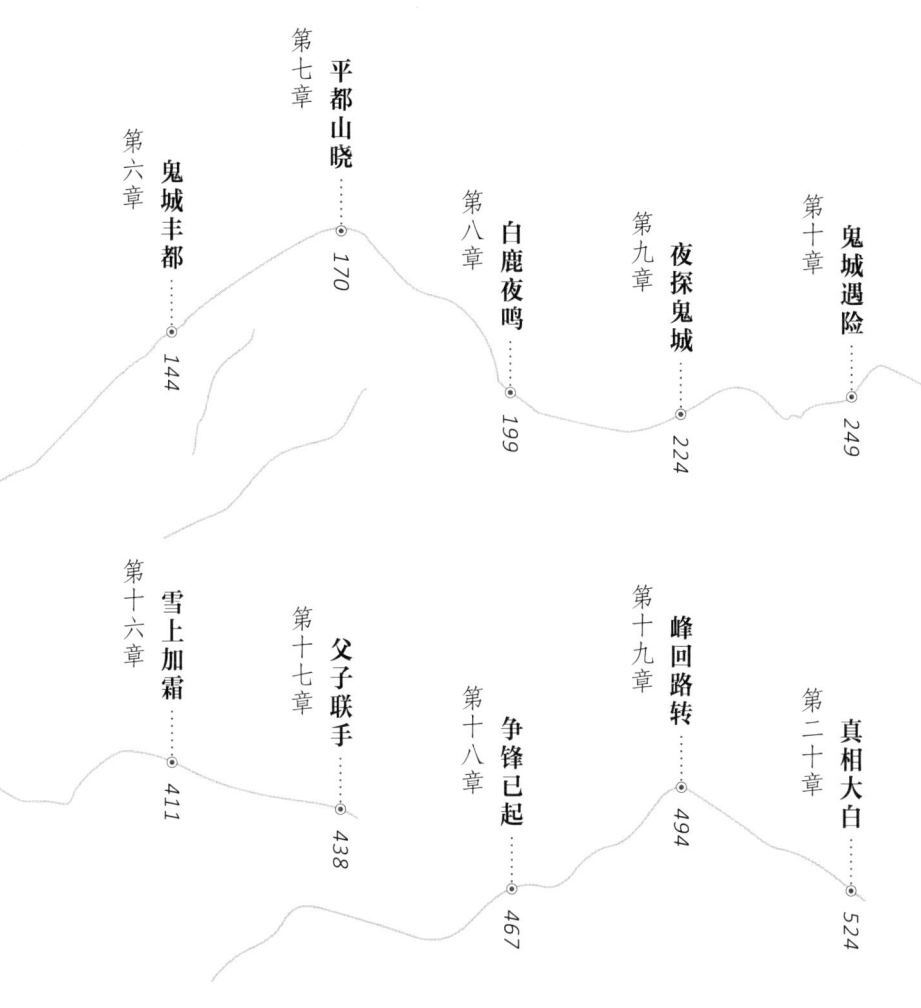

第六章 鬼城丰都 …… 144
第七章 平都山晓 …… 170
第八章 白鹿夜鸣 …… 199
第九章 夜探鬼城 …… 224
第十章 鬼城遇险 …… 249

第十六章 雪上加霜 …… 411
第十七章 父子联手 …… 438
第十八章 争锋已起 …… 467
第十九章 峰回路转 …… 494
第二十章 真相大白 …… 524

第一章
悼会诡事

　　清晨，天色渐渐明亮。有的人带着黎明的露气奔波在路上，为生计而辛苦；有的人酣睡在舒服的被窝里，不知外面的熙熙攘攘；也有的人行色匆匆，为自己的夙愿努力着。

　　天津郊区的一个不起眼的山坳内，山脚下那户唯一的人家亮了一整夜的灯，不知道的人还以为房子的主人忙了一夜。在这寂静的黎明里，这座房子仿佛是一处灯塔，将那些在欲望中漂泊的人引向这里，又似乎告诉隐匿在黑夜中的恶狼，那座亮着灯的房子里，有它们想要的东西。

　　这栋二层小楼，外观是中国古典建筑风格，别致而又典雅。小到一砖一瓦，大到摆设格局，用料考究，设计得别出心裁，不难看出房子的主人是一个极具美感又喜欢中国古典艺术的人。

　　房子的主人刚刚从外面回来，风尘仆仆，带着清晨的露气。他将吉普车停好，并未立即回到屋内，而是若无其事地看了看四周，直到发现并无异常之后才进了屋，并没有因为彻夜未眠而显出半分疲惫。

男人叫秦今明，年近五十，模样儒雅俊朗，身姿高大，身着做工精致的刺绣蓝色上衣和奶白色的亚麻裤子。

他在路过一楼保姆房的时候停下了脚步，听到里面传来熟睡的鼾声，这才放轻了脚步慢慢上了楼。

近一年来，这样通宵达旦的熬夜对他来说已经不知道多少次了，他只希望尽快将事情的真相找出来。而这个已经快要过去的夜晚，对他来说有着巨大的收获。

秦今明俊秀的脸上放射出兴奋的光芒，他一直潜心追寻的这个秘密是他的家族守候了千年的东西，在今天就要真相大白。

他难掩激动的心情，快速将房子的灯全部关掉，之后又走进书房，匆匆地拿起两张纸，在上面画着什么，一边画着一边小声激动地自言自语："是了，就是它，终于被我找到了！原来凤凰跟它有关系！"

正想着，书房的门外传来一声细微的响动。

秦今明突然如临大敌，面色煞白，瞬间起身。他看着桌子上的两张纸，快速拿起打火机将它们烧掉，右手伸进书桌板下面隐藏的抽屉里，掏出一把带有消声器的小型手枪，之后小心翼翼地靠近门边，听着外面的动静。

秦今明轻轻打开书房的门，将手枪对着门外的黑暗，可惜漆黑的书房外，他什么都看不清。

他小心翼翼地移动着脚步，将要触摸到门边上的开关时，身后突然传来了动静，他感觉到自己的后背被一个娇小的身躯抱住，还没等他反应过来，后脑处传来一阵刺痛，他的身子顿时无力地软了下来，倒在地上。

忍住剧痛的秦今明躺在地上，有些恍惚地看着站着的女人，瞳孔中划过一丝惊愕。

竟然是她？原来她隐藏得那么好，就在暗处一直盯着自己的一举一动。

女人毫无表情地看了他一眼，便直接迈过他的腿和胳膊，收走他的手枪，之后又走进书房，似乎在翻找着什么东西。秦今明用尽全力抬起胳膊，想阻止女人却无济于事。

女人不知道什么时候从书房走了出来，打开走廊的灯。昏暗的灯光下，女人脸色阴沉，看来在书房中没有找到她想要的东西。

秦今明说不出话，用嘴角泛起一丝嘲讽。

女人怒道："你倒是防备心很重，短短几分钟就把桌子上的纸烧掉了！说！你刚刚说的话是什么意思？凤凰究竟在哪里？"

秦今明听到女人的话之后，气愤的眼神转换为不可置信，他不明白女人怎么会知道自己在书房的一举一动，他强撑着疼痛咬紧牙关。

女人十分气恼，明明就要看到秦今明画的秘密了，却因为自己一个不小心在书房门外弄出声响而惊扰了他，却不想这个秦今明聪明得很，她的老板长时间以来的计划就要功亏一篑了！

秦今明的脸色越来越白，似乎快要咽气了，女人暗骂一声，看来她的任务要失败了。

她拖拽着秦今明的身子，将他拖至楼梯口处，一推而下。秦今明的身躯便砸在木质楼梯扶手上，嘴里发出一声闷哼，跌跌撞撞地倒在一楼的楼梯口处，楼梯的木质扶手碎了一地。

女人不放心，亲自下楼检查了秦今明的情况，发现他已经断气了，才安心地处理了一切痕迹离开。

只是她没发现，在她转身离开的时候，秦今明的胸膛微微起伏着。

天津的一个小区内，伴随着清晨的阳光，早起的老人们正聚在一起练着太极拳，还有人提着鸟笼子闲逛着，众人见面互相问着好，这个早晨格外地宁静祥和。

远处小区门口，一个中年男人提着刚买来的早餐走来。他路过人群的时候，上了年纪的邻居互相问着这人是谁，众人摇摇头，都说没见过这人。

男人上身穿着素净的灰色短袖，下身配着宽松的运动裤子，通过他裸露出的臂膀，不难判断出他有着一身强壮的肌肉。那人身上散发的老成气息跟他年轻的外表看起来明显不相符，尤其是那双看似冷漠的眼睛，不经意间还闪动着隐隐的狠厉。

男人叫余大阳，是一名卧底警察，一生都在从事危险的事业，为了隐藏自己的身份，基本不和邻居来往，难怪邻居们对他都比较陌生。他所从事的特殊职业，早已使他具备了根据所处环境快速切换自身表情和行为的能力，唯有回到家中，他才能卸下脸上的各类面具，做回自己。

余大阳回到家中，见屋内静悄悄的，叹了口气，知道儿子还没睡醒。他将早餐放好，又转身来到书房，拉开书桌的抽屉，映入眼帘的是一枚枚功勋奖章，似乎在述说着余大阳的工作成就和惊险的过往。

他将钱包里刚刚从银行取出来的几千块现金放进抽屉，又在儿子的记事本上留下几行字，叮嘱儿子好好吃饭，不要熬夜。写着写着，余大阳想到这些年因为工作的原因和妻儿相处时间越来越少，鼻子中袭来一阵酸意，但他一扬头，快速地把将要夺眶而出的泪水憋了回去。多年的卧底经历，早已经让他学会了及时控制情绪。

他转头去了儿子余鹏飞的房间，一开门便看见了儿子酣睡的样子，被子马马虎虎地盖着，床头放着写了一半的笔记本和一杯没喝完的咖啡。

他将那笔记本合起来，又想伸手去拿走那杯咖啡，却看见儿子枕头底下那本画着凤凰封面的书，知道儿子昨夜又在熬夜看跟凤凰有关的书，余大阳心里的火气瞬间升起。

"咣！"

余鹏飞睡梦中被父亲用书打在头上，瞬间疼醒。

"混账东西！"父亲余大阳将儿子的被子一掀，气不打一处来，"跟姓秦的一个死样子，不务正业。他如今多大了，你如今才多大，也成天研究些没用的凤凰，它能当饭吃吗？"

余鹏飞懒散地搓着脸，叹了口气："你这又怎么了？"

"你自己看看，你满屋子贴的是什么？满墙的凤凰图，你一个有朝气的男青年，天天痴迷这些做什么？别人要给你介绍女朋友,一问我'你儿子是做什么的',你让我怎么说?养鸡的啊?!"余大阳一副恨铁不成钢的样子。

余鹏飞见父亲穿着利落,看样子要出门,反驳道:"那只能说明你读书太少,古籍中可有记载,天下太平时,必有凤凰出现。老话不能有假,凤凰肯定是存在的。"

"别说那些没用的,你就是被秦今明洗脑了。"余大阳白了儿子一眼。

说完,余大阳声音突然低沉了下来,说道:"我要去外地出差一段时间,这次可能要很久才能回来。书桌抽屉里放了一些钱,你先拿着花。还有,你一个人要照顾好自己,按时吃饭,不要经常熬夜看那些没用的东西。"

父亲平日说话做事总是干净利索,基本没有一句多余的话,今天竟然有点婆婆妈妈,余鹏飞的心里涌现出一种异样的感觉。

"去哪儿?是不是很大的一个案子?"余鹏飞的语气中透露出一丝担心。

余大阳点点头,一边给儿子整理乱糟糟的房间,一边说着:"是个大案子,几个月前,我们警局接到匿名举报,说是有两个团伙倒卖珍稀动物和名贵药材,手上沾了不少命案,我们跟踪很久了。"

余大阳叹了一口气继续说道:"我还有几年就退休了,你也得成长起来了,不能总这么不着调。我前半生已经是个笑话了,这后半辈子希望你这个儿子给我争争脸面。"

余鹏飞知道父亲对那件事还耿耿于怀,喃喃地说道:"我妈都走了一年了,你还不能释怀吗?难道你真的认为秦叔叔和我妈有什么不正当的关系吗？"余鹏飞边说边起身穿衣服，"虽说有些事情是会让人多想，可我还是觉得我妈和秦叔叔不是那样的人。"

余大阳叹了口气，望着床头一家三口的合照说道："爸也不想，可这些年你妈对我的态度确实太冷了，临咽气时都要找秦今明，让我这个丈夫怎么想？再说了，你难道没感觉到，你妈妈后来对你的态度也很冷淡吗？"

"你看看这家里有几样是她的东西？也不知道为什么，非要搬出去住，一住就是一两年。"余大阳语气低低的，夹杂着对妻子方小兰去世的痛心，也有对秦今明的怨恨。

余大阳继续自顾自地说道："我知道你心里怨恨我，小的时候就总怨我为什么出差不在家，对你们母子的关怀太少了，可……唉！"

"好了，大人的事你就不要管了，我走了，你好好在家里想想我说的话。一定要照顾好自己！"余大阳似乎欲言又止，说完就起身出了屋子。

余鹏飞越想越不对劲，急忙起床追了出去，问道："爸，你是不是有事瞒我？"

见父亲没有说话，余鹏飞继续说道："你之前出差的时候从来没跟我说这些话，这次的任务是不是十分危险？"

余大阳刚想张口解释，余鹏飞打断了他："别瞒我。"

"爸是人民警察，没什么危不危险的。别担心，爸还行，好好在家里，等我回来。"余大阳又变回了以前那副干净利索的样子，说完就推门而去。

余鹏飞还是没有得到父亲具体要去哪里的消息，但是他能确定的是,父亲这次要去执行的任务一定十分凶险。

他急急地跑到窗前,朝着楼下父亲离去的背影喊了一句:"爸!我等你平安回来,等你回来后,我什么都听你的!"

余鹏飞喊完这句,父亲一脸开心地朝着自己摆摆手。多少年了,父亲从未这么笑过,特别是在母亲去世以后的日子里。

余鹏飞不禁想起这些年父亲和母亲的关系,他们总因为秦今明吵架,原因无外乎就是母亲跟秦今明的关系太近了。因为这事,周围邻居都渐渐传开了流言蜚语,这让余大阳心里更加恼火。

虽然父亲因为这件事情和秦今明闹得很不愉快,但余鹏飞却受秦今明的熏陶,也喜欢上了研究凤凰,甚至可以说是酷爱。

为此,余大阳将还在上学的儿子一顿打骂,说他不务正业,父子关系也出现了裂痕。

余鹏飞的母亲一年前因为车祸去世,临终前却将父亲的好友秦今明单独叫到身边,瞒着父亲不知道说了什么,从那一刻起,父亲余大阳的心算是彻底被伤透了。

余鹏飞刚刚大学毕业,长相完全不像他父亲,他帅气白净,是个人见人爱的小伙子。不同于其他同学毕业季都在忙着找工作,余鹏飞对自己未来的人生很迷茫,不知道自己这一辈子究竟该做什么才好,但也不想糊涂地过完一生,好在自己还有个爱好,于是更一发不可收拾地阅读和凤凰有关的书籍。

"铃铃铃……"正当余鹏飞想得出神，手机突然响起来，电话那头传来一个焦急的声音："余鹏飞吗？我是秦今明的保姆栾姨，他去世了。"

余鹏飞瞬间呆住了，时间仿佛凝固了很久，秦今明怎么会突然去世了呢！

"余鹏飞，你在听吗？"栾姨焦急的声音又把余鹏飞拉回到现实中。余鹏飞多么希望这个电话是对方打错了，但电话那头的确是他熟悉的声音。每次去秦今明家，栾姨都会为自己做他最爱吃的汤包，即使很长时间没见，这熟悉的声音他也根本忘不了。

余鹏飞跌坐在床上，反复地确认着："你说什么？他去世了？怎么……怎么会这样？"电话里又传来栾姨嘶哑的声音："他咽气前，再三嘱咐我，让你一定要来……"栾姨后面的话余鹏飞一点都没有听进去，他六神无主机械般地穿上外套，匆匆走下楼去。

四十分钟后，余鹏飞赶到秦今明的家中。

此时的他，脑子里还是一团蒙，秦今明好好的一个人怎么就死了呢？看着精致的二层小楼，这里曾经住着他最崇拜的人，一个对他人生有着重大影响的男人，怎么就突然死了呢？

虽然那人似乎和母亲有着说不清的瓜葛，可一直以来，余鹏飞从不否认秦今明在自己人生中的向导地位。

余鹏飞的脑海中又浮现出自己和秦今明相处的场景：在

自己很小的时候，父亲就和秦今明认识了。那时候秦今明常来家里做客，每次都会给自己讲凤凰的故事，有百鸟朝凤、凤鸣岐山、司马相如凤求凰等等，让幼小的自己对凤凰充满了好奇，也对学识渊博、风度翩翩的秦今明充满了崇敬。自己再大一些的时候，由于父亲常年出差在外，秦今明就经常带着自己出去玩，去看最神奇的考古现场，去参观各种博物馆和展览，有时秦今明也会代替父亲参加自己的家长会和运动会，不知不觉秦今明已经成了他除母亲之外最亲近的人。刚读大学的时候，秦今明邀请自己去他家中玩，就是在那里，他看到了各种各样光彩夺目的凤凰图片，那些艳丽的羽毛、高贵的仪态，让自己彻底对凤凰着了迷。

秦今明是个古文学爱好者，今年四十多岁，一直没结婚，在余鹏飞的印象里也没谈过恋爱。余鹏飞对此一直十分不解，按说秦今明一表人才、温文尔雅，绝对不会找不到女朋友。后来秦今明搬出了秦家老宅，一直住在面前这个偏僻的小宅院里。

余鹏飞是除了保姆外第一个到场的人。据保姆栾姨说，她今天刚刚休假回来，进门就看到了大厅里断裂的楼梯扶手，木头渣子碎了一地，还有一些血迹。

她赶紧对全屋进行了查看，在书房找到了奄奄一息的秦今明，秦今明向她嘱咐了几件事：第一是一定要让余鹏飞来参加他的葬礼；第二是一定要余鹏飞守灵；第三是葬礼要在家里办，并停灵三天；最后就是告诉余鹏飞，他妈妈……但说到这里，秦今明就咽气了。

据栾姨回忆，还有一个比较奇怪的地方，秦今明在最后咽气之前，口齿已经不伶俐了，但还是极力地告诉栾姨，一定要把他挪到卧室的床上，又阻止栾姨拨救护车的电话。

余鹏飞也听得一头雾水，饶是从前他跟秦今明的关系再好，但经历过他和母亲的流言蜚语之后，余鹏飞也少了和秦今明的来往。秦今明这几句临别之言，却句句离不开自己。余鹏飞暗暗想着，难道秦今明是要借着葬礼的机会告诉自己什么吗？

余鹏飞和栾姨将秦今明收拾妥当之后，按照秦今明的遗愿，葬礼在他的宅子里举办，并且停灵三天。

一年前，余鹏飞最亲近的母亲去世了，现在第二个亲近的人也莫名其妙地永远离开了自己，此刻的余鹏飞感觉自己好像掉进了大海，无依无靠地随风漂泊，不知道将要漂向何处。

余鹏飞有好几次想给父亲打电话，但都忍住了。父亲是名卧底警察，在他执行任务的时候，绝对不能让他分心，否则就可能露马脚，给他带来危险。虽然自己很悲伤，但必须要像男子汉那样坚强起来，自己承受住这面前的一切。

"余先生。"保姆栾姨叫住了他。

余鹏飞正想着事情，一回头却见栾姨手里拿了一个文件袋。

"这是秦先生生前早就嘱咐过我的事情，他说过，假如将来他离开了，他名下所有的财产都由你继承。"

说罢，栾姨把文件袋打开，对着余鹏飞说道："这个是前些年，我陪秦先生去公证处公证的，都是合法有效的，请收好,看一下里面的内容。"

余鹏飞再一次愣住,虽然秦今明对自己疼爱有加,甚至可以说是宠溺也不为过,但还到不了让自己继承财产的程度吧?更让他诧异的是,秦今明年纪不大身体健康,为何在几年前突然决定由自己继承他的财产?难道他那时就已经预料到了什么?

收好材料之后,余鹏飞带着满脑子的疑问,开始在宅子内闲逛。说是闲逛,其实也是在看看有没有什么异常的地方。

秦今明的屋子和余鹏飞的卧室一样,不是各种各样有关凤凰的字画,就是各种凤凰石雕,形形色色,将凤凰的灵动都一一刻画得惟妙惟肖。

二楼是书房,余鹏飞推开书房的门,房间里的场景尽收眼底。

书房不大,但布置得很有书香气息,桌子上十分整洁。余鹏飞觉得哪里似乎透着一丝丝诡异,却一时间又说不上来。

书桌靠近窗户的地上,零落掉着两支笔,余鹏飞猜想,秦今明最后是想留书信的,但可能掉下楼梯后坚持不住,爬不到靠近窗户的位置了。

他在沙发上坐下,目光刚好落在茶几上倒扣着的一本《晋书》上。

这本书余鹏飞很熟悉,秦今明曾经推荐给自己阅读。因为古代史书记载了很多凤凰出现的祥瑞,在秦今明的影响下,余鹏飞也喜欢上了阅读史书。

余鹏飞将书拿起来，想在秦今明最后看过的书中再找找他的痕迹。书打开在"穆帝纪"一章，这也是余鹏飞比较熟悉的一段历史，余鹏飞心里想道："晋穆帝司马聃两岁即位，十九岁驾崩，灭亡成汉，复设益州，这个皇帝虽然活的时间不长，但是还是做了名垂青史的事情。"余鹏飞见书中也没有什么特别之处，正准备把书放回原处，却突然发现书脊背的小角上有一点不起眼的血迹，虽然已经干了，但颜色却很鲜艳，明显是才留下不久的新鲜血液。

难道这本书里有什么秘密？想到这里，余鹏飞赶紧再次细细端详手中这本书。

《晋书》为二十四史之一，为唐代宰相房玄龄所编纂，记载的历史上起于东汉末年司马懿早年，下至东晋恭帝元熙二年刘裕废晋帝自立，同时还以"载记"形式记述了当时十六国政权的状况。《晋书》有叙例、目录各一卷，帝纪十卷，志二十卷，列传七十卷，载记三十卷，共一百三十二卷。

余鹏飞手中拿的是中华书局版的《晋书》第一册，主要记载的帝王本纪，他轻轻打开，只见扉页赫然出现了一行似乎是用血写的字，弯弯曲曲的："凤凰将九雏见于丰城。"

血字下面紧接着还有一些数字，虽然看起来杂乱无章，但却排列有序，总共是六组，每组三个数字。

余鹏飞感觉到事情必有蹊跷，想起之前他刚到的时候保姆栾姨的话，秦今明摔下了楼，却最后出现在书房。栾姨说她刚要拿起电话报警，就被秦今明阻止了，并说是自己不小心掉下楼的。

当时他和栾姨都以为是秦今明掉下楼之后，想爬回书房给其他人打电话求救，但现在余鹏飞更觉得秦今明当时是想留下什么信息。

余鹏飞对六组数字很头疼，想不出秦今明到底想表达什么意思，而且有的数字是重复的。但有一点很明确，秦今明一定在书房里留下了线索，因为当时的秦今明受了伤，去不了其他地方，所能活动的范围只有书房这么大。

余鹏飞开始在书房里搜寻起来，果然，他从书旁边的相片摆台上又发现了线索，有一个相框的后面明显凸出来一点，余鹏飞拿起来发现里面似乎有东西。

小心拆开之后，相片的背后和玻璃中间夹着一张纸，是《晋书·穆帝纪》中的一页，其中有一句画了线，正是那句"凤凰将九雏见于丰城"。但在旁边用血画了奇怪的图腾，看起来是鸟，头上有一个圆盘。

"又是凤凰！书上说晋穆帝升平四年，丰城之地出现了凤引九雏的盛世祥瑞，为何要把这句话告诉我呢？"在两处地方都出现了这句话，肯定不是巧合。

余鹏飞心里已经笃定，若秦今明真的是自己不小心摔下楼梯的，在看到栾姨的第一时间，他一定会将重要的消息告诉栾姨，然后再让栾姨转告自己。可秦今明却将线索都藏在了书里，那么事情一定不简单，秦今明一定是有不想被他人得知的秘密留给自己。

不但这样，他甚至怀疑秦今明不是意外坠楼死的，因为他实在想不通，秦今明身手矫健，也没听说得什么病，怎么就突然坠楼死了，加上眼前他留下的这些东西，余鹏飞感觉似乎有一个大秘密被秦今明藏在心里。现在的秦今明，对于余鹏飞来说就是一个巨大的谜团，充塞在自己的大脑中，令后背也升起几丝凉气。

晚上，参加追悼会的客人都离开了，余鹏飞又开始研究起《晋书》扉页上的数字。突然，余鹏飞灵光一现：秦今明给自己留这本书肯定是故意的，扉页上的汉字来自书中的内容，那这些数字会不会也和书里的内容有关？

六组数字会不会是对应六个地方呢？每组有三个数字，如何用三个数字确定一个位置？难道是……余鹏飞想到一种解开数字谜底的方式。他试着用每组的第一个数字确定书的页数，用第二个数字确定行数，第三个数字是那一行的第几个字，最终找到的文字组成了三个词：族谱、老宅、凤凰！

看到"凤凰"这个词，余鹏飞身体一震，这和秦今明平日里对凤凰的关注十分契合，看来自己破译这些数字密码的方法是正确的。"老宅"，应该指的是秦家的祖宅，但自从秦家就剩秦今明一个人后，他就搬到了现在的地方住。至于"族谱"，平时没有听秦今明说起过，不知道指的是不是秦家的族谱。

夜深人静时，只有余鹏飞陪在秦今明的遗体旁。秦今明那张灰白的脸，在寂静漆黑的夜晚透着几分瘆人的诡异，但余鹏飞并未感到害怕，他的心中被一种使命感所占据，他下决心要把秦今明的死因弄个水落石出。

余鹏飞对着秦今明的遗体拜了拜："秦叔叔，恕我对您不敬了。如果您的死真有蹊跷，就让我能查出真相，也好让我知道，您临死之前到底想告诉我什么。"

接着,他将屋子里所有的灯全部关掉,打着手电筒开始仔仔细细地检查起秦今明的遗体。一番探查下来,并没有发现什么伤痕。

但余鹏飞心中的怀疑驱使着他再次检查秦今明的身体,特别是那些容易隐藏伤口的部位。果然,余鹏飞在秦今明的后脑处发现了一个细小的针眼,针眼周围一圈的位置散发着乌黑泛紫的颜色,余鹏飞暗暗吐了一口气,看来自己再次猜对了,秦今明的死真的不是失足那么简单。

做完这一切,余鹏飞将秦今明留给自己的书中那页带有血迹图案的纸撕下扔进了烧纸钱的盆里,这些秘密只有他一个人知道就好了。而余鹏飞已经做好了踏上追寻真相之旅的准备。

秦今明下葬后,余鹏飞匆匆回家收拾了下,紧接着就去了秦家老宅。

这是一个古香古色的宅子,坐落在苍色的山岩脚下。宅后有一片竹林,鞭子似的多节的竹根从墙垣间垂下来。墙角处有一个长满青苔的废井,已成了青蛙们的乐园。这种落寞的寂静让人惧怕,但同时又散发着一种诱惑,那没有人迹的草径间翻飞着彩翅的蝴蝶,那些罕见的红色和绿色蜻蜓,都透露出几许神秘。古宅虽然荒废了,但仍然庄严屹立着的做工精巧的建筑,正在向来人展示着秦家昔日的荣光。

余鹏飞想起,秦今明在《晋书》中的一页上画了七个点,是北斗七星的排位形状,他又隐隐约约记得,小时候跟着秦今明来过一次秦家老宅,好像在什么地方见过一个北斗七星的装饰。

他在老宅里仔细地寻找着,最终在祠堂侧墙见到了那幅北斗七星画。

余鹏飞上去摸了摸,这北斗七星都是画在墙上的,敲墙的时候里面没有空旷的声音,说明墙里面不是空的。

他不禁开始怀疑,秦今明留下的线索自己是不是找错了,但转头看到了北斗七星附近的北极星,想起小时候秦今明跟他说过,北极星又称紫微星,是最亮的一颗星,人们在星河中会很容易发现它,若是用在迷阵中,可以拿它做个掩护,这一招数叫光明正大。

余鹏飞想到此处,下意识摸了摸那颗北极星的位置,发现它不同于其他几颗星星,有些微微凸起。余鹏飞想都没想,随即便按了下去,只听"嘎达"一声,传来石头挪动的声音。

余鹏飞顺着声音望去,发现旁边有一块砖弹了出来,他心中一惊,连忙将手伸进去掏了掏,摸到一个小盒子。

这是一个精致的实木机关盒子,表面有些褪色,应该已经放在这里很久了。

余鹏飞见到这个盒子就涌出一股亲切感,这是他小时候在这里玩过的一个小玩具,也是秦今明的收藏之一——鲁班机关盒子。

鲁班生活在春秋末期到战国时期,擅长木制工艺、兵器等,被称为能工巧匠的鼻祖,而鲁班工艺则是华夏儿女传承了千载的机关巧艺。鲁班发明了一种榫卯结构的锁艺,用一些木块镶嵌在一起,需要取下隐在木块中最不起眼的也是最关键的一个木块，才能按顺序开启这个锁，否则任你多么厉害都打不开。

余鹏飞手中的这个盒子只有巴掌大小，用乌木制成，使用的就是鲁班锁，而且还内设自毁机关。当有人企图使用暴力打开盒子时，其中的木块就会坍塌错乱，夹作一团，再也没法打开。

这个长方形的盒子几个面均用不同大小的小木条紧紧包围着，普通人根本看不出打开这个盒子的破绽在哪里，余鹏飞在脑中努力地回想着小时候自己跟着秦今明拆解这个盒子的细节。

他将盒子最外面的一块木条向内推了三分，只听"咔嚓"一声，随即另一侧一个不起眼的木条跳了出来，紧接着余鹏飞再次将第一根木条推了三分，第二根木条开始松动，反复经过两次这样的操作之后，余鹏飞顺利取下第一块木条。余鹏飞暗暗笑了笑，还好自己没有记错步骤。

第一块拆下来，后面的就轻松一些了，很快，这个盒子就被余鹏飞顺利拆解成一块块小木条。这便是鲁班工艺的神奇之处，它可以将一块块小木条组装成一个经过几十道甚至几百道步骤才能打开的盒子。

盒子顺利打开后，余鹏飞迫不及待地将里面的信打开，原来是秦今明写给他的。

鹏鹏，当你看到这封信的时候，我大概已经不在人世了。还记得这些年我一直跟你说的事情吗？每当天下太平时就会有凤凰出现。现在我想告诉你，鹏鹏，那是真的。数不清多少年了，有太多人为它而死去。他们有的互相厮杀抢夺，有的用尽一生在守护。很幸运，我就是其中的一个；但不幸的是，我要为这个秘密付出一生的代价。而我一直以来在守护的就是凤凰。可这凤凰到底用什么方式才会出现，千百年来并没有人说清它，有的只是互相争夺和厮杀。这两年来，我逐渐感觉到了周围不断有人在盯着我，他们也许下一刻就会将凤凰夺走。而在这之前，我有一个愿望，并为之努力着，那就是终止这场千百年来的争夺厮杀。若我失败了，而你也注定不是一个能置身事外的人，你要和我一样，用一生去守护它。

余鹏飞看了一下落款日期，那是一年前，就在母亲刚去世不久之后。

看完秦今明这封信以后，余鹏飞简直不敢相信，秦今明居然说传说中的凤凰真的存在！

小木盒里还有个厚厚的本子和一个形状并不规则的玉石。

余鹏飞看了一下两样东西，一个是秦家的族谱，一看封面便知道年代已经很久了；另一个是由五块形状不规则的小玉石拼成的玉石，每一块小玉石的形状酷似凤凰，但不知道这个玉石是做什么用的。

看了这些东西，余鹏飞又想到了之前秦今明留下的那几个字，"族谱、老宅、凤凰"，秦今明不会无缘无故地把东西放在这里，这玉石和族谱一定和凤凰有关系，而且应该只有通过这些东西才能找到凤凰！

余鹏飞心中有些眉目了：可能秦今明也没想到自己会突遭不测，有些事情还没来得及做一个交代，情急之下只能留下几个字给自己，既不能写得太明白怕被其他人破解了，也不能让自己看不明白。自己需要做的，就是去破解秦今明留下的这些"密码"。

那么，他留下的那句"凤凰将九雏见于丰城"又是什么意思呢？

望了望面前的秦家老宅，余鹏飞重重吐了口气，他有种预感，自己以后的人生貌似不会再像之前那么安稳了。

小的时候，他跟着秦今明来过一次老宅，那大概是二十年前的事情了吧，太久了，具体是什么年头的事情他也想不起来了。

但那时候老宅里人很多，也很热闹，有满脸笑容的老人，有忙忙碌碌的用人，还有不少慕名登门拜访的客人，可他们慕的什么名，余鹏飞就不知道了。

秦家到了秦今明这一代就他自己一个人了，秦今明一死秦家的香火也就断了。听说他还有个姐姐，只不过一生下来就夭折了，没能养活。

出了秦家老宅，余鹏飞正准备走，却被人叫住了：

"你是秦家的人吗？"

余鹏飞顺着声音望去，对面宅子的门口站着一个耄耋老人，正拄着拐杖看着自己。

"我已经好久没见到我的老邻居了，呵呵，你是秦家的小孙子吗？"老人又向余鹏飞面前走了几步，余鹏飞赶紧上前搀扶着老人坐在旁边的凳子上。

"我父亲跟秦今明叔叔是好朋友，秦叔叔去世了，我回来给他收拾一下老宅里的遗物。"

听到此处，老人十分惊诧："秦家儿子去世了？"说罢感叹着："那孩子才多大啊！不到五十岁吧？我走了十几年，再也没见过他一次。"说罢，又问余鹏飞："怎么没的？"

"从楼上失足摔了下来。"余鹏飞也找了一个地方坐下，面前的老人眼里渐渐起了雾水，思绪似乎回到了以前。

"唉，秦家就这个命啊，之前那个女儿就是，生下来没几天就死了，都没听见一声哭。"说着给余鹏飞指了一下秦家老宅。

老人继续说道："我们做邻居很多年了，从前我住在这里的时候，没少从邻居们的口中听到过他们家里秘密的事情，据说他们家有凤凰呢！那个时候，秦家的夫妻还在，整天都是一些显贵慕名而来，据说就是为了看一眼凤凰。哎哟，那时候我还在这里住着，晚上经常能看到有人鬼鬼祟祟地趴在他家墙边，似乎在打探什么，还说凤凰的什么东西传女不传男的，后来好像又说女儿死了，这东西只能传给秦家这个儿子了。"

听到老人这么说，余鹏飞心里的疑惑更多了，秦家人到底有什么秘密？而且还传女不传男？

他又跟老人攀谈了一会儿，之后起身离开。

余鹏飞并不知道，他前脚刚离开，就有一队人悄无声息地进了秦家老宅，搜寻了一圈之后毫无所获，为首的一个人打电话说道："没发现什么特殊的。"

只听电话那头传来一个细细的男人声音，幽幽地说着："老板养你们这帮废物干什么吃的！"

此时，在一座苏州园林风格的大宅子里，用人们正在有条不紊地做着事情。

超大的会客厅里，雅致又高端的泰山红木椅子依次有序地放着，主人位上坐着一个中年男人，脸上写满了沧桑，一看就是经历了很多故事的人。他的脸上始终带着一副淡淡的笑，似有若无，那笑容却不达眼底。

下属正在跟他汇报着："老板，秦今明葬礼结束后，并未发现其他客人有异常，倒是有一个年轻的小子在操办秦今明的葬礼。"说完递给男人一张照片。

照片上的年轻人正是余鹏飞，一头短发，身材高大，五官俊朗。

被下属称呼老板的男人是刘文庚，五十多岁的样子，穿着一身深色的中山装，举手投足间透着一股子老辣的气质。只见他不紧不慢地泡着茶，瞥了一眼照片，听着这话嘴角弯起，右脸上一条淡淡的疤痕也跟着有了弧度。

"姓秦的那个娘们还是狠了点，事情还没有着落呢，她就把人杀了。"说罢，刘文庚喝了口茶，眉头又微微皱起，"啧，林强啊，这明前的龙井味道不如上次的好了。"

名叫林强的下属连忙把茶倒了，换上另外一种茶。刘文庚继续说道："本来，我打算等秦今明把秘密找出来之后再动手，这下子倒好，她秦桑尤直接把人弄死了，让谁去找秘密，让那个女人自己去找吧，仔细盯着她的动作，她秦桑尤可不是个脑袋简单的人。"

　　林强暗暗握了握拳，每次提到秦桑尤的时候，刘文庚都会动怒。林强最害怕老板动怒，因为刘文庚是个疯子，每次发火的时候都不知道会做出什么极端的事情。

　　刘文庚忌惮秦桑尤是有原因的。秦桑尤虽然是一名女性，但头脑绝不输于男人们。她做事雷厉风行，野心勃勃，而且非常狡猾，行踪隐蔽，刘文庚盯了她很多年也没有见她露过面。

　　秦桑尤和刘文庚一样，干着走私的生意，只不过她做的是珍稀药材走私，刘文庚做的是珍稀动物走私。虽然走私物品不同，但在他们的走私线路中，两人有不少交集，因为运输和买卖的原因发生过好几次冲突，两人针尖对麦芒，谁也不想让步，成了彼此最大的劲敌。

　　刘文庚看了看林强拿回来的其他照片，照片中都是出现在秦今明葬礼上的人。"盯着点这些人，千年的秘密，秦今明不可能不留后手，说不定也会像我一样，来个'改头换貌'呢！"

　　林强点头应着，又递上一份资料，上面写着：雇佣人员，于小日。

　　林强问自己的老板："您要的人，那边给找好了，就在外面候着，您要不要见一面，听说也是个地道的行家，那边还嘱咐了一句话。"

　　"什么？"刘文庚喝茶的动作一停，好奇地问道。

　　"有他在，万事成。"

刘文庚点点头，淡淡地说道："那边的人说话靠谱，他们说行，那是真的行，不枉我花了大价钱请来的，让人进来吧。"

林强连忙把人喊了进来，来人是一个中年男人，面容看似温和谦逊，却有一股子痞痞的样子，穿着普通的休闲裤子和白衬衫，其貌不扬，胳膊处露出紧实的腱子肉，他嚼着口香糖向刘文庚点点头："老板好。"

按说第一次见面，来人并不是不懂规矩，不应该这样没礼貌地嚼着口香糖，林强蹙眉有些厌恶，但对面的男人根本不把刘文庚放在眼里。

刘文庚丝毫没在意，指着椅子点点手示意他坐下。"我的规矩了解吗？"刘文庚看着对面椅子上的男人，冷冷地说。

对面的男人轻笑一声："我只认钱，不管人，也不管规矩。"

这一句话让刘文庚眼中瞬间多了几分凌厉，但转眼又换上一副开心的笑容，"你这样的人，我用着放心，怎么称呼？"

对面的男人又轻笑一声："只管事成给钱就行，问那么多做什么，想事成之后杀人灭口？"

"你不要不识抬举！"林强见他对老板如此无礼，从腰中掏出了枪，指着那人的脑袋。

可转眼间枪不知什么时候被坐着的人夺下，林强成了被枪指着的那个。纵使林强也是个地道的练家子，但这会儿也没反应过来，自己怎么瞬间就变成被人拿枪指着的那个了。

"你这样的身手，给我们这行当练桩子，我们都会觉得是奇耻大辱。"说罢男人行云流水般地卸下弹夹，将枪扔给了林强。

"你！"林强红着一张脸，气得面色通红，却一句反驳的话也说不出。反倒是刘文庚大笑起来，打破了僵局。

"高人正是我想找的，你要钱我可以现在就给你，但我要的东西，你连个渣子都得给我拿回来。"刘文庚脸上的笑意更深，他心想，有这样的身手，还怕赢不了秦桑尤吗？不但如此，刘文庚甚至对自己夺得那件旷世至宝更有信心了。

"于小日。"

刘文庚愣了愣，才知道男人说的是他的名字。

于小日笑了笑，说道："刘老板不够诚实，我的组织早就把我的资料发给你了，你明明知道我的名字还要问，这样浪费时间的招数以后不要再用了。"

刘文庚只是笑了笑，没有搭话。于小日又笑眯眯地说道："刘老板可要说话算话，你若是反悔了，就会被我的组织追杀一辈子的。"于小日的脸上虽挂着温和有礼的笑容，但话语却让人听了升起阵阵寒意。

刘文庚挥挥手，林强会意离开准备现金去了，见四下无人，刘文庚开起了口："于先生，我跟你是第一次合作，想嘱咐你一句，我想要的东西，不是几个简简单单的钱财那样渺小的东西，想必有人跟你说了，我需要找到一个东西！"

刘文庚说完，从上衣的胸口兜里掏出一张纸，并没有展开它，而是放在茶几上推向于小日，林强正好把一箱子钱拿过来，顺便还有几份资料。

"这是全款，按你的要求，都是外币，事成之后，我再多给你一倍，于先生你看如何？"

"多谢，合作愉快！"于小日嘴角一弯，说完就提着一箱外币走了，走在墙边的时候，将嘴里的口香糖转头吐在了旁边的垃圾桶里，林强气得咬牙切齿，丝毫没注意到那口香糖有什么问题。

见于小日离去，林强破口大骂："一个男人，名字起得像个娘们儿一样，笑面虎。"

刘文庚抹去脸上的笑意："这样的人脸上看着温文有礼，实际每一秒都在想着怎么弄死敌人，他可不是等闲之辈，小心着吧，别最后把咱们耍了。"

"是。"林强咬着牙答应着。

第二章 白玉凤凰

刘文庚看着于小日逐渐远去的车，心里暗暗地想着，但愿一切都如他的意。他要做的事情，可不是弄到几件文物而已，而是一件能重新改变人间的大事。

于小日出来后，才认真看了看刘文庚给他的那张纸，上面赫然写着两个字：凤凰！

凤凰？这算是什么要求？这就是刘文庚花天价请人要找的东西？

于小日有些不解，在他的认知中，凤凰是神话传说中的东西，现实中怎么会有凤凰呢？刘文庚让自己找的凤凰是指一个人，还是什么东西的代称呢？不会是抓一只真的凤凰回来吧？

于小日思量着这"凤凰"暂时可以作为拿捏刘文庚的筹码。他将装着钱的箱子放在副驾驶，摸着箱子暗边的一角，轻蔑地笑了声，掏出兜里的匕首，将里面的东西抠了出来，打量了一眼，那是个指甲盖大的东西。于小日弯起嘴角，对着它说了句："刘老板，不要再用这么低级的窃听器侮辱我了，操心多了容易老得快，您就在家等着结果吧。"

说完，将手中的窃听器顺着车窗扔在了路旁的垃圾桶里，另一边的刘文庚正戴着耳机，听见于小日的话，先是一愣，之后哈哈大笑："中用啊，这次的人不错，哈哈……"

一旁的林强脸色煞白："老板，我明明让人做在箱子里面的，在生产线上的时候就将窃听器加进去的，他……他怎么发现的？"

刘文庚笑着拍拍林强的肩膀，将耳朵上的听筒塞给他，安慰着："别怕，这就说明人家比咱们有实力，哈哈，有这样的人，大事将成！"

他收敛了笑意，继续跟林强说道："给我接另一个音频。"

于小日狠狠地嘲笑了一番刘文庚之后，弯起嘴角，拿起电话拨了个号码："喂，钱我拿到了，既然这个姓刘的这么大方，咱们就帮他完成这个心愿……"于小日一边说着，一边用手指在手机话筒孔旁边敲击着摩斯密码：一号目标人物确认！

挂了电话之后，他看了看自己的鞋底，那上面粘了一个薄薄的金属片，显然是另一个监听器。

而监听器另一头的刘文庚此刻的表情似乎更加高兴，对刘文庚来说，一个能真心站在自己队伍中为自己做事的人，他用起来才放心。监听器耳机里，于小日的最后一句话，更让刘文庚笃定，有钱能使鬼推磨！

但刘文庚不知道的是，于小日也在他的房子里安装了监听器。

于小日悄无声息地戴上了一只耳机,听见里面传来刘文庚和林强的对话声。与此同时,刘文庚的房间里,于小日刚刚吐在垃圾桶里的那块口香糖突然闪起微微的红光,但转瞬即逝。

这是于小日在刘文庚住所里安插的临时窃听器,他将窃听器包裹在口香糖里,放在嘴中,最后装作垃圾吐在了房间里的垃圾桶里,丝毫没有引起别人的怀疑。

于小日认真地听着里面的对话,林强的声音渐渐传来:"老板,这人可靠吗?"

刘文庚的声音幽幽地响起:"但凡有一线希望,我也要找到凤凰,可不可靠不重要,重要的是能力,只要他能找到,那就意味着凤凰现世了,如果是这样,是谁找到的又怎么样,我们坐享其成不就好了,毕竟我们要的只是凤凰。"

林强的声音又传来:"老板,这是这几天我们的人找到的所有关于凤凰的资料,其他的东西我看了,几乎没有什么可以用的,只是其中有一个东西很有意思,叫'双喜血珠'。传说这东西是一对,是凤凰的眼睛,可惜知道这东西的人很多,听说不少人为了争夺它而没了命。我得到消息,这东西好像被崔丰实弄去了一个,另一个不知道在哪里。我担心,这双喜血珠是不是跟我们找的凤凰有关系,我们要不要也找一下这双喜血珠啊!"

"哼!我要一只眼睛有什么用,我要的是凤凰!"刘文庚声音里透出不耐烦,紧接着便是离去的脚步声,耳机里再没了说话的声音。

于小日摘下耳机，想着刘文庚让自己做的事情，又想起了他说到的双喜血珠，而且其中一只在崔丰实那里，于小日眯起眼睛，心里有了一个主意。

此时此刻的天津市区，一辆不起眼的车子正在路上疾驰。

坐在副驾驶的人正恭敬地向后座的男人汇报着秦今明葬礼上的一举一动，说到余鹏飞的时候，后座的男人本来闭着的眼睛渐渐睁开。

男人不知道是不是因为身体虚弱，脸色要比别人白几分，身材也更单薄瘦削，总是穿着比别人厚一点的衣服。

"盯着秦今明的人是干什么吃的？怎么还能被他发现了呢？"男人不耐烦地说，"之前派去跟着余鹏飞去老宅的人现在在做什么？"

副驾驶的人赶紧回道："在盯着余鹏飞。"紧接着继续问后座的男人："崔哥，我们现在要不要直接去余鹏飞手里抢凤凰的线索？如果时间拖长的话，说不定他会将线索抹掉或者转移了。"

后者则闭上眼睛不再说话，副驾驶的人也不敢再问。

被叫崔哥的男人，叫做崔丰实，是个商人，一直在做木材生意，身家不低，但为人低调。

几个月以前，他本以为可以顺利找到他想要的凤凰，可惜最后还是事情败露，不得不想别的办法，毕竟秦今明手里的东西是许多人追求了无数年的宝贝。

坐在副驾驶的高个子男人叫何朝阳，是崔丰实最得力的副手，长着一张国字脸，面相憨厚，对崔丰实忠心耿耿，帮着崔丰实解决了不少事情，这些年来，他从一个小工人渐渐成为崔丰实的左膀右臂。

崔丰实有些疲惫，懒散地倚在座位上，对着副驾驶的何朝阳淡淡地说着："按预备计划行事，不要打草惊蛇。"何朝阳点点头。

余鹏飞回到家里，随便吃了点东西，又开始研究那本《晋书》，反复琢磨那句"升平四年二月，凤凰将九雏见于丰城"到底要传达什么意思。

可让他不解的是，秦今明也没说明白丰城是哪里，自己要怎么找呢？至于"九雏"，余鹏飞还是了解的，说的是一些其他种类的鸟，泛指跟在凤凰身后的众鸟。

正当余鹏飞百思不得其解的时候，突然他看到《晋书》后面又出现了一句："十一月……凤凰复见丰城，众鸟随之。"

一年之中，丰城这个地方出现了两次凤凰！

余鹏飞平时喜欢读历史，很早以前跟着秦今明研究凤凰的时候，他便发现历代帝王对凤凰都十分着迷。根据史书记载，每次凤凰出现就会天下太平、国泰民安，凤凰成为历代帝王毕生所追求的祥瑞。

黎明将至，余鹏飞在台灯下细细看着从秦家老宅拿回来的族谱和玉石，反反复复看了好几遍，也没想出个所以然来。

余鹏飞决定还是先从"丰城"这个地名上入手，他打开百度地图，输入"丰城"，发现江西省有一个丰城市。他又查了一下丰城市的介绍，丰城于东汉建安十五年（公元210年）建县，当时叫富城县，西晋太康元年（公元280年），富城县迁至丰水西岸荣塘圩，改名丰城。《晋书》中记载的升平四年是公元360年，那时候已经有丰城这个地名了。

"难道凤凰在江西丰城？"余鹏飞自言自语道。

他将电脑关掉，起身来到窗边，看着外面的万家灯火，余鹏飞心里百感丛生，不知道父亲那边的工作是否顺利，而自己却被秦今明拉进了一个大迷阵里。

看着眼前秦今明留下的遗物，他不停地思考："凤凰，那到底是个什么惊天秘密，能让人赔上性命去守护呢？"

正在他走神之时，突然看到书桌上秦今明的手机，这是他收拾秦今明遗物时留下的，希望能在手机里找出些线索。他突然想到，或许他最后联系的人应该和此事有关。

果然，在通话记录里，他发现秦今明最后一个电话长达两个小时，只有号码，没有记录姓名，余鹏飞马上打了过去。接电话的人是一个年轻人，自称叫做王文，是这个电话机主的儿子，他也认识秦今明。听到秦今明去世的消息，王文也很惊讶，恰巧他的父亲也刚刚去世，去世前还留下遗言，有东西要交给秦今明，余鹏飞赶忙问对方在哪里。

王文答道："我在江西省丰城市。"

对面话音未落，余鹏飞已经呆若木鸡，又是丰城！看来必须要去一趟丰城了。

第二天，余鹏飞给父亲留了一封信，带上关于凤凰的资料和在秦家老宅发现的玉石族谱，开始了他的探寻之旅。按照王文留下的地址，他打算从天津出发，先坐飞机到江西南昌，再转车前往丰城市。

当余鹏飞拎着行李出了小区后，停在小区门口的一辆不起眼的黑色轿车也启动了，快速跟上余鹏飞乘坐的出租车。

黑色轿车里的男人跟着余鹏飞的车一直到了飞机场，他眉头一皱，匆匆将车子停好，悄无声息地跟在余鹏飞身后，见余鹏飞领了机票，男人眼神一冷，冲着低头看证件的余鹏飞走过去，并大力撞向他，将余鹏飞手中的票据撞掉，洒落一地。

男人带着一脸诚恳的歉意对着余鹏飞连声说道："对不起，我着急找人，没注意前面有人，抱歉。"

他一边说着一边弯腰帮余鹏飞将地上的机票和证件捡起，眼角余光看到了机票上的目的地：江西。

男人牢牢记下机票上的航班号和座位号，最后笑着把证件递给余鹏飞，又连声道歉。

余鹏飞见男人一脸歉意，接过自己的证件后对着男人回道："没关系，你既然找人的话，就快去吧！"

男人连声说着"谢谢"又匆忙离去，见余鹏飞拎着行李往前走去，他才拿起电话打给何朝阳："告诉崔哥，天津那小子拎着行李要去江西，航班号和座位号我马上发给你。"

何朝阳挂了电话，便收到一条写着航班号的手机短信，他快速去了崔丰实的办公室，将事情告诉了崔丰实。

崔丰实垂下眼睑，深思了一会儿，问何朝阳："那人在哪儿？"

何朝阳一时间没有反应过来，直到崔丰实继续说道：

"她既然想见她姐姐，就要拿出一些诚意来，女人出面会让人降低一些戒备，事情也能办得更顺利一些，安排她跟着天津那小子吧。"

何朝阳得了命令，又匆匆离去，将余鹏飞的航班号、座位号和照片快速发给另一个人。

机场的候机座位上，余鹏飞皱着眉头看着手机里的资料，这是这几天自己在秦今明的住宅里拍下的照片，余鹏飞希望能从中找出一些线索。

这时，旁边走过一对年轻情侣，那女孩儿一边照着小镜子整理自己的妆容，一边笑着跟自己的男朋友说："真是好笑，这年头还有人愿意用头等舱来换经济舱的。我刚刚看到买到经济舱的那个大叔看着对方拿了一张头等舱的座位来换自己的机票，他都呆住了，不但如此，那位头等舱的大哥还拿出了一摞钱给了经济舱的大叔，你说人家运气怎么就那么好呢……"

余鹏飞并未多想，而是淡然一笑，这年头任性的人有的是，也没什么大惊小怪的。

去往江西的飞机上很安静，余鹏飞正想小睡一会儿，旁边座位的乘客却忽然将手臂打在余鹏飞的腿上，将昏昏欲睡的余鹏飞惊醒。

他朝一旁看去，却见旁边是一个白净甜美的女孩儿，她睡得正香，只看了一眼，余鹏飞便被吸引住了。

隔壁座位上的女孩儿睡相恬静，头正好搭在余鹏飞的肩膀上，从余鹏飞的角度望去，女孩儿睫毛纤长浓密，皮肤白净,扎着马尾,穿着一身格子连衣裙,娇小可爱。

余鹏飞并不是个好色之徒,但这女孩实在长得出众,余鹏飞还是忍不住多看了女孩儿几眼。他推了推女孩儿,女孩儿惊醒过来,眼神蒙眬,还不知道发生了什么事情。

"你若想睡得舒服些,将座椅放倒吧。"余鹏飞对着女孩低声说。

女孩儿这才惊觉自己好像睡在别人的肩膀上,连连说着不好意思。

余鹏飞看着她那清澈的眼睛,心中像被羽毛轻轻拨动了一般,竟然有几分慌乱。

"我叫秦灵灵,你好。"女孩儿大方地向余鹏飞伸了伸手,一脸俏笑。

余鹏飞一愣,被面前女孩儿大方的举动弄得有些诧异,女孩子在男人面前一般比较含蓄腼腆,这个女孩儿怎么这么主动呢?难道是自己长得太帅吸引了她?余鹏飞一直对自己的相貌比较自信,也就没有多想。

秦灵灵真是人如其名,笑起来犹如精灵般的样子,甜美中带着古灵精怪,安静中又透着一股活泼。

"你好,余鹏飞。"余鹏飞说完,秦灵灵便如见到熟人般热情,话一直说不停,听得余鹏飞都不知道先回哪一句。

"你多大啦?看着你像个大学生一样。"

"你也是天津人吗?"

"你也是去江西的吗?"

"感觉你是个内敛的哥哥呢!"

余鹏飞笑了笑,回道:"我是天津人,刚刚大学毕业。"

秦灵灵从包里掏出糖果，递给余鹏飞："我也是天津人，但这些年一直在国外，这次回来是要在国内收集一些资料的。"

"羡慕你啊！都已经大学毕业了，我才刚刚读书呢。"

余鹏飞感觉她的年纪不大，笑了笑接过糖果，并没有吃下，而是攥在手里。转头余鹏飞拿出书想要看一会儿，暗暗想着秦灵灵真是太单纯了，谁会将自己的事情告诉一个刚认识一会儿的陌生人呢！

秦灵灵又从书包里掏出一个笔记本："你别看我是个学生，我可是有想成为一个著名大作家的梦想。"

说着晃了晃手里的笔记本说道："我这次去江西丰城，是打算写一本关于凤凰的书，而且我已经筹划了好久了。"

余鹏飞闻言一惊，看着秦灵灵手里那本厚厚的笔记本，问道："你要写一本凤凰的书？"

秦灵灵点点头："嗯。"说着她又将自己的声音低下了几分，"你可能对凤凰不够了解，我觉得这世界上真的有凤凰存在，我这几年收集了些资料，听一个朋友说，丰城有凤凰的。"

余鹏飞又问道："就你自己去？"

秦灵灵点点头，微微噘着小嘴，有些不高兴："我家里人根本没有时间陪我，他们只顾着赚钱，我的朋友说我天天追求凤凰这个事情是不靠谱的，他们都不爱搭理我，所以我只有自己来了。"

余鹏飞顿时有一种遇到知音的欣喜，脱口而出："那我陪你。"

秦灵灵瞪大了眼睛,眼里都是亮光:"你?"

"自我介绍一下,骨灰级凤凰爱好者。"这次换余鹏飞伸出手向秦灵灵问好。

秦灵灵一时间没有反应过来,几秒钟以后,一声欢呼响彻在机舱内。

余鹏飞一边捂着秦灵灵的小嘴,一边忙给四周的乘客道歉,转过头发现秦灵灵眨着水灵灵的大眼睛正看着自己,那样子无辜而又可怜。

余鹏飞这才发现自己竟然捂着人家的嘴,忙松开手嘱咐她小点声,自己拿出毯子盖在腿上。

一旁的秦灵灵慢慢探过头,小声地说着:"余鹏飞。"余鹏飞看看她,示意她继续说。

"你笑起来好好看啊!"

秦灵灵仔细看了看余鹏飞,白色卫衣搭配棕色休闲裤子,脚上穿着干净的白鞋,身材高大,皮肤白净,是个标准的阳光男孩儿,浑身透着超出年纪的稳重,更是增添了不少魅力。

还没等余鹏飞反应过来,紧接着秦灵灵继续问道:"你没女朋友吧?"

余鹏飞摇摇头,就见一旁的秦灵灵脸上露出一种别有内涵的笑,看着她的表情,余鹏飞心中直跳。

一个多小时以后,两人聊得疲倦了,秦灵灵看着倒在一旁睡着的余鹏飞,自己耸耸肩,无奈地摇摇头。她将毯子盖在身上,也准备睡会儿。

到了南昌机场又转车到丰城，已是黄昏将至。

余鹏飞提前了解过丰城的历史，丰城有将近两千年的历史，相传是春秋干将莫邪雌雄宝剑的藏地，所以还有一个别名"剑邑"。

丰城北邻鄱阳湖盆地，气候温和，四季分明。

这里还有桂林书院、古丽城遗址等古遗址古建筑，但余鹏飞的心思都在寻找凤凰上，也没有闲情逸致去参观游玩了。

余鹏飞帮秦灵灵提着行李箱，找到了预订的酒店。

"这个姑娘真是粗心大意，跑这么远居然都不预订酒店，就在我找的酒店中再订一间吧。"余鹏飞一边想一边摇头。

酒店老板看着两人，面上露出调笑之意："小情侣开两间房多见外啊！开一间房还能省钱。"

余鹏飞被说得脸上有些尴尬，轻咳了一声："老板误会了，我们两个是朋友。"

酒店老板不置可否，神秘地笑了一下，将两张房卡递给了余鹏飞，转头做自己的事情去了。

余鹏飞将其中一张房卡递给秦灵灵，说道："稍微休息一下，一会儿我们出去走一走，顺便吃一吃这边的美食。"

秦灵灵顿时满面笑容，说道："好主意，唯有美食可解吾忧。"余鹏飞笑了笑，自己先进去了。

酒店外，一辆不起眼的车子停在路旁，司机戴着墨镜，正对着电话里说道："目标进入酒店，一男一女，正在盯着。"

天津崔丰实的木材厂。

这个木材厂占地面积不小,做的是木艺雕刻等工艺,随处摆放着一些动物木雕,其中凤凰的雕刻居多,也是卖得最好的一类木雕工艺品。

厂子里的工人们利落地干着手里的活,脸上都是轻松愉悦的表情,只要在崔丰实的厂子里好好干活,他们每个月都会领到一笔不菲的薪水。

这里的工人也都牢记着一条规矩,就是从不打听也不去偷看崔老板的事情,只能低头干好自己的活,这一点在刚进厂子的时候,就被何朝阳再三嘱咐过。

崔丰实正在和人谈合同,见何朝阳站在办公室外面,表情有些着急,崔丰实快速推掉面前的事,将客户送走。

何朝阳将一份资料递给崔丰实,上面是一个人的简介。"崔哥,这个就是您要的资料,我打听了不少人,说这个于小日手里有极好的货,但我觉得不单单是这样。"

何朝阳故意卖个关子,崔丰实看了他一眼,仔细地翻起资料看着:"继续说。"

何朝阳探身在崔丰实的耳边说了几句话,崔丰实面上瞬间露出不可思议的表情。

"确定吗?他怎么能有那东西?难道他也是秦家人?他叫什么名字?"崔丰实看着资料上的照片,照片上的男人其貌不扬,怎么看都不像个精明的主。

何朝阳说道:"他叫于小日,只是一个文玩店的小店主。"

崔丰实对这个叫于小日的人不感兴趣,但对于小日手里的东西却十分在意。

崔丰实转过身子："给我盯住他,别是谁给咱们挖的坑,等我问问老板秦姐再做决定,就算是谁的暗线,弄到眼皮子底下才最安全。"

何朝阳对着崔丰实点点头,似乎想到了什么,继续说道："江西那边听说不止咱们一家人盯着那个小子,咱们要不要把人撤回来?"

崔丰实摇摇头,将资料锁进保险柜里："不用,这几方人马都在,我们没动静的话,反而会让人起疑的,先盯几天再把剩余的人撤回来。"

何朝阳应声之后便离开了,留下崔丰实一人在屋内,他不由得又想到了何朝阳刚刚拿来的那个叫于小日的资料。

"凤凰真是个好东西,连一个小小的文物贩子都想来分一杯羹。"崔丰实嗤笑道。

他不知道的是,这于小日是刘文庚派来打入自己队伍的卧底,于小日将自己的身份转换成一个小文玩店的店主,还散播出消息说手里有凤凰相关的线索,目的就是引起秦桑尤和崔丰实的注意。

第二天一早,按照王文留下的地址,余鹏飞和秦灵灵转了几次车终于到了目的地。

"确定是这里吗?好荒凉啊!"秦灵灵戴着鸭舌帽,背着一个小背包,跟在余鹏飞身后气喘吁吁的。

余鹏飞点点头,他要找的人就住在前面大山坳里,是座小别墅,周围再没有其他人家,在这山坳里孤零零的别有一番风味。

走近那家别墅，两人被大门旁的狮子石雕吸引了目光。狮子石雕并不少见，但能像面前这两尊石雕一样活灵活现的并不多，幸亏这石雕没有涂上颜色，不然余鹏飞还真以为碰到了真正的狮子。

余鹏飞敲了敲门，开门的人是个和余鹏飞差不多大的男生，长得很清秀，扎着一个小马尾辫子，穿得颇有民族风味，很容易让人把他和"搞艺术"三个字联系起来。他见了余鹏飞一愣，随后似乎明白了什么，问道："余鹏飞?"

"你好，我是秦今明的侄子，余鹏飞，之前联系过你。"余鹏飞友好地伸出手和对方握了握。

对方点点头："我叫王文。你们先坐一下，我手里有些活，马上就好。"王文将二人请到别墅的大堂。

"你客气了，先忙。"余鹏飞点点头。

两人跟着王文进了屋子，余鹏飞暗暗打量着别墅内的布置，这房子装修得十分艺术，摆满了各样根雕和石雕物件，十分精美独特。

正看着，他被身后王文的声音打断，"余鹏飞，你要不要来看看我是做什么的?"

余鹏飞本来还没什么想法，但看王文的眼神一直盯着自己，而且他的言语中似乎还有点别的含义，便点点头，笑道："好啊!"

他刚迈步想跟上王文，身后的秦灵灵起身说道："余鹏飞，我也想去看看。"

余鹏飞心里有些犯嘀咕，按说王文的意思就是想叫自己去，这秦灵灵还真是不谙世事，竟然看不出人家的意思。

他转头看着王文，对方朝着秦灵灵扬扬下巴："你妹妹还是女朋友？"

余鹏飞笑了笑："都不是，路上认识的一个朋友，爱好相同。"他虽然再没说什么，但王文很快就理解了。

"抱歉呢，我想找余鹏飞单独聊聊，妹妹先坐，一会儿我给你们做土山鸡吃。"

说罢，王文朝余鹏飞挥挥手，转身往山后走去，气得秦灵灵在身后大叫："余鹏飞，你昨晚还说要做彼此最好的朋友呢，你不够义气。"

这话一喊出，余鹏飞顿时脸上羞得通红，就见前面的王文似笑非笑地转头对着他说了句："昨晚？"

余鹏飞尴尬不已，看着身后跳脚的秦灵灵，都不知道应该怎么解释秦灵灵的胡言乱语："没，真不是女朋友。"

王文倒是再没拿这话打趣他，只是边往山上走边解释道："你见谅，这个事我真觉得不能告诉别人，哪怕她是你女朋友也不行，多一个人知道就多一分危险。"

到底是什么事？王文非得让自己来江西找他，现在还神秘兮兮的。余鹏飞看着前面的人，后脑勺的小辫子随着他的步伐一颤一颤的，滑稽又可笑。

不一会儿，王文将余鹏飞带到一处低矮的土坳前，要不是王文将土坳上的杂草扒开，露出底下掩藏得很好的洞口，余鹏飞根本不会知道这看似平常的土坳竟然是个洞口。

余鹏飞望向周围，这土坳隐藏在山中，普普通通，根本看不出它的特别之处。

"小心点，别踩了周围的草，到时候就被人看出来了。"王文嘱咐道。

杂草的下面是一层厚厚的湿土，王文用手扒开湿土，隐隐地露出几块发黑的木板，余鹏飞心中一惊，暗暗害怕：王文带自己看的该不会是他父亲的坟墓吧？

"咚咚咚！"

王文蹲在地上用手敲了敲那些湿透了的木板，里面发出沉重的声音。他又拿出一把小巧的多功能刀插进木板之间的缝隙里用力一撬，木板被打开。王文将一块块的木板取下，露出里面黑漆漆的空洞，本来清新的空气，瞬间被一股腐蚀和浓重的潮湿味道侵蚀，余鹏飞微微挪开身子，用手捂着口鼻，对王文说道："小心里面的空气有害。"

王文跟着余鹏飞往后退了几步，站在离洞口稍微远一点的距离等待洞中空气散去。

他的表情有些着急，并向周围看去，似乎在查找什么东西。随后对余鹏飞说道："我们还是进去吧，避免时间长了节外生枝。"

余鹏飞虽然一时间没理解，但也随着王文进了矮小的山洞里。

从洞口下去，是几层粗糙的土台阶，因为洞中潮湿，台阶也有些黏湿塌陷。余鹏飞跟着王文小心下了台阶，打开了手电筒向前方照去，发现里面是一条很长的通道，深不见头，漆黑一片。

通道高度能够站下一个成年男人，宽度刚好够两人并排通行。周围墙壁和通道顶上没有任何修饰，也没有支撑的东西，看起来很危险，随时有塌陷的可能，墙壁上偶尔掉下几个土渣。

"我们尽快出去，这里不安全。"王文小声地说道。

通道里的空气很难闻，潮湿夹杂着腐烂的味道，余鹏飞被呛得接连咳嗽几声，王文咳得更是厉害，脚步也不由得加快了。

王文在前面打着手电筒，一边替余鹏飞照亮一边说："我爸是个雕刻工，对玉石雕刻这方面十分在行，这洞自从我爸去世之后我进来过一次，就再也没进来过。那些东西，我也看不懂，有什么需要的你自己看看吧。"

余鹏飞皱着眉问道："叔叔是什么时候去世的？"

他问完，王文并没有立马回答他，一时间洞里都是王文重重的喘气声，他似乎在暗暗观察前方的情况。

"两个多月以前吧，我只知道他接了秦今明叔叔的一个电话，然后就告诉我要出去，也没说去哪儿。"

王文重重咳嗽了两声，停下脚步歇息一下，余鹏飞给他拍拍后背。

"之后我就接到了警察的电话，说他遭遇了车祸，等我赶到医院时，他已经快不行了。"

山洞中静悄悄的，只有两人的脚步声和粗重的呼吸声。王文继续说道："我爸走的时候告诉我，如果是秦今明叔叔过来，就悄悄地带他到这个洞里来，说秦叔叔知道怎么做！没想到，秦叔叔也不在了。"

王文的话音刚落，余鹏飞终于看到了前面的路宽了很多，随后听到王文说："到了。"

紧接着，王文将洞里的煤油灯全部点亮，一时间，洞里的摆设被看个一清二楚。

余鹏飞放下背包，皱着眉头看着洞内的一切。

洞并不大，最里面是一处水洼，中间的地方放着很多个一尺多宽的白色石雕，再也没有其他东西了。

余鹏飞向王文问道："你说的那些东西，指的就是这些石雕吗？"

王文点点头："对，这就是我爸和秦叔叔的秘密，可惜具体要做什么，我爸不想让我参与太多。"

余鹏飞点点头，他走近那些石雕，看着面前一块块大玉石，每一块都雕刻出不同的形状，每块玉石都有两个或三个截面被打磨得整齐光滑，像是可以拼在一起。

"差不多一年前吧，秦叔叔让我爸做的这些。"王文气喘吁吁地找了一块石头坐了下来。

"哦对了，秦叔叔还让我爸做了一块小小的玉石，好几只凤凰拼在一起的，十分好看，只不过那块啊，他早就拿走了。"

余鹏飞听到此处又是一惊：王文说的该不会就是自己在秦家老宅里找到的那个玉石吧。

他将玉石赶紧拿出来，递给王文："你说的是这个吗？"

王文从他手里接过，在手电筒的照射下看了看，之后又掂了掂，"没错，是它，找这个石料当初还费了很大劲呢！"

余鹏飞看着手里的玉石，又看着地上散落的雕刻石，脑子一转想到了什么，随后放下背包，准备将几块石头给拼起来。

"哎！你干什么呢？这玩意儿重得很呢。"王文疑惑地说。

余鹏飞将那几块大石雕依次调整好位置和方向，之后将它们一块一块地叠放在一起，放了很多遍之后，他终于找出这几块石雕最合理的形状。

不一会儿，余鹏飞看着面前组合成的大石像，重重喘着气："这是什么东西，你知道吗？"

王文被眼前的一幕惊呆了，说实话，他还真没余鹏飞脑子活跃，根本想不到这些散落一地的大石头还能组合起来。

"这好像是个鸟吧，头上圆圆的是什么？盘子？"

展现在两人面前的是一个高约一米的白玉石雕像，方石为底，中间是一只展翅飞翔的大鸟，鸟的嘴里衔着一个玉珠，奇怪的是鸟的头上顶着一个硕大的圆盘，十分美观霸气但又让人觉得神秘。

余鹏飞将王文的手电拿过来照在上面，手电筒的光能直接打穿玉石，汉白玉石浑身通透，发着淡淡的光。

余鹏飞看着眼前的汉白玉石，脑子里却出现了秦今明留给自己的图案。面前这只振翅欲飞的汉白玉凤凰，俨然正是秦今明留给自己的图案中的凤凰。

"你爸之前告没告诉过你这个是干什么用的？"余鹏飞看着面前这个东西泛起沉思，又继续问道："或者，说没说为什么刻这个东西啊？"

王文起身，绕着玉石看了看，撇撇嘴："不知道，不过，那次秦叔叔来找我爸，我听到他们说要赶紧造一个出来，为了代替一个叫'鹏'的什么东西，说的好像是你刚刚给我看的那块五只凤凰的小玉石。我也听他们说起，他们似乎在寻找凤凰，说那凤凰身上带着秘密，有黄白之物不说，还有能长生的秘诀。"

"长生秘诀？"听了王文的话，他暗暗在心里想，长生之说大概率是唬人的，但是应该有很多金银宝藏，怪不得秦今明说那么多人在暗处争夺它。

王文抱着双臂，小辫子一晃一晃的，指着地上一米多高的大石雕说："至于这个嘛，倒像是凤凰，但是没见过顶着盘子的凤凰呢，对了，这个好像是要拿去天津秦家的，可具体要干什么我就不知道了。"

顿了顿，王文想起来一个细节，"当时秦叔叔拿来一本族谱，两人还研究族谱，按照那本族谱做的这个石雕，听说还要雕刻一块炎帝像，说是没有凤凰就没有炎帝。"

余鹏飞又开始不解：没有凤凰就没有炎帝？难道凤凰的秘密跟上古传说的炎帝有关系，或者凤凰和炎帝之间存在血脉联系？难道秦今明信里说的凤凰是指凤凰相关的血脉？

余鹏飞陷入了沉思：手里的玉石出自王文父亲之手，此人又和秦今明在短短的时间内都相继去世了。秦今明的死已经被确定是谋杀的，那王文的父亲呢？

想到这里，余鹏飞随口问道："刚刚在洞口的时候，你为什么让我不要踩到洞口边的草啊？"

见余鹏飞这么问，王文笑笑说："这是我爸嘱咐我的。"

"你若不是拿着秦今明叔叔的死亡证明来，我也不会跟你说这些的。"

"我爸和秦叔叔是老同学，以前都在天津上学，后来不知道他们私底下在计划什么，我家在一年多以前也跟着搬了过来，总觉得他们研究的是个十分严肃的事情，貌似跟凤凰有关，我爸不让我掺和。"这几句话说完，余鹏飞感觉王文是掏心窝子说的，不太像假的。

说到这里，余鹏飞心里再次肯定，杀害秦今明的那拨人就隐藏在暗处，也许就在自己的周围，为的不是别的，就是秦今明在秦家老宅给自己留的那封信里说的凤凰！

王文摇摇头，说："我知道的就这么多了，而且，当初我爸就不让我参与这事，我听他的。"

余鹏飞点点头，毕竟自己也不能什么事情都靠人家，而且这事如今看起来危险很大，也不应该把王文牵涉进来。他在洞里又瞧了瞧，这洞里除了有一处不大的水塘再没别的了，余鹏飞重重喘口气，看来这洞里线索也就这些了。

临走的时候，他嘱咐王文："这里深山老林的，孤身一人在这里住不安全，能去别处安全一点的地方最好，日后事情有了着落真相大白了，我会联系你的。"

王文点点头，说自己一直住在城里。随后，余鹏飞带着秦灵灵离去。

"余鹏飞，我们到底还要不要找凤凰了？"秦灵灵背着双肩包，一脸的不愿意，朝着余鹏飞发着小脾气，"我看你就是来会旧相识的！"

看着秦灵灵娇嗔的样子，余鹏飞笑道："先带你去吃饭，然后我们去宝鸡！"

"宝鸡？陕西那个宝鸡？为什么去那里啊？"

余鹏飞只笑不语，两人打打闹闹地回到酒店。

通过王文的话，余鹏飞觉得凤凰可能跟炎帝有某种神秘的关系，而宝鸡正是炎帝部落发源的地区，炎帝陵也坐落在那里，去那里说不定能找到有用的线索。

可余鹏飞不知道的是，在他离开王文家不出一个小时，另外一拨人也去找了王文。

于小日拎着包到了一间别有风味的茶庄，刚进门就被带到一个幽静的露天小亭子，崔丰实和何朝阳正在里面等着他。

"崔老板，你好，久等了。"于小日一眼就将正坐在亭子里喝茶的崔丰实认出。见于小日伸在自己面前的手，崔丰实见若未见。

他慢悠悠放下茶杯，自顾自地喝着茶水，等于小日在桌子对面的座位坐下，才略微抬头看了看来人，嘴上露出一丝嘲笑："于小日？"

面前一脸笑意的男人其貌不扬，四十多岁的样子，眼睛却十分有神。让崔丰实有些意外的是，坐在对面的于小日并不像照片一样看上去普普通通，本人似乎要更精明一些。

"我手下跟我说你有用，可我觉得你看上去并没什么用呢。要不是我老板让我来见见你，我还真不想跟你这种地摊货打交道。"

崔丰实脸上的轻蔑不加掩饰，于小日也没生气，嘿嘿地笑着："你老板比你慧眼识珠啊，你们为什么找上我，我也知道。"

他不顾崔丰实眼里的鄙夷，直接拿起崔丰实旁边的杯子，给自己倒了一杯茶，说道："崔老板是做大生意的人，我呢，没你那个实力，但也是想往上爬的，咱们就开门见山吧。"

于小日将茶杯放下，拍了拍他带来的公文包，随即崔丰实的目光也被转移过去。他说道："这里有你们想要的东西，而我要的只是钱，五五分怎么样，事成之后折现给我。"

于小日又接着说："确切地说，你们要的东西我并不想要，我这人只对钱有兴趣。"

于小日语气平淡，却字字切中要害，越来越打破崔丰实最开始对他的印象。

崔丰实不禁重新打量起对面的男人，同时嘴角一弯："我怎么相信你的实力呢？要知道，我可是给我老板办事的，她只管结果，不管过程，我们合作之后，所有的责任都需要我承担，我可不想冒险。"

于小日也把嘴角一撇："要不你让你老板来吧，我感觉跟你老板谈谈更痛快。"说罢，笑着盯着崔丰实的眼睛说道："你要是不相信可以试验一下我，比如，你可以让我猜猜你们想要什么？"

见于小日张狂的样子，崔丰实在桌子下面的手握了握，随即瞥了一眼于小日："说说看。"

"最近一些日子不光是你们，还有好多人到我的摊位上买一些关于凤凰的东西。我便发现了一些蹊跷，有些人盯着我文化馆里的一张图出神，那是一张凤凰图！"

于小日故作玄虚地靠近了崔丰实几分，试图将崔丰实的怀疑继续打消。

"我只是个小生意人，什么好卖就卖什么，从我经营小店开始，发现十分内行的人对凤凰相关的东西很感兴趣，于是我开始收集凤凰相关的东西。而且我还听到一个消息，相传这世间真有凤凰存在，而且还留下了旷世秘密，其中黄白之物最不值得一提，宝藏中还有长生的秘密，据说还有能颠覆世间一切的能力，所以人们开始寻找凤凰，都想得到凤凰的秘密。"

至于这些秘密，其实是于小日从刘文庚给他的那些资料里看来的，为的就是能让于小日快速打入秦桑尤的队伍中。于小日其实很不解，凤凰这么荒谬的事情，居然有人真的相信，还在一直寻找。其中的怪诞，又激起了于小日一探究竟的好奇心。

于小日刚说完，就被身后的何朝阳扭住胳膊压在了桌子上。于小日将计就计，没有反抗，他要看看崔丰实想做什么。

于小日一脸不在乎地说："还好我今天包里装的是白纸，看你们这意思，打算今天将我的东西占为己有之后，再杀人灭口吧。"

崔丰实看了于小日一会儿，随后朝何朝阳挥挥手，后者点点头松开了于小日。

"崔老板，我虽是个小二手贩子，但也不是没有脑子的，怎么可能不做另一手准备呢。"于小日活动着被压疼的手，起身转到崔丰实身旁，将自己的包打开朝崔丰实摆着。

"我可是真心实意地跟你合作，我知道你们看不上我，但你们得讲最起码的道义吧，想白拿我的东西，这样不好吧！更何况那不是一张普通的凤凰图，那里面还隐藏着巨大的秘密呢！"于小日最后几个字一说，崔丰实的瞳孔不经意间一缩。

这几年，崔丰实让何朝阳从很多地方搜寻和凤凰相关的线索，一丝一毫都不放过，也许是执念太深，在崔丰实的眼里，每一个线索在未落实之前都是充满无尽希望的。

"不是我说大话，你们知道的东西也不见得比我多，我在这个行业里摸爬滚打半辈子了，有很多事离了我你们还真打听不到。"

说罢，他拍了拍崔丰实的肩膀："崔老板可以考虑考虑，对你而言我要的不多！"

崔丰实抬头看着屁股半坐在桌子上的于小日："东西你是怎么得来的？"

他说的是那个凤凰图和里面隐藏的秘密，于小日一个小小二手文物贩子，怎么可能将这样的宝贝弄得到手，别说他，就连自己也是花了这么多年时间才打听到。

于小日直接回答了他的问题："听说死了个姓秦的有钱老板，大概几十年了吧，这画被人藏在墓里，当然藏的不止这一样东西，但我父亲只偷得了这一样。"

崔丰实在思量他话中的真假，于小日见状，痞痞一笑弯下腰，直接说了一句："那墓的四周全是用凤凰排兵布阵的，是个十分壮观的现代墓葬呢！"

于小日这话一说完，见崔丰实的嘴角不自觉地抖了抖，他心中有了底，自己应该说到崔丰实的秘密上了，看来这一关应该是过了。

于小日继续慢条斯理地说道:"一开始啊,我们家人真没有人把这东西当回事,也卖过这画,可是没人愿意买一幅没有任何收藏价值的凤凰图,所以就这么搁置了几十年,直到我发现了不对劲。"

"我得先问问我老板,另外,如果真的合作了,在我们的事情完成之前,你必须始终待在我身边。"崔丰实垂下眼睛说着,两只手插在一起,微微地搓着手背。

"哈哈,那没问题,我全力配合,但钱必须一分不少,崔老板,我等你们电话哦。"说完,于小日拿着公文包离去。

见人离去,何朝阳走到崔丰实身边:"崔哥,他说的钱,秦姐能答应吗?"

何朝阳是了解崔丰实的,听着他话里的意思,就是说明于小日恐怕还真的有两下子。

崔丰实摇摇头,无奈叹了口气:"等我问问她吧,她是老板,什么事情都得她同意才行。"

"晚上我跟秦姐通个电话,明天给你们消息。"崔丰实说完也起身离去,何朝阳在旁边应承着跟上他的步伐。

于小日走出茶庄之后,匆匆上了车,收起了那副嬉皮笑脸,给刘文庚的手下林强打了电话:"告诉老板,事情办得差不多了,不出意外,明天崔丰实就会给我打电话,你们做好准备,赶紧把我需要的资料给我送来。"

林强在那边没有好气地说了声"知道了",就将电话挂掉,气得于小日恨恨说道:"等有机会见面了还得揍他一顿,让他不服气。"嘀咕完就开车离去了。

第二天，于小日果然接到了何朝阳的电话，说老板同意了于小日的合作方案，但于小日现在就要配合崔丰实调查凤凰宝藏的事情。

于小日将电话挂掉之后，脸上露出一丝志在必得，一边刷着牙一边说："还真有比钱更王八蛋的东西。"

第三章 神秘水洞

余鹏飞和秦灵灵二人先从丰城坐了两个多小时的大巴车到南昌昌北机场,再坐飞机到达西安咸阳机场,又坐了两个多小时的车才到宝鸡,辗转多次整整花了一天时间。

秦灵灵之前还没有坐过这么长时间的车,路上有些疲惫,余鹏飞则像一个大哥哥一样对秦灵灵照顾有加,还时不时地说笑话逗她开心,时间倒也没显得那么漫长。

两人到宝鸡后刚下车,没想到秦灵灵就如同满血复活似的,又蹦又跳着大喊起来:"亲爱的陕西人民,本小姐可算到啦。"惹得周围的人都频频看向两人。

余鹏飞尴尬得恨不得立刻找个地缝钻进去,他将秦灵灵一把拽过来,小声地说道:"姑奶奶,咱们赶紧走吧,别人都当看傻子一样看咱俩呢。"

秦灵灵望了一眼周围,直接无视那些用异样眼光看自己的人,拽着余鹏飞说:"走,我饿了,吃东西去。"

余鹏飞一听到"吃"这个字就头大,相处的这段时间,秦灵灵给他的感觉就是能吃！他也不知道秦灵灵那么娇小的个子，东西都吃哪去了，肚子能装得下吗？

宝鸡是个历史悠久的地方，这里承载着陕西千年来的文化传承，人群涌动的街上，有好多可爱的小姑娘穿着汉服开心地拍着照。

热闹的街市上，小贩们穿着汉服沿街叫卖着当地的特色，恍恍惚惚间仿佛真的穿越在了千年前的陕西古街道上。

这样热闹又激动人心的街市，最得余鹏飞的喜欢。

他本就是一个中国古文化的爱好者，面前这一幕让他有些沉醉，不由叹息："宝鸡这座三千多年历史的古城，真是散发着让人着迷的魅力啊！"

一旁秦灵灵的注意力早就落在美味的小吃上，只是依旧顺着余鹏飞的话问道："三千多年的历史？我就说这里好吃的那么多，一定是老祖宗传承下来的！"

余鹏飞知道秦灵灵长了一个满是吃的脑子，会意一笑，说道："是啊！这里当年叫雍城，又名陈仓，是周王朝的发源地，秦襄公在这里建了秦国。从那以后，这里便是秦朝的要地，而这块儿宝地在之后的朝代都受到了诸任天子的青睐。当时，宝鸡地势上有能左右各方势力的特点，它以秦岭为界，又有长江黄河在旁侧，对历代诸王来说，长江黄河是争夺权力最关键的自然水域。所以，宝鸡这块儿宝地从来就不缺少王侯的驻扎追捧，多的是人奔赴这里。"

秦灵灵听得有些入迷，便问道："这么说来，宝鸡还是秦朝文化最悠久。"

余鹏飞摇摇头：“也不是。虽说自秦襄公之后的秦朝几任君王都建都在宝鸡这里，等到汉高祖的时候，这里也是汉朝的部分文化起源地之一。”

他一边说着一边指着路旁店铺外面的"店小二"说道："你看，虽说秦汉文化相似之处很多，但这里穿着汉朝的服饰，梳着汉朝的发髻的人也很多。而且，秦朝早期的时候，我国的食物种类不是很丰盛，很多东西都是在汉朝才起源开拓的。"

秦灵灵点点头，她最喜欢听余鹏飞说起中国的历史文化，但一谈到吃的方面，秦灵灵的眼神又落在了路边的美食上。

路边有人推着小车叫卖当地的特色小吃马蹄酥，这是一种用面粉糅合白砂糖、熟猪油烘烤而成的酥饼，形状如马蹄一样，色泽金黄，层层叠起，香脆可口，据说最早是唐代的宫廷食品，后来才传入民间。秦灵灵闻到这香味，顿时两眼放光，直奔马蹄酥而去，让小贩帮她包起一份。

余鹏飞掏出手机给秦灵灵付款，顺便也给自己买了一份豌豆凉粉。酸酸辣辣的味道充满鼻腔，还有软糯的口感，让余鹏飞胃口大开。

秦灵灵一边大口吃着马蹄酥一边说："我还要吃臊子面和豆花泡馍，之前我在其他地方也吃过，却觉得怎么都不如宝鸡当地的正宗。"

余鹏飞点点头，附和着："来之前我专门查过，宝鸡出名的美食可不止有臊子面和豆花泡馍，有一条西府老街，那里有上百种美食小吃，是当地人和游客聚集最多的美食之地。走，既然来一回宝鸡，一定要不留遗憾才行，我们去看看。"

两人来到西府老街,这里果然香气四溢。炸得金黄酥脆的麻花,几乎人人手里都有一根;让人直流口水的擀面皮,吃的人不会忘记在面皮上浇上一层让人食欲大开的辣椒油,再配上一个肉夹馍,就是一顿让人胃口满足的美食……

在一个卖豆花泡馍的摊位上,不多会儿,秦灵灵面前就已经摆了两个空碗,把旁边的余鹏飞看得目瞪口呆,他对着秦灵灵说道:"再好吃你也少吃一点,吃多了胃会难受的。"

秦灵灵摆摆手,似乎吃得还意犹未尽:"宝鸡的景点很多的,像什么大唐秦王陵、炎帝陵、九龙山,不吃饱哪来的力气去找凤凰呀!"

余鹏飞见此,也不再劝阻,看来自己还是小瞧了这位小姑娘的饭量。

此时的秦灵灵穿着白色连衣裙,却没将油腥染上衣服半分,她拿起纸巾擦擦嘴,终于不打算再吃东西了,看着余鹏飞惊诧的眼神,她不好意思地捋着自己的耳边发,笑道:"我只是觉得豆花泡馍太好吃了而已。"

余鹏飞见她一张靓丽的小脸有几分羞红,没再继续揶揄:"理解,美食不可辜负。"

秦灵灵话题一转,问道:"为什么你会觉得凤凰跟炎帝有关系啊?而且,宝鸡跟炎帝文化又有什么关系?我们会不会找错了方向啊?"

余鹏飞还不想让秦灵灵知道他和王文在山洞里的对话,只能支支吾吾地回答:"宝鸡是华夏始祖炎帝的故里,这里很多的习俗都跟炎帝文化相关,每年的清明和炎帝祭祀日都会有很多的群众自发来组织活动,宝鸡的历史文化不只有这些，青铜也是很出名的。之所以觉得凤凰和炎帝有关系，是因为我想到凤凰是上古神鸟，或许和我们的祖先有些关系，来碰碰运气嘛。"

秦灵灵也察觉到余鹏飞说的不是真心话，继续问道："那我们要怎么找凤凰呢？你去你朋友那里得到了什么线索吗？"

余鹏飞觉得最好不要王文参与其中，继续敷衍道："我只是去代替长辈看望他的，他哪里懂得什么凤凰。"

他从书包里掏出一张纸，递给秦灵灵，说道："不过，之前在天津还没出发的时候，我就已经找到一些相关的资料，说这个图案貌似跟凤凰相关，我们不如就从它下手吧！"

那张纸上画的正是秦今明留下的凤凰图案，秦灵灵也了解凤凰，余鹏飞觉得既然是和她一起寻找，那么这种东西就不应该瞒着她，如果秦灵灵能够帮忙，也许事半功倍，真相会更快地出现。

秦灵灵拿起他递过来的白纸，皱着眉头看着上面的图案，问道："这是什么？从哪里能看出跟凤凰有关系呢？"

余鹏飞说道："这是凤凰图案，是秦叔叔留给我的，应该和凤凰有关。"

"哦，那我们快点去找吧，反正我就跟着你了，你去哪里我就去哪里。"秦灵灵说着，余鹏飞起身结了饭钱，带着秦灵灵离开了。

第二天，两人就来到了炎帝园，这里原来是一个大公园，后来在公园内修建了炎帝祠，就将公园名字改为了"炎帝园"。这里虽然是北方，但这个公园却有几分江南园林的味道，山环水绕，绿树成荫，还有楼台亭榭、小桥流水，游客不少，很是热闹。

余鹏飞边走边给秦灵灵介绍道："炎帝出身于上古时期的姜炎族，又称神农氏，咱们都很熟悉的'神农尝百草'说的就是他，他和黄帝被中国人并列为炎黄子孙的祖先。宝鸡有一个炎帝祠，还有一个炎帝陵，在渭滨区神农镇的常羊山上。宝鸡当地人流传，炎帝死后就葬在常羊山。"

来到炎帝祠外边，只见好多人似乎在做什么祭祀，引起两人的好奇。

余鹏飞问周围的群众，一个中年男子解释道："这个呀是炎帝园的特色活动，每年清明前后都会有祭祀炎帝活动，今天正好就是。"

旁边的秦灵灵心里一动，随即问道："那我们想知道更多关于炎帝的故事应该去哪里呀？"

那男人见突然上前一个十分好看的小姑娘眨巴着大大的眼睛问自己，一时间脸上竟然有些发红，挠挠头说道："可以去炎帝祠。"

二人点点头朝着男人道谢，旁边一个大姨笑着对余鹏飞说道："小伙子，你可真有福气，你女朋友真漂亮，你俩好登对啊。"听口音应该是从广东来的游客。

余鹏飞被说得脸上臊红，转过头看着秦灵灵，只见这小姑娘正和他一样一脸的尴尬，用无辜又水灵灵的大眼睛仰着头看着自己。

他本想解释两人不是那种关系，可这会儿秦灵灵正贴着自己，十分近乎，解释了反倒让人以为秦灵灵是个随便的女孩，余鹏飞怕伤了她的心，只是笑笑就带着她走了。

秦灵灵跟在余鹏飞身后，糯糯地开口问道："你怎么不解释呢？"

余鹏飞一边躲着拥挤的人群一边回头说道："解释什么，一男一女出来基本上都是情侣关系，我若说不是，人家可就说咱们不规矩了，我是个男人无所谓，可你还是个女孩子呢！"

见一身白色运动服的余鹏飞走在前头为自己遮挡匆忙的行人，秦灵灵莫名涌起一股感动，这个高大阳光的男孩儿，不但内心细腻，还有着纯净的灵魂，是那种她喜欢的灵魂。

"余鹏飞，你说这种地方，能有咱们想找的东西吗？"

秦灵灵双手拽着小背包弱弱地问着余鹏飞，见他也是皱着眉头："说不好，咱们先去炎帝祠看看。"

二人来到炎帝祠，远远地就被炎帝祠的恢弘气势震撼了。一座仿秦汉时期的雄伟古建筑坐落在三层汉白玉石台之上，庄严地俯瞰着游客，石台前面有一池清水，水中建筑的倒影与建筑本身遥相呼应，又增添了几分肃穆。走进炎帝祠，首先映入眼帘的是高五米多的炎帝塑像，他肩披兽皮，腰束叶裙，双手紧握谷穗，目光炯炯有神，这位中华民族的祖先跨越千年，仍在深情注视着他的后代。旁边的墙壁上画着一组大型壁画，再现了炎帝率领先民创制农具、教农耕种五谷、采药解除病魔、为民尝百草、制琴谱乐的情景。

余鹏飞拿着一张手绘的凤凰图案在看着，"到底是什么意思？太阳？"

就在他自言自语的时候，一阵风吹了过来，将他还没捏紧的纸张吹走，被一个大叔捡了起来。

"喏，你的画。"

大叔中等个头，脸上带着温和的笑，穿着工作人员的衣服，他将画纸递给余鹏飞问道："你也在找这个东西？"

余鹏飞伸出接画纸的手顿了一下，他看向来人胸前的工作牌，姓名处写着"方和"。

余鹏飞笑了笑："谢谢。"之后又问道："难道还有人找过这个东西？"

方和点点头："倒是没人关注这个图案，只不过我在炎帝祠里工作了几十年，你是第二个问这个东西是什么的。"

看着余鹏飞惊讶的眼神，方和继续说道："之前也有一个男人问过我这个。我只知道好几年以前，在这附近是有一块石碑，上面刻着这个图案呢，但具体怎么回事就不知道了。"

听到这里，余鹏飞赶紧追问，"那个男人什么时候来过，你还记得吗？"

方和想了想，说道："大概一年前吧，他姓秦，是个古文化爱好者，问了和你一样的问题，不过再后来我就不知道了。"

"哦对了，那个人还说过这个东西跟炎黄有关系什么的，所以他才来的这里。"方和解释着。

余鹏飞赶紧追问："那他再没说过其他的话吗？比如这个图案是做什么用的？在他之后还有没有人也来这里找过线索？"

方和摇摇头："除了那个姓秦的男人，其他的人我没注意，而且秦先生也没有跟我说很多事情，他跟我交谈的也只是一些炎帝相关的历史而已。"

方和也许是有其他的事情，跟余鹏飞说了声抱歉，然后就转身离去了，留下余鹏飞还在细细回味刚才听到的信息。

"咱们只有图案这一个线索，也找不出更重要的线索啊！"刚回到酒店，秦灵灵坐在沙发上，晃动着手腕转着脖子解乏，唉声叹气的。之后她不断翻弄着手机里的自拍照，她每到一处地方，就会和有名的风景或者建筑自拍一张，偶尔那照片中还有余鹏飞的身影。秦灵灵不断挑选着照片，似乎在对比哪一张比较好看。

余鹏飞也比较苦恼，来一趟宝鸡没发现什么线索，下一步该从哪里入手呢？

正想着时，手机来了一个电话，余鹏飞拿起一看，是个陌生号码，由于最近总是遇到奇怪的事情，余鹏飞的警惕性也提高了，他给秦灵灵比画了一个"嘘"便接通了电话。

电话通了之后，余鹏飞故意没有马上开口说话，而是在等着对面的人先说。

"呵呵，余鹏飞，我知道你在听！"

听筒里传来一个粗嗓子的男人声音，说着不怎么流利的中文，余鹏飞眉头紧皱，以为是父亲暴露身份出了事，但依旧没有出声。

"我也不兜圈子了，我请了你朋友王文聊了聊，你要不要也回来一下，咱们谈一谈如何？"对面紧接着传来几声王文的痛呼。

当听到王文名字的时候,余鹏飞稍稍松了一口气,他心里想着只要不是父亲就好。

但余鹏飞马上又紧张起来,对方很明显藏在暗处,说不定正是杀了秦今明的那些人,他们又挟持了王文,用来要挟自己。

"你要干什么?"余鹏飞淡淡地问。

对面的人哈哈大笑:"痛快!你来了咱们仔细地聊一聊,我等你。"说完对方便挂了电话,余鹏飞听见了王文在电话里大喊着"余鹏飞",可是话还没说完,电话就被挂断了。

秦灵灵吓得脸色煞白,有些害怕地问余鹏飞:"怎么办?那个小辫子肯定被抓起来了,这帮人明显是等着咱们自投罗网呢!余鹏飞,你是不是得罪了什么人了?"

小辫子?余鹏飞反应了几秒,才明白秦灵灵说的是王文。

"报警吧!"秦灵灵坚定地说道。

余鹏飞立刻摇头:"不成。这群人可不简单,如果报警能马上解决的话,他就不会这么明目张胆地挟持王文,而且他刚刚说了让我回去,很明显,我的动向他都知道。我现在就回去。"

秦灵灵附和着说也要跟着回去,被余鹏飞制止了:"这可是绑架,动辄没命的,我还得留着你帮我报警呢!"

秦灵灵担心地说:"那你一个人过去也太危险了!"

余鹏飞义不容辞地说:"我不能留着王文自己跟那群人周旋,毕竟他是被我拉下水的,都是我惹的祸。"

秦灵灵没听明白他的意思,紧张地问道:"你在说什么啊?什么被你拉下水?"

余鹏飞没有时间和她详细解释,只说以后再解释,就开始收拾自己的行李,又嘱咐了秦灵灵无数遍,让她赶紧回家,千万不要再跟着自己了。

又辗转了一天的时间,余鹏飞刚到丰城,对方便把电话打过来了:"看见车站正出口那辆黑色的车没有,三分钟之内上车,过时不候,后果自负。"

对方冷冷地说完,便挂掉电话,余鹏飞暗骂一句,来不及思考就直奔那辆车子而去。

上了车余鹏飞就被两个大汉架住,蒙住了眼睛,他的手机和一切随身物品都被缴去。

余鹏飞感觉过了好久,才被人拽下了车,又被人扛在肩上,听到那些人呼哧呼哧的走路喘息声,好像很累的样子,感觉是在走上坡路。

他心中一紧,这群人该不会是找到了王文家后山的山洞了吧。

被揭开眼罩之后,余鹏飞的猜想得到了证实,那些人果然找到了山洞,而此刻的他正在山洞里的通道上,手腕处依然被绑着。

几米开外,是被打得嘴角流血的王文,趴在地上,小辫子已经散开,头发湿漉漉的,狼狈地粘在脸上。

对面为首的是一个四五十岁的中年男人,穿着一身黑色西服,一脸络腮胡子,长相粗犷,就像他的嗓音一样。

余鹏飞趁着自己身边两人不注意,飞快挣脱手里的束缚,起身将王文扶起来坐在旁边的石头上,余鹏飞观察了一下王文的伤势,还好只是一些皮外伤。

余鹏飞看了看那些黑衣人,笑了一声:"说吧,你们想要干什么?"他想了想,也许借此机会还可以套出他们身后的人是谁,那最好不过了。

络腮胡子直接说道:"我们要凤凰的线索。"

余鹏飞心想果然又是凤凰,但他仍然不动声色,装出一副惊奇的表情,反问络腮胡子:"我不知道你在说什么?"

在余鹏飞看来,既然已经确定了这些人的目标是凤凰,那么如果能够确定他们是谁的话,对自己来说无异于将藏在暗处的敌人揪到明面上。

对面的络腮胡子不为所动,语气简练有力,指着余鹏飞说:"交出线索,咱们皆大欢喜。"

余鹏飞和王文对视一眼,王文摇摇头示意余鹏飞不要说出口。

"我不知道你们要的是什么,况且我也不认识你们,不知道你们把我叫回来要做什么,我只是和王文是朋友而已。"

络腮胡子冷笑一声,指着地上的凤凰玉石说道:"余鹏飞,你不诚实啊!"

余鹏飞看了王文一眼,对面三个人,自己这边只有两个人,但王文看起来还算比较壮实,应该也能抵挡几招。

络腮胡子知道余鹏飞是揣着明白装糊涂,但他也想看看余鹏飞到底在耍什么把戏。

"你们想要的东西,我们不知道,刚刚我朋友也摇头了,你也看到了,希望几位好走不送。"余鹏飞声音冷冷的,一边说一边盘算着下一步的计划。

余鹏飞刚说完，王文直接扑向对面的人，跟他们打了起来，余鹏飞先是一愣，见状赶紧上前帮忙。

余鹏飞作为警察的儿子，从小到大跟爸爸学了一些拳脚功夫，本来是为了防身，没想到现在派上了用场。对面的人也没有预料到，这两个年纪不大的小子竟然还敢反抗，一时间没反应过来，身上挨了几下。

"王文，去报警！"余鹏飞朝着络腮胡子踢着腿，嘶吼道。

王文领会，朝着另一个人使劲打了一拳，趁着那人倒在地上的时候又朝着他的肚子踢了一脚，料到那人不会起来得太快，赶紧跑出洞外。

王文一走，余鹏飞一人对付两人，渐渐处于下风，但他让王文去找人是唯一的选择，不然只能等着任人宰割。

过了一会儿，刚刚被王文踢倒的那个人爬了起来，气急败坏地朝着余鹏飞的肚子用尽全力踢了一脚，余鹏飞不敌他这一脚的力量，被踹得后退几步，"咕咚"一声跌进了洞里的水洼。

络腮胡子狠狠给了那个手下一巴掌，骂道："混蛋，你不知道不能伤他吗！"

手下也是一愣："要不赶紧给他捞上来？"

络腮胡子摆摆手："不用，就是一个水洼而已，他不会有危险，我们先撤吧，一会儿那个姓王的小子把警察叫来就坏了，老板吩咐我们不能暴露。"

说完，三人赶紧走出了山洞，也不管水洼里的余鹏飞了。

可事情根本不是络腮胡子想的那样，余鹏飞掉进的并不是小水洼，而是一个几米深的水洞，他们根本没注意到，余鹏飞自从掉下水之后，就再没有从水中出现过。

这水洼看似小而平静，实际上有个深不见底的暗流，但它的水面平静到让人以为是个洞中的积水潭。

余鹏飞被踹进水洞里，快速下落到水洞的底部，还没等他缓过神来，就被水洞底部汹涌的暗流直接吸到一条暗道里，漆黑一片，伸手不见五指，只有湍急的水声在暗道里轰轰隆隆地响起。

余鹏飞被水流卷上水面，他赶紧换气，几秒之后又被卷入水下，直到被水流卷到一片有光的地方。

这里是个大水塘，之前湍急的水流全部涌入这里，余鹏飞浮出水面，抹了把脸上的水。

就在刚刚，他以为自己必死无疑，尽管自己会游泳，可遇上刚才那种三汊流水势，根本就动弹不得，庆幸的是这些凶猛的水流流进了这个开阔的水塘，真是不幸中的万幸。

余鹏飞惊魂未定，赶紧看了看周围。他发现这个水洞虽然亮如白昼，其实并不是露天的，而是由于洞里四周墙壁用的是汉白玉的大雕石，散发亮光的地方，其实是夹带着一些荧光粉材质的萤石，也叫做氟石。

这种石头白天吸收阳光，晚上再将能量以光的形式发射出来，再加上汉白玉对光线的反射，使得这不见天日的水洞却能亮如白昼。

"那是什么？"

余鹏飞抹了一把脸上的水珠，震惊地看向岸边四周的墙壁。

水洞一边的汉白玉墙壁上似乎有什么壁画，因为没有上色，只有雕刻，所以在远处来看不是十分明显。

余鹏飞赶紧游到水边，爬上了岸，岸边宽度只有不到一米，刚刚够一个成年人活动。

走近了岸边的汉白玉墙壁，余鹏飞才看清上面的壁画。

"三皇之……地皇……炎帝神农氏。"余鹏飞大惊，这竟然是关于炎帝的壁画，看雕刻手法，似乎是秦代的。

秦代的雕刻工艺崇尚写实，手法严谨，刻画出的人物形体高大、质朴简丽，最大的一个特点是，常常在同一件雕刻中混合使用圆雕、浮雕、线刻等多种手法，这是快速识别秦代雕刻的一个窍门。

这个水洞的四壁周长至少几十米，几乎用的全是萤石和汉白玉，汉白玉上的壁画正好在水面上围成一圈，随着余鹏飞的目光慢慢移动，他被其中一幕惊呆了。

最前面的汉白玉墙壁上雕刻的不是别的，正是秦今明留给自己的那个带血的图案，一只振翅翱翔的凤凰，头顶烈日，宏伟壮观。

"它怎么会在这儿？这是……凤皇？"

在古代，凤凰也叫凤皇，是百鸟之王，让余鹏飞诧异的那个图案，下面赫然用小篆写着"凤凰"二字。作为一个凤凰发烧友，余鹏飞已经在各类古籍中见过各种字体的"凤凰"，所以很轻松认出了壁画上的这两个字。其他的墙壁上，每幅画旁边也都刻着一些小篆文字。

秦始皇统一六国之后推行车同轨书同文，其中的"书同文"就是统一使用小篆，这说明面前的壁画有可能是秦始皇统一六国之后留下的。

"大约是秦朝的。"余鹏飞脱下已经湿透了的外套,拧着衣服上的水暗暗想道。

只是,秦朝的人为什么会在这里留下雕刻呢?余鹏飞凑近墙面,仔细看着上面的纹路。

余鹏飞被这些壁画吸引了,墙上画有黄帝、炎帝等耳熟能详的上古人物。余鹏飞结合壁画和小篆文字,连认带猜,花了很长时间大概弄明白了壁画要说明的那段历史。

上古时期,中原大地上存在两大部落,炎帝部落和黄帝部落。炎帝得到百姓广泛爱戴,受人们敬仰,而凤凰便是当时炎帝部族的图腾,在人们心中有不可替代的重要地位。由于凤凰必须在阴阳调和的前提下才能发挥出巨大威力,因此炎帝图腾的血脉只能传给他的女性后代继承。

余鹏飞这短短的一天,却仿佛是走过了千年的历程。他万万没有想到在这小小的山洞底下竟然别有洞天,里面还藏着如此大的惊天秘密。怪不得王文父亲明明在天津工作,却要搬来这里,会不会就是为了守住这个秘密不让别人知道?

余鹏飞又看到了壁画最前面的凤凰图案,赫然正是秦今明留给自己的图案。这里的图案下还写着"凤凰血脉"。余鹏飞恍然大悟,难道秦今明说的凤凰秘密指的就是凤凰血脉?秦今明在《晋书》中给自己留下的"凤凰"线索,原来指的并不是凤凰本身,而是上古时期流传下来的凤凰血脉。

可是,余鹏飞之前第一次见王文的时候,还以为炎帝和凤凰是有血脉联系的,现在看来,凤凰是炎帝的图腾,二者之间并不是直接的血脉相连。

水洞后面的几幅壁画余鹏飞没有看明白，其中画着几任秦代君王，还有鼎和女性，相比于其他几幅壁画，这里的女子好像是整个壁画的主角，似乎想阐述秦代的君王十分崇拜此类女子。

余鹏飞认真看了看这些女子下面的小篆文字——"凤凰神女"。

凤凰神女是谁？

余鹏飞又看向其他几幅相邻的画，其中有鼎的那幅画，说的好像是秦武王的事情，但画中秦武王并不是举鼎，而是似乎发现鼎里隐藏着什么秘密，想要向内窥探。

余鹏飞眼见自己在水洞里的时间太长，怕外面的王文着急，又怕那几个人伤害王文，虽然还是没有弄明白壁画的全部意思，也只能先用脑子记下上面的内容，开始寻找出去的路，终于在水洞下游发现了能游出去的河道。

天亮时分，余鹏飞终于游上岸，他叹了口气，扭了扭身上衣服的水，还好不是冬天，否则非要冻死不可。

他望了望周围，水洞的出口是在一片深山之中。此时天色刚亮，他仔细思考着从山洞掉下来之后顺水漂流的时间，以及后来从水洞游出来的时间，感觉离王文家应该有些距离，但不会太远，在这里早已丧失了方向感，只能朝着水流的方向走去。

秦灵灵赶来的时候，王文正带着人在洞里和家周围寻找余鹏飞。

"我回来的时候，看到那三个人的背影，余鹏飞绝对没有跟他们在一起，我确定那时候他一定还在洞里。"

王文用毛巾随便擦了擦脸上的血迹，颇为着急地跟秦灵灵和警察解释。

"而且，那洞里根本没有别的出口，他怎么会……"王文还没有说完，突然想起山洞里的水洼。

他撂下毛巾，不顾身后大声喊自己的秦灵灵，没命地跑向山洞。

其实在王文原本的想法里，他并不想参与到秦今明和余鹏飞的事情当中，他的父亲告诫他，秦今明这一生都活在一件致命的事情当中，父亲不许王文过问任何秦今明的事情。

但这次被挟持之后，王文没料到余鹏飞这个只见过一面的同龄男孩儿，居然能够不顾自身安危回来救自己，这让他对余鹏飞改变了原本的看法。这样一个义气深厚的人，值得做最好的朋友。

秦灵灵在后面追着他到了山洞，一进去就被里面的汉白玉凤凰大雕石震惊了，王文不小心踢到了一块石头，石头滴溜溜地掉进了水洼。

让二人大吃一惊的是，那石头就像掉入了大海，没有溅起一点水花，石头入水之后瞬间就没了踪影。

"怎么会？这竟然不是水洼，看起来这下面很深啊，余鹏飞会不会被他们扔下了这里，然后……然后他被淹……"王文哆哆嗦嗦地自言自语着。

秦灵灵的脸色已经变得煞白，呆呆愣愣地，同样自言自语地说："如果是这样的话……这么久了，余鹏飞恐怕……"

想到这几天和余鹏飞接触的日子，秦灵灵突然有一种想流泪的感觉，那么优秀帅气的大男孩说没就没了，就像落叶一样飘过，怎么能不让人痛心。但秦灵灵心中又响起另一个声音：不会的，这么阳光善良的人，他还那么年轻，老天爷是不会这么残忍的！一定不会的！他肯定还活着！

"不可能！我下去找他！"秦灵灵突然大喊道。

秦灵灵当即脱下马丁靴，放下背包，朝着水洼走去，却被王文拦住："不行，你不能去，这下面一定是个暗渠，不能下去！"

"我会游泳的，一定得去，说不定余鹏飞正被困在那里等人去救他呢！"

秦灵灵甩开王文的手，王文又死死拽住她，两人争执不下，争吵声音越来越大。

"秦灵灵！"

二人被身后一道有力的男声打断，回头看去，见余鹏飞浑身湿漉漉地站在洞口处，脸上却挂着从容的笑容。

秦灵灵愣了一下，随即又瘪起小嘴，眼里吧嗒吧嗒地掉着眼泪，心中的担心变成委屈和生气，快速跑到余鹏飞跟前抬脚就踢。

余鹏飞赶紧躲闪，一边躲一边关心地问："不是不让你跟着来吗？你怎么还是来了？路上累坏了吧？"

秦灵灵做了个鬼脸："你还是先管好你自己吧，本小姐不在，你就变成这个样子了。"

王文此时也走了过来，拍了两下余鹏飞肩膀："太好了，我就知道你吉人有天相，大难不死必有后福！"语气里掩饰不住的喜悦，又见余鹏飞没有受伤，更是松了一口气。

几个小时后，三人在派出所配合调查之后便回到了王文家。余鹏飞将自己被冲进暗流的事情说了一遍，但稳妥起见，他隐瞒了水洞内壁画的事情，一则不想让王文再遇上危险，二则在事情弄清楚之前这个秘密最好还是先不公开。

房间里，王文给余鹏飞找自己的衣服，让余鹏飞将身上的湿衣服换下来，以免着凉。

秦灵灵则在厨房帮着给二人做一些简单的早餐，王文留下余鹏飞自己一个人换衣服，自己则出去给余鹏飞准备一盆热水洗洗脸。

再回到屋子里的时候，余鹏飞已经将衣服换好了。余鹏飞看着为自己忙里忙外的王文，心里的歉意越发浓重，他对王文说道："这次是我连累你了，我将事情想简单了，没想到那些人猖狂至极，竟然追到了这里，还伤害了你。"

王文笑了笑，脸上没有一丝责怪之意，笑道："言重了，这件事情又不是你引起的，这里本就是我父亲和秦今明叔叔藏着秘密的地方，虽然我不知道他们藏着什么秘密，但这是他们引起的，你也算是一个被拉进这摊浑水的人。"

相反，王文心中对余鹏飞回来救自己充满感激之情。

或许是共同经历过一场生死挣扎，余鹏飞心里对王文也更亲近了一些，他担心王文的安危，说道："这里已经不安全了，你不要再住在这里了，我既然已经参与到这件事情当中，就不能置身事外了，等到我将事情都查清楚了，你才能彻底地安全。"

"至于我，你就不要担心了，我的家屋里屋外，山前山后，就只有这么大的地方，他们就算再来一次，也查不出一丝问题，只不过这段时间我不会傻到自己一个人住在这里，你放心，我也不会给你拖后腿的。只不过，你可要保护好自己才行。"

王文将水盆里的热毛巾递给余鹏飞，并安慰着余鹏飞。

余鹏飞想了想，还是问出了口："秦今明叔叔和你父亲的情谊一定是过命的交情，不然你父亲也不会冒着生命危险来帮着秦今明叔叔。"

王文接过余鹏飞递回毛巾的手一顿，之后苦笑道："其实我们家往上三代根本不姓王，我们姓秦，我听我爷爷说过，我的家里和秦今明叔叔是近亲，只不过不知道发生了什么事情，我的太爷爷后来改姓为王了。"

余鹏飞恍然大悟，点点头："这么说来，秦今明和你父亲不只是同窗之情，还有血缘关系。"

怪不得王文的父亲能够远走他乡，在这个偏远的小山村里安家落户，他和秦今明一定是为了秦家的秘密共同努力着。

余鹏飞看了看王文脸上的表情，看似没有什么变化，于是小心翼翼地问道："自从我们上次见面，我一直有个问题想问你。"

王文说道："你说。"

"你的父亲真的是意外去世的吗？"

其实这话在余鹏飞心里憋了好久，他不敢直接问王文，毕竟提起人家父亲的去世原因，会让王文伤心的。

王文愣了一下，想了想解释道："我父亲应该是意外去世的，是因为躲避一个幼童发生的车祸，并没有发现任何被害的迹象。"

余鹏飞点点头,暗暗地呼出了一口气,放下了心里的疑问。

王文笑道:"我知道你在担心什么,你害怕秦今明叔叔和我父亲是被害死的,我曾经在接到自己父亲去世的消息时,想到了他和秦今明叔叔暗里做的事情,也怀疑过他是不是被害死的,但我去看了车祸的监控,完全是因为我父亲开车的时候在接一个电话,没留意路上行人,又躲避了一个乱跑出来的小女孩儿,自己才将车失控撞在了路旁的隔离带上翻了车,救治无效死亡了。"

余鹏飞听王文说着,感同身受,那种亲人去世的滋味,余鹏飞也体会过。

小半天以后,余鹏飞带着秦灵灵离开王文家,路过一条小河边,河水清澈透明,还有些叫不上名的小鱼在游。秦灵灵玩心大起,拽着余鹏飞停下脚步,自顾自地脱下运动鞋和白袜子,将脚放进清澈见底的小溪里荡来荡去,脸上荡漾着清纯的笑容,与周围的景色构成了一幅动人的"美人戏水图"。

余鹏飞不禁看得有些痴了,但他强迫自己快速从这种情感中摆脱出来。"秦灵灵!你注意点形象,光天化日,脱鞋又脱袜子,这要是放在古代,你就该被沉塘了。"

余鹏飞装作看到了不该看的样子,用手故意挡着眼睛,嘲笑着她。

"老古板!"秦灵灵白了他一眼,将手机递给余鹏飞,里面是一张男女的合照。

余鹏飞看了看，里面的女孩儿是秦灵灵，抱着她的那个男的长得也还不错，心中竟然泛起一阵莫名的醋意，问道："你男朋友？"

秦灵灵眸光微闪，脸上露出一丝伤心："当初我喜欢凤凰还是因为他呢。这次来丰城，也是因为他之前说凤凰曾在这里出现过。"

说罢，她低下头，盯着自己放在水里的晃来晃去的脚："余鹏飞，我跟你说，你别看我才二十岁，但我被感情伤得像一个风烛残年的老人一样了，若不是出来看看外面的世界，我都不知道我这刚开始的人生，以后该怎么过。"

秦灵灵说着，眼泪就顺着眼角流下来了，余鹏飞被秦灵灵这突如其来的情绪弄得措手不及，不知道应该怎么去安慰她，只有搓着手讷讷地说："别伤心了，谁年轻的时候没被伤过，以后擦亮了眼睛，前面会有更好的男人等着你。"

其实最开始见到秦灵灵的时候，余鹏飞心里有一丝怀疑，他不怎么相信一个二十岁的小姑娘会喜爱凤凰喜爱到满天下地去寻找。

但接触下来之后，他渐渐知道，秦灵灵所学的专业是古文学，那么她热爱凤凰这种古代图腾就说得过去了。当秦灵灵拿出照片诉说起她的伤心事，余鹏飞心里那丝怀疑就彻底消失了。

他赶紧走向娇小无助的秦灵灵，将兜里的纸巾递给她。

"你知道吗？他是为了骗我才来到我身边的，我这辈子最恨的就是骗我的人，恰恰他就是，谁都可以骗我，为什么偏偏就是他呢！"

小姑娘越说越哽咽："他还跟我说，他喜欢凤凰，特别是金凤，说他的家乡就有金凤的传说……"

说了一半，秦灵灵已经说不下去了，只顾着哭。

余鹏飞看着秦灵灵，越看越心疼，一股要保护好眼前这个女孩儿的冲动滚滚袭来，淹没了他的全部脑海。

"那个渣男有什么好的，我们不提了，谁都再也不提了行吗？"余鹏飞愤愤地说，"人往前看，好男人有的是，你何苦一直想着那个伤害你的人。"

余鹏飞合起手掌，对着秦灵灵说道："只要你不哭，晚上你想吃什么，包您满意，满汉全席，怎么样？"

吃的话题果然奏效，秦灵灵抽抽鼻子，抹了下眼睛，瞥着余鹏飞，见他一脸的讨好，没好气地说："吃不上满汉全席你就死定了。"

见秦灵灵已经被自己说动了，余鹏飞赶紧将她扶起，一边说着"没问题"，一边问她最爱吃什么。

"你……不是说了满汉全席吗……啊！"

还不等秦灵灵说完，她脚底一滑，险些摔进河里，被余鹏飞手疾眼快地抓过去，直接撞进了余鹏飞怀里。

秦灵灵被这突如其来的尴尬弄得不知道怎么好，抬起头看着将自己搂在怀里的余鹏飞，见他也是一脸通红地看着自己，这才惊觉自己已经在人家怀里待了好久，赶紧用力将余鹏飞推开，自己一个踉跄才稳住身子。

"鞋……鞋子穿好，咱们先回酒店吧。"还是余鹏飞打破了尴尬。秦灵灵飞快地穿好袜子和鞋，跟在余鹏飞身后，看着余鹏飞高大的背影，心中仿佛有无数只小兔乱跳。

翠绿的青山中，两个年轻的身影慢悠悠地穿过乡间小路。

秦灵灵一边走一边看着周围寂静的房子，遗憾叹了口气："难道这里一点线索都没有？那可是白来了！"

走了许久，余鹏飞被太阳晒得有些热了，额头出现了一层薄汗。他从兜里掏出一张干净的灰色手绢，擦了擦额头的汗。听了秦灵灵的话，余鹏飞脑中快速闪过一个念头：她说她是因为前男友才来这里寻找凤凰的，那么秦灵灵的前男友为什么会说这里有凤凰？

经过这几天的相处，余鹏飞觉得秦灵灵是一个心地善良而且仗义的女孩子。他将心里的话问了出来："你之前的男朋友为什么说这里有凤凰呢？仅仅就是因为在书中看到这里有凤凰出现过？"

秦灵灵摇摇头："我做事可没那么傻，怎么可能因为他的一句话就来了这里。不过我喜欢凤凰文化确实是因为他。自那以后，我就喜欢研究凤凰文化，我在一些研究资料中看到了丰城这个地名。"

余鹏飞眼中顿时射出兴奋的光芒，迫不及待地和秦灵灵说："哦？那你之前肯定见过很多有关凤凰的资料吧？赶紧和我说说还有什么稀奇的消息。"

秦灵灵摘下帽子给自己扇着风，点点头："嗯，我确实搜索过很多资料，为了了解凤凰，我还查找过凤凰在古代各朝代的变化。"

余鹏飞放慢脚步，认真地听着她的话。秦灵灵继续说：

"凤凰在每一个朝代代表的意义都有细微的变化，所以我们想寻找凤凰也不是无迹可寻，根据不同时期凤凰形象的变化，我们也能找出一些线索。"

"嗯，凤和龙，在人们心中一直都是吉祥喜庆和至高无上的象征。时至今日，人们依然敬畏凤凰，可想而知古时的人们会多么痴迷凤凰，又怎么不会留下大量线索呢？"余鹏飞点点头，看着秦灵灵笑了笑。

二人一边走着，秦灵灵一边解释："据说远古时期，凤凰是一种民族图腾，和龙图腾一样，凤凰图腾的形成也是来源于部落的融合，多个部落图腾的不同部位最终组合成了凤凰的形象。比如，《尔雅》中介绍，凤凰具有鸡的头、蛇的颈、燕的颔、龟的背、鱼的尾，五种颜色，身高六尺。可见，凤凰形象形成的过程，实际上就是民族融合、国家形成的过程。

"由于凤凰的这种隐喻，从商周开始，这种图腾逐渐成为最高统治权力的象征，凤凰图案经常出现在青铜器、玉石等贵族用品上。这个时期的凤纹以'夔凤'为主，一只脚、瞪大眼睛、侧身直立，画风纹路简单抽象，透露出一种威严。

"春秋战国时期的凤凰形象开始在更多的物品上得到应用，这时候的凤凰形象相比商周时期又有了新的变化，凤凰的形象更加细致一些，修颈长腿，周围华美，尾部下垂，展现出一股骄傲的姿态。这个时期的凤时常和龙一起出现，龙凤的融合也是从这个时候开始的。

"汉朝的时候，凤凰的形象大致已经定型了，和如今我们看到的样子基本接近，《韩诗外传》中是这样描写的：'鸿前而鳞后，蛇颈而鱼尾，龙纹而龟身，燕颔而鸡啄。'汉朝末年，佛教兴起，凤凰的形象也受到了影响，更加显得超凡脱俗，飘逸潇洒。

"到了唐代，那是中国古代最鼎盛的时期，人们对美以及艺术的追求更加强烈，凤纹开始与花草纹等相结合，姿态不再那么纤细，而变得丰满舒展，翩翩起舞，生机盎然。

"宋代的凤纹如同它所处在的时期一样，讲究一个'雅'字，虽和唐代一样，凤纹和花草纹时常结合在一起，但宋代和凤纹相配更多的还是牡丹花，牡丹被誉为花中之王，凤凰被誉为百鸟之王，这种结合更受人们欢迎。

"明朝，龙的形象代表皇帝，凤凰则被更多用在嫁娶的喜服上，这意味着凤凰的形象不再只有贵族使用，而是走向了平民百姓。明朝的文化艺术偏市井一些，所以当时的凤凰形象更加贴近平民百姓的审美。

"到了清朝，凤凰的形象更加精致，色彩上也更加明艳亮丽。在清朝的纹样里，凤凰和龙的组合更加紧密，很少单独出现。这些年，我到全国各地看到了很多不同时期出土的带有凤凰图案的文物，凤凰的形象确实在发生着变化，人们会根据当时流行的凤凰形象，在史书中或者是物品中留下关于它的样子和描述。"

听了这番话，余鹏飞真是对秦灵灵刮目相看，没想到眼前这个天天叫嚷着要吃美食的小姑娘，居然对凤凰文化了解这么多，能把凤凰形象演变历程说得这么全面，真是不简单，看来以后不能再小看这个小姑娘了。

余鹏飞若有所思地说:"按照这个逻辑,我们如果在丰城发现一些凤凰的图案,那么就可以推断出它所处的年代,或许对我们寻找凤凰有帮助。"

秦灵灵附和着:"对,这就是我为什么会来这里寻找凤凰,在我搜集的资料里,凤凰确实在这里留下过线索,可能是由于年代久远找不到了。不过,我相信凤凰肯定在很多地方留下过线索,我们再去其他地方找找吧。"

余鹏飞现在也没有开始那么急躁了,他越来越意识到在凤凰背后隐藏着一个惊天秘密,要揭开真相不可能是一朝一夕的事,必须要做好艰苦跋涉的准备了。余鹏飞在心里对自己坚定地说:"不管这场探险的结局是什么,为了秦叔叔的遗愿,我一定会走到最后的。"想到这里,他已经有些疲惫的脚步又变得轻盈起来,仿佛他的前方就是凤凰的巢穴。

此时的刘文庚正在地下室里虔诚地做着神秘的事情,林强急匆匆赶回来时,正好碰见刘文庚刚从地下室出来,身上带着浓浓的檀香味道,细细地闻,还有一股子腐烂臭味,林强脸色一白,慌忙向刘文庚汇报事情。

每次刘文庚从地下室出来,林强都会发现刘文庚的脸上多了一些欣慰,脾气也会暂时变好,即使用人做错了事情,他也不会发火,还会笑着安慰那个用人,林强知道他的改变是因为去了一趟地下室,却不知这欣慰是从哪里来的。

那是一间神秘的地下室,刘文庚决不允许其他人进入。曾经有几个胆大的用人想知道地下室里埋藏着什么秘密,准备偷偷进去时被刘文庚发现了,林强从此再也没有看见那些人的身影。

林强的目光悄悄地看向那扇通往地下的门，那里是刘文庚在这个世界上的禁忌，除了他任何人都不能靠近那里半分。林强纵使有千万般的好奇，也不敢冒着生命的危险去窥探刘文庚的隐私，他只会对那扇门背后的一切既害怕又感到神秘。

林强一个激灵，连忙转过身子，却发现刘文庚正坐在沙发上看着自己，林强心里开始泛起了慌张，生怕刘文庚会像处理其他人一样处理了自己，他只好收敛面上好奇的神色，向刘文庚汇报事情。

"于小日那边正按计划进行着，已经进了崔丰实木材厂了，而且咱们之前埋在那里的人也回复说一切都好。"

刘文庚点点头，旁边的用人赶紧递上湿毛巾，他拿起擦了擦手，"交代给你的事情办得怎么样？"

林强本想说什么，欲言又止，"您……您要的……太多了，国外那边只能弄过来几十只。"

刘文庚嘴边挂着淡淡微笑，迎着阳光看着手上的祖母绿扳指，说："是差钱还是差什么？往年都可以，今年为什么不行？"

刘文庚心情不是很好，浑身带着戾气："你上点儿心，这不是小事，还有一个月就到日子了。"

林强连连点头说是，可心里害怕极了，他不知道自己的老板要干什么，让自己找一百多只孔雀和稀有动物，索要的数量比往年更加离谱。他只知道刘文庚每年最看重这个日子，而在这个日子的前后几天里，刘文庚都是在地下室度过的，没人知道他在里面做什么事情，甚至连他的面也见不到一次。

他是了解刘文庚的，这人看着面上总是挂着淡淡的笑，但这些年没少干缺德的事。

在他心里，刘文庚是个疯子，年年弄这么多孔雀和动物，却不知道最终被弄到哪里去了。

林强继续说道："另外，于小日说，崔丰实好像派了什么人始终在天津的那个男孩子身边盯着，听说这几日有不小的收获，相信不久之后，就会知道所有结果了。"

说完，他将一些资料递给刘文庚，继续说道："这些是那边传回来的资料，说是这个图案跟凤凰相关，而且通过这个图案貌似能找到凤凰。"

刘文庚将那张凤凰图案拿起来细细地看着，嘴角上翘，眼里终于有了笑意："能找到凤凰的图案？"

刘文庚冷哼一声，坐到泰山椅子上，将那张纸扔在了茶几上，开始烧水泡茶："崔丰实啊崔丰实，还真是秦桑尤的一条好狗，这么多年了，把他主子护得牢牢的。"

"都给我继续盯着，别露出什么马脚，另外，若是我要的那些东西确实不好弄，问问于小日，他说不定能帮上忙。"刘文庚交代完事之后再不说什么，林强知趣地慢慢退出去。

刘文庚自己一个人喝着茶，盯着手上的祖母绿戒指出神，嘀咕了一句："很好，事情总算有了进展，估计用不了多久，凤凰就会'飞'出来了。"

天津，崔丰实的木材厂。

于小日正一边跟着工人学刨木，一边和大家聊得哈哈大笑。

他笨手笨脚地学着工人的样子，拿起刨具笨拙地刨木头，那模样滑稽又可笑，引得一旁几个工人忍俊不禁。

"我不如你们熟练，怎么说也是新徒弟啊！"于小日笑着，将手里的工具还给了工人，自己则掏出烟抽了起来，暗暗地打量着四周。

厂子里一切正常，只不过于小日一直没看到崔丰实和何朝阳的身影，也不知道他们干什么去了。

"我怎么一天没看见崔哥啊？我还有些事情要找他呢。"于小日吐了口烟，随意地问着工人们。

奇怪的是，明明之前还聊得哈哈大笑的工人们，在听到他问出这话之后，仿佛同时失聪一般，所有人沉默，之后借着各种借口离开，或者埋头做起手里的事情。

于小日微微一愣，眉头皱了一下，瞬间明白怎么回事，但只能继续装作不明白事理一样地说道："嘿？怎么都走了呀？"

等到四下无人，他才收起脸上的表情，暗暗看了看四周，四周没有监控，工人们却为何在自己谈论到崔丰实的去向时集体沉默呢？

他不由得想到，一开始自己以为这些工人会是突破口，却没想到实际情况竟然这样，难道这些工人是在为崔丰实做着什么掩护？

远处的工厂门口，崔丰实和何朝阳的车子停着好一会儿了，二人一直没有下车。

何朝阳看着于小日，朝身旁的崔丰实小声地问道："崔哥，你看他那毛手毛脚的样子，能帮助咱们成事吗？可别耽误了咱们的正事！"

崔丰实没说话，慢悠悠地下了车子，紧了紧身上的外套。他心里暗想：明明都五月份，怎么觉得越来越冷呢，崔丰实面上划过一丝黯然，看来计划必须要提前了。

"暂且看着吧，是骡子是马拉出来遛遛，把姓蒋的那个司机安排给于小日。"崔丰实说完，转身回到屋里，对着跟在身后的何朝阳说道："老板说了，给盯着天津那小子的人捎句话，千万别露了马脚，实在不行伸手帮帮忙，那样咱们的计划完成得也快。"

何朝阳小声地说道："天津那小子那边有线索了，听说他拿着一张图案在找凤凰，而且据说，按照这张图案就能找到凤凰。"

"什么？"

崔丰实刚给自己倒了杯水，听到这里，水杯随着他的激动"哐"的一声掉在地上，脸上写满了掩饰不住的震惊和喜悦。

他不敢置信地又重复着："能找到凤凰了？"

崔丰实低头看着地上的水杯，压抑住内心的狂喜说："既然事情有了突破，告诉那人，打起精神，别在这关键时刻露了馅，好好跟着天津那小子，事成之后，那人所要求的一切，我都会去向秦姐说的。"

第四章 凤凰血脉

见屋里没人了,崔丰实将手机打开,那里面是一张跟在余鹏飞身边的人拍回的照片。照片上的一对年轻男女,脸上洋溢着高兴,颜值在人堆中十分扎眼。

崔丰实表情淡漠,拇指却在手机屏幕上抚摸着女孩儿的脸蛋。看了许久之后,他又将照片删除,仿佛什么都没看见。

他将于小日叫进屋里,递给他一个新手机:"你以后就用这个手机吧,里面有新办的手机卡。"

于小日看了看手机,说了声好,当着崔丰实的面将自己原来的手机扔进鱼缸里,痞痞一笑:"都听你的。"

手机一换,以后想和外界联系就更加困难了,但于小日并不十分担心,他从不做没有准备的事情,他早就想好了其他与外界取得联系的方式,只要能让崔丰实安心,就随着他去折腾吧。

不一会儿,何朝阳从外边开车回来,从车的副驾驶座位上拿起个文件袋,直奔崔丰实办公室,正好看见于小日在和崔丰实说话。何朝阳眉头微微一皱，似乎有些不悦，随后立刻换上一副不在意的样子。

何朝阳将文件袋递给崔丰实，"崔哥，东西回来了。"

崔丰实点点头，"继续跟着。"说完打开文件袋，里面是一些照片，旁边的于小日想上前看看，崔丰实却将手里的照片往回一撤。

"咱们都无隔阂合作了，我看看也没什么吧。"于小日缩回身子，嘿嘿一笑，坐回凳子上。

崔丰实淡淡地看了他一眼，将文件袋收好放在旁边的保险柜里："于先生，跟你合作是我老板的安排，但并不是我的想法，目前为止，我没看到你对我有任何的帮助。"

于小日跷起二郎腿，将身上的蓝色卫衣整理了一下："希望你能理解，不管事情成败，你都没有任何损失，可是对我来说，要承担的风险太多，我不能冒险，必须要等到最合适的时机，一击必中。"

崔丰实盯着于小日那张笑嘻嘻的脸，却从中看到了一丝狠厉。

良久，空气中弥漫着紧张的味道，崔丰实平静地说："不是我逼你，老板留给我们的时间不多了，再给你半个月时间，如果事情还没有进展，我们就停止合作。还有，在我们达成目的之前，你不准和外界联系。"

崔丰实说得风轻云淡，但他的眼神却让人觉得背后生凉。于小日却丝毫不惧，迎着他的目光："崔老板，我有我的计划和节奏。"

崔丰实反倒一笑："老板可等不及，你应该调整自己的节奏。"

于小日明白，对方还是没有完全相信自己，看来还要做点能让对方彻底对自己放心的事情。

过了会儿，崔丰实要带着何朝阳去个地方。上车前，崔丰实接了个电话，何朝阳则在一旁安排工厂里的事情，崔丰实回头对于小日说："把我办公室桌子上的合同拿过来。"

于小日点点头，赶紧去他的办公室，果然见桌子上放着一个文件盒，他拿起之后，刚想走，余光看见了角落里的保险柜。

之前崔丰实把那份神秘的资料放在里面时，于小日就想着要找个机会看看里面到底是什么东西。

此时，崔丰实还在外边接电话，似乎和电话对面的人发生了争执，根本无暇顾及这边，何朝阳则带着人往工厂另一端走去。

如果此刻于小日打开保险柜的锁，根本不会有人发现。

但他又转念想到，崔丰实是个心思细腻的人，怎么会把保险柜放在经常会客的办公室里呢，这不是故意惹人注意吗，说不定是专门考验自己的。

想到这里，于小日拿起桌上的文件，正要转身离去，眼前却闪过一道红光。

这屋子里明明没有监控探头，怎么会在眼前有红光反应，于小日觉得自己刚刚的决策是对的，崔丰实恐怕在这屋子里装了针孔摄像头。

于小日轻嗤了一声，轻轻揉了揉稍有不适的右眼，走到车前，将合同放在后座。

而另一边，何朝阳到了一处屋子内，几句话打发了跟在自己身后的众人，打开手机监控看了看。之后他又回到崔丰实身边，崔丰实正在听电话那头的人说着话，回头见何朝阳没什么反应，就知道一切正常，转过身子继续跟电话里的人说事情。

何朝阳刚要离开，身后于小日跟了上来，叫住了何朝阳，问他要工厂的具体地址，说是自己有看报纸的习惯，这段时间住在工厂里，投递员需要新的寄送地址。

"少弄那些没用的，崔哥是让你来做事干活的，不是让你度假的。"何朝阳白了于小日一眼。

于小日看着何朝阳不耐烦的样子，他心里明白何朝阳的情绪，无非是自己越来越得到崔丰实的注意和重用，这对一直跟在崔丰实身边的何朝阳来说有了危机感。

他淡淡地笑着，觉得何朝阳和刘文庚身旁的那个林强一个德行。"瞧不起谁呢！"于小日嘟囔一句，"你当我们这行所有的秘密消息都是白来的啊！不看报纸不看新闻哪来的消息，痛快点将地址给我，耽误了找凤凰，这个责任你担得起吗？"

于小日搬出找凤凰的需要，何朝阳也无可奈何，只能发给他一串地址。

余鹏飞回到酒店的第一时间，就将所有壁画内容赶紧画了下来，虽然后面几幅壁画的内容还是没弄懂，但余鹏飞觉得还是先保存好，空闲时间再慢慢研究。

"噔噔噔——"

"余鹏飞，开门！我给你带了好吃的！"

门外秦灵灵的声音响起，余鹏飞无奈地笑了笑，自从遇上这姑娘之后，自己就开启了被投喂的生活，最近都胖了好几斤。

余鹏飞开门一看，秦灵灵举着好几袋子吃的，不知道为什么，一看到秦灵灵阳光的笑，他就感觉到十分美好，他喜欢秦灵灵身上那种活泼灵动的朝气。

"我给你买了好多好吃的，你补一补吧，这次受惊了。"秦灵灵洗了手，将食物一份一份地摆在桌子上。

在她心里，虽然跟余鹏飞才相处了几天，却有种两人已经认识了很久的感觉。

"一起。"余鹏飞说道。

秦灵灵望着余鹏飞，拿起一块炸鸡，一边吃一边说："你……就不准备跟我说点儿诚实的话？"

余鹏飞没懂，诧异地望着秦灵灵。

"经过这段时间的观察，我发现你确实在找凤凰，但事情应该不止这么简单吧？"秦灵灵看着余鹏飞贼兮兮地说着。

"嗤！"

看着余鹏飞轻笑，秦灵灵推了他胳膊一下："笑什么？我说得不对？"

"想不到你虽然年纪小，但脑袋却很聪明！"

"那是！"秦灵灵傲娇地白了余鹏飞一眼。

"我确实在找凤凰，也有点麻烦事情，所以不建议你跟下去，很危险的。"余鹏飞看着她，希望小姑娘能理解自己的良苦用心，隐藏在暗处的那帮人看着都像亡命之徒，自己也不知道前面还有多少危险正在等着自己。

秦灵灵摇摇头，大口吃下炸鸡肉："不要，我要跟着你，其实余鹏飞，我真没什么朋友，这次若不是有你，我根本不会有这么难忘的经历。"

她试图继续说服余鹏飞："我要跟在你身后走下去，若是将来我到了七老八十的那天，拄着拐杖坐在院子里晒太阳，看着别人在自己面前说着年轻时候有趣的经历，他们脸上洋溢着自豪和欣慰，而我却只能惋惜和后悔几十年前不够勇敢，那多遗憾啊。人生的选择有很多次，但有的风景只会在你的人生中出现一次，若是这次错过了，我会觉得整个人生都不够精彩。"

"至于你的事情，我不过问，不过我是真的准备写一本关于凤凰的书，我准备了很久，跟着你我会得到很多真实有趣的素材，不但如此，我还有个无所不知的前辈，他对凤凰的研究比我还深，很多时候我都请教他的。"

余鹏飞见自己还是没能说动这小姑娘，只能点点头，算是答应了秦灵灵的请求，"我可跟你说，一旦我再让你离开，你必须赶紧离开，不然会有危险的。"

"嗯嗯，我答应你，嘿嘿！"见余鹏飞点头，秦灵灵瞬间开心得像个小精灵一样，大眼睛笑得弯弯的，赶紧给余鹏飞的碗里夹了一块好吃的。

"对了，你刚刚说什么，你有一个十分了解凤凰文化的前辈？"余鹏飞问道。

秦灵灵点点头："嗯，他是我在国外的朋友，比我大很多岁，对凤凰文化、龙文化什么的十分了解，我跟他没见过面，是在一个网络论坛中认识的。"

说罢，秦灵灵似乎想起什么一样："对了，我们三个人可以拉个微信群，如果以后我们再有什么问题，直接在群里请教他就行了，他这个人很热心的。"

听秦灵灵这么一说，余鹏飞觉得可行，就让秦灵灵赶紧建群。

余鹏飞看着群里被秦灵灵拉进来的人，他的网名叫"山火"，名字中就透着一股激情。余鹏飞和对方打了招呼，山火也友好地作了回应，二人还就凤凰文化简单聊了聊。

第二天，余鹏飞和秦灵灵先在小吃街找了一家餐馆，吃了点东西。秦灵灵背对着窗户，余鹏飞坐在她对面的位置上，正好可以看到窗外的一切。

"怎么了？"秦灵灵不明所以，看着余鹏飞一直看向窗外，也跟着回头看去，发现对面的街上一个男人正大声吆喝着："都来看一看瞧一瞧啊，唐代名画优惠转手了啊，还有宋代名家巨作……都来看一看瞧一瞧啊！"

不得不说，在一众小吃摊位面前，这个卖画男人的摊位显得格格不入。他的摊位根本没有人光顾，却还在那里奋力叫卖着。

"有意思，这么明目张胆地叫卖，真的不会被人骂吗？哪有人会在街上卖古代名画的？"秦灵灵讥笑道，看了那男人一眼继续回头吃着东西。

余鹏飞也低下头吃起了东西，暗暗看了看那卖画的男人一眼，不知道在想些什么。

吃了东西，余鹏飞和秦灵灵沿着小吃街慢悠悠地逛着，不知不觉地就来到了卖画的男人面前。

男人的摊位是用简单的不锈钢架子支起来的，上面铺着一层黑色毛茸茸的布料。在布料上面放着一堆画轴，像极了古时卖画为生的书生。

余鹏飞打量了一下男人，见他穿着随意，一件休闲的白色短袖上衣，黑色的裤子，配着一双灰色的帆布鞋，长得约莫四十多岁的样子，外表看起来很善言谈。

见余鹏飞在自己的摊位前驻足，他便热情地说道："这位小兄弟是想看看我的画吗？"

余鹏飞微笑着说道："你刚刚说你的画都是宋代的名画？是真迹吗？"

男人笑着说道："我只能说这画是我家祖宗留下的，你若是懂一点画，你就打开看看，这画是不是很有年代感，至于是不是真的，老祖宗留下的东西，你说呢！现在我遇到了一些困难，急需用钱，想转手出去。唉！这些都是祖宗留下来的，你看上了哪幅画我都可以给你便宜一些的啊。"

余鹏飞被逗笑，这男人说话模棱两可的，显然绕着圈子。

他随便拿起摊位前的一幅画，是元朝王渊的一幅《竹石集禽图》，画轴由上至下展开，将此图的精妙之处一一展现出来。

余鹏飞笑着说道："我哪里懂得什么墨宝啊，不过是听着你说的古代真迹罢了。"

可他刚说完，就被手中《竹石集禽图》给惊呆了。

画中，王渊将国画的精华展现得淋漓尽致，他将鹰的傲视威严和霸气以及杜鹃花的婉约翠锦刻画得恰到好处，又将岩石中向上生长的竹子和惊翅欲飞的鸟儿画得惟妙惟肖，小到鸟儿的神态，大到整幅画的颜色渐变晕染，无一不透露着精细之处。

余鹏飞虽然不太懂国画，但也能看出眼前这幅画确实是一幅上乘佳作。

一旁的秦灵灵悄悄地拍了拍余鹏飞说道："我怎么觉得这是一幅真迹啊，该不会真的闹市里藏卧龙吧？"

通过这几天余鹏飞对秦灵灵的了解，这小姑娘学的是国学类的专业，对一些国学之类的东西很了解，她若说这是一幅真迹，那就该是真的。

当然，余鹏飞也不是耳根子软的人，他从这画轴的质感和颜色上辨别，像是一幅老画无疑。

"既是真迹，你又为何要将它卖了？而且这样卖画不违法吗？"余鹏飞问道。

面前的男人说道："我都说了我是遇到困难了，而且我也说了，我这是转让，并没有说是卖啊！"

一时间余鹏飞也不好分辨真假，倒是一旁的秦灵灵看见《竹石集禽图》之后就挪不开眼睛了，一直小声地跟余鹏飞说，这是真迹。

见余鹏飞犹豫不定，卖画的男人又说："《竹石集禽图》算是元朝时期留下的不可多得的墨宝了，它能很好地展现元朝时期文人的作画风格，你今天运气好，这要是晚来一步，遇上个懂画的，你都不会见到它一眼的。"

"我是真的家中有事,才来卖画,这画原本我就不想卖,可你若是喜欢它就是与它有缘,你若将它买了去,可千万记得别像我这样,遇到点事情就将画卖掉,这是对它的不负责!"

男人越说越诚恳,看得一旁的秦灵灵急得直咬牙,生怕来了别人跟自己抢画,她对着男人说道:"你就直接说吧,这画多少钱啊!我带走就是了!"

男人一听,眼中先是露出一闪而过的惊喜,接着说道:"算了,我不卖了,我舍不得它,毕竟是祖宗留下来的,就算再有困难,我也不能把它卖了……"

余鹏飞刚想问些什么,秦灵灵在一旁大叫道:"那可不行!都说好了要卖它的,既然是真迹,你说多少钱我买下就是了。"

男人不假思索地直接说道:"十万!"

十万!余鹏飞心里一震,就一个小吃街的摊位上卖画的,随便一个画就十万?可还没等他反应过来,那头秦灵灵大叫道:"好了,十万块钱我已经扫码付给你了,你快我帮包好,别伤了我的画。"

说完,她还对着男人说道:"不许后悔啊!"

"你就这么随随便便买了?不再看看?"

余鹏飞慌忙阻止,被秦灵灵安慰道:"放心吧,我学的就是国学,这些画我在国外也没少见到,我保证这就是真迹!"

见她那么笃定,余鹏飞不好说什么。卖画的男人一脸谄媚地笑道:"这是包装盒子,这画你收好。"

秦灵灵拍着盒子说道："余鹏飞，你看看，这盒子都是年代久远的样子，能是赝品吗？放心吧！"

余鹏飞总觉得哪里不对劲，按说若真是祖宗留下的东西被卖了，这男人不应该是刚刚那副不舍得的样子吗？怎么收了钱之后又突然高兴了呢？

二人离去后，秦灵灵在前面走着，余鹏飞在她身后思索着刚刚的事情，却在不经意的一眼中发现，秦灵灵抱着画的盒子背面露出一行小小的英文字，十分不起眼，那上面赫然写着：Made in China。

余鹏飞的脑袋瞬间如遭雷劈，"嗡"的一声，脑海里只剩下三个字：上当了！

当秦灵灵和余鹏飞再次找到那个卖画摊位的时候，却见那个男人已经收摊了，不见了踪影，气得秦灵灵直跺脚，嚷嚷着非宰了那个卖画的男人不可。

余鹏飞打听一旁的摊位老板，问卖画的男人去了哪里。

隔壁摊位的老板大哥笑道："卖画的那个男人啊！咳！估计是赚到了，这会儿应该收摊走人了。"

听着这话，余鹏飞心里越来越生气，便问道："赚到了？他不是因为家里有急事而出来卖祖宗留下的画吗？"

摊位大哥笑道："他啊，是我们这里有名的国画临摹高手，刚来了几个月，听说是个外地人，凭着一副临摹画的好手艺，在这里没少赚钱，一幅画能被他临摹得惟妙惟肖，丝毫看不出破绽的，一幅画卖出去了就够他吃几年的，所以他缺钱了就会出来卖画，挣到钱了就会收摊几天时间的。怎么？你们买了他的画了？"

余鹏飞有些难以启齿，自己这么大的人了，还被一个卖画的人骗了，说出去都丢人，于是问道："嗯，大哥，你知道那个男人住在哪里吗？"

摊位大哥想了想说道："好像是南边的巷子里，不过不是很清楚他的具体住址。"

得了那个卖画男人的大概居住住址，余鹏飞和秦灵灵马不停蹄地开始寻找。

就在他们一头雾水的时候，发现了居民的平房区中，有一个繁花盛开的小花园，而花园中躺在太师椅上，悠然自得正饮着茶的男人正是刚刚卖画的人。

秦灵灵走近那个男人的小院外边，顺着矮篱笆，将自己手中的画盒子砸向那个男人，大骂道："臭卖画的，你竟然敢骗我！"

半个钟头后，卖画的男人被余鹏飞和秦灵灵揪着耳朵，哭哭啼啼地认着错："我真的叫刘未，你们不信可以看我的身份证，我真的不是骗你们，我也没说那画就是真的啊，是你们一直说画是真的，我只是说那画是我祖宗留下的。"

秦灵灵拽着刘未的耳朵，气急道："你还敢顶嘴，别以为我不知道，我刚刚查了资料，据说《竹石集禽图》现在在上海博物馆呢！你还真当我是文盲啊，是不是看我年纪小很好骗啊！"

刘未求饶道："我错了，我把钱退给你们，而且我都说了我不是骗，我只是擅长临摹而已，这是本事，很多人都主动来找我画画的……"

"你还敢说，若我们今天将你行骗的事情告诉警察，你猜你会被关几年？"余鹏飞说道。

"哎呦，两位俊男美女，咱们初相识也算是一种缘分，这画就当我送你们的了，这可是我三个月精心绘制的，你们可得放我一条生路啊！"刘未哭哭咧咧地喊冤。

余鹏飞冷哼一声说道："饶过你也可以，但你要把这幅假画销毁了，假画就是假画，为什么要拿出来骗人，而且你还要答应我们，从今以后可不能这么骗人了！"

秦灵灵附和道："就是，就算你自己画的也可以卖啊，为何一定要临摹名画骗人呢！如果我再发现你行骗，我非报警不可！"

刘未喊道："我也就是画一些画，全国各地走一走，卖一卖而已，这不刚到这里没两个月就遇上你们了，我是江苏丰县的人，那是汉高祖刘邦的发家地，我是堂堂正正的刘邦后人，绝对会言而有信的，今天你们不让我再继续卖假画了，我刘未用祖宗刘邦起誓，一定不会再卖了！"

秦灵灵笑道："就你还是汉高祖刘邦的后代？谁信啊？"

刘未却一改之前的油滑模样，义正词严地说道："刘邦是我的祖宗，我这一辈子都活在他的光环之下，也一生都在探寻他的事迹，不信的话你们可以跟我回丰县，看看我的家里就知道了。为了报答你们的不报警之恩，我可以让你们看看我的收藏，保准让你们大开眼界。"

余鹏飞懒得跟刘未继续闹下去，于是警告了他之后，留下了刘未的联系方式，想着以后要看看这厮是不是真的改邪归正了，之后便带着秦灵灵离开了。

"叮咚。"

余鹏飞和秦灵灵的手机突然同时响了起来，他们拿起手机看了看消息，原来是山火在群里发了一个曲子的视频，这个曲子是个大鼓曲，曲调恢弘，气势磅礴。

"凤凰战鼓曲？"余鹏飞嘀咕道，"他这是让我们去找这个曲子的制作人？"

秦灵灵点点头："你看，这个曲子作者是请教了一个爱好周室文化的老先生，才谱出这首曲子，我让人联系这个作者，然后咱们就可以找到这位老先生了。"

她这话说完，余鹏飞心里有些震惊，秦灵灵这是什么实力，发来一个视频就能找到作者，实在有些厉害。

"别误会，山火的意思是问，这个作者他认识，需不需要通过作者把老先生介绍给我们。"秦灵灵解释道，见余鹏飞似有若无地点点头。

不过一会儿，山火就将老先生的地址发了过来，是在河南的一个村子里，看来两人又得开始长途跋涉了。余鹏飞看了看身后的秦灵灵，见她一身小短裙，背着双肩包，娇小可怜的，"你在酒店等我吧，一旦对方是坏人，有什么事情我怕你出意外。"

秦灵灵被余鹏飞说得愣住了，嘴角扯着微笑，但眼里有些湿润，却不想让余鹏飞看到。

"你带着我吧，没事的。"说罢，将自己手腕的手表抬起来晃了晃，"这表几十万，里面是定位追踪器，我姐姐给我弄的，安全得很，你不带着我才是你的损失呢！再说了，这是山火大哥介绍给咱们的，人靠谱着呢！"

余鹏飞被她的话震惊得无以复加，看似简简单单的一只手表就几十万，他不禁暗暗猜想，秦灵灵的家里到底是做什么的？到底是什么样的家庭，能放心地让一个二十岁的小女孩儿跟着一个陌生的男人东奔西走，说得好听是为了写书搜集资料，说得难听点，在外人看来秦灵灵这个小女孩儿的胆子也太大了点儿。

他的心里对这个一脸嬉笑的秦灵灵又多了几分怜惜，他体会过那种不被亲情所包围的滋味，实在是让人心痛，真想不到秦灵灵从小到大到底生活在一个什么样的家庭里！

余鹏飞还想说什么，被秦灵灵抓着手臂拉着走："大男人别磨蹭，你就信我一回。"

"那到了之后如果情况不好的话，我拖住人，你赶紧跑啊！"

看着余鹏飞一副认真的样子，秦灵灵彻底被逗笑了，又觉得心里有丝丝的甜味划过。

那一道甜蜜的滋味划过心头之后，她恍然大悟，难道自己对余鹏飞生出了不一样的感情？

这一念头将秦灵灵自己吓了一跳，她看着余鹏飞的背影，心里却起了纠葛，这纠葛到底是什么，只有她自己知道。

前面的大男孩，身材高大，一身运动衣，阳光帅气，心地善良不说，还那么细腻，秦灵灵嘴角的弧度越拉越大，心头那股莫名情绪越绕越浓。

两人几经辗转，终于找到了那个小村子。余鹏飞带着秦灵灵买了几样水果，算是请教人家的一点谢礼。

他们要找的人姓姜，是一个历史文化的研究者，光听这个介绍，余鹏飞就觉得这趟应该不白来。

终于，两人在一个小篱笆门前停下。余鹏飞看了看面前的小院，几间小房，院内被人收拾得干干净净，朴素又利落。

"有人在吗？我是来找人的。"

余鹏飞刚问完，院子里蹿出来一条黑色的大狼狗，别说把他吓得够呛，秦灵灵早就被吓得小脸煞白，"啊"的一声躲在余鹏飞身后。

见狗越来越近，直往两人奔来，余鹏飞看了一眼身后的秦灵灵，直接将她扛在肩膀上，左手拎着秦灵灵的背包，准备用来打开扑向自己的狗。

秦灵灵还没弄明白怎么回事，就发现自己已经离地老高，听见余鹏飞说了句："腿弯起来，抱住我的脖子，别让它跳起来咬到你。"

秦灵灵赶紧照做，余鹏飞则用背包挡着狗，僵持不下之际，听见院里传来一声怒吼："回来！"

那狗听到声音之后，竟然乖乖地回到窝里，余鹏飞顺着声音望去，屋前站着一位老人，头发花白，表情严肃。

他将秦灵灵放下，拉在身后，赶忙说道："你好，我是别人介绍来的，想找姜先生请教一些事情。"

老人脸上没有笑面，看年纪也就六十岁左右，朝余鹏飞挥挥手："进来吧。"

身后的秦灵灵紧跟着余鹏飞，老人见了说道："不碍事，它不咬人。"

进了屋之后，余鹏飞仿佛一下回到了秦今明的屋子一样，面前的屋子里全是各种古文化的书籍和挂画，还有很多各个朝代的根雕，根雕做得惟妙惟肖，栩栩如生。

虽然秦今明的屋子里都是凤凰，但余鹏飞感觉，面前这位老人痴迷古文化的程度和秦今明痴迷凤凰文化程度差不多。

余鹏飞将水果放下："叔叔，给您带了点水果，小小心意，您收下。"

"想问什么？"老人依旧木着一张脸，给余鹏飞两人拉过椅子。

余鹏飞这才反应过来面前的人应该就是他要找的姜先生，微微一愣之后，起身说道："姜叔叔好，我是想问您一些关于古代凤凰文化的知识。"

老人显然被余鹏飞这个问题问住了，于是眉头皱得更紧，颇没好气地说道："我只研究周武王时代的信息，不知道什么凤凰文化，那面屋子里都是资料，你们可以慢慢看，其他的我帮不上忙，请便。"

说完，老人离去，也不跟余鹏飞寒暄什么，弄得余鹏飞十分尴尬。

"真是个怪爷爷。"秦灵灵小声地在余鹏飞身边嘀咕着，被余鹏飞轻轻推了一下胳膊："人家地盘，小点声。"

秦灵灵赶紧用小手捂住嘴巴，跟在余鹏飞身边，"这么多！会有有用的信息吗？"

余鹏飞看着像堆小山一样的资料，说了句："来都来了，找吧，争取天黑之前离开，不要留在人家里。"

余鹏飞看到面前书堆里有一本书是单独放的，见屋内没人，他拿起来发现是一本手记，说的是古蜀国治水有功的鳖灵抢占了望帝的妻子，实则因为望帝妻子是炎帝后裔女子，身上有神秘的血脉，得之便可安邦兴国。

"这可真有意思！"余鹏飞笑了一声，秦灵灵闻声探过头："怎么了？"

余鹏飞扬扬手里的笔记："你知道望帝化鹃的典故吗？"

见秦灵灵摇摇头，余鹏飞说道："传说远古时代有一个蜀国，有一位仁君叫望帝，他爱民如子，到了死后也不能停止对百姓的关怀。每到清明、谷雨、立夏、小满，人们都能听到一声声鸟叫，百姓感言这是望帝又回来了，望帝生前每逢播种时节都会提醒人们劳作，死后亦能化作鹃鸟来守护人们。"

"但这手记上写的是，鳖灵抢了他的妻子，还说因为他的妻子身上有特殊血脉。在妻子被抢之后，望帝化身杜鹃鸟，日日啼哭，思念自己的妻子。更有传言说道，他妻子身上是凤凰血脉，杜鹃也是鸟的一种，它对着自己妻子的坟墓啼哭，也是有些百鸟朝凤的意思。"余鹏飞想了半天没发现有什么跟凤凰相关的，但炎帝两个字还是让他有些引起注意。

秦灵灵嘟嘟嘴，摇摇头不在意地说道："这本手记估计就是姜爷爷自己的东西，不一定真实，估计他也是从别的野史中听来的。

余鹏飞看着面前都是关于周武王、周文王的资料，眉头一皱，嘟囔了句："凤凰血脉在炎帝之后都是传给女性的，这周武王和周文王都是男性，性别也不符合啊？"

本是一句平常的话，却突然让余鹏飞茅塞顿开。

秦灵灵正在翻看着笔记，这些笔记对她来说都是宝贝，就如那缺水的人遇见了水源一样。在听到余鹏飞小声地自言自语之后，随口问道："什么是凤凰血脉啊？"

余鹏飞"哦"了一声，随口解释道："传说上古时期，炎帝的图腾是凤凰，凤凰又是人们景仰的神鸟，这种图腾在后来被称为凤凰血脉，在那之后这个血脉就会传给女性后代，我猜想啊，凤凰血脉肯定不单单指图腾那么简单。"

秦灵灵点点头，不假思索地问道："跟找凤凰有关系吗？"

"应该是有关系的，你想啊凤凰血脉那能是常人拥有的吗？找到了这个血脉不就等于找到了凤凰吗？"

秦灵灵恍然大悟："是啊！那……那我们应该找凤凰血脉的！"

此刻，秦灵灵眼里露出兴奋，就好比某些事情将要达成的欣喜，快速翻阅着面前的资料，余鹏飞也加快阅读书籍的速度。

"我猜测，带有凤凰血脉的女子一定不是简简单单或者普普通通的百姓，而且一定也不会少了人们争抢追逐她们的事情，那么在王权至高的古代，这些女子一定是有一定的地位的。"

"历史上除了武则天和几位女将军之外，却是鲜少有女性在朝堂做高官，那么那些皇帝将相争夺带有凤凰血脉的女子会干什么呢？"

余鹏飞抱着臂膀一边说一边认真地思考着，旁边的秦灵灵则没在意他的话，依旧翻着资料，顺嘴回了一句："还能干吗？填充后宫呗！"

她一说完，两人瞬间都愣住，秦灵灵转过头和余鹏飞对视，一时间竟然看懂了对方眼里的意思。

余鹏飞这才又抓起刚刚那本手记，"炎帝后裔女子""神秘血脉""安邦兴国"，这些似乎有些和他们两个想的对应上了。

"找他们后宫资料。"余鹏飞简短地说了一句，开始和秦灵灵翻起资料。

良久之后，终于有所收获。

"自周文王之后，周天子每隔一代便要立炎帝后裔中拥有神秘血脉的赤帝女之后的姜姓女子为王后，十二代周天子迎娶七位姜姓王后，以示天下正统所在。东周之后，带有神秘血脉的姜姓王后绝嗣，周室开始衰败，最终被取而代之，唉！线索又断了！"

余鹏飞一边念着一边沉思着，他翻到其中一页诧异起来："玉凤？"正敞开的那一页是一张照片，上面是一只栩栩如生的凤凰玉石。

"玉凤，出土河南安阳妇好墓中，所属年代殷商时期。"

照片中的凤凰玉石呈黄褐色，凤凰头顶花冠，侧身回首而望，尾部长长地拖在身后。模样精致晶莹，将凤凰的神韵展现得活灵活现。

秦灵灵看着照片上的玉石，惊喜地赞赏着："好漂亮的玉石啊！妇好是谁呀？"

余鹏飞继续翻着书解释道："妇好是商王武丁的妻子，这件玉凤就是从她的墓里发现的。可是……"

见余鹏飞有疑问，秦灵灵问道："怎么了？有什么不对劲的吗？"

余鹏飞看着书中的笔记说道："这上面说，武王伐纣不仅仅是因为纣王暴虐荒淫，其中也似乎另有原因，好像跟凤凰有关系！"

他将笔记中的一段话指给秦灵灵看，继续说道："这上面写着，传说武王伐纣一是因为纣王的昏庸无能，二是因为当时的殷商百姓口口相传，说皇宫后庭中有一位携带凤凰血脉秘密的女子，得此女可得天下。"

秦灵灵不解："既然得此女就能得到天下，为何纣王的天下还是被灭了？"

余鹏飞继续翻笔记，没发现其他有用的线索，便合上放下了，他轻笑道："为君不仁，想必就算得到了这样的女子又能如何！"

秦灵灵合上书埋怨着："这么捋着下来，能说明一点，在周室之后，凤凰血脉不见了，所以各个地方藩王为了坐到皇位，应该会到处寻找携带凤凰血脉秘密的女子。"

余鹏飞听了她的话，沉思了良久，之后点点头，他将书递给秦灵灵，"你看这两处，写的是武王伐纣的牧野之战和周文王的灭邘之战，你能看出来有什么相同的吗？"

"黄帝后裔姬姓周武王伐纣，巴人为先锋，歌舞以凌殷人，舞蹈中展现出凤凰的气势并且威力巨大，令几十万纣王军队倒戈。"

余鹏飞指着其中一处继续说道："这里还单独画着圆圈标注，野史说'文王灭邗之战，巴人为先锋，歌舞以凌殷人，舞蹈中展现出凤凰的气势并且威力巨大，令……'"

"凤凰？"秦灵灵惊叹，"这是不是说明，周武王得到姜后之后，因为她的凤凰血脉才能取得战争胜利呀！为什么都是巴人为先锋，歌舞中都有凤凰气势呢？"

余鹏飞点点头，同意秦灵灵的观点，"你也说了，这都是野史，真实性无从考证的，只能当做谬谈来听听。但现在线索中断，而且姜叔叔这里只有周室的历史资料，其他的实在无能为力了。"

一番继续查找后，余鹏飞和秦灵灵没有再发现什么有用的信息，二人准备打道回府。

两人这才走到屋外，发现屋子里没有姜叔叔的人影，余鹏飞出了房子，见已经快到黄昏了，对着秦灵灵说道："咱们得赶紧回去了，一会儿就要天黑了。"

这时，姓姜的那位老人牵着狗从外头回来，余鹏飞赶紧上前道谢："姜叔叔，这一下午打扰您了，我们准备要回去了，真心跟您说声谢谢了。"

老人摆摆手，"走吧，没什么可谢的。"依旧冷着一张脸，随后他就进屋了，也不管院子里的两人。

秦灵灵拉着余鹏飞手臂说道："咱们走吧，这狗看上去凶巴巴的，我害怕。"

余鹏飞无奈望了一眼屋子里，之后转身带着秦灵灵离去。

晚上，两人找了家餐馆吃了一顿便餐，秦灵灵看着对面大口吃着饭的余鹏飞，将心里话说了出来。

"余鹏飞，你一开始就是要找凤凰血脉秘密的吧？而并不是要找什么凤凰文化的！"秦灵灵吃着东西，脸上故意对余鹏飞露出鄙夷。

随后"嗤"了一声："还骗我说什么一起去搜集凤凰文化，我看是你牵着我的鼻子走吧。"

之后又说道："我很纳闷一件事情，我当初和你说去丰城是因为前男友，你是因为什么？是因为得到了什么线索说凤凰在那里吗？"

经过多天的相处，秦灵灵这个姑娘给余鹏飞的感觉还不错，善良、正直，活泼又大方，他心中那点防备逐渐放下，不但是因为秦灵灵的人品，更多的似乎来源于异性的吸引。

他点点头，没有否认和隐瞒："是的，当初我确实因为别的事情要去江西找凤凰的。"

秦灵灵继续反问他："可我们不是已经去过了吗？没有看到任何不对的地方，到底是什么线索啊？"

余鹏飞边吃着东西，边将手机拿出来，将里面的图片打开递给秦灵灵看，秦灵灵被那句"凤凰将九雏见于丰城，众鸟随之"吸引住了。

她皱着眉头问道："这是出自哪里的话啊？"

余鹏飞回道："《晋书·穆帝纪》。"说完又往嘴里送口吃的，心里却不住地想着，跟着秦灵灵这个姑娘混了几天，发现自己的口味越发刁钻了，别的不说，秦灵灵这个吃货没白交，净挑好吃的吃。

"我觉得,这上面的'丰城'跟江西的丰城也不一定是一个地方呀,毕竟古代和现代地名会有变化的。"秦灵灵说着。

余鹏飞将要拿起杯子的动作一顿,秦灵灵说得对,确实存在这个可能。

"你要这么说的话,江苏丰县比这个可能性大,还不如去转转看看,也许有什么线索呢?"

秦灵灵嘴里吃着东西,将手机拿近给余鹏飞几分,"你看,这上面有记载的,相传远古时代有凤凰落于此,在古代叫作'凤城',现在叫丰县的。"

"啧啧……"秦灵灵嘴里塞着肉,含糊不清地感慨着,"那么大的地方,想找线索可不好找啊!"

余鹏飞点点头,感觉秦灵灵说得对,思考了几分钟抬起头,目光里露着一丝丝俏皮:"可是,我们有现成的人帮忙呀!"

"嗯?"

秦灵灵没明白,但看到余鹏飞脸上的得意之色,随后顿悟,也跟笑着点点头。

夜里,余鹏飞翻来覆去睡不着,经过这次的河南之行,他几乎已经可以确定,秦今明守护的"凤凰"并不是真实的凤凰鸟,而是一种延续的凤凰血脉而已,而这凤凰血脉指的也不是血肉相连的血脉,而是炎帝图腾代代相传的秘密。凤凰血脉让人们互相争抢,因为人们并不知道事情的真相,还以为那"凤凰"是带着无上至宝和长生秘术的凤凰神鸟呢!

可是，事情到了这里，还是要继续下去的，至少事情已经有了突破。余鹏飞不断地抚摸着枕边的手机，他希望尽快得到父亲平安的消息。

另一边崔丰实木材厂，有些气恼的何朝阳抱着一堆报纸扔在于小日面前，生气地对他说道："我最后警告你一次，你是来干活的，不是来看报纸的。"

见何朝阳隐隐咬着牙指着自己，于小日根本不在乎，将两条腿搭在办公桌上，又将嘴里的牙签吐掉，一副吊儿郎当的样子，气得何朝阳有火又不能爆发。

"那怎么行？不看报纸，我怎么能知道外面的事情？"

于小日嬉皮笑脸地说道，僵持不下时崔丰实走进来，看了看桌上的报纸，又看了看剑拔弩张的两人，随后问道："这么多报纸，干吗用的？"

于小日回道："都是行业里面的报纸，小道消息多了去了，也建议你们看看，说不定什么时候就有能用得上的消息。"

说完他还拿起一份报纸，上面写着"古玩期报"，"就比如这个，这份就是行业内有名的人士自己筹钱搞的，一份报纸不是有钱就能拿下来的，而是得看你有没有那个资格能弄到手这份报纸，有用消息多的是。"

崔丰实点点头，不再说什么，安排着于小日："一会儿，你和朝阳去做点事情，他会带着你，好好干，别给我搞事情！"

于小日听完笑嘻嘻地说着："怎么会！崔老板您放心。"

见他一副嬉皮笑脸的样子，崔丰实面无表情地走了，对着门外的何朝阳说了句："安排蒋玉开车，那人稳，早去早回。"

何朝阳点头，朝于小日挥手，意思跟自己走，于小日忙快步跟上他的脚步。

"朝阳兄弟，崔老板让咱们干什么去啊？这么谨慎。"于小日跟何朝阳边走着，边贼兮兮地问着他。

何朝阳连看都没看他，淡淡地说了句："管那么多做什么，到了你就知道了。"

正说着，远处驶来一辆吉普车停在工厂门口，从驾驶位上下来一个男人，身材矮小，脸上没什么笑意。

于小日注意到，这个男人下车之后，仔细地将车子后座和底盘都检查了一遍。他断定这个男人的性格应该有些严谨，不然崔丰实不会跟何朝阳说这个开车的男人做事情比较稳，果然如此。

他藏在衣服兜里的手暗暗握着拳，在思考着如何对付这个叫蒋玉的人。

之后于小日的手便摸到了兜里那盒快要抽完的烟，微微一笑之后，他便计上心头。

蒋玉快速地给何朝阳打开车门，自己又跑回驾驶座，于小日也跟着坐在副驾驶的位置，心里悄悄地想着，这蒋玉恐怕是刘文庚的眼线。

为什么他能如此确认，因为崔丰实已经是秦桑尤最好的手下，显然秦桑尤不会再弄一个暗线来激怒崔丰实，拉远两人的关系。

而自己则是雇佣人员，秦桑尤和刘文庚正计划着一件前所未有的大事，刘文庚怎么可能将这么重要的事情就放心交给自己一个人。

何朝阳和于小日离开后，崔丰实似乎想起什么事情，又返回于小日的休息室，进屋发现屋子里没人，顿了一顿，走向那堆报纸前，一份份地看着，良久没发现什么端倪，才转身离开了。

车上于小日掏出了一包烟，里面正好就剩一根，他递给何朝阳，何朝阳摆摆手，他又递给了蒋玉："这烟上好的，就这一根了，紧着你们先尝尝。"见于小日会处事，蒋玉将烟接下扔进嘴里，眼角余光看见于小日手里那个破旧的打火机，暗暗嗤笑一声。

"兄弟面生啊？新人？"蒋玉虽看着于小日，但问的却是何朝阳。

两人见何朝阳没说话，于小日就自顾自地又从兜里掏出了一包烟，蒋玉看了看，于小日手里的那包烟确实没有自己嘴里的这个牌子贵。

于小日点完烟，见何朝阳脸色不好看，很识脸地把烟放进兜里："我是过来帮崔哥办事的，于小日。"说完，于小日给蒋玉也点了烟。

蒋玉抽了第一口，被猛地呛了一下："平常抽便宜的习惯了，突然抽了好的竟然被呛了，哈哈！见笑啦！"于小日见他再无异常，转过头只管抽自己的烟。

"蒋玉。见面都是缘分，今天下班了，咱们去喝一顿。"蒋玉看似像个十分开朗的人，侃侃而谈，和于小日很聊得来。

一个小时后，三人来到一个小院子，听见蒋玉他们车进了院子，屋内的人也出来迎接。

于小日望着屋内出来的几个人，都是人高马大的，周围方圆几十公里都是林子。他装作老老实实的样子跟在何朝阳身后，看着何朝阳跟那些人周旋着。

他在暗暗观察面前这些生面孔是不是秦桑尤和崔丰实在国外的线，给秦桑尤提供非法走私药材的渠道的那拨人。

"你们崔老板真是的，要东西要这么紧，也不给我时间准备，害得老子大半夜从温柔乡里起来给你们干活。"

对面为首一个叫"户二哥"的人笑着说道，何朝阳难得一笑："多亏了户二哥，崔哥昨晚接到一个消息，说是有客户需要的，麻烦您了，不过我们崔哥说了，女人给你供上。"

户二哥听了之后哈哈大笑："我和崔老板的交情不浅，还需要他什么答谢礼，这些东西只管拿去。"

"另外，这个是他之前让我盯着的东西，你拿去收好。"户二哥递给何朝阳一个盒子，不是很大，一只手完全就能握得住。

第五章 画中奇画

之后何朝阳带着于小日二人离开了林子,直奔市内而去,中途何朝阳接到了崔丰实电话,说了几句之后,何朝阳便对于小日说道:"于小日,你跟着蒋玉将这东西送给崔哥,他在别墅里,我去办点别的事情。"

于小日答应下来,几分钟后便有车从后面驶来,追上于小日他们,将何朝阳接走。

何朝阳临走的时候,嘱咐于小日:"记得,东西比你的命都重要。"

于小日面上露出几丝慎重,点点头和蒋玉离开了。

车内一时间很安静,谁都没有说话,反倒是于小日像是紧张的样子跟蒋玉说着话:"这东西就这么让咱来给送?他们也不怕出意外。"

说完,于小日重新点了一根烟,车厢内全是浓烈的烟味。

蒋玉受不了咳了几声,转头看向于小日,"这劣质的烟确实呛,话说刚刚那包贵的烟是你专门拿来上供的吧,那么贵，我不信你舍得自己抽。"

于小日似乎被说中了心思，羞涩地说道："你算说对了，我舍不得抽，不就是给何朝阳才拿出来的吗？这才是我平常抽的。"说着扬了扬手里的烟。

"装大爷！"

蒋玉眉头轻轻皱了一下，许是昨晚没睡好，今天有点困："记住，想在这种人身上弄钱，你得会哭穷。还有……"

"哎！有车，小心！"

于小日惊叫着，抓起蒋玉的方向盘，躲着对面来的车，但还是晚了一步，他们的车子被撞在路边翻车了。

蒋玉被撞得昏了过去，于小日不清楚他是不是真的晕了过去，疼痛地喊了一声："蒋、蒋玉，我腿好像断了，而且……脑袋也疼……"

眼见蒋玉一点反应没有，于小日轻轻地打开手上户二哥给的盒子和箱子，箱子里面是上好的人参和叫不上名的极其名贵的药材，他眼神一冷，这崔丰实果然就是自己一直在寻找的名贵药材走私犯，他的木材厂只是掩饰走私的幌子。

他又打开了户二哥最后给的那个小盒子，里面是五只凤凰玉石，他想不出崔丰实要用这些东西来做什么。

但今天崔丰实和何朝阳都很奇怪，这么重要的东西竟然让自己跟蒋玉负责运送，难道崔丰实那边出现了什么事情吗？于小日宁肯把这事当成试探自己的陷阱，于是他将其中的三个凤凰玉石装在兜里藏了起来，之后装作晕过去。

不一会儿，于小日感觉蒋玉醒了，还摇了摇自己，喊着自己的名字，但于小日装作继续晕着，见蒋玉偷偷地将掉落在驾驶座中间的盒子打开，不到十几秒又给扣上了，中间还有轻微的快门声，并呢喃地说了句："怎么会是它？怎么会？"紧接着于小日就听见一声手机的叮咚声音响起。

于小日觉得自己的判断是对的，蒋玉是刘文庚的人，并且在偷偷地把盒子里的东西拍照发给了刘文庚，还好自己一直没露马脚，但他不知道蒋玉看见盒子里的东西怎么会这么惊慌。

过了一会儿，蒋玉给何朝阳打电话，说着两人遭遇车祸的事情，并且让何朝阳安排车赶紧来接两人。

于小日悠悠转醒，见蒋玉额头有点擦伤，并关心地问着自己："你醒了？"

于小日摇摇头，额头冒汗，脸色有点煞白，其实刚刚车翻的时候，自己被重重撅了一下，脚腕有点疼，他皱着眉头，嘴里发出"嘶"的痛苦声，说道："没大事，估计脚踝伤到了，你呢？"

"我没事，咱俩得出去，我给何朝阳打电话了，一会儿来接咱们，这车废了，咱们得出去。"

两人狼狈地从车窗爬了出来，正巧何朝阳带着人赶了过来。

"你额头都是血，你先跟着去医院，我去把这个送给崔哥。"于小日对着蒋玉说道。

许是蒋玉真的不舒服，点点头说了句注意脚踝什么的，就跟着人走了。于小日转过身子将兜里的另三个凤凰玉石掏出来悄声地放在了盒子里，并且把盒子递给何朝阳。

"东西都在，你看看！"

何朝阳拿过去简单看了一下，说了句："我先送你去医院。"

如果何朝阳不说这话，他还不确定这是不是崔丰实故意设的局，但现在他十分确定，崔丰实今天真的在办事，不过也顺带试探一下自己，而蒋玉可能早就暴露了自己，崔丰实借着自己的手，想把蒋玉干掉。

早在今天上蒋玉那趟车的时候，于小日就感觉副驾驶座前面的空调排风孔有隐隐红光闪过，他就知道这车不是被蒋玉动了手脚，就是被崔丰实的人动了手脚，但很显然是后者的概率更大。

他给蒋玉的那根烟是特制的，烟里添加了一些东西，单独抽它没毛病，如果短时间内再闻到于小日后来抽的烟味就会立即犯困，这也是为什么蒋玉觉得车祸之前自己十分地疲惫。

于小日也很识趣地没再问何朝阳为什么不先去送东西的话，大家心知肚明就好，只是嘴上嬉皮笑脸地说着："还是朝阳对我好，我确实脚踝肿得厉害，都红了。"

何朝阳瞥了他一眼，不再说话，开车把他送到了医院。

另一边，刘文庚收到蒋玉的照片之后，震惊得张大了嘴巴，有些绝望地指着手机说道："这不是那个能找到凤凰的玉石吗？这东西真的在秦桑尤那里！怎么会！不应该啊？难道她已经找到了？"

林强则将他扶起来，看着刘文庚几乎惊吓到失控的样子，小心安慰道："老板当心！"林强拿起掉在地上的手机，手机上的照片显示是一个小盒子，里面装着几块类似凤凰鸟形状的玉石。

他貌似有些明白了为什么刘文庚会在看见这张照片之后失控了，照片里的东西，恐怕就是刘文庚一直在找的那个世间至宝。

林强还想问，便被刘文庚给推搡开来，并让他出去，自己则飞快地往地下室走去，老板的命令林强不敢违抗，可他发现刘文庚走向地下室的脚步有些踉踉跄跄，在地下室门开的那一瞬间，一股浓烈的腐烂味道从门缝里冒出来，闻得林强直作呕。

而地下室里，刘文庚在地上痛哭着，低低说着自己的忏悔，不断地朝着面前的庞然大物磕头，那额头已经泛起青红，在他看来这仍然不够让面前的"神"知道自己的诚意。

"铃铃铃……"正在这时，他的电话响起。

刘文庚吸吸鼻子，掩下嘶哑的声音接起电话："说！"

电话里一个熟悉的声音传来："你发给我的玉石照片我看到了，秦桑尤根本就没有那东西，那不过是崔丰实做的假货！他用那东西来试探于小日和你的。"

"什么？"

刘文庚听后从地上跳起，大叫道："假货！"他将脚下的跪垫一摔，怒吼道："为什么不早说，老子被吓得磕了半个小时的头了。"

电话那头的人声音平淡说着："说正事，余鹏飞那边有新的消息了，说是'凤凰'其实指的是一种血脉，只流传给他的女性后代的。但这种血脉指的不是真的代际血脉，而是从炎帝部族流传下来的凤凰图腾，这个图腾带着秘密。"

刘文庚皱着眉头，不解地问道："原来如此，你小心跟着，千万别暴露了。"

"是！那边还在继续跟进，有消息我再传给你。"

对面的人说完就将电话挂掉，刘文庚哭了半个小时的眼睛本来微微发红，此刻却露出一丝诡异的笑，还有一脸的势在必得。

崔丰实办公室，他看着何朝阳手里拿回来的盒子，那盒子正是之前于小日和蒋玉护送的五只小凤凰的盒子。崔丰实见里面的东西一件不少，他听着车内录音，轻蔑一笑，对着何朝阳说道："小心点儿于小日，这家伙绝对不简单，八成是在装，这种人如果不能收为己用，将是大患。"

那车内的录音，暂时没听出于小日有什么问题，却听出了蒋玉在操作手机短信的声音，崔丰实越发坚信自己的判断。

何朝阳点点头，赞成崔丰实的话，于小日平日里给他的感觉就像一个浸满油的老油条一样，自己在他面前处处讨不到半点好处，他继续说道："崔哥，录音我听了很多遍，蒋玉大概已经把盒子里的东西是什么透漏出去了。"

崔丰实听完何朝阳的话点点头："本就是一个假的，透漏出去又能怎么样？那人你就找个机会做掉！"

"崔哥，余鹏飞那边传回了消息，说是有了新的进展，'凤凰'指的是炎帝图腾留下的秘密，被后人称为凤凰血脉，说是自炎帝以后，这凤凰血脉只有女子才能继承……"

崔丰实慢慢抬起头，震惊地听着何朝阳汇报着，越听他放在桌子底下的手捏得越紧。

听何朝阳细细说完之后，他有些失控地笑道："千古以来人们追求的凤凰竟然说的是一个代代继承的秘密，叫做凤凰血脉！"

崔丰实整个人放松地坐在椅子上，眼神望向窗外摇来摇去的树枝，眼神里露出了向往："真是神奇，凤凰血脉是一个可以让人长生的秘密。"

何朝阳说道："崔哥，看来这个余鹏飞还是很有些能耐的，凤凰血脉这种千年来隐秘的事情，他在短短的时间里就能找出来，说起来就像上天注定的一样，我看我们之后就不要去阻止他了，就让他继续找下去吧。如果他能找出来凤凰血脉的最终藏身地，我们再一举将他拿下，来一个螳螂捕蝉黄雀在后，岂不是更不费吹灰之力了？"

崔丰实点点头："我原本打算夺得余鹏飞手里的线索，如此看来，余鹏飞手里一定有能够找到凤凰血脉的线索，若是我们强行夺了线索，说不定事情会变得糟糕，错失了找到凤凰血脉最好的时机。让他冲在前面最好，吩咐跟着余鹏飞的人，如果以后余鹏飞遇到了什么问题，让那人往回传个消息，我们就顺便帮余鹏飞找一下线索，帮助余鹏飞就等于帮助我们自己。"

何朝阳点点头，说了声"好"。见崔丰实脸上充满向往的神色，轻声低喃："原来愿望真的可以实现啊？凤凰血脉，命不该绝啊！"

何朝阳站在一旁，看着崔丰实欣慰的表情，安安静静的样子仿佛沉醉在了一场美丽的梦中，他悄悄退了出去，将办公室独自留给崔丰实。

江苏丰县，汉高祖刘邦和天师张道陵的家乡。

"先有徐州后有轩，唯有丰县不记年。"这句谚语，是千百年来人们对丰县的第一印象。

丰县，古称丰邑、秦台、凤城，因凤凰落于此得名。自尧禹时期，丰县隶属徐州，属东夷之地，一直到夏商时代，丰县仍为徐州所管辖。

秦朝分封各郡，丰县被封泗水郡，汉朝又被划拨给沛国。

清晨。一间篱笆小院子种满了花花草草，伴着清晨的雾气，让人心旷神怡。从小院门前经过的行人都会回头侧望，这一处小小的风景，无疑给他们的一天带来了希望和美好。

刘未刚刚起床站在院子里，看着鲜花盛开的花园，顿觉心情好极了："人生得意须尽欢啊！如此美好的早晨……"

他还没说完，超强的第六感觉得自己身后似乎有什么危险的东西正慢慢靠近，来不及放下正在朝着天空抒情的右手，刘未慢悠悠地转过头，发现余鹏飞和秦灵灵正盯着自己。

"早啊！刘叔叔！"秦灵灵乖巧地打着招呼，左手还捏着一朵艳丽的粉色花朵在鼻子下闻，看得刘未眉间直跳。

越是这样，刘未觉得这两个年轻人一定是无事不登三宝殿，果不其然，印证了自己的猜想。

愣了几秒，一声大叫惊飞了几只正在屋檐上乘凉的小鸟……

片刻，刘未头疼地看着饭桌上吃得正开心的余鹏飞二人，秦灵灵将最后一个包子用筷子夹起，送进嘴里。刘未没好气地白了她一眼，这两个小崽子，吃东西都不给自己留点儿。

"这么说，你们是专门过来打听汉高祖刘邦时期文化的？"刘未瞥了一眼余鹏飞，见他把最后一个牛肉包子咬进嘴里，似有若无地白了余鹏飞一眼。

余鹏飞点点头："嗯，我们想找一些关于刘邦当上皇帝的事情，话说你不是自称是刘邦的后代吗？这点资料肯定难不住你吧！"

"那当然，吃了饭我给你看看我的后屋，那里有能让你们大吃一惊的东西。"

刘未年纪还不到五十，人生得一副憨厚的样子，但却有着自带笑点的滑稽性格。

自从他父亲和爷爷相继去世之后，刘未一直一个人生活着。他痴迷汉高祖刘邦时代的一切文化和历史事件，这些年来不断搜集资料和文摘记载，仍觉得意犹未尽，在寻找汉代文化的路上越走越远。

刘未家的后屋像个百宝箱一样，收藏的各种字画让余鹏飞大开眼界，余鹏飞惊奇地问："这些都是你们祖上传下来的？"

身后正在翻着照片相册的刘未嗯了一句："那当然，这些都是自打我爷爷辈就存在的东西，被我们刘家人保护得很好。"

余鹏飞仔细看着每一幅宝物，可看着看着就觉出不对劲了，他皱起眉头："不对啊！这些都是赝品吧！"

"啊？"秦灵灵诧异道，赶紧凑上前也细细看着画，"你怎么知道啊？看着一点不像啊！"

"嗐！小崽子，哥哥家都是好儿女，十几年前吧，我父亲还在的时候，就把这些东西全部都上交国家了，这些啊都是复制的，为了给刘家人留个念想，制作的材料都是近几年的，当然都是假的了，只不过……"

刘未终于找到了他要的那张照片，看着手里的照片，他心里有些难受，停下了嘴边的话。

"只不过什么？"余鹏飞察觉他的异常便问道。

刘未将相片取出来，递给余鹏飞。余鹏飞皱皱眉，那是一幅山水画的照片，看着没什么特别的地方。

"这是……《丹穴山画》！"余鹏飞说道，那照片上赫然写着画的名字。

刘未点点头："我之前卖假画，真的是有原因的。我是为了筹钱去寻找这幅《丹穴山画》，这幅画是我们家唯一一幅没有上交的，因为在很多年前就被偷走了，我爷爷和父亲都是因为它去世的。"

"所以我才那样做，没有钱我如何去寻找祖宗留下的画。"刘未叹了口气，身子倚在柜子上，"我这后半辈子找到它就算完成任务了。"

秦灵灵拿过相片，仔细地看着："这画有什么特别之处吗？感觉就是一幅普通的风景画啊。"

照片上的《丹穴山画》画工一般,画中的风景也没什么特点,唯一值得收藏的价值可能就是因为它是出自汉高祖刘邦时代的。

刘未摇摇头:"说句真话,那幅画我还没弄明白,从我小的时候,这些东西一直被家里人封存在密室里,捐给国家的前一晚才拿出来的,只有这幅画丢了。"

余鹏飞蹙了下眉,按说在一堆文物里只拿走了这幅画,那么说明《丹穴山画》一定有特别之处。

"但我们后来想想,来偷画的人可能就是因为听到我们要捐文物了,想着过来随便偷一个,回去卖了而已,毕竟过后我们查看,其他的盒子没有一个被打开的,《丹穴山画》是放在最外面的。"刘未说道。

"哦,是这样啊,那倒有可能了。"秦灵灵点点头。

刘未将墙壁上的一块帘子掀开,指了指一堆资料:"这是所有刘邦时代的资料,有些是祖上传下来的,有些是我自己整理的。你们随便看吧,内容很全的,毕竟我整理了几十年。我可是为了报答你们的不报警之恩才让你们看的,除了你们,我绝对不会给其他人看。"

余鹏飞弯起嘴角:"行,谢谢了,这些都是?"他抓起最上面的一本笔记翻看着,刘未真是敬佩自己的祖宗,竟然在笔记上画了刘邦的肖像。

刘未笑笑:"这些年为了找回这幅画,我可没少吃苦。汉朝的资料我是费尽了周折搜集的,估计全天下也只有我这里是汉朝资料最全的了。"见余鹏飞看着自己,眼里露出一丝异样,他无所谓地笑笑。

"我们刘家人吃得苦中苦,能屈能伸,被打了一顿又能怎么样?!当年我祖先刘邦在项羽分封的时候,他可是自己提出去鸟不拉屎的汉中,怎么样?最后还不是先入关,灭了秦朝,建立汉朝。"

秦灵灵说道:"那有什么!按照你的说法,当时局势那样,去汉中不就是为了减少项羽的戒心!"

刘未摇摇头,啧啧一声:"看似这样,其实不然。"余鹏飞见他一脸神秘,不由得也跟着凑近几分认真听着。

刘未指了指刚刚那张《丹穴山画》的照片:"貌似跟它有关系,据说当时这幅画在汉中,被我祖宗的人找到了,看了这画之后,我祖宗便在霸王分封的时候,主动请封汉中。"

"是呀,这么说来,汉高祖刘邦从一个小小的泗水亭亭长一路成为一代枭雄,每一步恐怕都是算计好的。"秦灵灵点点头附和着。

"不但这样,后来我祖宗为何先入关,据说秦宫里有惊天的秘密,入关的时候,萧何发现了秦宫的秘密,这才灭了秦。"

"不过,至于是发现了什么秘密,这些年我们也没弄清楚,貌似是一个女人!"刘未抱着臂膀,手指摸着下巴思考着。

"女人?"余鹏飞问道。

刘邦在秦宫发现的惊天秘密竟然是一个女人!这不得不让余鹏飞震惊,不知道是个什么样的女人,能让堂堂汉朝开国皇帝,冒着那么大的风险去找她。

"据说就是因为这个女人,我祖宗才逆转一切的,可惜后来在吕后专权的时候，汉朝闹了内乱，据说把那个能安邦兴国的东西弄掉了，之后汉朝就开始走下坡路了。"

安邦兴国，女人，丢了？

秦灵灵和余鹏飞对视一眼，觉得这安邦兴国的套路有些熟悉。

"怎么了？你们俩知道？"刘未见两个小崽子十分诧异地对视一眼，以为二人知道其中原委。

"不是，关于刘邦在秦宫发现秘密的资料，你这里还有其他的吗？"余鹏飞问道。

刘未摇摇头："我现在没有了，只剩下那幅还没打开的《丹穴山画》，但已经丢了。"余鹏飞也只好作罢。

"这是什么？"

刘未正说着，一旁的秦灵灵有一搭没一搭地翻弄着刘未记的手记，被其中一句"西南有巴国，太昊生咸鸟，咸鸟生乘厘，乘厘生后照，后照是始为巴人"所吸引。

余鹏飞听到她的质疑声，转头问道："怎么了？看到什么了？"

秦灵灵将手中的笔记本递给余鹏飞，问着："咸鸟？我怎么记得历史中有人说过，咸鸟好像指的是凤凰吧？"

一旁的刘未点点头："对，我也听过这种说法，这句话是我从《山海经》里抄来的，好久以前的事情了，忘记了当时是要干什么记录的资料了。"

秦灵灵笑道："字迹还算苍劲大气，你可真是用功。"

刘未不好意思地挠挠头："那是，刘家人做事都是很认真的。"

咸鸟、巴人？

余鹏飞被这句话里的这几个字打开了脑中思路，又是巴人！

他暗暗觉得，在这场寻找凤凰的途中，多次见到巴蜀、巴人的字样，就好像冥冥之中，上天要把巴蜀引向余鹏飞的脑中，让他忽视不了这些线索。

看来，巴蜀是他们下一步要调查的方向了！

傍晚时分，余鹏飞和秦灵灵回到酒店，一起在酒店的餐厅吃饭。

"刘大叔说的那个秦宫秘密，我觉得指的是藏有凤凰血脉秘密的女子，你说呢？"秦灵灵从盘子里撕下一块肉，填进嘴里嚼着。

余鹏飞点点头，见秦灵灵小嘴都是油，将餐巾纸推近她几分，"嗯，和之前河南姜大爷那里的情况一样，只不过我们现在还没有确凿的证据，只是听他们嘴上说的，也许都只是传闻而已。"

"那怎么办？"

余鹏飞继续说道："我之前查过这个地方一些历史资料，对我们暂时有用的可能只有刘邦相关的，我还听闻了一些消息，东汉时期五斗米教创始人张道陵远走巴蜀的一些信息，但没什么能用得上的。"

"不过，我觉得我们应该再返回陕西，这次去西安，那里历史悠久，说不定能有什么线索，而且我觉得我们现在应该从秦代灭亡时期下手，毕竟秦宫秘密是在那时候被发现的。"

"嗯。"秦灵灵点点头，继续跟面前的一盘水煮肉做斗争，"不过，那个刘大叔好可怜，你看他的爷爷和父亲都是因为《丹穴山画》去世的，说白了就是因为那画丢了导致忧心忡忡，最后抑郁而死的吧？"

她将手机在余鹏飞面前晃了晃，余鹏飞没懂她的意思："咱们有山火，他在古玩界里可是有些人脉的，说不定能帮上忙的。"

余鹏飞轻笑了一声，想不到这小姑娘还挺爱帮助别人，也算是还刘未一个人情吧。

夜晚，城市中的夜市正热闹地开着，余鹏飞和秦灵灵穿梭在茫茫人海中，秦灵灵在前面不停地吃，余鹏飞则在后面不停地给她拎东西。

"秦灵灵！"余鹏飞喊着前面的人，但没人回应，"秦大美女！"

秦灵灵这才回过头："你喊我了？"

余鹏飞看着秦灵灵一张小嘴塞满了好吃的，被逗笑了："你吃得完吗？我告诉你啊，晚上少吃点，小心消化不良。"

秦灵灵嘴上虽然说着"知道了"，但心里莫名泛起了一丝丝甜意，这甜意似乎来源于面前这个大男孩。

此时的余鹏飞一身白色运动休闲装，站在人头涌动的闹市中，模样俊秀干净，身材高大，安全感十足，在秦灵灵眼里，余鹏飞就好像带着光环的真命天子一样温柔地看着自己，身后路灯的光将他刚毅的脸庞衬托得更加柔和，有那么一刻,她感觉周围的一切都停止了,而她的眼中只有笑着看着自己的余鹏飞。

越是这样想着,秦灵灵越感觉脸上有些火热,她忙转过头,不想让余鹏飞看见自己的窘迫,悄悄地深呼吸了几口气,装作被几米前的又一个美食摊吸住了目光,匆匆地走上前去。

余鹏飞无奈地跟上,见她正拿着一块不知名的东西要喂自己吃:"你尝尝这个,好好吃。"

"这是什么啊?"余鹏飞低下头,张嘴咬着秦灵灵筷子上的食物,却被风吹起的长发一时间挡住了视线。

秦灵灵乌黑柔顺的长发,飘着淡淡的香味,让余鹏飞忘却了嘴里的食物,就那么弯着腰看着面前秦灵灵那张漂亮的小脸。

两人好像被时间定住了一样,互相望着对方,直到摊位阿姨说了一句:"姑娘,你还没付钱呢!"这才打破两人的尴尬。

秦灵灵的小脸"唰"地红了,余鹏飞则用手抵着嘴巴咳嗽,一边嚼着嘴里的东西,一边装作环顾四周缓解尴尬。

摊位阿姨富有深意地看了两人一眼,见秦灵灵面皮薄,也没出声调侃两人。

夜里,躺在床上的秦灵灵褪去白日里的灵动,安安静静地窝在被子里,眼睛瞪得大大的,盯着漆黑的屋顶不知道在想着什么,翻来覆去地睡不着。

对比善良正义的余鹏飞,秦灵灵越来越觉得自己跟他有着太大的差距。余鹏飞会为了朋友的安危抛下一切去救朋友，他也会因为一件小小的事情而照顾到自己的颜面，而她……

一夜之间，她想起了很多事情，外边天亮时，她做好了一个决定。

清晨，余鹏飞起得早，刚把早餐买回来，就见秦灵灵在自己的门口等他。

与往日不同，今天的秦灵灵放下马尾辫子，长发披散在肩膀上，还化了淡淡的妆，穿着一套运动装，稚嫩中透着一丝丝妩媚。

这样的秦灵灵让余鹏飞眼前一亮，看惯了她活泼的样子，再看到安静又成熟的她，余鹏飞心中涌现出一阵悸动。一股异样的感觉从内心深处生长开来。

"余鹏飞，你干吗去了？"秦灵灵看着余鹏飞问道，不再像以往那样飞奔过来，抱着他的胳膊。

余鹏飞扬扬手里的口袋："买早餐去了，都是你爱吃的。"

望着余鹏飞手里的早餐，秦灵灵脸上洋溢出一丝喜悦，紧跟着余鹏飞进了屋。

余鹏飞将东西放在秦灵灵面前，却见这小姑娘脸上始终挂着一丝微笑。

他忽然想起昨天秦灵灵喂自己吃东西时的尴尬，转过脸正想着别让秦灵灵看到自己的尴尬，就见秦灵灵将一块肉夹到自己的碗里。

"你多吃一些，白天体力消耗太多了。"

余鹏飞刚想说咱俩体力消耗得不是一样的吗？话到嘴边，他暗暗骂了一句，猪脑子，看不出人家姑娘对你有意思啊？

余鹏飞打开外卖，里面都是当地特色小吃，他给秦灵灵递了筷子，"也不知道你父母放不放心你自己一个人出来，跟着我这个大男人到处走，我可告诉你，咱们还不知道要去多少地方呢！以后还有更累的时候。"

"那有什么，我也算经历过大风大浪的人，去几个地方有什么难的，再说……"秦灵灵看了看正在吃饭的余鹏飞，眼神闪烁，"我也没什么家人了，父母早在我小的时候就没有了，我只有一个姐姐，不过她也不会管我的。"

秦灵灵虽然语气淡淡的，但这让余鹏飞心里有些不是滋味。

相处了这么多天的小姑娘，表面上阳光开朗，没想到也是个苦命人，"那……你平常也很少跟你姐姐联系吗？"余鹏飞问道。

他其实想问的是，平常没人关心你吗？话到嘴边却不知道怎么问。

"我姐只管给我钱，很多很多的钱，从来不管我死活，我已经好几年没见到她了，她始终不想见我。在她的心里，有比我还重要的事情。"

余鹏飞不知道要怎么安慰她，只能轻声说道："怎么会！她一定是很忙。"

"怪我，前些年我做了让她不开心的事情，她才一直生气没搭理我。"

秦灵灵越说声音越低，眼圈逐渐泛红，余鹏飞一看她是真的伤心了，紧张起来，一则同情她的遭遇，二是怕像上次那样一哭就像开闸了一样，哭个不停。

余鹏飞慌忙安慰她："别多想，你姐姐肯定是有事情要忙，你看你多好，虽然从小没了父母，可你是个很好的姑娘啊。"

秦灵灵抬头看着他，眼里露出委屈，像极了没有了保护的小鸡，处处透着可怜。

"你善良、勇敢、活泼，还有聪慧，这已经是很多人没有的品德了。"余鹏飞安慰着她。

"对比你，我的人生也没好到哪里去。"余鹏飞叹了口气。

秦灵灵睫毛一颤，小声问道："你的原生家庭也不幸福吗？"

余鹏飞摇摇头，无奈地说了句："倒没像你那样，但也是父母感情不和，我母亲到咽气的前一刻都要见另一个人，让我父亲伤透了心。"

余鹏飞的声音越来越低："说起来我自己都觉得已经好长时间没见过一家人温馨和睦的画面了，恐怕以后再也没有机会了。"

余鹏飞又吃了几口之后，将东西收拾妥当，靠在窗边喝着水。

楼下是条小街道，人来人往的，有很多当地的村民挑着扁担叫卖，十分热闹。

余鹏飞目光扫到一辆黑色的车，他心里有些起疑，之前在江西丰城的时候,自己和秦灵灵在酒店待了几天,楼下一直有一辆黑色的车,车子里一直坐着一个人。

当时他没放心上,但这会儿又看到楼下一辆黑车,车里同样坐着一个人。虽然车牌号不同,但这个巧合太诡异了,余鹏飞怕自己已经被人盯上了,他眉心微皱,心里暗暗计划着什么。

西安的一家酒店里,余鹏飞正和秦灵灵无聊地坐在屋子里,秦灵灵不知道在和谁聊天,摆弄了一下午手机。

余鹏飞则一边翻着杂志,一边想着事情。

"一八、二六、三七、四九……"

秦灵灵听见余鹏飞自己一个人不知道在小声嘀咕着什么,看了他一眼:"你在嘀嘀咕咕说什么呢?"

"哦,无聊呢!"

余鹏飞可不能跟她说这是自己从父亲余大阳那里学来的卧底通信暗号,这会让父亲他们那种工作露馅的。

这个通信暗号就是,根据杂志上的发行日期末两位,奇数看日期末尾一位,偶数看末尾两位数,翻到该页之后,一八说的是第一段第八个字,二六说的是第二段第六个字,以此类推。

"山火真好,还真答应帮我找刘大叔的画了,不过都丢了这么久,早该没有什么消息了吧?"秦灵灵趴在床上,托着下巴疑问道。

余鹏飞点点头,十几年前丢的画,怎么可能那么好找,说不定早就被毁了都是有可能的。

"算了,我们先去吃点东西,然后挨个地方走走看看,去碰碰运气吧!"余鹏飞起身拔掉手机充电器,准备和秦灵灵出门。

打开门时,秦灵灵手机响起短信的声音,秦灵灵惊喜地叫着,摇摇手机:"山火说,这个地方有咱们想要的东西!"

几天后,两人出现在一栋私人庄园内,许是今天这里有拍卖会的原因,两人刚下了出租车,便看见不少的私家车正往会所开来。

这种地方怎么会有《丹穴山画》呢?秦灵灵该不会是被人骗了吧?

余鹏飞心里泛起了疑问,但还是和秦灵灵出示了证件进了会厅。半小时后拍卖会开始,竞拍物品基本都是个人收藏古文物,而余鹏飞等待的那幅《丹穴山画》竟然不是压轴出场。

"秦大小姐,这个拍卖会合法吗?"

余鹏飞看着周围门口站着二十几个人高马大的男人,虽不是统一的黑衣墨镜,但也能看出都是保镖,这里应该是一个私人古玩拍卖会。

"啥?"秦灵灵一时间没明白余鹏飞的意思,愣愣地问着他,周围的阵势显然也吓到了她。

山火给了她一个地点,说这里有一个拍卖会,里面有《丹穴山画》,她就拉着余鹏飞来了,没想到不是正规的拍卖会。

"拍卖文物可是犯法的,秦大小姐,我们现在怎么出去?拍卖会还没开始呢,咱俩起身一定会被人扣下的,人家以为咱们目的不纯,你看门口那几个大高个子,刚刚还没有,不知道什么时候出现的。"

余鹏飞装作像情侣一样,搂着秦灵灵,不让别人看出两人在耳语。

被余鹏飞这么一说,秦灵灵一下子慌了神,小脸煞白,哆嗦地问道:"那怎么办?我不知道啊!"

余鹏飞看了看周围,拍卖台下面坐了不少人,一时间感觉应该不会露出马脚,突然他被第一排的一个背影给吸引住了目光,那背影再熟悉不过了,余鹏飞怕被别人发现,仅仅看了几眼就移开了目光。

"你带了多少钱,假如当中真有《丹穴山画》,咱们必须买下来,其他的,能买多少是多少,明天一早全部给刘大叔,以他的名义上交国家。"余鹏飞替秦灵灵理了理耳朵边的碎发,在别人看来完全是情侣之间的亲昵。

秦灵灵被他的这一举动羞红了脸,只顾着点点头,余鹏飞说了什么,她根本就没听进去。

拍卖会开始进行,不出余鹏飞所料,这里果然是一个违法的私人拍卖会,说白了就是黑市,而第一排的人在几轮拍卖之后就离开了,那人在离开会议厅之前转过头,印证了余鹏飞的猜想。

一时间,余鹏飞心里很不是滋味,不知道这次父亲究竟在做什么任务,这还是他从小到大第一次跟正在工作的父亲碰面。

可即使这样,别说上前跟父亲说两句话,就是多看父亲一眼也不敢,他太害怕因为自己的举动给父亲带来灭顶之灾，只好装作不认识。

秦灵灵不知道余鹏飞怎么了，只觉得他搭在自己肩膀的手突然间捏得自己很疼，这才转过头问他怎么了。

余鹏飞脑子转得飞快，指了指拍卖台，示意她《丹穴山画》就要出现了。

"下面这幅《丹穴山画》出自一位匿名收藏家，这画上是山海经中的名山——丹穴山，传说是凤凰的巢居，实属祥和富贵之地，大家可以看看，此画颇为大气，出自汉高祖刘邦时代，我们今天竞拍此画不单单是单品，随画一起竞拍的还有流传下来的'显凤珠'，竞拍价格一共是……"拍卖师在台上一边给众人介绍着，一边将《丹穴山画》展示给众人。

出现在余鹏飞面前的是一幅不到一尺的山水画，不得不说这画并不多神奇，所谓能拿出来拍卖的价值可能也就是拍卖师所说的，画是出自汉代的，但对收藏人士来说，这也没有多少收藏价值，对于经商的老板来说，挂一幅凤凰居住的山水画还不如养两条锦鲤寓意更好。

"我说，你们之前的东西都还行，怎么现在弄这么个次品上来啊？又不是名画，就一幅山水画，就算出自汉代的，也没有什么收藏价值啊？还将价钱弄得这么贵！"

"就是啊！那珠子就是普通的珍珠，放在现在不值钱了，哪有人拍啊，赶紧下一个吧！"

自从这幅画出来之后，台下在座的人开始骚动，十分不满意这幅竞拍物品。

拍卖师在上面喊着叫价起拍，下面的人摇摇头，均表示谁会做冤大头，买一个没有多少收藏价值的东西。

"加价！"

五分钟后，余鹏飞拍下《丹穴山画》，他顶着一众人看傻子的眼神，去后台付款拿货，紧接着出了会议厅。

在刚要出会议厅的时候，他仿佛听到了里面拍卖师叫喊着什么凤玉佩的。

余鹏飞感觉现在自己魔怔了，一听到"凤"这个字眼，双腿就走不动路了，感觉处处都是线索，于是他又拉着秦灵灵回去，拍了一堆带有"凤"字的收藏物品。

秦灵灵则换上了跟刚刚里面那群人一样的眼神看他，余鹏飞无奈笑了笑，喊着她搭把手。

两人快速离开这个"黑市"，余鹏飞想着刚刚会厅里离去的那人，这个拍卖会恐怕用不了多久就会被端了吧。

果然，在他们离开不到半个小时，公安的人便快速地将这里控制。

二人回到酒店，余鹏飞连口水都没喝，将所有东西放下。赶紧将画打开，可展现在两人面前的就是一幅普通的山水帛书画。

"该不会是个赝品吧？"秦灵灵问道。

余鹏飞摇摇头："不像。"

这画隐在一方厚约几厘米的画框内，画框为黑色檀木，也没什么特殊，而里面的帛书看起来有些脆弱，似乎因为年头有些久远，帛书的丝质有些发松。

余鹏飞将画轴等都看了个遍，确实没有什么不对的地方，他放下手里的画，叹息了一声，难道真是自己多心了？

秦灵灵不明所以，皱着小眉头问道："当时的人们为什么不用纸来作画呢？现如今的这帛书的丝质看起来有些不牢靠了，字迹的颜色也晕了很多。"

余鹏飞解释道："帛书也称为素书，起源于春秋时期，目前国内出土的帛书只有楚帛书和汉帛书，在马王堆的汉墓中，也出土过这样的帛书，这是当时汉代用的书写材料，你说的那些纸之类的东西，当时还没发明呢！"

秦灵灵哦了一声，仔细地看着画，突然惊奇地叫起来："咦？这里怎么有一个小小的凤凰图案啊？就是你常拿出来看的那个图腾！"

"什么？"余鹏飞问道，随后赶紧也顺着秦灵灵指着的地方望去，果然在画的小角落里，有一个小小的凤凰图案，正是秦今明给自己留下的那个图案，余鹏飞顿时觉得这幅《丹穴山画》一定和凤凰血脉有关系。

"你有没有发现这画比你刚刚拿出来的时候好像暗了许多，刚刚那山上还有好多树能看见，现在竟然一团黑。"秦灵灵指着画中一处说道。

她这么一说，余鹏飞也发现了问题，"不应该啊？就算是古画也不应该氧化得这么快吧！"

余鹏飞脑中快速闪过一个念头，他将画的檀木衬板拿下，有些沉重，又将帛书放在灯下面仔细地照着，竟然隐隐约约地发现纹路对不上，"灵灵，这画有问题！"

秦灵灵也是一惊，赶紧跟着看去，发现明明在灯下面出现的纹路，在画上根本没有。

"什么情况？难道这是画中画？"

余鹏飞点点头："古人在作画时，一般爱用朱红色，为了将画的颜色做得更为好看，就算是黑色的里面也会添一些朱砂，很显然这幅帛书上的字迹中的朱砂明显用得很多，所以画才会在打开的短短时间内，颜色变得如此暗。"

秦灵灵听他说完，打了个响指："我给我同学打一个电话，他是这个相关领域的学生，也许会有办法。"

秦灵灵说完带着手机打电话去了，余鹏飞则拿起一起拍回来的珍珠陷入了沉思，为什么拍卖师说这个珍珠是随着画流传下来的呢？它的名字还是"显凤珠"，说不定这个珍珠对这个画有至关重要的作用。

余鹏飞正看着，一失手将珍珠弄掉在桌子上，珍珠弹跳了两下，余鹏飞清楚地听到了两道声音同时响起，另一道貌似是珠子里面的。

余鹏飞狐疑地又将珠子拿起来在耳边晃了晃，发现珍珠里面真的有"咯吱咯吱"的声音，他将珍珠放在灯下面，发现珠子中间是透光的。

十分钟后，余鹏飞盯着秦灵灵手里的喷雾瓶，紧张地问道："真的可以吗？别把画毁了，咱们怎么向大叔解释啊？"

秦灵灵摆摆手："放心吧，我同学不会骗我的，而且咱们就先拿一小块画做实验不就可以了吗？"

见余鹏飞点头同意，她将手中的喷雾瓶子朝画的一角喷了两下，几秒钟之后，被喷的画竟然褪去黑色，变成了淡白色，逐渐出现了另一幅画的纹路。

"还真可以啊？继续！"余鹏飞兴奋地说道。

几分钟之后，两人将整幅《丹穴山画》全喷上了被稀释的过氧化氢，整幅帛书褪去原来的颜色，逐渐变成另外一幅，虽然有的地方经过千年的时间有些损毁，但不难看出整幅画的大体脉络。

"《与妇清台聚》！"

余鹏飞惊讶道，面前的画俨然是一幅记录某一朝帝王的宫殿生活，画中精致的宫殿瓦当，恢弘大气，庄严肃穆，在小小的帛书上，画得精致又小巧，一砖一瓦都栩栩如生。

秦灵灵飞快地用手机将画照了下来："赶紧看，以防一会儿这画还有反应，我们也许就全都看不到了。"

"这是什么？"余鹏飞指着画最后边的几行字自言自语道："赵……政二十一年，邀清怀……清台一聚，此生无憾。"

题字下面竟然是一个带着"政"字的小印，余鹏飞感觉自己的脑中瞬间充血，"这画竟然是秦始皇的亲笔题字。"

他朝画看去，画中是威武大气的怀清台，台周围是几个穿着得体的奴婢，凉亭中央是一男子和一女子，男子则明显能看出是秦始皇本人，可那女子则是一身白衣。

"赵政是谁？邀清？这个清是谁啊？"秦灵灵指着画中的那个女子问道。

余鹏飞看着画上女子的衣服没有任何点缀，快速地用手机查了一下资料，恍然大悟："如果没猜错的话，她是巴寡妇清，赵政就是秦始皇。"

秦灵灵张大了嘴巴："秦始皇？那不是叫嬴政吗？"

"是叫嬴政，但也有记载他叫赵政，司马迁在《史记·

楚世家》中记载的是秦庄襄王卒，秦王赵政立，这么说来，在当时，秦始皇应该是叫赵政的，至于嬴政，恐怕也是后来人给起的。"

秦灵灵点点头，又指着画上秦始皇身边的女子问道："巴寡妇清？怎么看出来的？就名字？你看这些周围的奴婢衣服装饰都有纹路，为什么就她没有？"

秦灵灵问的这个问题，余鹏飞也在思考，他转过头，将目光放在自己刚刚研究的那个假珍珠上。

"灵灵，找个东西把那个珠子砸开。"

秦灵灵惊道："余鹏飞，那是古董啊，你说砸就砸啊，古代的珍珠啊！"

"那个才不是珍珠，不知道是什么，里面还有一层空的，怕是有东西在里面吧。"余鹏飞将珠子放在灯下，果然珠子中心如刚刚一样，透出些光。

无奈，秦灵灵只好将珠子砸碎，只是这珠子稍微砸了两下就变成了碎渣渣，从里面掉出来一个黑色的东西。

"这是什么？"秦灵灵拿起那个黑色的小东西，问着余鹏飞，又用手捻了一下被砸的珠子，发现它可以直接被捻成面。

不光如此，黑色的那个小东西也被秦灵灵捻成粉末，她刚要闻闻是什么味道就被余鹏飞阻止了："别闻！谁知道这东西这么多年了，到底有毒还是没毒。"

"哦！差点忘了。"秦灵灵吐了吐舌头，"那这东西随着画一起的，是不是对这画有特别的用处啊。"

经秦灵灵这么一说，余鹏飞脑中灵光乍现：这个珠子叫

"显凤珠",难道是可以让什么东西显现出来?

于是,他将两种粉末分别撒在秦始皇身旁的那个女子身上。"有东西!"秦灵灵大叫。

第六章
鬼城丰都

随着粉末撒在画中女子身上，那女子不再是一身素衣，她的身上竟然是绣满禽羽的衣服，腰身素裹，挂着一个圆圆的玉佩，可玉佩上什么也没画。

"这是……凤凰？"秦灵灵指着巴寡妇清衣服上绣的图案问道。余鹏飞点点头，这和他们刚刚看到的秦汉时期凤凰文化的图样一模一样，巴寡妇清衣服上的凤凰被画师画得栩栩如生。

"当时的画师真是搞笑，凤凰都画得这么细致，她身上的玉佩就直接画了一个圆，什么纹路都没有。"余鹏飞用手点点那块玉佩。

"是啊！"秦灵灵将画上多余的粉末吹掉，以便看得更清楚，可这一吹，粉末跑到旁边空白的地方，竟然把隐藏的文字给显示出来了。

"这还有字！"余鹏飞指着画中空白地方说道，"这里刚刚没字的，你把粉末吹过来又有字了。"

秦灵灵赶紧望去，用手机拍了下来："快翻译一下，什么意思。"

余鹏飞边看边将手里的古文字翻译书翻来翻去，片刻他说道："这是说秦始皇对丹穴山中居住的巴寡妇清十分青睐，相传她身藏凤凰的秘密，这个秘密一能固天下，二能长生不灭，秦始皇不惜号令十万大军开山建路，只为迎来巴寡妇清，但巴寡妇清宁死不从，秦始皇不得已只好终身不立后，后来修建地宫之时，巴寡妇清提供了大量水银，秦始皇为感谢她，特修建了怀清台，这画便是秦始皇下令作的，画中说秦始皇与巴寡妇清怀清台一聚，心中十分欢喜。"

"这上面还说，更多的秦宫秘闻隐藏在一个水洞中……"余鹏飞越说声音越小，心中不由得怀疑起之前王文家后山的水洞，难道那水洞里的壁画就是秦宫秘闻？

秦灵灵听着余鹏飞细细解释着，眉头不展："丹穴山？巴寡妇清身藏凤凰的秘密血脉，该不会是凤凰血脉吧？"

秦灵灵继续说："我又查了一下这次拍卖会所有的东西，虽然都是出自民间私人收藏，但有的还能查到一些历史渊源，就比如这个丹穴山，和他们打的宣传一样，正是凤凰故居，据说藏在巴蜀大山之中，如此一来，岂不是印证了巴寡妇清和凤凰的联系？"

"巴蜀？"秦灵灵垂下眼睑，眸子中流光一闪，不知道在想些什么。

余鹏飞望着面前的画，十分感慨："帛书是用白色丝帛做成的，我们不精通它的保养手法，还是天亮的时候就通知刘未，我们一起把这画交到文物局去，让文物局的工作人员来照顾它吧。"

这幅画对于国内外来说都是一则重磅新闻,余鹏飞绝对不可能让这么重要的文物留在自己的手上。

"那就明天在文物局门口时,再给刘大叔打电话吧!"秦灵灵说道。

两人本来奔着找刘邦时代线索来的,却不想知道了一些关于秦始皇和凤凰血脉的秘密,余鹏飞不禁思考起来,巴寡妇清既然没答应秦始皇的要求,最后她身上藏着的凤凰血脉秘密去了哪里?

眼见面前的《丹穴山画》是一幅画中画,余鹏飞重重喘了口气,"看来这幅画被瞒得很好啊!不然也不至于多少年了都没有人去关注它。"

秦灵灵拎起黑色的檀木衬板,哪知没拿稳,将檀木衬板摔在了地上,那衬板瞬间裂开,秦灵灵吓得大叫一声,慌张地看着余鹏飞。而余鹏飞本来在低头看着面前的帛书,被秦灵灵这一声尖叫吸引了注意力,他转过头,本想问一句秦灵灵有没有受伤,话到嘴边却停下,目光扫到地上檀木衬板的时候愣住了。

"糟糕!不对!"余鹏飞惊叫道。

秦灵灵闻言也是一惊,忙上前问道:"怎么了?"

只见余鹏飞皱着眉头,他弯下腰捡起了檀木衬板,那衬板中隐藏着一卷小小的帛书,用褪了颜色的红色丝带捆绑着,若不是秦灵灵不小心将衬板摔在地上,他们可能永远发现不了这衬板里隐藏的秘密。

"这衬板中怎么还有帛书?"

秦灵灵将余鹏飞手中的小小帛书卷打开，平放在桌子上，戴上了白手套，用手轻轻地按压帛书，使两人看得更明了一些。

这赫然是一幅记录刘邦幽居生活的帛书画作！画中三分之一部分都是文字，虽经历过一些年月，上面有的字迹比较模糊，但不难看出整个文字的大体意思，还写着这幅画的名字——《凤凰幽居图》。

右边的画则是在山坳中一处别致的凉亭雅苑，画中只有一男一女两个人，男的身姿挺拔，虽是负手而立，但颇有天子风范，女子则倚坐凉亭的凳子，面容恬静优雅。

余鹏飞第一时间便在帛书上寻找凤凰图案，果然，也是在上一幅画相同的地方，他看到了一个小小的凤凰图案。

"此画之所以叫《凤凰幽居图》，是不是说的就是凉亭柱子上的雕刻啊？你看！柱子上的雕刻都是翱翔的凤凰，可惜年代久远，上面的字迹已经保存得不是很清楚了。"

秦灵灵指着帛书对余鹏飞说道："这画中凤凰的元素特别多，不但柱子上，就连凉亭的椅子上，以及后面园子的门上，都是用凤凰来装饰的。"

"呵呵！"余鹏飞抱着臂膀笑了两声，秦灵灵见他一脸神秘，便问怎么了。

"这幅帛书可比那两幅有意思多了。"

他将秦灵灵拽到那些文字前，让她看着上面的文字："这说的是，汉高祖刘邦从秦宫的奸细那里得到了《与妇清台聚》之后，参透画中之谜，随后请封汉中，先行入关得到秘密，灭秦建汉，跟刘大叔说的一致无二。"

秦灵灵惊掉下巴，区区一幅画，被埋藏了多少年，而且还深藏着最神秘的历史。

"呵呵，最有意思的是刘邦贬低嬴政的话。"余鹏飞指着画中的文字，朝着秦灵灵说道。

"什么？"

"那上面说的是，刘邦贬低秦朝就该灭亡，得了至上法宝，却不去履行，怎么能将天下之主的宝座坐得长久。"

"至上法宝？"秦灵灵皱起眉头，她细细对比了两个画上的女子，都是一身凤凰鸟的衣服，同样配着一个圆形的玉佩。

"你看这里。"秦灵灵指着画上女子的玉佩，"刚刚我们以为巴寡妇清身上的玉佩是画师懒得画，可刘邦这幅画的身边女子也是这样画的，这是不是有什么问题啊？"

看着两幅画中女子的玉佩，余鹏飞皱起眉头，那圆圆的玉佩上什么图案也没有，就好像是一块打磨得周圆的玉弓一样，没有任何图纹。一幅画面快速在他的脑中闪过，他觉得那玉佩有些熟悉，还来不及抓住，就被秦灵灵的话打断了。

"看来，这两幅画中的女子一定都跟凤凰血脉的秘密有关系。只可惜应该就像刘大叔说的，在刘邦死后，吕雉专权，群臣诛后，闹了内乱，带有凤凰血脉秘密的女子丢了，此后汉朝就走下坡路了。"

余鹏飞嗯了一声，认同秦灵灵的话，目前就这些证据来看，画到了刘邦之后就失踪了，可带有凤凰血脉的女子之后去哪里了呢？

两人正在说着的时候，余鹏飞的电话突然响起。

"你好，余先生，我是之前参加拍卖会的嘉宾，想跟您商量个事情……"

电话里的人自称姓姚，听声音是个中年男人，说是今天拍卖会他有事耽搁了，后来知道有一个拍卖品被余鹏飞买走了，想从余鹏飞手里双倍价钱买走。

余鹏飞问那人是哪一个收藏品，对方说的是龙凤佩！正在玩着手机的秦灵灵一愣，随后掩下表情继续低头打字聊天。

其实在余鹏飞看来，今天拍卖会所有的收藏品并没有什么特别的，他的注意力一直在《丹穴山画》上，根本没注意其他的东西。

他给秦灵灵一个眼神，让她去找装着龙凤佩的那个盒子，秦灵灵翻找出来之后，打开盒子放在余鹏飞的眼前，只见里面是只淡绿色的玉佩。

"是这样，我刚刚拍了很多东西，其实都是送人的，我不确定这个藏品是不是已经送出去了，毕竟装在盒子里，我一时间给了不少人，我需要回去看看。"

余鹏飞小心地周旋着，并试图问出缘由："这个东西有什么特别之处吗？"

听到余鹏飞可能将东西送人了，对方很是惋惜："这个啊是唐朝李渊的贴身物件，那些人不识货，说这个东西并不是李渊的，但我坚信，这个龙凤佩就是李渊和挚爱之女的一个定情信物……"

姓姚的人说了一大堆，余鹏飞推托说回家看一看东西有没有被送人什么的，就将电话挂掉。

"这么普通的东西，看上去做工也不精致啊，怎么就说是李渊的呢？"

秦灵灵把玩着那个玉石，突然她想到一个事情，"我让山火查一下这个东西的来历就知道了。"

余鹏飞点点头，将玉石拿过来，发现这块玉佩，一面雕刻着龙，另一面则是凤凰，他拿在手里细细地看着，发现玉佩的中间貌似有一道细细的缝，不仔细看还真看不出来。

过了几个小时，姓姚的人又给余鹏飞打了电话，询问是否找到了玉佩，态度诚恳谦虚，余鹏飞跟秦灵灵商量了一下，还是准备将这个东西捐了，就用已经送人的借口拒绝了电话里的人。

山火发了一张照片在三个人的群里，是一个玉佩的形状，看上去还可以打开，上面赫然写着龙凤佩。

很显然这个龙凤佩就是姓姚的那个人想高价购买的东西，余鹏飞对秦灵灵说道："幸好姓姚的给咱们打了电话，不然还真错过了一个宝物。"

山火在群里发了一条信息：这个是你们要找的东西，目前这东西不知道在哪里，照片也是十几年前的了，是两块能合二为一的玉佩，听说是李渊给自己和心爱女子做的。

山火还说，他找了一些野史，大致知道了这个玉佩诞生的原因：隋朝末年，李渊命李孝恭平定巴蜀，遇到了一个女子，据说这个女子向李渊传授了定国安邦的秘密，李渊后来才能不断取得胜利，夺得了天下。李渊为了纪念此事，也为了将秘密继续传给后人，命人做了这款玉佩。

余鹏飞看着手机上的图片，又看了看手里的玉佩，顺着那条细细的缝线，将一个玉佩一分为二，出现了跟图片上一样的图案。

分开的玉佩，一面的图案是龙纹，一面的图案是凤凰。

"那就说明到了唐朝，李渊找到了凤凰血脉，但后来呢？"秦灵灵拿着两块分开的玉佩问道。

余鹏飞抿抿嘴，不知道在想些什么，"这个就需要我们去调查了，而且历代帝王对带有凤凰血脉秘密的女子十分看重，如果我们按照这个线索查下去的话，也许会有线索。"

秦灵灵点点头，抱着臂膀，右手摸着下巴，说道："另外，巴蜀这个地方也被提过很多次，而且几乎带有凤凰血脉秘密的女子出现都会跟巴蜀扯上联系，我们是不是应该调查一下巴蜀相关方面呀？"

"对，这些线索我本都不应该放过。"想到这里，余鹏飞赶紧将之前从水洞里记下来的内容翻出来，放在秦灵灵面前，"这个是我之前发现的，一开始我单纯以为是说炎帝和凤凰的关系，但后来我才明白，这些资料一部分说的是关于凤凰血脉的资料，前面几张内容我都明白，后面几张说的是秦代几任帝王，还有一些我翻译不出来。"

秦灵灵拿起那些资料看了看，拍拍余鹏飞的肩膀，十分自信地说道："这个放心，交给我。"

余鹏飞想起一件事情，"对了，你同学不是研究历史的吗？能不能让他帮忙找一找研究唐朝历史的人，咱们可以请教一下。"

他这么一说，秦灵灵也觉得可行，应下之后开始拿起手机，不知道在跟谁沟通。

余鹏飞觉得可以从李渊建立大唐之后开始查起，经过查阅资料，他发现李渊在建立唐朝之后，紧接的举动就是改巴郡为渝州，将丰稳坝和平都山合名为丰都。而且有传言，李渊的军队在征战时，以"仁德"著称，所到之处很少杀戮，重视以德服众。

对于这个发现余鹏飞也没什么惊奇，毕竟每一任帝王在新建立朝代时，基本上都会改动一些地名或者区域划分。

"余鹏飞，快过来，山火回复了！"

秦灵灵将之前余鹏飞画下的水洞壁画发给了山火，过了好久，山火才回复过来。

"这壁画上说的是，自炎帝之后，带有凤凰血脉秘密的女子便成了天下人争夺的神女，得到带有凤凰血脉的女子，就可以江山稳固，长生不老，而且还能坐拥天下数不尽的金银财宝。秦代时期，秦惠文王为寻找神女灭巴蜀建成巴郡蜀郡，以寻找凤凰血脉。秦武王嬴荡入东周，窥视九鼎，无意中从九鼎中得知炎帝凤凰血脉的秘密只能由炎帝两女之后的女性传承，只有找到这个女性血脉，才能真正实现天下太平和长生不老。"

秦灵灵念到这里的时候，看到手机上翻译过来的资料，眼神一暗，手指微微捏了捏，继续说道："至于说为什么秦朝会在那里设置一个水洞，说是秦朝后期，群雄聚集巴蜀，秦王嬴政有意避开巴蜀之地，将秦宫关于凤凰血脉的秘密故意设在别处的一个水洞之中。嬴政又担心自己找不到凤凰血脉，想让后人继续寻找这个秘密，于是又把秘密隐藏在一幅画中……"

余鹏飞皱眉："一幅画中？"他心里笃定，自己想的果然和山火查出来的一样，王文家后山水洞的壁画，和眼前这幅《丹穴山画》是一脉相承的。

余鹏飞思索着："按说这么秘密的事情，嬴政应该要把它隐藏得很深，为何要建一个水洞呢？如果这个水洞被别人发现岂不是对自己不利？"

秦灵灵继续解释道："这里有说到，秦王嬴政在即位以后，对岐黄之术十分钻研和酷爱，最后痴迷于此。他听闻凤凰血脉中有长生秘术，后便追寻凤凰血脉十几年，终于被他找到了，就是寡妇清，但寡妇清不愿意帮助他。后来，又有术士向他献计，说要设立一个祭坛，并刻下凤凰血脉的秘密，可以寻找到其他具有凤凰血脉的女子。但这个祭坛不能设在巴蜀，那里去的人太多太喧闹，要把祭坛设在另外一个清净的地方。这个水洞就是秦王嬴政设立的祭坛。"

"又是巴蜀？"余鹏飞诧异道，"后来唐玄宗为躲避战乱，也西进成都，我们是不是忽略了什么？"

余鹏飞抱着臂膀在屋子里踱着步子，自顾自地说道："从汉朝开始，这些帝王逐渐开始将目光放在巴蜀之地，种种证据指向巴蜀，看来巴蜀这个方向我们一定要了解一下。自古到今，巴蜀地域广泛，重庆、成都等都是，我们一定要去一趟才行，我总觉得那里有我们想要的线索。"

他沉思了片刻，收回思绪，一转头发现秦灵灵已经趴在桌子上睡着了。余鹏飞微微一笑，将她抱回了床上，给她盖好了被子，余鹏飞才关了灯离开。

他又叹了口气，现在还是不知道凤凰血脉后来怎么样了，还是要继续查下去。

余鹏飞熬了一夜，将至天亮的时候终于熬不住睡下了，他睡得也不安稳，梦中都是五彩流光的凤凰飞来飞去的场景。

他还梦到了秦今明，梦里的秦今明依然是年轻帅气的样子，对着他笑道："年轻人遇到事情不要害怕，大胆往前走去就好，车到山前必有路，只要你坚持不懈，事情总会有真相大白的一天。到了你真正成长的那天，你心心念念的凤凰就会飞向你的。"

他想问问秦今明为何将自己拉到这么大的一个烂摊子里，秦今明只是回道："天命如此，你逃不过的。"

梦里，余鹏飞又梦到了母亲临终前的一幕，病房内是满身鲜血的母亲奄奄一息，秦今明握着她的手满脸忏悔。

隔着那扇病房门，余鹏飞不知道他们在说什么，只是门外是不断抽烟的父亲和满心冰冷的自己。

他好想推开那扇门，问问屋内的秦今明，为何要握着母亲的手满脸忏悔，他在忏悔什么？又想问问母亲，将自己和父亲置于何地！

可是这画面如碎片闪过，很快就在余鹏飞的脑子里消失。

将至中午秦灵灵在敲着他的门，在屋外可怜兮兮地喊着："余鹏飞，太阳晒屁股了！"

余鹏飞被这小妮子吵得受不了，起身给她开了门，就听她"啊"的一声，余鹏飞纳闷地回头看去，发现她捂着眼睛像是看到了什么不该看的一样。

他顺着秦灵灵的视线往自己身上看去，见自己竟然只穿了睡裤，没穿上衣，十分尴尬地抓起上衣套在身上："抱歉啊，昨晚一夜没睡，脑子不灵光了。"

说罢，见秦灵灵别扭的姿势，白了她一眼，"你要捂着眼睛就全捂，干吗还露出缝偷看呢！"

秦灵灵被他说得破防了，嘿嘿地笑了两声："真没发现，你还有腹肌呢！身材不错！"

"你昨晚干吗了，怎么一夜没睡呢？"秦灵灵随手帮余鹏飞简单地收拾了一下屋子，凳子横七竖八的，纸张掉得满地。

她拿起一张，见上面画着各种自己看不懂的字符和图案，皱着眉头问道："这是什么呀？"她问着余鹏飞。

卫生间里余鹏飞一边刷着牙一边说道："昨天晚上我把所有的事情和线索都捋了捋，发现我们有必要去一趟四川。"

"啊？"秦灵灵惊呼，"哇，余鹏飞你太厉害了，一晚上你就将思路和线索全部弄出来了。"

秦灵灵赶紧拿着纸跑到余鹏飞面前问："那上面是什么意思啊？"

余鹏飞一边漱口一边含糊不清地说："这是凤凰血脉的历史走向，不过只是到唐玄宗这里，接下来的我们还需要接着找。"

秦灵灵抱着余鹏飞手臂一脸惊喜地问道："那接下来我们是不是就知道凤凰血脉到底在哪里了？太好了，我要一直跟着你，看看凤凰血脉究竟是个什么，越来越有意思了。"

她一边说着，一边拍着手，高兴得手舞足蹈。见她这样，余鹏飞笑了笑，本来想劝退秦灵灵的话也说不出口。

两人正说着，敲门声又响了起来，余鹏飞先是一愣，秦灵灵直接去开门了："我给你订的外卖到了。"

余鹏飞心下一动，看着秦灵灵抱着外卖的样子，噗嗤一笑："想不到你虽然人小，心思倒是很细腻嘛。"说着还摸摸秦灵灵头顶，一副宠溺。

"别小瞧我，我虽然没有你那个聪敏的脑子，但好歹我还是能帮上忙的呢！"秦灵灵抱着手臂，傲娇地说着。

"灵灵，你过来。"余鹏飞正在窗前喝着水，余光无意间瞥见一辆黑色的车。

秦灵灵听余鹏飞突然喊自己，而且神情十分严肃，她赶紧走到窗前，见余鹏飞一直看着一辆黑色的轿车，秦灵灵眼神一冷。

"看到那辆黑色的车了吗？"余鹏飞回头问秦灵灵，后者点点头。

"之前在丰城，咱们的酒店楼下也有一辆这样的车，和现在一样，车里坐了一个人，我怕是咱们被什么人盯上了。"余鹏飞将半透明的窗帘拉上，离开窗台。

秦灵灵一听，皱着眉心，不知道在想什么，随后开口问道："该不会是上次在王文家的那些人吧？"

余鹏飞摇摇头："不确定，但八九不离十。"

他心里稍稍地留了一些事情没说，就比如自己根本不是简单地寻找凤凰文化，而是因为秦今明的事情来的。

秦灵灵问道："那咱们现在怎么办？"她又补充了一句："你不是说还有什么东西没弄明白吗？咱们赶紧看看差在哪里，然后离开这里吧？"

余鹏飞点点头，"咱们现在先去试探他一下，看看到底是不是之前那拨抓我们的人，别冤枉了好人也给自己添堵。"

一时间，秦灵灵没明白他的意思，但还是照着他的要求做了。两人在十分钟后各拎着包和箱子离开了酒店，搭上出租车离去。

而余鹏飞猜对了，他们前脚刚走，停在楼下的那辆黑色轿车就紧跟他们离去。

"余鹏飞，他果然是跟踪我们的，怎么办？"秦灵灵小手揪着衣服问道。

反观余鹏飞一脸淡定，甚至脸上还有一些开心："怕什么？甩掉他就是了。"

两人在中途换了车，七拐八拐地又回到刚刚的那个酒店了，进了屋之后，秦灵灵一脸怨气地说道："你这不是此地无银三百两吗？不相当于告诉人家，你知道被跟踪了吗？"

余鹏飞诡异地一笑，"这样一来告诉他们，我知道他们跟着我，手里可能有些证据，假如他们想杀人灭口的话，还得掂量掂量我已经知道了，估计就不敢胡乱来了。"

秦灵灵转着眼睛："你说的好像有道理哎……"

见她傻傻的样子，余鹏飞被逗得噗嗤一笑，摸摸她头顶:"是吧,哥哥我聪明着呢。"

"告诉你哈,寻找凤凰秘密这件事情呢,我是一定要做下去的,往下走可是越来越危险呢,你要是害怕现在撤退还来得及哈。"

秦灵灵仰着头:"我倒要看看你们说的那个凤凰秘密到底是什么,我跟定你了。"

余鹏飞点点头:"嗯,有骨气,女侠仗义。"

过了一阵儿,余鹏飞转过头去,却发现身后的秦灵灵已经趴在桌子上睡着了,余鹏飞看着小姑娘恬静的睡相,脸上露出了温柔。

睡梦中的秦灵灵不知道梦到了什么,满脸的不安,还嘟嘟囔囔地说道:"姐,我要见我姐,我要见她……"

余鹏飞没有做声,怕弄醒了她,她的这几句梦话也触动了自己内心:看着秦灵灵外表活泼又大大咧咧,其实也挺可怜的,内心中肯定有不少伤痛。无父无母不说,恐怕从小到大也没有被人关爱过吧,所以才会那么容易相信一个陌生人,还愿意跟着他到处奔波。

余鹏飞轻轻地将她抱起,放在床上,盖好被子,自己则拿起身份证又在旁边开了一间房,这才睡下。

晚上,余鹏飞正睡得香甜,被电话铃声吵醒,他迷迷糊糊接起,电话那头秦灵灵暴跳的声音传来:"余鹏飞,你怎么能把我单独留在屋子里,你不怕我遇到坏人啊!"

余鹏飞带着重重的鼻音说道:"我在你隔壁,等着我。"

余鹏飞刚开门出去,就见走廊里,秦灵灵黑着一张小脸怒火冲天地要吃了自己一样，"我给你时间解释一下，为什么单独留我自己在屋里，你知不知道我醒来之后，见屋里黑漆漆的，又没人，我都吓哭了。"

说着，秦灵灵小嘴一瘪，眼中雾气渐起，余鹏飞一看这姑奶奶又要哭了，赶紧上前哄她，"我未婚你未嫁的，你年纪还那么小，如果被人知道你和男人住在同一个屋子里，对你不好，我这不是为你考虑吗？"

秦灵灵长长的睫毛忽闪忽闪的，有些微微愣住。她完全没有料到，余鹏飞这样做竟然是为了自己，秦灵灵的心里暖了一下。说道："算你有良心，赶紧吃饭去。"

余鹏飞这才松了一口气，这小妮子不好哄，他在心里默默叹了口气。不过，这寻找凤凰血脉的路上能有她做伴还真是个不错的选择。

刘未匆匆赶到两人住的酒店，模样有些狼狈，从昨晚接到余鹏飞的电话之后，他就整整一夜未睡。他怎么也没有想到，那个阳光帅气的小伙子和那个不着调的小姑娘竟然帮着自己找到了丢失的宝贝。

他抱着《丹穴山画》眼睛发红，他的爷爷和父亲都是因为这幅画抑郁而死，如今它在余鹏飞的帮助下重新回到了自己手上，死后也算对得起刘家的列祖列宗。

听着余鹏飞把昨天拆画的事情说了一遍，刘未拿着画不解："画中画？"

"嘶，我也没听我爷爷和父亲说过这个事啊！我们知道的这只是一幅汉朝的墨宝，没说里面藏着什么惊天大秘密啊！我更没见过那画啊！"刘未摸着脑袋，努力回想着，难道自家祖先忽略了什么？

余鹏飞笑道："就因为它被隐藏得太好了，所以没有人知道。"

秦灵灵在一旁附和："就是，如果很容易就被人发现的话，别说普通人了，当朝天子早就去你们刘家抢画了，古人的智慧岂是你我能揣摩出来的。"

这话取悦了刘未，他大笑道："我刘家人果然是最高明的，这千年的秘密都封存得如此完好。"

半个小时后刘未从文物局出来，眼睛还是红红的，他把《丹穴山画》连同余鹏飞昨天一起拍的东西全部都捐给了文物局。

余鹏飞诧异地问道："怎么出来得这么慢？"

刘未回道："文物捐献要有一些手续的，这么年代久远的东西，人家当然得要认真处理。"

刘未不同于之前侃侃而谈，今天的他情绪有些低沉，脸上却多了一些欣慰，朝着余鹏飞说道："我欠你一个人情。"

说着他递给余鹏飞一张名片："这是我弟弟小义，他工作中遇到了一件难事，跟我说一个宅子里都是凤凰元素，位置在重庆，有时间你去看看吧，也许会帮得上你。"

余鹏飞根据山火发来的一条信息，还要赶往四川一处小山村。跟刘未没多说什么，就说等自己事情办完了再回来找他。

刘未这人虽然粗糙了一些，但也知道余鹏飞做的事情和自己差不多，于是嘱咐他一定要小心。

说完刘未往自己的车子走去，突然像想起了什么事情一样，朝着身后十几米远的余鹏飞大喊道："你们结婚的时候记得发给我一张请柬啊，我要去参加婚礼，到时候我肯定给你们包一个大大的红包！"

秦灵灵脸色暴红，余鹏飞被噎得吞吞吐吐："结什么婚，我们……"

刘未像看坏孩子一样看着两人，并大声嘲笑着："不以结婚为目的的谈恋爱都是耍流氓，切！年轻人！"说完，刘未颇为开心地走了，留下风中暴跳的余鹏飞两人。

做完一切后，余鹏飞和秦灵灵再次奔向机场。

飞机上，余鹏飞看着山火发来的网站资料截图，他发现安史之乱似乎有些跟自己了解的不一样，他在一则信息上看到的留言，将安史之乱说得更为详细一些。

"灵灵，你看这个。"

余鹏飞指着资料上的信息，对正在想着事情的秦灵灵说道："这个网站有网友留言，说当时唐玄宗为了镇压安禄山，安史之乱后，他西进成都，为了找寻一个带着凤凰秘密的神女，传说得神女者可平天下。"

秦灵灵接过资料："这是野史吧？线索可靠吗？"

让两人诧异的是，山火给的资料还有好多信息，余鹏飞在里面还看到了关于司马迁一些信息，司马迁在《报任安书》中写道："仆诚以著此书，藏之名山，传之其人，通邑大都，则仆偿前辱之责，虽万被戮，岂有悔哉！"

"司马迁说将正本'藏之名山'，是指有名气的山吧？"

秦灵灵问着。

其实余鹏飞也不懂，但感觉应该是像秦灵灵说的那样。

余鹏飞拿起一张纸，嘴角一弯："这上面也提到了四川，正好我们也去那里。"

秦灵灵顺着他的话往纸上一看，是一口枯井的资料，位置在四川，她笑道："井里有凤凰？"

余鹏飞本打算先去四川碰碰运气，想不到山火给的资料让自己省了不少的劲。

他心里有点怀疑，凤凰血脉这种比较隐秘的事情，怎么可能被人随随便便地发在网站上，供人查阅使用。还是说秦灵灵的这个朋友真的不一般，能得到一些别人得不到的东西？

四川成都，一个历史文化深厚的城市，其历史文化可追溯到三四千年之前，是古蜀国开明王朝的都城。

在之后的历史长河中，四川是多少古人百转千回思念之地。

汉朝时期，成都的蜀锦得到皇家还有百姓的青睐，从而，成都有了第一座官营的蜀锦作坊，还因此从民间得了美名"锦官城""锦城"。

至于成都在历史上的称呼还有很多，比如"天府""蓉城"等。而"蓉城"是因为五代十国时期，后蜀皇帝孟昶酷爱芙蓉，因此在成都城中种满了芙蓉，成都因此得别称"蓉城"。

余鹏飞和秦灵灵要找的地方并不是成都的市中心，而是一座远离喧闹市区的小山村。

一个寂静小山村的山坡上，从天空中俯视着，能看到两个正在跋涉的小身影，他们正是余鹏飞和秦灵灵。

余鹏飞和秦灵灵终于找到了那口有凤凰的枯井，它隐在草海中，算不上多么起眼。在井口的不远处，还有一栋小草房子。

余鹏飞喜出望外，但是他并没有立即去房中找人。而是在草房的周围用目光搜索了一下，果然跟山火给自己的照片一样的景色。

但此处有些诡异，一路都是类似祭祀场一样的帆布，锈迹斑斑的铃铛被风吹得直作响。

在草房的西南方向发现了一个拴着无数红布的石头堆，是照片上的那口井，修葺得十分工整，庄严又诡异。

"这种看上去有些古老的装饰，似乎是从前的祭祀仪式上能用到的。"余鹏飞轻声地对秦灵灵说着，他细细观察着周围一切。

"走，我们过去看一看。"余鹏飞拉着秦灵灵的手往草房走去，在草房门口停下之后，敲了敲门，就听见屋里有一声苍老的声音响起："谁呀？"

余鹏飞在外边说道："您好，我是专门来请教您一些事情的，您能给我开下门吗？"

不一会儿，他便听见屋里有踏踏的脚步声，越来越近，紧接着门被打开，出现在二人面前的，是一位佝偻着腰、满头白发的老人。

老人皮肤黝黑，余鹏飞想了想，眼前这位便是人们口中常说的守村人吧，那种舍弃外面大千繁华的世界、宁愿守在祖先之地的人。

老人倒是十分和蔼，听了余鹏飞的解释之后，将他们请进屋，让两人先坐着，自己顺便往炉子里加了几块儿木头。"想不到现在还有这么年轻的人来打听事情。"

老人感叹着，他颤颤巍巍拿起斧子就要砍柴，余鹏飞见状赶紧放下包去接过老人手里的斧子："大爷我来做吧！"

老人点点头："是个有爱心的好孩子啊，你们想问什么啊？"

秦灵灵扶着老人坐下，说道："爷爷，西南边那个石头堆是个井口吗？"

"哦！问它呀！"老人点点头，随即目光看向远处，像是回忆起了什么事情一样。

顺着老人的目光，在草屋门里面正好可以望见那口枯井。

"那口枯井啊，可是个要命的东西。"

老族长的话让余鹏飞十分诧异，他转过头和秦灵灵对视一眼，明白了对方眼中的意思，一口井能有什么要命的。

"自我爷爷那个年代就已经有了，听他说已经好几百年了。那里边儿啊，有人说邪乎得很。具体我也不知道，当时我很小，我爷爷跟我说，那里有许多人的冤魂，怨气十分重，之前井口上边儿有一座汉白玉的大白凤凰压着呢，又说那是大红色凤凰，传说这个凤凰是被一个叫秦良玉的女子所感动，因为当时张献忠杀人无数，秦良玉奋力抵抗，是个民间英雄。"

"汉白玉大凤凰？"余鹏飞惊道。

老人嗯了一声，继续说道："这个村子，很多年前被一个叫张献忠的人屠村了，为了找一个凤凰的后人，而且都是被官兵抓来的，听说原来都姓秦，后来为了避难全部改名了，最后全部都跳到那个枯井身亡了。后来井里的怨气越来越重，闹得这周围民不聊生。在某一天晚上的时候飞来一只凤凰直接化作汉白玉雕石，压在那口枯井之上。从那以后，这里就风平浪静了，再也没有什么冤孽之事发生了。但是后来不知怎么的，那个汉白玉大雕石就不见了，说是变回凤凰又飞走了。"

"也有人说，那只汉白玉大凤凰是秦良玉，她当时带着人抵抗张献忠，救下了一些秦家人，人们为了感念她的恩德，将这口井重新修整，用凤凰的美名来赞美她。"

"从那儿以后，就开始出现一些比较离奇的事情，山的这头儿渐渐就没有人住了，到现在只有我这一户人家，山的那头儿还好一些，是风水宝地，人们过得也不错。有人说，是因为那只汉白玉雕石的凤凰飞走了，不想在这里再镇守，所以没有东西压着冤孽，之后那井里的怨气就开始伤及百姓。那口井十分可怕，动不动就有哭声，这么些年，除了我，别人早就搬走了。"

听到这里，余鹏飞暂时停下手上的动作，问着老人："那为什么要抓那些人呢？"

秦灵灵在一旁点点头说"是呀"。

老人虽然佝偻着身子，但涣散的眸中这会儿已经露出一些光亮，像是回忆起了什么比较神圣的事情一样，慢慢地开口说道："听说那些人身上每隔一代人就会出现一个凤凰的后代，拥有凤凰血脉的人将是巩固天下、固定江山最好的人，所以从前的历代藩王也好，皇帝也好，都无时无刻不在寻找身上带有凤凰血脉的女子，后来听说这东西不再是单单留在女子身上了，就换成了那些人来守护。"

老人一边说着，一边用手比画着。听到这里，余鹏飞心里一紧。

老人说的大汉白玉雕石，该不会是王文他家后山洞里的那个吧？余鹏飞觉得那个汉白玉雕石跟之前压在井口上的那个雕石应该有关系，但为什么秦今明让王文的父亲再做了一个呢？

余鹏飞问老人为什么不走，独自一个人留在这里多么寂寞。

老人双眼看向远方的山峦，笑着说着："我的祖上世代守护着整个村子的人，即使那时候整个村子的人被杀了，留下的人依然要守着他们，这是我的责任。"

顿了一会儿，屋子里没有人说话，只有柴火被烧的声音。

"你们怎么寻思来这里问这事情？"老人问道。

余鹏飞想了想，还是婉转地将事情告诉了老人："我的亲人也是因为凤凰后代的原因被杀了，我是来找那帮人线索的。"

老人点点头，脸上带着惋惜："命啊！想不到迄今这世上依然存在为了凤凰血脉互相厮杀的人！"

老人让余鹏飞和秦灵灵先坐着，他起身去了一趟后屋，再回来的时候手上抱着一个大箱子，余鹏飞大步向前接过箱子。

秦灵灵将累得气喘吁吁的老人扶到椅子上坐下，好久之后老人才开口说道："这箱子里的东西之前给一个比你大的人看过，你是第二个看过它的外人，这里面的东西你看看，不知道能不能帮上你的忙。"

余鹏飞听后感激不尽，快速地打开箱子，只见里面放着几本略微薄一点的本子，文字都是手写的。

"我们家的祖上姓张，是一个大户人家的仆人，这些是我们家一直保存的东西，已经很多年了。"老人指着本子说着。

余鹏飞看着本子上都是一幅幅的画，画中人物衣着是明代的，直到翻到第三页的时候，出现了一个英姿飒爽的女子骑在马上，手持长枪，颇为震慑，这个女子是秦良玉。

余鹏飞继续看下去，本子中讲述的事情和大爷说的一致，余鹏飞感叹当时人们的无奈，张献忠就为了找一个身上藏有凤凰血脉的女子，杀了无数人，这些人被锁在井底，永无天日。

那本子上的画有的是记录了当时张献忠的部下杀戮的画面，有的是哀鸿遍野的场景，惨不忍睹，还有人们为了感念秦良玉的恩德，送她离开的画面。

本子上的画画工精美，年代久远，所以上面有很多部分的画面都落色了。

这口井是人们用来感念秦良玉的恩德，赞美她勇敢奋起的精神，却渐渐地被人们当做鬼井。

"原来这口枯井并非恐怖之地，乃是当时人们的一片心意，也是那些枉死之人的魂魄栖居的地方啊！"余鹏飞合上了书，感叹着过去人们的绝望。

"这就是我们族人一直在这里的原因,可惜我知道的就这么多了。"老人说道。

之后,他又跟老人聊了好多,才跟秦灵灵起身离去,临走前,去观望了那口枯井。

那口枯井要比在远处看到的更加瘆人,周围系着红布,还有供桌,显得很是阴森恐怖。

秦灵灵向井里看去,一眼望不见底,漆黑阴森,还有着奇怪的异响传来。

"什么声音?"秦灵灵小脸有些发白,拽着余鹏飞手臂问道。

余鹏飞也被这诡异的声音搞得心里发毛,可他是个无神论者,比较相信科学。

他沉思了片刻,捡起地上一块小小的石头扔了下去,不出两秒井底传来一声"咚"的声音。

余鹏飞感觉阵阵阴风从井底往上吹,似乎还有淡淡的流水声从井底传来。

他望向周围,这里是山峦,余鹏飞心里怀疑是不是这个井跟什么附近的暗河相连着。

他想起来了,来山这边的时候,是遇到过一条小河,就在这附近,看来那怪异的声音并非什么闹鬼,只是地下河的风灌进这个洞,再由洞底从下而上,才形成怪异的声音。

余鹏飞自嘲地笑了一下,想想也是,这井几百年了都说在闹鬼,根本不敢有人来,哪里有人会来了解这些事情。

"这可不是什么鬼叫声,这是井底跟地下暗河相连着,暗河过来的风从井底刮进来就是这种诡异的声音而已。只不过，我猜从前的人们不知道这个原理，然后误以为是鬼神之类的，逐渐地口口相传，这里就成了不祥之地。"余鹏飞解释着。

秦灵灵没好气地叹着气："我还以为真有鬼呢！没意思。"她又看了看周围，无聊地说道："这大山里的路太累人了，我们有没有什么办法能不用走路回去啊！"

余鹏飞看着她那被风吹乱的头发，满脸歉意地摇摇头。

"走吧，为了赎罪，晚上我请你吃满汉全席。"余鹏飞将绳子收好，拉着秦灵灵一脸赔笑地说着。

秦灵灵小嘴一撇："男人的嘴，骗人的鬼，你上次也说请我吃满汉全席，结果就一碗面打发了我！哼！"

见她那愤怒的小模样，又哀怨的小眼神，余鹏飞心头一时间划过一丝异样，很多年以后，面前这一幕始终在他脑海中回荡。

漫山的清风，黄昏余韵洒在两人身上，将手放在自己掌心的姑娘，被风吹起的长发，一切都是最初的美好。

第七章
平都山晓

夜晚时分，二人才回到酒店，草草吃了一口饭，秦灵灵就嚷着要去休息。

他和秦灵灵将事情捋了捋，大概是唐玄宗当时虽然寻找过凤凰血脉，但是没找到，之后唐朝开始走向下坡。

而张献忠为了找凤凰血脉，屠尽了四川人，秦良玉奋力抵抗，最终酿成惨剧，无数人惨死在井中，引起了当时人们惊慌，井中产生了怨气，人们看见凤凰前来变作汉白玉大雕石压制冤魂。

余鹏飞突然想起来王文家后山洞里的那个汉白玉大雕石。当时王文说过，秦今明和他父亲做那个汉白玉大雕石是为了镇压什么井的，如此看来，应该就是今天他和秦灵灵去的那口井了。

那么问题来了，王文家后山的那个汉白玉大雕石是假的，那么真正压制在井口上的汉白玉大雕石去了哪里？难道是已经被人藏起来了？

"既然四川没有凤凰血脉的痕迹，会不会在重庆？毕竟重庆也是巴蜀之地呀！"秦灵灵坐在沙发上，无聊地晃着手机。

一晚上的时间，余鹏飞查了很多资料。他将所有跟巴蜀、凤凰相关的书籍通过山火都找了出来。

"灵灵你看，我在《山海经·大荒北经》书中找到了记载，巴人是咸鸟之后，咸鸟是太皞之子，还有，'西南有巴国。太皞生咸鸟，咸鸟生乘厘，乘厘生后照，后照是始为巴人'。"

"《山海经·大荒南经》记载的巴地'巫载'方国，鸾歌凤舞，百兽相群，被称为'东方伊甸园'，那么说来，也许巴地是有凤凰的。"余鹏飞说道，他忽然想起来山火给自己的资料里有那么一幅图画。

当时自己看到那画的时候，还诧异着上面的内容如同山海经里的人物一样，没有任何的文字解释，晦涩难懂。余鹏飞皱着眉头，画面中一个男人矗立在水中，那说的难道是大禹？

他将那资料快速找了出来，果然是一个男人矗立在水中，可他记得山海经当中似乎没有这种画。

他借助资料，在网上问着山火，山火将画的资料翻译了之后回传过来。

"山火给我消息了，他给我的那幅画的意思是：大禹治水经过巴地娶涂山氏为妻，得到凤凰血脉的秘密，其子启才敢继承大位建立夏朝。这则资料里说了涂山氏在巴地，凤凰以她为首，呼之即来挥之即去，全听她的号令，传说她因身有凤凰血脉，才到巴地来的。"

余鹏飞在纸上将所有信息都写了下来，一一比对："巴人、巴地，还有当时我们看到周室战争时候喜好用巴人为先锋，歌舞中展现出凤凰气势，这么多证据说明巴地一定跟凤凰有关系。"

"既然四川没有，那么咱们应该缩小范围……"余鹏飞说着，两人准备去往重庆，正好刘未的弟弟也在重庆。

晚上秦灵灵回到屋里休息去了，余鹏飞一个人在房间里不断思考着事情的始末。

他将所有事情又细细地捋了一遍，最终在地图上画下了重庆的位置。这让他心里确定了自己搜索的走向是正确的。

第二天，余鹏飞和秦灵灵来到重庆，联系上之前刘未介绍的人，电话那头是个年轻人，叫小义。

余鹏飞对重庆之地有种特别的感情，这里充斥着浓浓的巴文化，每到一处他都愿意停留几分钟细细观赏周围的一切。

小义是刘未一个远房弟弟，看上去也没到三十岁，戴着一副黑框眼镜，性格与刘未截然相反，稳重又严谨，远远地见了余鹏飞便迎了上来，寒暄着余鹏飞二人一路而来的辛苦，连声道谢。

他将余鹏飞和秦灵灵带到一处大山坳里，指着山脚最深处房子说道："就是那里，那个房子很多年了，听说百十来年没有人住了，自从我接了这个任务之后，来这里转过一圈，发现这房子不简单。"

余鹏飞问到怎么不简单，小义却说不上来怎么不对劲，只是让余鹏飞自己去看看。

山脚下的那处房子远看着不起眼，可走近了余鹏飞才发现，这是一个古代的大户人家房子。房子风格具有巴蜀当地特色，不但如此，最引人注目的是，房子的檐梁四角用的是凤凰做镇宅。

"怪不得刘未之前一直要让咱们来看看这个房子，解决他弟弟工作是一方面，这房子确实古怪得很啊！"秦灵灵今天穿着小短裙，时不时有蚊虫叮咬自己，她拿着扇子胡乱驱赶着。

"从前的宫殿也好，还是平民百姓家里也好，镇宅的基本上都是龙的九子其中一种，用凤凰做镇宅的，还是第一次见。"余鹏飞说道。

"看房子的质量还可以，进去转一圈不成问题。"余鹏飞说完，先一步推开院子的大门进去，小义和秦灵灵跟在身后。

"嚯！"余鹏飞见到院子里的装饰更是吃了一惊，不说用凤凰做檐梁装饰，更是将凤凰元素摆满了全院子。

院子里的正中间，有一处荒枯的水池，而那水池四周是各种各样的鸟类石雕，这些鸟的名字余鹏飞说不上来，似乎也没见过。

但这些鸟全部朝向中间，那中间是一个巨大的凤凰石雕，振翅飞翔，长尾摇曳在水池中央，头部高昂着，似乎下一刻就要一飞冲天。

而在房屋正门的外墙两侧，两只翱翔九天的凤凰惟妙惟肖，周身缭绕着层层祥云，它们朝着正门的方向飞翔着。

"看得出来，这个房子的主人真是爱极了凤凰，守门神竟然用的是凤凰，镇宅的也是凤凰，怪不得刘未会让我们来这里，看来我们不虚此行了。"秦灵灵一边拍着照片，一边对着余鹏飞说。

"这个房子年代虽然长了点，但当时的建造肯定花了心思的，从这些还算整齐的墙壁就能看出。"余鹏飞一边说着，一边帮着身后的秦灵灵躲开胡乱生长的树枝。

这个院子杂草丛生，长满了棵棵大树。秦灵灵看着面前几棵粗壮的大树，点点头："年代是够久的，这院子多少年没住人了，草都长成参天大树了。"

余鹏飞将整个院子都看了一下，主人的卧房等地都有凤凰的元素，可见这个房子的主人对凤凰多么痴迷。

他的注意力被卧房侧面的两扇门吸引住，那两扇门之所以特殊，是因为它将道家的八卦图刻在门上，一扇门一个八卦图，两扇门的八卦图又不一样。余鹏飞凑近细细地看着，一面是先天八卦图，一面是后天八卦图，不仔细看，还以为是一种图。

什么人会用着满房子的凤凰元素呢？不但如此，还用道家的八卦图做密室门神。

这两扇门没有上锁，小义轻轻推开门，里面一股子潮湿的臭味扑面而来。

"啊！"秦灵灵被里面的一幕吓了一跳，余鹏飞望去也是瞬间毛孔竖起。

密室里漆黑无比，小义用手机照明才能看清里面。可在他刚刚照向里面的时候,清楚发现密室里有一间火炕,那火炕上是副白花花的人骨架。

余鹏飞挥了挥面前的灰尘,被呛得咳嗽一声,说了句:"没事,怕是有人在这里去世了。"

小义和余鹏飞差不多,倒也没害怕,将背包里的手电筒拿出来递给余鹏飞,余鹏飞摆摆手说自己有。

余鹏飞感觉秦灵灵依旧害怕,"你别进去了,我们进去。"

秦灵灵点点头,她从身后的背包里拿出口罩和一次性手套递给二人,让他们戴上。

看着小义手上粉红色的口罩,再看看自己手上却是白色的,回头又望望秦灵灵脸上是粉色的。余鹏飞皱着眉,直接将自己的口罩塞给小义,抢过他手中粉色的口罩。

一旁的秦灵灵看着余鹏飞的小动作,后知后觉地才明白他的意思,她弯起小嘴,眼里亮晶晶的,满脸甜蜜。

余鹏飞和小义先是给炕上的逝者鞠躬,之后才上前查看起来。

"看样子,得有个几十年了。"余鹏飞用手电筒照着骷髅,炕上的这副骷髅身材短小,骨骼纤细,是个女性,但年纪看不出来。

"从前的人,若是不火化直接埋在地下,连同棺材板子大概二三十年就什么都不剩了,你之前说这个房子已经百八十年没人住了,可看着不像啊!这位去世感觉没那么久远。"余鹏飞说道。

小义点点头:"确实是百八十年没人住了,这点我敢保证,我小的时候就听我爷爷说,这房子里已经好多年没住人了。"

"这是什么?"秦灵灵不知道什么时候进来了,看着逝者旁边一卷纸问道。余鹏飞见她不再惧怕,没再说什么,跟着看起那卷子纸。

纸张颜色蜕变成灰色,大小长三尺左右,高为两尺左右,因为年头有些久远,材质有些脆弱,余鹏飞拿在手里的时候小心翼翼,生怕一不小心捏碎了它。

"今有侍女张氏,今生功德圆满,于同治八年阴历七月十五在家新逝。孤家寡人,无送亲孝子,兹有金钱财宝一宗,包袱一个,冥资若干,供作一路之资。……请酆都鬼城使者通融,路遇山川鬼魅关卡,不准恶鬼强神争夺,有此书为证,各部一律放行……"

余鹏飞念完之后,看了看炕上的逝者,真想不到这人已经去世一百多年了,还真像小义说的那样。

"这是什么啊?我怎么没听懂。"秦灵灵揪着余鹏飞的衣角,不敢靠近火炕半分。

余鹏飞解释道:"这是路引,在人去世之后,一般都是跟逝者一起烧给地下,或者放在棺材里的。"说完又疑惑,"可是路引我也见过,她的这份路引跟我以往见过的不一样,这种路引不论从材质规格或者内容上来说,都很少见。"

余鹏飞歪着头,细细看着手里的路引文书,与之前见过的俨然不同。

小义不懂余鹏飞说的那些,只是拿着手机将这里的情况发给同事,边发边听余鹏飞的解释。

"通常的路引为白纸,而且纸张很小,她的这份用的是黄色软纸,尺寸也比我见过的其他路引更大,你看这边缘处也有点奇怪,虽然颜色褪去了很多,但依旧能看出此份路引的独特之处。"

"不就是份路引吗?有什么特别的?"秦灵灵转身看向屋子其他地方,随口说了句,而余鹏飞看着路引书里的"酆都"字样不知道在想些什么。

余鹏飞用手电筒照向四周,这个密室里还放着几个箱子,封口处的纸早就烂透了。但几个箱子外面刻的标志物都不一样,其中一个是道家的八卦图,另一个则是凤凰的图案,还有一个则什么都没有。余鹏飞叹了口气,这间密室潮湿,里面即使放些什么,恐怕早就腐烂了。

余鹏飞示意秦灵灵到自己身后,他准备先打开那个刻着凤凰图案的箱子,一边清理盖子上面的灰尘一边解释着:"我之前读过不少酆都相关的记载,酆都现在则是重庆的丰都。酆都在古代通常用来称作鬼城的首都,一般去世的人通常都会被送到那里。"

"至于这个路引,我却不是很了解,看来要查查路引和酆都之间是不是存在什么关系。"

但余鹏飞还是有很多的疑点,比如侍女张氏就是炕上的逝者,可她为什么自称侍女呢?她侍奉的又是谁呢?

"这位老奶奶,腹部发黑,应该是服毒了,瘀血流进肚子里就是黑色的。至于她的路引里并没有什么跟随的童男童女或者送行之类的,所以才等到七月十五鬼门大开的这天,她的灵魂才能进入鬼城，唉！连离开这个世界都要挑日子。"余鹏飞惆怅着，见老奶奶的身下似乎还有些木质的碎片。

那形状在炕上正好是个椭圆形，只不过因为是木头，早就腐烂了很多。

"这又是什么？难不成在炕上放着棺材，随着时间久远，棺材腐烂了？"小义哈着腰，看着张侍女头上腐烂的木头似乎刻着什么花纹，他忙叫余鹏飞上前查看。

半晌，余鹏飞说道："这是船棺葬。古人有云，北方人骑马，南方人坐船，所以在北方的人去世时，会有纸马纸牛，马拉车牛喝脏水，男配马，女配牛。而南方人则是把棺材做成船的样子，祈求载着逝者的灵魂到达终点，这种丧葬习俗在古时的巴蜀尤为看重。"

秦灵灵不解："那不是应该将船棺放在水里的吗？"

小义解释道："巴蜀地区的人从前有这种丧葬习俗，也有将船棺放在水里的，但也有放在悬崖上的。"

秦灵灵想到一个事情，赶紧说道："奇怪的是，一个不起眼的屋子里，怎么会有凤凰血脉的图案呢？面前这个人一定跟凤凰血脉有关系。"

"这位前辈，该不会是道姑吧？你看这边刻的是道家的八卦图，但为什么那边又刻着凤凰呢？道家和凤凰没有关系吧？"秦灵灵上前帮余鹏飞把箱子打开。

打开箱子的一刹那，里面一股浓浓的酸味飘了出来，秦灵灵拉着余鹏飞往后站了站，等到味道消失了一些才上前。

箱子里面有一幅画轴，几卷木质手札，还有些说不上来的小木牌子，大小只有巴掌那么大。

秦灵灵轻轻地将画轴打开，画上赫然是一个英姿飒爽的女子，她骑在马上，身着红衣，画的落款还写着：张琪瑛。

余鹏飞将箱子小心翼翼地搬到卧房内，这里的光线稍微亮一些，能够看清手札上的内容。他拿起手札开始认真地看了起来。手札离鼻子近了一些，便能清楚地闻到上面的石灰味道和酸味，他仔细瞧了瞧手札，发现它保存得完好无缺，除了颜色暗一些，这大概是它被精心做了防腐的原因。

"张琪瑛？"余鹏飞见手札的第一行便写着她的名字，这个人他知道，之前在某一本书里见到过，是东汉张鲁的女儿，也算是一个家喻户晓的神奇女子。

秦灵灵快速查看手机资料，说道："张琪瑛，祖籍沛县，东汉末年割据汉中军阀张鲁之女，曾祖父张道陵是天师道（五斗米道）的教祖，别名张天后……"秦灵灵翻了翻手机资料，没见有什么特别之处："她跟凤凰血脉有什么关系呢？"

"要说张琪瑛，最有名的还是她跟马超的凄美爱情。"余鹏飞拉了一把椅子靠近箱子，胡乱地擦擦上面的灰，坐在椅子上拿起手札，还别有深意地看了一眼秦灵灵。

"我就是从这个故事中知道张琪瑛的。张鲁占据巴蜀期间，曹操和刘备都想娶张鲁之女，那时候张琪瑛的芳名已经满天下皆知，传说她不仅貌美，智慧超群，还像极了其父张鲁，从小就带有一股英勇之气。曹操和刘备都竞相和张鲁交好，派人去向张琪瑛提亲。马超投靠张鲁后，与张琪瑛之间产生了情愫，但最终不能结合，演绎了一场旷世奇恋，两人死后墓地隔江相望。"

秦灵灵见余鹏飞似作幽怨地望着自己，虽然说着别人的凄美爱情故事，但那眼神妥妥地就是在撩自己，她转过头装作看手机，嘟囔了一句："为什么相爱的人不能在一起啊？"

余鹏飞说道："不得已的事情多了去了，别说那个年代，就现在的年轻人不能长相厮守的不也很多吗！"

秦灵灵眼中暗淡了几分，说者无意听者有心，她垂下眼眸，不再说什么。

余鹏飞看了手札良久，秦灵灵问他上面说的什么，他也不回答，只是认真又快速翻阅手札，直到最后一卷手札也看完，良久才说道："张琪瑛有凤凰血脉。"

余鹏飞向秦灵灵介绍起手札上记叙的内容：相传，当年张琪瑛发现自己具有凤凰血脉之后，被暗藏在自己身边的人将此事泄露了出去，曹操和刘备因此得知她的特别之处而展开追求，并不是像后世说的那样，是因为她的美貌和父亲的实力。

曹操和刘备竞相争取张鲁，张琪瑛知道他们这样做的原因，很是不屑。之后马超投靠张鲁，一个是年少英雄，一个是红颜美人，两人日久生情，互生爱意。张鲁也很欣赏马超，准备把张琪瑛嫁给他。曹操害怕马超和张琪瑛成亲后，让马超得到凤凰血脉进而得到天下，于是便派奸细潜入张鲁政权内部，想尽办法挑唆张鲁和马超之间的关系。奸细不断向张鲁诋毁马超，说他连自己的亲人都不爱护，怎么能忠于主公呢。最终张鲁信以为真，要诛杀马超，马超不得不离开张鲁又投靠了刘备。张琪瑛拗不过父亲，也不能跟随马超一起走，两个人只能分手，从此再也没有相见。

张鲁投靠曹操后，曹操要让儿子娶张琪瑛，张琪瑛不希望让曹操后人得到凤凰血脉，便偷偷跑入深山，致力于传播五斗米教，保存凤凰血脉。但她没有生育，眼见凤凰血脉无法传承，便将凤凰血脉以及其中蕴含的天下太平和养生长寿的秘密隐藏在了一对飞天神鸟之中。

张琪瑛去世后，得到消息的马超悲痛欲绝，抑郁寡欢，五年之后也溘然长逝。临终前，马超留下遗言，要将自己葬在与张琪瑛墓隔江相望的地方。这一对苦命的鸳鸯，生前不能执手共老，只能死后相伴于大江两侧，也算是了却了一生的夙愿。

"有情人难成眷属，马超和张琪瑛的爱情太过凄美了。"秦灵灵摇摇头，脸上表情难过，问余鹏飞，"那就没有写到飞天神鸟在哪里？"

余鹏飞摇摇头，上面关于张琪瑛的只写到这里。相当于线索再一次没有了，他接着打开了那个刻着道家的八卦图的箱子，里面依旧是一些手札，这上面写的是关于张道陵的一些事迹。

"这是她爷爷的东西，跟她有什么关系呢？"秦灵灵轻轻地擦干净手札，以便余鹏飞看得更方便一些。

手札的最下面是一件褪了色的道袍，仔细地看能看出一些淡紫色。

秦灵灵拎着道袍狐疑地看了看："紫色的道袍？电视剧里的道袍不都是黄色的吗？"

"你知道紫袍是什么人穿吗？"余鹏飞反问着她，见秦灵灵摇摇头。

"据说是道君，传说遇上穿紫袍的道君，神仙也得抖一抖。"

这也是余鹏飞在相关资料上看到的说法，不知道具体对不对，不过他也想着找个人好好问一问这道袍的知识。

秦灵灵挑起道袍，惊奇地说道："这种颜色的道袍我还是第一次见呢！是张琪瑛的吗？"

余鹏飞说道："你别忘了，张琪瑛还有个别名叫张天后，五斗米教可是她曾祖父创办的。"说到这里，余鹏飞想起之前去找刘未的时候，好像听到过一则消息，当年张道陵远走巴蜀，该不会和五斗米教以及凤凰血脉相关吧？

原来有些事情一开始就是线索，只不过自己都忽略了，余鹏飞自嘲着，认真地看起了手札。

"汉明帝期间，沛国丰县人张道陵任巴郡江州令，无意中寻访到带有凤凰血脉的女子，于是娶其为妻，在平都山创办五斗米教，自称'太清玄元'，为纪念老家丰县，将所住之地命名丰稳坝，成为天师派第一代天师。为保住血脉，要求世袭制度，其子张衡在平都山丰稳坝设置'天师治'，让他们涅槃重生……"

如此一来，余鹏飞才将张琪瑛身上的秘密弄明白。张琪瑛之后，凤凰血脉就不再由人继承，而是转移到了那两只飞天神鸟身上了。

"只是那飞天神鸟在哪里我们一点线索都没有，要如何寻找呢？"秦灵灵将手札拍成照片，之后又仔细包好，放回原处。

余鹏飞脑中快速回忆着最近经历过的所有事情，巴蜀、汉中、带有凤凰血脉秘密的神女、船棺葬、路引文书、酆都……墓地，眼前一亮。

他嘴唇轻启，说出几个字："我知道。"

"哪里？"

"丰都鬼城。"

要验证一切，余鹏飞认为只要到丰都看一看就知道了，不但如此，他还想到了之前李渊建立唐朝之后，将丰稳坝和平都山合名为丰都，现在看来，当年丰都那里一定发生了什么事情，才会让一代又一代的帝王垂青那里。

张道陵的五斗米教创办在那里，张氏的路引书又出自那里。丰都，也许就是那个解开一切秘密的地方。

秦灵灵和小义将东西收拾好之后，打开第三个箱子，那里面是炕上的逝者一生的介绍。

"原来炕上逝者的祖上是张琪瑛的侍女啊，怪不得用侍女称呼自己，恐怕这辈子都在这里守护着这些秘密吧。"秦灵灵一时间觉得炕上的老奶奶十分可怜。

余鹏飞和秦灵灵帮着小义将东西收拾妥当，等着人来把炕上的老奶奶葬了之后，准备动身前往丰都。

告别小义之后，余鹏飞心里惦记着鬼城和凤凰血脉之间的联系，并未在重庆多做停留，而是快速给自己的发小刚子打了一个电话，询问了一些事情，二人便直接乘坐高铁到达丰都。

重庆丰都，又被称为仙都，位于三峡深处，背靠武陵山脉，滚滚长江从中穿过。偶尔烟雨天之时，整座城市被笼罩在雾蒙蒙的云雾之中，似有九霄之上仙境之意。

迎接余鹏飞和秦灵灵的是余鹏飞的发小刚子，一个身材高大魁梧、皮肤黝黑的小伙子，笑起来一口大白牙。

余鹏飞见到刚子十分开心，多年不见的刚子越发稳重，见了余鹏飞直接将他抱住，狠狠地拍了两下他的背，喜悦之情无以言表。

"灵灵，这是我的发小，刚子。"余鹏飞向秦灵灵介绍刚子，然后又对刚子介绍说："秦灵灵。"秦灵灵点点头："嗨！你好！"

刚子生得浓眉大眼，看似一股憨厚劲，但脑子十分活跃："你好，灵灵。这位……我应该怎么称呼？"刚子眼神暧昧地看着两人，询问余鹏飞。

"别瞎打趣，赶紧带我们在丰都转转。"余鹏飞拽过秦灵灵的行李箱，将自己的箱子扔给了刚子，看得刚子嘴角弧度又拉大了几分。

刚子和余鹏飞是从小光着屁股玩到大的朋友，二十几年来，刚子从未在余鹏飞身边看到跟他牵着手走路的女性朋友。

在感情方面，余鹏飞不如刚子活泼大方，即使有些欣赏的女孩子，也会因为他的内敛而错过。

这也是刚子为什么看到余鹏飞的身边多了一个姑娘而高兴，说明余鹏飞懂得了抓住感情，反而让刚子感到一丝欣慰。

"你们今天来得太是时候了，今天是丰都庙会。"刚子追上两人，兴冲冲地指着前方热闹涌动的人群说道。

"丰都庙会？"

余鹏飞和秦灵灵两人同时惊呼着，相比之前他们去了很多地方，还是第一次遇到这种热闹的中国古文化。

刚子将两人的行李箱装在自己的车里之后，就带着两人挤进人群，一边费力走着，一边回头介绍道："如果来了丰都，没赶上一次丰都的庙会，那可是一大遗憾。咱们来得正是时候，巡游马上就要开始了。"

不得不说的是，丰都庙会是世界闻名的，就像丰都的地名一样，充满浓郁的奇幻色彩。随着几人离主街越来越近，丰都庙会的"阴天子"巡游队伍就出现在几人眼前。

余鹏飞不知道面前的这条主干道叫什么，只是路上车辆被清空，道路两旁竖立着安全栏杆，所望之处都是满脸期待的人们，都在翘首以盼这空前的盛况，当中不乏很多穿着汉服的群众拿着手机，一脸兴奋地拍着游街队伍，还有不少的外国人，他们装备齐全，拿着高杆支架，生怕拍不到一年一次的震撼时刻。

"是不是看到很多外国人？一点都不要感到意外。"刚子指着不见尾的游走队伍，"丰都庙会是国家级的非物质文化遗产了，说白了，别的地方根本没有，有没有觉得这里的庙会跟别的地方不一样啊？"

余鹏飞和秦灵灵点点头，越过人山人海，那巡游队伍中，有拿着链条的牛头马面，他们朝着围观群众甩着铁链子，众人纷纷退后，嚷着不要被鬼差抓走。

戴着面具的鬼差，押着穷凶极恶的阴魂，浑身是血的阴魂被反复拷打说着生前的罪行，模样生动逼真，仿佛让人真的以为自己在阴司地狱一样。

最显眼亮丽的，还属阴天子和天子娘娘。这二人如同仙人一般矗立在人群中，接受万鬼的朝拜。气势恢宏，场面壮观。

"丰都的庙会好特别啊！"秦灵灵用力踮起脚看向表演队伍。

刚子颇为骄傲地说道："那当然，丰都鬼城世界闻名，这儿的庙会也是承载丰都鬼城文化，宣扬着'扬善、惩恶、公正、和美'的意义。"

说着，他指着队伍最前面扮演"天子娘娘"的女孩："看见那个'天子娘娘'没有，漂亮吧？那都是在庙会前，举办方选出来的天子娘娘，可不是什么人都能当的。"

"阴天子出巡了！闲杂人等回避！"

随着一声锣声，庄严又充满诡异特色的游街队伍开始前行，"阴天子"被人们簇拥着，他手牵端庄秀丽的天子娘娘，身边侍者围绕，每走一步停三停，招幡高悬，锣鼓震天，让人为之震撼。

紧接着，在阴天子和天子娘娘后面跟着不同的花车方阵，每一个都有自己的亮点，既有带着浓厚地域特色的神鼓舞和竹鼓舞等，也有大家都比较熟悉的唢呐、锣鼓等民间表演。

最让余鹏飞震撼的是"阴天子娶亲"，诡异森严又让人好奇。刚子凑近余鹏飞几分："这些都还好，最神秘的地方你还没见过呢！我来丰都很多年了，丰都鬼城我只有白天进去过，晚上根本不敢去。"

余鹏飞露出看好笑的眼神看着刚子，带着一丝丝嘲讽："你……"

刚子白了他一眼，"你那是什么眼神，你不知道，丰都有一个传说，鬼城的夜晚比白天更为恐怖，据说，如果你在夜晚去了，也许会不小心看到一系列诡异的事情。"

"诡异的事情？"秦灵灵好奇着，见旁边的凉亭上有卖丰都地图的，她顺手买了一份回来细细地翻看。

"别不信，这是真的，我一个朋友去年就在夜里去过鬼城，吓得好几天都不敢走夜路，据说看到了神仙又看到了凤凰。"

刚子边说着边比画着手势，"那么大，就从树上飞上天空，你说神不神奇！不止这件事情，丰都本地还有一个传言，就是黄龙洞那边有人经常能看到凤凰拜观音！"

余鹏飞转过头，疑问着："凤凰拜观音？"

刚子点点头："对啊！我们这里有一个地方叫黄龙洞，我也去过几次，可是每次都没看到凤凰拜观音，不如等哪天我们一起去瞧瞧吧？"

余鹏飞嗯了一声，这样再好不过了，他不想放过任何一个能寻找凤凰血脉的机会。

鬼城里有凤凰？余鹏飞本就带着寻找凤凰的秘密来到丰都，听到这话，心里起了念头，问刚子："晚上的话，鬼城能进去吗？"

刚子说道："你该不会是要去吧？"见余鹏飞点点头，他狐疑地问道:"你和灵灵一起去?哦!也对,这种事情情侣之间一起经历才比较有意义,到时候女孩子吓得直往你怀里钻你才乐呢吧!"

刚子用胳膊推推余鹏飞,又看了一眼他身后的秦灵灵,见小丫头脸色羞红,却装作没听见一样,自顾自地看着丰都地图,嘴里嘟囔着:"丰都怎么这么多用'凤'字命名的地方啊?"

余鹏飞没听见秦灵灵的话,白了一眼刚子,嘴角蹦出几个字:"兄弟我是要去抓凤凰的,至于你嘛,我要用作诱饵的。"

刚子听罢上前就要修理余鹏飞,但见身后的秦灵灵眼神一冷,默默地收回要发力的手。

刚子朝着秦灵灵解释道:"丰都有很多地方都是以凤凰命名的,这里有不少的梧桐树,其实都是有缘由的,凤凰只栖居在梧桐树上的。还有,我们这里有一个凤尾坝,形状像极了凤凰的尾巴,据说丰都的'丰'字就是取自这里的。还有什么凤凰嘴,看起来很像凤凰的嘴,还有凤鸣湾,传说当年在那里有人听到了响彻九霄的凤鸣声。我印象中,还有什么凤凰寨、凤凰村、凤凰山、凤凰眼、凤凰庙、凤凰滩、凤凰踊、双凤社区,名字里都带着凤凰两个字。"

"丰都除了世界闻名的鬼文化,凤凰文化也很有名,很多人都慕名而来呢!"刚子笑道。

一段时间下来,于小日有些明白了崔丰实木材的套路,木材厂明面上确实在做着正经的木材加工生意,不过是掩人耳目罢了，那些工人是真的什么都不知道，每天领着高昂的薪水，沾沾自喜，殊不知危险就在身边。

于小日翻着之前送来的报纸，拿起了那份《古玩期报》，见四下无人，直接翻到中间的一页，快速地浏览全篇，几秒钟后又合上报纸。

嘴边用极小声嘀咕着："刘、私、动、物。"

于小日心领神会，这是外界给他传的消息，说的是刘文庚又要准备走私一批稀有动物。

他一直不明白，刘文庚要这些动物做什么，他们根据刘文庚去年的走私记录发现，那些动物被运到刘文庚身边的时候，都是死的，之后就全都不见了。并不像刘文庚走私的其他珍稀动物药材之类的，有的自己收藏，有的倒卖。

于小日还在思考着事情，林强电话打了进来。

"老板让我告诉你，他想要一些东西，看看你能不能给弄进来，时间要二十天到一个月，决不能误了时间，钱不是问题。"林强冷冷地说着。

电话里林强的声音，于小日听得不真切，断断续续的不说，偶尔还混杂着其他杂音。他轻嗤一声，这电话怕是被崔丰实的人监听了。

于小日也不管对面人的态度，毕竟对他来说还有更重要的事情，直接说道："把需要的东西发给我。"说完于小日就挂了电话。

几分钟之后，他收到了林强的短信，短信上的内容将于小日震住了。

不敢想象，刘文庚要的动物都是世界名贵的稀有动物，他让于小日动用人脉从国外弄来，于小日仔细分析着上面的信息。

刘文庚要的动物，大部分都是稀有的孔雀，于小日上网逐个搜索了一下这些动物，发现这些动物有个共同特点，都外形艳丽，毛羽纤长。

一时间，于小日搞不懂刘文庚要做什么，于是准备找准时机，将信息上的内容发给外面的人。

他又想起刚刚电话被监听的事情，看来有些事情还是要慎重一些，毕竟崔丰实可不像刘文庚那么傻。

不但这样，于小日担心的是，秦桑尤和崔丰实的队伍里，刘文庚绝对不会只安插了蒋玉一个人。

他摸了摸右眼，感觉稍有不适。正在这时，院内传来一阵吵闹的声音，夹着工人们惊慌失措的大叫，他忙起身出门寻去。

发现院内用来处理机器冷却的水箱被工人弄倒了，满大箱子水洒了一地，还有一具泡得有些发白的尸体躺在水箱口处。

周围的工人们吓得退开很远的距离，恨不得自己并没有看见这一幕。

看着这些工人的举动，于小日有些怀疑，明明他们什么都不知道，却能做到对崔丰实的事情毫不过问，也不打听，真的只是明事理而已吗？那如果他们为崔丰实遮掩的话，此时失控的样子又是装的吗？

于小日目光扫到那具尸体上，随后他瞳孔一缩，那尸体正是蒋玉！

他赶紧向周围望去，没瞧见崔丰实和何朝阳的身影，这两人说不定正躲在哪里看着自己的一举一动，然后将自己分析个透呢！

仅仅思考了几秒之后，于小日眼中划过一丝讥讽，双手背在身后不断用力攥着，又是一条人命，即使已经来到了崔丰实的身边，也没有暂停悲剧的发生，于小日心里有些黯然。

崔丰实的办公室内，监控显示屏面前，他正和何朝阳看着监控里所有见到蒋玉尸体的人的表现，尤其是于小日的一举一动。

"他知道了。"崔丰实淡淡说道。何朝阳说了句："那怎么办崔哥，要不要一起做掉。"

崔丰实摇摇头，说道："等一等看看，我总觉得他不同于别人，来我这里似乎有什么目的。而且，以他的聪明度，刘文庚根本不可能笼络住他的。"

晚上，厂子的工人都走了，只有崔丰实的办公室里亮着灯。几分钟之后，崔丰实咳嗽得厉害，他看了看墙上的时钟，已经晚上八点了。无奈，他关了灯，准备回到卧室休息。

一开卧室的灯，被里面的人吓了一跳。

于小日坐在他的沙发上，抱着臂膀，右手把玩着打火机，一瞬不瞬地看着崔丰实，脸上少了几分往日的嬉皮笑脸。

"关门，有事找你。"于小日淡淡说道。

崔丰实何等聪明，猜出于小日大晚上溜进自己的卧室一定是有什么事情找自己，而且不出他所料的话，于小日接下来要跟自己说的可能才是他真正的目的。

崔丰实这才关上门，将手里的杯子放在茶几上，慢悠悠地坐在于小日对面的沙发上等着于小日开口。

细心的于小日发现，崔丰实的保温杯里似乎泡着什么，一股子异味，有点辣鼻子。瞬间，一个想法出现在他的脑海。

"崔老板，我是来找你谈合作的。"于小日面上不苟言笑。

崔丰实则颇有深意地点点头："哦？你说说看。"

"我知道你逼着我现身，可以啊！不过我不要你开诚布公，我只要一样东西。"

崔丰实微微皱眉，一时间没弄懂于小日的意思，于小日便继续说道："没错，我是刘文庚请来的外援，花了一笔大价钱。"

"不过说实话，要不是另有目的，这趟小差我真的看不上。"

崔丰实垂下眼睑，脸色有些疲惫："那你要什么？"

于小日凑近崔丰实几分，将崔丰实的那个半掩着盖子的保温杯拿走，直接坐在茶几上，比着一个手指头说道："我要你手里的一样东西。"

见崔丰实眼神更加疑惑，于小日说道："唐朝李渊时期的双喜血珠，我知道你这里有一颗，我要你帮我想办法拿到另一颗，只要你能帮我弄到双喜血珠，你的事情——就是我的事情。"

"你该知道那东西的贵重吧？传说它是血凤凰的眼睛，世间从古至今仅此一对。"于小日问道。

崔丰实没开口，双喜血珠他还是知道的，那东西一共两颗，他手里只有一颗，听说另一颗一直在国外，虽说他一直想把那颗弄到手，但实在没有那个机会，宝物易知不易遇。

"我能得到什么？"他看着于小日，认真地说道。

"你要的东西，我给你找，至于我的实力，你可以试一试。"于小日说得十分自信，崔丰实也相信他有这个实力，毕竟在之前的时候，自己调查过他。

"包括刘文庚，我都可以让你顺心如意。"于小日起身回到自己座位，"实不相瞒，刘文庚是个没脑子的，相信之前你也听见了，他让我给他弄些动物，那些动物我看了，无非就是孔雀什么的。崔老板，你们俩的目的是一样的，我猜他该不会想做点拼图游戏吧。"

他随手拿过自己前面的保温杯，将它递给崔丰实揶揄着："咱们都坦诚相见了，以后这种事就别瞒我了。"

崔丰实被逗笑，不得不承认于小日的厉害之处，接过保温杯打开盖子喝了起来，那里面赫然泡着上好的人参，正是于小日他们几日前从户二哥处拿回来的东西。

"相比我的愿望，你的似乎太不足为奇了。"崔丰实说道。

于小日点点头："确实是这样，但是我不缺钱，也根本不信什么千古的凤凰，那神鸟若真的在世，早就被人发现了，在我眼里，你们都是神经病，追求一个荒诞的东西。"

他双手一摊，继续说道："可我不一样，双喜血珠折了我最重要的人在上面，那东西不拿回来，我就算白活了，说起来跟你差不多，执念于一个没用的东西。"

良久，崔丰实喝着保温杯里的水，表情凝重几分，幽幽地开了口："我信你，可以答应和你合作，但……那珠子的卖家我实在联系不到，当初这颗珠子还是我费了大劲得来的，跟他闹得不愉快，再见面恐怕得刀锋相对了。"

于小日点点头，他的目的就是抓住崔丰实走私动物、珍稀药材上面的这条线，而几经周折下来，能把所有走私活动的人笼络住的就是双喜血珠这条线。

"只不过，我现在有重要的事情，这个线索我可以给你，东西靠你自己了。另外，我的事情，可要请你多帮忙，黄白之物、珍稀异宝什么的全归你，我只要里面的另一样东西。"

于小日侧了侧头，问道："什么？"

另一边，丰都庙会，巡游依旧在继续着。

巡游队伍依次出现震天莽号、齐天云幡、黄罗伞队等，看得余鹏飞和秦灵灵津津有味。

紧跟着震天莽号的是齐天云幡阵，五颜六色的云幡直插霄汉，旌旗蔽日，迎风招展，猎猎作响。举着幡的兵将们则表情威严，眼神坚定。

后面是五八花门的各路神仙，有站在花车上不断"变脸"的包公，有拾花而笑婀娜多姿的仙子，还有穿着红甲坎袖战服的男子，脸上画着阴森的图案，正激昂地敲着面前的小鼓，舞姿洒脱超逸，迅速有力。

直到出现十殿阎罗和黑白无常，整个巡游的气氛达到高潮，周围不乏一些人尖叫，这刺激又伴有中华传说的神奇景象，让观众们更加兴奋。

就在这时，一个身穿道袍却又戴着官帽的黑脸大汉从天而降，只见他高大威猛，豹头环眼，铁面虬髯，虽然相貌丑陋，但浑身透出一股凛然正气。他威猛地挥着拂尘，将几只恶鬼打得落荒而逃，看得人们直拍手叫好。余鹏飞和秦灵灵心领神会，异口同声地脱口而出："钟馗捉鬼！"

"丰都庙会三天，你们来的时候正好，这几天晚上还有阴天子娶亲和钟馗捉鬼等，晚上看才刺激呢！"刚子兴奋地说道。

"那后面的是什么，怎么还有举着凤凰的？"秦灵灵指着队伍后面的一些人问道。

刚子顺着她指的方向看去，随后回道："那是万国来朝，至于凤凰呢，也是很有意义的。传说鬼城阴气重，凤凰属火性阳，可以压制鬼城的阴气。"

三人看了会儿巡游就直奔名山，远远地余鹏飞就看到鬼城景区客流不断，但几人并未着急进入园区，余鹏飞打算让刚子拜托一下朋友，在晚上的时候进去看个究竟。

放眼望去，整个鬼城园区顺着长江而下，隐在了群山之下，更加给人带来了神秘而又惊奇的探索欲。

"这是名山，旁边那个是双桂山。"刚子指着名山旁边的那座山说着，"这里鬼国神宫、阴司街等一些鬼神文化都有，一会儿我带你去了解下。"

刚子说完，秦灵灵远远地跑开了，余鹏飞不放心地望去，发现那小妞奔着一个叫"小鬼鸡"的小吃摊去了，他嘴角一弯，果然是个吃货。

余鹏飞将最近发生在自己身上的事情悉数说给刚子听，虽然短短的几句话，刚子也不难听出余鹏飞语气中的难受。

"原来是这样，想不到秦叔叔离开得这么突然。"刚子语气失落，看着远处正在和小孩子玩的秦灵灵，见她正把手里好吃的一块块地往嘴里填，生怕小孩子抢了她的美食，刚子无奈地笑了笑。

"那现在怎么办？"

余鹏飞叹了口气："我追了好久的线索，最后到了丰都，不出意外的话，丰都这边肯定有我想要的东西。"

刚子拍了拍他的肩膀："别担心，我陪你。"

"对了，我爸的事情，你不要跟任何人说。"余鹏飞小声嘱咐着刚子，眼神却落在秦灵灵身上，跟上一句，"我倒不是怀疑她，你也是人民警察的儿子，当然知道他们的工作有多危险。"

余鹏飞见刚子点点头，不再说话，一直看向远处，回忆又飘了起来。

刚子的父亲也是一名卧底警察，还是余大阳的同事，只不过可没有余大阳幸运，在几年前执行任务的时候牺牲了，所以刚子特别能体会余鹏飞心里的想法。

余鹏飞看向刚子，问道："你呢？过得怎么样？这几年我们只靠电话联系着，好久没有见上一面了，这次见面发现你瘦了很多。"

刚子欣慰地笑了笑，他知道余鹏飞关心自己是真的，平常日子里，没少收到余鹏飞寄来的东西，有吃的，还有穿的和用的。

"我还好，自从来了丰都，一直自己一个人，丰都这里的人好客，山水景色也美，饮食也会让人流连忘返，到这里的第一天，我就喜欢上了这里。我的工作也不像从前那么累了，算是有了很大的起色。"刚子慢慢说着，将自己这些年在丰都的一些有趣事情一一说给余鹏飞听。

刚子是做生活用品批发生意的，这些年在丰都摸爬滚打，也有了不小的成就。即使他在丰都的朋友不少，也从来没有忘记过和余鹏飞的旧日友情。两人之间的情谊，并未随着距离和时间减少半分，反而更加能够互相体谅对方的不易。

二人一时间谁都没有开口说话，各自望着名山上的风景陷入了沉思。

名山上每天都有很多香客，在这香火旺盛的名山上往来行走。他们有的面容平淡，有的一脸哀愁，那名山上的高堂庙宇却是他们内心最寄予希望的地方。

那些对着神佛塑身合手而跪的人，无一不是将自己最狼狈一面展现给神佛，祈求神佛将自己从昏暗人生中救赎出来。那些叩首而跪的人，他们内心都在诉说着一段属于自己的故事，然后虔诚地许下一桩桩夙愿。放眼望去，庙宇之上仿佛飘荡着丝丝缕缕的人间夙愿，却不知是多少个人的一生，也数不清是多少人的故事。

余鹏飞的思绪越飞越远：如果说每个人的一生都是一本书，那书中的故事就是一个人的平生过往。当你七十岁的时候，你坐在光线昏暗的房间里，翻开那本记录着你一辈子的书，却发现整本书中的故事平淡无奇，毫无波澜精彩可言，年轻的时候没有做下一件到老依然心潮澎湃的事情，那你会不会后悔？后悔当初错过了那些选择，悔恨当初的懦弱，丢失了精彩的一生。

最近几天，余鹏飞曾后悔不应该介入秦今明的事情当中。若是自己当初什么也不管，此时也许正待在家里做着自己喜欢的事情，看看古书，跟朋友一起打打篮球，那是多么地岁月静好。但这样的人生就是自己想要的吗？到了年老的时候，自己又会不会后悔呢？

此时的余鹏飞望着名山上的人山人海，还有那些琉璃砖瓦的庙宇。他逐渐听到了自己内心的声音，虽然这一路惊险不断，但不正是由于这样的因缘际会，才见识到了这眼前的山川美景吗？才能体会到人生的百般滋味吗？何况还遇到了一位如仙女般的小精灵。

想到这里，余鹏飞终于释然了，他知道，寻找凤凰血脉之行，可能就是上天赐给他的最好的礼物！

第八章 白鹿夜鸣

秦灵灵又笑着跑回来,将手里两份小鬼鸡递给余鹏飞和刚子,说道:"太好吃了,那边还有那么多种小吃,我吃不过来,呜呜呜……"

刚子看了她手中红油冒香的小鬼鸡笑道:"这个啊,是丰都本地的名菜,我刚来的时候吃了这道菜整整一个月都不腻。听说这菜的由来是因为有人无意之间将水八块的作料和鸡肉拌在一起,味道却出奇好,于是便流传开来,取名小鬼鸡,渐渐成为了鬼城丰都的一大不可忽略的美食。"

刚子又指了指远处热闹的档口:"着什么急,这几天你肯定有时间吃个够,走!咱们去前面逛一逛。"

这个时节,名山上正好温度适宜,树木苍翠,偶尔在一片葱郁之间能看到精美别致的琉璃瓦角,处处透着古香古色的氛围。

它的西北方向正是有名的双桂山,远远望去也是美得让人陶醉。

名山的海拔比周围的群山稍微高一些，能将整个周围风景尽收眼底，余鹏飞望着眼前碧绿相连、山峦起伏的曲线，心中近日来的烦闷和压力似乎得到了宣泄。

刚子随后跟上，站在余鹏飞的旁边，也看着远处的风景说道："知道吗？我第一次来名山的时候，被它的魅力震撼得久久没有挪动脚步。"

身后秦灵灵一直拿着手机不断地拍着风景，却又感觉自己手机装不下名山的风景，有些懊恼，不断地向上攀爬，想找到最佳位置拍下最美的照片。

余鹏飞看了看刚子，在一旁的凳子上坐下，空气中那道淡淡的树木香味，似乎带走了些他胸腔里的浑浊。

刚子指了指脚下，带着骄傲说道："你眼中看到的只是美景，而我要跟你说的是历史底蕴。你我脚下的名山，有几千年的文化传承，在历史上有无数的名人来过。"说罢，刚子又指向远方。

余鹏飞顺着他指的方向望去，那是名山山顶的一处亭子，上面写着"山晓亭"。

"唐朝的时候，丰都的平都山、双桂山、青牛山、五鱼山是有名的游玩之处，天下盛名，在那之后又增加了四处风景优美之地。到明代的时候，人们把这八个地方称为：丰都八景。具体是平都山晓、流杯池泛、月镜凝山、青牛野啖、珠帘映日、白鹿夜鸣、龙床夜雨、送客晴澜。"刚子解释着。

"丰都自古就流传着一句话：'天下名山，平都福地。'天下名山出自苏东坡写给名山的诗，当年平都山改名为名山正是因为他的诗。苏东坡对丰都这块宝地赞美不绝，写出了《题平都山》的名诗，而郦道元更是将丰都作为道教的七十二福地第四十五位，这就是'平都福地'几个字的由来。"

"天下名山，平都福地。这几个字听起来就磅礴豪迈，很符合这座万古名山的气质。"秦灵灵扬起小脸，将面孔暴露在树叶丛中洒下的阳光之下，感受着那些明媚的阳光带来的安逸和舒服，穿着粉色休闲上衣的她在这树林中，仿佛是一只穿梭来穿梭去的小精灵一样生动活泼。

余鹏飞点点头："平都福地确是名不虚传，不然我也不会追着凤凰的线索，最终追到了这里。相传凤凰不落无宝无福之地，冥冥中我有一种感觉，凤凰一定就在丰都。"

余鹏飞这话是发自肺腑，在刚刚向山顶一路走来的过程中，他已经被名山的美征服了：浓密的树丛中，阳光从树叶缝隙洒下，丝丝缕缕，美不胜收，让人有种所见之处皆是属于仙家之地的感觉。那些树下闭眼养神的游客仿佛是林下散仙一样，引得余鹏飞脚下的步伐都轻了许多，生怕打扰了那些仙人的安宁。

"'足蹑平都古洞天，此身不觉到云间。抬眸四顾乾坤阔，日月星辰任我攀。平都天下古名山，自信山中岁月闲。午梦任随鸠唤觉，早朝又听鹿催班。'出自苏轼的《题平都山》。"

"'名山近江步，蜡屐得闲行。奔鹿冲人过，藏丹彻夜明。唐碑多断蚀，梁殿半欹倾。洞口云常涌，檐牙柏再荣。行逢负笼客，卧听送船声。乞我诛茆地，灵苗得共烹。'出自陆游的《平都山》。"

刚子摇头晃脑地背诵起诗句,听得余鹏飞失笑:"你向来是个不喜欢文绉绉诗句的人,难得见你如此有诗情画意的时候。"

刚子睁开眼眸,笑道:"光看这些诗句,你就会知道苏轼、王元翰、郎承诜等文人骚客向名山奔赴而来的理由。"

刚子说完,找了一处坐下,头后仰着闭上了眼睛,嘴角微微弯着,默默地感受着名山的幽静。

秦灵灵兴冲冲地看着一块石刻,朝着余鹏飞惊喜地叫道:"还真有刚才说过的诗!"

余鹏飞走到她身边,跟着看了起来,石板上刻的正是苏轼的《题平都山》和陆游的《平都山》,旁边还有很多历代文人给名山题的诗词。

刚子抬起头继续说道:"当然有,难道还是我编出来的?苏轼的那首诗,是当年他守孝期满之后带着父亲和弟弟从家乡去汴京任职路过这里,见到这里景色被吸引了,意气风发写下了两首诗。陆游……"

"陆游的诗是他奉命抗金救国,他在丰都时留下《平都山》,'名山近江步,蜡屐得闲行'与苏东坡的'平都天下古名山'相辅相成,不难看出陆游的崇敬之意啊。"余鹏飞接过刚子的话说道。

刚子不禁对余鹏飞投去赞许的目光,说道:"可以啊,不简单,没来过名山居然还知道这里的典故。"

余鹏飞笑道:"我可是做过功课的,在四川时我查过资料,看过明代诗人曹学佺写过白鹿夜鸣和青牛野哞的典故:'平都称福地,隔水有仙潭。白鹿迎佳客,青牛度老聃。'可惜有人说，岁月更替，除了平都山晓、青牛野唉、白鹿夜鸣等，八景剩余的几个景色几乎再难以看到。"

"如果你有幸见过了平都山晓，你就知道这天下的美景不是光有一片美丽的风景就可以的，我曾在早上的时候来过名山一回，那可真是见证了什么是名山一绝。"刚子目光回望着名山上的树木瓦舍。

"清晨的阳光从遮天蔽日的树丛中倾洒下来，名山上殿宇的琉璃瓦舍隐在其中，就像天上的阙楼一样隐约可见，处处透着两个字：幽、古。"

刚子继续给二人说着："这名山以前叫平都山。又因为阴长生和王方平在此修炼升仙，道家在这里设了天师，并将名山列为'三十六洞天，七十二福地'之一。因为在汉代的时候，丰都当时被人们誉为阴曹地府等阴间文化的象征，而鬼神之说也算佛家文化，渐渐地这里就集齐了儒道佛为一体的民俗文化，之后又因为苏轼的'平都天下古名山'而更命为名山，名山就是这么来的。"

"这里有不少唐朝的石碑，都是当时的朝廷官员到此之后立下的，当年唐朝宰相段文昌，两次登上名山，捐了自己的月钱修葺仙都观，还写了一首《修仙都观记》。名山除了来过陆游和苏轼父子三人，还来过其他很多名人。"

刚子继续说道："比如，大诗人李商隐，他在这里写过一首诗，名为《送丰都李尉》；再比如，五代著名诗人杜光庭，他和李白的人生差不多，也弃官学道了，后来游玩平都山的时候，写下了《题仙都观》；南宋的诗人范成大，也给平都山写了则游玩后记《吴船录》和一首诗《平都观》。"

秦灵灵收起手机，感叹道："别说古代的那些诗人了，几千年后的我们第一次来到名山，不也是被震撼了吗？而我们比那些诗人更幸运，我们现在所看见的名山传承了他们几千年的历史文化，他们当时哪里能看得了这些啊！"

"所以说，在这种历史文化底蕴深厚的地方，就说你想找什么吧，肯定都有线索的。"刚子得意地说着。

"这天下山川美景处处都是，但能把天下美景和历史文化都揽在怀里的并不多见，这名山算得上一个。"余鹏飞感叹道，看向远方。

余鹏飞望着周围的树问道："我发现名山上树的种类挺多的，这会子已经数不清多少种树木了。"

刚子带着他到了一处解说牌子下，并用手指兴奋地点着牌子，示意余鹏飞看看上面的内容。

"名山树木种类共计……共计一百多种！"秦灵灵诧异着，指了指牌子，"看到没，光珍稀树木就二十多种。"

几个小时的时间，三人把名山转了个遍。要不是秦灵灵喊着脚疼，余鹏飞还打算再待一会儿。

于小日接到刘文庚的电话，电话里刘文庚只字未提蒋玉的事情，只是督促于小日尽快将他要的东西弄回来。他心里十分清楚，为什么刘文庚会亲自打电话过来。

在这之前，刘文庚接到了蒋玉秘密传回来的信息，是一张照片，上面是一个盒子里装着两只凤凰玉石。

但不久之后，他就接到了于小日的照片，同样的盒子里，躺着五只凤凰玉石，比蒋玉的多了三只。这件事情让于小日有些奇怪，自从他觉得蒋玉是刘文庚的人后，那次翻车事故便是他借机试探蒋玉的机会，而当时蒋玉拍下的照片无疑是发给刘文庚的。

按说一张只有两只小凤凰的照片，和一张五只小凤凰齐全的照片相比，蒋玉一定会被刘文庚怀疑，为何没有将崔丰实这边的秘密完完全全告诉刘文庚。刘文庚却像没看到一样，连提都不提，似乎蒋玉的照片并没有让刘文庚恼怒。

聪明的于小日想到了一种可能，那就是蒋玉只是刘文庚摆在明面的一个幌子而已，他早就被刘文庚放弃了，至于蒋玉传回的消息，刘文庚也不会太信的。

那天，于小日和崔丰实也聊了许久，这厂子里刘文庚安插的眼线不止有蒋玉，另一个是何朝阳，只不过何朝阳早就被崔丰实策反了。

至于那晚崔丰实跟于小日说，想要找到跟凤凰相关的一样东西，至今于小日也不知道是什么，崔丰实话中含糊其词，隐藏了真相。

很顺利的是，崔丰实真的将双喜血珠的卖家线给了自己，他得想办法把这个线索给送出去，虽然自己现在算是和崔丰实开诚布公，但依旧被监视着。

崔丰实带着何朝阳回了厂子里，见于小日的第一句话就是："走，带你去个地方，手机手表什么的都别带。"

说完几人上车出发，于小日也没问去哪，半路崔丰实让何朝阳停车，要去厕所，于小日说道："何朝阳，我想买包烟，你看看前面有没有什么超市，咱们停一下车。"

十几分钟之后，车停在加油站的一个便利店前，何朝阳去给车子加油，崔丰实要去厕所，进厕所之前告诉于小日赶紧先去买烟。

于小日见崔丰实似乎有些奇怪，他的神情有些着急。于小日转过头走向超市，见便利店的门口处随便地放了一捆麻绳，还有一把扫帚，他眼前一亮，看着眼前的便利店嘴角弯起弧度。

"老板，来包烟。"于小日暗暗看了一眼前台的女人。

前台的女人四十来岁，其貌不扬，穿着一件红马甲，见来人便问道："什么烟？"

于小日撇撇嘴："男人嘛！来点儿便宜的就行，钱留给女人花就好。"

前台里的女人本来在看电视剧，听了这话，嗑瓜子的动作一顿，眼神闪烁，不动声色地转过身找烟，于小日则环视了一下周围，见没人又开口说道："这大热天的，往哪里去能解暑啊？你说呢？"

女人则笑道："这么热的天，谁愿意出来，都要在家里待着。"说话间却不动声色地暗暗打量着于小日的样貌，这男人穿着一身休闲运动衣，中等个头，样貌也普通。她不由得为他担心一些，便看了看门外的情况，见无异才转回头。

于小日一笑："我可没你们那个福气，太阳毒辣，我还得去干活，第一次跟老板出来，可得好好表现。"

前台女人在心里牢牢记住他说的话，余光看见于小日的手指有意无意地在柜台玻璃上点着，有序似无序，动作极快，一切动作都显示在监控之下。

于小日的手指快速地点着柜台玻璃：通信被拦，刘有鬼需打，崔待查，秦桑尤未见。

正在这时，外面有人说道："油加好了。"紧接着还有脚步声往便利店里来，女人则拿了一个盒子挡住于小日点手的动作。

她是于小日在外面的接应人，最近组织上一直得不到于小日的确切消息，便在这周围埋伏了人，有的暗哨岗位便像面前这家店一样，看似普普通通的门面，实则都是于小日可以随机接应上的人。在于小日参加行动之前，他们就约定，店门口同时出现麻绳和扫帚，就代表是自己人。

随后，于小日给了钱拿了烟走人，崔丰实也从厕所里出来，示意于小日赶紧去厕所。

见于小日走进厕所的背影，崔丰实往便利店走了几步，吧台的女人根本没搭理他，继续哈哈大笑地看着电影。

于小日隐在角落的身影微微一顿，看着崔丰实站在便利店门口张望着，他抿紧唇冷下眼神，这崔丰实心里还是没有真的信任自己，这样一来，自己又能如何得到崔丰实真正的重用呢！

在崔丰实的车离开加油站后，吧台的女人调出监控视频，将有于小日的那部分剪切出来发给了微信里的一个人。

崔丰实等人在郊外的一座别墅院子里停了车，于小日环顾了一下四周，这里人烟稀少，风景十分好，黄昏将至，夕阳的余晖洒在山坳处，显得莫名地荒凉。

崔丰实带着于小日直奔别墅里面，而何朝阳安排人守在大门和院子里。

于小日跟着崔丰实到了地下一层，何朝阳从身后跟上来，却在一处书架的旁边花瓶处挪动了一下，就见书架移动开来，那后面是一个朱红的大铁门。

崔丰实将手掌放在上面识别机上，大门识别了他的掌纹便开了，入目的一切震惊了于小日。

只见这间密室里，竟然放着一座血红色的凤凰大雕像，让他觉得诡异的是，那凤凰像前竟然供着香。

于小日在心里暗暗笑骂：秦桑尤这帮人真是魔怔了，竟然供着凤凰。

崔丰实将外套脱掉，挂在椅子上，坐在椅子上端起了水杯。于小日瞧着他有些不对劲，如今已经是将要入夏，人们热得已经在穿短袖了，崔丰实竟然还穿着一件略微厚的外套。不但如此，于小日见他额头一层虚汗，还大口大口地喝着上好人参水。

就在他还在暗暗打量崔丰实的时候，脑袋却被冰凉的东西抵住，于小日不用猜也知道那是枪。

他邪笑了一声，转过头，发现何朝阳面无表情地拿着枪指着自己，于小日白了他一眼："我知道你不会现在灭了我，因为你们还需要我，别拿枪吓唬我，直接说正事吧。"

何朝阳看了看对面的崔丰实，见他依旧低着头喝水，心下了然，开口说道："于小日，开弓没有回头箭，这圈子是你要踏进来的，崔哥本想保你到最后，你偏要参与。"

"你不是要参与吗？给你个证明自己的机会。"何朝阳说完，将一叠资料摔在于小日面前，"我们要找的是跟凤凰有关的东西。"

于小日虽然听着何朝阳说话,但眼睛盯着对面坐着的崔丰实,"什么?"

"凤凰血脉。"

崔丰实说完,跟何朝阳挥挥手,后者将一面墙的帘子打开,竟然是一室的金条和现金。

"这些在事成之后都是你的,而你只要做一件事情,帮我找到真正的凤凰血脉,朝阳性子急了些,别介意。"

崔丰实慢慢开口说道,之后朝于小日递来一张图案:"我和刘文庚差不多,都做的是药材和动物生意,他挣的钱据我所知用来养人和找凤凰,传说凤凰血脉只能凭着这张凤凰图案才能找到,我只要它。"

于小日点点头:"没问题,你有你的执着,我有我的执念,我理解,那刘文庚那里我们要怎么交代?"

崔丰实挥挥手,身后的何朝阳出去了,他继续说道:"在刘文庚那边,你只管做你想做的,但有一点,阻止他找到凤凰血脉。你的双喜血珠,只有我才有实力拿到。"

于小日点点头,看着堆满一间密室的金条和钱:"只要你能把双喜血珠给我弄到手,就算是刘文庚,我也替你摆平了。"

崔丰实的嘴角弯起,于小日的这话正合他的心思,他刚想开口说话,却捂着嘴咳嗽了起来:"咳咳!"

于小日眸光一闪,慌忙起身上前给崔丰实拍了拍后背,只是一下,却发现崔丰实的背极其单薄,根本不像表面看上去那样壮实。

这崔丰实已经虚弱到这种地步了吗？他到底怎么了？于小日在心底不断怀疑，崔丰实摆摆手说道："不要紧，我这毛病从娘胎里带来的，什么时候帮秦姐找到凤凰血脉，我什么时候才能安心休养。"

于小日以为他说的意思是，只有帮秦桑尤找到了凤凰血脉，崔丰实才能好好歇一歇。他笑着安慰："别傻，身体是自己的，你的事情我帮你就是了，我们本来就不是十几二十岁的年纪，身体有了毛病得赶紧调整，耽搁时间太长了，只会落下病根。"

于小日坐在崔丰实身边，眼神带着赤诚，崔丰实心里一暖，笑道："没办法，不过也是寄人篱下吃口饭而已。"

崔丰实将一些凤凰的资料递给于小日，二人商量着未来寻找凤凰血脉的方法。

余鹏飞三人兜兜转转又回到了鬼城正门，本打算进鬼城看一看的，但刚子还是觉得等晚上没了游客，再托熟人进去，查起线索来会更加稳妥一些，余鹏飞也觉得这样更好。

要离开的时候，他被鬼城门口一个穿着唐装的人吸引住了，不是说这人有多奇怪，而是他卖的东西太过让人害怕，因为他卖的是路引文书。

正看着，摊位前卖东西的大哥对余鹏飞说道："小老弟，要不要来看看路引文书啊，给家中的长辈带去一封怎么样？"

余鹏飞眉头一皱，第一次见向还健在的人卖路引的。旁边的秦灵灵岂是余鹏飞那么沉得住气的人，早就撸起袖子要去找摊位大哥算账了，吓得大哥慌忙要解释。

刚子拉住秦灵灵，对着她和余鹏飞说道："哎呀！你们两个误会人家了。"

秦灵灵眉毛一挑："误会？你没听见他让余鹏飞把路引带给家里人的吗？这是死人用的东西，这不是诅咒人家去死吗？"

"这位小姐您误会啦！我不是这个意思。"摊位大哥忙解释着。

刚子见状赶紧说道："这个是鬼城的一个节目而已，而且这鬼城的路引文书不是什么人都能得到的，若是邪恶之人根本不配得到，只有善人才能拥有。从前人们若是到了丰都鬼城游玩都会买一份路引文书给家里的老人，以表孝心，逐渐地，丰都鬼城里就出现了一批靠卖路引为生的人，这个大哥只是在还原从前的鬼城文化而已，你多心了。"

秦灵灵狐疑地说道："是吗？"之后用小手尴尬地挠着自己的脑袋，"那个……大哥不好意思啊！你吓坏了吧？"

秦灵灵干巴巴地笑了两声，摊位大哥有些后怕地吞了口唾沫。余鹏飞也弯着腰给人家道歉，之后拉着秦灵灵离开。

秦灵灵被余鹏飞拽着走，嘟着小嘴解释道："都怪咱见识少，差点误伤了摊位大哥，真是的。"

刚子想笑又不敢笑，见余鹏飞拉着秦灵灵直奔对面的双桂山，他说道："去双桂山走这边。"

几分钟后，余鹏飞和秦灵灵望着面前精美的桥，眼里露出惊叹。

"这是把双桂山和名山连接起来的阴阳鹊桥，我们从名山去双桂山的话,不需要下了名山再爬上双桂山那么麻烦,从这里直接去双桂山即可,桥上的风景也是一绝。"

秦灵灵本来是有些恐高的,上了桥之后一直拽着余鹏飞,但很快就被眼前的美景吸引了,拽着余鹏飞的手也慢慢松开了。

这座阴阳鹊桥可谓正建在最适合的高度上,把名山和双桂山的景色一览无余,还能将桥下的一切尽收眼底,视野开阔,又能方便过往游客。

"这座阴阳鹊桥长一百七十五米,传说是鸟神受牛郎和织女的爱情故事所感动,派来喜鹊搭成的鹊桥,现在十分受情侣们欢迎,尤其是在七夕节的时候,很多年轻人都来这里游玩。民间还有一种说法,说在仙道里此桥寓意升仙之意,也有阴阳相通之意。"刚子为二人解说道。

余鹏飞放眼望去,阴阳鹊桥的确很长,一眼望不到头,桥那边连接天际,浩渺迷茫,真有一种阴阳两隔的感觉。

桥上建有两座古典风格的门楼。门楼使用黑色瓦片,古典宫殿造型,高大的朱红色柱子气派至极,在晴朗无比的蓝天下,从余鹏飞角度望去,这两座门楼仿佛是天宫里某一处仙宫的遗世孤景一般,透过云层落入凡间。

桥的两边用护栏围着,并立着黄色帆旗,上面写着"双桂山"三个大字。

"这桥好长啊!不过走在这上面,视野好舒服。"余鹏飞望着桥下的风景说道,而走在桥上会有微微晃荡的感觉。

刚上了双桂山,秦灵灵"呀"了一声:"这里和名山的风格真不一样,怎么还有科举考试的场景,天字号、地字号……哇，太逼真还原了！"

余鹏飞也是跟着欣喜，周围有游客组团在这里参加"科举"答题，之后还会根据成绩被封状元、榜眼、探花等名次，热闹极了。

"这个好，既把咱们中国科举文化发扬光大，又能让人们置身于场景之内体会当时的科举制度，好创意。"

看着余鹏飞赞不绝口，刚子笑道："那你们知道双桂山名字的由来吗？"

余鹏飞摇摇头，双桂山的由来他还真不知道，而他只顾看着旁边的游客聚在一起比试各自的墨宝。

几人边走着，刚子边给两人说起了双桂山的历史："关于双桂山的得名，传说是唐朝末年的时候，有一对男女在男子赶考的途中结为夫妇，后来男子高中，拒绝了当朝丞相招他为女婿的好意，因此惹恼了丞相，被流放到这山上居住。"

"但男子对拒绝丞相的好意并无后悔之心，反而与妻子的情谊绵延深长，之后生下了双胞胎儿子，再后来两个儿子双双考取了文武状元，人们便把这里取名为双桂山，这也是咱们会在双桂山上看到文武状元节目的原因。"

余鹏飞点点头："真是神奇，这里想必每年都有不少学生来转一转吧，毕竟这里的寓意太美好了，登上双桂山，沾一沾状元的喜气。"

刚子说道："你还真说对了，确实有不少学生来。你知道吗？其实双桂山的成名还与苏轼有很大的关系呢！"

"为什么？"余鹏飞狐疑地问道。

刚子将二人拉到茶摊上坐着，临近五六月，丰都天气开始转热,刚子他们走了好久,早就渴了。

一身汉服的茶倌熟练地给几个人表演着川渝茶道,那茶倌面容帅气,手指轻柔地捏着茶匙从罐子里取了几克茶放入长嘴壶中,又用刚烧好的热水冲泡。

茶倌小哥拎着长嘴茶壶,身子轻捷地转着,最后轻松地将壶里的茶水分毫不差地隔空落入顾客的茶碗中,众人大喝:"好!"

秦灵灵佩服道:"这茶倌小哥的一身功夫茶艺,没个几年苦练哪有这么几分钟的精彩!川渝茶道,真是名不虚传啊!"

"喝吧,这川渝茶道虽然是景区的表演节目,但茶艺属实不错。"刚子拿起茶杯先品了一口。

品茗,是茶道中最能让人放松心情的一个步骤,茶汤进了嘴里之后,醇厚浓郁,回甘留久,余鹏飞有种感觉,这道茶就是为自己准备的。

刚子继续掉起了书袋:"传说北宋年间的一天夜晚,有人听见双桂山传来了鹿啼声,众人起身寻找,发现一只白鹿跃于树林中。后来白鹿不见了踪影,取而代之的是一位白发老人,还对众人说了句'明日将有圣人到此'。"

"第二天,果然来了三位圣人,原来是苏轼父子三人。苏轼听了人们口中白鹿的事情之后,觉得十分惊奇,于是当场作诗一首,名为《仙都山鹿》。后来因为白鹿的传说,许多诗人都纷纷前来,留下了不少诗作。"

刚子指了指前面:"那前面有一个苏公祠,在那有一处东坡崖碑林，长约三十米，高约六米，那上面就有不少古代文人墨客的题刻，来了双桂山，不去看看那里就太遗憾了。"

余鹏飞怕时间来不及，于是放下茶杯，准备去苏公祠转转。

几人到了苏公祠外边，看到一处汩汩而出的泉水，清澈见底，沁人心脾。刚子说道："这是玉鸣泉，传说冬夏不枯竭，流水声如空山琴音般好听，而且泉水干净通透，所以取名为玉鸣泉。"

"这丰都本地人中，百姓还常常称它为神水，你们看井口刻的字就知道，这个泉水还被叫做'老龙水''还童水''长生水'，可见这个泉水在当地人心中的地位。"

"再往前走是'恩来亭'，亭子建在一九八六年，为了纪念一九五八年时周恩来总理和李先念、李富春等中央领导及中外专家来丰都勘察三峡水利枢纽工程所建造的。"

余鹏飞顺着他指的方向向前看，在葱郁的树木和白色的瓦墙之间，矗立着一个亭子。它不同于其他亭子的古老建造，这座亭子跳脱出老套的四角亭子，而是用的三方亭柱建成的，周恩来总理的雕像正立在亭下，深情地望着他所热爱的祖国河山。

在恩来亭的上方左侧便是贺龙阁，余鹏飞看了看阁内的简介，贺龙阁建于一九八九年，阁中放置着贺龙元帅的雕塑。

"这块匾额是当代书法家王少墨所题，中间三根圆柱上分别刻着的是赞颂贺龙元帅的连环对：万代仰雄风、千秋怀念德、百战建奇功。"刚子给余鹏飞解释道。

"再往前是护国亭,是为了纪念刘伯承元帅护国讨袁时,在丰都受伤失去了右眼而建造的。"刚子带着两人继续往前走。

护国亭再往前一点是一组"刘伯承血战丰都"的雕像,气势庄严,动人心弦。

在游览的途中,余鹏飞一刻也没忘记查找线索,可惜一番下来并无什么特别之处。

刚子看了看手表:"时间还早,我带你们去小官山吧。"

秦灵灵早就累了,一听可以离开了,顿时高兴坏了。但听刚子说要去小官山,不明所以:"小官山?那是什么地方。"

"小官山啊,在丰都是个比较具有历史性代表的地方,它呢在我看来是融合了好多种丰都古文化。走吧,离这里不远的,几步路就到了。"

刚子边说着边带着二人朝小官山出发,幸运的是,几人刚来到小官山就遇上了一队旅游团,为首的导游是个年轻的女孩子,正用好听的声音解说着:"各位游客大家好,我是你们今天的导游童乐乐,接下来我将带大家参观的是丰都一个最具有历史古建筑文化意义的小官山古建筑群。我们现在看到的就是小官山古建筑群的外面,小官山包含了丰都古居民、城门、寺庙的历史,对于历史、艺术方面来说都具有重要的价值。"

女孩儿看着旅游团后面,余鹏飞几人正津津有味地听着自己解说,她也没在意,继续说道:"各位,我们现在看到的城门是川江枢纽——会川门。它建于明朝天顺年间,距今已经有五百多年的历史了，在这里发生了不少大事。"

会川门又称馆驿门，每年三月三举办庙会时，会川门会大开城门。

这座城门高约几十米，用大小均匀的条石块筑砌，城门宽约三到四米，高约十余米。穿过城门，便是周家大院。

余鹏飞望去，面前这座气势恢宏的城门，外表看上去已经沧桑斑驳，体现着它古老而又神秘的特点，等着人们去发掘探索。

那会川门上是二层楼阁，建造得精美别致，檐角处是具有明代特色的翘弯式，极具明代建筑气息。余鹏飞感叹，它的美足以让五百多年以后的人们依然能感觉到未减半分。

刚子在旁边推了推余鹏飞，打断了他的思路："这儿就是当年刘伯承元帅眼睛受伤的地方，它还曾遭到日本飞机轰炸。"

这边余鹏飞和秦灵灵正跟着刚子在丰都欣赏古建筑文化，另一边的刘文庚却一刻也坐不住了。

眼见日期越来越近，刘文庚开始着急，他要的东西不管是林强还是于小日那边始终都没有任何信息回应。

刘文庚一直催促二人，林强也收起了脸，私下里联系了于小日，拜托他帮忙想想办法。但二人不知道的是，国外能走私动物的线，早就被警察控制了，目的是为了阻止他们继续犯罪，也能逼着刘文庚把所有的希望都押在于小日身上，逼出刘文庚所有隐藏的犯罪手段和途径，如此一来可以将所有犯罪团伙早日绳之以法。

离刘文庚要求的日期越来越近，于小日不得不提前加快计划，他计划着将在那个日期前做好一切事情，将所有事情收网。

他在木材厂还发现了另外一件事情。前天夜里，他起夜去卫生间，看见崔丰实正捂着鼻子从办公室回到卧室，脚步踉跄，在崔丰实推开卧室门的那一刻，卧室里的灯光照在他的脸上，于小日清楚看到崔丰实捂着鼻子的指缝里流出黑色的血。

自从跟在崔丰实身边之后，于小日不是没发现崔丰实的反常之处，一个大男人在夏日里穿着长袖，不但如此，还吃着全世界都难弄到的名贵药材。

他偷偷地问过何朝阳，何朝阳说崔丰实有严重的皮肤病，皮肤不能见光，身体抵抗力极差。按照于小日自己的观察，崔丰实那些倒卖药材得来的钱，大部分用来养人和寻找凤凰了，另一部分用来购买全世界稀缺的名贵药材。至于药材，有的用来倒卖，有的崔丰实就留用了。

于小日接下来的任务就是找到秦桑尤，可自从进入这个队伍以来，他就没见过秦桑尤一次，就连电话通信都没有，一直都是崔丰实跟秦桑尤联系的，只听说秦桑尤在国外。

在于小日看来，这个秦桑尤十分狡猾，将国内这么大的一个挣钱摊子全权交给崔丰实，自己却从来都没有露面。很多事情都是崔丰实一手参与办理的，于小日根本就没有任何能够联系上秦桑尤的机会，更别提见到她本人了。

他冥思苦想了很久，想要逼秦桑尤现身的话，就得用秦桑尤最在乎的东西来做诱饵，思来想去，只能靠所谓的凤凰血脉现世的时候，引诱秦桑尤现身，才能将其一网打尽。

于小日坐在办公室里，手里搓着报纸，正在想着，崔丰实拿着保温杯进门，脸色不是很好。

"刚刚我接到信息，你要的双喜血珠出现问题了。"崔丰实脸色十分不好看，看着于小日眼神微微闪了一下，继续说道："那条卖家线被端了，不但这样，国外很多支线都被连根拔起，别说他们，就连秦姐也是好不容易才出来。"

崔丰实叹了口气，声音有些嘶哑，对于小日诚恳地说："答应你的事情有变故，如果你愿意，我可以用别的弥补你。"

于小日淡淡看了他一眼，看上去崔丰实的话是出自真心，但这世间爱演戏的人太多了，他还是得小心谨慎。

"国外的那颗血珠在哪儿？"

崔丰实摇摇头，似有若无地叹口气："不出意外的话，丢了。"

他说完，看着于小日瞳孔一震，似乎受到了重大打击一样。崔丰实心中忐忑不已，不知道应该再拿什么筹码继续跟于小日合作。

于小日起身走到窗前点了根烟，许久不开口，崔丰实的手始终在桌子下紧紧握着，他在等着于小日开口提条件，当然如果于小日能提条件的话是最好的妥协。

"我也没想到会出现这样的意外。"崔丰实的手紧紧地攥着，"如果你愿意，药材的线你也可以参与，盈利归你，至于我的要求还是原计划。"

于小日背对着他，听了这话眉峰微微一动，想着所谓的凤凰秘密难道就真的那么神奇，能让他崔丰实用自己生存的东西来换？

刘文庚的地下室里，不断有号啕大哭的声音传来。

他看着面前的东西已经塌陷了一块，哭得像个丢了糖果的孩子："明明还有一段时间的，为什么今年这么快就不行了。"

满屋子令人作呕的味道，刘文庚恍若未闻，只关心他的宝贝。半响他从地下室出来，让林强给于小日打电话，叫于小日务必在一个小时之内赶来见自己。

等于小日见到刘文庚的时候，看着刘文庚伤心的模样愣了一下，这刘文庚遇到了什么事情，也不管自己在崔丰实身边是否安全就要见自己，也不怕露馅。

"你来了？坐。"刘文庚情绪低落，见于小日没有以往的霸气劲。

于小日不作声，一直暗暗观察刘文庚的情绪，随后刘文庚说道："我让你弄的东西需要提前弄到，你可以吗？"

于小日一笑："你要的东西不是一只两只的，那么多，不是说能弄进来就能弄进来的，你当我没有风险？"

他现在还没弄懂，刘文庚要这些东西做什么用，但给于小日的感觉，这个东西一定对刘文庚很重要。

刘文庚想了想说道："只要东西你能弄到，要求随你提。"

他这话正中于小日下怀，于小日笑了笑："好！"随后拿出一张照片放在桌子上，推向刘文庚那边，"这东西你若能弄到，我就帮你满足你的愿望。"

刘文庚拿起那照片看了看，眉头浮起，双喜血珠！只有传说，没见过实物，对他来说有点难。

"怎么了？有困难？"于小日问道，他继续说道："当然，你若是有这个线索也可以给我，我自己去找。"

"你知道的，我只是外援，不懂你们这行的套路。"于小日这话潜在的意思是说自己没有国外古玩这行的门路。

刘文庚怕于小日不肯帮忙，说道："我可以帮你，但我的要求你得做到。"

于小日点点头："可以，成交。你就等我把你的东西弄回来吧，另外，若是你能将国外的动物线给我，也许由我们出马的话，那边会给些面子，你的事情也能更快地完成。"

于小日如此嚣张地贬低自己实力不够，这会儿刘文庚心里惦记着地下室的宝贝，也没跟他计较，为了弄到孔雀，也不得不听于小日的。

他将几条线都告诉了于小日之后，于小日满足地离开了，不得不说，魔怔的人还是很好上钩的。

刚子几人随着旅游团进了小官山古建筑群，首先见到的是周家大院，古典居所的风格映入眼帘，若是换上一身那个时代的衣服，余鹏飞觉得此刻自己就是周家大院的人了。

推开大门，便是殷殷问好的用人和端手作揖的访客。恍恍惚惚中，余鹏飞似乎看见了这所院子里曾经发生的每一幕。

"各位游客，我们面前这座大院便是小官山古建筑群的第一座院子——周家大院，院子由前厅、中厅、后厅和前后东西厢房构成，大家可以随意观赏。"

导游停止了解说，余鹏飞和秦灵灵也跟着参观起周围院子的构造。这座大院建筑面积不小，具有浓浓的川东古民居特色。

第二座大院是王家大院，这座大院是两进的四合院结构，大院架构精美，就连院门旁的雕刻也是别出一格，青灰色的瓦墙配上乳白色的墙头，低调中不失气派，朴素中不失优雅。

大家最后来到的是秦家大院，秦家大院又不同于之前几座大院，它最大的特点是院中的雕花工艺，屋内的每一处雕花都栩栩如生、别出心裁，令游客们叹为观止，赞不绝口。

就连那堂门，都不同于大多数规规矩矩的外表。秦家大院的木饰显然是用了不少心思的，在门上和窗户上都做了精美的雕花，有的是活灵活现的小人物，有的是纹路精美的围栏。

余鹏飞估计着，这秦家大院的主人在选用雕花的人才上也应该费了不少心思吧！

正想着，前面的导游又说话了："原来高家镇秦家院子的一些东西，随着文物保护的需要，悉数都搬到这里来了，所以这里有一些东西就是当时高家镇秦家院子发掘出土的文物……"

余鹏飞正在认真看着秦家大院的窗户上的雕花工艺，完全没将导游的解说词听进去。他突然觉得秦姓似乎一直在围绕着他，这个姓和凤凰究竟有何关系？他看着导游带着旅游团离开，也来不及多想。刚子和秦灵灵也打算回去了，余鹏飞无奈也只能顺应二人，临走前还不忘看一眼秦家院子的精美雕花工艺。

下午，三人回到刚子住的别墅。

这是余鹏飞第一次来刚子的别墅，他见到自己的发小已然住上了别墅，日子比过去好了很多，余鹏飞心里为刚子感到高兴，又有一些欣慰。

秦灵灵见刚子住的是别墅，语气里透着兴奋："刚子，你是做什么的啊？竟然住着别墅呢？"

刚子一边打开别墅的指纹锁，一边笑着说道："我是做生活用品批发生意的，这些年也就挣了一套别墅，屋里没时间收拾卫生，你们两个不要笑话我，见谅哈！"

秦灵灵摊摊手，无所谓地说道："邋里邋遢才能证明我们还年轻嘛！"这话将刚子和余鹏飞逗笑，不得不说，她的回答确实化解了尴尬，又拉近了几分和刚子的熟悉感。

刚子的别墅并没有像他说的脏乱不堪，屋内摆放简单整洁。只是由于他一个人住在这里，所以空置的屋子很多，有一些不常住的屋子确实很少打扫，所以才落了灰尘。

刚子为余鹏飞和秦灵灵两人安排好了房间之后，就转头进了厨房为两人做了一些吃的。

第九章 夜探鬼城

三个人简单吃了点东西，秦灵灵将自己之前买的那张丰都地图拿出来："余鹏飞，我给你看样东西。"

说完，将地图铺在餐桌上，上面带有"凤"字的地名全被她用黑色的记号笔给圈了起来，"你看，丰都很多用'凤'字取的地名，这么多我们要怎么找啊？"

那地图上，密密麻麻都是被圈起来的地名，每一个在余鹏飞看来都像线索，思量之下，余鹏飞觉得还是先去鬼城看看。

"我觉得还是晚上先去鬼城看看，白天人多，有些地方还来不及看，就进来游客，很不方便。"

听到这里，刚子想了想，觉得如果夜晚去也不是不可以，于是说道："晚上去这个可以，我陪你们一起，只不过我们要怎么查起这个东西呢？"

"先去看看吧，毕竟我觉得不对劲的地方太多了。"余鹏飞语气透着一丝无奈，希望能尽快查出新的线索。

三人决定晚上行动后，刚子提出一个意见："我有一个朋友，对丰都和鬼城的历史比较了解，也许会帮上我们。"

他的提议让余鹏飞觉得很好，毕竟有个现成的"百科全书"在身边会事半功倍。众人商定，夜里九点到鬼城后门会合。

夜晚八点多，正是丰都这个城市最让人心动的时刻。灿烂的霓虹灯隐在一片幽深沉静的山山水水之中。

远远地，余鹏飞就见一个小伙子等在门口，个子不高，穿着短袖和白色运动裤，一脸笑意，手里似乎拿着一个笔记本，见了刚子和余鹏飞之后，便热情地打招呼。

"你好余鹏飞，我是小杨。"小杨朝余鹏飞伸出手来，两人短暂握手寒暄之后，几人朝着鬼城走去。

"看归看，但不能破坏任何东西，也不能拍照，就委屈大家了。"小杨带着歉意说道，态度十分诚恳。

余鹏飞点头说道："会的，本来也是我们麻烦人家了，我们时间不会太久，一个小时就离开。"

小杨一边带着众人往前走，一边低声说道："我和这里的人比较熟悉，可以说是这里的常客，以前为了了解鬼城的历史文化，我来过这里多少次。"

他扬了扬手里的笔记本，继续说道："我听刚子说你们想要了解一下鬼城还有丰都的文化和历史，我是自由职业者，对中国古文化十分喜爱，这个笔记本上都是我之前了解这些历史文化所记载的相关内容，你可以拿回去看一看，也许有能帮上你们的。"

说到这里，余鹏飞开口对小杨说："那太感谢了，你费心了。我们这次来，就是为了感受一下鬼城的文化，毕竟它实在太传奇了。"

小杨笑道："说实话，我就是鬼城现成的导游，有什么不知道的你们可以问我啊！"他扬了扬手电，将光照在一旁的石碑上。

"至于这鬼城的历史，那是大有来源的，距现在已经两千多年了。"小杨带着众人绕过一条回廊，正准备往阶梯小道而去。

小杨继续说道："东汉时期，朝廷纷乱，谶言盛行，汉冲帝去世后，蠡吾侯刘志在与清河王刘蒜的帝位争夺中，得到权臣梁冀拥护立为皇帝，汉桓帝即位后遂下令术士王方平和阴长生来到平都寻找长生之道，后来这二人在这里白日升天。"

"但其实也有其他传言，就比如阴长生，他出生在贵族家庭，生活优越，但他生来厌烦那种人生，向往道法修炼，于是带着妻儿环游天下，之后在丰都落了脚，也有说他在环游的时候，知道了天下有长生秘术，传说是在凤凰血脉中，于是辗转一路，打听到凤凰血脉在丰都。"

"还有一种说法，说丰都这里有凤凰，听说凤凰能够涅槃重生，而且据说凤凰血脉继承在一只飞天神鸟中。如果创造一个灵魂转世之地，就能召唤出凤凰，于是当时道教在这里开设了轮回转世道场，丰都成为道教的七十二洞天福地之一。明太祖朱元璋以布衣之身取得天下，不畏天命，为防止有人得到飞天神鸟，下令丰都改名为酆都，作为阴曹地府所在，破坏名山风水，以压凤凰向阳之性，从此丰都成为闻名天下的'鬼城'。"

听到这里，众人恍然大悟点点头，余鹏飞说道："怪不得今天巡游的时候，队伍里都是阴间文化。"

"来丰都之前，我搜索过很多当地的资料，看过明代作家余象斗的小说《南游记》，里面有一回讲过当年华光天王三下酆都的事情，说是当时酆都城押着众多鬼魂，华光天王母亲的鬼魂就在其中，他为了救母，变作他人三回下丰都，体现鬼城十分森严。因为当时的酆都是阴界最高掌权之地，铁扇公主劝华光天王，说是酆都的阴司十分森严厉害，若是不想点办法，他是救不出母亲的。于是华光天王第一回变作天界使者，谎称是奉了天尊之命前来提押吉芝陀圣母，被酆都大帝用镜子照出了原身；第二次，华光天王变作天尊，也被酆都大帝的镜子看出了原身；最后不得已，他求助铁扇公主，再次化作天尊，身后跟着仙使，酆都大帝不敢用镜子照，以为是真的天尊来了，华光天王才趁机救走了母亲。"余鹏飞一边说着一边替大家照亮小路。

"虽是个神魔小说，但从明代当时的民间反应来看，酆都作为鬼城是个无可替代的存在，所以余象斗才会把阴间鬼文化的代表直接用酆都代替。"

秦灵灵嗤笑一声："这世界上难道还真的有鬼存在？"

"鬼，不过是人们对自己内心那份愧疚和心虚所产生的臆想罢了。"余鹏飞也跟着说道。

小杨解释着："'鬼'的来源怎么说呢？《说文》里有记载：人所归为鬼，说的是人死后，魂魄离开了身体就变成了鬼。而在古代，人们心中一直是有'鬼'存在的观念的，古时关于鬼的奇谈也很多，先秦的文献中也有不少相关记载。"

"从前巴人有'事鬼'的习俗，说的是史记中有记载，井、鬼二星对应的是西南巴蜀之地，而巴蜀又在当时称为蛮夷之地，后来巴国被称'南蛮'，渐渐称为鬼国，所谓的鬼不过是古人以讹传讹而已。"

小杨脸上带着些自豪，说道："真不是我自吹自夸，我生在丰都，也从小就知道从古到今外界对丰都鬼城的评价。不光在古时文人骚客中对鬼城有着极高的评价，戏曲小说更是数不胜数。"

小杨比画着手势："从宋朝起，戏曲杂剧上对鬼城的宣扬最为多，有名的宋朝杂剧《目连救母》，当中说连母因生前做尽了坏事，死后在地狱里受苦，目连后来无法忍受母亲身陷囹圄，于是从地狱中救出了母亲。元朝的《朱砂担》和《秦太师东窗事犯》中都有提到过鬼事。最出名的《西游记》，当年孙大圣在树下睡觉，梦中被黑白无常勾去了魂魄，来到了幽冥界，接待他的是威严瘆人的阎王，并将孙大圣的阳寿一笔勾销，还有很多很多。这些小说戏曲无疑都在说着鬼事，也同时默认着鬼城的特殊地位。"

余鹏飞谦虚地向小杨请教着："我不明白一点，我在网上看到的消息说丰都鬼城、名山跟道教脱离不开关系，为什么白天的时候我还看到了大雄宝殿呢？要知道大雄宝殿可是佛教的。"

小杨一笑解释道："佛教其实早就存在于鬼城之中的，而且对鬼城的影响也很重要，比如我们常说人死后的三生三世、因果报应、六道轮回等，其实都是佛教的思维理念。佛教不同于道教，道教有没有升仙之事是很容易验证的，而佛教中的轮回、地狱之说也只是流传在人们口中，活着的人是没法子去验证这些事情的真相的。"

"丰都和佛教的渊源说来也很早，当时佛教是在东汉明帝永平年间从印度传入国内，东晋的时候传入四川，随后进入丰都的。北魏的郦道元在《水经注》中写过，当时的平都——也就是丰都——有天师治，也就是道教，还建着佛寺，当时的佛寺没有道观多，所以郦道元用了'兼建'二字。"

"后来到了唐朝，武则天信奉佛教，在全国兴建寺庙，名山上的寺庙也跟着有所增添，但唐太宗当时几次修改《氏族志》，'李'这个姓都不能得第一，他便指认老子李耳为他李家的远祖，道教也开始跟皇族挂了钩，地位要比佛教受到重视。后来唐武宗时期，全国的寺庙大部分被迫拆毁，名山上的寺庙也损毁大半。宋代的时候，真宗和徽宗等崇尚道教，名山仍在世间地位不倒。直到清朝的时候，有传言顺治出了家，才对佛教放宽了界限，康熙元年前后修建了名山，也多了一些寺庙。"

"丰都一直有另一个称呼，就是仙都二字。它的由来在很久以前，大概是在王方平和阴长生成仙时间前后，当时郦道元在《水经注》中将这里称为洞天福地，张道陵又将这里作为道教的二十四治之一。其实现在看来，那个时候就已经有将这里划为仙都一类的说法了。在晋代的时候，这里建有仙都道观，范成大的《吴船录》中记载着：'至忠州酆都县。

去县三里有平都山仙都道观。'"

"从晋代到宋初，仙都观有七百多年的历史了，后来宋真宗景德年间，改仙都观为'景德观'，明代的时候，又将'景德观'改为'阎王殿'。据说阎王殿后来毁于火，清朝时重修，改名为天子殿。"

余鹏飞点点头："哦！这么说来，丰都的'仙'文化跟道教佛教以及鬼文化都分不开，所以才称为仙都。"

小杨接着说道："不光如此，仙都文化其实还代表着丰都的一些自然景观，比如双桂山、南天湖、雪玉洞、龙河峡谷等，这些都是自古以来形成的世间唯一的美景，承载了上万年丰都这块宝地的历史孕育，说是仙也不为过。"

小杨侃侃而谈，为几人说起了丰都鬼城历史。"这鬼城的历史已经两千多年了，王方平、阴长生在这里升仙之后，引来了不少人拜访。麻仙姑来拜访过王方平，现在丰都还留有她住过的'麻姑洞''仙姑岩'等遗迹呢！"

"后来吧，阴长生和王方平二仙人被传为'阴王'，'阴间之王'的意思，而酆都就是他们的住所，久而久之这里被人们传成阎罗王所主宰的阴曹地府了。"

小杨带着几人往二仙楼去，余鹏飞并未来得及问那是什么地方，就听小杨继续说着。

"传说，最早的时候，张良喜欢黄老之术，不爱位高权重的名分，无意之中发现了凤凰血脉带有长生秘术，但那个时候他周围的刘备也在找这种秘术，刘备又有恩于张良，张良不想跟刘备争夺凤凰血脉，于是将消息藏了起来。后来，他的第八代世孙张道陵来到这里，发现了凤凰血脉，之后创立了天师道。"

"东汉末年的时候，他的五斗米教盛行，而当时的丰都属于巴郡，是道教比较重要的起源地。但当时的五斗米教还有巫术在其中，人们很是信仰这种道法，并将其称为鬼道。渐渐地，越来越多的人开始相信五斗米教，时代在发展，五斗米和鬼城也不停地传播和发展，鬼城也渐渐形成了现在的样子，有了神仙的传说和人的信仰，加上历代的戏文、游记的渲染和人们的口口相传，这里名声大噪，形成了一套严整有序的阴间制度，人们对鬼城更加崇敬和恐惧，许久以后，这里便是天下闻名的阴间鬼城。"

几人在寂静的园区走着，手电筒的光偶尔晃来晃去，在一片漆黑的建筑中，让人汗毛直立。

余鹏飞边走边笑着说："在四川的时候，我和灵灵看到了曾经伺候张天后的侍女的后代，于是之后查起了五斗米教的历史。"

"相传张道陵到巴蜀之后，对外宣称自己得太上老君的亲传，命他为民造福，于是创立了道教，尊老子为道教祖先，追随者更是数不尽，因为要缴纳五斗米，所以称为五斗米教。在南北朝时期，道教得到了极大的发展，到宋朝的时候更是受到了重视，并将'天师'改为'真人'，只不过最终道教发展六十三代，而道家传承的八卦生六十四卦注定得不到圆满。"

小杨接着他的话继续说："道教能传承那么多年，是有它自己独特的风骨。当年宗仁宗和宋徽宗都问天师怎么才能长生不老，但当时天师的回答是，作为皇帝不应该总想着长生不老的事情，应该做一些能造福百姓的事情。所以，因为道教的这种难得的风骨，历代帝王都很信奉道教，直到第六十三代天师病逝后，道教的天师继位出了问题，第六十四代天师继位之争到今天一直也有争议。有传言说，无极生两极，两极生四象，四象生八卦，八卦生六十四卦，而张天师的家族也只到了六十三代，不知道一切是不是天意。"

几人正说着，眼前的二仙楼就快到了，小杨继续说道："现如今，丰都这里还有很多厉害的道家弟子，我常常能看到他们的合影，大多都是穿着紫色道袍的人。"

秦灵灵皱着小眉毛问道："紫色道袍？他们衣服的颜色有区别吗？"

小杨回道："那当然，你还记得张侍女箱子里的那件道袍吗？那也是紫色的。道袍不是最准确的说法，颜色鲜艳的其实应该称为法衣。由高到低的颜色是紫黄红青绿黑白，而黑白色的是常服。每一件不同颜色的衣服穿的场合也不一样，就好比红色，祝寿的时候用得多一些，紫色的衣服则是对外多一些，但并不是这个道士穿了红色的法衣就说明他只能穿红法衣，他在不同的场合也可以穿别的颜色的法衣，只不过跟着规矩来而已。"

秦灵灵拉长音地点点头："哦，原来如此。"

余鹏飞说道："对了，小杨。我想问问你，丰都的路引文书有什么特别之处吗？今天我们来名山的时候，见鬼城门口有这样的文化亭子，不是真的在卖，是迎合着庙会，做的一项节目。"

小杨接着说道:"这就要说到历史的一则野史了。丰都,历史闻名的事情太多了,其中就有当年有名的一代帝王唐太宗李世民下地府的故事。话说那时候他被丞相魏征梦斩泾河老龙的事情牵连,魂魄被勾去了地府,阴天子看到是阳间的君主,于是命人放行,又感叹李世民爱民如子、心存大爱,于是将阴间的通行之书给了李世民,让他带回阳间,给那些善良的人。在他们死后拿着文书来到鬼城,一路上能免遭苦难,路引文书就是这么来的。据说,人们得知此事之后,纷纷远道而来丰都,只为在阴天子面前求一份鬼城的路引,后来渐渐地路引也分出了不同的种类。"

到了二仙楼门前,小杨跟守在门前的人笑着打声招呼,之后继续说着:"丰都的路引是有特殊讲究的,它的文书形式与别处不同,这也是古时人翻山越岭为家人求一封的原因。而路引分为四种:佛教路引、道教路引、民间路引,还有送钱表文。佛教路引是佛教信徒往生西方的专用;道教路引是以丰都阴天子为首,灵宝大法司签发的路引;民间路引则以当地的城隍为签发人;送钱表文,在过年过节或者十字路口烧纸时候用的,这种表文不在大型场合里用。"

众人点点头头,刚子"咦"了一声:"说实话,来丰都这些年,我每次来鬼城,总会遇上打听鬼城路引的人,十分的虔诚,看来丰都鬼城的路引文化一直很受欢迎啊。"

小杨继续解释道:"丰都的路引文书因为是阴天子分发的说法,所以在古时候格外受人们欢迎。你们今天在鬼城门前看到的那一幕,其实是庙会为了纪念鬼城的文化,加的一个节目，说的正是以前鬼城靠卖路引为生的人。"

进入二仙楼，入眼的是一尊两米多高的华光大帝的雕像，气势威严，表情坚定，就好像华光大帝真的来了。几人停下脚步看了一会儿，便上了二楼。

二楼是飘海观音，旁边金童玉女林立，上方"水天一色"几个大字磅礴恢弘。

小杨直接带着几人上了三楼，三楼是两位鹤发童颜的老人在对弈，旁边站着一个樵夫观战，几尊泥塑栩栩如生，逼真生动，仿佛下一刻就能听到棋盘上的落子声音。

"这就是阴王二人，说的是二人正在博弈，一樵夫打柴途中遇到了二人，当棋盘上的'马'过河时，樵夫便能听到江水滔滔翻滚，当'车'动时，樵夫便感觉地动山摇，之后樵夫回家，发现时间已过百年，儿孙都已经是白发苍苍的老人了，这才自觉遇上了神仙下棋。"小杨细细地给几人说着。

余鹏飞用手电筒细细看着泥塑，不由地感叹着："这两位算得上是鬼城的始祖了。"

因为时间关系，几人离开了二仙楼，奔向其他殿宇。

鬼城园区内奇特阴森的阴间文化让余鹏飞感觉身临其境，在余鹏飞的印象里，全世界目前为止没有任何一个地方像丰都鬼城这样，将阴间文化体现得淋漓尽致。

"前面就是玉皇殿，这个估计你们都知道，供奉着的是玉皇大帝。"小杨指着前面的殿宇解释着。

秦灵灵一拍手说道："玉皇大帝嘛！这我知道。"

几人进入玉皇殿之后，明显地感觉到比刚刚二仙楼更加气派，不单单是因为这座殿宇房屋挑高高出很多。

映入眼帘的是身材高大、仪表堂堂的玉皇大帝，戴着冠子十分威严。

余鹏飞估计着，玉皇大帝的雕像至少在六米以上，比刚刚二仙楼的飘海观音可高出了不少呢！

在玉皇大帝身后的是王母娘娘的雕像，右边是军师陪侍，左边也是几位天神天将陪侍着。每一尊雕像都栩栩如生。

余鹏飞见几人都在感叹着玉皇大帝的威严和鬼城的建筑，自己则暗暗地寻找着，希望能查出一些线索。

"玉皇殿周围的几个殿宇，大多都是平常香客来上香的地方，那边还有大雄宝殿等几个殿宇。"小杨询问几人需要再去看看上香的地方吗，余鹏飞看了看时间，离刚刚进入园区已经过去好久了，他怕再耽误下去时间会更久，便说直接去天子殿参观看看。

天子殿位于名山顶端，东朝向，从西晋的时候一直改名，直到后来俗称天子殿至今。

秦灵灵和余鹏飞刚到丰都那会儿，在街上遇见了吵架的，便听到有人说道："你看她坏成那样，阴天子都不收她。"

而且，在丰都阴天子是个十分受欢迎的神话人物，秦灵灵见到阴天子雕像的时候，暗暗地点了点头，果然是传说中的阴间之王。

天子殿最高的座位上，阴天子头戴金冠，身穿龙袍，脚踏朝靴，高大威严，俊朗丰神。

余鹏飞观望着周围，在阴天子身后看到了一个小小的神龛，里面是秀美的天子娘娘。

他在细细地找着线索，但一圈下来似乎没什么可疑的。

余鹏飞只看到天子娘娘面前的空地砖上似乎有什么印子，像是之前这里有一块石头被搬走了一样，余鹏飞并没有将地上这道印记放在心上，而是起身离去继续参观别处了。

而阴天子两旁分别是掌管天曹、地曹、冥曹、神曹、人曹、鬼曹的六曹臣，六尊雕像神情严肃，庄重威严。

再下面就是四大判官和十大阴帅。无一不是活灵活现，生动逼真。

余鹏飞说道："看来这阴间的制度程序也是一层递一层地严格，但看阴天子下面的副手都是各司其职啊，分工掌管明确！"

小杨顺着他的目光，也跟着看向高大气派的阴天子，说道："我当初为了了解鬼城文化，常常在这里待一夜，都被阴天子和这些阴帅的雕像吸引了，哪像外面那些人，看到点儿雕像就害怕。"

"我从前只听过阎王爷和黑白无常，却不了解阴天子，这阴天子是什么来历啊？"秦灵灵问着小杨。

小杨耐心地给众人解释："传说阴天子原是毗沙国的国王，他是一个明主，爱民如子，他的王后是天下闻名的美人。后来有一个维陀如生部落的王看上了毗沙国的王后，前来抢夺，逼着毗沙国王要么割让城池，要么献上王后，毗沙国王后不堪百姓遭难，于是拔剑自刎。后来，毗沙国王带着人们奋力抵抗维陀如生部落，最终也自刎了。"

"他死后，魂魄遇上了太白金星，太白金星感念这位毗沙国王的英勇与博爱之心，转告上天，让他成为了阴界的王，也就是阴天子。阴天子接过玉带，穿好琉璃金冠和蟒袍，带着和自己一起牺牲的部队，看到了丰都名山，风景秀丽，于是连夜在这里建了宫殿。"

"这就是阴天子的由来，后来人间的官员不知阴天子的阴间王，大骂他怎么敢跟皇帝抢宝地，后来得知自己得罪的是阴天子，又无法向皇帝交差，于是在天子殿前撞柱死去，阴天子感念他的忠心，将死后的他封了丰都县城隍，负责治安，这就是城隍的由来。"

小杨指了指旁边的雕像说道："至于这十大阴帅，是阴天子的十名将领，分别是：黑无常、日游、乌嘴、鬼王、牛头、豹尾、鱼鳃、黄蜂、夜游、马面，这十位是负责保护阴天子和捉拿阴魂的。四大判官：察查司、赏善司、罚恶司、崔判官，像赏善司是专门负责阴魂生前的功德审查，之后给予阴魂不同的奖赏，罚恶司则专门对于生前作恶多端的人进行审查，之后发配到十大阴帅处拷问，职责分工明确。"

余鹏飞看向天子殿两侧似乎也是屋子，问小杨道："那两处是什么？"

"哦，那是东西地狱。传说中人的魂魄进入鬼城之后，经过四大判官、十大冥王查过生前功过之后，按照其生前的福报进行六道轮回或者转押地狱受刑罚。"余鹏飞刚想接着问，就听秦灵灵一声惊叫，"余鹏飞！快过来！"秦灵灵这一声引得几人纷纷围了上来。

秦灵灵蹲在阴天子雕像的侧面，她盯着石墩上面的东西目不转睛。

"看什么呢，那么吃惊？"余鹏飞也跟着蹲下，紧接着就被面前一幕惊呆了。

那石碑上豁然刻着凤凰血脉的图案，和秦今明留下的一模一样，一看就是经年之前留在上面的东西，若不是秦灵灵看得仔细，还真没有人能看得出来那是个图案。

"这东西怎么会在这里？"

余鹏飞呢喃着，小杨问怎么了，秦灵灵回答道："这个是我们一直在找的东西。"她指着凤凰血脉的图案。

余鹏飞让秦灵灵把图案拍下来，之后自己细细找着周围，刚子见状也跟着找了起来，一番下来并没有发现其他的线索。

不得已，几人离开了天子殿，去别处继续逛着。

小杨就像一个专业导游一样，带着几个人穿梭在鬼城之中。夜色一片漆黑，只有几人的手电筒泛着些许光亮，加上周围一些阴森恐怖的建筑，平白给今天的行动增加了些既刺激又紧张的氛围。

小杨带着人正走在奈何桥上，加上装饰，在这夜晚显得十分诡异。"这地方从前有人看见了牛头马面在这里路过，还有说看见了古时候的人在这里走来走去，被说得像真的一样，还被说成百鬼夜行。"小杨边走边说道。

刚子嘲笑道："我倒想见见传说中的百鬼夜行到底是什么样的。"秦灵灵在一旁小声怼他："可你白天还说不敢来呢！"

小杨继续说道："其实丰都的仙道文化很浓郁的，鬼文化也是佛教文化的一种，名山鬼城之所以到今天仍然能在世间经久不衰，不单单因为这里风景秀丽、历史文化深厚，我觉得还有一部分原因是它融合了道儒佛三家文化，这天下其实没有几个地方能做到的。"

余鹏飞点点头："是啊，白天我也见过不少游客去旁边的寺庙上香的。"

"其实小杨，我一直有个疑问，我来丰都很多年了，听说丰都这边其实还有一个比较出名的寺庙，叫悟惑寺。在兴义镇的什么地方来着，我去过一次那个寺庙，里面没有一个人看守，但是听说它历史文化也很久的，而且当年香火不断，慕名而来的香客数不胜数，为什么这几年没人去那里了？"刚子打着手电筒，坐在小石路边的凳子上，众人也跟着坐下来歇了歇。

"悟惑寺？"余鹏飞疑惑道，他来的时候做了很多丰都的功课，这间寺庙似乎听说过。

小杨点点头："嗯，悟惑寺的历史也是四百多年了，最初是在古官山的山顶上，取名古官寺，后来在康熙的时候变动了两回，最后挪到了现在的兴义镇的位置，也改成了悟惑寺。"

"那个寺庙里面很大的，我去过几次，庙中空旷但又让人觉得心中舒悦，建筑上是砖木结构的架子房，古香古色的，听说它也有香火旺盛的时候，大概在民国的时候，光常住在那儿的僧人就是几十来号，可见曾经也是个辉煌的寺庙。"

刚子叹息:"这么好的寺庙如今怎么就没人去了呢!"

小杨笑了一声:"巴蜀最不缺的就是仙道文化,我研究张道陵的时候也了解过巴蜀这边的仙道文化,其实巴蜀的仙道文化和道教文化不可分割。"

余鹏飞十分喜欢钻研这种历史文化,于是在小杨说得津津乐道的时候,一旁的秦灵灵快睡着了,但余鹏飞却听得起劲。

小杨接着说道:"咱们暂且不说巴蜀之地的这些神话,比如五丁开山,或者杜宇从天而降等,就说历史上的吧。东汉末年的时候最出名的两个道教门派,一个是青徐地区的太平道,一个是巴蜀地区的五斗米教。"

"太平道?从未听过啊!"秦灵灵懒洋洋地说了一句。

小杨点点头:"太平道确是很少听见,他的创始人张角在中平元年发动了'黄巾起义',可惜后来失败了,张角也病死了,太平道也随着他身死道消了。"

"但五斗米教不一样,张道陵在创建了五斗米教之后,常常把道教的神仙文化引入到做法事当中,用来给人治病。也有的像张鲁一样擅长用符咒治病的,他能请得了天官、地官、水官为受困之人解难,也常常用'三官手书'为人们消灾解难。"

"长此以往,五斗米教就被披上了一层神仙外衣,它和天地之间的神仙文化不可分割开来,但又因为五斗米教中有一些巴蜀之地的习俗,所以它形成了巴蜀之地自己独有的仙道文化。"

小杨说完,余鹏飞点点头:"没说错的话,再后来,佛教进入中原，更受人们欢迎，其他教派纷纷避开其锋芒，都躲在了一边吧。"

"是啊，直到唐朝的时候，才有了出头之日。其实巴蜀的仙道文化跟它独特的地理环境也不可分割。巴蜀，高山险峻奇多，传说奇珍异兽也不少，而且从古至今在这片土地白日成仙的人也不少。"

他继续说道："相传李白喜爱黄老之术，他的少年时期一直在巴蜀，未离开过家，后来在官场上屡次遭人陷害，对官场之事有些失望，又终不得志，于是他在道门隐世，钻研仙道文化，或者研究起了丹药，相传他的妻女也受其影响，喜欢黄老之术。"

"所以说，丰都是块宝地，鹏子你别不信，我保证你待上几天就会爱上这里的。"刚子说道。

正说着的时候，夜里刮过一阵微风，紧接着所有的灯都闪了一下，吓得秦灵灵叫了一声余鹏飞的名字，快速移到他身边抓着他的手臂不放。

奇怪的是小杨手里的手电筒也同一时间没了光，众人顿时愣在原地，还是余鹏飞开口问道："怎么了？停电了？"

黑暗中传来小杨的声音："应该是吧。"众人还能听见他拍手电筒，"怎么回事，突然间不亮了。"

刚子说道："没事，打手机的照明吧。"无奈，众人只好打开手机，可还不等余鹏飞打开手机，就听秦灵灵一声凄厉的惨叫。

"怎么了？"刚子赶紧问道。

等到众人看清楚之后，才看秦灵灵手里抓的是蛇，那蛇被秦灵灵捏在手里乱动。

蛇不大，但长得难看，让人浑身发麻，其不断蠕动翻转的蛇身被秦灵灵狠狠地捏在手中。

"快松开它，别被咬到。"余鹏飞上前将她的手抓住，想让秦灵灵扔掉手里的蛇，刚子则快速在背包里找消毒水，准备给秦灵灵消毒。

秦灵灵推开余鹏飞，重重吐了一口气，仿佛正在消化肚子里的怨气，郑重其事说道："你别管，敢吓姑奶奶我，我今天让它有去无回。"

说完，另一只手从包里拽出一只方便袋子，将蛇装进去，猛劲地摇起胳膊，看得三个男人目瞪口呆。

几分钟后，景区的灯再次亮起，见如此霸气的秦灵灵，小杨凑近刚子，小声地问道："她这是准备把蛇摇晕了？"刚子无奈摊摊手，表示自己也捉摸不透这姑娘的行为，小声在余鹏飞耳边暧昧地问道："这么辣的姑娘，你驾驭得了吗？"看着余鹏飞似有若无地白了自己一眼之后，刚子会心一笑，知道自己的朋友是动了真感情。

秦灵灵终于放开了蛇，将它处置妥当，她也被刚子仔仔细细地消毒一番，手都要被洗破了，秦灵灵绷不住，嘴角抖了抖："想不到你这个怕鬼的大男人，竟然这么洁癖。"说完还给刚子一个十分模棱两可的眼神，弄得刚子暗暗咬牙："瞎说什么？我怎么能怕鬼……"

于小日将崔丰实给自己的关于凤凰的资料，全部都给了刘文庚。

"这就是他们目前所有的资料,当然我还会接着跟踪他们。"刘文庚的庭院内,于小日坐在刘文庚对面泰山椅子上,见刘文庚看着那些资料,脸上前所未有地郑重。

其实给刘文庚的这些资料,是于小日和崔丰实提前串通好,用来糊弄刘文庚的,在于小日心里,秦桑尤那边的人要比刘文庚狡猾得多,而且更难对付。

可等刘文庚粗略地看了看资料之后,又觉得那些资料根本没有什么重要的,对于小日说道:"秦桑尤这人不像个没能力的,难道她真的只有这些。"

"这些还是我以双喜血珠为条件,跟她换的,当然听说他们一直跟着天津的那个小子,只不过这块我不熟,都是崔丰实身边的何朝阳在跟暗线对接的。"于小日若无其事地摸了摸耳边,耳朵里塞着东西真不舒服,小小的一点贴在外耳道上,他真怕一个不小心,窃听器就掉进耳朵里去。

另一头,崔丰实仔细听着他们的对话,嘴角噙着笑,手指不断描绘着于小日新送给他的凤凰雕刻画。

"你继续盯着,记住,务必在最短的时间帮我弄到那些东西。"刘文庚说完,于小日便起身离开。

他走在地下室门口处,闻到一股似有若无的臭味,那味道他太熟悉了,常年跟尸体打交道,他怎么会不知道那是什么。

门外林强踉踉跄跄地跑进来,跟于小日撞了一下,于小日本以为他会发火,结果只是看了看自己,就赶紧朝着刘文庚走去,于小日眼神一暗,不动声色地将一块小指甲盖大的东西扔在一旁的垃圾桶里，之后转身离去。

进了车里，他抠掉耳朵里的小东西，戴上一只耳机，听着刘文庚和林强在耳机里的对话。

刚刚在刘文庚的房子里，于小日离去前，他朝着垃圾桶扔去的东西是一小块的监听器。

于小日本无打算监听刘文庚的想法，要知道刘文庚虽然做事鲁莽，但也不是一点实力都没有，监听器放进了他的房子里，一旦被他发现了，自己很难脱开干系。

但刚刚他见林强失控地闯进房子里，就断定了定是发生了什么大事，才会让林强面色煞白地去找刘文庚。

于小日见此，心思一动，临时决定朝着那个不起眼的垃圾桶扔了一块指甲片一半大小的监听器。

他猜测，若真是能让刘文庚失控的大事的话，那么刘文庚一定没有心思去管一个垃圾桶，也不会发现垃圾桶里有一个小到不起眼的监听器。

耳机里刘文庚大叫一声："废物！"似乎还有什么东西摔向林强。

之后又传来林强胆战心惊的声音："国外的人传回来消息，说那些警察是端了别人的线，顺带摸到咱们的，把咱们也连累了，所以这线才被端了。后……后来又说，警察端的是秦桑尤的那条不重要的线，会不会她故意用一个支线要拉咱们下水啊？"

耳机里沉默了很久，紧接着于小日就听见刘文庚压着火气说道："废物！都来逼我！"

紧接着耳机里传出脚步声和刘文庚越来越远的说话声："秦桑尤，你跟你那爹妈一样下贱，你端了我的线，那么我就去抢你的凤凰血脉，我倒要看看，你还出不出现！"

于小日摘下耳机，因为刘文庚最后一句话，他似乎想到了什么，嘴角弯起，自信地系上安全带开车离去。

其实，崔丰实将国外能够寻找双喜血珠的线给了于小日之后，于小日便将消息传回了组织，他的组织利用这条线堵了好几条刘文庚走私的渠道，将刘文庚逼得已经没了来钱的法子。

没了来钱的路子，刘文庚就没了钱继续养人和寻找凤凰血脉，能不被气得大叫才怪。

另一边的丰都鬼城，经过刚刚一个小插曲，四个人才开始继续前行，鬼城很大，一些造型恐怖的雕像被地灯照明之后，显得更加诡异。秦灵灵借机将刚子推向那些恐怖的雕像上，见刚子扭扭捏捏地抗拒，余鹏飞和秦灵灵被逗得哈哈大笑。

就在这时，小杨"啊！"了一声，手指着众人身后远处的一棵树。

余鹏飞回过头比较晚，只看到一闪而过的流光，刹那间划过黑漆漆的空中。

"那是什么？"秦灵灵诧异道。

还不等众人弄明白，整个鬼城的灯全部熄灭，一时间周围只有几人手电筒在照明，秦灵灵有些害怕，毕竟刚刚景区内还有路灯，现在四下里都是漆黑一片，夹杂着诡异的风声,更加让人感到阴森恐怖。

刚子吞了一下口水,声音有些发颤:"鹏子,那就是我跟你说的鬼城黄葛树,我的一个朋友就是在那里看见凤凰的。"

小杨和余鹏飞一样,是个无神论者,听了之后哈哈大笑,笑声在这寂静的夜里十分地突兀,他问道:"刚子,你该不会又害怕了吧!"

余鹏飞借着手电筒的余光看向刚子,见他一脸紧张。

刚子从小不怕任何东西,就怕鬼故事。余鹏飞哪能放过这么好揭露真相的机会,招呼众人往黄葛树的方向走去。

"啧啧,你个大男人的还赶不上我一个小姑娘?"秦灵灵朝着刚子揶揄着,说罢指指自己的身后,"走后面,姐保护你。"

看着还没有自己下巴高的秦灵灵,刚子觉得自己发小以后要惧内了,不住地摇摇头惋惜,被小杨一巴掌拍在肩膀,"走了。"

几人来到黄葛树下,余鹏飞将手电筒打在树上慢慢看着。面前这棵黄葛树年纪大得吓人,被人们用很多的红布条缠着,又被护栏给围了起来,一看就是景区的重点保护对象。

"嚯!这棵树可真大啊!"余鹏飞赞叹道。

小杨一笑,将手电筒打在枝叶繁茂的树梢上:"黄葛树的寿命长,普通寿命的都能达到百年以上,它们的树形多奇特,加上生命力顽强,能在山地、干旱、高温的环境生得枝繁叶茂,比较适应重庆这种比较特殊的生活环境。"

余鹏飞点点头:"这倒是像极了重庆人的性格,坚韧、顽强,怪不得说它是重庆的象征。"

黄葛树在重庆实为多见,也是重庆人记忆中的象征,即使这样,面前的这棵黄葛树,除了树龄有些吓人之外,余鹏飞也没看出有什么特别的地方。

另外三人叽叽喳喳讨论着,余鹏飞绕回刚刚过来的方向,脑子里回放之前看到的那一抹光亮,沿着树的位置找出一条直线,将目标锁定在了离这棵黄葛树几十米远的一个地方。

"不用找了。"余鹏飞收起自己的手电筒,声音透着无奈。

"怎么了?破案了?"刚子兴冲冲地走到他边上,见余鹏飞指向不远的一个高压变压器。

刚子疑惑,指向身后的变压器,不敢相信所谓的"凤凰"是变压器弄出来的:"你确定是它吗?"

余鹏飞失笑:"应该吧,从当时咱们的角度看去,加上一抹光闪过之后,整个园区也停电了,差不多就是了。"

他指了指变压器:"你们看它的样子,一看就是被修了好多回了,估计上次有人看到有凤凰飞过的那一幕,恰巧就是它弄出来的。"

"搞了半天,什么凤凰啊!刚子,你和你朋友一样,被吓了一下,智商就为零了,就是一个高压线的变压器冒火了而已。"小杨将手电筒直接照到刚子脸上,惹得刚子十分尴尬。

"我那哪是吓到,我是热血沸腾,说好的来捉凤凰的……"

随着其他人放肆地大笑,刚子也不再解释,自顾自地往前走,身后的小杨笑道:"去哪儿啊你?你走的方向是阶梯小道,鬼更多啊!"

刚子魁梧的身材在听了小杨的话之后微微一顿,硬是强装继续向前,惹得秦灵灵笑到蹲下:"刚子的名字跟灵魂不符啊!"几人见刚子越走越远,随后也快步跟上。

第十章 鬼城遇险

阶梯小路不同于鬼城的那些殿宇高大显眼，但也是个不可忽视的景点。特别在夜晚，小路不算十分宽敞，但两旁的红灯笼给这个环境增加了几分阴森，余鹏飞走在小道上，就感觉自己真的走在阴间一样。

几人打着手电筒照向四周，见黄葛树那里有两个人正拿着梯子什么的，许是工作人员检修变压器什么的，余鹏飞也没管，和小杨带着其他人继续往前走。

走了几步之后，余鹏飞见身后那些工人身影不见了。秦灵灵拽了拽他的衣角，后者停下看她，见秦灵灵用手电照着前方，皱着眉头不说话。

"怎么了？"余鹏飞出声问道，小杨和刚子闻声也停下，饶是这样秦灵灵也没有出声回答，反而脸上多了些谨慎，几人随着她手电筒照明的方向看去，顿时吓了一跳。

在阶梯小路出口的不远处，站着两个人影。这两个人没有站在道路最中间，其中一个人站在路旁的草坪上，另一个人紧挨着他。

因为距离太远，秦灵灵的手电筒明显照不到那两个人身上，但更诡异的是，站在草坪上的那个人，被手电筒的余光一照，竟然浑身发光！

"什么人？说句话！"小杨高喊一声，低低骂道："什么人啊这是！大半夜故意吓人！"

但那两人根本没有任何回应，余鹏飞小声让刚子和小杨两人退后，所有人将手电筒关闭，只见漆黑的夜色中，站在草坪上的那个人依然浑身散发着淡淡的光。

余鹏飞联想到在王文家后山的水洞中看到的萤石，心里大概有了眉目。

"月光下，石板路反光，草地不会反光。站在草地上的那个是雕像，用萤石做的，所以发光，从身量看就是个雕像。"余鹏飞低声说着，众人立刻领会，把注意力放在不发光的那个人身上，却发现那个人影竟然好像越来越远。

"不对！"刚子盯着那个人影，能看出那人的脚似乎在晃动，他说了声，"雕像旁边的那个有问题！"

"该不会真是遇上了不干净的吧？"秦灵灵掏出包里强光手电，这种手电一般野外探险的时候才会用上，照光距离超长，她一直放在包里，思量着来鬼城应该用不到。

她将手里的强光手电照到那人影身上的时候，便看清了前面的一切。

余鹏飞说得对，站在草地上的是个石头雕像，可离雕像几米远的是个人高马大的男人，穿着黑色的风衣，背对着几个人，手里似乎拎着一个类似棍子的东西。

纵使余鹏飞刚来鬼城，也知道事情的诡异之处。前面的人恐怕正是准备趁着鬼城断电要行凶的，却恰巧被几人遇上了。

那人自知不好，拔腿就跑，脚步十分敏捷，不一会儿就没了踪影。

"不好！"

"追！"

余鹏飞和刚子同时喊道，紧接着两人动身追去，小杨随后跟上被余鹏飞制止："小杨，你和灵灵好好待着，保护好自己。"

无奈，小杨只能停下脚步，看着越来越远的余鹏飞二人，转过头看着秦灵灵，见她上前直盯着路边那尊雕石。

那雕石是一个等高的古代人像，浑身的彩漆掉落了不少，样子很是破旧，秦灵灵抹了抹，却一点灰尘都没有。

"你说这个雕像是工作人员准备要处理掉的，还是那人刚刚偷出来的？"秦灵灵问小杨，后者皱着眉头摇摇头。她将雕像浑身上下都看了看，却在雕像的颈部后面看到了自己和余鹏飞两人这段时间以来经常看到的图案，一个凤凰血脉的图案。

秦灵灵将手电筒靠近几分那个图案，小杨也凑上看个仔细："这个雕像好熟悉。"

两人正说着，旁边的路灯忽然亮了一下，将他们身后一道高大的影子直接映过雕像，二人看着越来越大的影子，慢慢转过头……

另一边，余鹏飞和刚子紧追不舍，路边的灯亮了几秒之后又灭了，给视觉造成不小的麻烦。

两个人追进一个叫"鬼门关"的牌坊之后，再不见那人踪影，刚子气得直捶墙："该死的，让他跑了。"

余鹏飞拍拍他肩膀："喘口气，我们直接去保安室。"说完便向保安室走去。

保安室里空无一人，满墙的监控显示器也都是黑屏，余鹏飞隐隐觉得不好，感觉有事情要发生。

"这么大个鬼城，竟然一个安保人员也没有？"刚子说道。

余鹏飞摇摇头："不对，应该是突然发生了什么事情，他们都出去了。"他将手电筒照向桌子上的电插座，上面还插着手机充电器，还有一旁吃了一半正冒着热气的泡面。

"看样子，这里的人离开得很突然，不像是没人，别忘记了，刚刚停了电。"

被余鹏飞这一说，刚子也觉得事情不太对劲，正想说什么，一阵手机铃声响了起来。

"秦灵灵？"刚子看着余鹏飞的手机来电显示，"她怕是担心咱们吧？赶紧接了。"

"喂，灵……"

电话接起，还不等余鹏飞说什么，就听电话那头秦灵灵声音急促，气息不稳地说道："余鹏飞快来救救我！"声音里带着哭腔。

余鹏飞感觉血液倒流，他和刚子对视了一眼，赶紧问道："怎么了？！慢慢说！"

电话那头，秦灵灵呼吸似乎受阻："我刚刚和小杨在看那个石雕像，后来来了人给我们打晕了，再醒来的时候，我在一个大箱子里头，这里面空气不流通，我快要被憋死了。"

刚子听完，和余鹏飞比了个手势便跑开，他的意思是要和余鹏飞分头行动找秦灵灵，她的情况现在十分危险。

"灵灵，不要紧张，不要张嘴呼吸，你仔细听听外面，如果听见我们的喊声，立即呼应我，电话不要挂断。"余鹏飞安慰着秦灵灵，加快了脚步。

"小杨在你周围吗？"

"没有。"秦灵灵说完，余鹏飞不再问她，让她保持空间里的空气能够呼吸，自己则和刚子在不同的地方扯着嗓子喊她的名字。

就算这个时候报警恐怕也来不及了，他们在追那个黑衣人的时候已经花费了近二十分钟，如今距秦灵灵被关至少也二十分钟了。

根据她的描述，关着她的是个厚厚的石洞子，方方正正的，空间大小也就刚好是个人身材那么大。余鹏飞对鬼城根本不熟悉，加上小杨不在身边，安保人员也找不到，如果真的让秦灵灵出了意外，他把命赔上都还不起。

想到这里，余鹏飞心像在滴血一样，那个像朵花一样的姑娘，陪着自己穿梭在每个危险的地方。如果之前自己能够坚定不让她跟着自己，那么秦灵灵现在也不会遭遇这一切。余鹏飞此时此刻好像知道了自己为什么会答应秦灵灵让她跟着自己，可能早在不知不觉中喜欢上她了吧。

余鹏飞不知道问了秦灵灵多少次，是否有听到自己和刚子的声音，秦灵灵都说没有，听着秦灵灵逐渐低落的声音，余鹏飞手心里出满了汗,他真希望自己有什么超能力,能够瞬间出现在秦灵灵身边。

许是真觉得自己这次难逃厄运,秦灵灵的眼睛开始湿润,她不再惊慌失措,平静地将电话放在脸侧,双手放在胸前,吸吸鼻子开始说道:"余鹏飞。"

"我这个人没朋友,也只有一个亲人,就是我的姐姐。我是她辛辛苦苦拉扯大的,她从一无所有到现在身家万贯,都是靠她一个人打拼得来的。她是我在这个世界上最重要的人,在我的世界里,我这辈子只要我姐姐一个人就可以,什么朋友啊交不交的都无所谓。"

秦灵灵吸吸鼻子,听到电话那头余鹏飞仍不放弃喊着自己的名字,声音嘶哑又充满了紧张。

"可惜前些年我们之间出现了裂痕,我从小引以为傲的姐姐不再是那么单纯善良了。哎!说的也是,从一无所有拼到现在,她怎么可能单纯。但……她做的事情不是能用单纯来说的,她变得毫无底线,变得像一个无恶不作的人一样……"

余鹏飞听着秦灵灵在电话里絮絮叨叨地说着,偶尔细声地安慰着她。

"余鹏飞,跟你认识的时间虽然短,但我觉得是我人生最值得的时光,这可能就是我的命,你别自责也别伤心,认识你很值得,我其实……"

电话那头的秦灵灵开始出现咳嗽,余鹏飞知道她这是强弩之末了,人在空气极度稀薄的情况下,出现咳嗽就是要断气的征兆。

余鹏飞这辈子没哭过，一时间他竟然开口无声，还是刚子过来接过他的电话："灵灵，你别害怕，另一边我已经全部找过了，我们马上到你的位置了。"

他安慰着秦灵灵，虽然不知道她在哪里，但感觉肯定是在鬼城里的，他一手举着电话一手拉了拉抱着头蹲在地上的余鹏飞，示意他打起精神。

"余鹏飞，如果连你都放弃了秦灵灵，那我们还怎么救她，别忘记了，我们还有个小杨，我刚刚跟你分开的时候，就已经打了报警电话，不出几分钟，警察就来了，即使这样我们也得抓紧找到灵灵，每耽误一秒她就多一分危险。"

刚子的话让余鹏飞缓了口气，他想起父亲教自己的话，做警察不到最后一刻，永远不会松开与歹徒搏斗的手，更何况自己此时在救人。

余鹏飞接过电话，"灵灵，你再给我好好说说，那是个怎么样的地方？"

"这里什么都没有，我脚的位置有一个石头，长长的，中间凹下去的……"秦灵灵咳嗽加剧。

人体大的地方，长方形的石头？

蓦地，余鹏飞似乎想到了什么，他和刚子同时说道："石棺？"

"哪里有？"余鹏飞对这里不熟，只有刚子知道。

刚子摆摆手，两人穿过几道回廊，电话里秦灵灵开始抽气，"灵灵，坚持住！"余鹏飞叫道，脚下一个趔趄差点跌倒。刚子没管他，继续往前跑。

其实秦灵灵想说自己听到了他们的声音，可惜真的没法开口了,头开始眩晕。

刚子率先跑到一个石棺前,"该死的,我每次来它都不盖棺材盖,今天竟然盖上了!"刚子可以听到棺材里秦灵灵的咳嗽声,于是大声安慰道:"灵灵,我在这,不要害怕,坚持十秒钟就好!"

边说着手下加快速度,可石棺的盖子太重,正好余鹏飞也赶了过来,见状忙扔下手机,跟刚子用尽力气推棺材的盖子。

那沉重的石板像是镶嵌在上面一样,余鹏飞两人用尽力气才挪开了一点点,却也没露出里面的空间。

"再用……点力气,刚子。"余鹏飞额头青筋暴起,"哪怕给灵灵一个缝隙能呼吸都可以!"

两人在最后一次用力之后,将石板子推开了一点点缝隙,"灵灵!赶紧凑过来呼吸。"余鹏飞透过那小小的缝隙朝着里面的秦灵灵说道。

而里面的秦灵灵本已经有点意识模糊,被余鹏飞这一声又唤醒了意识,那一刻在她看来,伴着微弱的手机照明,那道缝隙里露出的面孔就像救赎自己的天神一样,成为她这辈子最欢喜的瞬间。

刚子的手指甲被硬生生扳掉了,鲜血淋漓,即使这样,他丝毫没停下,寻找着周围能撬开石板子的东西。

余鹏飞看着秦灵灵无力地举起手,她似乎想坐起来,但又因为没有力气垂下。他左右望了望,见刚子正在找什么,想了想便明白刚子的意思,于是也赶紧跟着寻找。

很幸运的是,在棺材的后面找到了那些人留下的撬棍,二人合力终于将石板子推开。

良久，秦灵灵才有所好转，刚子和余鹏飞则蹲在地上，因为过度用力，手臂都有一些发麻。

秦灵灵身上是那些人留下的红色喷漆，上面写着：交出凤凰密码，不然下一个死的就是你余鹏飞！

"我倒是好奇了，这凤凰密码究竟是个什么东西，惹得这些人明目张胆地杀人作恶！"刚子看着秦灵灵说道。

余鹏飞拿起撬棍，对着刚子说道："你在这儿看着灵灵，我去找小杨。"

刚子摆摆手，黑夜里余鹏飞根本看不清他手上的血迹，就听刚子说道："我和你一起，人多力量大。"他正要继续说的时候，手机响起。

刚子接起，挂了电话之后说了句："警察他们到了，在天子殿，听说找到了小杨……"

余鹏飞看着刚子的表情，一时间陷入了自责，难道秦灵灵这边刚没事，小杨已经出事了吗？

等到两人搀着秦灵灵到了天子殿的时候，就看见一众警察正准备将困在天子雕像上的小杨救下。

只见小杨正耷拉着脑袋，双手背后被捆在雕像上，余鹏飞和刚子以为小杨被杀害了，吓得脸色煞白，刚子哆哆嗦嗦地问着旁边的警察，眼里透红："我是他的朋友，请帮我把他弄下来吧，我来通知家属……"最后几个字，刚子像是拼尽了全身力气说出的。

一旁的警察看着情绪有些失控的刚子，一时间没弄懂他的意思，狐疑地开口问道："他没事，我们刚刚检查了，他不是被敲了后脑勺，就是被吓晕的，一会儿救下来就好了。"

余鹏飞重重地喘了口气，他这半个小时，心在刀尖上走了两回，拍了拍刚子肩膀，示意他稳住。

反倒是虚脱的秦灵灵看着呆愣的刚子，实在憋不住笑得接连咳嗽，一旁的警察问秦灵灵怎么回事，余鹏飞赶紧说道："她是受害者，刚刚被救出来，需要吸氧。"

于是，刚子待在鬼城等着小杨被救下，余鹏飞则陪着秦灵灵跟着救护车去了医院。

天津木材厂，崔丰实带着于小日和何朝阳准备去接货，是一些比较珍贵的药材，这无疑让崔丰实高兴了几天。

崔丰实走私弄来的那些珍稀药材，几乎都被他自己吃了。只有他挑剩下的，才会倒卖出去。

何朝阳开着车，于小日坐在副驾驶，崔丰实坐在后面。

"这批货之后，听说好一阵子没货了，我们要怎么办啊？"何朝阳问崔丰实。

"我去刘文庚那儿的时候，听到他的手下说，似乎他们的线也被端了，听着他的意思，现在似乎只剩下凤凰这条路了。而且我听说，他已经朝去丰都的天津那个小子动手了，不过没得逞。"于小日漫不经心地说道。

何朝阳一边开车一边通过后视镜看着后座的崔丰实，小心翼翼地说道："真是奇了怪了崔哥，咱们先是支线被端了，紧接着大主线也被动了。"

崔丰实在听到这话的时候，本来闭着的眼睛突然睁开，心想，刘文庚难道不想做黄雀了？

他又发现于小日其实不怎么爱周旋在两队人之间，但自己能给他找到双喜血珠，所以即使于小日心里再不愿意，还是会倾向自己多一点。

听到他说起刘文庚的事情，崔丰实心里稍微平衡了一些，最起码他觉得于小日对自己还算真心的，但这真心也许都是假的，毕竟自己不愿意相信任何人。

"他敢动我的凤凰血脉，我只能让他死得快一些。"崔丰实面无表情地说着话，让前面开车的何朝阳心里"咯噔"一下。

何朝阳眼神躲闪，一边开着车子一边漫不经心地通过后视镜看着后座的崔丰实，岔开话题说道："崔哥，我们还是要小心一点，我听说公安队伍里有一个姓余的男人，专门深入走私队伍做卧底的，十分厉害，这些年不少道上的兄弟都栽在他手里了。"

崔丰实冷哼一声，脸上挂着毫不在意的嘲笑，说道："那小子被你们传成了神话了，再厉害的角色总干一件事，总有疲惫的一天，只要他一打盹，就是他毙命的时刻。我可不信他会一直那么顺风顺水，若是让他到一些厉害的地方去当卧底，说不定不出三天就没命了。"

他望着窗外，眼里嘲讽之意越来越浓："这种人不配做我崔丰实的敌人，他之前的战绩也不过是在一些草莽之徒身上得来的。"

于小日眼中划过一丝讥笑，随后快速换上一副懵懂的样子，皱着眉头不懂地问道："你们说的人我怎么从来没听过啊！很厉害的吗？"

崔丰实笑道："只是同行的人有些惧怕那个姓余的罢了，我可从来没把他当回事！"

于小日也跟着附和道："说得正是！"他又看向何朝阳，笑道："怎么了朝阳，你害怕他？哈哈，我猜刘文庚都不会惧怕那个姓余的，在这行卧底做多了，怎么可能不会被人认出来？！大家互相知会一声，他姓余的还有活路吗？"

于小日很精明，几句话就将何朝阳所有的担心全部压了下去。崔丰实闻言，"嗯"了一声附和着，似乎比较赞成于小日的想法。

于小日还想说着什么，突然车的前挡玻璃啪啪地被打碎，他第一时间拉过崔丰实趴下，何朝阳一慌，将车子开得七拐八拐的，还是于小日抢过方向盘正过车子。

车身不断地被枪击中，于小日嘱咐一句崔丰实别起身，把何朝阳拉向后面，自己坐向驾驶座，用力踩下油门，想甩掉身后的黑车。

在后面的车快要追上的一瞬间，于小日清楚地看清了后面开车的是林强。他眉头一皱，看来刘文庚知道自己已经倒戈崔丰实了，对自己和崔丰实都要下死手了。

此刻，他看着崔丰实，那些过往关于崔丰实对于自己不信任的画面在脑海出现。

于小日心中有了计策，他要利用这次难得的机会，取得崔丰实的信任。想到这里，他将油门松了几分，故意撞向后车。

"该死的，这群畜生，我他妈还在车上呢！"于小日骂道，见崔丰实那边门几乎快要被打碎了，他拽过崔丰实拉在自己胸前，牢牢护着他。

而将头埋在于小日身前的崔丰实心中七上八下，原以为何朝阳能护上自己几分，哪成想他连于小日一个脚指头都比不上，这会儿工夫还被于小日藏在后车座下瑟瑟发抖。

崔丰实抓着于小日衣角的手紧紧地握着，他本不是一个胆小之人，但真遇上真刀真枪也会胆怯。奇怪的是，他趴在于小日身前，被于小日紧紧地护着，心中反而没有了刚刚的害怕，似乎有了于小日的庇护，崔丰实心里感觉自己就好像有了底气和后盾。

片刻，他心中生出一丝陌生的情绪，那情绪让他有些惶恐和新奇，那是他有生以来从未有过的感觉。

"抓紧了！"于小日大喊一声，一个转弯直接撞向身后的黑车，将那车撞到一旁的隔离带上翻了车，然后快速掉头离去。

崔丰实的别墅里，何朝阳架着受伤的于小日快步走进卧室里，白色的地板上都是鲜红的血滴，而且地板上的血滴越来越多。崔丰实面色凝重挂了电话，转身对着床上满头大汗的于小日说道："坚持一会儿，医生马上到。"

他看了看于小日的右肩膀，那是刚刚护着自己才被枪打中的，如果不是于小日将自己拽向前座，自己现在早就死了，就连自己旁边的车门都被打得像筛子一样。

于小日疼得满头冒虚汗，伤在肩膀不算致命，但血水出得很多。

但于小日这是故意的,在所有事情没有露出马脚之前,他稳住了刘文庚和崔丰实,那么接下来他要用最快的速度逼出秦桑尤这个最大的幕后老板。

而此刻就给了他一个最有利的机会,他若是为了保护崔丰实而受重伤,那么一定会在崔丰实心里或多或少有些位置,他就是要利用这点,在崔丰实心里埋下一颗种子。

加上刘文庚现在已经彻底和自己闹掰,这会让秦桑尤和崔丰实认为自己只能依靠他们了,如此一来,二人用自己的话就会没有心里的那份介意。

"那是刘文庚的车,车上是林强,你是不是露出什么马脚了?"崔丰实说道。

于小日咬着牙摇摇头:"不会,他是奔着你来的,估计跟他国外的线有关系,毕竟你们都是靠那几条线吃饭的。"

所谓国外的线,是秦桑尤和刘文庚在国外非法走私的渠道,这两人都是靠着这门路才增强了自己的实力。

崔丰实见于小日脸色煞白,没有血色,让他不要说话,保存体力,紧接着来了人帮于小日处理伤口。

听着卧室里于小日惨叫声,崔丰实眼神暗了暗,一股异样涌上心头。

他的想法和于小日不谋而合,刘文庚此人生性多疑,又太过记仇,说不定就是以为是自己动了他国外的线,才会下手的。崔丰实心里更加起疑,按说自己的线也被动了,怎么之后刘文庚的走私渠道也被堵了,难道背后有谁在盯着两方的人?

三天以后,高烧的于小日才转危为安。这三天,崔丰实一直在他身旁照顾着，连那批珍贵药材都没去接。

看着床上的于小日，想着他过往嬉笑的脸，崔丰实知道他彻底被刘文庚抛弃了，那么接下来于小日只能待在自己身边了，也算是放下崔丰实心里一些芥蒂，只有于小日完完全全依靠自己，他才觉得这个人可用。

第二天早上，余鹏飞带着秦灵灵回到了刚子的别墅，见刚子正给二人做着早餐，"怎么样？灵灵，好些了吗？"

秦灵灵的小脸还是没气色，但精神还不错，点点头表示自己很好，紧接着去洗漱换衣服。

"你怎么样？昨天手指甲都掉了，包扎好了没？"余鹏飞手里拎着一个袋子，刚子看了看，里面装的是药和纱布。

他亮了亮被包扎的手指头，嘴角调皮一笑："有你关心我肯定没事，不愧是我的好兄弟，连姑娘都没这么替我担心过！"

余鹏飞轻笑一声："少来！"此时他的腿还有点疼，昨天那一跤摔得不轻。

"说真的，没事，昨天跟小杨去医院的时候就包扎好了，放心吧。"刚子说道。余鹏飞又问起小杨的情况，言语里都是歉意。

"咳！他没事！昨晚醒来之后，自己说是被吓晕的，哈哈！没事！"刚子将饭菜摆上桌子，安慰着余鹏飞。

经过昨晚的事情之后，余鹏飞开始重视起来，"你不知道，这样的事情之前已经有过一次了，绑架的是秦今明同学的儿子，那一次我也是死里逃生。"

刚子纳闷："你怎么确定这次的人是奔着你来的？"

余鹏飞满脸倦意，叹了口气："他们对秦灵灵和小杨下手，就是为了警告我，应该还是像上次一样，以为那个叫'鹏'的东西在我手里吧，可我手里这个是个假的，真的在哪里我也不知道。"

听余鹏飞说完，刚子仔细想了想，身体懒散地靠在椅子上，若有所思地说道："你这么说的话，我好像也弄清了一些事情。昨晚怎么突然在我们去的时候，高压变压器就坏了，安保室的人也没了踪影，应该是被那群人引走了，变压器应该也是他们搞的鬼吧！"

"这次……你们都是因为我，改天等事情都了结了，把小杨叫出来，我好好给人家赔个不是。"余鹏飞歉疚地说道，声音里透着无奈。

秦灵灵的房间里传来洗澡的声音，刚子觉得她一时间不会出来，这才打开心里话："事情绝对不简单，还不如通知警察呢！光凭你自己，那不就是鸡蛋碰石头吗！"

余鹏飞看了看一脸关心自己的刚子，无奈叹了口气，不再隐瞒，将秦今明之前留在秦家老宅的信拿了出来，递给了刚子："你看看这信，大概就能猜出来。"

余鹏飞接着说："这些事情我早就想过，不出意外的话，那些人都是从祖上就知道有凤凰的存在，他们不知道积攒了多少年的实力，不然怎么杀了秦今明之后，秦今明还要说自己是摔下楼的，在我看来秦今明是在隐瞒着什么东西。"

刚子看完了信，脸上充满不可置信，说道："我信秦叔叔的话，但你不会真相信有凤凰存在吧？"

余鹏飞摇摇头，把从秦今明死亡到现在所有的事情都一一讲给了刚子听："不知道，但这东西或多或少肯定存在，我查了很多的资料，一件件一桩桩，吻合的地方有很多，我也是奔着线索最终来到丰都的。"

"你想想他是个多么精明的人，秦家从前是多么风光，他们会为了一个虚无缥缈的东西，去承受不知道多少人的攻击吗？"

"这一路，我掌握了很多线索，最后我是跟着张道陵的五斗米教和鬼城的路引书来到这里的，但这些我还没来得及仔细研究，顺着这些线索捋下去，可能就是那些人想要找的凤凰宝藏吧！"

刚子点点头，"背后的这些人不好找，也许时时刻刻在身后盯着你。"

两人暂时都没有说话，丝毫没有注意角落里一个娇小的身影刚刚走过。

见秦灵灵房间的洗澡水声也没有了，刚子继续说道："鹏子，咱俩从父辈开始，就有过命的交情，我提醒你一句，你若真的在意秦灵灵，就不要让她再参与这些事情了，我陪你去，有我在，一些事情的胜算总比一个姑娘家跟着你要大一些。"

他说的这些话让余鹏飞十分感动，他心里第一次有了想停止继续寻找凤凰血脉的念头。

不是因为别的，他自己若是有个好歹没关系，可一旦再因为这件事情伤及了自己身边的人，他觉得心里实在过意不去。

"不了，也许这件事情我就不应该管，不然可能下场不比秦今明好。我倒无所谓，一旦那些人发起疯，伤及我周围的人，我要怎么办？"

刚子气得拍桌子，又怕让秦灵灵知道，忙看了看秦灵灵的房门，见无异样低下声说道："你还是我认识的余鹏飞吗？你别忘了，你可是……"刚要说出警察两个字，顿觉不妥直接换成："你可是你爹的儿子，你怎么能退缩呢！要记得和歹徒势不两立啊！他们越是不放过你，你越要稳住自己，而不是被吓到退缩！"

其实刚子说这话，是带着心痛的，他的父亲就是在出任务的时候牺牲了，刚子永远记得人民警察身上的那股子信仰。就像昨晚一样，明明都说他怕鬼，可见了那可疑的人影，他和余鹏飞丝毫没有犹豫，直接迈步追上，骨子里像极了自己的父亲。

"鹏子，论聪明我比不上你，但论勇气我可不比你差，你想想，如果你现在突然没有动作了，那些人会做什么？岂不是打草惊蛇了？"

他也知道那些人想要的是什么，以为秦今明死了，那个叫"鹏"的东西在自己手里，余鹏飞猜想，所谓的"鹏"是寻找凤凰血脉的关键。

"如果不停下，以后我们会越来越难走，面临的危险也越来越多。"

见余鹏飞吐口说了心声，刚子亮出手腕："小时候玩游戏的时候，咱俩每次合作都赢，这么多年了，你想不想看看咱俩再次合作的实力？"

余鹏飞被逗笑，经过刚子的鼓励，他似乎又找回了那段意气风发的少年时光，不畏艰险，不惧未来，勇敢向前！

他握上刚子的手腕，这是他多少天以来发自内心的笑，那股被人支持的感觉又回来了，就好像当年秦今明支持自己研究凤凰文化一样。

秦灵灵从屋子里出来，头发半干，淡定地坐在余鹏飞的旁边，准备吃早餐，见余鹏飞眼下的乌青，内心泛起愧疚。"你吃点东西，一会儿去休息一下吧，昨天晚上你守了我一整夜都没睡呢！"

"铛铛铛！"刚子敲着桌子，暧昧地说道："你们可不可以照顾一下单身人士的苦楚！在我的房子里上演恩爱的画面有些不妥吧！"说完还朝着两人白了一眼。

余鹏飞直接无视刚子，认真地看着秦灵灵，发现这小姑娘似乎根本不受昨晚的影响，心态开朗乐观，即使昨晚差点死去，今天却能依然开心地吃着早餐，余鹏飞想着她昨晚在电话里说的话，听起来是临终遗言一样。

她的话里都是对姐姐的思念，而她的那个姐姐一定是做了什么让秦灵灵失望的事情，不然秦灵灵怎么会用"无恶不作"这个词去评价自己的姐姐呢！

但既然她不愿意再说，自己也不会去开口问，免得再伤她的心。余鹏飞还是不放心地开口说道："我好好陪你几天，想去哪里玩？"

秦灵灵吃包子的动作停下，望着余鹏飞说道："我没事，真的。"

别说余鹏飞不信，就连刚子也不信一个小姑娘遇上这事情能不害怕一些时日，就比如睡不好吃不好的。

面前的秦灵灵直接将一碗粥喝掉，又填进嘴里两个包子，余鹏飞和刚子对视一眼，瞧着秦灵灵出神。

秦灵灵这才反应过来，顿了良久淡淡说道："我以前遇到的事情，比这个还可怕，在我看来，昨晚的一切都不算什么。"

见余鹏飞犹犹豫豫想要开口问，她回道："以后我慢慢告诉你。"

余鹏飞不知道秦灵灵以前到底经历过什么，但一定是让她不愿提起的过往，既然她不愿意说，他也不会继续追问，直到她自己愿意将一切秘密告诉自己，到那时，也许秦灵灵才能真正放下心里的伤痛。

余鹏飞点点头，也开始吃起东西，刚子说得对，得打起精神对付那帮人，如今联系不上父亲，对付那群人只有靠自己，他得将那些人都引出来才行。

"等你好了，我带你去散散心。去凤鸣湾，这地方都是我最近听本地人说的。"

秦灵灵抬起头，看着余鹏飞别有深意的眼神，其中的意思再清楚不过了，"听说那里很好看，有情人终成眷属。"

秦灵灵垂下眸子，眼中的痛意更深，只顾着吃东西去隐藏自己的不对劲。

"对了余鹏飞，我想起来一个很重要的事情，我昨天在那个发光的石像上看到一个和咱们之前见过的图案很像的图纹。"秦灵灵开口说道，还不等余鹏飞问，她直接跑回房间，拿出笔和纸，又飞快跑回餐桌前，将昨晚看到的图纹画下。

余鹏飞回想昨晚看到石像的样子，看那人戴的帽子，似乎是宋朝文人的帽子。"那石像应该是宋朝的，只不过为什么会用宋朝人的石像呢？"

刚子说道："这个我问问鬼城里面的人，他们肯定会有那个石像的消息。"

紧接着，他接过秦灵灵手里的图案，看了起来，"你们之前见过的图案有照片吗？"秦灵灵忙将手机里之前凤凰血脉的图案找出来给刚子看。刚子让秦灵灵将照片发给自己，"这个我发动一下当地的小伙伴问一问，也许会有线索。对了，这次袭击的人，你们感觉和之前的是一拨人吗？"

"这个你得问余鹏飞，上次我去的时候，那拨人早就跑了。"秦灵灵说道。

余鹏飞继续说道："上次的人好像只是想跟我过过招，或者说探探我的底，没有下死手，被踢进水底，他们也是不经意的。但这次明显感觉下死手，更像是若不从他们，后果只有死路一条。"

秦灵灵听到"死路一条"这个词的时候，眼睑轻轻颤了一下，回想着昨晚，若当时在石棺里的是余鹏飞，那么她又是什么感觉。

"哼！"秦灵灵将碗狠狠放在桌子上，气愤地说道，"这群人真是有信心，他们怎么保证死的就是我们不是他们！有能耐就跟我面对面地较量一下。"

看着这样霸气的秦灵灵，刚子嘴角不自觉地抖了抖，将自己面前的一屉包子推向她:"小姐姐,别生气,多吃点包子补充体力,等下次再见到那些人,你就上去灭了他们怎么样?"

看着刚子狗腿的样子,秦灵灵弯起眼睛,美滋滋地吃着包子。

她也慢慢熟悉了这个外表看起来粗糙的小伙子,实则有着一颗善良又热情的心。秦灵灵暗暗地想着,能和余鹏飞做朋友的人,人品能差到哪里去呢?

"话说,为什么凤凰血脉的图案会在一个雕像的颈部呢?"

"看来我们需要加快寻找线索的动作了,对了你上次说这边有一个黄龙洞,传说那里能看到凤凰拜观音?"余鹏飞向刚子询问着。

刚子点点头:"对啊,我现在就可以带你们去黄龙洞看看。"

秦灵灵拍了拍余鹏飞的胳膊:"不但这样,我之前给你看的那张地图,丰都有好多名字带有'凤'字的地名,我觉得我们都需要去看看。"

刚子通过余鹏飞之前跟自己说的,也算知道了不少事情,想了想觉得自己还是可以帮上一些忙,于是说道:"这样吧,我发动本地一些小伙伴,一则是他们的祖上一直住在这里,知道的事情多,二来让他们帮我们搜集线索,这样我们动作能快一些。"

"我想个办法让那些人老实一段时间吧,总不能天天我们去哪里,他们就在身后跟着,危险随时都在,至少我们得给自己争取十天的时间才行。"余鹏飞坐在沙发上沉思起来。

三个人一番商量下来，暂时有了新的计划，准备休息一上午，下午去黄龙洞看看。

下午将近两点，刚子开着车拉着余鹏飞和秦灵灵二人来到丰都黄龙洞景区，刚停好车就被震惊到。

"这人太多了吧？我们能查出什么线索啊？"秦灵灵戴着遮阳帽子，欲哭无泪。

刚子则傲娇地说道："丰都，天下鬼城！这附近有历史的地方多了去了，这个停车场的车不单单只是来黄龙洞的游客，还有其他附近几个景点的。"

说完伸出食指，指指脚下："这么说吧，在丰都，你想要玩遍全城，需要很久，因为处处都是美景。哦对了，推荐你们俩一个打卡拍照的地方，那地方我现在还不能去，你们俩可以。"

看着刚子的表情，余鹏飞眉毛跳了跳，感觉他说的地方不是个正经的地方，心里不住地想：这浑小子该不会推荐的是某某酒店吧！

"拍照打卡的话，说明那地方一定是个网红景点，哪里啊？"秦灵灵兴冲冲地问道。

刚子见余鹏飞屏住呼吸，如临大敌一样看着自己开口，故意卖起关子："哦，风车天路，你们开我的车去吧，那里拍出的照片都是大片的感觉。"说完看了看余鹏飞，见他暗自喘了一口气，刚子想笑又不敢笑。

余鹏飞直视起刚子,心里想着这货还算有点人性,真怕他一出口说出雷人的地点。

秦灵灵摆弄起手机查起资料,稍后说了句:"情侣拍照打卡胜地——丰都风车天路……"她抱着手机没动,顿时感觉自己头上有一群乌鸦飞过,尾巴带着一串的省略号。

旁边的余鹏飞也没好到哪里去,嘴角抖了抖,追上刚子的脚步,装作问事情的样子,羞得秦灵灵小脸通红。

几人加快脚步去往黄龙洞,刚子也开始说着自己得来的消息:"上午你们休息的时候,我问了不少人,这个黄龙洞的历史很出名。传说当年这地方压着一条神龙,但这条龙十分厉害,常常搅得方圆百里不得安宁。古书有言龙好斗,而凤凰主和谐,二者互补。于是人们请来凤凰压制神龙。"

"但我也打听到了一些其他信息,还跟鬼城和凤凰有关。"刚子将门票递给了安检人员,带着余鹏飞两人走进黄龙洞。

余鹏飞刚进黄龙洞,就被里面的美景惊呆了。

洞中钟乳石从天而降,透着大自然鬼斧神工的魅力,让人移不开眼睛,越往里面越是美得不像话。

来黄龙洞之前,刚子给几人准备好了装备,因为想要一探到底黄龙洞的美,有些地方是需要绳子和水鞋的。

余鹏飞进入黄龙洞的第一眼,有种感觉仿佛自己到了西游记里孙行者被压了五百年的大山下,这里没有几处明灯,能将洞内那股悠远又空灵的感觉很好地体现出来。

"在黄龙洞不需要太多的照明,一支手电就可以了。这里一进来会让你有一种探险的感觉，置身于万年前的远古时代一样。"刚子小声说道。

余鹏飞抬头看向上方的半空中，那里有精美奇特的钟乳石，在手电筒光的照射下，光穿过钟乳石，把它里面最通透的质感清楚地展现在众人面前，在那光滑的表面散发着一层淡淡的光晕。

余鹏飞将手电筒的光放远，那光穿过钟乳石群，如同一个个奶白色的柱子不断地从天上、地下冒出。

洞内幽静，偶尔能听到一两滴水滴落在地上的动听的声音。在前方一望无际的黑色里，似乎是等着人们慢慢探索的秘密，引得余鹏飞不由得加快脚步，想将前方的神奇大饱眼福。

"你接着说。"余鹏飞朝刚子说道，让秦灵灵注意脚下。

"传说凤凰性属火，阳气十分重，当时虽然压制了神龙，但也闹得周围百姓不舒适，于是才有了鬼城，鬼城属阴，正好克制了凤凰的阳气，做到丰都几千年来的阴阳和谐，才成就了千年宝地的美誉。"

不知道为什么听了这些话，余鹏飞心里隐隐有种感觉，他离凤凰最终极的秘密不远了。就像他昨晚跟刚子说的，凤凰不落无宝之地，丰都的鬼城若是因为凤凰而建，几千年以来，此地钟灵神秀，美誉名满天下，那么那个传说中的凤凰一定还在这里。

三人继续往里走，黄龙洞里没什么人，外面的小闸门是经过刚子跟人沟通才打开的，三个人将身后的背包放下，开始穿防风外套，戴上照明的安全帽子。

越往里走,几个人的脚步声被放得越大,穿过洞中的"云盆",刚子带着两人从一个台阶往下走,穿过"天门"之后,钟乳石越来越多。

黄龙洞的神奇在于它的天然魅力,那道"天门"就好像当年天神留下的一道通向人间的路一样,余鹏飞第一眼瞧上去之后,久久地没有转移视线,心中激动澎湃。

"传说黄龙洞的深处有沼泽,还盘踞着一条黄龙,内有凤凰看守,观音坐镇,神奇得很。"刚子的声音在洞中回响,不断提醒身后的秦灵灵注意脚下湿滑。

秦灵灵走得有点费力,她的东西大多都是余鹏飞背着的,里面有鞋和绳索,听说穿过沼泽后还要下一个小断崖,所以她给三个人准备了很多东西。即使这样,她还是觉得累得很,"自从来了丰都之后,只是短短的两天,我觉得自己的眼睛不够用了,这里的美不能用平凡的词来形容了。"

余鹏飞将手电照向两旁的石旗,这些千万年形成的钟乳石,用手电光照上去都是透光的,他停下喘口气,感叹道:"感觉随便一拍都是手机屏保,这一趟真值。"

第十一章 护卫奇队

几人往前走着,突然刚子叫住余鹏飞:"鹏子,我看到凤凰了!"

"什么?"

余鹏飞和秦灵灵赶紧走到刚子身边,顺着他的视线望去,可让两人大吃一惊的是,远处一个小丘石上,有一个汉白玉观音,没看见什么凤凰。

"哪儿呢?没看见啊!"秦灵灵将手电筒往周围照去,根本没有看见什么凤凰。

刚子认真地说道:"真的,就在那。"他用手指着那个汉白玉的观音像,"刚刚我走在最前面,真的就看到了凤凰,在观音身前。等等!"

说着,他似乎想到了什么,转过身子对余鹏飞说道:"我该不会是见到了丰都老人说的'凤凰拜观音'吧?"

"凤凰拜观音?"余鹏飞觉得刚才刚子之所以说自己看到凤凰也许是真的,但那个拜在观音像面前的凤凰大概率是洞里上方钟乳石,被刚子的手电光一晃之后,那些钟乳石的尾巴影子正好映在观音像前,从形状上看就是个凤凰。

刚子走近汉白玉的观音像,仔细看了看,那个根本就不是汉白玉,只是一些形状奇特的钟乳石,在远处看来很像一个汉白玉的观音像。

"之前有人来黄龙洞的时候,和我一样,就在这里一眨眼看到过凤凰拜观音,但转眼只剩下了观音,不见凤凰。说是凤凰生性独特,不是它的有缘人它不会出现在人的眼前。"刚子说完,指了指前方,示意两人继续往前走。

秦灵灵想起昨晚自己看到的石像颈部后面的图纹,问起另外两人:"昨天那些人是要去偷那个石像吗?那个石像应该不是故意放在那里的,我还问过小杨,他说没见过那个石像。"

"那个石像确实有问题,不过我们现在回去应该已经找不到了,早上你说完之后,我就想过回去,但那些人绝对不会给我们留下任何线索。"余鹏飞说道。

三人费力穿过一大片泥泞区,秦灵灵觉得自己还是很有先见之明的,给三个人都准备了鞋袜,不然穿过泥泞区之后,鞋基本都废了。

在小断崖下面,余鹏飞再次看到了凤凰血脉的图案,与之前的图案却稍微有点区别,因为它的方向不再是向右,这次是朝着左边,他赶紧沿着周围继续寻找线索,但许久下来只有这么一个图案,就好像随意被刻在石头上。

"这里怎么只有一个图案,却没有其他的线索?"刚子自言自语道,余鹏飞附和:"我们一路走来,没发现什么特别的地方,看来这里真的只有这个线索了。"

余鹏飞示意秦灵灵拍下照片,几人又在这里欣赏了一会儿美景才离开,决定收拾一番再回鬼城碰碰运气,希望那些人还没将石像处理掉。

半路,刚子接了一个电话先行离开,临走的时候还不忘嘱咐余鹏飞二人可以去看一下风车天路。

秦灵灵低下头,晃悠着身子害羞地说道:"那去吗?"

余鹏飞看着她娇羞的样子,嘴角弯起:"那走吧,我们租个车子自驾去那里。"

风车天路,位于丰都雪玉山和石柱县刀背梁之间。余鹏飞和秦灵灵到那里的时候,正好赶上了日落。

风车天路海拔较高,能将方圆几十里的风景尽收眼底。此时,两人看着眼前的美景有些兴奋,在黄昏中,那条通往前方的路被映出了金粉色的唯美感。

天路道路艰险,大多是没有上沥青的土路,余鹏飞将车速放慢,慢慢感受着此刻难得的景色。

"太美了!"秦灵灵兴奋地向车窗外探出脑袋,感受着温和的晚风带来的惬意。

余鹏飞笑道:"这条路三十里,够你慢慢观赏的。"

除了在山间不断迎风转动的风车,沿途的绿色也给黄昏的景色带来了视觉上的颜色冲撞。秦灵灵不止一次幻想过这样的场景,黄昏的光照在翠绿的山间,有微风拂过,迎着夕阳慢跑,没想到今天她竟然在这里实现了自己的愿望。

风车天路的终点是丰都雪玉山露营地,天色还没彻底暗下来，已经有不少的人在这里扎起了帐篷。

余鹏飞望向那里，露营地远远看去就像一块毛茸茸的绿色地毯，而上面是五颜六色的帐篷，人们拉起了氛围灯，点燃篝火，无疑又是一个有仪式感的夜晚，而他和秦灵灵也踏上了回家的路。

第二天，余鹏飞三人又回到了鬼城，在鬼城的广场前看着风景，秦灵灵要去找个卫生间，余鹏飞只好跟刚子站在原地等她。刚子递给余鹏飞一根烟，见他迟迟不接，"不抽了？"

余鹏飞犹豫了下还是接下了："这段时间确实压力大，那些人都在暗处，我连他们是谁都不知道。"

鬼城建在名山上，从鬼城的广场望向远处，视觉开阔，一眼望去都是美景，十分惬意。雄伟的长江穿过名山，直接引向远方，不得不说，丰都真是处处都是宝地。

余鹏飞和刚子站在鬼城的广场前，看着周围翠绿的风景，广场开阔的视野，让人心情也跟着轻松很多。

"叔叔联系过你吗？"刚子见周围没有人，小声问着余鹏飞。对于刚子而言，他十分能理解余鹏飞的想法，那种时时刻刻为父亲担心感觉很不好受，越是长大越能理解父亲的不易。

余鹏飞摇摇头叹了口气，见此刚子就知道余鹏飞的父亲这次的任务肯定凶险万分，假如能有机会，他父亲一定会联系余鹏飞，不让他担心的。

刚子拍拍他的肩膀，看向城市的远处，安慰道："别担心,他什么能力我们都知道,只是你现在掺和到秦今明叔叔的事情里来,你若是接到什么陌生电话,千万要当心。"

余鹏飞点点头,一口接一口地抽起烟,别人大学毕业后不是进入心仪的公司实习,就是做起各种事业,就算有些放飞自我的去环游世界了,也没有一个像他一样,直接开启探险的生活。

虽然短短不到一个月,他已经经历过几次生死之事了,母亲的情人突然被杀,自己被牵扯进来,有一大笔遗产继承,还要寻找传承千年的凤凰秘密,他此刻对未来真是一片迷茫,不知道什么时候才能真相大白,还有消失很久的父亲,余鹏飞感觉自己这段时间一直是用力紧绷着神经,他真害怕自己有一天泄气突然崩溃。

"这名山你转一转,那些糟心的事就都放一放,打起精神,咱们要应对的事情还有很多。"刚子说道。

余鹏飞笑了笑,赞成刚子说得对。

突然他想起一件事情,此处是名山,他脑中却想到了之前从刘未那得来的消息,司马迁说将史记正本藏于名山,当时他以为的名山是很有名的山,可此处也是名山,难道自己之前想错了?

他将事情跟刚子说了,看着偌大的名山,两人一时间没想好怎么寻找正本,刚子说道:"这些古书籍的文化小杨最熟悉,我问问他。"

刚子快速给小杨打了电话,将事情的始末都说给他听。不得不说,小杨就像一个行走的百科全书似的,不一会儿,刚子的电话响起,刚子接起:"喂?嗯。有消息了?太好了!"

一个小时以后,刚子带着余鹏飞和秦灵灵来到一家茶楼,他们来这里是见一位看过史记正本的老馆长。小杨托了很多关系找到人家,老馆长才答应见余鹏飞一面。

老者很和善,见面并没有刻薄,反而很欣赏余鹏飞,"想不到你小小的年纪,居然也喜欢研究古文学啊?哈哈。"

面前胡子花白的老人戴着眼镜,像遇到了忘年知音一样,和余鹏飞侃侃而谈,余鹏飞应付了几下就答不上来了,暗里给刚子递了一个眼神,示意他赶紧救场,自己哪里懂得什么文学,就是奔着史记里关于名山那段文字而来的。

刚子忙赔笑道:"老先生,我们是慕名而来,也确实想向您讨教一些知识。"说着他介绍着余鹏飞,"我这位朋友从天津过来,听说过司马迁将史记正本藏于名山,他以为就是鬼城那个名山。我们打听到您的祖上见过史记正本,其实我们都十分好奇,正本到底在没在名山?"

老者摇摇头,他怎会不知道对面几个小毛孩子不懂什么古文学,他刚刚说的两个问题这两个毛孩子一个都没有答上来。

老者不由轻笑一声,看破不说破,捋着胡子,将鼻梁上的老花镜往下移了几分,看着余鹏飞问道:"那你又是怎么知道司马迁将史记正本藏于名山的呢?"

余鹏飞解释着:"我常读中国历史文献,这段时间以来,《史记》《太公史自序》和《报任安书》等我又重复看了很多遍,发现很多可疑的地方。其中《太公史自序》和《报任安书》说的就是正副手稿的安置情况，《报任安书》中写道：'传之其人，通邑大都。'《太公史自序》中写道：'藏之名山，副在京师。'从这两句话可以推断出副本的手稿在京师，而正本藏在名山了。"

"后来，《汉书·司马迁传》中记载：'迁既死后，其书稍出。宣帝时，迁外孙平通侯杨恽祖述其书，遂宣布焉。'可以得知，司马迁的手稿中有一份后来经过他的女儿传给了外孙杨恽，之后杨恽公布于世。"

"综上所述，我个人认为可以推断，《史记》的正本就在名山。"

余鹏飞认真地说完，老者的眼中露出一丝赞赏，呵呵地笑着："真是个不错的后生啊！能将史书分析得这么透彻，看来是真的下了功夫，年轻人已经很少有你这般钻研古文学的了。"

但他还是很和蔼地解释道："当年我的祖上确实见过正本，因为我的祖上就是保管史记正本的人，但是后来不知道遇到了什么事情，将正本弄丢。在我很小的时候看过老祖宗的手记，大概说道……"

老者洋洋洒洒说了一大堆，余鹏飞却听个重点。

原来当年司马迁在采写史料的过程中发现了自己先祖司马错奉秦惠文王灭巴蜀之时，早已发现凤凰血脉的秘密在平都名山。

为防止被野心家利用，便没有上报秦王，司马迁按照司马错遗命，将凤凰血脉的秘密藏在《史记》正本的书稿夹页中，而史记正本也在历史的长河中消失不见，正本现在到底在哪里，估计没人知道。

到这里，余鹏飞终于可以确定，凤凰血脉就在丰都。

回去的时候，余鹏飞心情很复杂，兜兜转转苦心寻找的凤凰血脉终于敲定了地方，算是目前得到的最好的一个结果。可是越是这样，越能说明接下来的事情更棘手。他怕那些藏在暗处的人也得知了这些消息，若是他们的动作先自己一步的话，那岂不是让别人直接坐享其成了，自己也不会知道凤凰血脉最终的秘密了！

秦灵灵也许是看出了余鹏飞的心思，见他面上有些担心的样子，便安慰道："没关系，好在我们现在已经有进展了，大不了我们满丰都仔细找找就是了。"

余鹏飞点点头，说："走吧！先回家再说。"几人便开车先回了刚子的别墅。

回去的路上，余鹏飞跟两人商量，无论如何也要在短时间内将凤凰血脉找出来才行，也将自己的担心说给两人听。刚子和秦灵灵比较赞同他的想法，眼下凤凰血脉的最终藏身地点已经明确了，几人都很期待凤凰血脉的最终秘密。

回到刚子的别墅，刚子打开自家的门就被吓了一跳。

"怎么回事？"余鹏飞惊道。二人快速对视一眼，之后匆匆又小心翼翼地在屋内搜查起来，以防还有陌生人留在屋内。

别墅里满屋狼藉，衣服书籍被翻乱，洒落一地。特别是秦灵灵和余鹏飞两人的房间，行李箱里的东西都被翻了出来。

三人查看了整个房子，一番查找下来，发现人是从别墅第一层的窗户进来的，窗玻璃上被用特殊刀具划了一个孔，之后在外面通过圆孔伸进来手，从而能够打开里面的插锁。

整个屋子乱七八糟，但却只丢了余鹏飞的一些笔记和资料，都是关于凤凰血脉的。

"族谱和玉石也都丢了。"

余鹏飞蹙着眉，那玉石是假的，族谱好像没什么用，还有一些王文家后山水洞的画。但好在那画上面也没有标注地点，就算被拿去了，也只能说明一些秦代跟凤凰血脉相关的线索。

"趁着那些人没发现玉石是假的，我们得赶紧找出飞天神鸟。"余鹏飞看着空空的玉石盒子，后悔自己之前竟然没有照一张玉石的照片。他赶紧找了张纸将玉石画了出来，并把上面的文字也写了出来。

刚子看着画好的玉石形状，不得不佩服："小的时候我就佩服你这记性，想不到你连玉石上面的文字都记得。"

余鹏飞无奈一笑："你是不知道，我看了多少个晚上，想记不住都难。"

"虽然他们拿走的那个玉石是假的，但听说当初秦今明是按照真正的'鹏'做的这个，我想应该是一样的吧？"

刚子想了想，他的思路跟余鹏飞相反，摇摇头说道："也许这个是他和王文父亲用来转移那些人的障眼法呢！"

这种想法余鹏飞之前不是没有过，但他觉得一定有些地方是相同的，就怕那些人寻着那一丝共同点找到了飞天神鸟。

"还有这上面的字，我之前研究了很多遍，觉得最可能的意思就是'开启凤凰秘密的钥匙'。"余鹏飞说道。

秦灵灵拿着电话从外边走了进来，对着二人说道："我刚刚报了警，顺便问了小区的警卫室，都说没有看到有问题的人，而且刚刚这周围的监控也都暂时不好用了，只能说那些人真是太厉害了，目的明确，就是奔着我们来的，不择手段地拿到他们想要的。"

说完见余鹏飞手里拿着纸和笔，看着上面画下来的玉石图案，"你准备从这个东西下手？"

余鹏飞点点头："那些人只拿走玉石和族谱，说明一点，这两样东西都是有用的。可惜，我才明白过来。"

刚子拉了把椅子坐下来，也附和道："你说得对，这凤凰血脉是从古至今的秘密，每个朝代都少不了追逐秘密的人，说不定那些人知道的东西比我们多得多，拿走对他们来说最有用的东西，才是上策。"

"这上面的形状我一直觉得像某种图腾，好奇怪啊！"秦灵灵将纸张又递给了余鹏飞。

听秦灵灵这么说着，余鹏飞也跟着思路走，只是什么图腾能这么奇怪，用五只凤凰做图腾，既复杂又不好用。

"啪！"刚子拍了拍手，将正在沉思的余鹏飞吓了一跳，"先不想那些了，我们现在将整个丰都所有认为有线索的地方走一圈，我就不信一点线索都没有。"

秦灵灵小跑着将自己房间里的丰都地图拿回来，展开放在二人面前，上面圈圈点点都是被她画的所有带"凤"字的地名。

"我觉得我们的路线应该是这样的，先把这上面所有带'凤'字的地名走一遍，你们想想，全天下怎么可能有一个地方，地名用了这么多的'凤'字，不觉得很奇怪吗？"秦灵灵指着地图说道。

余鹏飞看着地图，觉得秦灵灵说得有道理，随后说道："不但这样，我们还要把鬼城再走一下，我总觉得那里肯定有线索。"

"那就这样了，先去地图上的地方，然后我们再去鬼城走一趟。"刚子说完，紧接着几人就开始收拾东西，现在那些人已经盯上了刚子的别墅，说明时间不等人，余鹏飞要求加紧行动。

余鹏飞等动作很快，在别墅里吃了点东西就开车离开。本来从茶楼回来的时间就已经挺晚了，几个人还是去了一趟离得近的地方，暂时没发现什么特别的地方。

第二天一早，几人又起早动身，他们先后去了凤凰湾、凤凰山等地，但终究没发现什么有用的线索，这样的结果让余鹏飞有些失去了信心，他不断地在心里一遍一遍地想着所有跟凤凰相关的地方，筛查着自己是否有所遗漏。

刚子的车子往一个叫凤凰庙的地方开去，沿途都是青山碧玉的风景，美不胜收，给余鹏飞本来乱糟糟的日子添了一份宁静，多了些诗情画意。

这一日下来，他见过很多带凤凰字样的地方，不得不说，全中国有很多带凤凰的地名，但能做到像丰都这样满城都是用"凤凰"两字来命名的还是少见，而能有如此多如同凤凰一样秀丽的美景，做到处处生辉，也只有重庆丰都了。

凤凰庙这个地方，如同它的名字一样，大气、威严。

它不见得多么富丽堂皇，但绝对像一个安居在群山之中的仙人一样，不争不抢，独自芬芳。

恬淡幽静的小路，偶尔几辆过往的车辆，路两旁是一帧帧葱翠的画面，看惯了大城市里的喧嚣，此刻余鹏飞觉得，这里才是人们内心深处的归宿。

凤凰庙，顾名思义，这里有一座小殿庙宇。

经年以来，它一直矗立在丰都这块宝地上，在当地人的印象里，人们记得脚下这块热土正是凤凰的巢穴。而凤凰庙，正是人们用来感恩惩恶扬善的凤凰的。

余鹏飞打听了一个村子里的老人，想问一问有没有哪里能找到凤凰的更多资料。

老人也不知道是不是年纪大了，耳朵听不见，连声问道："你说什么？"

一旁的秦灵灵有些性子急，回头对着刚子小声说道："我们用了好几天的时间了，如今在这里连一个凤凰血脉的线索都没看见……"她边说着，边拉着刚子去旁边看看，嘴里还说着来了丰都，都没吃几口美食什么的。

虽说秦灵灵说话声音不大，但足以让路过的一位老人听得一清二楚。

这位老人原本在路边的石阶上整理着自己的背包和笔记，在听到秦灵灵朝着刚子埋怨之后，浑身一震，本来暗沉的眼神突然发出一丝丝亮意。他停下了整理背包的动作，将老花镜摘下，不动声色地打量着几个人的背影，最后又悄悄离去。

可惜一番下来，余鹏飞几人仍没打听到跟凤凰血脉相关的丝毫线索。回去的路上天色渐晚，他们遇上了一个正在道路一旁修车的老人。

余鹏飞和刚子见状热心地上前问需不需要帮忙什么的，老人正趴在地上向车底架看去，听了这声问候又从地上抬起头，看着几人。

余鹏飞觉得面前这位老人至少六十岁了，精神状态却很好，自己一个人开车，车却在半路坏了，周围过往车辆也少。

"哦，我这车啊，动不动就坏，我也不知道什么原因。"老人和蔼地说着。

刚子上前说着："我帮您看看车子的问题吧，这个位置偏僻些，叫救援车估计要很久的。"

老人连声说着"谢谢"，余鹏飞让老人到一旁歇息一会儿，内心思量着刚子修车至少得一小会儿。

"你们三个年轻人怎么来到这里了，这里很少有人来的，他们去凤凰庙都是从另一条路走的。"老人问着。

秦灵灵递上干净的纸巾给老人擦手，并解释着说道："我们在找凤凰，对这里根本不熟悉。"

老人听到秦灵灵的话噗嗤一笑："找凤凰？为什么找凤凰啊？"

秦灵灵见余鹏飞帮着刚子去车上拿工具，于是跟老人唠起了嗑。

秦灵灵愣了一下:"我们纯属好奇,不知道哪里有线索,于是只能四处寻找打听。"

老人笑道:"哈哈,真是有缘啊,我就是丰都本地人,为了写一本关于凤凰的书,所以啊这几十年来都在找凤凰的文化和秘密。哎,你们不知道的可以问我啊!我资料多的是呢!"

"不过啊,你们可不是我见过的第一拨找凤凰的人,之前我还遇到过其他找凤凰血脉的人!哈哈,你们说稀奇不!他们竟然还觉得凤凰有血脉!"

这话使余鹏飞几人大惊失色,秦灵灵性子急,想开口问一问大爷,被余鹏飞不动声色地拉住了,小声对她说着:"别着急,慢慢聊。"

老人不断地点头:"有缘呐,真是有缘,你们帮我修车,我请你们吃饭,之后咱们一起研究凤凰文化怎么样?"

"哎,我跟你说女娃娃,我知道这里有一家特别出名的餐馆,那里做的丰都小鬼鸡最为地道,一会儿我带你们去!"

秦灵灵一听到吃,双眼顿时就亮了,转头催促余鹏飞快点修好车。

老人叫娄金圣,一位孤寡老人,但因为酷爱凤凰文化,他的晚年生活大多游走在丰都的各个地方。

娄金圣给秦灵灵讲起了凤凰庙的传说:"凤凰文化往往寓意着浴火重生,是希望的开始。凤凰本身又是上古神鸟,具有好生之德,为天下苍生付出很多,传说当年凤凰常年栖居在丰都,但不定时就会飞走,之后再回来,它每回来一次,就会有大批的人追随它而来,对它叩谢,原来凤凰每次飞走都是出去造福苍生，后来人们在这里建造了凤凰庙，世世代代感念凤凰的恩德。"

"在丰都还有一个叫凤凰滩的地方，那里有一个清代的石刻一直淹在水下，传说每当石刻露出水面的时候，就是凤凰振翅翱翔之时，可是那个石刻已经很多年没有露出水面了，很多人都以为那是个传说，可有的人就见过，真的在石刻露出水面的时候，见过凤凰直飞九天。"

秦灵灵听得津津有味，娄金圣讲得更是神情激昂。

"凤凰寓意着吉祥、平安、富贵、奋飞。我在搜集凤凰文化这些年，遇到太多人奔着丰都的凤凰而来，寻着凤凰的根。"

娄金圣目光放远，似乎在回忆着什么事情。

正说着，那边的余鹏飞和刚子将车子修好，之后四人去到了娄金圣说的那家餐馆，刚子要了个包间，并在无人的时候付了几百块钱的押金，他可不会让一个老人请客吃饭。

再说，看余鹏飞的样子，还想向那个老人讨教一些凤凰的事呢。毕竟他和余鹏飞刚刚在娄金圣车的座位上看到了一堆凤凰资料，当时余鹏飞就在想怎么才能跟老人热络起来。

余鹏飞起身给娄金圣满上了茶水，见他满脸笑意，给几人点了餐馆里最有特色的菜。

"我说你们三个小孩子怎么会奔着这么远来打听凤凰的事情？"娄金圣端起茶杯眯着眼睛喝着茶水，"这家餐馆哪里都好，就是茶水赶不上凤饮的。"

"凤饮？"余鹏飞好奇地问道。娄金圣解释着："哦，凤饮是家茶馆，他家的茶从祖上传下来的，茶水闻着清淡，喝起来却是唇齿留香啊！"

余鹏飞也跟着解释着："家中有人因为凤凰秘密出了事情，我想来这边找找线索，可是转了一圈下来，丝毫线索没有。"

娄金圣收敛了笑意，叹了口气说道："唉！凤凰秘密？早在几十年前我就听过这个谣言，还真想不到有人会因为这个事失去了性命。"

"不过，"娄金圣笑得和蔼，看着余鹏飞一脸求知若渴的样子，继续说道，"你们算是来对地方了，你们要想在丰都打听出凤凰秘密估计不是问题。"

刚子跟余鹏飞对视一眼，"为什么呢？难道娄大叔您知道什么是凤凰秘密？"

娄金圣摘下老花镜，和蔼地笑着："我不知道你们要找的凤凰秘密是什么，但我能从重庆到丰都再到凤凰，一一说给你们听，也许当中就有你们能用得上的信息。"

随着菜上桌，娄金圣开启了话匣子。

重庆，在历史长河中最为久远的城之一，这里的巴人创造了一个又一个历史神话，将这座城渲染出最神秘的色彩。

娄金圣说，他听老人说重庆五次的拓城史，以及漫漫历史长河中都离不开凤凰二字。

"那些人奔着凤凰而来，是因为知道了只要在这里就会得到凤凰带来的好运，从远古的大禹治水，到上个世纪的太平天国，无非都是知道了凤凰奥秘的核心。"

"重庆这座城在古代叫巴国、巴县，建城三千余年，盛名千百年，早就数不清到底引来了多少只凤凰。"

娄金圣将刚刚从车上拿下来的资料递给余鹏飞："我劝你们，想要找凤凰的秘密还是要追寻到它最原始的时候，然后一条条看下来说不定能有线索。这个是丰都当地人们保存的一些历史信息，你们可以看看。"

秦灵灵拿着公筷夹了一口好吃的递进娄金圣的碗里，感谢他这么细心替余鹏飞几个人着想。余鹏飞和刚子拿起那些资料来细细地看着。

丰都，人杰地灵。

而已经有多年历史的丰都是巴人文化的象征，咸鸟、虎、鱼是早期巴人的图腾，而根据娄金圣的资料显示，咸鸟即是凤凰，一直是巴人的文化图腾，经久不衰。

"丰都，古称巴子别都。最早建县的时候是汉和帝永元二年，也就是距今来说将近两千年的历史了，那个时候天下已经开始有了凤凰的传言。我查过一些野史，说当时的达官显贵们已经开始寻找凤凰了，也有人奔着丰都而来，不知意欲何为。后来，这里因为平都山鬼城而闻名，在南宋的时候，一位著名的文学家写了一本《夷坚志·支癸》，也是那时候，平都山上的酆都观才得到确定，它代替的正是道教视野中的地狱之地，人们也渐渐把这里当作了地府的比喻。明朝朱元璋洪武十三年，改'豐都'为'酆都'。"

娄金圣顿了一下，喝了一口茶，目光透过窗子放远，似乎一边回想着记忆中的事情，一边继续说道："后来的酆都已经是天下拥有独特鬼文化之宝地，慕名而来的文人骚客数不胜数。渐渐地，人们发现丰都有凤凰的存在，有人说在平都山一带，有人说在龙河一带，说什么的都有，这便引起了无数人争先恐后地来这里寻找凤凰，到后来的时候，才有了那支凤凰护卫队的出现。1958年，周恩来总理视察酆都，提议改'酆'为'丰'。"

"这是什么？"刚子拿着一份资料的复印件问道。

娄金圣戴起老花镜看了一眼："哦！呵呵，那是婚书！哎哟，这个可是好东西，这个啊才是我们中华儿女大婚喜事的见证！"

娄金圣满是褶皱的右手，颤颤巍巍地接过刚子手中的一张彩色复印资料，并细细抚摸着上面精美的图案。

"这是我找了很久才找到的，是古代的婚书，也叫凤书。"娄金圣解释着，"在古时候，凤与龙，是代表着至高无上的权力，凤书某一方面也代表着对女性的尊重和认可。"

"况且，有传言凤书在平民家里一般没有，只有一些达官贵人抑或江湖上有名人士才能用得了凤书，家族往往用凤书来告知外界，家中新婚娘子的地位非比寻常。"

他手中的复印件上，是一张模糊不清的凤书照片，看上去很精美，图案精美逼真，凤书上一龙一凤盘旋着，"凤书"二字宛若游龙，行书大气，仿佛真的能将人带入到那段被天地共同见证的姻缘里。

此刻的娄金圣微微低头，认真地盯着那张复印件，眼中露出了一丝丝欣慰，这样精美神圣的凤书，原来他也有一份的，可是在几十年前，随着那件事情的发生，象征着他爱情的凤书也被毁掉了。

余鹏飞还发现了一些关于周易的资料，不解地问着："那周易跟凤凰也有关系？"

娄金圣说道："是有那么一个说法，当年朱熹听到了丰都有凤凰秘密，为了解开《周易》的秘密，他派弟子到巴蜀之地打听凤凰秘密的下落，对外却宣称找河图洛书。不过都是野谈，虽然算不得真，但我却留了心思，想一探究竟。"

"这些资料，是我为了求证这个说法而留着的。据说他利用周易看过一只血红色的大凤凰，自那以后，顿觉周易神奇，想要寻求凤凰为其解开秘密。"

刚子笑道："血红色的凤凰？哈哈，这也太荒谬了！"

娄金圣摇头："别不信，我就知道一个人，手里有凤凰的眼睛，血红的眼珠子，那一眼看上去都是通粹的红。"

"啊？"

"哪里？"

余鹏飞和秦灵灵同时说道，娄金圣指指桌上的茶杯："凤饮的老板，一个姓龙的人。"

娄金圣继续说道："传说，当年丰都有凤凰这件事情引来了很多人的惦记，于是丰都的人们就自发组织了一个保卫队，专门保护凤凰的。而这个龙老板的祖上正是凤凰护卫队的人，所以他的手里有凤凰的眼睛并不奇怪。"

"况且，在我看来，他祖上跟凤凰密切相关，他知道的东西一定比我们所了解的事情多得多。"

刚子问道："那娄叔叔您这么爱好凤凰文化，为什么不去问问那位龙老板啊？"

娄金圣轻哼一声："我跟他有过节，还有什么颜面能上门求教，等着他取笑我？"

余鹏飞可没问娄金圣和那位龙老板有什么过节，但心里想着跟龙老板有隔阂的是娄金圣，那么自己前去找那位龙老板的话应该没问题，况且不提娄金圣不就可以了吗？

跟娄金圣谈了好久之后，余鹏飞和他互相留了联系方式，便离开了。在结账的时候，娄金圣见刚子已经把钱付了，很是过意不去，说道过几天再给几个人送一些资料过去，顺便再唠一唠。

三人回到别墅里，刚子的电话正好响了起来，他看了看说道："是鬼城工作人员。"

余鹏飞和秦灵灵噤了声，听着刚子和那头人说话，刚子将手机免提打开，只听见电话里的人说："那个雕像我们排查过了，是奈何桥下的一个雕像，当天晚上鬼城遇袭的时候，就这一尊雕像丢了。"

对面的人说的是余鹏飞他们第一天晚上去鬼城遇袭的时候，看到的那尊宋朝的雕像，余鹏飞给刚子打了一个手势，意思让他继续问电话里的人。

"那为什么动一个没用的雕像啊？这个雕像我看见过，都掉漆了。"刚子看了余鹏飞一眼，朝着电话那头问道。

"嗨！那不是掉漆了，那是被人敲碎的，估计想看看雕像里面的情况呗，不是正好看到一个鸟状的图形吗？估计就是那些人想要的。"

刚子又问道："这个雕像有什么特别之处吗？怎么那些

人会盯上它啊?"

"这个雕像原身确实不是寻常之人,我们也是前不久刚知道的。这个雕像的原身是宋朝的一个姓幼的人,传说他被皇帝派到龙河边守着什么神鸟来着,后来弄丢了神鸟,于是抑郁而终,死后魂魄在奈何桥不愿意过桥,始终对保护神鸟的事有亏欠,一直想寻找这只神鸟。"

电话里头那人继续说道:"我们一直把它当做景区一个普通魂魄不愿意轮回的场景展示给游客的,结果前不久有人发现了它是宋朝姓幼的雕像,估计是这样才被人跟踪上的。"

挂了电话之后,几个人开始在饭桌上研究。

"宋朝的、守着神鸟的?而且还在龙河边上,这么说那只神鸟跟龙河有关系?"秦灵灵说道。

刚子似乎想起什么:"话说,丰都本地有一种说法,龙河确实有一只神鸟掉落在那里,该不会就是姓幼的人守着的吧?"

吃完饭,余鹏飞从宋朝姓幼的人查起,然而当时历史上并没有什么姓幼的家族或者官僚的记载,难道是宋朝皇帝随手指派的人?或者为什么飞天神鸟这么重要的东西,皇帝却让别人守着它,不应该是据为己有吗?

"先别想了,我们明天一早先去雪玉洞看看,像雪玉洞这些地方,历史久远,若真有线索,定能找出一二的,你现在光靠电脑查资料,还是片面了一些。"

刚子端过来一盘子水果,示意秦灵灵和余鹏飞两人吃,秦灵灵不知道在想什么,一直用手机打字聊天,神情紧张,刚子说话也没回。

余鹏飞则放下笔记本电脑，有些疲惫："算是又添了一个线索吧，不过这个宋朝人太难找了，大海茫茫，如同捞针。宋朝的文人，能近得了皇帝身前的，会是谁呢？"

刚子吃着苹果，想到一个事情："有没有可能，其实是个武将或者别的，但是当初做这个雕石的时候，已经过去太久了，人们早就弄错了，以为他是个文人什么的？"

余鹏飞点点头，刚子这种说法也在理，刚子摆摆手："先不想了，咱们都走了一天了，好好休息休息，明天去雪玉洞再看看去。"说完递给秦灵灵一个苹果："给你吃。"

秦灵灵恍若未闻，眼神飘忽，似乎在想着重要的事情，刚子在她眼前摆摆手："秦大美女！"

"啊？"秦灵灵这才回过神，见刚子拿着一个苹果递给自己，她笑了笑接下。余鹏飞说道："想什么呢？那么入神。"

秦灵灵忙说没有，余鹏飞扔下一句自己要去洗澡了，刚子也回了屋里，留下秦灵灵一个人在客厅，她望着余鹏飞的背影出神。

第二天一早，几人来到雪玉洞，它处于鬼城的长江对岸，位于龙河峡谷的岩壁之上。原本已见过黄龙洞的神奇，再看雪玉洞就被它美轮美奂的世界所感动。

"雪玉洞太大了，我们怎么找啊？"秦灵灵虽然对着另外两个人说话，但眼睛却不停地看向精美的钟乳石。

"快看！是凤凰！"秦灵灵喊着，声音吸引了其他游客，引得人们频频回头看她。余鹏飞听到她的喊声，快步走到她的身边，见一个石头上果然刻着一只鸟，色彩缤纷。

可细细看下来,才发现这与他们之前发现的凤凰图案并不一样,余鹏飞皱了皱眉头,"这不是凤凰吧!"

"怎么会?"秦灵灵反问着,看着面前壁画上的图案,怎么都像一只凤凰。

"这是红腹锦鸡,和猕猴、野猪等都是这景区的珍稀动物。"说完,刚子给了秦灵灵一个白痴的眼神,颇为失望地看着秦灵灵离去,故意叹了口气,堵得秦灵灵哑口无言。

半个小时下来,三人还是没发现什么线索,余鹏飞提议三人分头行动,一旦有线索,就赶紧互相告知。

几人分开之后,都开始加快脚步在景区里找线索,余鹏飞则往洞中更深处的地方走去,他不想放过任何一个犄角旮旯。

"真不愧负有最美洞穴之称,雪玉洞就像一个纯净的世界一样。"秦灵灵站在一处,仰望着上方精美剔透的钟乳石,被打了灯光的钟乳石,似夜空中闪闪发光的星星一样。

秦灵灵心中的浮躁在这样的环境里终于少了几分,脸上多了些宁静,余鹏飞回头望了望她,见她在发呆,于是上前拉过她走向一处最洁白的钟乳石面前。

"有心事?"余鹏飞看着秦灵灵,虽然后者面上挂着几分笑意,但不难看出眼底的难过。

余鹏飞看着面前的钟乳石继续说道:"这片钟乳石是雪玉洞里最长最洁白的流石瀑布,里面是黑色,中间是黄色,外面是白色,分别形成的时间是八万年、五万年和几千年,也被称为三生石。你若是因为那么一丝小小的难过而伤神,不如看看它，它活了多少年，它又积累了多少岁月痕迹。我们的几十年对它来说都是过眼云烟，这么看来，我们为了一些事情和人而难过，是多么不值得的事情，因为人生的时间太短了。你说呢？"

那一刻，秦灵灵望着和自己并肩而站的大男孩儿，明明他也很年轻，却能轻易地化解自己心中的执念。

余鹏飞看着秦灵灵眼底的难过一点点替换成了开心，内心也跟着快乐。

随后两人又在洞中一一对着每一处钟乳石拍照，刚子见两人有些腻歪，咬咬牙说道："我说，你俩能别磨叽了吗？这个景区三层呢！群英荟萃、天上人间、步步登高、北国风光、琼楼玉宇、前程似锦六个好玩的地方，咱们得什么时候能看完，咱们能快点吗？"

秦灵灵白了刚子一眼，有些娇羞地拽过余鹏飞，继续观赏着美轮美奂的钟乳石。

在走过石旗王之后，余鹏飞在一块石头上，发现了凤凰血脉的图案，只不过这次的图案朝向再次转了回来，就好像上次在黄龙洞看到的那块石头一样，像是被随意刻在上面的。

余鹏飞将秦灵灵和刚子都叫了过来，三人研究起了面前的石头，但除了一块孤零零的石头，再没有其他的线索。

"怎么回事？除了凤凰血脉的图案，其他的没有任何能用得上的信息。"秦灵灵抱怨道，她拿起手机将石头拍下照片。

"是啊！就这么一块石头，若不是仔细看，谁能看得出来这上面有图案。"面前的石头只有二三十厘米高，若不是余鹏飞看得很仔细，真的看不到。

从石头的形状、大小、材质等来看，都和黄龙洞的石头对不上，就连图案的朝向都不一样，三人苦思无果之后，只能先回别墅。

刚子提议，晚上再去鬼城看看，上次刚刚走在半路就遇上了事情，连鬼城里面都没摸透，说不定一直漏了什么重要的线索。

晚上七点，小杨准时等在鬼城的后门，远远地就见他正在张望着，见到刚子的车从远处驶来，小杨朝着众人挥挥手，脸上抑制不住的高兴之意。

余鹏飞从内心对小杨感激万分，虽然自己跟他刚认识，但小杨对待自己就像对待刚子一样，这让余鹏飞心中感到一暖。

刚子将车停好，对小杨笑道："果然是兄弟情谊深厚啊，刚子我记下了，回头请你吃大餐。"

远远地就见鬼城内外好多游客，秦灵灵踮起脚尖："今天怎么那么多的人啊？"

小杨说道："咱们今天来得是时候，这几天鬼城有夜游活动，阴天子娶亲和钟馗捉鬼呢！"

"啊！太好了，晚上在鬼城看阴天子娶亲，那可真是过瘾啊。"

余鹏飞也是兴奋极了，不得不说，能看到这么别具一格的阴间文化，只有在丰都可以。几人不再继续驻足观看，向鬼城内走去。

走到黄葛树下的时候，余鹏飞想起那晚鬼城突然断电，刚开始以为是变压器故障了，现在想来恐怕就是那伙人用黄葛树飞凤凰的招式把他们几个人引到树下的吧，但哪成想被自己识破了套路，这才伤人的。

"这树真大呀，护栏都得按照它的形状围起来。"刚子和秦灵灵在树的另一边小声地说着。余鹏飞也顺着刚子的话望向围着树的护栏，脑中一刹那间有一个画面闪过，但还没来得及抓住就不见了。

不知为什么，接下来的时间里，余鹏飞脑子里总在回忆黄葛树的护栏。但他还是先跟着小杨在鬼城找起了线索。

经过鬼门关、阎王殿、阴阳界等地，余鹏飞回想着自己之前在重庆张侍女宅子里看到的路引，心里一直有个疑问，张琪瑛的侍女为什么死后一定要回鬼城，难道这里有什么能让人死后都想要的秘密？

秦灵灵被那些恐怖阴森的塑像吓得小脸煞白，还依然装作没事。余鹏飞上前将她拉在自己身前："你走在前面，我殿后。"

秦灵灵因为他这一举动，心里又划过一丝暖流，多了一分甜蜜，转过头迈步向前走去。

几人到了"鬼门关"，墙上的文字介绍着阴间的过往文化，刚子也想起了自己之前去参加的葬礼，"我刚来丰都那年，参加过一个同学的长辈的葬礼，用的是巴蜀人的丧葬习俗，我记得全部下来好多步骤，大概五十多个礼节，十分讲究。"

小杨是地地道道的丰都人，十分了解巴蜀丧葬习俗，说道："巴蜀人的船棺葬有很久的历史了。"

余鹏飞接着说道："不但这样，船棺又往往被称为悬棺，放在悬崖之上，有特殊的意义。"

余鹏飞说完，小杨附和："可不是，丰都这边就有个十分出名的岩棺群，都建在悬崖之上的，有时间你们可以去看看，很神奇的。"

第十二章 凤书定情

　　几人一路聊着，余鹏飞也没发现什么线索，准备和刚子他们离开。在路过天子殿的时候，他隐隐觉得天子殿好像发着微微的光亮，再一看去却什么都没有，转过头之后，视觉余光又发现天子殿在漆黑的夜色中是有光亮的，而紧挨着的其他几个屋子怎么看都是暗的。

　　余鹏飞不信邪，走近了几步，仔细盯着天子殿里的阎罗像，将手电筒等全部关掉，还真发现阎罗像的周围似乎有若隐若现的光，仔细一看又好像没光，他觉得自己可能是眼花了，但转过来视线的余光中，余鹏飞又感觉阎罗像的周围真有光，还沿着它的身形发出来。

　　十分钟之后，余鹏飞感觉自己眼睛都要出幻觉了，还是什么也没看出来，刚子追了过来："我以为你被鬼抓走了，我们聊着聊着你就不见了，你干吗呢？"

　　"这个殿里的灯是坏了吗？怎么别处的都亮，就这里不亮？"余鹏飞问道。

刚子点点头："是啊，你没看到就天子殿没人进来吗？"

余鹏飞望了一眼阎罗像，说了声没事，跟刚子离开了。

突然，他脑子里蹦出一个念头，之前自己丢的假玉石，那个形状会不会就是某个地方的地形形状呢！就像黄葛树的围栏那样将树按照形状围起来，或者又像刚刚的阎罗像一样，光沿着身形发出来？

他赶紧将这个想法告诉了刚子和秦灵灵，两人都认为余鹏飞的想法也许可行，准备回去好好研究一下。

三人在后门跟小杨告别，目送小杨开车离去，秦灵灵拉着余鹏飞和刚子走回鬼城正门，要去看阴天子娶亲。

余鹏飞着急正事，但也心里痒痒，加上拗不过秦灵灵，就跟着去了正门。

阴天子娶亲，是鬼城十分具有特色的一个游街活动。

"天子娶亲？娶的是谁啊？"秦灵灵看着人山人海的游客，不断找地势高一点的地方观看。

鬼城前搭着超大拜亲舞台，随着一股绿色的烟雾冒起，灯光一打，阴天子的身影逐渐出现在绿雾中，就好像阴天子真的从地府而来，英姿飒爽，气宇轩昂，引得周围姑娘们心动不已。

紧接着接天子娘娘的轿辇出发，这一路要遇上恶鬼抢亲和真假新娘，度过坎坎坷坷后，阴天子和天子娘娘才能拜堂。

"呵呵，那可是最有名的故事了。"刚子一边拉着余鹏飞二人躲着游客，一边说着。

"传说从前有一个卢员外，他出门收账好久没回来，家中妻女担心，于是到丰都鬼城祈求阴天子保佑员外平安回来。卢员外的女儿卢瑛见阴天子的塑像不如别的鬼神那样恐怖粗犷，反而气宇轩昂，想到自己如果以后能找一个像阴天子这样的郎君便知足了，结果阴天子回应了她，对她笑了，三天后她的父亲回来了。并且，阴天子托人告诉卢瑛的父亲，自己要娶他的女儿为天子娘娘，后来卢瑛与阴天子终成眷属，被人们传为佳话。从那以后，阴天子雕像身旁就多了卢瑛的雕像，她引导人们向善，得到天下人的尊敬。"

"哇，喜轿哎！大晚上的太阴森了。"

余鹏飞看着秦灵灵嘴上说着害怕，脸上却是一副"太刺激"的表情，急匆匆地跟着队伍上前。

人群中让出一条路，几个"小鬼"抬着喜轿颤颤悠悠地走着，前面举着"生人回避"牌子的鬼差、打着红灯笼的牛头马面开道，还有抬着红箱子的阴帅，就好像真的有人在娶亲一样，十分热闹。

可轿子里空空如也，没有新娘。秦灵灵奋力踮起小脚："怎么没有新娘呢？"

"应该是还没接新娘吧！"余鹏飞说道。

刚子看了看周围，人太多了，加上刚刚在鬼城走了一圈下来，刚子早就口渴了，跟余鹏飞说了句去买水。余鹏飞点点头，让他快点回来。

人群中跟着喜轿的人越来越多，余鹏飞拉着秦灵灵想往后边去，后边的阴帅撒着"钱袋子"，有人高喊了一声："有礼物哎！"

于是好多人冲上来抢"钱袋子"，把余鹏飞和秦灵灵冲散，秦灵灵身材娇小，很快淹没在人群中。

余鹏飞一惊，以为秦灵灵被那些人推倒了，结果费尽力气扒开人群，根本没发现有人倒在地上，秦灵灵就在他眼皮子底下不见了。

余鹏飞担心秦灵灵调皮，怕她在逗自己，可有人捡到了秦灵灵的背包，问道："谁的包包掉了？"

秦灵灵的背包掉在地上，人却不见了！

"我女朋友的，谢谢你了。"余鹏飞接过包包，秦灵灵的手机差点从里面掉出来，那人狐疑地看了一眼他，余鹏飞知道人家有点怀疑是不是他女朋友的，余鹏飞不管那么多，开始慌张，忙向周围喊道："秦灵灵！"

声音很快淹没在人群中，时间过去好久，秦灵灵的身影依旧不见出现。

他快速在人群中搜索秦灵灵的身影，另一边给刚子打电话，许久下来，也不知道刚子是没听见还是遇上了什么事情，电话始终未接通。

这时的余鹏飞已经确定，在短短不到三分钟时间，秦灵灵已经被人拐走了，广场之大，秦灵灵就算跑的话，余鹏飞也会在第一时间看到的。

从人群冲散两人那一刻，余鹏飞的目光就未从周围人群离开，只能说有人故意掩饰了一切，将秦灵灵拐走。

周围人声过于嘈杂，余鹏飞打电话报警，却听不见电话里那边人说话的声音，只能将自己这边的情况说了，之后赶紧去找刚子。

"快来看啊！钟馗捉鬼了！"

余鹏飞看着几个小卖店里都没有刚子的身影,瞧见远处有人高马大的"钟馗"挥舞着钩子正在打周围的恶鬼,他本想越过这里的人群去追秦灵灵,却发现被钟馗打的那个恶鬼正是刚子。

刚子的拳脚继承了他爸爸,算是能对付几人的,这会儿却被"钟馗"打得满嘴流血,旁边的主持人解说道:"这是我们刚跨过奈何桥的一位年轻小鬼,不肯投胎又偷偷跑出来了,阴帅钟馗正打算将他捉回去,可见这个小鬼还是有身手的。"

这种现代的小鬼人设,无疑给周围观赏的人们加倍的惊奇和新鲜感,周围的人纷纷拍手叫好。

围观群众见刚子被打得满嘴是血,以为那是活动设计的,余鹏飞却知道怎么回事,上去准备拦下,却被旁边上前的几个戴着面具的"小鬼"拦住。

余鹏飞眼见拦着自己的人越来越多,顿觉不好,主持人继续说道:"这是一个更加厉害的恶鬼,就连鬼差们也弄不住他,看来鬼城今晚很忙啊。"

余鹏飞撂下秦灵灵的包包,直接飞身踢走几个人,其中有一个人面具掉了,有人惊叫:"这鬼是外国人演的!"

余鹏飞冷笑一声,又往钟馗那里走去,将拴在刚子脖子上的链子取下,直接一个背摔撂倒"钟馗",将他脸上的面具一摘,显然又是一个皮肤白皙的外国打手。

余鹏飞掐住那人脖子贴近他的耳朵,用只有两人能听到的声音说道:"告诉你身后的人,如果想顺利得到凤凰血脉,把我的人给我平平安安送回来,如果再敢生事,我就毁了那东西，大家谁也得不到。"

说完将人往地上一推，拉过受伤的刚子捡起秦灵灵的包离开，身后有不明事情真相的人纷纷质疑着："'钟馗'怎么跑了？"余鹏飞回头望去，只见那些打手全部跑了，他料想那些人肯定是回去传话了。

余鹏飞查看刚子的伤，刚子摇摇头："没事，就是刚好打在我头上，眩晕得厉害，这会儿好多了，秦灵灵呢？"

"她丢了，我就是来找你帮我一起找她的，结果发现你也被害了。"余鹏飞望向周围，只见另一边走来一队花轿，有人高喊着："天子娘娘出门，恶鬼抢亲啦！"

一些穿着古代衣服的人扮演恶鬼往花轿走去，撕扯着阴差，花轿颠簸，将里面新娘的盖头滑下，余鹏飞站在稍微高一点的地方，正好借着人头涌动的缝隙看到秦灵灵的面孔，她就是花轿里的天子娘娘，只不过人是昏迷的，余鹏飞暗叫不好，拔步往花轿走去。

在要拉出轿子里的秦灵灵的时候，被人拦下，鬼差们见状不好，连忙抬起花轿逃跑，惹得周围人频频相望，"这花轿怎么被抬跑了？"

余鹏飞和刚子起身追去，越追越远，那些人身手矫健，步伐飞快，不一会儿就转到人迹鲜少的后门。

可是抬着轿子再怎么快，也不如跑得快的余鹏飞和刚子，不一会儿就被他俩追上了。

刚子唾骂一句，将外套和手表一脱，冲击几步，长腿直接踹倒其中一个人，轿子也顺势停下，前面的人见余鹏飞和刚子已经缠了上来，直接扛起轿子里的秦灵灵离去。

余鹏飞眼神冷冽，什么也不说直接扔给刚子一句"小心"，便追向扛着秦灵灵的那个人。他刚追去，便有人上来阻拦，二人打了起来，身后的刚子也跟对方的另一个人打在一起。

眼见秦灵灵被掳走，余鹏飞一时间甩不掉身边的人，他想用父亲教给自己的招式但又马上停下了，因为这个招式是父亲关键时刻保命用的，若是被有心人识破了，通过自己的身份查出些什么，会给父亲带来灭顶之灾的。

因为这一停顿，余鹏飞脸上又挨了一拳，他气极发力揍向对方，很快将那人放倒，转头看向刚子，他也将人制伏，自己则快步追上扛着秦灵灵的人。

"鹏子，穿树林走小路，两头堵他。"刚子在后面喊道。

余鹏飞则快速转头跑向树林，沿着小路飞跑着，果然将那人堵住。

"哼，贼心不死，痛快把人放下。"余鹏飞摸了摸嘴角的湿润，一股腥锈味，他看了看自己的手掌处，一片殷红。

对面的人不说话，只是累得呼哧呼哧喘着粗气，余鹏飞不管那么多，直接抡拳打去，那人扛着秦灵灵伸手不便捷，看了十几米远处的吉普车，还想着逃跑。

余鹏飞岂能给他缓口气的机会，直接一脚踢向那人，将昏迷的秦灵灵抱了过来，看她没有受伤才微微松了一口气。那人被踢之后摔了几个跟头，留下一句话："余鹏飞，记住你刚刚说的话，老实地交出凤凰血脉的密码，这是最后一次警告！"那人用别扭的中文说完，直接开车离去。

不一会儿，刚子匆匆过来，一边跑一边问："灵灵怎么样?"见秦灵灵似乎要转醒,两人暂时放下了心。

"真是奇怪了,我刚刚奔着另一条路,在进树林的时候,看了一眼身后,地上的那两个人竟然在几秒之内没了踪影!"

余鹏飞将秦灵灵抱起来,神情有些着急:"快!开车送她去医院。"

医院的病床上,秦灵灵嘴唇发白,脸色也不好看,悠悠转醒。旁边的椅子上,护士正给余鹏飞的后脑勺上药。

"虽然打得不重,但你也要休息几天的。"护士轻声交代了一句,就拿着东西离开了。

秦灵灵心里一时间很不好受,可能是因为很多年以来都没有人这么拼命地护着她了,她刚刚隐隐约约地听到了余鹏飞跟那些人打架的声音,再醒来的时候见到余鹏飞的脖子缠着纱布,满脸憔悴,俊秀的下巴处有些红肿,不难看出那是被人打了的结果。

看到这一幕,秦灵灵心中涌动着一股难言的温暖。余鹏飞是她成年以后,第一个为了保护她而和人打架的男人,也是第一个满身伤痕还能坚持守在自己床边的人。

那种被人珍视和保护的感觉对于秦灵灵来说,既美好又温暖,这一刻,余鹏飞在她心里的分量越来越重,越是这样,她越痛苦纠结,不断地开始怀疑自己的做法到底是不是对的。

秦灵灵灰白的小脸没有血色,嘴唇因为干涩也有些发白,她不舍地看着余鹏飞,她想伸手去摸一摸他臂膀上的伤口包扎处,但因为浑身无力,还是放下了胳膊。秦灵灵愧疚地看着余鹏飞:"都是因为我,你才受伤的。"

秦灵灵声音里带着哭腔,在寂静的病房里格外地明显。余鹏飞这才知道她已经醒了,忙起身将自己身下的凳子拉近了病床几分,借着台灯光细细看着秦灵灵,观察她的情况。

"别说傻话,怎么能是因为你,那些人还是奔着凤凰血脉来的,若不是因为我,你也不会受伤。怎么样?感觉好点了吗?"

秦灵灵大颗的泪珠顺着眼角流下,与之前放声大哭不同,这次的她让人感觉心疼。她也不过才二十岁,放在普通家庭中,还是一个衣来伸手饭来张口的孩子,可秦灵灵却孤身一人四处漂泊。余鹏飞从未听过秦灵灵跟家里人通电话,也很少听她说家里的事情,但不难想到她是个原生家庭不幸福的孩子。

余鹏飞伸出手替她抹去眼泪,"等一会儿,我送你回别墅,在我所有的事情没做完之前,你都不要跟着。"

在余鹏飞看来,那些人应该是想掳走秦灵灵,用来要挟余鹏飞交出"鹏",就像上次在鬼城里面的遇袭那样。

"你是不是嫌我是累赘?"秦灵灵闻言,表情微微一僵,随后低声地说道。

余鹏飞想说不是她以为的那样,他是怕秦灵灵在自己身边时时刻刻都有危险,他不想秦灵灵再因为自己出现点什么意外。可话到嘴边,余鹏飞又转念一想,如果他说出自己的真实想法,以秦灵灵的个性,她肯定还要跟着自己去冒险,于是余鹏飞就没有再做解释,硬生生把想说的话咽了回去。秦灵灵以为他默认了自己的话,心里有一丝丝的伤心。

刘文庚的林园内，今天格外静悄悄，就连园子里的鸟似乎也不敢违和地叫出一声，仿佛它也被房子里的主人吓得不敢声张了一样。

每每这时，周围不见一个用人的踪影，他们如同商量好了一般退出宅子，安安静静地待在别处，等到主人什么时候有了吩咐，他们才敢回来。

偌大的客厅中，高档的紫砂壶茶具碎了一地，还有一部被摔碎了屏幕的手机，一旁的刘文庚气得失控大叫："混蛋，你们这群饭桶，就三个毛孩子都对付不了。"他抓起枪直接打向林强。

林强在倒下的那一刻，脸上的恐惧之色还未退下，他真后悔自己没有早早逃走！明知道自己的老板是个不按常理出牌的疯子，但奈何一切都晚了，额头的子弹孔洞预示着他的生命已经要结束了。

刘文庚发泄了一些怒火出去，颓废地坐在沙发上，咬牙切齿地说道："秦桑尤你真可恶，为了得到凤凰密码，绝了我国外的线，哼！我本不想跟你碰上的，但你一定要拉我下水，我没了出路，你就别怪我做事太绝。"

"既然硬抢不行，咱们就演戏吧！"

刘文庚扔下枪走向地下室，地下室门口那股子臭味似乎更浓了，但刘文庚恍若闻不到一样，在一旁的洗手池中认真地洗了手，又整理了一下衣服，神圣地走向地下室。

同时间，他收到一条短信：想要找到凤凰血脉，就要找到那个叫"鹏"的凤凰密码，凤凰血脉最终地点——重庆丰都。

另一边，崔丰实木材厂，于小日刚刚看完报纸，正在思考外面给他的线索：刘文庚国外所有的线都被端掉了，但现在还不能收拾他，因为只有他才能引出最后的大鱼——秦桑尤。

那么现在自己应该做的是，进一步逼一下崔丰实的动作才行，只有崔丰实有动作了，刘文庚才会害怕，之后才会跟秦桑尤的人纠缠在一起，他就不信秦桑尤会一直在国外观望下去。

他走向崔丰实的办公室，听见他跟谁正在打电话，声音寡淡，毫无感情，冷冷地说着："你别忘记了，前些年你是怎么对我的。"

"他比我重要？"他眼中不带一丝感情，继续说道，"你知道我想要什么。"

电话里似乎是个女人正在哭泣的声音，崔丰实见于小日进来赶紧挂断了电话，轻轻吐了一口气。

于小日笑道："怎么，女人找你闹事？"说着一屁股坐在桌子上，啧啧两声："我说，咱们作为男人，可以对不起一切人，但不能对不起父母和自己的女人。那是你被窝里……"

崔丰实皱着眉毛："女人？你结婚了？"

不知是不是自己多虑了，于小日好像觉得崔丰实在听到自己这话之后有些不喜，但他细细想了想，自己刚刚的话似乎也没什么不对，他也想不出崔丰实不高兴的原因是什么。

于小日起身无奈道："我这种天天刀尖舔血的人，岂能成家，那不是害人吗？"他顿了顿又继续八卦崔丰实："你……怎么惹女人生气了？"

见于小日贼兮兮的模样，崔丰实白了他一眼，于小日却哈哈大笑起来。

自从那次遇袭之后，于小日在崔丰实心里的地位也在变化，一想到于小日高烧昏迷的那三天，崔丰实心里总有一些异样的感觉。

崔丰实原以为，自己不会对于小日有什么依赖感，也不会在乎他的生死。但这些日子相处下来，于小日做事头脑清晰，重情重义，让崔丰实心里对他多了很多的赞许，一些事情上的定夺方面，于小日在崔丰实面前也算说得上话，甚至有时候，崔丰实还会过问于小日的意见。

见崔丰实不说话，于小日继续调笑道："作为男人，你要记得，下了床的所有事情都听女人的，上了床所有事情都听你的。这多好，分工明确。"于小日"啪"地将双手一拍，似乎自己说得十分有理。

崔丰实面色一僵，脸上莫名其妙地多了一些红晕。见此，于小日心中会意，这崔丰实天天大口喝着人参水，还一个人孤零零地睡在办公室，于小日暗骂自己怎么哪壶不开提哪壶！这崔丰实八成是因为身体不好，所以不怎么喜欢感情这种东西。

亏得他之前还奋力讨好崔丰实，恐怕此刻在崔丰实心里，自己的好印象已经没有了。

"少说那些没用的，正好有个事情跟你说。"崔丰实出声问道，将话题岔开。

"凤凰血脉最终的地点定了！在重庆丰都。而且还有一块可以找到凤凰血脉的玉石，它还有个名字叫'鹏'！"

于小日闻言眼中瞳孔一震，他在心里暗暗思索着，凤凰血脉藏身地点已经知道了，是不是证明秦桑尤要出现了，毕竟谁会在最紧要的时刻，依旧能淡定到袖手旁观，她难道真的就放心将所有事情交给崔丰实去办吗？

于小日点点头，似有惊讶，说道："刘文庚现在已经无路可走，有人在他的密室里看到了不可思议的一幕。"

"一只发臭的'凤凰'，而且，我想提醒你，他可是个没脑子的，一旦将事情搞砸了，或者杀死那些拿着凤凰血脉线索的人，还有我们什么事？如今刘文庚如果狗急跳墙的话，会让你的事情更乱，别看他似乎做事莽撞，但也不是个没实力的人，盯着点儿他吧！"

崔丰实不说话，心里想着于小日的话，他比于小日更加了解刘文庚，那人就是个披着人皮的禽兽，无恶不作，行事疯狂，这几年因为太过残忍，本来不错的实力下滑了很多，愿意跟着刘文庚的人已经很少了。

正说着何朝阳拿着一份资料进来，看见于小日在崔丰实的办公室里，眼神一暗，于小日当然看到他眼神里的那股子不高兴。

"崔哥，东西到了。"

何朝阳将资料递给崔丰实，崔丰实看了他一眼接过资料，不一会儿，于小日就见他脸上十分高兴，将资料扔到桌子的另一边，朝着于小日说道："你要的东西找到了。"

于小日起身看向那份资料，崔丰实注意他的手在看到资料之后，拳头开始紧紧地握着，嘴角微抿，重重叹了口气。

资料是双喜血珠的线索，显示它正在一个姓龙的人手里，于小日知道崔丰实这些人杀人不眨眼，暗暗想着怎么保护姓龙那个人的性命。

崔丰实笑着看向于小日："怎么样？我对你的诚意够吧！"

于小日退回沙发，手撑着头，似乎自己在消化着什么。

崔丰实摆摆手，让何朝阳出去，起身走向于小日，拍了拍他的肩膀："这东西究竟对你有什么意义，你连昏迷的时候都在念着它的名字。"

于小日藏在后面的手掌暗暗握了握，本来平淡的眼神，先是一冷，之后瞬间换上痛意，"因为一个人，一个为了我付出半辈子的人。"

在崔丰实的心中，于小日一向是个嬉皮笑脸又头脑灵活的人，很少能看到他认真的样子，这微微悲悯的神情，让崔丰实有些好奇他过去到底经历过什么，只是崔丰实忽略了自己内心隐藏的东西，他为何会对于小日的过去感兴趣！

见于小日不想说，崔丰实不再继续问，只是说道："看来，无论如何，这趟丰都我们都要去，丰都之行，一定是场特别有意思的旅行。"

"我有一个条件，这个珠子我不要抢来的，要那些人心甘情愿地给，另外，这个珠子对我十分重要，我不希望我为了得到它，而闹出了人命。"于小日眼神坚定，看着崔丰实吐出几个字，"因为那是我的信念。"

崔丰实垂下眼眸，表情清淡，但丝毫没有反驳于小日的意思，他点点头，看着于小日说道："我尊重你的意思，我会吩咐下去，小心行事，不伤那个姓龙的分毫。"

闻言，于小日眉宇间明朗起来，眼中多了一丝笑意，崔丰实也跟着弯起唇角。

第二天，余鹏飞将秦灵灵接回别墅，自己也能安稳地养起伤，刚子见发小狼狈的样子，心疼万分，他也天天换着样子给两人做营养餐。

只是他发现余鹏飞和秦灵灵之间好像有些微妙的变化，以前总是话不停的秦灵灵，这几天却安安静静的，看见余鹏飞也神情寡淡，很少说话。

刚子虽然长相粗犷一些，但心思细腻，不难推敲出余鹏飞和秦灵灵之间似乎有问题。

在他心里，发小余鹏飞是个十分优秀的人，秦灵灵虽然看上去年纪小了一点，但为人也是十分豪爽，重情重义。他不是没听余鹏飞提起过之前的事情，包括在王文家后山水洞时，秦灵灵要跳进水里去救余鹏飞，还有她和余鹏飞一路上的一些事情，以及秦灵灵的身世。

刚子逐渐对这个小女孩儿也心生怜悯，加上余鹏飞对秦灵灵的态度，刚子也很看重秦灵灵这个朋友，他从心里赞同余鹏飞和秦灵灵的感情，见两人之间似乎出了感情问题，他不免也跟着着急。

"怎么了？你俩不会出现什么感情裂缝了吧？"刚子趁着秦灵灵回屋的时候，偷偷问着余鹏飞。

余鹏飞微微叹息了一声，头后仰着，倚在沙发上看着天花板，"我不想让她再跟着我了。"

"为什么？"刚子问道，随后便明白了，"我理解你，人家这么多日子毫无怨言地跟着你不说，因为凤凰血脉的事情，她又受了多少次的伤。不过，你要好好跟人家说，不要伤了姑娘的心。"

见余鹏飞不言不语的，刚子捏了一把余鹏飞大腿，疼得他嗷嗷叫。

"你别饱汉子不知饿汉子饥！我到现在还没女朋友呢！你知道遇到一个有情人有多难吗？"刚子哀怨地看着余鹏飞，就好像个委屈的小媳妇一样。

刚子接着说道："得了，我去说，保准让你们这对鸳鸯和和美美的。"

余鹏飞想阻止他，但刚子拿着车钥匙准备出门买菜去，路过客厅的时候，朝着秦灵灵的房间大喊一声："秦灵灵小姐姐在吗？有时间一起去市场吗？"

过了一小会儿，秦灵灵将门打开，同样哀怨地看着刚子："干吗？"

刚子回头看了一眼正望着她的余鹏飞，赔笑道："请您去市场点菜，满市场想吃什么您随意。"

半个小时后，两人提着吃的回来了，刚子将一盒东西摔在余鹏飞面前，看着秦灵灵回到屋子里去，才敢出声说道："记得给我报销！你女人点的，就这么一盒东西，好几千呢！"

余鹏飞看着面前装着鲍鱼的盒子，伸出舌头舔着嘴唇，看得刚子嘴角抖了抖，真不愧是情侣，一个敢点一个想吃。

饭后，余鹏飞递给秦灵灵一件外套："穿上，我带你去个地方。"

秦灵灵狐疑地看着一旁坐着的刚子，以为这两人在暗里搞什么把戏。刚子双手一摊:"我不知道他要干什么,他是你男人,又不是我男人,我哪里知道他在想什么?"

秦灵灵无奈地白了他一眼,穿上衣服跟着余鹏飞出门了。刚子在身后看着二人,小声地说道:"这鹏子能不能拿下这小妞就看这次了!"

"去哪儿啊?"

车上,秦灵灵坐在副驾驶上,看着余鹏飞将车子沿着龙河边上的公路一直开着。余鹏飞车速不快,心情随着沿途秀丽的风景也变得明朗起来,秦灵灵不难看出余鹏飞在尝试让自己开心。

"去凤鸣湾。"余鹏飞嘴角弯起一道好看的笑,秦灵灵不明白为什么他要去那里。

龙河沿途的风光无疑是吸引眼球的,在那寂静悠长的河面上,偶尔会映出几朵天空的云,随着龙河一起飘向远方。

秦灵灵望着窗外已经驶过好几个婚车队了,说道:"今天一定是个好日子,结婚的人很多啊?"

余鹏飞笑着"嗯"了一声,秦灵灵又狐疑地看着他的表情,她很少见到余鹏飞这个样子,嘴边一直挂着笑容,好像在等着猎物上钩一样。

"只是怎么所有的婚车都往和咱们一样的方向而去啊?难道他们的婚礼场地都在那边?"秦灵灵又说道。

半响,余鹏飞和秦灵灵终于到达了目的地。

一下车,秦灵灵恍然大悟。那些婚车不是偶然都朝着一个方向开去的,他们都是和自己一样到了此地,凤鸣湾。

"余鹏飞,你带我来的是什么地方啊?喝喜酒的?怎么这么多的新人啊？哇，新娘子哎！"

前一刻，秦灵灵还朝着余鹏飞嚷嚷着，下一刻看见穿着大红婚服的新娘子激动地跳了起来。

眼前一幕让人顿生欣喜，只见此地正是凤鸣湾风景秀丽的一处地方，余鹏飞跟着刚子给的导航到了这里，却不想这里竟然是别有一番韵味的天地。

这里是一个不大的园林，只有一间布置喜庆的屋子，还有一块偌大的石碑，青色石质上写着几个遒劲有力的大字：龙凤呈祥。

但园子里，是一对对身穿中式新婚吉服的新人，他们面色欣喜而又郑重，互相紧握着手掌，看向那间神秘的屋子。

秦灵灵要上前看一看那间屋子到底是做什么的，余鹏飞拉住她，解释道："这里是凤鸣湾，旁边就是龙河。此处是观赏凤鸣湾和龙河的最佳地方，也是寓意最好的地方。看见那块石碑了吗？"

秦灵灵转过头，顺着余鹏飞指的方向看去。不远处，余鹏飞所指的正是那块龙凤呈祥的石碑。

"那块石碑是这里的标志，也是丰都新一代年轻人结为两姓之好的缔约。你刚刚在车上看到的那些婚车，他们不是碰巧都是一个方向，他们都是新婚当日来这里打卡拍照的，身着大红婚服，在这块石碑前，与挚爱留下一张能在白发时候一起回忆的照片。"

秦灵灵有些被他深情的样子打动了，扭着小手指说道："可是，我们今天又不是结婚，来这儿做什么？"

她害羞地低下头，听见头上余鹏飞笑道："我带你是来签凤书的。"

秦灵灵猛地抬头："凤书！那不是娄大叔资料里说的古时男女婚嫁的东西吗？"

余鹏飞也不说话，只是笑着拉着秦灵灵走进一间屋子。

那屋子布置得古香古色，还用大红绸缎装饰得很有喜气感。屋内站着不少新人，一对一对地排着队，似乎在等什么。

前面有人问第一对新人是否签好了凤书，那两人甜蜜地对视后点点头。便有一位穿着朱红色汉服的男子当着众人的面唱道："两姓联姻，一堂缔约。今日佳礼初成，望尔夫唱妇随，延绵子嗣，同心同德……"

新人们个个满怀激动地看着自己的凤书，将它珍重地装在盒子里放好。

秦灵灵看到这一幕，顿了好久，之后说道："原来这个屋子对于爱情来说，是最神圣的殿堂，两姓联姻，一堂缔约，真是美好。"

秦灵灵眼里露出羡慕的神色，她看着面前那些身着吉服，满脸幸福的新人露出羡慕的目光，她不禁暗暗地想着，这辈子自己是否也会有这样一刻，牵着挚爱的手，穿着正红色的吉服，郑重地在那间屋子里许下誓言呢？

见前面排队的人不多了，余鹏飞拉过秦灵灵的手，走向那间屋子，秦灵灵想问他要做什么，却也后知后觉地反应过来了事情始末，那就是余鹏飞要带着她到那间屋子里许下誓言。

秦灵灵心中有些激动又忐忑不已，没有一个人能够这样对自己，也没有一个人能够和自己许下什么誓言，余鹏飞是第一个这样做的人。

等到了余鹏飞和秦灵灵的时候，余鹏飞对唱官说道："凤书我们能自己写吗？"

穿着汉服的唱官一愣，随后点点头递给余鹏飞一支笔说道："可以啊，我还是第一次见要自己写凤书的呢！"

屋子里除了唱官，只剩下余鹏飞和秦灵灵了。秦灵灵打量着余鹏飞，见他不急不躁地接过毛笔，认真写起了婚词，神情郑重而又欣喜，一股涩意再次划过秦灵灵的心间，如果这世间没有人能伤害余鹏飞该多好。

"我写好了。"余鹏飞抬起头，将凤书和笔递给了唱官。

唱官接过余鹏飞手里的凤书，看了看上面的词，点了点头称赞道："小姑娘，你有福气啊！"随后又对二人说道："来，签了凤书之后就站好，我要唱词了。"

秦灵灵心中顿时有些紧张，拿着笔的手有些颤抖，抿紧了唇，神色认真。

虽然她知道这不是真的结婚，但平生第一次遇上了挚爱，又和他一起签了凤书，那感觉很微妙，又很幸福。

"今有余秦二人，结两姓之好，余生共赴。情比鸳鸯，恩如龙凤。上奏九霄，下慰高堂。经此一书，三生相随。"

秦灵灵眼睛有些湿意，直到那凤书被唱官放在自己的手中，她才恍然转过头，看着余鹏飞也是满脸笑意地看着自己，顿时心中涌出浓浓的幸福感洋溢在脸上。

此刻在她的心里，就好比自己有了人生的依靠一样，她不会像她的姐姐一样，这一生随波逐流，活得没有一丝感情。

余鹏飞并未着急离去，见唱官似乎转身去了屋后，他将满脸羞涩和幸福的秦灵灵转向自己。二人眼神对视，余鹏飞认真地说道："灵灵，有些话只有在这里我才觉得跟你说最为郑重，这里是爱情和婚姻的美好见证之地，若有半句虚言，上苍是不会让我们幸福的。"

他替秦灵灵将了将耳边的碎发，看着她大大的眼睛里储满泪水。这一刻，余鹏飞心中一暖，秦灵灵是喜欢他的，她脸上那股被爱情包围的幸福感是骗不了人的。

余鹏飞继续说着："我们虽然还没有结婚，但在我的心中，爱一个人就要有跟她牵手一生的决心。灵灵，我们相遇得很神奇，相识也没多久，但我想让你知道，不管你过去的二十年里遇到了多少不开心的事情，从今往后，我便是你的顶梁柱，所有不开心的事情都由我帮你扛着，所有高兴的事情我们一起分享，我只想让你快乐幸福。"

秦灵灵眼中的热泪再也控制不住，大颗落下，本来还能抑制住的情绪似乎有了宣泄口，有那么一刻，她想把所有的真相都脱口而出。

面前的大男孩儿是那么优秀，是那么地爱自己，这对于秦灵灵来说既幸福又痛苦，那种被爱被珍视的滋味太过美好，可那种纠结和被谴责的痛苦一样令她难受。

秦灵灵只能不断地点头，哭着回应着自己对余鹏飞的感情。不否认，她是爱余鹏飞的。

这一路以来，她和余鹏飞遇到了很多危险的事情。但每次余鹏飞都会将她的安危放在第一位，他会担心自己有没有受伤，他也会贴心地为自己做好所有事情，她对余鹏飞的感情，早就超越了一开始的样子。

回去的路上，余鹏飞看着嘴角一直咧着的秦灵灵，笑道："很高兴吗？"

秦灵灵俏兮兮地小眼神傲娇地看了一眼他："当然了，凤书哎！"

看见她高兴，余鹏飞也跟着高兴，他将车子的音响打开，整个车厢内流淌着温柔的歌声，给这不平凡的日子多添了一道回忆。

秦灵灵和余鹏飞养伤的几天中，依旧没能将假玉石的形状和任何一个地形图对上，本以为有了新的突破，但线索再一次中断，余鹏飞有些力不从心。

夜里，余鹏飞睡不着，站在阳台上抽了一根烟，望着漆黑的夜，心里十分难受。本想着知道凤凰血脉在丰都之后，可以加快动作，找出秘密，但结果是几人再一次遇上袭击。

刚子的别墅周围静悄悄的，余鹏飞隐隐约约听到了女人压抑的哭声和断断续续的说话声音。

"你答应我的！他会……，不可以……"

余鹏飞停下抽烟的动作，循着声音找去。声音好像是从附近的屋子里发出来的，紧挨着余鹏飞房间的就是秦灵灵的屋子。余鹏飞望去，可屋子里没有点灯，他想去敲敲门问一下，又怕自己听错了。

第二天一早，秦灵灵吃着早餐，刚子见她无精打采的，觉得很不对劲。

明明昨天在菜市场的时候，自己将余鹏飞的苦衷都跟秦灵灵说了，而且一番劝导下来，秦灵灵明明已经很开心了，怎么今天早上起来又一副伤心欲绝的样子呢。

秦灵灵几次看向余鹏飞有话要说，刚子会意忙装作自己朋友找他有急事，拿起衣服装作有事离开了别墅。

餐桌上就剩下两人，秦灵灵放下碗，小手伸向余鹏飞，直接握住他的手，没有了以往的活泼，认真地说道："我都听刚子说了，其实我没生气，我知道你是为了我好。"

秦灵灵垂下长长的睫毛，再睁开眼睛时有些湿润，"你不用担心我，我最近也想家了，我回去一趟，等我回来再找你吧！"

秦灵灵表情有些僵硬，就像在忍着什么事情一样。余鹏飞本来很好奇她怎么突然就要回家去，但转头一想，如果秦灵灵能暂时离开自己身边那是最好的，起码很安全。

余鹏飞点点头，没说什么，吃了一口面，心里想着他现在和秦灵灵的关系，两人算是已经公开了，可自己不是很了解秦灵灵的家庭，就像秦灵灵也不是很了解自己家庭一样。

"需要我陪你回去吗？"余鹏飞问道。

秦灵灵摇摇头，"不用，我回去住几天就回来，许久没回去了，正好回去看看。"

秦灵灵坐着下午的飞机离开，余鹏飞去送她。其实余鹏飞心里没底，毕竟两人是在路上相识的，萍水相逢，不知道秦灵灵这次家里遇到了什么事情，她一个人能否处理好。

第二天起床，刚子也有事先出去了，别墅里就剩下余鹏飞一个人。

他准备将所有的信息都整合一下，重新找线索。

"叮咚！"

手机消息声音响起，余鹏飞看了看，是刘未在微信里说给自己介绍一个人，也是凤凰文化的爱好者，让余鹏飞可以联系一下，说不定能帮上他。

正想着，一个陌生号码打电话进来。

"你好，余鹏飞吗？"电话里传出一个沉稳有力、谦和有礼的声音。

对方自称刘文庚，跟刘未是远房的表兄弟，听说余鹏飞在丰都，他想跟余鹏飞见个面。于是两人将地点定在凤鸣湾，余鹏飞给刚子留了信之后就去凤鸣湾。

半个小时之后，余鹏飞走进一家露天茶楼里，被服务员引进包间。

茶楼装饰得古香古色，小调幽弹，十分雅致，最吸引余鹏飞的还是大堂那只汉白玉凤凰雕石，它一出现的时候，余鹏飞瞬间想到了压在枯井的那尊汉白玉凤凰雕石，可那尊雕石怎么又会在这里。

一开门，余鹏飞就瞧见沙发上坐着一个中年男人，脸上带着一条淡淡的疤痕，穿着棉麻的套装，休闲又轻松。

"余鹏飞？"刘文庚和蔼地笑了笑，起身和余鹏飞握了握手，见余鹏飞叫着自己刘先生，刘文庚说道："我今年六十多了，你叫我刘叔叔就行。知道我为什么叫你来这里吗？"

刘文庚起身来到阳台，邀请余鹏飞来阳台看着窗外凤鸣湾的风景,"这个地方叫凤鸣湾,风景秀丽不说,是很多人看好的一颗新起之星。据说当年是有凤凰落在此处的,随着一声凤鸣,那只凤凰落入凤鸣湾之后,就再也没有出现过。所以这些年来,常常有痴迷凤凰的人在等着,等着再看一次凤凰的旷世之容。"

余鹏飞不动声色地看着刘文庚,心里有些微微起疑,但也没有立即表露,接着刘文庚问道:"你觉得凤凰存在吗?"

余鹏飞接过他手里的茶杯,委婉地说着:"你觉得它存在它就存在。"

刘文庚哈哈大笑:"通透!"接着他说道:"我听刘未说,你一直在找凤凰。"

余鹏飞放下茶杯,笑道:"只是民间的一个传说,我不过只是个凤凰文化的爱好者,平常爱研究这种东西罢了。"

刘文庚点点头:"志同道合,我也是追随凤凰文化很多年了,我听过一个谬谈,说是凤凰有宝藏留在世间,只是需要什么东西才能找到凤凰留下的宝藏。真是无稽之谈,呵呵!"

刘文庚看着对面的余鹏飞只顾着喝茶,心里冷笑,这年纪轻轻的小子还真是滴水不漏,于是继续说道:"不过,我确实想开个文化馆,就在丰都。这里就是凤凰的栖居地,凤凰文化底蕴深厚,请你来其实想让你加入我的团队,致力于发掘最深处的凤凰文化,将它展现在世界的眼前,这是多么美好和神圣的一件事情啊!"

第十三章 众方汇聚

余鹏飞不得不佩服刘文庚痴迷凤凰文化的程度,相比于秦今明有过之而无不及。他点点头,算是答应下来,乐得刘文庚连连说"好"。

但让余鹏飞纳闷的是,刘未明明在信息里跟自己说,这个叫刘文庚的有关于凤凰的线索,怎么这会儿也不见他拿出来,难不成是诓骗自己?

刘文庚看出了余鹏飞的疑虑,继续说道:"哦,我知道你在想什么。"他说完朝着身后的人摆摆手,便有人递上一份资料。

"这是我很久之前就得到的消息,据说当年凤凰之所以会落在此处,是因为这周围是一个宝地。"

闻言,余鹏飞瞳孔一震!一些事情不言而喻!

刘文庚语气微微失望:"这几十年,我搜集了很多有关凤凰的资料,足以支撑开起一个凤凰文化馆,但对这个凤凰宝藏是一头雾水,若是有了它们的消息,我何愁中国的凤凰文化不让全世界震撼。"

"并且，据我所知，也有不少人真的奔着这个东西而来。"刘文庚冷笑，"说起来，你可能不信，这些年不断有人拿钱砸我，要买走我手中的凤凰资料，看起来他们在追寻着什么似的。余鹏飞，若是凤凰宝藏真的存在，这种人对我们来说就是个威胁。"

见余鹏飞眼中一丝冷意划过，刘文庚就知道自己说中了余鹏飞的心里，于是继续说道："余鹏飞，若是真有这样的事情发生，你会置身事外吗？"

余鹏飞坐着不动，面无表情也不说话。刘文庚见状挥挥手，让其余人出去。见屋子里没有人了，刘文庚啪的一声跪在余鹏飞面前，苦苦哀求道："事到如今，我就告诉你吧！"

余鹏飞没想到刘文庚竟然不顾身份和年纪直接朝着自己跪下，慌忙起身搀扶起他："刘叔叔，有事您说，您这是做什么？"

刘文庚踉跄地坐在沙发上，支撑着自己。余鹏飞见他眼睛通红，鼻窝处还有眼泪，抓起茶台上的纸巾递给刘文庚。

刘文庚摘下眼镜，余鹏飞看着他脸上那条疤，觉得它应该有些年头了。

"我不知道刘未之前怎么跟你说的，我是被人盯上了，我的老婆孩子全在那人手里。那天从刘未家里回来以后，就有人找上我，问我要凤凰的消息，可我并不知道那是什么，但那人给了我一张你和刘未的照片，照片上你和一个女孩儿从刘未家里出来。"

刘文庚越说越委屈："事情已经发生两三天了，我根本见不到我女儿，而且他们逼着我找到凤凰，用凤凰作为交换，我才能见到我的女儿，在这之前，我去刘未家里的时候，还真跟他说过凤凰的事情，但那也是刘未说他认识一个朋友，正在找凤凰，只是这样而已。就在刚刚来到这里之前，我给刘未打过很多的电话，根本接不通。"

"余鹏飞，你行行好，看在刘未帮过你的分上，你就帮忙找到凤凰吧！我……我把我的财产全部都给你，我只要我的妻女就行了。我也是听刘未说，你是从天津过来专门找凤凰的，这才冒死前来找你帮忙的。"刘文庚越说越害怕，亮起三根手指头："他们就给我五天时间，今天已经第二天了。"

听到刘未可能出事了，余鹏飞心情很不好，他不希望刘未又像王文一样，因为自己出点什么事情。

见余鹏飞不说话，刘文庚加大演技："余鹏飞，算我求求你了，那是人命啊！你要做什么我都可以帮助你，我只有这一条路了！别说我老婆孩子，如果刘未因为我有一点闪失，他自己孤家寡人一个，就算我以后到了地下，我怎么跟他的父母解释啊！"

刘文庚很会用话去刺激余鹏飞，就知道他讲义气，绝对不会抛下刘未不管的，刘未若因为凤凰血脉的事情有了意外，余鹏飞一定不会放手不管。

余鹏飞点点头答应了他，刘文庚激动得又要给余鹏飞跪下，又亮起那三根手指头，看着余鹏飞说道："咱们只有三天时间，你要做什么我都听你的，万万不可耽误了时间。"

余鹏飞将他重新扶回沙发上，说道："其实凤凰根本不存在，而且，我也在寻找。"刘文庚眼神一暗，感觉余鹏飞说的不像假话，于是继续说道："那我们应该怎么办？"

余鹏飞咬着下嘴唇，想了想继续说道："你知道抓走你老婆孩子的是什么人吗？"

刘文庚赶紧点点头："出面的都是一群穿着黑色西服的男人，人高马大的，但电话里跟我沟通的是一个女人，年纪大概四五十岁。"

女人？

余鹏飞皱着眉，什么女人能这么明目张胆地抓人，难道是之前抓走王文的那些人？想到这里，余鹏飞更加地肯定，那些人说不定摸准了自己的处世性格，知道自己绝不会放任朋友被伤害不管的。

"其实，不瞒你说，这段时间我也被人盯上了，如果那些人不在背后给我使绊子，说不准我早就找到凤凰了，若是那些人能安稳一些，我定然愿意跟他们好好聊一聊的，说不定逼着你的人，和追着我的人是一伙的。"

余鹏飞脸上透露出烦躁，就好像他真的因为那些人而失去了很好的机会一样，暗里却在悄悄观察刘文庚的变化，果不其然，看到了他眼皮子微微跳了一下。

刘文庚点点头："这些人真是的，好好和我们说就好，何苦为难我们，妻女都是无辜的人，有什么事情冲我来就好。"

余鹏飞又和他简单聊了聊，起身准备离开，他让刘文庚随时联系自己，然后起身离开，说要去找凤凰。

余鹏飞出了茶楼之后，刘文庚在包间里看着手下递上来的雪茄，嘲笑道："这要是放在演艺圈，我就是个影帝啊！

演戏真累。"说着他撇下自己的眼镜。

余鹏飞出了茶楼第一时间给刘未打电话，依旧打不通。紧接着他给刚子打了电话，十分钟之后，刚子找了自己的朋友暗藏在茶楼装作茶客喝茶，偷偷地将刘文庚悠闲地走出茶馆的视频发给刚子。

余鹏飞看着手机上刚子发来的视频，那上面隐隐能听到刘文庚的声音："这小子不好糊弄！希望他真的能在三天之内找到凤凰血脉，毕竟我们现在国外的线已经全部断了……"

手机上，刚子发来信息，问余鹏飞怎么察觉到不对劲的，余鹏飞回道：刘文庚脸上没有眼镜印子，这出卖了他。

余鹏飞的反侦查能力完美地继承了他父亲的天赋，在他看到刘文庚皱纹横生的脸时，却在眼镜拿下之后没发现任何眼镜印子。年纪大的人，脸上的胶原蛋白逐渐减少，若是常年戴眼镜，怎么会一点印子都没有。

不但如此，他记得刘未之前说过，将《丹穴山画》捐给国家之后，他要去他姐姐那里，毕竟人在国外很多年了，好久没见了。刘文庚却说刘未是孤家寡人，明显有出入。

刘文庚在刚刚的对话中虽然句句说的是凤凰，丝毫未提凤凰血脉，但什么人能奔着凤凰就要抓走他的妻女？那所谓的"凤凰"又岂是字面上的意思呢！

刚子又发来消息：这混老头子该不会就是一直伤害咱们的人吧？

余鹏飞回复道：八九不离十，但我感觉不止他一个……

刘文庚自以为演得淋漓尽致，他以为余鹏飞年岁小，看见年长的人掉几滴眼泪就能感动，殊不知余鹏飞继承了他父亲的优点，观察事物十分仔细，早就看出了刘文庚的破绽。

天色还早，余鹏飞开车漫无目的地逛着，心里却想着怎么对付刘文庚，按照刘文庚的说法，似乎在自己的身后还有一个女人，那么刘文庚和那个女人为什么都要来抢凤凰密码呢？广播里放着关于龙河相关的节目，余鹏飞暂时没有更好的去处，就开车去了龙河。

龙河，自牛栏口始，流经江池镇江洋社区、关塘村、南洋村、双仙村、五松村代二坡，一路蜿蜒曲折，如一条温柔游走的神龙，穿过群山之间奔向远处。

在搜索丰都资料的时候，余鹏飞见过很多描写当地风景的话，其中描写龙河是这么说的：可柔可刚，磅礴大气，容纳百川，有凤来仪。

有凤来仪的凤，说的是凤鸣湾。丰都的人常常把凤鸣湾和龙河连在一起，寓意龙凤呈祥。

余鹏飞就听刚子说过，丰都本地年轻人结婚的那天，不管多远，婚车都要去往龙河和凤鸣湾转一圈，寓意新人吉祥富贵，龙凤呈祥。

不但如此，余鹏飞向周围望了望，就连一些旅游团都会将龙河和凤鸣湾单独组成一个旅游项目，旅游团的名字起的都是好合之意，参团的大都是情侣或者新婚夫妻。

一条河，能用容纳百川来形容，那属实有点不合适，但龙河就可以这么说。它可以媲美任何江河湖海，它所承载的是丰都千年以来的历史文化，就好比是一条历史长河，流淌的都是属于丰都的血脉。

余鹏飞将车速放慢,看着夕阳穿过群山重影之间映在龙河上,在这条正在游走的"巨龙"身上洒下了余晖。

水清则浅,水绿则深,水黑则渊。

龙河的水是浑然天成的绿,是那种河水里最好看的颜色,余鹏飞似乎明白了为什么会有人说龙河可柔可刚。

它的柔在于它的景色美,它的刚在于它的气势磅礴和浓厚的历史底蕴。

一路上的游客很多,还有拿着喇叭大声介绍龙河历史的导游,余鹏飞也跟着听着。

"龙河是石柱县和丰都县境内最大的河流,它贯穿多条山脉……"

人群前,导游拿着喇叭大声介绍着,余鹏飞暂且也不知道想去哪里,想了想还是迈起脚步立马跟上旅游队伍,他打算就这样跟着导游走走也好,听一听龙河的历史风韵。

可惜那个年轻的小导游看见余鹏飞跟了很久之后,拉下脸当着一众的面说道:"后面那个小伙子,你是我们旅游团的吗?"

余鹏飞一抬头,发现几十张脸都正看着自己,他只能尴尬地说道:"我路过。"于是,离开了旅游团,找了个地方坐下。

十几分钟后,旅游团自由行动,那个长得好看的导游也在椅子上坐下,余鹏飞上前给人家道歉,客气地看着小姑娘:"你好,我刚刚听到你的解说,瞬间被吸引了,请问……"

余鹏飞眼中的小姑娘其实比他还大一两岁,工作牌上写着导游童乐乐，见高大帅气的余鹏飞温柔地看着自己，童乐乐先是一愣，随后打断他的话："不好意思，我有男朋友了。"噎得余鹏飞一时没缓过来，随后想到自己刚刚说的话，在心里狠狠地给自己一个大白眼。

"不是，你误会我了，我也有女朋友的。我是想跟你道个歉，我本来是来龙河找凤凰文化资料的，结果没想到你的解说太精彩了，听了之后就忘了自己不是你们旅游团的，不好意思，你见谅。"

这回换成了童乐乐满脸通红，她看了看手表，时间还够用，又见余鹏飞一脸的真诚，这才觉得自己小题大做了，问道："不会，如果游客出了意外，我是需要担责任的，所以平常如果有人随便加入团内，我都是要过问的。"

童乐乐继续问道："你是来丰都找凤凰文化的？"

余鹏飞赶紧说道："嗯。"

大热的天，童乐乐喝了一口冰冰凉的水，心情很愉悦，跟余鹏飞点点头："我当初为了做导游，针对丰都大大小小的历史查了很多资料，也看过不少的传说故事。

"我看过一些晦涩难懂的资料，不知内容真伪，说过这飞天神鸟当初是张鲁的女儿张琪瑛做的，具有凤凰血脉，刘备为了争夺天下，进入巴蜀只是为了找飞天神鸟，可惜到死也没找到。

"当初他和公孙述为了找这只鸟，费了很大劲，公孙述想效仿刘邦，割据川渝建立成家政权，修筑白帝城与刘秀对峙，所以刘备重病之际也要在白帝城寻找飞天神鸟。

"南宋恭王赵惇受封渝州后，无意中得到了飞天神鸟，得到它的相助，不久便即位为帝，后世称宋光宗，为纪念先得神鸟后即帝位，遂改渝州为重庆，所以重庆的名字就是这么来的。

"但后来的宋朝皇帝为防金兵南下，将飞天神鸟沉于龙河之中，留下一句'龙凤呈祥地，天下太平时'。

"蒙古军队南下时，只知神鸟在重庆河中，并不知具体所在，当时的蒙古大汗蒙哥以为神鸟在钓鱼城，不惜一切代价，花费四十余年也要攻下钓鱼城。清末西方列强把重庆作为第一个内陆开放的商埠，抗战后民国政府迁都重庆，都是为了寻找沉入龙河之中的飞天神鸟，以重现炎黄交融、天下太平的恢弘场景，但终究没有找到。"

童乐乐说得十分详细，听得余鹏飞以为她也在找凤凰血脉呢！心脏因为这些隐秘的消息跳得越来越快，凤凰血脉的秘密不该就这么被一个导游轻易知道的，难道面前的这个女孩儿跟凤凰血脉有关系？他忙问道："你在哪里看的书？怎么知道得这么详细？"

童乐乐想了想，说道："我有一个表哥，他在研究中国文化，特别喜欢川渝文化，而相传凤凰就栖居在这里，所以他一直在研究着，我也偶尔会了解一些的。"

余鹏飞越来越觉得事情古怪，眉头紧紧皱着，飞天神鸟没有了。

余鹏飞将手机打开，翻找着照片查看资料，无意中将秦今明多年前的照片露了出来，童乐乐惊叫一声，笑嘻嘻地贴向余鹏飞："这人是？"

余鹏飞说道："哦，这是我叔叔秦今明。"他刚说完，就发现童乐乐正一脸花痴地看着秦今明的照片，余鹏飞眼皮跳了跳，紧接着说道："可惜他已经去世了。"

果然，童乐乐黯然神伤了，随后叹了口气："真可惜，这可是我第一次对一个男人一见钟情呢，他怎么会去世了呢！哎！"

随后又笑道："不过无所谓，人都是有转世的，没有生死之分，他们只不过是提前去了下一世，我决定了，从今天起秦今明就是我男神。"

童乐乐央求余鹏飞将秦今明的照片给她，余鹏飞眉头一直皱着，他可不想让秦今明死不瞑目，暗暗想着怎么才能推托了童乐乐，好在游客将童乐乐叫走了，余鹏飞松了口气。

童乐乐跟余鹏飞告别后，接着带着游客游玩，余鹏飞转头刚想问童乐乐表哥的消息，结果发现童乐乐和整个旅游团都不见了，离去的速度之快让他诧异。

余鹏飞自己一个人坐了很久，此时的他孤零零的，如同无依无靠一般，在黄昏中徒添了几分忧伤。

眼见太阳要下山了，余鹏飞起身准备回别墅去，路过观景台的时候，却被眼前的美景惊艳了双眼。

夕阳下，龙河酷似一条蜿蜒游走的神龙，看似宁静恬淡，实则就像活了一般，随时要扭动着身子向前。余鹏飞看着面前的河流，莫名地觉得十分眼熟。

晚上回到别墅，刚子也在，还摆弄着一幅超大的拼图。

"你可真行，这么大的拼图，得拼到什么时候去！"余鹏飞洗了手将菜洗净，准备做晚饭，刚子说自己叫了外卖。余鹏飞又停下手里的活,将菜放好,跟着刚子一起弄起了拼图。

"你就单单靠刘文庚脸上没有印记,就发现他不对劲了?"刚子问道。

余鹏飞看着小小的图片碎块,感觉自己眼睛都要花了。"不止,这段时间在我周围盯着的人太多了,他这是没脑子自己找上来的。不过我猜以他的能力,绝对不会这么轻易地来找我,像是被什么事情给逼急了无路可走一样。"

"哼!他以为他聪明,想不到你比他更聪明,但是那个叫刘未的怎么办?"

这也是余鹏飞担心的,可现在自己根本没精力管他,今天从刘文庚那里离开,余鹏飞就向警方报了警,现在还在等当地警方的消息呢!

"你看这一小块的拼图,要拼到多少个才是一个完整的图案啊!"

刚子无奈地感叹着,余鹏飞见刚子将一块一块的小碎片拼上,脑中灵光乍现!今天下午看到的龙河,和假玉石上的其中一小块太像了。

余鹏飞被自己的想法给吓到,将之前画下的假玉石的图案拿了出来,又将手机里拍的龙河照片找了出来,细细做对比,某一段的龙河确实跟"鹏"中的小凤凰的形状一模一样。

"这是'鹏'中的一只小凤凰的形状图!"余鹏飞激动地惊叫着,刚子被吓了一跳问道:"你说什么呢?"

"假玉石上的五只小凤凰其实是丰都的五个地方的地形,这块就是龙河的地形代表。"余鹏飞指着图案上的其中一只小凤凰说道。

余鹏飞看着秦今明留给自己的玉石图案，其中的四只凤凰图形已经对应上丰都的黄龙洞、南天湖、龙河、雪玉洞。可最前面的那只小凤凰，形状跟名山和双桂山都有点相似，却都不吻合。

第二天一早，他和刚子出发至四个景点，一一寻找线索。

余鹏飞带着刚子又回到之前的那个观景台，这次清楚地看到了那段和玉石一模一样的地方，余鹏飞激动得拍手："只是我们现在找不到龙河跟凤凰血脉相关的地方，差一个有力的证据。"

余鹏飞和刚子满龙河景区查找，好久下来也没找到相关的线索。累得两人只好坐在卖冰水的椅子上歇息一下。

"小伙子外地人？照个照片留念不？"

旁边一个大叔拿着相机上前问着两人，手里还拿着一个泡沫板子，上面贴满了之前游客的照片。

刚子摆摆手："不了叔叔，我们坐一会儿就好。"

大叔刚要走，余鹏飞喊道："等一下！"他追上大叔，看着相机后面板子上的一张照片愣住，"刚子你过来。"

余鹏飞指着一张老照片问刚子："你看，是不是我眼花了？这是凤凰血脉图案吗？"

那是一张老照片，相纸用的还是八九十年代的三角边，可相片里最重要的不是主人公，而是主人公身边的一个大石头，上面写的是龙河，下面却是凤凰血脉的图案。

因为照片被放得很大,照片上的凤凰血脉能稍微看得清楚一些。

"这是在龙河照的?"余鹏飞问道。

摄影大叔看着自己胸前泡沫板上的照片,见余鹏飞问到一张旧照片,笑着说道:"你说它啊!这就是龙河。"

"这石碑形状是不是很有特色?当年站在它前面让我拍照的人不计其数。时间太久了,大概二十几年了。"摄影大叔对自己的作品显得十分满意。

刚子问道:"那这块石头呢?"

"早就搬走了,不知道哪里去了……"大叔说完就走了,去招呼别的客人了。

余鹏飞想着刚刚照片上石头的位置和方向,又是毫无根据乱放,一点线索也没有。

"那就说明,你的思路是对的,这龙河和雪玉洞等地是跟'鹏'的五个小凤凰对应的。"刚子和余鹏飞回到车上,又匆匆地去到了双桂山。

一天的时间,五个地图两人对上了四个,这就充分验证了余鹏飞的推理。

只是双桂山的地形图和玉石上最后一块形状对不上,刚子拜托了本地朋友帮忙找,同时也打听到很多本地文化爱好者,向他们询问凤凰血脉的图案。

第二天一早有人给刚子打电话,说是有个富商知道那个凤凰血脉图案的消息。

刚子带着余鹏飞去找那人,在凤鸣湾的一间酒店里,见到了那人，四十多岁，个子不高，穿着长袖衣服，自称崔丰实，是做木材生意的。

丰都的五六月份已经很热了，崔丰实穿着略微厚的外套引起余鹏飞的注意，他自己解释是因为怕太阳光中紫外线引起过敏，所以常年穿着长袖衣服。

但余鹏飞看他一直在喝冒着热气的水，却一点没有流汗的样子，心里难免觉得有些不对劲。

崔丰实接过刚子手里的照片，认真看起了上面的凤凰血脉图案，点点头："这东西我熟悉，凤凰血脉的标记。"

刚子惊讶："你知道凤凰血脉？"

崔丰实笑道："你的朋友就是我的朋友，不骗你们，这东西被很多人所知晓，算不得什么秘密。"

紧接着他又说道："你们想知道什么？"

余鹏飞想着崔丰实是刚子朋友介绍的，便也没想着隐瞒着什么，他朝崔丰实问道："我们想知道凤凰血脉到底指的是什么。"

崔丰实挥挥手，身后的人递上公文包，崔丰实推向余鹏飞。只见里面是各种各样的照片和不同资料，全部跟凤凰相关。

"刚子的朋友跟我说，你们一直在找凤凰血脉，其实那东西我研究了好久，据说指的是宝藏和长生之术，虽然不知真假，但凤凰血脉是个千古以来都让人神之向往的存在，我不相信老祖宗千百年来留下来一个骗局，于是这么多年一直在找。这些都是我几年以来找的资料，你们可以看看。"

"我不是丰都本地人，但这些年实在是爱上了这里，我的家就在凤鸣湾，传说中那里是凤凰入河的地方。你们看看是不是很美？"

余鹏飞不由得想到了上次刘文庚约自己的时候，也将见面地点定在凤鸣湾，难道这里有什么值得所有凤凰爱好者青睐的东西？

余鹏飞想着崔丰实是刚子朋友介绍来的，应该不会有什么不妥吧，于是开口问道："凤鸣湾有什么特别之处吗？"

崔丰实笑了笑，说道："一看你们就没有找到凤凰文化的精髓。"他让人拿过丰都地图，唯独凤鸣湾的地方用红色标注。

"在真正凤凰文化的追随者看来，凤鸣湾才是凤凰落脚的那个地方，古人有云，凤凰不落无宝之地，凤鸣只在涅槃时。凤凰涅槃才是重生，重生即是希望，这才是凤凰文化的真正蕴意。"

崔丰实拿起凤凰血脉的图案说道："你们能奔着这个图案来问我，我就知道你们在找什么！凤凰血脉而已！"

余鹏飞大惊，转头看向刚子，刚子则给了他一个"先看看"的眼神，余鹏飞问道："为什么？"

崔丰实也不隐瞒："你应该先问问，丰都有多少人奔着这东西来的，话说能找出这东西来的人，应该是比较有实力的人。"

"不瞒你们说，我不是很相信凤凰至今还存在着，我只好奇它到底有没有留下什么宝藏。不过这些事情，我都是默默进行的，我听说秦家人自相残杀，有的人改头换貌，就是为了找它。"

余鹏飞渐渐打消掉心里的疑虑,崔丰实侃侃而谈,说起凤凰文化滔滔不绝,聊了几个小时,余鹏飞总结出来一件重要的事情:崔丰实想拉自己找凤凰血脉!

余鹏飞没说答不答应,只说回去再考虑考虑。崔丰实送几人离开,在酒店门外童乐乐带着一队游客,招呼着他们进酒店。

几人正说着话,有手下匆匆跑到崔丰实身边耳语了几句,崔丰实轻笑一声回道:"让她在房间里老老实实待着,她的请求也许我会答应。"

手下领命离开后,见余鹏飞和刚子正望着自己,崔丰实笑道:"家里人不听话,为了一个男人要跟我闹掰,我罚她在房间思过呢!"

余鹏飞正和崔丰实说着话,被童乐乐兴奋地叫住。余鹏飞回过头,见童乐乐正惊喜地望着自己,旁边的刚子先是震惊,紧接着故意摆出失望的表情看着余鹏飞:"旱的旱死,涝的涝死。"

余鹏飞哪里不懂他的意思,白了他一眼反驳着:"我没有。"

"你女朋友?"崔丰实脸上温和地问着,心里却泛起冷笑。

"不是,就是刚认识的一个人,之前和我的长辈有过交集。"余鹏飞说完,童乐乐刚好来到他面前,见余鹏飞似乎在和人说话,礼貌地问着:"我是不是打扰到你们了?"

一旁的刚子见状,含糊其词地说着:"没事,就是他女朋友在车内等着我们呢。美女您好,我叫傅子钰,幸会。"

刚子挤过余鹏飞，将他和童乐乐分开，热络地介绍着自己，余鹏飞无奈地看着他。

童乐乐本来好好的心情，被面前五大三粗的大男孩儿给弄得尴尬不已，明明长得像李逵，偏要给起个文绉绉的名字。

"美女，你跟我们家余鹏飞认识呀？"刚子撅着屁股把余鹏飞又往崔丰实那边挤了挤，崔丰实本来要走的，他才懒得看这些黄毛小子的事，但被童乐乐接下来的一句话给留住了脚步。

童乐乐点点头，颇为自豪地说道："嗯，我的男朋友叫秦今明，是他叔叔。"

刚子被自己的口水噎得差点翻白眼，他捂着嘴咳嗽起来往后倒了两步，将空间再次留给二人。

余鹏飞如何也想不到，秦今明人都不在了，还有人愿意做他的女朋友，如果知道自己晚节不保，不知道秦今明会不会拱开棺材板子气得跳出来。

旁边的崔丰实看着童乐乐，暗暗打量起她。他是知道秦今明的条件，虽说有些钱，人又长得特别好，但年纪已经近五十了，面前的女孩儿也就二十出头的样子。

崔丰实看着酒店外面的车来车往，默默冷笑一声：男人果然都不是好东西，有几个像于小日一样，知道自己这辈子不可能再有什么安稳的人生了，所以不会轻易结婚伤害女人。

"瞎说什么？他都多大了，你才多大？"余鹏飞想将童乐乐赶走，可那姑娘一说到秦今明就像看到男明星一样。

"你可别忘了，秦今明虽然不在了，但我……哎！你干吗！"童乐乐还没说完，就被刚子硬给拉走了。

童乐乐不忘回头说一句："大侄子，你要是再有想问凤凰血脉的事情，尽管给我打电话哈！"

崔丰实垂下眼眸，暗暗记下那个女孩儿，不动声色地将余鹏飞二人送走，回头第一件事情就是让何朝阳去找那个女孩儿。

到了别墅的时候，两个人都挺疲惫的，余鹏飞洗洗手准备做饭，刚子无力地瘫在沙发上说道："不做了，咱们出去吃吧，实在懒得动了。"余鹏飞顿了下，撂下菜点点头。

刚子带着余鹏飞去吃了当地最有特色的老火锅，余鹏飞看着满是红油的锅底暗暗地咽了咽口水，他对重庆老火锅已经向往很久了。

店家询问了二人想要的辣味程度，刚子念着余鹏飞第一次来，没敢要太辣的，只点了个中辣的。但余鹏飞却看到店家往锅底放了四块底料，还有一捧辣椒干、麻椒等，紧接着放入新鲜的鸭血块，最后倒入水，等待慢慢煮开。

余鹏飞小声问刚子："不是说咱们点的中辣吗？这是不是弄错了？"

刚子一笑："重庆火锅的辣，不像你以为的那么辣，虽然他们在锅底上放了很多红色的油料，但吃起来辣度都能接受得了。火锅的特点更多体现在一个香味上，用料讲究，就刚刚的底料，需要放入很多作料，之后才熬制成那么一小块的，所以你一会儿吃的时候会先感受到满嘴的回香。"

刚子点了很多菜品，而这家店也赠送了十几种甜品，余鹏飞本不怎么喜欢甜食，但这甜品专门为搭配火锅的味道，吃起来冰凉又解腻，他也就多吃了几份。

余鹏飞从前上学的时候不是没听过重庆火锅响当当的名字，也不是没吃过学校门口的重庆火锅铺子。但跟当前的这一锅相比，上学时候吃过的味道差远了。

丰都老火锅很受当地人和游客的喜爱，在丰都那么多种美食中，游客们永远会把最想吃的一餐留给丰都老火锅。余鹏飞他们来得算早，不然要排很久才能有位置。

黄喉、毛肚入锅底时间虽短，进口却有嚼劲而且爽口，还带着浓浓的锅底香气。卤煮，是火锅中一道特色菜品，它将辣味和卤煮的香味融合在一起，让人吃了停不下来，每一个食客的餐桌上，都少不了一盘卤煮。

余鹏飞本以为这火锅因为辣料很多，会又腻又辣。但嫩肉入口后，鲜滑的嫩肉带着锅底的辣味，瞬间填满口腔，香气席卷鼻腔。

余鹏飞听着刚子和店家用地道的当地话谈论着锅底的作料，什么几斤辣子几斤油，做起来都是有讲究的，差了一点，火锅的味道就差之千里。

重庆这里因为地理环境的原因，湿气较大，但因为辣子可以祛湿，人们又都爱吃辣，并将辣味带到平常的饮食中，才造就了世界闻名的美食——重庆火锅。

吃了饭，余鹏飞意犹未尽，说想在外面坐一会儿，正好看到一家叫"凤饮"的茶铺子，铺子从外面看装修很有特色。

"凤饮！啧啧！这名字多好听！"刚子看着牌匾上的字说道。

余鹏飞则眉头一皱："之前娄大叔说的那个凤饮不会就是它吧！"

刚子也是一下子想了起来，说道："进去看看不就知道了。"

一进凤饮里面却冷冷清清的，"没人啊，正好我们也图个清静。"刚子说完找了一个靠窗的位置坐下。

五月的天气开始闷热，茶铺里却很凉快，不一会儿走过来一个年过五十的男人，问着两人喝点儿什么。

"你们店里特色是什么？"刚子问道。

那男人穿着一件茶白色的对襟褂子，两鬓微白，十分和善，脸上挂着一副带着长长挂绳的老花镜子，对着二人笑道："我们店里有名的茶是凤饮，这茶啊只有我们家有，祖上百多年的特色茶了，要不你们尝尝？"

听他这么一说，余鹏飞勾起一丝兴趣，央求老板来上一壶特色茶尝一尝。不一会儿老板端来东西，开始亲自做茶。

余鹏飞也跟着细细打量起这家茶铺子的装饰，店内并没有像外面那些茶楼一样装修得精致辉煌，所到之处用的东西很是古朴素净。

他注意到每一张茶桌上还留有一盏油灯，看上去并不是装饰用的，铺子里的一切被打扫得干干净净。

在结账台的桌面上，放有一尊一尺左右高的红色凤凰石雕，精致逼真，栩栩如生。

余鹏飞不由得被吸引了，从小到大，他受秦今明的熏陶，也见过不少的凤凰雕石，但红色凤凰雕石他还是第一次见。

这尊凤凰雕石浑身透着艳红的颜色，就连羽毛处都精致刻画得惟妙惟肖，宛若一只火凤真的要起身飞去！

"丰都很崇尚凤凰啊！我发现这一路不少的地方用凤凰文化做装饰的。"余鹏飞看着茶铺子里的墙上、帘子上都用凤凰做装饰，不由得感叹道。

老板一边双手干净利落地将茶倒出，见余鹏飞对那尊红凤凰有着浓厚的兴趣，他的眼中划过一丝丝伤心，说道："你看的那尊凤凰，是我朋友送我的，已经几十年了。"

余鹏飞回过头，见老板低着头认真地做着事情，却不难听出他话语中透着几分落寞和孤寂。余鹏飞猜，送这尊凤凰给老板的人，一定在老板的心中有着特殊的地位。

老板继续说道："不但这样，你看丰都的地名也有很多的地方用'凤凰'两字的，就连我这铺子的名字都是叫'凤饮'。"他一边做着茶一边侃侃而谈，余鹏飞和刚子听得津津有味。

老板的手掌很白净，指甲和皮肤护理得都不像一个六十岁人该有的样子，看起来十分年轻。

老板注意到余鹏飞的眼神，解释道："我们家的手艺需要双手不断地将茶掂打翻炒和研磨，所以手部要十分干净，这也是让客人看得舒服和放心，我们祖祖辈辈对双手要求极高。"

"我这手茶艺不是浪得虚名，我的祖上就是靠茶起家的，只不过十八世纪的时候，我祖上跟着人去做凤凰护卫队了，这手艺就扔下了，要不然我们家现在就是个大茶楼了。不过，我觉得现在这样也挺好的，等我儿子退休了，我就把这个铺子给他，他也愿意回来守着祖宗的老本事。"

老板美滋滋地笑着，余鹏飞却被他口中的"凤凰护卫队"给吸引了，于是回到桌前，看着一脸幸福的老板问道："凤凰护卫队？我还是第一次听说，那是做什么的？"

老板也不拘谨，将公道杯里的茶分给余鹏飞二人，刚子小心拿起茶杯喝了一口，顿时满口醇香浓厚，回甘不止，忍不住夸一句："真是好茶，这么好喝的茶我还真是第一次喝，果然是手艺茶。"

被刚子一夸，老板脸上也多了些笑意，自己家的手艺茶被人认可了，有一种自豪，于是又给刚子续上茶，才开始说起往事。

原来，老板姓龙，前年刚退休。祖上是做手艺茶的，生意一直很好，打从他太爷爷那辈起，家就在丰都本地落了根，所以一些丰都的本地历史他都知道。

"如果你们是本地人，就常听过一个传说，丰都这地有凤凰的，听说当年丰都发生了一些事情，请来凤凰帮忙，从那以后凤凰就在这里不走，人们为了感念它的恩德，将丰都大部分地方都用凤凰命名，也用它来作为图腾样式。"

"后来啊，丰都有凤凰这件事情被天下人知道了，渐渐地外界都知道了丰都有凤凰留下的宝藏，从那以后便不少狼子野心的人想来丰都偷凤凰。不但这样，还有些国外的人也慕名而来。"

龙大叔一边说着，一边陷入了回忆中，表情带着几分沧桑，仿佛那回忆中有他最割舍不下的人。

"那些人忌惮凤凰的威名，又听闻凤凰在丰都留下了宝藏，于是变着法子地想着盗取宝藏。可是，凤凰是丰都这片土地的人们好不容易请来的，岂能被他们那些狼子野心的人偷走，于是凤凰护卫队就是那个时候建立的。"

"有的人本来是有一颗赤诚之心的，可是沾上凤凰宝藏这件事情之后，就都变了。也有的人，为了守护至爱的亲人，到今日他们都不能以真面目示人，就为了带着亲人的执念活着而已。"

龙大叔语气有些无奈，余鹏飞听得心里也不好受。龙大叔的话其实有些在说自己身边的事情，像秦今明不就是这样的人吗？

余鹏飞跟着叹了口气，说道："是啊！这传说中凤凰留下的宝藏，让多少人家破人亡，又让多少人付出一世又一世的代价。如今，也该真相大白了，让活着的人更好地活着才对。我想，就算真的有凤凰存在，它也不希望自己苦苦守护的百姓，为了争夺那虚无缥缈的宝藏而一生都活在阴暗中吧！"

闻言，龙大叔眸中一震，心中顿时清明。

是啊，让活着的人更好地活着，这才是对他们真正的救赎。龙大叔看着余鹏飞年轻的面孔，一个想法在他心中诞生！

龙大叔让余鹏飞二人等一等，他沿着小木楼梯上了二楼，过了几分钟，拿着一个精致的小盒子下来。

他的动作有几分小心翼翼，先是将铺子的门关上，之后又将桌子上的煤油灯点亮，余鹏飞不明所以，看着龙大叔谨慎的样子，这才恍然觉得，那盒子里应该是个珍贵的物件。

龙大叔戴上老花镜，将盒子打开给两个人看。那盒子里是一个血红的珠子，晶莹剔透，只有乒乓球大小，"这里面这个东西叫双喜血珠，听说是唐朝的东西，它啊还有一个名字，叫血凤凰的眼珠子。"

"当年我的祖先做了凤凰护卫队的护卫兵，在里面是个头头，带着很多人抵御一拨又一拨的贼子，驱赶那些要来偷宝藏的人，这个珠子据说就是当时凤凰遗落的眼睛。不久，法国探险队得到消息，来重庆找凤凰宝藏，最后空手而归。紧接着他们还不收手，英国听说丰都有凤凰宝藏，为了能够随心所欲地来这里寻宝，竟然在1890年强迫清政府开放重庆作为通商口岸，重庆就这样成了清朝第一个开放的内陆口岸。"

龙大叔细细地说着，余鹏飞拿过公道杯给龙大叔的杯子里也添了茶，听着他娓娓道来。

后来，龙大叔的太爷爷那辈的人都加入了凤凰护卫队，1895年后，日本、英国、法国等国家争相在重庆设立领事馆和商务代办处，都是为了寻找凤凰血脉，进而占领中国。

"更为可恨的是，民国时，日本对重庆进行大轰炸企图破坏所谓的凤凰血脉。当年凤凰护卫队的人，听说已经找到了开启凤凰宝藏的密码，可惜那些外国人一顿轰炸之后，把刻着密码的那块石碑给炸碎了，那块石碑的残渣到今天还在南天湖那里，我们凤凰护卫队的人，冒着生命危险，在石碑被炸碎的前一刻拍下照片，可惜只拍到一个小角，那时候的相机不如今天的先进，按下快门键之后需要反应很久。同时被炸碎的还有血凤凰，后来血凤凰只剩下这一双眼睛了。我的祖宗貌似抢下了一只，另一只被外国人拿走了。"

"一个小角？那石碑上面是什么啊？"余鹏飞赶紧问道。

"当年还真留下了凤凰宝藏的线索？"听到这里，刚子眼珠子一转，说道，"就在丰都？被人炸碎了？"

龙大叔摇摇头："哼！有这张凤凰密码被炸时候照片的人现在还活着，不过他当年遇上一些事情，不愿意再谈起任何凤凰的事情了。曾经，我们也是最好的朋友，我不愿意畏畏缩缩地活着，我想让他的后半生彻底地走出来，可是……"

龙大叔说到这里叹了一口气，无奈地摇摇头。

"那个人住在南天湖那里，我们已经绝交好久了，别说你们，就那张老照片我也从来没看过。丰都是个风水宝地，这么多年被多少王侯将相盯着，恐怕不是空穴来风。前些年，我还在别人那儿看过一个明玉珍时期的画像，不知道是不是赝品，但上面也提到了，明玉珍到重庆，就是因为他以为凤凰血脉在这里，于是定都重庆，还建立了大夏政权，以为到了这里就可以立住江山，但不也是最后没得逞吗！"

刚子眉头一皱，抱着臂膀"嘶"了一声，有些怀疑地说道："难道当年真的有凤凰？不可能啊！封建迷信不提倡啊，如果真有凤凰这物种，早就在生物学上有记载了。"

龙大叔摆摆手，更加神秘地说道："别不信，我听我爷爷说过，我祖宗做凤凰护卫队之前，他是见过太平天国的翼王石达开，那人来重庆就是为了找凤凰血脉的。"

说罢他又指了指外面，小声说道："说这些太远了，你们也许不信，就咱们丰都，八十年代那会儿，晴朗的夜空里，真有人在雪玉洞那儿看到一只凤凰飞过，浑身流光璀璨，十分神奇，沿着龙河的河道飞向雪玉洞。从那晚以后，每天都有人守在雪玉洞，等着再次遇上凤凰。"

听到这里刚子品了口茶，看着余鹏飞疑问道："你说那些人怎么就知道丰都有凤凰呢？"

"口口相传是其中的一个原因，另一个因素就是凤凰这种神话中存在的神鸟，经过之地全能变成贵宝地，所以人们对凤凰只会见者皆爱，不会弃若敝屣。"余鹏飞看着龙大叔一杯一杯地给几个人倒茶，过意不去，起身给他添了茶，加上这龙大叔说了很多有用的信息，反正这会儿除了自己这桌也没有其他客人了，他想借机好好问一问。

余鹏飞说道："我之前在外地的一个墓中看过相关记载，他们虽不是丰都人，但所有的丧葬习俗全部按照丰都的做，孝服是儒家的，法事是佛家做的，找来念经的却是'道士'，完全就是巴蜀丧葬的风俗，融合了儒家、佛家、道家的文化。"

"不但这样，那个墓里的棺椁上面描绘的都是凤凰，头顶烈日，浴火重生，最有意思的是，我看到过一次重庆一位逝者，应该送给地府的路引却是送给丰都鬼城的。"

余鹏飞刚说完，龙大叔接上话："对对，民间也有传言，凤凰是长生的咸鸟，凡人若是能得到凤凰护佑，便可长生，这边也常常有人把凤凰用在丧葬上，比如刻在寿材上之类的。"

"话说，这珠子真的是凤凰的眼睛，这颜色果然好看极了。"刚子看着珠子,那珠子果然通体都是红色的,只不过是那种很亮的红色。

余鹏飞感叹道:"凤凰的秘密真是被追求至今,若是没有争夺和杀戮该多好。"

龙大叔一听就是话里有话,转头看着刚子做着口型:"他怎么了?"

刚子则说道:"这事也不是不能说,我朋友家里的人也是因为凤凰被人杀了。"

龙大叔听后说了声"抱歉",转过身子添壶水,在余鹏飞和刚子看不见的地方,眸子里划过浓浓的忧伤。

第十四章 凤凰遗宝

再回来的时候,龙大叔却一脸悲伤,对着余鹏飞说道:"你的遭遇和我那位朋友太像了,他已经半截身子入土了,我不愿意看着他这一辈子就这样折磨自己。你还年轻,不应该像他一样,让往后余生都活在仇恨和悔恨中。他知道一些关于凤凰不为人知的事情,若是你想了解的话,就去南天湖找他,希望从今以后,凤凰的秘密天下大白,那样就不会再有人为此付出惨烈的代价了。"

余鹏飞心中微动,被龙大叔的那句"他知道一些关于凤凰不为人知的事情"所吸引,难道龙大叔的那位朋友和秦今明一样,了解和掌握凤凰血脉的一些事情?不然,龙大叔之前为什么说他的那位朋友当年遭遇过一些不愿意回想起的事情呢!

余鹏飞两人和龙大叔又攀谈了一会儿才离开,临走的时候,龙大叔又把他们叫回去了,嘱咐了他们一些话,听得余鹏飞和刚子震惊不已。

他念着余鹏飞的事情，最终还是没有过去心里那道怜惜余鹏飞的坎，让他们两个去找一个人。

第二天，两人早早地就去了南天湖，这片被称为"重庆马尔代夫沙滩"的景色瞬间吸引了他们。

南天湖，这里虽然离丰都主城区不远，但神奇的地方就在它一年四季如春，有着特殊的地理位置，冬不寒冷，夏不炎热。

入眼之处是一片淡蓝色的湖水，迎着天空飘过的白云，相得益彰，让人心旷神怡。

对余鹏飞来说，这里的沙滩如果穿鞋子的话，那就太可惜了。他脱下自己的鞋袜拎在手里，脚掌踩在柔软的沙滩上，那种舒适感实属惬意。

淡蓝的湖水，搭配着看不到尽头的沙滩，加上湖边观赏的泡泡屋，这一切就好像小时候梦里的场景。

而南天湖仿佛就是一只温婉的天鹅一样，让所有人去感受它的高贵和圣洁。

五月里，已经有不少人跑来南天湖避暑了，露营的，划船的，拍照的，比比皆是。

南天湖对于丰都当地人来说是避暑首选之地，人们不用出市就能体验到有沙滩白云的度假胜地，也不用在旅途中体会长途跋涉的辛苦。

"这里真好，没有高楼大厦，水天相接，一望无际，我已经许久没看到这种原始的天空了。"余鹏飞将心底的浊气吐出，南天湖的风景让人心旷神怡，随着视觉的开阔，心情也跟着晴朗了很多。

根据龙大叔的描述，余鹏飞要到南天湖找一个人，而这个人正是凤饮龙大叔口中的朋友，也是手里握着凤凰秘密的人，对于余鹏飞来说，这么好的线索怎么会轻易放过。

"当年的丰都，一定是发生了什么事情，听龙大叔的说法，他的那个朋友也是和秦今明叔叔一样，被人迫害了，不知道为什么，我隐隐有种感觉，龙大叔说的凤凰秘密就是凤凰血脉！"

余鹏飞拎着鞋子坐在沙滩上的椅子上，眼神不断在周围的人群中搜索，寻找着跟龙大叔描述相符的人。

"龙大叔让我们来这里找一个清洁工，南天湖这么大，我们要怎么找啊？而且龙大叔为什么不直接带我们来，那样岂不是更加方便一些？"刚子抱着帽子，语气不耐烦。

余鹏飞解释道："昨天龙大叔说过的，他和这个朋友有些陈年旧事，但我听得出，他话里话外的意思还是放心不下这个朋友，所以想着让我们来找这个人，顺便帮他的朋友走出心里的阴影，好好活着。"

刚子轻笑一声，无奈地说道："希望这趟南天湖之旅，我们能得到一些有用的线索吧！"

两人在南天湖的度假区走着，走到梦悦湖的时候，很远地就听见一个男人在呵斥别人的声音。

"你是来这里上班的，你以为你是来画画的吗？能干就干，不能干就滚！"男人声音高昂，怒气冲冲，对着一个穿着灰色保洁套装的大叔骂着。

余鹏飞望去，骂人的是一个穿着黑色短袖制服的中年男人，看样子像是主管。可是他骂了几句之后，就有人上前来将他拽走，顺便还跟保洁大叔道歉。

"这什么情况？"刚子疑惑不解地问道。

余鹏飞看着桥下正在画着油画的大叔，明明穿着保洁的衣服，整个人却有着清贵的气质。保洁工人上班时候画油画，怎么看这场景都很违和。

刚子咂咂嘴："人不可貌相，走！问问去。"

刚子噗嗤一笑，故意跑进保洁大叔的取景范围内，以为扰了他的兴致，没想到人家还把他画在画里了。

余鹏飞望向一边厚厚一摞的画纸，那都是大叔画的南天湖的风景。

"叔叔，你画得真好。"刚子像个小孩子要糖吃的样子，笑嘻嘻地对大叔说道，站在他的身旁，看着画上的自己。

幼江很是喜欢面前这个小伙子，浓眉大眼的，憨厚的样子，使一幅梦悦湖油画更加生动自然。

幼江将画取下递给刚子："送给你了。"

刚子要不是看着幼江面带笑容，他还以为这个大叔在诓自己呢！"真哒！"他看了看身后的余鹏飞，他们都认定眼前这位极有个性的保洁工人就是自己要找的人。刚子回头对幼江继续说道："叔叔，谢谢你啦，其实我们来这里是想找您的。"

幼江一愣："找我？"

余鹏飞小心翼翼地说着："龙大叔让我们来找你的，他……很想念你。"

说完，余鹏飞观察他的表情，幼江的脸色迅速暗了下来:"慢走不送。"他拿起自己的画盘开始收拾东西准备走人。

余鹏飞上前拦住他:"叔叔,我们想找凤凰血脉的下落。"

余鹏飞注意到幼江这个人年纪也不太大,五六十岁之间,却整头的白发,而且他脸上的笑意看起来不是发自内心的。

而幼江正是龙大叔让余鹏飞二人来找的那位,龙大叔的原话中形容幼江是这么说的:在南天湖找一个画画的保洁老头,满头白发、性格古怪的就是他。

看着幼江虽然笑着看着自己,但余鹏飞却从他的眼神中看到了隐隐的冰冷,他心里猜测,龙大叔不会无缘无故地让自己来找幼江。

一头白发,怪异的性格,能在工作中随心所欲,这样的幼江在余鹏飞看来,他的人生一定会有什么让他不愿回首的过去。

刚子都没想到余鹏飞这么直接,上来一句话让幼江脚步停下。幼江不敢置信地问着余鹏飞:"你说什么?"

关于凤凰血脉这东西,只有幼家人知道,难不成他那个该死的兄弟把这事都告诉了人家?

余鹏飞在赌,他也不知道应该怎么说动幼江,但凤凰密码这事一定是那个龙大叔和面前这个人的最大秘密,若不是龙大叔想跟幼江缓和关系,也不会轻易说出秘密。

"我不知道你在说什么?"幼江冷哼了一声,又要继续走,余鹏飞见旁边过来几个游客,他不敢直接跟幼江说明缘由，让刚子在原地等着，自己则一直跟在幼江身后。

余鹏飞见幼江在一处小房子前停下，整理着他的画板。余鹏飞开口说道："你若是真有那东西的照片，不应该交给秦家人吗？"

"别和我提秦家人！"幼江失控地怒吼道，重重地喘着粗气，似乎要把余鹏飞碎尸万段一样，"秦家人就是害人的鬼！"

余鹏飞一愣，这幼江难道知道秦今明？他只是在试探一下幼江，没想到幼江还真知道。

"不是所有的秦家人都是害人的。"余鹏飞踏过门槛，站在幼江面前，见他在椅子上呆呆愣愣的样子，余鹏飞将一张照片拿给了他。"他也是秦家人，守护凤凰血脉的，可惜被人害死了。"

幼江冷哼一声："我不想管这些事情，当初我没管，现在我更不会管。"

当初？余鹏飞听到这里顿了顿，继续说道："可我想终止这场凤凰血脉的抢夺战，以后，就再也不会有人为它而死。"

到此刻，余鹏飞终于确定，面前这个叫幼江的男人也知道凤凰血脉的秘密。而且，他恐怕也跟秦今明一样，一直在守护着凤凰血脉。

幼江好久没说话，直到画盘掉地的声音将他吓了一跳，他这才恍惚地发现，自己失手将画盘掉地上了。

他弯腰捡起，喃喃地说道："你们胆子太大了，那些人会在后头盯着你们的。"

余鹏飞紧抿着嘴唇，见幼江情绪有些松动，心中微微松了一口气:"确实,我从天津一路过来,已经遇到那些人很多回了,他们从最开始欺骗我,到最后想着直接置我于死地,手段残忍,我的朋友们多次因为这件事情而受伤,越是这样,我就得加快动作。"

余鹏飞的这番话,终于打开了幼江内心中的一丝裂缝。恍惚间,他好像看到了从前的事情,沧桑的脸庞上流下悔恨的泪水。

刚子和余鹏飞赶紧安慰着他,却又不知道该从哪里说起。余鹏飞对刚子摆摆手,示意他让幼江自己先发泄一下情绪。

幼江一边朝着自己的小房子里走去,一边像一个无助的孩子一样抹着眼泪,身上的保洁衣服也有些狼狈不堪,余鹏飞和刚子就这样跟着他一路回到了他的房子里。

幼江的房子离南天湖不远,里面几乎没什么东西。一张床,一张桌子,就连他穿的衣服都看不见几件,余鹏飞想象不到幼江一个人在这里是怎么生活的。

"当年飞天神鸟掉入河中,宋朝皇帝派我们幼家人的祖上看守神鸟,后来世世代代就开始在这里扎根生活,我已经六十多岁了,至今都没见过神鸟。我的姐姐就是被秦家人害死的,三十年前他们为了找飞天神鸟,杀害了我姐姐和她幼小的儿子,只因为我们是幼家人,不管过了多少年,手里依然有飞天神鸟的线索。"

说到这里,幼江捂着脸哭道:"那个时候我没管我姐姐和孩子啊!为了保命,为了给幼家人留个根,我姐姐将我推搡出去,我却因为惧怕死亡,亲眼看着自己的姐姐被害。"

余鹏飞不知道该怎么安慰他，毕竟那种两难的境地真的很难选择。幼江若不活着，飞天神鸟的秘密就再也没有人知道了，可若是想活着，就要看着自己的姐姐死在自己面前。

这一刻，余鹏飞想到了秦今明，不知道他在弥留之际是不是一样惶恐无助？他若是秦今明，在咽气前的一刻，也会想方设法将凤凰血脉的秘密留给后人，不然千古的秘密就再也没有人知道了。但为了防止凤凰血脉被有心人利用，那些留下的暗语又要设计得模棱两可才可以。

"若不是为了保存那个秘密，我真想跟我姐姐一起死去。"幼江眼中无神地看着前方，让余鹏飞想起之前龙大叔的样子，他之所以把这么重要的秘密告诉余鹏飞，无非就是想让孤苦伶仃的幼江不要再受良心谴责的痛苦。

余鹏飞翻出手机里另一张照片，那上面是他之前画的假玉石的图案，说道："之前，我有这个玉石，它就是传说中的凤凰密码'鹏'，可惜前几天被人偷走了，现在我唯一的线索就是你了。"

幼江看了那个东西好久，这些年来，自从姐姐死后，幼江开始隐姓埋名地活着，除了龙大叔，现在外面所有人都不知道他叫幼江，那些杀了他姐姐的秦家人以为他和姐姐一起死了。

三十年了，他没联系过他的姐夫，恐怕连他姐夫都不知道自己还活着。他也不想联系，那个懦弱的男人，在妻儿死后一点复仇的心思都没有，幼江恨他都来不及。

"幼家人根本没有任何飞天神鸟的消息，只是有一个规矩，幼家人世代不能出丰都，要定居在龙河边上，祖上在这里，我们后代就这样一直在龙河边上生活下去，哪有什么飞天神鸟的秘密。"

幼江冷笑一声："不过，十八世纪的时候，我的祖上加入了凤凰护卫队，与那些外国人斗了几十年。一八九五年的时候，日英法几个国家争相在重庆设立领事馆和商务代办处，哼！这些贼子，凤凰护卫队怎么能不知道他们的想法，自从凤凰血脉的事情被传出去以后，但凡来重庆的外国人就没有好人，凤凰护卫队的人在慢慢调查这几个国家，发现他们在暗处找凤凰血脉，后来凤凰护卫队觉得情况越来越不好，也开始自己找凤凰血脉。当时我们找到了开启凤凰宝藏的密码，说是一块石碑上刻着一首诗，但还来不及看，就被外国人炸碎了，在那之前拍了一张照片，只不过照片也在后来被毁了，这百年来，幼家人只能将照片上的内容口口相传。"

幼江的声音淡淡的，对余鹏飞说着照片上的内容，那照片他根本就没见过，因为在他出生之前照片就被毁了。

"一块碎裂的石头，只能看到两个字，分别是礼、义。这就是我爷爷告诉我的所有幼家的秘密。这些年我也搜集了不少飞天神鸟的资料，渐渐地就知道飞天神鸟之所以被很多人盯着，是因为它的身上有凤凰血脉，一来二去我查到了秦家人在做凤凰血脉的守护者，逐渐知道得也越来越多。"

幼江声音透着无奈："可我不敢露面，我怕若是再出个意外，我姐姐的命白没了，我这一辈子都没有娶妻生子，怕妻儿被连累，可又想着我死后，这个秘密谁来传承下去。"

余鹏飞安慰着幼江："可我们希望你从今以后好好地活

着，幼家的秘密，乃至飞天神鸟的秘密就交给我来完成吧，这一次，不会再有人为此付出生命的代价了。"

他继续问着幼江："不是说有一块石碑的残渣在南天湖吗？"

幼江冷笑一声："哼！那块石碑就在梦悦湖那里，这块石碑据说当年在名山，后来不知道怎么的被凤凰护卫队的人给转移到南天湖了，可能是不想让那些贼子找到吧，可惜后来日本对重庆进行大轰炸的时候，把它炸成了碎片，如今在梦悦湖湖底的不过是碎渣子罢了。"

余鹏飞终于明白了，幼家这百来年留传下来的秘密只不过是几个字，就连龙大叔说的照片也不存在了。而这么重要的秘密，龙大叔却能告诉几个不相识的孩子，无非就是想让自己的挚友不再因为当年姐姐的死而谴责自己。龙大叔是想帮幼江走出来，因为他太痛苦了。

从幼江的房子离开的时候，余鹏飞仍是一头雾水，礼、义这两个字是什么意思？

刚子要在南天湖住一晚露天泡泡屋，说是晚上要看星星，余鹏飞答应下来，晚上陪幼江喝了一顿酒，幼江十分高兴，一会儿哭一会儿笑的。

酒过三巡，幼江黝黑的脸上泛着淡淡的微红，眼角的湿意却一直存在，他对余鹏飞不停地说着"谢谢"，并嘱托余鹏飞要保护好自己。

"我解脱了，我终于解脱了……"

余鹏飞和刚子将酒醉的幼江扶到屋里那扇陈旧的木床上时，幼江的嘴里不断地嘀咕着这几个字，虽是闭着眼睛，但余鹏飞也能看出来，幼江是真的放下了陈年旧事。他也希望这个和秦今明一样受凤凰血脉困扰的幼江，能够后半生好好地为自己活着。

第二天一早，余鹏飞和刚子起来得有点晚，因为前一天喝酒喝得太晚了。

"噔噔噔！"

余鹏飞刚醒还没起床，就听见有人敲门，他看着刚子还在睡觉，小声起身开门。

门外站着两个警察，余鹏飞心头顿觉不好，待警察同志亮出警官证和幼江的照片后，余鹏飞心中的不妙感越来越大。

门外的其中一名警察对着余鹏飞问道："你好，丰都警方，有人看见你昨天跟这个人在一起喝过酒，请问你是他什么人？"

余鹏飞皱起眉头："我们昨天是在一起喝过酒，请问是有什么事情吗？"

警察收起警官证说道："他自杀了。"

半晌，余鹏飞两人从警察局出来的时候，天空黑沉沉的，空气也闷闷的，是风雨要来的征兆。

他叹了口气，转头却看见龙大叔正颓废地坐在警局门口不断叹气。

昨晚，幼江和余鹏飞还有刚子喝完酒之后，在自己的屋内自杀了，给龙大叔留了一封信，说自己这些年活得太痛苦了，一直都对姐姐母子死在自己面前的事过意不去，现在将事情告诉余鹏飞之后，幼家的秘密已经得到传承，终于可以去见姐姐了。

第二天一早有人发现他的时候，幼江已经在自己的屋子内吊死了。

余鹏飞愧疚万分，昨天因为发现一些凤凰血脉线索的好心情这会儿已经全无，脚步也因为幼江的离去沉重了许多。

他踉跄地蹲坐在龙大叔的身旁，嘴里不停地说着："对不起，龙大叔，都怨我，是我害死了幼江叔叔。"

龙大叔头发乱糟糟的，今早起来接到了警察的电话之后，他总以为自己还在梦里一样。他抬起头，看了看阴沉沉的天空，仿佛幼江的离去，将头顶的这片天空也染上了悲伤的气息。

他何尝不自责，若不是自己出于私心，让余鹏飞来找幼江，幼江也不会想不开，说起来自己才是导致幼江自杀的凶手。

龙大叔喃喃地说道："不怨你，怨我，是我觉得他这么多年一直困在姐姐被害的阴影里，是我想让他走出阴影的，才会让你们去找他，结果聪明反被聪明误，把他害了，我以为他只是对当年的事情过意不去，谁知道他的心结这么重。"

仅仅几天时间，余鹏飞感觉龙大叔似乎老了十几岁，两鬓的头发竟然全白了，眼角也无精打采地耷拉着。

他喃喃地开口："人人都说越活越好，为什么我和幼江战战兢兢了一辈子，依然不得善终。这都是报应啊，因果报应啊！"

余鹏飞想安慰他，却不知从何处开口。

龙大叔痛恨自己和幼江的人生，余鹏飞能理解他内心的伤痛，明明想让挚友活得更好，却不想害死了挚友，这样的打击又有谁能承受得了？想必，龙大叔的后半生会在自责中度过吧，就和幼江曾经的人生一样。

雨点淅淅沥沥地下着，掉落在几个人的身上，却没有一个人愿意躲进后面的房檐下，似乎那冰凉的雨水能将他们内心的苦涩和伤痛冲走一些。

"这事不怨你们，你们不能理解他看着亲人被害的打击有多大，死又不能死，又不能露面，只能苟且地活着。"

龙大叔起身准备离去，看了看余鹏飞说道："我们见面的时候，你问那些事情，我就知道你不是个简单人。"他不想过问余鹏飞的事情，只是嘱咐了一句："从今往后，愿你们都好好的，保重。"

他正要离开，发现面前站着一个熟悉的人。

龙大叔先是一顿，不可思议地看着面前同样憔悴不堪的娄金圣，又转头看向身后的余鹏飞和刚子，之后仿佛明白了什么，眼中的震惊慢慢化为愤怒，他指着娄金圣很久却发不出一声言语，愤怒到了极致。

龙大叔冷笑一声，眼睛气得发红："娄金圣，你这个懦夫，你妻儿死了几十年你不报仇就算了，你知不知道你这是害死了幼江啊！你就是杀他的凶手啊！他可是你妻子用命救下来的人啊！"

看着一脸愕然的娄金圣，龙大叔伸着左手颤颤巍巍地指着他，老泪纵横："娄金圣啊，幼江明明可以好好活下去的，是你又将他拉进了那段不堪回首的心魔中的，你害死了他啊！"

娄金圣今天一改往常那副精神抖擞的样子，眼神暗淡了很多，脸色煞白。看着龙大叔说道："若不是你当初瞒着我幼家还有活人，我会让这两个娃娃去找你吗？我怎么会知道幼家还有人活着？我怎么知道幼江还活着啊！知道我为什么让余鹏飞他们去找你吗？"

他冷笑一声，余鹏飞看着他的表情，心里暗叫不好。

果然，娄金圣继续说道："这两个人也跟凤凰血脉有关系，他们的身后一直有人跟着，我只要利用他们去找你，也许你就会把凤凰秘密拿出来，到那时候，他们身后的那群人就会现身，而那群人正是当年害死我妻儿的凶手，他们是秦家人！只要他们现身了，我就能替我妻儿报仇了。"

娄金圣指着龙大叔说道："而你，活该！我们家人当年对你那么好，你为什么眼睁睁地看着我的妻儿在火海中烧死，你不救他们，却活得心安理得，你也该死！"

到这里，余鹏飞才听明白。自己和刚子早就被眼前这个娄大叔给利用了，什么车子在半路坏掉了，什么娄金圣要写凤凰的书籍，这全都是他给自己下的套，等着自己钻进去。

而他不明白的是，娄金圣是什么时候发现了有人跟着自己的。

龙大叔苦笑着，实在不敢相信眼前的人已经不是当年重情重义的娄金圣了，他气冲冲上前打了娄金圣一拳，之后摇头说道："你是个杀人凶手，是你杀了幼江啊！你知道他这些年是怎么过的吗？他就等着有人能让他解脱呢！你疯了，哼！你疯得脑子都糊涂了，你又怎么知道跟着余鹏飞的人就是当年杀害你妻儿的人？"

"这些年幼江不敢去找你，生怕有人盯上自己，他若再去找你就会连累了你。幼江是我当初差点没了命从火海里救出来的，我后背上被火舌舔过的印记现在还在呢！我和幼江以为，你早就离开了丰都去外面的世界重新生活了，也想着事情过去这些年了，再去复仇早就不可能了，我们都想安稳地活着。"

龙大叔激动地指着余鹏飞和刚子："这两个人那天去了我的凤饮，我怜惜他的家里人也是因为凤凰遇害的，结果想不到一切都是你在背后搞的鬼。娄金圣，几十年了，你活得还不如从前呢！"

龙大叔朝着娄金圣怒吼，不再管任何人，颓废地迈起脚步离去，他还要回去给幼江办葬礼呢！

"龙大叔！"刚子叫了他一句，他依旧没有回头。

余鹏飞制止他："别喊了，幼江叔叔好不容易隐姓埋名了，我们就不要再跟龙大叔有任何来往了，免得那些人再盯上他，给他带来危险。"

娄金圣看着面前两个大男孩儿，笑道："看看，凤凰血脉是个多么厉害的东西，这世间从未有人停止过对它的寻找，光凭你们两个就想找到？哼！痴心妄想！"

余鹏飞眸中划过一丝不悦，他本以为娄金圣只是个对凤凰文化有着深刻爱好的老人，却不想这个老人从第一次见面就给自己设下了一个好大的局，或许那所谓的"第一次见面"也是一场阴谋。

他不禁想到，从前父亲余大阳跟他说过的话，父亲说世人看不见这世间的险恶，还以为平平淡淡的一个人背后也是干干净净的。殊不知，那些肮脏又缺德的事情，正是这种外表看起来老老实实的人干的。

余鹏飞看着娄金圣佝偻成一个风烛残年的老人样子，瘦弱的身子有些晃荡，似乎一阵风吹过就会被吹倒。余鹏飞再次嘲笑着自己的无知，他被这个看起来和善的老人欺骗了，导致了一条活生生的人命从这个世界上消失了。

余鹏飞此刻对娄金圣没什么好脸色，在这之前他根本联想不到，娄金圣就是幼江口中那个软弱无能的姐夫，却不想，娄金圣一直未放弃过复仇，哪怕是有过几面之缘的自己也能被他所利用。

他声音淡淡的，看着娄金圣没了往日的仰高之情，声音冷冷的："你是什么时候知道我在找凤凰血脉的？又是什么时候知道我们被人跟踪的？这一切是你一开始就设计好的吧？"

娄金圣原本并没有将余鹏飞放在心上，他和刚子只不过是自己用来引出害死他妻儿的凶手罢了。但当娄金圣看到幼江遗体的那一刻，娄金圣这才顿悟自己这几十年都白过了，还不如两个孩子懂得维护至亲。

他踽踽跚跚着步伐，一步一步地走到警察局门前的石阶前坐下，巍巍颤颤地伸手掏出上衣兜里的烟，余鹏飞发现娄金圣干枯的手指颤抖得有些厉害，却终于在挤得皱皱巴巴的烟盒里掏出了一根烟。随着烟的点燃，他那浑浊的眼睛里充满悔恨，事到如今，他也再没有隐瞒下去的必要。

他说:"那天凤凰庙是我们第一次见面,我听到跟你们在一起的那个小姑娘说要找凤凰血脉,凤凰血脉这几个字在别人听来是无稽之谈,却能让我浑身的血液瞬间凝固。

"然后我就计上心头,把车坏在半路等着你们。从餐馆离开以后,我在赌,赌你们身后会有人,我在猜会不会有人找上我,来打我一顿,偷走我的资料,抑或逼着我讲一些凤凰的秘密。果不其然,夜里有人盯上了我,将我的资料都偷走了,而那些人正是跟在你们身后的人。

"自从我的妻儿死后,我一腔恨意却不知道该找谁报仇,硬生生压下那些屈辱和恨意,开始着手调查凤凰血脉的秘密和资料,也知道了这凤凰血脉不是谁都能寻找到的。

"而我以为幼江当年和我妻子一样死在火海里了,当时事发的时候,姓龙的就在我的妻儿跟前,他没去救幼家的任何人。我一直记恨这个事情,所以你们后来要找凤凰血脉的时候,我把姓龙的暴露出去了,因为他是凤凰护卫队的后人,凤凰护卫队一直被寻找凤凰血脉的人惦记着,我把姓龙的暴露出去,这样那些人就能找上他,我就可以借着那些人的手杀了姓龙的,让他也尝尝生不如死的滋味。也能找到当初那些杀害我妻儿的人了,不是一举两得吗?哈哈……"

余鹏飞摇摇头,语气惋惜:"你真是疯了!你有没有想过,龙大叔为什么会知道幼江叔叔活着,你有没有想过龙大叔为什么当时没有救你的妻儿,你觉得他那样心地善良的人真的会见死不救吗?难道不是当时他救下了幼江叔叔的?"

娄金圣哈哈大笑,笑着笑着就哭了,最后哭得像个孩子一样,泪水顺着脸上的沟壑流下,他坐在台阶上,彷徨又无助，朝着余鹏飞大吼道："可我哪里知道幼江还活着！我又哪里知道他救了幼家人！"

他悔恨的样子让余鹏飞没了再质问下去的心思，幼江的离去无疑给娄金圣致命一击，这伤痛不比当年妻儿被害的打击少半分。

余鹏飞看着远处渐渐放晴的半边天，湛蓝的天空上飘过一朵白云，给人带来了新的希望。他对娄金圣语重心长地说着："没到凤凰血脉真相大白那天，我恐怕依旧会在刀山火海里行走。往后不管遇到什么样的事情，我也认了。娄大叔，既然你可以跳出这个烂泥坑就不要再进来了，无论是谁都想你好好活着，保重！"

余鹏飞说完就和刚子离开了，身后的娄金圣悲哀地坐在警局门口的台阶上，在风中独自神伤。

好久，余鹏飞和刚子因为这件事情心情一直不好，余鹏飞甚至没有了再继续寻找凤凰血脉的动力。

他从未想过，在自己寻找凤凰血脉的路上会再添人命，这不是他寻找凤凰血脉的初衷，亦不是秦家人世世代代所要守护的正道。

刚子不愧是从小跟余鹏飞一起长大的朋友，见余鹏飞魂不守舍的样子，便知道他的心里在想什么。

回家的路上，两人心情沉重。余鹏飞闭着眼睛躺在副驾驶上，就像睡着了一样，没有了往常的精气神。刚子在名山脚下的小官山街道上寻着一个地方停了车，开了车窗看向外边热闹的街道。

余鹏飞不知道什么时候睁开了眼睛，也跟着看向外边。

街道上的人们脸上洋溢着笑容，三五成群，品尝着美食，在一处处景观前驻足观望。

远处，一堆动物气球徐徐升上天空，越飘越远，引得人们叹息不断。

原来是卖气球的小贩一不小心没有抓住那捆拴着几十个气球的绳子，导致一大把气球升上了天空。老板在惋惜之余，只能扭头继续热情地张罗着眼前的生意。

回到别墅，余鹏飞将自己关在房间里，刚子知道他因为幼江的事情，一直悔恨自责，刚子没有打扰他，借着晚饭的机会，他安慰着余鹏飞："你还记得幼江叔叔之前喝醉了一直对你说什么话来着？"

余鹏飞无精打采地吃着碗里的饭，恍惚地记起前一晚幼江的样子。他脸颊微红，不断地对自己说着"谢谢"，他还说是余鹏飞将他从一摊烂泥中解脱出来，他苦苦守候的秘密终于有了传承的人。

"对于幼江而言，若是凤凰的秘密不能延续下去，他活着跟死了是没区别的，你若真的不再寻找凤凰最终的秘密，岂不是和他当初一样，让牺牲的人平白无故地付出了生命？"

刚子轻轻地说着，他的话让余鹏飞眼中逐渐恢复了亮光和希望。

"若是你真的停止了寻找，幼江才是那个最失望的人，他把所有的希望都寄托在你身上，你是他延续希望的人。如今的你，不应该退缩半分，幼江虽然离去，却有更多人在等着你的守护,你难道要因为幼江一人,而舍弃更多需要被你保护的人吗?"

刚子继续说着:"还记得我们今天回来的路上,路过小官山街道的时候,看到的那几十个气球升上半空的那一幕吗?"

余鹏飞抬起头看着刚子,并没有说话,等着刚子接下来的话。

"你看那个卖气球的小贩,他难道不心疼那些花了钱上货来的气球吗?对他而言,那些气球也许是他多少天以来的营生收入。可即使这样,我们只是看到他惋惜地看了那些气球而已,紧接着就转头开始继续卖起了气球。"

"卖气球的小贩是明白的,气球越飘越远,已经没有把气球追回来的可能了。所以,他只能忍痛不去管那些气球,只有张罗好眼前的客人,才能把飘走的气球的本钱赚回来。"

刚子继续说着:"鹏子,我们现在的情况和卖气球的小贩有哪里不同?道理是一样的,幼江叔叔已经因为凤凰血脉的事情离去,我们明知道是因为我们的介入,让他自责当年的事情而自杀。伤心是应该的,但不能在这个时刻因为伤心而耽误了大事。和娄金圣分别的时候,你说希望他从这摊烂泥中跳脱出来,可你有没有想过,根源不解决,还会有人继续往这摊烂泥中奔去。你已经走到这一步了,无论接下来怎样,你都要坚持下去,这不也是你跟娄金圣说的吗?"

刚子外表看似一个粗心大意之人,实则说的每一句话都让余鹏飞毫无反驳之力。

余鹏飞指尖微微颤抖,刚子说的话句句都如刀一般刻在他的心坎上。是啊！他还有需要守护的人，这世间一定还有像幼江一样，为了凤凰血脉而解脱不得的人。

他寻找凤凰血脉的初衷，不也是为了查找秦今明被害的原因吗？这一路，他见到了太多人因为凤凰血脉而争来夺去，既然已经到了这深渊之中，何不救更多的人！

余鹏飞在刚子的安慰下，心情果然好了很多，虽然幼江给他的打击依然在，但就如同刚子所说的一样，幼江给予他的希望依然在，为了这份希望，他余鹏飞也不能就此退缩！

第二天，刚子和朋友去搜集全城的凤凰血脉图案线索了，他和余鹏飞怕遗漏什么重要的线索，所以准备再细细打听一番。

余鹏飞则一人又去了名山附近，他将连日来遇到的事情串联起来，努力思考当年凤凰在丰都留下的一切。

余鹏飞一个人自顾自地逛着街，小官山下面的街道十分热闹，吃喝玩乐一应俱全，带着丰都本地特色。

这里传承了千年的古建筑群，带有浓浓的峡江特色。街道两旁是小贩子互相叫卖的摊位，这里有琳琅满目的美食和小百货，也有让人拍手叫好的表演。

戏台上，有人生动地演绎着小官山非物质文化遗产木偶戏。再往前是丰都石工号子的表演团，嘹亮的歌声透着原始的味道，将那个年代的激情反映得淋漓尽致。

有着"牛都"称号的丰都，岂能少得了恒都牛肉。摊位前一身店小二造型的掌柜正应着客人的需求，在精纯的牛肉上添上各样口味的汤汁，那碗中的牛肉冒着热气，即使没有入嘴，余鹏飞也能感觉出它那种有嚼劲的口感会让自己舒服了味蕾，索性他也买了一份。

丰都美食很多，艄公号子鱼、仙家豆腐乳、锅巴洋芋、麻辣凉面等，这些最具有丰都本地特色的美食，从来不缺少追捧之人。

早上八点，丰都这座城市进入新的一天，余鹏飞不止一次发现，上班的人们会在沿途买一份大碗的锅巴洋芋，随后带着这道美食心满意足地再次踏上去往公司的路途。

在他面前的这道仙家豆腐乳，是丰都历史悠久的有名小吃。余鹏飞看着店家摊位上挂的简介，仙家豆腐乳是用大豆、白胡椒、砂仁、白蔻做成的，豆腐要天然酿造，一直酿到出了酱香的气味才算成功，过程工序繁多复杂，少不得人精心照看，酿好的豆腐乳味道鲜美，在做菜的时候作为调味来说无疑是最佳的选择。

余鹏飞在表演木偶戏的地方停下，被台上的表演吸引住了目光。

木偶戏，是以木头雕刻成的人形木偶为媒介的表演，品种繁多，历史悠久，演绎生动而又精湛。

木偶戏自汉朝诞生，在唐朝的时候兴起，深受当时的百姓追捧和喜爱，后来经过发展，人们将各种故事借助木偶戏生动地演出。

余鹏飞看着台上的木偶戏，被幕后演员的演技所折服，顿觉这种传承了千年的文化，无疑给丰都这座历史悠久的宝地再添了一道亮丽的风景。

他低头看着桌子上关于木偶戏的当日活动的宣传页，默默念出："《东京梦华录》，杖头傀儡，悬丝傀儡，药发傀儡……"这是《东京梦华录》里关于木偶戏的记载。

而台上说的是一位老者在向自己的孙子讲述当年凤凰造福人间的故事。

"传说当年，那只飞天神鸟在落入凤鸣湾之前，去过龙河一带的一个悬崖上，看着崖边一人正准备轻生，便问那人怎么了，得知那人重疾在身，不久将殒命，凤凰不忍，在崖边凿开了几个岩洞，让那人躺进去，等那人再出来的时候，凤凰已经不见了，那人身上的病症也好了，生下的孩子个个活到百岁，传说他得了凤凰怜惜，寻得了长生秘术。"

"从那以后，龙河的岩棺群便时不时有人去上面躺一躺，渐渐地就成了当地人的福地，紧接着有人将自己亲人安葬在上面，将棺材做成船状，祈求它载着亲人到达福地。"

表演的人依旧表演着，余鹏飞却接连想到自己从很多人口中得知的信息，之前小义和小杨说过岩棺群，在重庆侍女张氏那儿也见过船棺葬。

难道那个岩棺群真的有着长生秘术？

余鹏飞想到这里，快速动身前往龙河岩棺群，思考着答应刘文庚的时间还有两天，自己可以在这个时间里为自己争取更多的机会。

他开车停滞在龙河沿边，对岸正是悬崖的岩棺群，震撼而又神奇，实为稀世奇观。

岩棺，当地人称为"仙人洞"，有传言说，人若是老了，进去那岩洞里躺上一躺便返老还童了。

余鹏飞记得自己看过的那本《太平广记》里面就说过，土家人自古还有二次下葬的习俗。人死后，将遗体装进棺木内，搁置于村外，三年后，再将其遗体进行岩棺葬。

龙河两岸的岩棺，基本上都在陡峭的岩壁之上，位置很高，余鹏飞根本上不去，他在周围转了一圈没发现什么特别的，无功而返。

天色尚早，余鹏飞暂时没有回去的打算，看着龙河的风景，一时间心中的郁结倾出不少。龙河蜿蜒，像条正在游走的巨龙。余鹏飞有些惆怅，若是父母都好好的，陪他在这龙河看个日落该多好。明明就是一个简单的愿望，这辈子都再也实现不了。

他回到家里，发现刚子正好也回来了。余鹏飞问他能不能找到人打听一下岩棺群的资料，或者亲自到岩棺群上面的石洞里看一看也好。

刚子吓了一跳："亲自看一看？什么意思？你要躺进去？"

余鹏飞本来不是这么想的，被刚子提醒了一下，顿时觉得这也许是一个好主意，于是点点头："这个主意不错！"

"这个方法行不通！你知道上去的人都是装在棺材里的，把你装棺材里放上去？"刚子白了他一眼。

余鹏飞越来越觉得这个方法可行，他反驳着刚子："装在棺材里去岩棺群的石洞走一圈算什么？只要能查出一些线索，在那里待上一晚也不算什么！该不会你的人脉有问题吧？"

刚子眼睛一瞪，故作骄傲地说道："嘿！我的人脉你还要质疑？你等着！"

说完，他又纠结道："那要怎么跟人说你要去岩棺群的石洞啊？"余鹏飞也绞尽脑汁，不出一会儿，他想出一个能说服众人的理由，他朝着刚子耳语几句，刚了顿悟地说道："丰都从前的人们，确实很讲究这一方面的事情，这个理由也不是不可以。"

隔天，刚子的别墅里来了几个陌生的人，年纪大概都是五六十岁的样子，衣着朴素，均是敦厚的面相。

为首的一个大叔，穿着一身淡蓝色的衣服，见床上奄奄一息的余鹏飞惊叹道："这孩子年纪不大啊，什么病没查出来？"

刚子装模作样叹口气："能看的都看了，什么病也没有，这是我发小余鹏飞，大老远从天津奔着我来的，这不刚来咱们丰都就这样了，这要是在咱们这儿有点事，我怎么向他父母交代啊！"

床上的余鹏飞脸色灰白，嘴唇没有血色，像个久病之人的模样，让几个大叔看着心疼不已。早上刚子请了朋友替余鹏飞化了一个"死人妆"，化好后余鹏飞去卫生间看见镜子里的自己，也被吓了一跳。

那些人点点头唏嘘不已，为首的男人叹息，说道："怪年轻的，太可怜了。"

刚子见状，又说道："所以我记着咱们这里有老风俗，想着把他送进岩棺石洞里看看情况，若是他好了就是老天保佑，不好的话……"

刚子转过头，一脸悲伤："不好的话，他的归宿在那里也挺好的。"

这话听得床上"昏迷"的余鹏飞心中直发毛，这死刚子该不会借着这事整自己吧？

为首的大叔粗着嗓子说道："以前老一辈的人为了让人活得更好更长寿，都是把人送到岩棺群的石洞里躺一躺的，我听说好像要治丧才能去石洞的。"

刚子眉心一跳，有些不解："治丧？咱、咱们不需要那些步骤吧！"

余鹏飞闭着眼睛，心里不太懂他们说的治丧是要干吗，只能安静地听着。

大叔摇摇头："岩棺船葬是咱们巴蜀特有的丧葬方式，你若是去石洞，不按照咱们的规矩来怎么能行呢？"

刚子又问道："那按照巴蜀的丧葬方式，我们需要怎么做？"

大叔扳起手指，细细地给刚子解释着："从前的巴蜀丧葬很多讲究的，首先咱们得准备丧服，按照五等，还得分谁穿什么样子的。其次叩礼、超度亡灵，还得有家祭，还得有三献、游丧、狂欢的丧鼓、跳丧等，很多很多呢……缺一不可啊！"

刚子听得云里雾里的，连忙摆摆手："大叔，不用了，我们就送他去石洞里躺一躺就可以，心诚则灵。"

见刚子如此，那些人也不再坚持。

半个小时后，余鹏飞被人带到一处岩棺群下，躺在一张担架上面，刚刚别墅里的那群人正想着法子把他送到石洞里呢！

为首的人看着余鹏飞说道："小老弟不要担心哈，这个岩棺群的石洞好使着呢，我们这里不少人进去了之后，躺一躺就安安稳稳地出来了，保证你健健康康的，放心吧。"

余鹏飞点点头，装作无力的样子。他也是拼了，为了查出点儿线索骗了人。余鹏飞在心里默默地叹息，等事情结束了，他得好好向这些人道歉。

那些人将余鹏飞的眼睛蒙上，说是怕他恐高，将他送上了岩棺群的一个石洞中。

余鹏飞听到有人在高空喊着口号："来，用把力气，一二！"

他被放在一个板子上，最后被人推向了石洞里。刚子在下面朝着几个大叔大喊着："大叔，他需要在里面躺多久啊？"

有人回道："怎么也得一个小时的呀！"

见四下再无动静，余鹏飞拉下蒙在眼睛上的布条，打量起四周。

他所在的这个石洞位置较高，不起身探出脑袋，根本看不到下面的人。而且他以为，石洞应该是矮小的，但此刻他在石洞里躺着，发现这里很是宽敞，莫说他一个人躺在这里足够了，就是真的把一个硕大的船棺放在这里也绰绰有余。

石洞墙壁上，并不是凌厉的粗糙的石壁，似乎因为经过了许多年月下来，它的棱角早就被磨平了，摸上去还很光滑。经过岁月的洗礼，石洞墙壁表面也不如新鲜凿开的石头那样干净，似乎又因为从前停放过棺椁，这里的石壁颜色发暗。

余鹏飞翻了个身，想看看身下有没有什么特别的地方。但除了一些印记之外再无其他的。而那印记，想必也是之前放在这里的棺椁，因为木头腐化而留下的黑色液体最后在石洞中风干了留下痕迹罢了。

可惜的是，余鹏飞转来转去也未瞧见这石洞中有什么不一样的地方。他叹了口气，难道一个多小时一直在这里待着？显然浪费了这次珍贵的机会，片刻之后，他眉梢一喜计上心头。

余鹏飞探出头看向下面的人，差点儿吓了自己一跳。

原先知道自己的石洞会很高，但想不到竟然趴在石洞上往下看还会出现眩晕的情况。他不得不佩服刚刚那几个叔叔给自己蒙上眼睛。

他拿起手机给刚子发了一条语音："刚子，这个石洞我待着不舒服，我要不要换个洞试试。"

刚子在下面关了语音之后，仰头看着余鹏飞可怜的小模样，立刻就明白了怎么回事，于是笑嘻嘻地跑到几个大叔面前说道："叔叔，我那朋友觉得那个洞不舒服，想换个石洞行吗？"

那些人先是一愣，说道："行，把他吊在崖外面，让他自己选哪个洞都可以。"

刚子还没回过味人家的话是什么意思，就见那些人拿着绳子和板子朝着悬崖下面走去，他只能给余鹏飞打一个没问题的手势。

果然如大叔所言，余鹏飞被吊在悬崖上选择自己的石洞。

他知道这机会委实难得，于是一边被绑着身子，一边偷偷拿起手机对着路过的石洞录像，怕自己肉眼错过了什么。

"大叔，我要这个石洞。"余鹏飞指着最高处的一个石洞说道。

拉扯绳子的大叔皱眉说道："这里有东西，估计不久前有人躺过的，你确定？"

余鹏飞点点头，紧接着就被人送进了那个石洞中。

刚刚，他一眼就看见了石洞里有一个白灰色的小牌子，巴掌大小。以为是块木牌子，等余鹏飞真正拿在手里的时候，才发现它是一块瓷器，经过风吹雨打，年代已经不知道有多久远了。

第十五章 再探秦宅

余鹏飞看着小瓷牌子,小心翼翼地将它擦了擦,上面附着的灰尘掉落,渐渐露出它原有的样貌。

让余鹏飞有些诧异的是,这似乎不是一个往生者的告慰牌,严格地说似乎跟死亡抑或是葬礼相关的词都挂不上边。

余鹏飞留了个心眼儿,将牌子先拍了照,以防意外。

等他翻过瓷牌子背面的时候,却看到了凤凰血脉的图案,模样清晰可见,用红色的颜料勾刻着,虽然经历过一些年月,红艳度褪去了一些,却不难看出它原有的颜色。

凤凰血脉的图案怎么会在这里?难道木偶戏的老爷爷说的是真的,凤凰跟这里的岩棺群有关系?

凤凰血脉图案下面还写着小字,余鹏飞仔仔细细地才看清,那上面写的是:晓卧平都欲山河,一生空来动不得。尘埃深埋看不清,不知是福还是德。

余鹏飞将小牌子小心地揣在怀里,扬着手招呼着刚子。刚子见状领会其意思,众人又将他放了下来,见余鹏飞精神好了不少，一顿夸赞岩棺群石洞神奇得很，果然人进去了就好了，为首的大叔挠着脑袋狐疑地看了看余鹏飞二人，刚子见状给几个大叔递上水认认真真地感谢了一番，众人才离开，留下余鹏飞二人。

"发现什么了？"刚子最了解余鹏飞的，他不会无缘无故地去那个最高的石洞里，一定是发现了什么。

见四下里无人，余鹏飞从衣服中掏出小瓷牌递给刚子。

见那上面清晰的凤凰血脉图案，刚子说道："还真有线索啊？可是，这是干吗用的呢？"

余鹏飞摇摇头："不知道，但是你看落款，大周昭武元年。"

刚子不懂："怎么了，有什么不对劲的吗？"

余鹏飞继续解释道："首先是瓷器，青花瓷器是清朝早期康熙年间最具有代表的瓷器，这个小牌子是青花工艺的瓷器，显然是康熙或者康熙往后的时期。"

"其次，康熙往后的年号哪有大周的？要说有也真的有一个，就是吴三桂！"

刚子大惊："这事说着说着怎么就扯到吴三桂身上了？他怎么能是'周'呢？"

"吴三桂反清复明的时候，建的国号就是周，年号昭武。而且当时的巴蜀之地有些已经属于吴周了，就是不知道酆都是不是。"余鹏飞沉思着。

"这有什么难的，我查查。"刚子掏出手机自顾自地查找资料，而余鹏飞则在想着，若是真的是吴三桂的人留下的东西，为何会留在酆都的岩棺群中呢？包括小牌子上的那首诗是什么意思呢？

"有了!"

刚子拿着手机,有些激动地看着网页上的资料,兴奋地说道:"康熙十三年,平西王吴三桂反清,康熙十七年称帝建周,鄢都属于吴周,康熙派兵到鄢都镇压。直至总兵谭宏叛变,鄢都也跟着乱了,不久后,谭宏兵败,鄢都才得以回归朝廷。"

余鹏飞皱下眉头:"看来果然跟我想的一样,这东西就是吴三桂的人留下的,不然不会用着清廷的瓷器,落款写着周的国号,只是他们为什么把这个东西留在这里呢?"

刚子指了指:"这诗的意思好像是:这人忙了一辈子,东西找到了,却发现根本动不了。有意思,岂不是说明这人白忙了一场?"

"我也在怀疑,最可疑的是,上面还有凤凰血脉的图案,很显然他们好像是找到了跟凤凰血脉相关的东西吧!"余鹏飞看着小瓷牌不解。

身后马路上经过的旅游大巴扬了一股的灰尘,直扑二人满脸。

"咳咳!"余鹏飞挥挥面前呛人的灰尘,看着远去的大巴,那大巴的后车窗用条幅写着:凤鸣湾,凤凰居住的地方。

本来只是旅游公司的一句宣传语,余鹏飞却盯着这句话出神,脑中灵光乍现!

他想起一件事情,刘文庚和崔丰实对凤鸣湾的评价很好。余鹏飞以为,崔丰实是刚子朋友介绍的人,应该不会存在欺骗余鹏飞的行为。

但刘文庚的心思余鹏飞猜了个大概,知道他也是奔着凤凰血脉而来的。而且，刘文庚将与余鹏飞第一次见面的地点选在凤鸣湾，并多次说到凤凰到过凤鸣湾，其中会不会是刘文庚在引导自己做什么？

抑或，凤鸣湾也许真的存在什么重要的线索，若真是因为自己避讳刘文庚，而错过了线索，岂不是得不偿失？

余鹏飞望着远去的大巴想得入神，刚子在一旁喊了他几声，余鹏飞才恍然回过神。

"你说，咱们是不是应该去凤鸣湾一趟？"他对着刚子说道。

刚子也回过头顺着他的视线看去："你之前不是跟秦灵灵去过吗？怎么没去够？"

余鹏飞脸颊一红，本来有些冷厉的眼神突然开始躲闪，小声地说道："那次去的地方不对，没……没看仔细。"

看着余鹏飞吞吞吐吐的模样，刚子嘴角泛起弯度："呵呵，你们之前明明说去了凤鸣湾，我就发现了不对劲。明明去的时候秦灵灵那个小妞还一脸惆怅呢！回来的时候竟然还要帮着我做饭，高兴得不得了，态度好得不得了。啧啧，恋爱的酸气真是的，酸死个人了。"

刚子又说道："正好凤鸣湾明天有个文化园活动，我们去看看有没有什么线索。"

第二天一早，两人动身前往凤鸣湾，看着沿路秀丽的山水风景，余鹏飞坐在副驾驶上不作声，心里想着这要是秦灵灵在的话，一定会下车拍照。

想到这里，余鹏飞心里有些黯然，也不知道秦灵灵到家了之后怎么样，她没有父母，那个家里还有没有关心她的人。

这几天自从秦灵灵离去，余鹏飞总觉得自己心里空落落的，内心深处就好像少了一块重要的东西，他对秦灵灵有些挂念，也有些害怕自己背后的那些人会借此机会伤害秦灵灵。

若是那些人真的去伤害秦灵灵的话，自己又没有在她身边保护她，她会不会遇到危险？

想着想着，余鹏飞的心里有些喘不上气，担心和烦恼又多了几分。

晨曦洒在路上，周围的空气清甜又干净，周围雾气缭绕，仿佛这个清晨是某处神仙的雅居之地。

刚子惯是一个话多的人，这会儿看着沿路的风景，心中也有些惆怅。

刚子在一旁絮絮叨叨地说道："每当想我爸的时候，我都会来这里待上一会儿，一来到这里，就像回归山野一样，一切都是最初的美好。龙河这边风景好，特色也很多，还有非物质文化遗产呢，高台舞狮哎！"

他拍拍余鹏飞："一会儿咱们到了那个活动的启动仪式现场，你就能看到了。那高台舞狮，时刻把你的心揪在半空，结果看了半天，人家在上面耍得很溜。"

刚子不停地安慰余鹏飞，见余鹏飞转过头，神色还算好，刚子这才放下心。

他们今天去参加一个龙河镇农耕文化活动，刚子联系到一个人，说是在凤鸣湾那里今天有活动，涉及凤鸣湾历史文化。余鹏飞一听就觉得这是个好机会，拉着刚子准备前来看看有没有什么线索。

进了龙河镇之后，刚子就把车停在了镇中心，带着余鹏飞向前走去："剩下的路都是风景，开车可惜了，我们叫个露天小摩托就好。"

余鹏飞看着周遭的美景，心情好了不少。

凤鸣湾如同它的名字一样，在蜿蜒曲折的湖湾前，错落着葱郁的山坳。余鹏飞他们来的时间尚早一些，正是太阳刚刚升起的时刻，远处的山坳连同湖水上，都盛着一层薄薄的云雾。

清早的凤鸣湾如同一个未出门的姑娘一样，用层烟纱遮住了自己的美貌。只等太阳升起时，她才能被拨开那层烟纱，将一张世间绝色的脸露在世人面前。

刚子拍了拍他的肩膀说道："前面是涂溪湖，那里也是有名的地儿。"

余鹏飞顿住脚步，望着群山与湖水间有一雅致的凉亭，远远地看极为诗情画意，陶冶心神。他想着面前这幅景色若是放在书画家的画布中，那都是一幅幅的大作。

"据说，唐代的时候白居易在忠州做刺史，他来到凤鸣湾一带视察，而当时的凤鸣湾隶属于南宾县，白居易被涂溪湖的美景所震撼，写下了《九日题涂溪》。"

刚子继续自豪地说道："丰都，有名又有历史底蕴的景色，跟你说上三天三夜也说不完。"余鹏飞赞成地点点头。

两人来到活动现场，那里已经人山人海，远远地就能听见铿锵有力的鼓声，不见高台舞狮，光听那鼓点的节奏，余鹏飞就被带起一股激昂的情绪。

"怎么样，鹏子？我们不虚此行啊！"越往里走越离高台舞狮近，刚子只能大声地说道，"嚯！这得多少米高啊？"刚子见半空的狮子队，大吃一惊。

旁边的一个大姨比了一个"十"字，余鹏飞叫道："十米？"

余鹏飞看着半空之上的"狮子"灵活地蹦来蹦去，身手矫健，活灵活现地朝着人们眨眼，底下一片喝彩声。

余鹏飞点点头："终于知道小说里，为什么人们一看到舞狮就兴奋了。"

刚子拍掌叫好："你今天看的可是高台舞狮，越是高越激动！"

"各位龙河镇的父老乡亲，各位尊敬的来宾，各位远道而来的游客朋友，欢迎来到丰都龙河凤鸣湾。"

台上主持人正激动地说着开场语，下面一阵的拍掌和欢呼。

紧接着主持人说道："今天呢，我们将在这里举行一个前所未有的风格文化园启幕活动，它将是今天所有在场人为之振奋的一个活动，欢迎大家来到凤凰农耕文化园启动仪式。"

"我们今天的活动是把凤凰文化和农耕文化融合到了一起，就变成我们今天的凤凰农耕文化园。另外，今天不单单是一场简单的文化园启动仪式，也是一场特殊的有奖竞拼活动。前五名将会得到丰厚的现金礼包，特等奖将是我们授予的凤凰遗宝一件。"

话说到这里的时候，余鹏飞眼睛一亮，凤凰遗宝？

余鹏飞和刚子对视一眼，对凤凰遗宝感兴趣，想着难道这个凤凰遗宝还真是个难得的宝物?

"我们今天活动现场设置在洞庄坪村,活动现场里藏着我们五个现金红包和凤凰遗宝。但需要所有参加活动的人员先通过各种农耕文化和凤凰文化的测试才有机会获得以上的奖品……"

主持人说了一大堆,无非就是告诉所有人,你们想要东西不是那么简单,不但要知道凤凰文化的知识,还得会农耕文化的一些东西。

刚子拍拍余鹏飞,似乎下了很大决心,说道:"鹏子!我们要玩游戏了,来吧!"

余鹏飞说道:"成!"

余鹏飞拉着刚子跟大部队走向洞庄坪村的活动区:"不就是要找凤凰文化吗?凤凰文化你我本来就知道一点,加上农耕文化,你上网现查都来得及,你瞧瞧周围这些人,怎么一副得意的样子,是不是瞧不起我们啊?"

这会换刚子用奇怪的眼神看向余鹏飞,看得他都觉得自己有问题了。

"你是不知道呢!这里人人都懂凤凰文化,有几个不知道凤凰文化的?"刚子小声说道。

"那又怎么了,那农耕文化的知识不一定有人比得过我们的啊!"余鹏飞天真地说道。

刚子无奈傻笑,继续说道:"你看看周围都是什么人?"

余鹏飞这才向周围看去,往洞庄坪走的,都是参加活动的,剩下的就留在原地看表演什么的。

余鹏飞察觉了不对劲:"不对啊!怎么没什么年轻人啊?

啊不对，至少没有像咱俩这么穿得白净的呢？"

刚子也不说话，只是颓丧地走着。

到了活动现场，余鹏飞傻眼了，旁边的大娘对朋友笑嘻嘻地说道："你看那两个小伙子，穿着白衬衫来。"

白衬衫有什么不对劲的吗？余鹏飞接受周围所有人的注视，刚子则头都要低到腰了。

所谓的农耕文化大概率就是动手操作了，周围的大爷大娘们，都是穿的平常劳动的衣服来的，只有刚子和余鹏飞两人，像个刚从T台下来的模特。

"我们的活动即将开始，一共两场，在规定的时间内，同时做完农耕和说出凤凰文化的答案，规定时间之内完成的，才可以进入我身后的庄园寻找六项奖品。那么我们现在开始抽签。"

余鹏飞看着自己的大皮鞋，再看看面前的三垄田地，他终于知道为什么刚子崩溃了。

"农耕文化就是这么比赛的？可为什么你手那么臭啊！"余鹏飞感觉这是自己人生最尴尬的时候，刚子抽到的农耕项目是耕地，而且只有一个犁耙那种，就是说他和刚子其中一个得去当牛。

刚子看着旁边几组人都比自己好一些，有的抽到了茶园采茶，有的抽到了春种，只有最南边的一组人，抽到的跟自己一样，也是耕地，不过那两个人连犁耙都没有，只有两把铁锹。

余鹏飞跟着望去，见那两人似乎也打扮得不像本地人，穿的黑色运动鞋，衣服上还别着墨镜，脸上也是犯难之色，看起来也是游玩的。

只是对方看着自己的眼神不是很友好，余鹏飞挑挑眉，对着刚子说道："有人要挑战我们了。"

刚子嘲笑一声："我们本来就是充数的，竟然还有人要跟我们比拼，切！"

随着一声哨响，几组人开始拼命地做起手中的事情，最为吃力的是余鹏飞和刚子，他们还不会用犁耙耕地，两人滑稽的样子逗得旁边围观的人们哈哈大笑。

再看最南边那组的人，两个黑衣大汉正对着铁锹犯愁，这东西应该怎么做呢？

两人向余鹏飞那里望去，正瞧着余鹏飞看着自己，一时间都读懂了对方眼里的意思。余鹏飞先发制人，露出挑衅的表情，大汉捏捏拳头，开始动起手里的铁锹。

刚子好说歹说请了旁边的大姨教自己怎么耕地，几分钟下来快速心领神会，"鹏子，快！"

余鹏飞和刚子好歹是年轻人，不一会儿就耕完了一垄地，另一组的两位大汉见了开始着急，不由得加快手里的动作，土被两人铲得到处都是，周围尘土飞扬的，惹得旁边的人直咳嗽，频频吐着嘴里的沙子。

余鹏飞见状拍拍刚子："我当牛，你来推。"

两人快速换了动作，一边用力耕着地，一边回答主持人的问题。这段时间以来，凤凰文化对余鹏飞和刚子来说很熟悉了，二人对答如流。

眼见大汉那组快要完事了，余鹏飞和刚子咬牙加快动作，"一二，加油，一二，加油。"

不知道人群中谁起的头，紧接着好多人为余鹏飞这组加油助威，这两人实在是颜值太高，刚子又把几个大姨夸得心花怒放，两人也跟着加快动作，和大汉那组成为最耀眼的两颗星，分别是第一和第二。

第二轮，炒茶泡茶品茗。

余鹏飞眼皮跳了跳，问道："刚子你会吗？我们选哪种茶啊？"

刚子看着面前的茶，摸着下巴："这些都是新鲜的叶子，你分得清吗，我只会选成品的茶。"

余鹏飞心一横，"那就随便选一种。"

这一轮的凤凰文化题目是，让每一组写出三首不同年代关于凤凰的诗词，这倒难不倒余鹏飞，不到五分钟他便写好上交，只剩下炒茶了。

余鹏飞看着大汉那组，只见他们正抓耳挠腮地想着，刚子冷笑："哈哈，凤鸣湾真好，来这里玩了半天不说，还有人跟我逗乐呢！"

余鹏飞才不管那些人，直接让刚子起锅，每一个锅之间都放着帘子，余鹏飞根本看不到别人怎么做，他想学也学不来。

余鹏飞皱着眉毛一回头，见刚子在加着柴火，余鹏飞见锅里冒烟，将茶叶倒下去，结果煳成一片，可每家的茶叶只有一筐，不会再给。

大汉那组就更可笑，也不知哪里寻来的油，真的将茶叶炒了。

好在余鹏飞的凤凰文化题算是过关，这一轮也晋级了。

两人顺利进入园区找线索，所谓的园区里都是茶树灌木丛，还摆放着无数的凤凰根雕。

那些根雕活灵活现，有振翅翱翔的凤凰，有低头觅食的凤凰。

每一个凤凰根雕大概都有一米多高，摆放位置都不同，而且每个人只有一次可以转动凤凰根雕的机会。

"这么多凤凰？哪一个才是凤凰遗宝啊？"见满茶园的凤凰根雕，全部都一样，刚子皱着眉，每到动脑子的事情，他就没信心。

余鹏飞仔细地瞧着茶园内的凤凰根雕摆设，园区茶树丛看似杂乱，但实则大有文章，他瞧着茶树丛围起来的形状陷入回忆中，这形状他好像在哪里见过。

"我们只有一次机会。"余鹏飞说道。

进入园区找宝的人慢慢地都开始有了动作，有的拿到了现金红包，有的什么也没弄到，失望地走出活动现场。

渐渐地，园区里人越来越少，刚子让余鹏飞抓紧时间，眼见得已经没剩下几个根雕了，余鹏飞只笑着听听，却没有动作。

余鹏飞淡淡地看着那些人都忽略了茶园的那个水洼，只顾着外面这些根雕，但没有一个是凤凰遗宝。

眼见时间快到了，余鹏飞想赌一件事，他要去那个水洼一趟。

"你在岸上等我。"

余鹏飞说完，脱掉鞋子，将手表手机都扔给了刚子，惹得周围的人频频看向他，都在好奇他想做什么。

"你干什么？"刚子拉住余鹏飞，看了看他光着的脚。

余鹏飞看了看周围的人，说道："找凤凰遗宝。"

说完，余鹏飞赤脚下了水洼。他在周围的人的异样眼光里摸向水底，不断地摸索着。

"他在做什么？那些奖不是在凤凰根雕上吗？"

"水里能有什么？"

即使周围人叽叽喳喳地说着，也丝毫不影响余鹏飞捞宝的心，看得岸上的刚子干着急。

终于，余鹏飞摸到一个硬硬的东西，费力地将它捞出水面。

"嚯！干得漂亮鹏子，怎么又是一个凤凰根雕？"刚子兴奋地朝余鹏飞叫着。

余鹏飞把手里凤凰根雕的底部用水洗干净，露出原本的字来：凤凰遗宝。

"恭喜我们这位参赛人员，获得本次活动的特等奖，凤凰遗宝！"主持人喜悦地说着，跟着来了工作人员，等余鹏飞穿好鞋之后，带着二人走远。

"你怎么知道那东西在水里啊？"刚子小声地问道。

余鹏飞望向身后，没见到那两个大汉，以为自己多虑了，转回头跟刚子说道："凤凰遗宝，'遗'，有一种意思说的是陨落之后的意思，'凤凰遗宝'说的就是凤凰陨落之后的宝贝。然后这里是凤鸣湾，那么你说主办方会把东西藏在哪里？！"

直到余鹏飞说完，刚子才明白他话中的意思，恍然大悟点点头:"原来如此,那么你一开始就知道的?"

余鹏飞摇摇头:"那个茶园跟我们从前见过的许多茶园都不一样,茶树丛不整齐,整个园区虽然干净利索,但所有的事物都好像随意摆放一样,后来我才发现,设计这个茶园的人把整个龙河镇给融入进去了,那个水洼周围就是凤鸣湾。"

刚子给余鹏飞比起一个大大的拇指,二人笑着等着工作人员给自己颁发凤凰遗宝。

"余先生,这是你们的奖品。"身后,有人跟余鹏飞说道,并端着一个盒子,那人还戴着白手套,很有郑重感。

刚子瞪大了眼睛问着工作人员:"这是什么东西?还用这么精美的盒子装着?"

那工作人员将盒子打开,余鹏飞一看里面的东西,被口水呛了一下。那里面正是凤书!

刚子拿过凤书,细细地看着,不断地称赞:"好东西啊,真是好东西,鹏子,这个东西我不给你了,我得留着将来给我女朋友啊!"

刚子看着手里精美的凤书,停住了笑:"凤书怎么能是凤凰的遗宝呢?"

"怎么不算,凤在古时候用来称呼至高的女子的,比如中宫皇后,凤书就是给女子最体面的婚书。凤飞九天,说的正是女子至上的荣耀。"余鹏飞解释道。

刚子抱着凤书嘀咕道:"凤飞九天?那咱们还不如去九重天看看呢!"

余鹏飞迎着阳光看向刚子,不明白他的话:"九重天?

去天上？"

"不是啊！丰都有个地方特别有名，叫九重天，不过也可以比喻成天上宫阙。"

刚子说完，余鹏飞眼睛一亮："那走吧，趁着天色还早。"

九重天在丰都的一众风景中也是一方翘楚，海拔高如其名字，年均气温二十三度左右，气候宜人，与南天湖、雪玉洞相邻。

余鹏飞刚下车，看着面前人山人海，问道："九重天的人怎么这么多？"

刚子解释道："还不是奔着九重天的栈道来的！"

余鹏飞远远地就看见，那九重天景区里有几处绝崖峭壁，形状笔直。

"那是龙河的峭壁，连着九重天建的一座绝壁栈道，看的时候都背后生凉，更何况上去走一圈。"刚子示意余鹏飞往景区走去。

一边走刚子一边给他解释九重天景区的特点："这里之所以人多，还是因为它的游玩项目很多，既能养生，又能够避暑，来一把走在绝崖峭壁的体验也再好不过了。"

"这里有五个景区，这是莲花休闲区，里面都是一些稀有花木。"刚子正说着，两人就到了地方，映入余鹏飞眼帘的一幕如梦似幻。

只见那些红粉秀丽的盆景群，被景区的工作人员打了宛若仙气的白雾，一则是保持花卉的湿润度，其次为这幅绚丽的景色添了不少美感，仿佛置身在王母的瑶池盛宴中。

"我总算知道为何后妃娘娘们爱在早上去赏花,她们在宫中看到的一切如今就在咱们眼前,云雾缭绕,好似在天上宫阙一般。"

余鹏飞并不是一个酷爱研究花的人,但眼前稀奇又艳丽的景色给余鹏飞带来足够的新奇感。

那些盆景经过人工修整处理后,每一种都成为奇观,有的造型独特,有的随着花枝团成一团。

余鹏飞感叹着,用手机拍了照,等着发给秦灵灵。

"另一个景区是娱乐体验区,是一些游玩的项目。"刚子拽着余鹏飞往下一个地方走去,余鹏飞见不少人穿着婚纱往前走去,身后还跟着摄影师。

"这是干什么?"他问道。

刚子回头看了一眼那些人,说道:"哦,他们是去花海的,那里很漂亮可以拍照。"

十分钟后,余鹏飞站在花海前,看着远处无边的紫薇花海,心中感叹。刚子在一旁用肩膀顶了顶他:"你是不是在想,这该死的浪漫,怎么会是一个男人陪我来呢?"

余鹏飞白了他一眼,照了一张花海的照片发给了秦灵灵,可惜那边一直没有回复。

去了养生度假区以后,余鹏飞和刚子果断去了连天栈道,那里地势陡峭,线索查找起来很麻烦。但余鹏飞还是觉得要去看看,他怕错过了线索。

连天栈道上游玩的人很多,一开始大家还有说有笑的,但真正爬上近千米的高空之后,还是会让人心惊胆战的。

在余鹏飞看来,九重天景区已经很大了,光一个连天栈道就让两人走了好久。他们先是路过悬空玻璃栈道，又经过风洞梁远眺奇观，在那里的时候就被吸引了一会儿目光，之后又经过神仙坟等地方。

走了许久，天色也黑了，二人也并未找到什么线索。

余鹏飞看着夜色中的九重天，心中有些不甘，他怕自己跟刚子落下了什么线索，但奈何时间太晚，刚子劝他改天再来看看。

回到别墅，余鹏飞有些颓废地坐在沙发上："看来凤鸣湾没有其他的线索了，幼江告诉我们的就是幼家最后的秘密了，所以，当年丢在龙河的那只神鸟已经丢了，而且九重天、凤鸣湾我们暂时都没有发现什么线索。"

"秦今明在弥留之际，跟他的保姆栾姨说过是他自己摔下去的，但当天晚上我就发现他是被害的，然后他在弥留之际嘱咐栾姨，说一定要让我守灵，我当时单纯地以为只是守灵，但现在想想好像不对劲。"

余鹏飞抱着手臂，在客厅里踱着步子，他总觉得自己好像忽略了什么事情，"以我对秦今明的了解，他这个人比较年轻化，不太喜欢老一套的规矩，小的时候我们去过海边玩，我记得他说过，如果他以后不在了，骨灰就撒向大海，自由又浪漫。"

"他并不信仰什么老一套的规矩，更不太会有守灵的想法，你说秦今明是不是想借着守灵的机会，要向我传达什么线索呢？"

"啪！"刚子拍了一下大腿，他瞪大了双眼，诧异地说道："你说的不是没有可能，而且在他出事之前，你已经好久没有和他联系了，他不是不知道你在介意自己母亲和他的关系，可为什么你们关系冷漠了这么多，他还是要你守灵呢？"

"一定是我们落下了什么事情，要不我们回一趟天津吧，再走一遍看看。"刚子提议道，余鹏飞想了想，也觉得这样更好，于是两人打算立即动身。

临走前，余鹏飞给秦灵灵打了电话，却一直没有人接。

余鹏飞有些担心，但还是准备和刚子先回天津再说。他跟刚子准备甩掉那些藏在暗处的眼线，于是两人将自己的背包用寄快递的方式邮寄到机场，随后两人又像饭后散步一样，穿着拖鞋走出小区慢悠悠地逛着，见身后没人跟着，拦住一辆出租车往机场方向离去，等到刘文庚的人反应过来的时候，两人已经不见了踪影。

飞机上，余鹏飞无语地看着自己脚上小黄人的拖鞋，小声地说道："你一个大男人，买什么样的拖鞋不好，偏偏买这种的，你自己看看，这一路咱们收到了多少白眼。"

刚子将背包扔给他，嘿嘿一笑："小爷我就是喜欢！赶紧去卫生间换衣服去！"

第二天，两人在余鹏飞家里休息了一上午，准备晚上去秦今明的宅子里看看。

"现在看看，以前的生活真是幸福啊！父母健在，无忧无虑，没有这些糟心的事情。去丰都这些年，我最大的体会就是怀念以前的日子，特别后悔从前没有珍惜和家人在一起的时光。"刚子叹了口气，望着这个曾经自己生活的地方，心中对亲人的思念再次袭来，他站在阳台上指着同小区的一栋楼，"那里以前还是我家，现在都是别人家了。"

别说刚子，余鹏飞自从秦今明死后，心里的想法也变了很多，他将刚做好的咖啡递给刚子，微微叹了口气："说实话，我实在是想家了，这段时间联系不上我爸，我心里有些着急，按说这么关键时刻，我不应该回来，一旦我们没有甩干净那些人，他们也许会顺着我家找到我爸……"

"但我这次真的想他了，从小到大我都不理解他，别人都说我母亲出轨，说我母亲可恨，我却认为都是我爸常年不在家的原因，那个时候怎么会理解他工作的辛苦。"

"他的工作特殊，怕给家里人带来灾难，这个家里连他一张照片都没有，我从小到大的家，在一个地方住几年就要换个位置，以防被人发现我爸是特殊警察，这就是卧底警察的人生。"

余鹏飞眼里蒙上一层淡淡的雾气，硬生生地忍下了眼泪，刚子拍拍他："放心吧，叔叔不会有事的，你忘记他的绰号了？小陨石。"

余大阳在警队有个绰号，被称为消灭恶霸的小陨石。有他在的地方，就是不法分子的末日。余鹏飞被逗笑，希望一切借刚子吉言，父亲永远安好。

虽然余鹏飞脸上的表情是笑意，但刚子看出了他的笑意不达眼底，有种勉强的样子，和余鹏飞从小一起长到大，他岂会不知道余鹏飞的情绪变化？

"是不是心里还是放心不下什么事情？你的心思深沉，

很难有事情能困住你，到底怎么了？"刚子朝着余鹏飞问道。

在刚子面前，余鹏飞从不伪装自己。刚子是他心里秘密最好的聆听者，虽然刚子长得比较粗犷一些，但心思还是很细腻的，常常能在余鹏飞困惑的时候，给他最好的建议。

"其实从我知道有凤凰血脉这回事之后，我就在想一个事情，我妈当年是不是知道了秦今明身上的秘密，才选择从家里搬出去，故意冷落我们父子！而实际上她也是在保护我们父子两个人，在最后的时候，她不顾一切将秦今明叫到身边，是不是在转告着一些关于凤凰血脉的事情呢？"

余鹏飞这话说得有些难堪，说了就好像变相承认了母亲出轨，不说又觉得是个线索。

无论是母亲还是秦今明，在余鹏飞的心目中都有着不一般的地位，可以说秦今明在他心中分量非常重，他不愿相信一直以来自己崇拜的偶像会跟母亲做出出轨的烂事。也正是因为这个，在知道秦今明被杀之后，他在心里隐隐地有种为两人开脱的念头。

刚子丝毫没有介意，认真地想了想，回想这些年余鹏飞跟自己诉的苦，他其实一直都知道余鹏飞的母亲方小兰和秦今明的事情，而且都是从余鹏飞嘴里知道的。

"不知道为什么，我还是那句话，我觉得兰姨和秦叔叔都不是那样的人，但你说的这个事情也不对劲。"刚子喝了一口咖啡，之后突然想起什么，说道，"对了，兰姨有没有给你留下什么东西，或者她的遗物什么的？"

余鹏飞摇摇头："她出事之后，我整理出来的遗物只有几件衣服，她的私人物品很少，说来这事我也觉得奇怪，我妈几乎没在这个家里留下什么。"

刚子叹了口气:"这事还真是没有头绪,若是有些什么线索,我们最起码还有个方向。"他拍了拍余鹏飞肩膀安慰道:"别担心,慢慢来吧,我陪着你。"

余鹏飞点点头,朝着刚子弯起嘴角。刚子就好像一束暖暖的阳光一样,在他灰暗的日子里,一直为他照亮前方的路。

下午,余鹏飞跟刚子去了殡仪馆看望了秦今明。

余鹏飞之前并没有把秦今明下葬,在查出秦今明是被害死的那天晚上,余鹏飞就偷偷地报了警,秦今明的遗体也被转移到了殡仪馆,他要悄悄地查出秦今明死亡背后的真相。

余鹏飞和刚子站在冷冻间,看着工作人员将冷冻柜的门拉开,那个长相十分秀气却毫无声息的男人就出现在二人面前。

从秦今明死到现在,事情发生了这么多,余鹏飞的心理变化就像心电图一样,起起伏伏。本来对他有些怨恨的心,在寻找凤凰血脉的过程中逐渐变为理解、愧疚。

余鹏飞从来想不到这个高大的男人用自己的一生在守护着千古传下来的凤凰血脉。这个外表看似有些浪漫的男人,从出生开始,每一刻都活在心惊胆战中,每一刻都跟那些觊觎凤凰血脉的人在斗争。

刚子叹息一声,他也是多年以后再次见到秦今明,却没想到是在这样的场合。

"秦叔叔恐怕到离去,都没弄清楚自己要守护的东西到底是什么吧？"刚子将带来的白菊花放在秦今明的身旁，眼中有些湿润。

说起来，他也是秦今明看着长大的孩子，虽然秦今明对自己没有对余鹏飞那么上心，却也是在刚子的心中有着很多回忆的。

余鹏飞询问了警察，被告知依旧没有凶手的消息，两人只好离去，来到秦今明的住处。

秦今明的房子里到处都是凤凰的元素，挂画、根雕、玉石摆件等，五花八门。

刚子拽着余鹏飞在沙发上坐着，说要歇息一会儿。

余鹏飞则将今天在警局复印的一些资料拿出来翻看，在上面找到了两处疑点：第一个是秦今明一连三个月，在每个月的二十号取了五千三百块钱的现金；第二个，他后脑勺的受伤位置很特殊。

让余鹏飞和刚子不能理解的是，秦今明是一个十分聪明时尚的人，不至于连手机支付都不会用，那么秦今明在每个月二十号取的现金是做什么用的呢？

"一连三个月，金额又都一样？你觉得像不像支付一种固定的钱？"刚子说着。

余鹏飞一顿，将手机拿了出来："问一下保姆栾姨或许就知道了。"他看了一下时间还算早，给栾姨打电话也不算打扰。

"栾姨，我是余鹏飞，有些事情我想问一下你。"

电话里栾姨声音有些沙哑，她在秦家做工几十年了，秦家对她有很大的恩情,秦今明突然离世,她心里不好受,跟余鹏飞慢慢聊起之前的事情。

"在这之前,我一直在家里照顾我儿媳妇和刚出生的孙子……"

原来,栾姨在秦今明出事之前,因为儿媳妇生孩子,她要回家照顾就请了三个月长假。秦今明出事的那天,正好是她假期结束回来。

一进门就看到楼梯的扶手碎了一地,还有一些血迹,紧接着就在书房看到趴着的秦今明。秦今明告诉栾姨是自己不小心掉下楼梯的,还要让余鹏飞来参加葬礼,并且给自己守灵三天。

余鹏飞又问起栾姨平常的薪水多少,怎么支付薪水之类的。

一番下来,余鹏飞和刚子只得到两个线索,在栾姨请假的几个月,秦今明找了新的保姆替代她。还有一个线索一直被余鹏飞忽略了:秦今明一直是趴着的。

他又仔细看了一遍尸检报告,发现秦今明后脑勺的针孔位置特殊,刚子用手机查了一下信息,这个位置受伤的话,很容易引起人四肢无力。

"我原以为他是爬回来拿手机叫救护车的,但他应该是爬进书房留线索的。"

余鹏飞和刚子按照当时秦今明的处境演示了一遍他的思路,又查了一下他的受伤位置。当时的秦今明只能靠爬着前行,说明他根本站不起来,所到之处只能接触到离地面几十厘米高的地方,就好比余鹏飞第一次在书房发现的线索也是在茶几上。

刚子打开手机照明,仔细地在地板上照着,想看看有没有什么特殊的脚印之类的。却在书桌的底部发现了已经干涸变色的血迹。

"鹏子,过来。"刚子喊道。

余鹏飞看着书桌底部的地方有一处黑色的印记,在手机照明下隐隐发着紫红色的反光。

"不注意还以为是水渍,若不是用手机照的话,还真看不出它是血。"刚子将手机揣起来,和余鹏飞把书桌移开,在靠近刚刚那个血迹位置的地板上发现了一把钥匙。

秦今明那张书桌是实木的,十分沉重,余鹏飞把其他位置也检查了一下,刚子拿着钥匙气喘吁吁说道:"不得不说,秦今明实在太聪明了,想到把钥匙藏到这里。"

余鹏飞看着钥匙陷入了沉思,思考着这把钥匙是哪里的呢?

"甭管那些了,只要是带锁的地方,挨个试一下就知道了。"刚子说完,在别墅里开始挨个试带锁头的门或者盒子。

"刚子,记得别开灯。"余鹏飞嘱咐了一句刚子,他怕别墅突然亮灯了会引起人的注意,又想看看如果不开灯的话,会不会查出什么东西。

余鹏飞在书房继续翻着,用手机照明一处一处仔细查找着,在书桌后面的书架上发现了端倪。

那是一个小孔,只比螺丝洞大一点,之前余鹏飞没有注意到,现在看来却不对劲。一则它不是螺丝洞,二则它的位置不对。余鹏飞又看了看它的后面,发现有胶水的痕迹,还沾着一点点黑色的塑料，随后望向秦今明书桌的位置，恍然大悟道："原来是个针孔摄像头啊！"

不得不说，这人将摄像头藏在这里真是绝佳的位置，一则能与同色的书架融入一起，二来能监视到秦今明书桌上的一切信息。

正在这时，余鹏飞感觉耳边有些微风吹过，伴着温热的气息。

余鹏飞心中惊跳，刚子明明不在书房的，而且也没有听见他回来的脚步声，那么这贴在耳边的人是谁？

没来由地，余鹏飞后背汗毛竖了起来，刚想回头，就对上一张放大的脸。

"啊！"余鹏飞被气到脸色大变。

刚子哈哈大笑："你害怕鬼啊？哈哈。"看着余鹏飞咬着牙要发怒的样子，刚子赶紧说道："我这不是也看着它入神了吗？"

余鹏飞白了他一眼，没好气道："你钥匙都试完了？"

刚子双手一摊，表示无能为力："这个房子里所有带锁头的我都试了一下，全都不是！而且你不觉得这个钥匙不常见吗？"

被刚子一提醒，余鹏飞也觉得这个钥匙不对劲，它看起来像古装电视剧里的钥匙一样，长长的一把。

"我们还是没找对地方，继续看看吧。"余鹏飞说道。

刚子看着书架的小孔说道："它应该是第一时间被人取走了。"

余鹏飞点点头："它的视角正对着书桌，能够第一时间看清秦今明的工作内容，我猜那些人应该是发现了秦今明正在研究凤凰血脉的秘密，并且秦今明应该是研究到了特别要紧的地方，然后那些人杀人盗密。"

"真是狠啊，这帮人。"刚子起身往外走去，余鹏飞见书房没什么线索了，也离开了。

"几千年的秘密，能不有人惦记吗！你没听凤饮的龙大叔说，那凤凰血脉指的不单单是宝藏，还有长生秘术，这天下有的是人惦记。"余鹏飞看着房子里熟悉的凤凰摆件，恍恍惚惚地好像回到了前些年帮秦今明搬家的时候。

刚子点点头："要我说，秦叔叔也不是个简单的人，能在这些人眼皮底下找秘密，最后还隐藏得那么好。"

那时候他房子里所有摆件都是余鹏飞设计的位置，他说放哪里，秦今明就点头说好，也不知道秦今明对他是真的喜爱还是出于愧疚。

"你说当初他为什么非要你给他守灵三天啊？"刚子看了看卫生间，没发现什么特别的地方，另一边的余鹏飞在杂物间也没发现什么。

余鹏飞说道："这也是我心里存疑的地方，我记得小的时候，秦今明对我说过，若是将来有一天他离去了，他要将骨灰撒向大海，随着海浪周游在蓝色的海洋里，像鱼儿一样自由自在。而且，我记得他很排斥这种传统的丧葬习俗，为何却在离去的时候选择了这种停灵祭奠的形式呢？"

刚子抱着臂膀望着屋子，疑问着："是啊！停灵三天，还一定要让你守灵，他的遗言句句都是留给你的，我猜一定是要告诉你什么事情！"

"那个时候我很小，不懂得他话里的意思，现在听起来，秦今明似乎很向往自由。可我一直不明白，他明明已经很自由了，为何要说这样向往自由的话呢？"余鹏飞叹着气，将茶几上有些歪倒的凤凰摆件重新摆放好位置。

"咳！还不是因为凤凰血脉，这么大的秘密在秦家手里握着，你觉得他能置身事外吗？说不定从他一出生，就被这个秘密困扰着，所以他内心里一直向往自由。只是有一点我很奇怪，我印象中的秦叔叔是个很浪漫的人，为何他要在离去的时候选择这种葬礼方式？"刚子说道。

"我也奇怪，现在想想好像不是他的行事作风。而且守灵是在夜晚，难道是想告诉我房子里晚上有什么？"余鹏飞说道。

说着，他跟刚子对视一眼，眼神碰撞之间似乎一下子就想起了什么。随后两人关闭所有照明，检查了整个宅子，在秦今明的卧室发现了端倪。

一进秦今明的卧室似乎好像有点不一样，这个屋子要比别的屋子亮一些，这种亮度跟屋外的月光没关系，好像是屋子内发出的光。

余鹏飞忽然想到了在鬼城的第二晚，路过的一间屋子，也是隐隐发着亮光，可是那个屋子里的亮度没有秦今明卧室的明显。

在刚子和余鹏飞将手机照明全部关掉之后，能明显地感觉卧室的天花顶有亮光，似乎中间的要更亮一些。

余鹏飞去客厅拽了一把椅子过来，放在床上，让刚子找一把壁纸刀来。

余鹏飞站在椅子上,拿着刀慢慢刮着天花顶的乳胶漆。随着他将乳胶漆逐渐刮掉,逐渐露出一个十分亮的小洞。

"太厉害了!鹏子,你实在是太厉害了,你怎么就知道这里面有东西啊?"刚子拍着手,高兴极了。

余鹏飞低下头歇息了一会儿:"别说了,快帮我把它抠出来。"

第十六章 雪上加霜

一个小时之后,两人终于将天花顶上的画全部抠了下来,是一幅完整的五只凤凰的图画,里面五只凤凰栩栩如生,全部都朝向一个地方。

"这是什么?五只凤凰?"刚子看着发着夜光的画莫名觉得眼熟。

余鹏飞拍拍身上的灰,直接说道:"这就是真正的'鹏'!"

刚子大惊:"什么!"随后恍然大悟:"这和假玉石的图形好像啊!"

余鹏飞总算知道为什么秦今明会去做一个假的玉石来蒙骗那些人,真正的"鹏"和假玉石上只差一只凤凰的形状,也是五只凤凰中最前面的一只凤凰,假玉石上面的那只凤凰朝向左,将所有凤凰的朝向引向自己。

余鹏飞恍然大悟:"原来,秦今明让我守灵三晚,又在临死前让栾姨把他扶到床上,还不让栾姨叫救护车,就是为了我来到后能看到他躺的位置,他是要告诉我卧室的天花顶藏着秘密。"

"这凤凰图会在晚上发出夜光,他又在离去的时候躺在床上,说不定我就会在这守灵的三天里发现这个屋子天花顶的奇怪之处,可惜的是,当初我的关注点都在书房里,将这么重要的线索错过了。"

可即使是这样,余鹏飞也没弄懂"鹏"的意思。

"别着急,我们今晚收获已经十分丰厚了,如果这里没有其他线索了,我们就先回去,明天去老宅看看。"刚子安慰着余鹏飞,见他情绪突然低落,就知道他又在着急。

两人将所有东西归位,处理好细节之后才休息了一会儿。余鹏飞看着熟悉的一切,暗暗松口气,这趟回来,总算有些收获,他暗暗想着,再次回来时,一定是所有事情真相大白的一刻。

第二天上午,余鹏飞和刚子才从秦今明的房子出来。一夜没睡,两人都有些疲惫,在镇子上买了点吃的准备回家休息。

水果摊的大姐十分热情,见了余鹏飞就像见到女婿一样,笑眯眯地问这问那的,余鹏飞不好意思冷待人家,于是也跟着聊了起来,大姐见状开了话匣子。

"这个镇子好久不见你这么好看的小伙子了,你是谁家的孩子啊?"大姐利落地给余鹏飞称香蕉,还不忘给添了些梨,"给你们两个吃的,吃梨好。"

余鹏飞边说着"谢谢",一边指着秦今明别墅的方向解释道:"我叔叔之前住在那里,他去世了,我过来收拾收拾屋子。"

大姐一听他认识秦今明,于是开启了话痨模式,"哎哟,你是秦先生的侄子啊,我说怎么长得那么好,秦先生就够好看的了。"

"大姐你认识我叔叔?"余鹏飞说道。

大姐拍着大腿,那架势感觉她和秦今明熟悉得很:"怎么不认识,他自从搬来这里,之前那个姓栾的保姆天天都来我这里买水果,后来姓栾的那个女的请假了,就来了一个年轻的保姆,看样子三十多岁吧,天天来这里买菜什么的。一开始我们还以为是秦先生的女朋友呢,但有一次秦先生过来的时候,他说那女的是替班保姆。"

余鹏飞和刚子对视一眼,不动声色地继续听大姐说着。

"要我说你和你叔叔可真像,眉眼间还有一样的神韵呢!一开始你说你从秦先生家里出来,我还以为你是他儿子呢!"

"哎哟!你叔叔可太可惜了,怎么好端端的就从楼上摔下来了呢!你说他自己一个人住在大山沟里,也没个照应的。"

余鹏飞借机说道:"大姐,那个年轻的保姆你知道是谁吗?我叔叔手机摔坏了,联系不上那个女的,我看到叔叔的记账单,还有将近一个月的工资没给人家呢!"

大姐摇摇头:"她那个人有点冷冰冰的,不像栾姐那么好说话,自从你叔叔去世之后,我再没见过她。"

据大姐说,秦今明经常在黄昏时分开车出去,第二天早上再开车回来,人缘十分好,见人就笑,还经常有外来的车辆去秦今明家里。

余鹏飞想想也是，秦今明自己单独住在山脚下，从镇子里去他家只有一条路，外面的车一来，镇上的人一看就知道是去谁家。

余鹏飞给大姐留了一个电话号码，让她再见到那个保姆时先给自己打电话，之后和刚子离开回家休息去了。

车内，刚子有些气愤："该不会秦今明叔叔是被这个保姆杀了吧？"

余鹏飞也不敢断定，因为事发的时候没有任何证据。秦今明的房子远离居民区，就算有什么不对劲的，也很难有人发现，从周边的居民嘴里问不出什么，因为别人根本看不到。

"但他书房的那个针孔摄像头会是谁放的呢？"刚子还是觉得那个保姆的嫌疑很大。

余鹏飞揉了揉眉心，示意刚子慢点开，也跟着说道："我们现在联系不上那个保姆就很可疑，而且我猜如果真的是她杀了秦今明的话，大概原因就是她最后一天替班了，要么狗急跳墙被秦今明发现了，杀了秦今明，要就是她直接硬抢，很显然后者不太可能。"

余鹏飞觉得当务之急是先找到那把钥匙的配锁，里面一定是秦今明想隐藏的秘密。他和刚子回到家里仅仅睡了一个小时，因为怕丰都那边盯着自己的人起疑，顺着线索摸到天津，到时候又得添麻烦。

"我觉得有一件事情不对劲，你刚刚听见那个大姐怎么说的，秦今明经常晚上开车出去，白天回来。"余鹏飞皱着眉说着。

他这么一说，刚子也才反应过来，"对啊，他是个晚上不回家的人吗？"

秦今明这人说保守也保守，说浪漫也浪漫，但他的浪漫和感情无关，他的世界里爱情很淡，如果此刻谈起来，在余鹏飞的印象里，和秦今明谈爱情的恐怕只有自己母亲方小兰一个人。

"不是，他不会那么做，如果他一直在保护凤凰血脉的话。而且那个时候的他，绝不会把时间浪费在一件这么不重要的事情上。"

两人在家休息了几个小时之后，为了不被丰都那些人发现，又急匆匆地赶往秦家老宅，虽然他们满身疲惫，却丝毫不敢放慢寻找线索的速度。

一进秦家老宅，余鹏飞感觉到了问题，秦家老宅的门锁似乎被人动过了，屋子里面也有被翻过的痕迹，就连祠堂也是。

原本摆放端正的秦家先人灵牌，也被人砸得乱七八糟。各个屋子的一些柜子也被翻过，书籍摆件等东西散落一地，脏乱不堪。

"这些缺德的人，连去世之人的牌位都不放过。"刚子拿着新毛巾将秦家人的牌位挨个擦干净放好。

余鹏飞又回到了上次那个北斗七星图的面前，细细地看着它，思索着自己是否落下什么线索。

"我上次发现假玉石和族谱就是在这里，你说会不会秦家的秘密还是在这祠堂里面啊？"余鹏飞看着祠堂墙上的北斗七星图，总觉得那个北极星有些不对劲。

上次，他就是在北极星那发现了暗格的。"我上次就是在这个位置按了一下，那个暗格就出来了。"余鹏飞给刚子示范着。

刚子一边摸索着北极星一边说："藏在这可是个好地方。"说完，刚子用力按了一下北极星，结果祠堂侧面的墙开始晃动，紧接着开始移动起来，后面出现了一道铜门。

余鹏飞大惊，看着刚子不可置信："你做什么了？上次明明是一个小暗格，怎么这次突然出现了一个门呢？"

刚子也一头雾水，又去轻轻按了一下北极星，结果那个暗格又出现了。

"我明白了，这个北极星，轻按一下，出现的是那个小暗格，快速按两下就出现这个铜门了。"刚子右手在北极星上摸索着。

"我说，秦家人这脑瓜子真是够用啊，一个机关两种用法，他们就不怕外来人和我一样用劲过猛，将铜门这道机关发现了。"

余鹏飞轻笑一声："不会，没人像你那么猛！"

刚子咬咬牙，指着余鹏飞想反驳又不知道怎么开口，就见余鹏飞拿着钥匙奔着铜门上的那道锁去了。

随着"咔哒"一声，余鹏飞手里的钥匙将厚重的铜门打开，锁芯转了几圈，门才推开。

"用铜做的门，绝对不简单。"刚子用手电筒照向暗室里。

本以为秦家祠堂的暗室一定会藏着什么宝物的，或者至少应该有些年代久远的秘密。可密室里竟然空无一物，只是墙上有每一代秦家人的画像和照片。

"秦今明他家这一支秦家人年代也不短啦，这将近十代人了。只可惜秦今明的照片咱俩还没贴上呢。"刚子说道，他看着墙上秦今明父母下面还有一个小女孩，不足月就夭折了。

"秦鹏临，夭折了？唉，真可怜。"刚子惋惜着。

"那是秦今明叔叔的姐姐，听说生下来没几天就夭折了，在秦今明之后，秦家就没什么孩子了。"余鹏飞顺着手电筒的光看向整个密室，也没发现什么特别的地方。

刚子摇摇头，惋惜地说道："那这个秦家旁支不就绝脉了吗？真是可惜，说实话我从小十分仰慕秦今明，长得好又有才情，却没想到最终是这个结局。"

余鹏飞觉得哪里似乎不对劲，抱着臂膀认真地看着墙上的画像，说道："好奇怪啊！"

刚子打量着暗室的四角，眉头一皱："怎么了？你发现哪里不对劲了吗？"

余鹏飞点点头，指着墙上十个人的画像说道："你来看，这十个人不说年龄方面，但看他们的出生年月，很明显是十代人，秦家的祖先这么久远，怎么可能一代只有一个人？自古以来还没听过哪里能十代单传的。"

"是啊，这么看来，这十个人的画像是否在说明秦家这十个人是有问题的？或者这十个人代表着秦家的某一方面？"刚子也恍然大悟，余鹏飞的话说到问题上了，秦家人怎么可能一代只有一个人！而且，这十个人的画像为什么会藏在秦家祠堂的密室里。

暗室里隐隐有发霉的味道，余鹏飞有些不解，这里并不是一个地下室怎么会有潮湿的味道呢！

但紧接着他就看到同一面墙上的颜色似乎不一样，再细细看去，颜色深沉的地方墙面更加潮湿，而且形状似乎是一个门的大小，余鹏飞眉心一动，这面墙有问题！

他在这面墙上用拳敲了敲，果然颜色深的地方发出空空的声音，竟又是一道暗门！只不过这道门已经被封死了，单从外表看跟墙壁融为一体，让人以为那就是一整面墙而已。

"刚子，快来！这又是门！"

刚子大惊，快步向前走去，也在上面敲了敲，果然和余鹏飞的想法一致，这面墙隐藏着一道暗门！

他望向周围，四周墙壁都是光秃秃的，没有任何可以打开门的按钮。"这个门可比外面那个铜门厉害多了，连个开锁的线索都找不到，难道想让人给拱开吗？"刚子踹了一下门发起牢骚。

一时间，两人手足无措，被面前的暗门彻底难住。余鹏飞拿着手电筒在每一面墙上敲打着，想看一下哪里还有发出空响的地方。

敲在秦家人画像上的时候依旧发着沉重的响声，余鹏飞打算去外面看看，觉得暗门的开关应该在外面，正当他随意敲着最后一张画像的时候，竟然发出一声特别空灵的响声。

余鹏飞顿住，立即看向画像，发现竟然是秦家早夭小女孩的画像，正是秦今明的姐姐——秦鹏临。画像是一座孤零零的坟墓图片，意境孤凉凄惨。

余鹏飞思量，也许是秦鹏临死的时候太小了，根本来不及给她留下照片，所以秦家人才会用孤坟作为画像，可她的画像后面为什么是空的呢？又为何用一座坟墓做她的画像呢？

刚子上前和余鹏飞两人将镶嵌在墙上的画框拿了下来，里面果然有一个带着小小圆环的拉锁，圆环的一头被一条细细的链子拴住。余鹏飞拉了一下锁头，那堵厚重的石墙传来轰隆的声音，颜色深沉的地方开始向后挪动，俨然是一道石门，石门慢慢挪动到墙的后面，露出里面黑漆漆的一片，随之而来一股子霉味，空气中还夹杂黏糊糊的潮湿气。

暗门之后是一个蜿蜒向下的台阶，用没有任何修饰、简单加工的石头铺成的。余鹏飞和刚子顺着台阶一直向下走着，里面漆黑一片，只有两人的手电筒在照亮。

简易的石质台阶蜿蜒向下，余鹏飞感觉自己走了好几十层台阶依然没有到密室的底部。

"鹏子，我怎么感觉咱俩往下走了至少两层楼的深度吧！什么时候是尽头啊？"

余鹏飞瞧着两旁的墙壁用石头粗糙地砌着，似乎是匆匆建成的，防水做得也是一般，墙壁上挂着水珠，湿漉漉的还有些黏稠的附着物，偶尔还能听到水滴的声音。

又下了几十个台阶之后，两人终于又看见一个铜门。好在这个铜门没上锁，余鹏飞推开门走了进去，里面只有一个石头桌子，上面放着一个铜箱子。

"怪不得刚刚那个暗室有股子霉味，这下面都快成水洞了。"刚子用手电筒照了照小密室，除了桌子再没有其他的东西了。

"过来帮个忙，这个铜箱子加压了，我猜是为了真空防水的。"余鹏飞用嘴巴咬住手电筒，手下加力拧着铜箱子上的螺丝，两人合力才把铜箱子打开。

刚子甩甩发疼的手腕，默默为把箱子锁上的人伸出大拇指，扭得真紧。

铜箱子打开的一刻惊艳了余鹏飞和刚子，那箱子里面和外面截然不同。箱子内壁雕刻着栩栩如生的凤凰，整只凤凰绕了箱子内壁一周。

"从小到大受秦今明的熏陶，我见过不少的凤凰雕刻、画作，像面前这只凤凰这么栩栩如生的，还真没见过。"余鹏飞感叹着，头发因为沾染了潮湿的空气，像刚洗过的一样。

铜箱子里面是本秦氏族谱，族谱上的封面还印着凤凰血脉的图案。

"怎么还有一本秦氏族谱？"刚子拿起族谱翻看着，虽然这个密室里很是潮湿，但箱子里的族谱却很干燥。

余鹏飞看着族谱陷入了沉思，他转眼又望了一眼箱子里面的小盒子，打开之后却是空的。盒子里面的空置的凹槽是个圆形，厚度一厘米左右，儿童手心大小，余鹏飞眼神一冽，脑中一个画面跳了出来。

"这本才是秦家真正的族谱。"见余鹏飞说得十分肯定，刚子不太明白。

余鹏飞解释着："被偷走的玉石是假的，被偷走的族谱也是假的。那些都是秦今明用来糊弄背后那些人的，当初我在秦家祠堂北斗七星画中得到的只有他留给我的信是真的，所以才将事情说得模棱两可，就算那些人弄到手，也没什么用。"

余鹏飞指了指箱子里空空如也的小盒子："这里面装的才是真正的凤凰密码，就是所谓的'鹏'！只可惜那东西不知道哪里去了。"

刚子叹息一声："这么说来，我们还得继续找下去，什么时候找到'鹏'才算大功告成。"

余鹏飞从包里取出纸巾递给刚子，示意他擦擦眉毛上的水珠。"赶紧看，这里面水汽太大了，书容易发潮。"

真正的秦氏族谱将凤凰血脉说明得很详细，不但说明了凤凰血脉的来处，还将每一代的凤凰血脉的流落说得十分详细，跟余鹏飞调查出来的基本无出入。

"只可惜，张琪瑛之后再无凤凰血脉的携带人，只能被转进了两只飞天神鸟中，飞天神鸟一只由幼家人保护，最终落入了凤鸣湾；另一只不见踪影，我们现在知道了凤凰血脉的最终确认地，还差凤凰密码了，只是'鹏'到底在哪里呢？"刚子将族谱包好，放回箱子里，和余鹏飞将它锁好，保证不被湿气浸湿，毕竟现在将族谱带出去太危险了。

余鹏飞和刚子将密室的门又恢复原状，两人在祠堂坐下，分析着族谱里面的人物。

按照余鹏飞之前的思维，那些抢夺族谱的很有可能是秦家其他一脉的人，他们知道家族几千年以来的秘密，也许从未停过想抢夺宝藏的心。

族谱是在三十年前更新的，可是族谱上可疑的人只有两个，一个叫秦桑尤，在族谱上的年纪十几岁，另一个叫秦天林，族谱上的年纪是二十几岁，但上族谱的时候已经去世了。

"看来最大的概率就是这个叫秦桑尤的女人，秦今明说不定就是被她害死的。"余鹏飞说道。

刚子不懂："为什么就不能是其他姓的人呢？"

余鹏飞看着手机里的照片，翻到一页说道："别忘记了，族谱里说了，只有秦家人才能找到凤凰血脉的秘密。"

"那'鹏'呢？族谱在这里，'鹏'会单独被拿走吗？"

"不像。"余鹏飞看着刚刚用手机照的族谱图片，有一点让他很奇怪。

族谱里所有人在更新登记的时候，已经去世的人会用红色的标注，可秦今明的姐姐秦鹏临却用的是蓝色。

而最后一次秦家更新族谱的时候，距离秦鹏临去世已经有几年了，为何要用蓝色标注小女孩的名字，不应该是红色的标注吗？

余鹏飞又想到了身后暗室里的秦鹏临的画像，虽说刚刚出生的小女孩确实没有照片什么的，但为什么秦家在这个小女孩儿的画像上和族谱的记载上接连出现纰漏呢？

不但如此，地下暗室的拉锁设计在她画像里面真的只是巧合吗？

"你说为什么秦家人要在密室中又建了一个密室，把所有东西放在一起不就好了，而且地下的那个密室更潮湿，像族谱这种纸质的东西在里面放着十分不安全，有种画蛇添足的感觉。"

蓦地，余鹏飞脑中灵光乍现！

"刚子，你想不想找到'鹏'？"余鹏飞眼中带着兴奋，表情在手电筒的余光照映下神秘而又激动。

刚子看着他这副样子，先是一愣："那当然！"

余鹏飞起身收拾东西，将密室内的东西放回原位，说道："走！带你去个地方就知道所有事情了。"刚子一听，也跟着兴冲冲地赶紧收拾东西，顺便问余鹏飞要去哪里。

余鹏飞颇有深意地说道："墓地。"

夜半时分，两人来到秦家的墓园。因为这里是高档墓区，有保安值班把守，而且保安们还会时不时地拎着手电筒在园区内巡查，两人不敢打开照明，只能摸摸索索地在一众墓碑群中找，余鹏飞带着刚子从小路好不容易找到秦鹏临的墓碑。

"余鹏飞！我真是佩服你，自从跟了你的这段时间，我是半夜没去过鬼城，还是半夜没溜进坟地里？你就说吧，后面还有什么更刺激的！"

刚子压低了声音，紧挨着余鹏飞，他又气又无奈，看着余鹏飞在一座坟墓前停下，仔细地瞧了瞧石碑上的字，之后余鹏飞嘴角一弯，眼中揶揄朝自己吐出两个字："掘坟！"

半个小时之后，余鹏飞和刚子望着秦鹏临坟墓里埋着的东西，硬是木讷了好久，还是刚子先扶住余鹏飞安慰道："鹏子，事情都已经发生了，你要坚强！"

余鹏飞从来没有想过为什么命运会这样捉弄自己，他不是没想过秦今明为何将自己拉入一场危险的凤凰血脉事件中，原以为秦今明只是怕凤凰血脉的秘密在自己死后没人知道，如今看来另有原因。

余鹏飞双膝跪地，全身毫无力气，秦鹏临坟墓中挖出来的东西似乎抽走了他身体中所有的力气。此刻的他，仿佛是一个风烛残年的老人，细细回想着和秦今明的所有过往，他心中的愧疚顷刻间犹如暴雨般倾泻而下。

另一边，何朝阳看了看手机里的照片，又悄悄地跟面前旅游团的导游对比了一下，看着童乐乐精致的脸庞，他确认这就是崔丰实要找的人。何朝阳也不着急，等童乐乐空下来再上前，这会子人很多，问什么也不方便。

半个小时过去，童乐乐让旅客自由活动，一个小时后集合，她坐在椅子上喝水，丝毫没发现正在接近自己的何朝阳。

童乐乐抬起头，见一个人高马大的男人正站在自己面前看着自己，童乐乐皱起眉头，"你要做什么？"

她并不是讨厌陌生人，只是何朝阳离自己的距离太近了些，而且那只手似乎准备摸向自己肩膀，童乐乐不由警惕了一些。

何朝阳笑了笑，也跟着坐了下来："有男朋友吗？"他本打算在人不多的时候动手，可这会儿又过来不少人，童乐乐已经警惕了，显然不是动手的好时候。

童乐乐白了他一眼，没好气说着："有。"

何朝阳又笑了笑，看着周围的人来人往，等待人减少："那耽误我追求你吗？"

童乐乐冷笑一声："你说呢？我男朋友很帅很帅，你连他的一半都赶不上，请便吧。"童乐乐说完，在心里给秦今明大大地比了一个对不起的手势，抱歉了，又用他的大名冒充了。

"我会算卦你信吗？在我看来你根本就没男朋友。"

看着何朝阳肯定的样子，童乐乐狐疑地看看他，这人为了追求自己真是拼了。

见童乐乐不信，何朝阳说道："你没有男朋友，你不过在用一个死人当借口而已。"

这回，童乐乐也愣住，搞不明白何朝阳的把戏，刚一回头，见何朝阳拿着一个吊坠放在童乐乐面前来回荡着，嘴里说着："看着眼前的东西，放松你的意识。"紧接着一股浓烈的药水味喷向自己。

半晌，何朝阳回到酒店，直接奔向崔丰实的房间。

"查到了？"

崔丰实正在摆弄着所剩无几的药材，见何朝阳回来了，抬头问道。

何朝阳点点头，"问了，不过那个叫童乐乐的她知道的事情并不比我们多。"

"真的不知？"崔丰实停手，支起身子，看着何朝阳，那表情仿佛自己听错了。

"不像有假，而且，她知道的事情，我们最近也从那人处得知了。"

何朝阳说完，崔丰实叹了口气："这么说，这条线索也没用了？余鹏飞那边进展怎么样？"

"他回天津了。"

崔丰实疑问道:"回天津了?那人告诉你的?"

何朝阳点点头,崔丰实脸色暗了下来,那人现在竟然都不跟自己说了?又问何朝阳:"什么时候给你的消息?"

"一个小时之前。"

何朝阳说完,崔丰实心里微疼,他在这世界上最在乎的人,也开始远离他而去了,真可笑!

第二天早上,刚子准备好早餐,来到余鹏飞房间门前。他本想一把推开门,但思量余鹏飞现在的心情一定不好,还是敲敲门。

"鹏子,起来吃点东西,咱们现在知道了所有事情,编筐窝篓全在收口,你得打起精神。"

屋子里,余鹏飞其实一夜没睡,他也不是小孩子,有些事情不是接受不了,但需要一个消化的过程。

余鹏飞打开门,见刚子脸色不佳,就知道他也没睡好,身上的衣服却穿得很利落,像是刚刚出去了的样子,便问道:"你也一夜没睡吧?去买吃的了?"

刚子本来有些担心余鹏飞,但见他的情绪还不错,微微放下心,面上也跟着笑了起来:"全是好吃的,都是我五点起来去买来的。"朝着余鹏飞点点头说道,"能吃东西就是动力。"

餐桌上,刚子说道:"你知道'鹏'在哪儿吗?"

余鹏飞点点头,回到屋里将一块圆形的玉石拿出来放在桌子上。那是一块没有任何雕刻的玉石,圆圆的,光滑整洁,只有不到一厘米厚度,十厘米左右的直径。

看着面前精致的玉石，余鹏飞陷入回忆，喃喃地开口说道："我记得，当初我把这块玉石弄丢了，我妈打了我一巴掌，那是她这辈子唯一一次打我，后来她似乎是想开了什么事情，哆哆嗦嗦地说了句'丢了也好'。"

"当时我年纪小，不懂得妈妈悲悯的神情和话中的深意，现在想来，她更希望我离凤凰血脉秘密远远的。唉！这样才能让我平平安安的吧！"

很小的时候，他见妈妈的书桌抽屉里放着一块精致的玉石，便偷来把玩，可是玩着玩着就把玉石弄丢了，一直到去年母亲去世，他收拾东西时又找到了这块玉石，想着它还算有些念想，就随便放在自己的抽屉里。

"我之前和秦灵灵在一次拍卖会上买过一幅《丹穴山画》，里面还隐藏着两幅画，一幅秦始皇和带有凤凰血脉女子的画，另一幅是刘邦和带有凤凰血脉女子的画。当时那两幅画的画工精妙绝伦，但两幅画中女子的玉佩却是画得十分含糊，都只画了一个粗糙的圆形，我们当时还说是画师偷懒，现在想来根本不是，那就是真正的'鹏'，它的外表看起来就是一块没雕刻的玉石，没有任何花纹。"

刚子看着光秃秃的"鹏"，狐疑着："可这上面什么都没有，我们能分辨出什么！"

余鹏飞将昨天在秦鹏临墓里得到的信拿了出来，那上面有一首诗，让人费解。

"'光至鹏鸟现，福泽恩禄全；阎罗殿里求成全，竟是世间最难事。'什么意思啊？"刚子皱着眉，论脑袋的聪明，他跟余鹏飞可差远了，更别说破解这文绉绉的诗句了。

听到"光至鹏鸟现",余鹏飞想起来一个事情:"那时候,我妈刚将这块玉石带回来,我记得她好像说过一句话,不要让这个玉石照光?当时我还以为这块玉石是神仙的宝物,不能被阳光照到什么的,现在看来,我妈的话里是有隐意的。"

"照光?为什么?"刚子掂了掂玉石,说道:"我怎么觉得这个玉石比看上去轻多了呢?"

余鹏飞似乎想起什么,拿过玉石拉着刚子进了自己的房间,他让刚子把窗帘全部拉上,自己则打开了台灯,将玉石放在灯光底下照着。

被台灯的光一照,余鹏飞发现玉石里面竟然是镂空的,就类似鼻烟壶的原理,只不过面前这块玉石,虽然被人从里面雕刻了形状,但外面却一点看不出来有钻孔。

"太神奇了,不得不说古人的智慧实在是太高明了。"刚子惊叹地将玉石又拿得离自己近一些。

"哎?这里面的形状怎么跟假玉石差不多!"

余鹏飞从手机里找到秦今明家卧室那幅五只凤凰的夜光图案,将它和"鹏"里面的样子一对比,竟然一模一样。

"秦今明卧室五只凤凰图案原来就是'鹏'啊!我们竟然错过了。"刚子说完,发现"鹏"里面的五只小凤凰栩栩如生,仿佛真的被困在这块小玉石里飞来飞去的。

"我们找不到与假玉石最后一只凤凰匹配的地形,而'鹏'里的这块小玉石却跟双桂山对上了,说明之前的想法是对的。"

余鹏飞将这些信息和丰都之前查找过的几个地方连接起

来，随着五只凤凰全部对上，余鹏飞眼眸一震。

余鹏飞猜想，这可能就是秦今明和王文父亲用假玉石来替代真玉石"鹏"的原因。他们将真玉石"鹏"的五只小凤凰其中一只形状更改了，用来扰乱其他争夺凤凰秘密之人的视线。

然而，余鹏飞料想，秦今明当时可能也不知道"鹏"在哪里，因为早已被自己弄丢了，而能让秦今明拿出证据去做一只跟"鹏"相近的假玉石的东西，恐怕就是他卧室天花顶上那个五只凤凰的图案了。

线索中断，余鹏飞和刚子二人虽然这次天津之行有了不少的收获，但是还是没有得到确切的凤凰血脉位置，二人有些苦恼，时时刻刻都在研究着手里的线索和资料。

最后，余鹏飞决定先回丰都，以免时间太长引起人的注意。

上午，余鹏飞和刚子稍作休息，准备坐下午一点的飞机返回重庆丰都。从余鹏飞家里出来的时候，余鹏飞和刚子正在说着事情，却发现小区门口站着的人十分眼熟。

"秦灵灵！刚子，她怎么在这里啊？"刚子诧异着。

余鹏飞心中有一根弦似乎断了，当他看到秦灵灵的那一刻，心中第一时间的想法并不是喜悦，而是下意识的失望。

他隐隐发觉自己为什么会第一时间出现失望的感觉，那是因为他父亲工作的关系，他从来不跟别人说自己住在哪里，秦灵灵怎么会知道自己家里的位置？

小区门口，秦灵灵背着小背包，穿着运动鞋、蓝色牛仔裤和白色的衬衫，干净利落，更加显得灵动好看。

她望着余鹏飞的眼中满是期待和兴奋，见余鹏飞呆愣，秦灵灵直接跑上前抱住他，"你怎么看见我都不激动呢！"

余鹏飞见到秦灵灵那一刻本来应该很激动，但随后想到的是，他跟秦灵灵留言说过回来天津的，却从来没说过家庭住址，秦灵灵是怎么知道的？

余鹏飞拍拍秦灵灵的背拉开她，并问怎么找到这里的。

秦灵灵大眼睛一弯，笑道："说明我和你之间心有灵犀啊！"余鹏飞被她逗笑，捏捏她的脸蛋。

刚子在一旁啧啧："小姐姐，你该不会是属小狗的吧，嗅着余鹏飞的味道过来的吧！"秦灵灵被气得装作要打他，被余鹏飞握住小手，几人这才准备离开。

"逗你玩的，我之前在丰都的时候，你接快递的电话时，说到过你家小区的名字的。我本来想给你个惊喜的，谁知道刚到小区门口，还没打听到你们家，你俩就出来了。"

秦灵灵说完，余鹏飞回想一下，之前确实在丰都收到过一次快递，好像是问过地址来着，想到这里他再没多想，三人打了一个出租车去往飞机场。

三人在重庆下了飞机，坐着高铁回丰都。

"叮咚。"

列车里响起提示音："尊敬的乘客您好，欢迎乘坐本次和谐号列车，前方到站丰都站，请拿好您的行李……"

再次回到丰都，余鹏飞心态已经变了，他终于明白秦今明为什么要让自己去安排葬礼，又把他所有的财产都给了自己。

原来自己从出生那一刻，有些事情就注定不能置身事外，他平静地说道："希望这次回到丰都，能将所有事情收尾。"

刚子将自己的手伸向余鹏飞，眉眼间都是信心："放心吧，事情一定会如我们所想的，兄弟联手，势不可挡。"

余鹏飞会心一笑，将手掌握向刚子。

三人刚回到别墅，余鹏飞的电话响起，他看了一下来电显示，皱着眉说道："是那个姓崔的富商。"

刚子也纳闷："他找你该不会是还想跟你合作吧？"这个崔丰实真是贪心不足，还想着寻找凤凰宝藏，恐怕觉得余鹏飞还是有些实力的，所以一而再再而三地联系余鹏飞。

秦灵灵一听到崔丰实的名字，瞳孔微微一缩，帮余鹏飞将行李箱放回房间，转回身坐在客厅里，听着余鹏飞和崔丰实通电话。

"可以，今晚吗？"

余鹏飞朝着电话那头的崔丰实说着，不知道那头的人说了什么，余鹏飞说了声"好"就将电话挂掉了。"他说今晚约我们见个面，说是有很重要的事情要谈。"

秦灵灵垂下睫毛，淡淡地说着："他能有什么事情，不就是一个富商吗？无非是惦记你知道凤凰血脉的线索。"

刚子检查着家里的门窗，没发现有什么被撬过的痕迹，又将门口的隐藏摄像头拿下，看着这几天别墅是否进来了不明人物。边看边说着："我觉得哈，那个崔丰实不是简单的人，那么牛的一个富商，他的实力绝对比咱们厉害，如果可以的话，跟他联手也算不错，总比跟秦桑尤的人对着干强多了，而且别忘了，暗处还有个刘文庚。"

最后几人商量还是去和崔富商见一面，看看他葫芦里到底卖的什么药。

晚上六点，余鹏飞三人到酒店的时候，崔丰实已经在里面等着几人。手下的人将三人请了进来，崔丰实很是热情。

"坐吧。"崔丰实笑着，自己则把保温杯拿到了身后的桌子上，嘱咐着手下什么事情。

刚子凑近余鹏飞说道："这哥哥身体到底有多不好？这都大夏天的，他还用保温杯喝水？"

其实余鹏飞刚刚一进来的时候，就发现了一些不对劲的事情。崔丰实脸色有些发白，五六月的丰都天气已经算很热了，但崔丰实竟然还穿着略微厚的长袖衣服。

不光这样，嗅觉灵敏的余鹏飞还发现包间中隐隐散发着比较重的中药苦味，之前见面的时候，崔丰实也说过自己身体不好，才会在大夏天的还怕冷。

那边崔丰实向何朝阳交代好事情，何朝阳出去了一会儿，崔丰实说道："我不能喝白酒的，只能喝点红酒，我让助理去点酒了，抱歉，你们随意，尽兴就好。"

余鹏飞客气地说道："崔老板客气了，不知道您今天找我们来是因为什么事？"

何朝阳从外面推门而进，崔丰实见他点点头，也不拐弯抹角，让何朝阳递上一个保密手箱，紧接着从里面取出一幅地图。"这个地图是我从别人那里得来的,据说是凤凰血脉的开启密码,也就是传说中的凤凰密码。"

何朝阳将地图拿近了余鹏飞几分,余鹏飞和刚子这才看清上面的内容,竟然是之前他们丢失的那块假玉石的图形。

"我是个商人,只管利益,如果真的存在凤凰宝藏,我自然极力寻找,但我想请你们帮忙,事成之后,我们平分。"

崔丰实言语恳切,话也不藏着掖着,余鹏飞一时间摸不透到底是不是崔丰实的真心。

服务员将菜上好,开始给众人布菜。在崔丰实身边的服务员给他夹了一大块羊肉,被崔丰实制止了,说自己不吃羊肉。

余鹏飞给秦灵灵也夹了一块肉,见秦灵灵盯着崔丰实碗里的羊肉愣神,他以为秦灵灵想吃羊肉了,毕竟这小妞无肉不欢,余鹏飞想着回去之后,带她去好一点儿的馆子好好吃一顿。

刚子的脚在桌子下微微踩了踩余鹏飞的鞋,余鹏飞在他好一顿踩完自己之后,才回踩着。不知道的人还以为这两人有什么毛病,其实这两个人在用摩斯密码交流着。

刚子:崔丰实怎么会有假玉石的资料?该不会他跟秦桑尤有什么关系吧?

余鹏飞:不太可能,谁会把已经偷走的东西再送回来?

刚子:我总觉得好像哪里不对劲。

余鹏飞:咱们后面一直有人盯着,如果撒谎的话,一旦遇上知情者,咱们就处于下风了,跟他直接坦白,看看他怎么说。

两人在桌子底下不动声色地互相踩着对方的鞋，另一边崔丰实苦口婆心地想说动两人一起合作。

"余鹏飞，我们见过的次数迄今为止才两次，但我的诚意十足，如果你们觉得不靠谱，我可以现在就给你们现金，算是一些答谢，事成时候的另一半还是如约奉上。"崔丰实摇着酒杯，示意何朝阳给余鹏飞三人续上红酒。

听了这话，刚子又在桌子底下踩着余鹏飞：不是说只有秦家人知道凤凰密码吗？他来凑什么热闹。

余鹏飞没回刚子，反而一笑看着崔丰实审视的眼神，大大方方说道："不瞒崔老板，你手中的地图，其实正是我之前丢失的玉石。"

话说到这里，崔丰实似乎已经明白了意思，顿了一下，解释着："抱歉，我还真不知道其中的缘由。只是这是我从黑市花了大价钱买来的，听说是从一个姓刘的老板那里得来的。"

"其实我买它的时候，不确定它是不是真的凤凰密码，毕竟如果是真的，之前那个姓刘的老板怎么会轻易将它弄丢，但卖给我的人，却说这个东西被刘文庚保存在他的密室之中。"

崔丰实正想继续说着，却发现余鹏飞脸色一暗，崔丰实露出疑惑的表情，似是不解余鹏飞为何在听到刘文庚名字的时候会有这样的反应，便问道："怎么了？"

余鹏飞想了想，崔丰实应该不会跟刘文庚有瓜葛，但崔丰实能知道刘文庚的名字，看来在某些方面，刘文庚还是很有实力的，他思量着要不要跟崔丰实说刘文庚找过自己，又怕将自己在找凤凰血脉的事情弄得尽人皆知,又想到崔丰实是刚子的朋友介绍的,应该不会出什么纰漏,于是还是说了出口:"崔老板刚刚说的刘文庚?也是一个富商吗?"

崔丰实点点头,像是没发现什么不对劲,解释道:"是啊!我听过他的名字,也知道这个人,这个人在商场中有些名堂,这个地图就是从他手里流出去的。"

崔丰实见余鹏飞和刚子两人脸色不好看,试探性问着:"你们认识?"

"是,他之前通过我一个朋友联系到我,说是他想开一家凤凰文化馆,请我加入他的团队,一起研究凤凰文化什么的。"

余鹏飞想到一个事情,之前他接到刘未发的信息说是给自己介绍一个人,但之后他再给刘未打电话却一直联系不上他,从头至尾,刘未都没有和自己通过电话之类的,这当中难保不会被人动了手脚,有人冒充刘未给自己发信息,就像之前王文那件事情一样。

难不成刘文庚是秦桑尤的人?

"他想开文化馆?也有可能。"崔丰实疑惑,"刘文庚这人财力雄厚,听说他十分痴迷凤凰,他们那行有个谬谈,不知真假。"

"什么?"

崔丰实从服务员手中接过醒酒器,起身给余鹏飞三人续杯,路过秦灵灵的时候犹豫了一下,但还是给续上了酒。

"据说,刘文庚的家里有一个地下室,每天都往外散发着臭味,有人好奇就进去看了看,发现那里面是用无数只孔雀和珍稀动物拼成的凤凰，身长十余米，看上去十分吓人，刘文庚却天天将它当成凤凰去膜拜。"

"而且，凤凰血脉这件事情知道的人也不少，不乏像刘文庚这种打着开文化馆的幌子来诓骗你的，他这种人能自己制造一只凤凰出来，还有什么事情是他做不出来的？"崔丰实回到座位上。

"我研究凤凰血脉已经很多年了，只对里面的黄白之物动心，剩下的东西不奢望了。如果我们合作，我可以帮你们遇水搭桥，但专业的东西还是需要你们来做。放心，我绝不会干卸磨杀驴的事情。"

随着崔丰实说出最后几个字，秦灵灵突然"啊"了一声，余鹏飞赶紧望去，发现她弄洒了桌子上的热水，热水烫伤了手臂，红了一小片。

那热水是给崔丰实准备的，秦灵灵又挨着崔丰实，不知怎么的弄洒了它。

"要紧吗？"余鹏飞担心道。忙拽起秦灵灵对崔丰实说了声"失陪"，就往洗手间走去，身后的崔丰实眼中划过一丝丝暗色，盯着两人离去的背影若有所思。

过了十分钟，两人回到座位上，秦灵灵手上敷着酒店送来的烫伤膏，看上去伤得不重，余鹏飞要送她去医院，秦灵灵摇摇头说没事。

"崔老板说的事情，我们回去考虑一下，至于刘文庚，谢谢您的提醒，以后我会提防一些的。"

余鹏飞说道，朝着崔丰实端起酒杯，他发现崔丰实嘴上说着自己能喝红酒，从头到尾却一口都没喝过，他想试探一下，于是朝着崔丰实敬酒。

后者微微一顿，笑着拿起酒杯，刚要和余鹏飞碰杯，就被秦灵灵阻止了："崔老板如果身体不好就不喝吧，身体重要，诚意到了就行。"

余鹏飞眉心一动，转头对着崔丰实微笑，夸赞秦灵灵："我不如我女朋友心细，崔老板，我干了你随意。"说完，和刚子喝干自己的酒。

第十七章 父子联手

一顿饭下来，余鹏飞始终绷着神经，他真怕自己恍恍惚惚地就答应了崔丰实。余鹏飞觉得头晕晕的，跟刚子商量着先回去，三人起身跟崔丰实告辞。

崔丰实交代着人送三人回别墅，上了车之后，余鹏飞坐在后面，秦灵灵在自己的旁边，刚子则在后面的座位，这种商务车坐起来很舒服，余鹏飞昏昏欲睡。

送走余鹏飞后，崔丰实在无人看见的地方，从兜里掏出一个小盒子，让别人以为这是余鹏飞刚刚给他的。他手中握着一个小小的盒子回到酒店房间。何朝阳给他的杯子重新泡上水，又给他端来一些吃的，余光中只见崔丰实手中正握着一块红色凤凰玉石，很小的样子。不一会儿，崔丰实让所有人都出去，自己则去洗澡，之后崔丰实去了一个地方，他要找一个姓龙的人，那里有于小日想要的东西。

等崔丰实拿着双喜血珠回来，先是让所有人都走了，自己则去看了看保险柜，发现他原本放在房间保险柜的玉石没有了，崔丰实也不着急，嘴角诡异地弯起。

他给于小日打了电话："在刘文庚那里办完事情来我这边，我找你有事。"

电话里，于小日失笑："有什么急事？不然你不会在这个特殊的时候让我露面，怎么了？"

"你的双喜血珠，我弄到了，在丰都一个姓龙的手里，明天你过来拿。现在我有更重要的事情想交给你，一会儿有人送给你。"崔丰实挂了电话，想着明天于小日看见双喜血珠的惊喜样子。

另一边，于小日挂了电话，正在跟踪刘文庚的一举一动，如今的刘文庚对谁都没有威胁了，于小日留着他不过是想利用刘文庚钓出秦桑尤而已，没有刘文庚抢夺凤凰血脉这一举动，秦桑尤永远感觉不到危机。

他正想着的时候，有人敲响了他的房门，给他送来了一份资料："于哥，这个是崔哥让我送给你的。"

于小日纳闷，究竟是什么资料让崔丰实在电话里一直叮嘱自己要慎重地保管。

打开档案袋的那一刹那，于小日感觉自己浑身的血液倒流。

露出的第一张照片让他脑袋瞬间空白，秦今明的照片怎么会在这里？而且，他死了？

回想着那个总是笑得和煦的男人，总是穿着一身休闲风格的衣服，笑起来眼角都带着风采的男人，就这么突然地死去了。

他忘不了秦今明拍着自己的肩膀，笑着要和自己一醉方休的面孔；也忘不了秦今明看自己妻子的饱含深意的眼神；可是，如今这个男人真的不在世间了，于小日又是另一番发酸的心态，他以为自己明明该恨秦今明的，毕竟是秦今明让自己的家庭不幸福的。

好在崔丰实没在他身边，根本没看到于小日见到秦今明尸体照片失控的样子。

电话再次响起，于小日压下心底的震惊，缓了缓接下电话。

"给你的那份资料里，死的那个男的叫秦今明，是本代凤凰密码的保管人，不过，现在他死了，东西丢了。"崔丰实开口说道。

于小日借着看资料的时候，稳定了自己的情绪，一副吊儿郎当的声音传到崔丰实那头，"从他身边的人下手呢？"

崔丰实说道："他家没人了，之前有一个情人，只可惜一年前车祸死掉了，我若猜得不错的话，那个情人是被刘文庚杀掉的可能性极大。"

此时的于小日，身体有些晃荡。他有些承受不住这突如其来的打击，尤其是听到自己挚爱被害死的消息。

于小日眸中瞬间泛出凌厉，右手放下资料，紧紧握着拳头控制着自己，不让自己崩溃，他眼神冰冷，翻着后面的照片，果然看到了自己妻子方小兰和秦今明的出行照片。

照片上方小兰和秦今明脸上都挂着笑容，方小兰挽着秦今明的胳膊，二人好像刚从超市里买了菜出来，他们脸上的幸福感深深刺痛了于小日的心。

于小日心里划过一丝心碎，嘴角微微颤抖着。

"但现在我们确实在秦今明交际圈子里查出一个人，就是秦今明情人的那个儿子，叫余鹏飞。"崔丰实说道。

于小日从警以来没有一天像今天这样绷不住自己，先是情敌被杀，后是出轨的妻子车祸存在猫腻，最后是自己的儿子被监视着，除了他自己，所有的人全部曝光在恶人的爪牙下！

没错，于小日就是余鹏飞的父亲——余大阳，一名战功赫赫的卧底警察。在警局接到匿名举报之后，队伍一直在追查刘文庚和崔丰实两个犯罪团伙，还有两个国外走私团伙的线，这些人走私名贵药材和动物，杀人放火无恶不作。

就好比刘文庚去年那次国外的动物走私，里面几十只孔雀和稀有禽羽类动物，震惊了众人。

现如今，余大阳得知自己的妻子有可能是被这些人杀死的，自己的儿子也被人盯着，不但在工作方面增加了难度，心境想做到平静如水，实在很难。

他暗暗深呼吸，缓了缓加速的心跳，想着如何周旋在这吃人的关系中，还能让自己的儿子毫发无伤。

他在猜测崔丰实和刘文庚对自己儿子的真实动机是什么，又想着如何能从崔丰实的嘴里套出更有用的信息。

"这个小伙子有什么特别之处吗？"余大阳拿起资料，见都是自己儿子跟一个小姑娘走在一起的照片，不同地点，不同的衣着，两人被人跟踪了一路，就连他们向路人打听消息的画面都被人拍了下来。

"说实话，秦今明是咱们的人做掉的，可惜的是，当时秦今明发现了端倪，隐藏在他身边的保姆将他杀死，这个叫余鹏飞的是第一个去秦今明葬礼的人，之后这个小子就开始动身先后去了秦家老宅和江西丰城，之后辗转一路，去了各个地方。"

崔丰实又说到照片上的余鹏飞："余鹏飞这个小子比较鬼机灵，说不定他已经知道自己的处境，所以我就用别的办法安插了人。"

"秦今明一死，秦家再无后人，千百年的凤凰血脉就藏在凤凰密码里，秦今明这人十分聪明，绝不可能让秘密带进棺材，让秘密从此再无人知道，不出意外的话，这个余鹏飞就是下一代的凤凰密码持有人。"

崔丰实继续说道："所以，现在这个小子是我们唯一的线索，秦家老宅包括秦今明生前活动的所有地方，我们都找遍了，没查出什么线索，这个东西对秦姐很重要，我们不能有任何的差错。"

"这事以后就暗中交给你了。"崔丰实声音黯然，喃喃地从电话那头传来，余大阳愣了愣："出了什么事情吗？"

"还不确定。"

余大阳说了声"好"，又说道："这事交给我，你先顾好你自己。"崔丰实在那边说了声"好"，余大阳暗暗松口气。

他得尽快和儿子见一面，即使自己现在能稳住崔丰实，但还有个刘文庚。

很显然，刘文庚现在已经不相信自己了，他对余鹏飞下手的话，自己就没有丝毫的理由去阻止了。

余大阳想了想，继续说道："另外，你明天把那几个人都叫去，我们就利用秦今明情人被刘文庚害死的事情，换余鹏飞一个人情，如果他能跟我们合作最好，不能的话再说。"

挂了电话，余大阳脑子里还想着崔丰实的话，"相传世间确实有凤凰血脉，但藏在一个叫'鹏'的凤凰密码里，你要找到这个'鹏'才行"。

刘文庚和秦桑尤这两伙人为了一个所谓的"凤凰密码"造了这么多孽，他还真想看看所谓的凤凰血脉是什么。

最重要的是，他的傻儿子现在正在刀尖上"跳舞"，随时都有危险，真是让他操碎了心，希望这小子还记得自己跟他说的话，如此一来，事情能好做一些。

但实际上，他以为的傻儿子正与一群人斗智斗勇。

看着崔丰实送来的资料，那上面是余鹏飞、方小兰和秦今明的抓拍照片。余大阳心里难受得厉害，虽说作为卧底都有一定的心理素质，但当事情真正摆在眼前的时候，也是一道严酷的考验。

桌子上的笔记本电脑也是崔丰实手下刚刚送来的，那是秦今明被杀后保姆从秦今明书桌上拿来的。

余大阳还记得这个笔记本电脑，是余鹏飞在秦今明四十五岁生日的时候送给秦今明的礼物，如今却以这种方式到了自己的手里。

可惜他现在的联系方式都被崔丰实监控了，外界给他传递消息可以，他要是给外界传递消息需要筹划好久，只能祈求这一夜暂时不要出什么纰漏，明天见到儿子就好了。

刚子的别墅内漆黑一片，客厅的沙发上凌乱地躺着两个身躯庞大的男人，正是余鹏飞和刚子。

此时天色已经黑了下来，二人从回来一直睡着，连屋内的灯都没有开。

余鹏飞再醒来的时候，是刚子叫醒了自己，说到家了，见刚子眼睛似乎发红，手指揉着眼睛，满是疲惫："刚刚不知不觉睡了一觉。"

余鹏飞想说自己也是，但好像发现了不对劲的地方，转头发现秦灵灵躺在自己坐的沙发一侧，娇小的一人，他推了几下，秦灵灵才悠悠转醒。

他将秦灵灵送回房间，回到客厅见刚子又倒头睡下了，余鹏飞眉头一皱，心里起了怀疑，三人都睡得像死猪一样，到底是谁开的别墅的门？

第二天一早，秦灵灵还没醒，余鹏飞坐在餐桌旁吃着面包，他实在是饿极了，昨天崔丰实请客吃饭，除了酒喝了一些，几乎没吃什么东西，回来之后就莫名其妙地睡了一整晚。

刚子晃晃悠悠地从房间里出来，将资料扔在他面前，有气无力地说道："还是你厉害！那帮孙子还真下手了。"

昨天接到崔丰实电话之后，两人就做了准备，在身上多处设下了"陷阱"，他们也不敢断定崔丰实是不是老实人，但昨天回来之后，刚子夹在背包里的资料确实被动了，那之前他在里面夹了头发和记号线。

刚子用手点点桌子，气愤地说道："这帮人就不想想，我们赴约为什么带着资料？"

余鹏飞哼了一声，起身去拿牛奶，吃进嘴里的面包干巴巴的，有点难以下咽。他对刚子说道："不能将军和小卒都是聪明人吧！"

余鹏飞拿着牛奶回到餐桌却一直未动，刚子见状问道："怎么了？"

余鹏飞望了一眼秦灵灵房间的门，再三思索之后还是低声说出口："灵灵不对劲。"其实他是愿意相信秦灵灵的，但种种疑点全部指向秦灵灵就不是巧合了。

刚子一顿，撇撇嘴："我本以为你被爱情冲昏了头脑，看来也还稳得住！"语气里像一个受气的小媳妇一样，眼神哀怨，似有若无地噘着嘴巴。

余鹏飞见状，一挑眉毛，问道："你也发现了？你什么时候发现的？"

刚子白了他一眼："你和我都是英雄的儿子，我也不比你差在哪里！"

"从她出现在你们家的小区门口的时候我就开始注意了，若她之前说的是真的，可昨天饭桌上不对劲的地方就太多了，你不觉得她跟崔丰实有些不对劲吗？"

余鹏飞抿着嘴唇点点头，"先是崔丰实不吃羊肉那会儿，之后打翻了热水壶，最后又不让崔丰实喝红酒。"

刚子其实昨天一直在观察几个人，发现崔丰实似乎很是关注秦灵灵，特别是在秦灵灵手被烫伤之后，看着她和余鹏飞去了卫生间的背影，当时崔丰实的眼神可没逃过刚子的法眼。

那眼神里似乎有醋意、心痛、冰冷，好像还有怨恨……

"醋意？"余鹏飞听着刚子的复述，也是一愣。

"啪!"

刚子激动地大拍了一下桌子,声音响亮,吓了余鹏飞一跳:"你干吗?小点声!"

刚子嘴角哆嗦,仿佛看到了余鹏飞浑身发绿光,"该不会崔丰实是秦灵灵的前任吧?看着年纪至少差了二十岁,会不会……"

刚子说完之后,见余鹏飞眼神似乎要吃人,刚子收回手说道:"也对,跟你比起来,崔丰实太没有男人味了!你女人,你想怎么办就怎么办!我听你的就是了。"

余鹏飞重重吐了一口气:"那就先别说,再看看吧,也许……我们都误会她了。"

话是这样说,但两个人心里都明白,余鹏飞只是给自己找一个借口而已。

"唉!咱们哥俩还是太嫩了。我一直以为身后只有一个秦桑尤,现在看来不光这样啊!"刚子也跟着叹息。

正说着话,别墅门从外面开了,秦灵灵提着早餐进来,看着两人吃着面包,无奈一笑:"别吃啦,我给你们买了早餐。"

刚子问道:"我俩还以为你睡觉呢,都没敢大声说话,你什么时候出去的?"

秦灵灵精气神感觉还好,不像一夜没睡的样子,说道:"早就起来了,不知道为什么昨天特别地困,今天早上睡不着就出去绕着小区跑了几圈。"

余鹏飞看着秦灵灵,觉得她跟刚认识那会儿不同了,话少了不说,也稳重很多。不像之前蹦蹦跳跳的,像一个总追不上的兔子一样。

刚子看了一眼余鹏飞，不动声色说道："我们俩刚刚还在说崔丰实，不知道该不该答应他呢！你怎么想的？女人的直觉最准，听听你的想法。"

秦灵灵绕过餐桌，在厨房的吧台洗了手，将早餐一样样摆在盘子里，有意无意地说道："感觉都不是善茬，就和那个刘文庚一样。"

刚子又看了一眼余鹏飞，发现他正慢慢观察着秦灵灵的背影，也不说话，于是继续说道："唉！那怎么办？我们啊还是太年轻了。"

秦灵灵身子一顿，将粥倒在碗里，装作若无其事地说道："你们说，真的会有人不择手段地追求那些虚无缥缈的东西吗？"

"这世间神奇的事情多着呢！疯魔地相信这些东西的人也一定不少。崔丰实昨天不说了吗，那个刘文庚就用孔雀去拼一只凤凰，这种事情只有魔怔了的人才会做出来。"刚子哈哈大笑，帮秦灵灵端吃的。

正说着，余鹏飞的手机铃声响起，他跟两人比了一个手势，示意打来电话的人是崔丰实。

电话里，崔丰实说他有更重要的线索想给余鹏飞看，希望今天再见一面，刚子跟秦灵灵对视一下，朝着余鹏飞点点头，示意他去见见看。几人匆匆吃了早餐，刚子开车带着两人奔向崔丰实的酒店。

余鹏飞注意到刚子把他那块不常戴的手表戴上了，心里多了一些暖意，同时也对刚子更加感激了。

刚子手腕上的这块表对于他有着特殊的含义，这是他父亲的遗物。这块表上染着刚子父亲的热血，是为正义牺牲的热血。这些年来，刚子一直珍藏着这块手表，直到此刻，他才郑重地戴上了它，他希望自己能像父亲一样，永远充满和邪恶斗争的力量。

"崔丰实今天又约了我们，我总感觉他似乎是很着急的样子，可又说不出他为什么着急。"刚子一边小心翼翼地开着车，一边说道。

经刚子提醒，余鹏飞也感觉到事情有些不对劲。"可崔丰实不是你朋友介绍来的吗？应该不会有什么事情吧，我们再看看吧！"余鹏飞安慰着刚子。

刚子将车开进酒店停车场，跟着余鹏飞往包间里走去。

包间不同之前两次，崔丰实下了大手笔包下了一个类似度假村风格的超大休闲会所，里面吃喝玩乐集于一体。

刚子吐槽道："这次崔丰实真是下了大手笔，包了这么大一个场子，看着他年纪并不是很大，没想到是个挺有实力的企业家啊！"

紧接着三人被何朝阳请进一间接待室，崔丰实正在里面研究着一个血红色的珠子，这是他费尽心思从丰都一个老人手里得来的，准备送给于小日的，这也是他一直答应于小日的事情。

见几人进了屋，崔丰实点点头说道："坐。"今天的崔丰实似乎心情很好，嘴角一直噙着笑。

余鹏飞开门见山："崔老板，我们今天早上刚起床就接到你的电话，你说的事情，我们还没想好。"

刚子接着说道："是啊！昨天你们那瓶酒真是好酒，我们昨天回去直接睡了，还没来得及商量。"

秦灵灵紧张得小手在背后用力捏着包包带子，却见崔丰实似乎没在意，反而开心地说道："我的诚意算是很大了，那瓶酒的年龄比你们三个年纪加起来都大，我都没舍得喝。"

他继续说道："不过，我今天请你们来，不是说这个事情的。余鹏飞，我记得之前从刚子的朋友那里听过你，你是天津人吧？"

见余鹏飞点点头，崔丰实脸上挂起严肃，似乎有口难言。"那你认识秦今明吗？"

余鹏飞脑中思绪快速旋转着，考虑着崔丰实想做什么，可紧接着崔丰实便说道："我认识一个人，他认识刘文庚，也知道刘文庚一些不齿的事情，我从他那里听到你的名字，听说你给秦今明办过葬礼。"

余鹏飞见这样，也不打算藏着掖着，干脆看看崔丰实想做什么。

崔丰实将面前的红珠子小心地放进盒子里，这一幕被余鹏飞记下，如果他没看错的话，那颗珠子就是之前龙大叔给自己看过的龙家宝贝，一颗唐朝的珠子，传说中的凤凰的眼睛。

"传说，刘文庚记挂秦今明手里的凤凰密码已久，逐渐地开始向秦今明周围的人下手，包括你的母亲方小兰。"崔丰实盯着余鹏飞的眼睛，一字一句地说道。

有那么一刻，余鹏飞不知道自己在哪里一样，脑中的血液"轰"的一声倒流，余鹏飞甚至能听到血液流动的声音。

刚子狠狠地捏着他的肩膀安慰着，让他明白自己现在最应该做什么。

余鹏飞感觉自己缓了良久，恢复了听力之后，见崔丰实依旧说着："刘文庚认为秦今明和你母亲是情人关系，想利用你母亲让秦今明自己主动交出凤凰密码，你母亲这才被他用车祸事故的假象给害了。"

崔丰实没有漏掉刚刚余鹏飞瞳孔一震的瞬间，继续说道："要知道，他是个疯子。我和你认识时间不长，但确实将你当做弟弟看待，实在不忍心看着刘文庚将你玩弄在股掌之中。"

余鹏飞死命压着心底的气愤，他虽然不知道崔丰实说的是不是真的，但母亲的死确实如他所说，是突然之间遭遇车祸离开的。

秦灵灵暗暗捏紧拳头，也不明白崔丰实说的是不是真的，她只能抱着余鹏飞的手臂好好安慰他。

崔丰实看着余鹏飞眼中微红，额头泛起隐隐的青筋，就知道自己的目的达到了，对着他说道："这件事情我不是特别地了解，但我的副手于小日，他跟在刘文庚身边已久，你有什么需要的可以问问他。"

"杀母之仇不共戴天，这世上没有任何一个人能释怀，可余鹏飞，你现在要弄清所有事情的原委，才能更好地对付刘文庚。"

崔丰实说完回头问着何朝阳："于小日还有多久能到？"

何朝阳看了看手表："说是十点，这会儿还差几分钟。"

崔丰实点点头，转头安慰着余鹏飞："别担心，如果你有什么需要，我会帮你的。"

余鹏飞可不觉得他真有那个好心帮自己，但面子上还是要装给崔丰实看看，虽然现在自己不知道母亲是不是真的被刘文庚杀了，可也不会立刻由着崔丰实牵着自己鼻子走，该冷静的时候还是要冷静。

刚子拍拍他的肩膀，安慰着："别伤心，有我和灵灵呢，崔哥也说了，有什么事会帮咱们的。实在不济，让崔哥找人把刘文庚杀了不就行了！"

也不知道刚子是真的心疼兄弟心切，还是故意说的，崔丰实听了之后嘴角抖了抖，在三人看不见的时候白了刚子一眼。

房间外响起脚步声，紧接着就是门外保镖问好的声音："于哥好。"

屋外的男人嗯了一声，迈着有力的步伐走进会客厅。崔丰实听到声音不自觉地换上一丝喜悦，转身望向来人。

"余鹏飞，这是我的副手于小日。"崔丰实向余鹏飞介绍着。

在余鹏飞转头那一刻，不知道自己应该怎么办了。

这是他第一次参与到父亲的工作中，面前的于小日正是他的父亲余大阳。就在他还稍微愣神的时候，刚子快速反应过来，故意贴着余鹏飞的耳朵小声说道："这人长得人高马大的，怎么起个娘们的名字啊！"

刚子在谁也看不到的暗处狠狠扭了一把余鹏飞的屁股，余鹏飞快速调回状态，向父亲伸手问好："你好，余鹏飞。"

见余鹏飞面上冷冽又愤怒，刚子在心里不由得给这父子俩比了一个大拇指。本来是来找凤凰血脉的，结果还能和做卧底的父亲合作一把，刚子觉得余鹏飞真是过了一把警察儿子的瘾。

余大阳进屋的第一时间并没有看向余鹏飞，而是很温和地看着崔丰实，那高傲的姿态和痞痞的表情让余鹏飞以为认错了人。其实这是余大阳在变相地保护自己的儿子，他若是对余鹏飞太过关注，按照崔丰实狡猾的心理，一定会更加针对余鹏飞，说不定还会出现更麻烦的变动。

只是见到儿子安然无恙，余大阳心中才松了一口气，虽然面上风轻云淡，实际上他见到儿子的一刹那，心中的思念翻江倒海一般翻腾着。

余大阳直接越过余鹏飞，毫不在意地看了他一眼，眼中傲意不难看出，语气里嘲讽着："挺年轻嘛！"顺带地看了一眼秦灵灵，倒是没什么表情。转头向崔丰实走去，嘴里说道："我是来办正事的，我的东西呢！"

自从余大阳进了屋子，秦灵灵发现崔丰实的嘴角就一直带着隐隐的笑意，见余大阳直接奔向自己，崔丰实语气欢快了些，脸上开心也多了，语气懒散地说道："在这儿呢，都给你准备好了。"

余大阳看向茶几的盒子，十分慎重地打开，看了又看，他不开口，崔丰实也不开口，屋子里所有人都静悄悄的，这一刻余大阳才是屋子里的主角。

"行，我的命根子总算拿回来了。"余大阳将珠子放回原处，崔丰实被逗笑，这还是余鹏飞第一次看到崔丰实脸上有这么多的真情流露，看来父亲将这个崔丰实拉拢得很好。

余大阳看着那边沙发前站的两个傻小子，很是没好气地说道："怎么回事？今天还有别的事情？"

所有人的视线又集中在余鹏飞的身上，崔丰实这才转过头，看了三人一眼，对着余大阳说道："他就是秦今明的侄子。"

余大阳似乎明白了什么，"哦"了一声，不怀好意地打量着余鹏飞："有事求我？"

其实余鹏飞一直在观察父亲和崔丰实的一举一动，他在思考父亲为什么进屋第一时间奔向那颗珠子，又在想着怎么接下父亲的这场对手戏。

"于先生，我母亲方小兰真的是刘文庚杀的吗？"

此时的余鹏飞眼中蒙上一层泪光，极力忍耐着自己的情绪。旁人不知，余大阳还是知道儿子这一问其实不是在演戏。

余大阳坐在崔丰实对面，好笑地看着他说道："我跟刘文庚关系复杂，这种事情我可不能乱说，若是告诉了你，我有什么好处？"

余大阳的话虽然听起来像打着秋风一样，但能让崔丰实以为他在帮自己说服余鹏飞，又能让余鹏飞明白自己的意思。

余鹏飞脸上露出一丝不悦，似有嘲讽地说道："那以于先生的高见，我们有什么可以帮忙的？"

一时间会客厅内鸦雀无声，崔丰实打了个手势让几个人先坐下，笑呵呵地对余鹏飞说道："小日没坏意，这是他身上改不掉的臭毛病，我当初也是被他这么将了一军的，呵呵……"

　　崔丰实虽然嘴上说着于小日的不好，表情却有些维护的意思，余鹏飞聪明极了，看着崔丰实的样子就知道，若是他真的当着崔丰实的面说"于小日"不好，那么崔丰实一定不会让自己好看。

　　保镖从外面端进来茶水，先是给了崔丰实和于小日，最后给余鹏飞三人也倒了一杯。

　　余大阳别有深意地看着余鹏飞："年轻人火气太冲，尝尝这茶，平和一下心态我们再谈。"说完，对着崔丰实说道："你又利用了我一回。"

　　"崔老板的要求，就是我的要求。"余大阳喝着茶。这段时间跟在崔丰实身边，养成了没事就喝茶的习惯。

　　"别那么说，我是真心拿鹏飞当弟弟看待的。"崔丰实对着余鹏飞笑着。

　　刚子小声地说道："这两人真是，一个唱白脸一个唱红脸。"他就是故意说给崔丰实听的。

　　余大阳放下茶杯："我来说吧，我需要你帮我找出凤凰血脉，当然我知道能找到凤凰血脉的凤凰密码肯定在你手上，至于你母亲的事情，我帮你报仇怎么样？"

　　余鹏飞不说话，余大阳继续说道："据我所知，刘文庚三番四次地对你们动手，你觉得你们还能逃过他几次魔爪，还是说……你想像你母亲一样，死在他的手里？！"

　　听到自己母亲从余大阳嘴里说出来，一股怒火从余鹏飞心里蹿起，他再也憋不住，直接拿起茶杯摔向父亲，茶杯却笔直地砸向茶几上装有红珠子的盒子。

随着"哗啦"一声，余大阳愤怒地看着被砸得稀巴烂的珠子，地板上和茶几上都是碎片。崔丰实一时间没有任何动作，他看着余大阳握紧了拳头，眼底卷起怒意，直接奔向余鹏飞一拳挥下。

"不知天高地厚的东西，你有几条命能赔得了那珠子？"

崔丰实知道那双喜珠子对于小日来说有多重要，他能让于小日发了疯，可于小日真的要了余鹏飞的命，那么凤凰血脉就再也找不出来了。

"我爷爷在搜宝的时候，你爸爸还是个卵呢！你真以为自己有几斤几两重，好话说给你不听，你偏要撕破脸。"余大阳挥挥手，示意保镖将余鹏飞架起来，颇有种今天不把余鹏飞打死不算完的样子。

余大阳一拳拳砸在余鹏飞身上，看得秦灵灵心惊肉跳，直接挡在余鹏飞面前，对着余大阳苦苦说道："先生，他什么也不知道，他不是故意的，您的宝物我赔给您，求您别再打他了。"

余大阳皱起眉头，看着挡在余鹏飞身前的小女孩儿，心里疑惑着这姑娘该不会真的看上自己儿子了吧。

一旁的刚子眼睛在三个人的身上转来转去，实在是佩服这父子俩的演技，警匪片妥妥地演成了家庭伦理剧，就好像当爹的要揍儿子，儿媳妇不让了。

刚子上前抱住余鹏飞，把戴着手表的那只手放在余鹏飞的胸前，余大阳看到那只表之后眼神一转，嘴角微微松动了一些，在别人眨眼间，他眼底划过一丝不舍。

他又怎么不知道刚子的用意，刚子手腕的那只手表，是余大阳这辈子最好的朋友的遗物。

当年，余大阳从刚子的父亲手腕上，将这只带着鲜血的手表摘下，带回到了刚子身边，看着幼小的刚子哭得撕心裂肺，那一幕至今余大阳都不曾忘记。

只不过，余大阳心里无论有多么心疼刚子，这会儿也不能露出任何马脚来，戏还是要接着演下去的。

他指着身后碎掉的珠子说道："那颗东西，比你们三个人的命加起来都值钱，拿什么赔我，钱？钱是最没用的东西！"

眼见余鹏飞嘴角流血了，刚子大声说道："别打了，他都要死了！他若真的没了命，你们想要的东西就从此找不到了！这些线索只有他余鹏飞才能知道！"

秦灵灵回头望向余鹏飞，瞬间崩溃地大哭，虽然对余大阳说着话，眼神却看向他身后沙发上的崔丰实："他对我很重要，求你了，不要打了。"

崔丰实闭起眼睛养神，根本不管她的死活，就好像自己在看一出没有意思的戏一样。

"是啊是啊！我们有凤凰密码，我们帮你找凤凰血脉，听说那凤凰血脉不单单有宝藏，还有长生的秘密呢！只是不要再打他了，他才是知道所有秘密的人。"刚子一边喊着一边看着余大阳的眼神，见他眼神没有什么变化，就知道自己说对了。

"凤凰密码只有他知道，他如果有事了，这世间就再也找不到这东西了！"秦灵灵抽泣着说道，这话其实是说给崔丰实听的，她最知道怎么才能撬动崔丰实心底的那个执念。

崔丰实终于舍得看她一眼，带着浓烈的嘲讽之意，他早就感觉到秦灵灵的心移向余鹏飞那边了。良久，崔丰实转过脸，不知道在想什么。

余大阳停下手里的动作，身后的保镖递上毛巾给他擦手。刚子见状心里又默默地说了一句：余叔混得真好！

余大阳掏出手枪，又从保镖那里接过消音器，熟练地装上，指着余鹏飞的脑袋，眼角泛红，似乎要立刻将余鹏飞一枪打死："你根本不知道双喜血珠对我有多重要，我为了它宁愿背叛自己的组织。这么多年来的工作，这是我第一次倒戈自己的雇主，你知道这对我来说意味着什么吗？"

崔丰实坐在沙发上不动声色，但若是有人细细观察就会发现，他的眉峰微挑，眼角眯起，看起来有些高兴之意。

余大阳额头青筋凸起，对着余鹏飞一字一句说道："背叛组织，背叛雇主，要被一辈子追杀的。"

余鹏飞头有些耷拉着，喘着粗气，没有打断父亲的话，他知道父亲这些话是说给崔丰实听的。

崔丰实见状，看向何朝阳。何朝阳正对着余大阳，能将他极力忍耐的表情看个正着，看得他心惊肉跳的，他向崔丰实摇摇头，示意情况不妙。

余大阳扣动扳机，要有所动作，刚子一把上前抓过手枪放在自己心脏上："于先生，你高抬贵手，从今往后，您要我们做什么，我们就帮你做什么，您大人大量我们都记下了。"

秦灵灵直接跪下，看着余鹏飞嘴里流的血越来越多，急得不行，说道："于先生，您就放过余鹏飞吧，他命苦，已经没了母亲,父亲又是个浪子,这世界上已经没有人去爱他了,求您了。"

秦灵灵真的吓坏了,如果余大阳还要动余鹏飞,她也只能把真相说出来了。

此时的余鹏飞满脑子的问号,他什么时候跟秦灵灵说自己父亲是个浪子了?他只说过父亲不爱家,常年不回家看看自己跟母亲,难道秦灵灵自行补脑以为父亲在外面有人了?

余鹏飞默默地给自己一个安慰,他不会是第一个死在卧底父亲手里的儿子吧?糟糕!

刚子看着余大阳越来越冷的表情,默默地给秦灵灵点个赞,余鹏飞要真的挨他爸揍了。

于是,在余大阳一顿暴揍之后,崔丰实终于开口了:"这几个人给你了,算是我给你赔罪的一份补偿吧!但……别弄死他。"

秦灵灵见崔丰实开口了,赶紧点头说道:"是啊!余鹏飞手里有凤凰密码,那凤凰血脉可是天下至宝,我们愿意帮你们找出凤凰血脉,求你们别伤害他。"

"承认了?"余大阳坐回沙发,自认倒霉地说道,"我认了!"

余大阳指了指余鹏飞:"让他把地上的珠子碎片给我捡干净了,少一个渣子我就废了他。另外,从今天起我让他干什么他就得干什么,直到找到凤凰血脉为止。"

"可另一边还有个刘文庚一直跟着我们,你能保证在找到凤凰血脉之前我们是安全的吗?"刚子推开架着余鹏飞的两个保镖,将他扶在沙发上,又继续问道:"你能保证你们大事完成之后，我们还是安全的吗？"

余大阳微微一笑："不难，但一切都要看你们的能力。"

说完，他起身要走，对着余鹏飞说道："记住，从现在开始，你是我们的人，要你做什么你就要做什么！"

最后说了句："回去缓一缓身上的痛，记得来给我搓背。"

刚子眨眨眼睛，以为自己幻听了，要不是看到秦灵灵哭得不能自已，他都以为余大阳说笑呢！

其实别说余鹏飞，余大阳这句话的隐含意思刚子也是明白的，余大阳是利用这次机会要向余鹏飞传递消息。

半个小时之后，三人回到别墅，秦灵灵愤恨地叫道："那个叫于小日的太不是东西了，竟然下那么重的狠手打你！"

余鹏飞让秦灵灵进屋给自己拿药膏，见秦灵灵小跑到屋子里，余鹏飞问着刚子："发现什么没？"

刚子摇摇头："你怎么样？"

"我没事，拳拳都避开了要害，嘴里的血是我自己咬破舌头的。"余鹏飞坐在沙发上，脱下外套，果然身上没有一点瘀青。

刚子感叹着："果然是亲爹啊！可是他为什么让你去给搓背啊？给你传递消息靠这种方式？"

余鹏飞解释道："他身上有监视器，刚刚他打我的时候，我看到他暗暗给我打手势。"

"哦！脱光光就好了！"刚子总算明白了余大阳的良苦用心。

一个小时之后，余鹏飞被粗鲁地拉上车，秦灵灵急得要哭了，眼看着自己的挚爱被抓走，转身跑回屋里关起门，刚子眼神一冷也跟着悄悄追上去。

隐隐约约听到屋里的秦灵灵说道："你答应过我的，……只要他答应寻找凤凰血脉，你就不伤害他的！你……"

刚子黑着脸离开秦灵灵房门，果然不出自己和余鹏飞所料，这秦灵灵就是被人安插在余鹏飞身边的暗哨。

另一边，余鹏飞被几个保镖扒光，直接扔进了浴池内，几个人高马大的保镖向余大阳请示之后退了出去。

水池里，余大阳惬意泡着。本来想着在崔丰实的酒店内泡个澡，却突然改变主意在外面找了一处温泉。

他命人将余鹏飞抓来，见余鹏飞被扒光扔了进来，他挥挥手让那些人出去。没人之后，余大阳见儿子狼狈的样子失笑不已，他让余鹏飞靠近自己，说道："放心吧，进了这个屋子就是你爹的天下了。"

见余鹏飞还有些担心，余大阳终于恢复到正常的样子。

"你之前说的要盯的就是这些人？"余鹏飞走近自己的父亲，转来转去地看他，看他身上有没有什么伤痕之类的，一圈下来没发现什么异常，这才渐渐放下心。

余大阳安慰道："放心吧，我没事，那些人伤害不了我的，别忘了你爹外号还是小陨石。"

余鹏飞望着装修豪华的淋浴间，问道："你怎么就知道这里没有窃听针眼之类的？"他拽过余大阳旁边的浴巾给自己围上，余大阳好笑道："我儿子长大了，知道在自己父亲面前害羞了。"

说完，余大阳拉过儿子，指了指自己的右眼："过来看看，我这只眼睛有什么。"

余鹏飞靠近自己父亲脸庞，仔细盯着父亲的眼睛，但也没发现什么不对。

余大阳继续说道："这里面有特殊材质的晶片，只要有红外线之类的光闪过，我都能感应到。"余鹏飞细细看着父亲的右眼，似乎比另一只眼睛要红一些。

余鹏飞虽然一贯知道父亲的工作辛苦危险，但他想不到的是，父亲为了跟邪恶做斗争，付出了太多。

"长话短说，时间长了会让人起疑的。"余大阳起身拿起浴袍的腰带，继续说道："你什么时候跟刘文庚和崔丰实联系上的？"

余鹏飞将秦今明死后的所有事情全部告诉了父亲，并把自己的分析和怀疑也说了。

余大阳点点头，看着儿子头脑清晰冷静地分析着事情，能够不慌乱地对待这次遭遇，这让他很欣慰。感觉时间不太够，余大阳赶紧将自己的计划告诉儿子。

"你身边的那个叫秦灵灵的姑娘，是崔丰实的人，你要小心，我不管你和她是不是男女朋友关系，大事当前，你得分得清孰对孰错。"

"另外，崔丰实是秦桑尤的人，秦桑尤和刘文庚都是走私药材、动物的团伙头领，目前国内外所有的走私线索警方都已掌握控制了，但现在就差主谋秦桑尤没有出现，一旦她出现了，我们就要收网了。"

"刘文庚自从我把他的来钱路挡住了之后，他现在开始像个无头苍蝇一样,到处找出路,你也要小心,崔丰实有我牵制,你不用担心。刘文庚现在知道我已经被策反了,估计不会再相信我了,所以你现在只有假装顺从了崔丰实才可以,明面上他可以保你。"

余鹏飞点点头,赶紧说道:"秦桑尤是秦家人,她有可能就是杀秦今明的人,传说只有秦家人能找到凤凰血脉,她派了崔丰实在我身边肯定是想夺得凤凰血脉。既然凤凰血脉对她十分重要,那我们就用这个凤凰血脉把她引出来不就好了吗?"

"所以,你现在身边有两拨人,都是警方要收网的人,但因为秦桑尤这条大鱼始终不出现,我们就不能轻易行动。"余大阳看着面前的大男孩儿,终于有种自家有儿腰板硬的感觉。

他看着余鹏飞语重心长地说道:"儿子,这场行动不单单是寻找千年秘密那么简单,还有正义与邪恶的较量。从前你是家里的孩子,但此时此刻你是被所有人盯上的那只蝉。你要做的不只维护秦家的秘密那么简单,你还要配合警方端掉那些根源深厚的不法分子。"

水池内雾气飘浮,余鹏飞一时间体会到了父亲这些年的无奈。

父亲常年不在家,余鹏飞从小就认为他是个不称职的父亲。可他没想到的是,父亲不在家的每一刻,都处在这种水深火热的日子里。

"爸,对不起。"

这几个月以来,直到此时此刻余鹏飞才将压抑了几个月的难受倾泻而出，在父亲面前，他终于不用再硬撑着了。

余鹏飞眼中热泪流出，压抑着喉咙里的难受，说道："从小到大，我埋怨你不在家，埋怨你不能像别人的父亲一样陪我参加运动会，出席我的家长会。现在我才知道，你在家的时候才是最安全的。我埋怨你总不陪我和妈妈，现在才知道我妈当年说这话的意思。"

余大阳愣了一下，问道："你妈说了什么？"

"那时候我才十岁，那天我过生日，我埋怨你不在家。妈说，这辈子给你当妻子她值了。"余鹏飞叹息着，过去的时光永远回不来了，但还好，他还有个天下最牛的爸爸。

余鹏飞将心底的话说了出来："自从秦今明死后，我的生活就全乱了，被他的几句遗言拉进了这摊浑水当中，爸，我很担心。"

这些日子以来，余鹏飞在刚子和秦灵灵面前强装作鼓起勇气，只有他自己知道，他心里其实也会害怕。从幼江离去之后，余鹏飞这种无力的感觉更为明显。直到见到父亲，余鹏飞才会像孩子一样，将自己心底最柔弱的一面展现出来。

"那么好好的一个人，说没就没了，我从不知道原来人的生命是很脆弱的，在这之前，我很久没跟他联系了，总以为和他还有以后相见的日子，直到接到他去世的电话，我仿佛做了一场梦。"余鹏飞喃喃地说道。

余大阳叹息一声，说道："二十多年前，你还小的时候，你母亲遇上了一次车祸，而我正好参与了那次救援。那辆翻倒的客车里有很多人，除了你母亲，还有秦今明。秦今明坐的位置是最靠近窗子的，原本他可以第一个被救出来，但却把机会让给了别人,等我把他拉出来的时候,他已经被客车内起火的烟雾呛得有些昏迷了。"

"去往医院的路上,他一直拉着我的手,看着我手臂上那条被车窗玻璃划破的伤口还在流血,一直很担心,直到医生给我包扎后才放心。后来到了医院,他的伤有些严重,医生告诉我不要让秦今明睡着,我就一直陪着他说话,发现我们很聊得来。他学识渊博,性情淳厚,急公好义,我也被他的这些品质吸引了。从那以后,我们便成了好朋友,来往也越来越频繁。"

"几年前,他却和你母亲越走越近,我有几次侧面提醒他,他也不做任何解释。我心里越想越生气,和他的来往逐渐少了,和你母亲的争吵也越来越多,我怪你母亲不懂得避嫌,让我成为了外面那些朋友口中的绿帽子王。"

"但得到他离世消息的那一刻,我明明心里应该很解气的,但实际上那一刻我心里却空落落的,好似这辈子跟我有纠葛的人都离去了,空留我一个人在这世上继续无聊地活着。"

余大阳头倚在水池的边上,仰着头看着天花顶上精美的小吊灯,似乎在透过那朦胧的灯光回忆着故人。

余鹏飞安慰着父亲,说道:"世事无常,既然我已经蹚入这摊浑水,我只希望坏人被绳之以法,而我们所有人都要好好的。"余大阳低下头,看着儿子笑了笑,欣慰地说道:"会的。"

父子俩又商量了一会儿事情,余鹏飞想起一件事情问父亲："崔丰实身体十分不好吗？怎么来到丰都还穿着长袖衣服呢？"

余大阳起身穿衣服，一边穿一边说道："你爹我能拿住他，全靠他身体不好。"余鹏飞反应了一下，才明白父亲的意思，随后看到父亲要将自己绑起来，吓得慌了神："干什么啊爸？"

余大阳嘴角一弯，痞痞地坏笑着："我都好久没有见我儿子了，怪想念的。"

"想儿子也不用把我绑在柱子上啊！"

父亲捏了捏他的脸蛋，让余鹏飞有种小时候被父亲抱着举高的感觉。见余鹏飞委屈的小眼神，余大阳拍了拍儿子的肩膀："保护好自己。"

紧接着余大阳就往外走，走了几步又想起了事情，说道："对了，尽量别让刚子掺和到这件事情里面，毕竟他的父亲已经不在了，如果他再出点什么事情，我怎么跟他家人交代？"

余鹏飞点点头答应父亲，接着就看见父亲出门被一群人拥着离开了。刚子在门外鬼哭狼嚎地跑进来："那个男的揍你了？"

随着他大声的嚷嚷，门外那些保镖也好奇，时不时地顺着门缝看了看。只见余鹏飞被浴袍的腰带绑在墙柱上，脸上还有手指印，明显是被余大阳给揍了。又见刚子爱惜地给他松绑，那些保镖更加断定了心里的想法，不动声色地离开给崔丰实发信息去了。

回去的路上,余鹏飞将事情原委和余大阳的意思都跟刚子说了,刚子仍然坚决要跟着余鹏飞寻找到底,他捶着方向盘厉声说道:"余鹏飞,你不用说了,我知道你和叔叔的好意。但现在你觉得光靠你自己能解决事情吗?而且,你觉得我现在退出去不会引起那些人的注意?"

刚子情绪有些激动,余鹏飞也不想退步,父亲说得对,刚子的父母都已经不在了,自己怎么能让他时刻处于危险的境地?

"那就再稍微等等,我找个理由把你送走,所有的事情没解决前你别回来。"

"余鹏飞!"

还不等刚子暴跳,余鹏飞继续说道:"对了,这些事情都不要跟秦灵灵提起,她是崔丰实的人。"

"什么意思?"刚子险些踩了刹车,惊诧地看向余鹏飞。

见刚子注意力被引走,余鹏飞侧过脸弯起嘴角,从小一起长大的感觉真好,连兄弟的脾气都摸得一清二楚,这就是他总能在刚子暴跳的时候,可以及时让刚子安静下来的原因。

"还真是啊!这小妞玩弄你的感情,不会真是那种关系吧?"

余鹏飞重重叹了口气,心口疼得难受,摇摇头:"不知道,大事为重,接下来我得引出秦桑尤才行。"

第十八章 争锋已起

回到别墅的时候,秦灵灵一个人呆呆地坐在沙发上,看着余鹏飞完好无损地回来,一时间,秦灵灵心中复杂万分,她已经开始后悔最初的决定,她不应该答应那个人做伤害余鹏飞的事情。这么善良又这么爱她的人,秦灵灵怎么舍得让他受到一丝一毫的伤害,更何况在她的心里,余鹏飞是一个善良又有正义感的人,在这样的人面前,自己的所有一切做法都显得卑微又污浊。

再见秦灵灵,余鹏飞心里也十分复杂,他对秦灵灵的感情是真,他也感觉到秦灵灵是真心爱自己,可为什么会跟崔丰实来对付自己呢?

她跟崔丰实一开始就认识,还是半路她被崔丰实收买了?

余鹏飞张开怀抱,秦灵灵上前抱住他,就像患难以后的小夫妻一样。余鹏飞心里隐隐作痛,在这之前他从来没这么爱过一个女孩儿,秦灵灵就像一场美丽的流星雨一样,落在自己的世界里，可流星终归是流星，早晚都会消失的。

"我没事。"余鹏飞声音淡淡的，他替秦灵灵捋了捋额边的碎发，眼神里带着宠溺，有那么一刻，余鹏飞真觉得他和秦灵灵之前什么事都没有发生过。

秦灵灵抹着眼泪，气愤不已："老东西，什么毛病，不喜欢女的，竟然喜欢男的！我诅咒他喝水喝一口呛一口！"

余鹏飞原本闭着的眼睛忽然睁开，平淡地看着秦灵灵。眼见余鹏飞眼神不妙，刚子找了借口离开，余鹏飞的样子显然是有些生气，但并未对秦灵灵发作，毕竟秦灵灵并不知道余鹏飞跟"于小日"的真实关系，余鹏飞也不会因为这一件小事情跟秦灵灵争执，那样会暴露了自己和父亲的计划。

沙发上，三人吃了饭开始研究下一步的计划。

"藏着张琪瑛凤凰血脉秘密的两只飞天神鸟，其中一只已经掉落了凤鸣湾，宋朝皇帝派幼家人看守，最后不见了，线索断了。那么，另一只神鸟在哪里？"

余鹏飞说道："当时我和灵灵在重庆张侍女的小院子里，看到手札记述了张琪瑛将秘密藏在两只神鸟中，但是并未说到这两只神鸟的下落，可现在却有一只神鸟在凤鸣湾处失踪了。"

说到这里余鹏飞的语气有些沉重，毕竟一提到幼家人，他就会想到幼江。这个因为姐姐被害而愧疚的叔叔，最终因为自己的贸然打扰而自杀离去，这件事情始终在余鹏飞心中烫下一个烙印，挥之不去。

"凤鸣湾的这只飞天神鸟可以放弃了，随着幼江的离去，这件事情以后恐怕不会再有人去寻找了，我们接下来的任务是寻找另一只神鸟。"

余鹏飞早就在心里想过另一只神鸟的下落,飞天神鸟其中一只在幼家人处保管着,那么另一只神鸟会不会也是被人保管着?

余鹏飞将心中的想法跟二人说了,秦灵灵点头附和:"有这种可能,不过我们应该从何处下手寻找另一只飞天神鸟呢?"

余鹏飞叹了口气:"这个还需要我们仔细地计划一下。"

凤鸣湾,刘文庚居住的酒店内。

窗外边的景色宜人,正是一片葱绿的时候,刘文庚一向爱自然的美,却在这时候没了兴致。

他站在窗前,右手食指和中指夹着雪茄,正有一口没一口地抽着,他的耳边塞着一个耳机,有人正在跟他对话。

不知道电话那头的人跟他说了什么,良久,刘文庚脸色越来越暗:"这么说来,我们的线和秦桑尤的线都在同一时候被端了?"

不知道那头又说了什么,刘文庚骂了一句:"混蛋。"他重重地喘着粗气,最后说道:"这些已经没有捞回的价值了,把重点放在凤凰血脉的寻找上。"

电话里断断续续地传来声音:"其中幼家人的那只神鸟彻底没了消息,还剩下一只余鹏飞他们还在找。"

刘文庚若有所思地吐了一口烟,看着外面的景色说道:"不要提前行动,跟着他们就好,我们只做黄雀。"

电话那头继续汇报着:"现在,余鹏飞身边的那个人已经很少汇报消息回来了,我也不知道崔丰实的下一步是什么计划,只能看着崔丰实怎么做了。我不敢逼他太急。"

刘文庚嗯了一声,让对面的人不要露了马脚,小心行事。

刘文庚挂了电话,来到窗前,看着窗外凤鸣湾的景色,他似乎想通了一件事情,有人把他和秦桑尤串联起来了,只不过符合条件的有很多人,包括刚刚给他打电话的人都在内。

如此一来,能信得过的人只有自己了,那么只要所有人都以为自己是那个最不存在威胁的人,事情才能在最后出乎意料地好转。最后等到凤凰血脉位置确定的时候,再一举击中,给所有人来个措手不及。

别墅内,几人商量着接下来的事情。

知道有父亲在背后为自己撑腰之后,余鹏飞在担心父亲安全之余,仿佛从内心深处多了一道力量,一种可以为了父亲抗衡一切邪恶的力量。

他坐在沙发上,拿着手机不断地搜索资料,手指快速点着近日以来自己拍摄下的所有资料照片。

余鹏飞认为,另一只飞天神鸟的信息还是得回到秦家的问题上找:"毕竟秦家守着的是凤凰血脉的秘密,而且我们一直忽略了最原始的问题——秦家。"

"那就是指,秦家为什么会守护凤凰血脉!"刚子说道,"只要解开秦家为什么会守护凤凰血脉的问题,事情就会知道个大概。"

秦灵灵点点头："按说，凤凰血脉就在丰都，那么这两只神鸟一定不会离得太远的。"

正说着，秦灵灵的手机响起，紧接着余鹏飞就看到她的面色冷了下来，看了看正在望着自己的余鹏飞和刚子，略微尴尬一笑，说道："我接个电话。"

说完秦灵灵起身向自己的屋子走去，随后听到她低低地说道："喂？"

刚子看了余鹏飞一眼，小声问他："崔丰实打来的？"余鹏飞刚要说话，只听秦灵灵那屋惊叫着："什么？吐血了？"然后是她慌忙抓起衣服和包包的声音，紧接着开门说道："在哪儿？我马上过去。"

走到客厅的时候，看了看余鹏飞，秦灵灵脸色有些着急，似乎刚刚她在电话里说的那人很严重，她抿着嘴唇对余鹏飞说道："我要出去一下。"

余鹏飞虽然已经知道她和崔丰实之间有关系，但还是捺不住心里的那份担心，问她："要紧吗？需不需要我陪你去？"

秦灵灵低下头，似乎在内心挣扎了一下说道："不用。"说完，起身向外走去，几步之后又停下回过身子看着余鹏飞说道："等我回来。"那话中似乎在说，等她回来，她会把事情都告诉余鹏飞。

刚子没好气："她该不会看出来咱们已经知道了吧？"他可相信秦灵灵聪明着呢，虽然才二十岁，可论聪明劲儿和机灵劲儿不输余鹏飞。

余鹏飞转过身子，看向窗外，见秦灵灵快步跑远，身影最后消失在小区的门口。"我明明心里已经知道她在利用我，可是真看见她有事的时候，我还会难受。"

刚子起身走到余鹏飞身边，跟他一起看着窗外的小区风景，他知道余鹏飞刚刚在眺望秦灵灵离去的背影。

"我知道这种感情的事最让人难受，但是鹏子，你得坚持大事为重，想想秦今明叔叔，想想那些被这两股势力害死的人，想想还在那些人眼皮子底下坚持的父亲，你觉得哪一件不比情爱重要。"

余鹏飞微微扬起头，眯着眼睛让阳光照在脸上："希望这件事情彻底结束以前，每一个人都好好的。"

刚子拍拍他："秦灵灵不在，我们得抓紧时间了。"说完，刚子回到屋子里拿出资料，在沙发上看着。

良久，余鹏飞一直在想着事情，刚子问他什么也没回。

余鹏飞转过身子，看着正在诧异地看着自己的刚子，说道："你说，凤凰血脉已经在丰都了，为什么秦家人却不在丰都安家繁衍后代，最后保护凤凰血脉的秦家人却是在天津呢？"

刚子一顿，脑子瞬间转过弯来，"对啊！嘿！你这么一说我想起来，凤凰血脉在丰都，象征凤凰密码'鹏'的五个地方也在丰都，就连张琪瑛做的两只飞天神鸟，其中一只也掉落在龙河的凤鸣湾。那么说来，另一只也必定就在丰都，可秦家人为什么会不在这里呢？"

余鹏飞坐在刚子对面的沙发上，与他对视，两人之间颇有种破案侦探的感觉："按说祖祖辈辈守着这东西，不应该是居住在丰都吗？至少也应该是重庆或者四川吧！"

刚子拍了一下大腿："族谱，我们再看一下族谱！"说完他又匆匆回到卧室拿回手机坐在沙发上。

"这里面的族谱秦灵灵还不知道呢！话说，如果那些人看见了，我们可就没有拿捏他们的把握了。"刚子翻着手机相册，将之前在秦家密室发现的真正秦氏族谱的照片给发送到大显示器上，希望看得能清楚一些。

两人一张一张地翻看着，余鹏飞的眉头越皱越紧，他问刚子："这是族谱的第一页？"

刚子点点头："对啊，从秦越鹏这块，就是族谱最开始的了。"

"不对劲。"余鹏飞说道。刚子没明白："怎么了？第一页你就发现不对了？"余鹏飞这脑子真是神奇，这么快就发现了不对劲。

"上次在密室的时候，没有仔细地看。"他指着族谱第一页那个叫"秦越鹏"的人说道："你看他的出生日期。"

刚子将那日期放大："明崇祯十三年？"他还是不懂，这个年份能代表什么？

余鹏飞说道："张琪瑛是公元200年左右的人，这个秦家族谱最早的人是公元1640年出生的，中间差了一千多年。"

"族谱上写过，从秦越鹏开始，凤凰血脉就是秦家人在守候了，那么空白的这千百来年，凤凰血脉哪去了？"

刚子总算明白过来余鹏飞的意思了，那就是说，这本族谱只是说了最近几百年秦家人是守护凤凰血脉的，可之前呢？

刚子点点头："就好比，掉落在凤鸣湾的那只飞天神鸟是宋朝时候的事。"

余鹏飞打了个响指："对头，我们现在唯一的难点在于，我们已经知道了凤凰密码，也知道了凤凰血脉的所在地，可具体怎么利用凤凰密码把血脉的秘密找出来就难了。"

于是，余鹏飞开始查起明崇祯十三年的事情，刚子继续看着族谱的照片。

明朝崇祯那年发生了很多事，余鹏飞对于崇祯帝时代的历史还算知道一些，可仍然搞不明白为何秦家的族谱是从那年开始的。

他突然想到一个事情，问刚子："快看族谱最后的封底，那个族谱是什么时候开始编写的？"

刚子快速翻过去，说道："顺治元年七月十五。"

顺治元年？

余鹏飞放下手机思考起来，崇祯帝在位十七年，这个族谱正好是他死的那一年开始建的，难道有什么关联。

"为什么要在七月十五的时候编写族谱啊？"刚子问道。

余鹏飞回过神告诉他："因为古人有云：百善孝为先，七月十五建族谱也是为了纪念家中的先人，已示孝道。"

"不对啊！秦越鹏生于崇祯十三年，族谱建于顺治元年，为什么不在秦越鹏刚出生的时候就建族谱，还有，那些在秦越鹏之上的人呢？他总不会从石头里蹦出来的吧？！"余鹏飞自顾自地说着。

旁边的刚子也没听，"哦"了一声，继续看起了族谱照片，不一会儿"哎"了一声，余鹏飞循声望去，见刚子快速地翻着族谱说道："我发现个问题鹏子，这个秦家的族谱好多人用'鹏'做名字的，基本上几十年就有一个。"

余鹏飞跟着望去，果然就像刚子说的那样，秦家最早的人看得比较明显，比如秦越鹏，因为十几年来秦家就他一个人，之后秦家上族谱的人越来越多，"鹏"字看得不明显，等到秦今明往前数的几代人，就看得很明显，因为那时候秦家人逐渐减少了。

鹏？难道是跟凤凰密码的"鹏"有关联？

"不可能那么巧，秦家人都用'鹏'字，古代人比较注重名讳礼节，不但要避天子名讳，就连长自己几代的长辈名讳也要回避相同的字，难道每一个名字里带有'鹏'字的都是那一代凤凰密码保管人？"

余鹏飞说完，刚子看了看他的脸色接着说道："那你看秦今明叔叔的姐姐不就是了，秦鹏临。本来是本代凤凰密码的保管人，结果刚出生就夭折了，所以由秦今明代替了。"

提到这个人，余鹏飞心里如同针扎一下的疼，刚子赶紧说道："我们能验出来这个猜想对不对的。"

余鹏飞挑挑眉，示意他继续说。

"看上一代的人和下一代凤凰密码保管人的生卒是否衔接不就对了。"刚子说完，露出一副得意的表情：就这事都是不用动脑子就能知道的事情。

余鹏飞看着他眉飞色舞的样子，嘴角抖了抖，刚子还是憨一点比较好。

随着族谱上秦越鹏的去世日子与下一任保管人出生日期紧密相连，到最后所有带"鹏"字的人生卒逐渐地全部衔接，余鹏飞和刚子不由相视一笑，果然带"鹏"字的都是秦家的凤凰密码保管人。

"可空白的那一千多年还是有问题的,如今这本族谱里只有近三四百年间的凤凰密码保管人,却不知道任何凤凰血脉的隐藏信息。"

余鹏飞有点着急,毕竟现在警方就等着自己找出凤凰血脉之后,将秦桑尤引出抓捕归案。

刚子也是有点气馁,翻着族谱图片说道:"刚刚我们把每一代的秦家凤凰密码保管人看了个仔细,若是哪一代人有意外的话一定会显示出来的,至少下一代肯定会有冲突,可细细看下来,所有人的生卒全部衔接,就说明还是很顺利的。"

余鹏飞点点头,赞成刚子说得对:"想不到过去的三四百年间秦家还算安稳,至少不像现在这样钩心斗角。唉!我们也算是有收获,你先看着,我去洗把脸清醒一下,这当中一定还存在着某种联系的,我需要好好想一想。"

"等等!"

余鹏飞刚起身想去卫生间,被刚子的喊声止住步伐,他看着刚子一瞬不瞬地盯着显示器,似乎在确认上面的东西。

"这是什么?"刚子说道。余鹏飞望去,见显示器上正是族谱的封皮。

余鹏飞一开始并没有多么注意那个封皮,因为只是个族谱的上封面而已,在他看来并没有多大的作用。

但随着余鹏飞走动之后,映在显示器上的天花板灯光也换了位置,余鹏飞才看清显示器上的一角。

那上面赫然是一个"凤"字,旁边还有小小的一只凤凰的头和一条类似龙的尾巴,就在族谱上封皮的最左下角,很不起眼。

只是看起来那是一个类似现代的防伪东西，只不过只有一半。

刚子指着显示器说道："不对呀，咱们从密室的铜箱子里把这东西拿出来的时候，封面上没有这个啊，哪来的？"

余鹏飞瞬间来了精神，浅笑了一声坐回沙发："这东西是古代的一种防伪标记，在古时候人们会把特制的油浇在刻章上，然后印在特殊的纸张上，等待油迹干透后，一般情况下，如是在干爽的时候，什么都看不出来，一旦遇上水就能看到。"

"你还记得那天秦家的地下密室很潮湿吗？铜箱子开了一小会儿，族谱就很潮湿，当时我们单纯地以为是秦家人想告诉我们小女孩秦鹏临的墓里有东西，我们还吐槽说，秦家人当时挖这个地下密室很仓促，连周围的防水都没做好，现在看来，他们是在隐藏另一则信息。若不是你把显示器的亮度调高了一些，我们根本看不出来这个封面有问题。"

刚子挑挑眉，指着显示器说道："就隐藏这个？"

余鹏飞朝着显示器扬了扬下巴："你没发现这个东西只是一半吗？"

见刚子还是没理解，余鹏飞说道："不出我所料的话，这族谱只是下半本，还有另一半！"

"那怎么办？我们现在只有这半本，一旦真有另一半，我们应该去哪里找啊？或许，这么多年，那一半早就丢了。"刚子说道。

余鹏飞不做声，看着秦灵灵临走前挂在电视机上的丰都地图，加上凤凰密码"鹏"相对应的那些地方，他对刚子说道："当年肯定有人在丰都守着凤凰血脉。"

"我们就从丰都下手找起，你看看能不能联系到丰都本地的小伙伴，问问他们有没有一大批秦家人从丰都消失过。"

刚子诧异："一大批？那时间呢？"

余鹏飞回到显示器旁，调出族谱第一页，"就从崇祯十三年开始查起。"

随后，刚子叫来小杨，因为小杨是土生土长的本地人，对丰都本地十分熟悉不说，祖上将近十代人都在丰都本地，而且他家也有一个这样几百年的族谱。

在丰都，像这种随手拿出几百年或者上千年的族谱的人家有很多，所以时不时地这几个家族会聚在一起说一说族谱上的历史故事。

小杨给他爷爷打电话，让他爷爷帮忙找一个三四百年前的秦氏家族，就在丰都本地的，或者重庆、四川辖内的。

刚子看着小杨热情地跟爷爷说着秦家的事情，咂咂嘴小声地对余鹏飞说道："这就是热情火辣好客的丰都人，被绑在阎罗像上都吓晕了，依然能不计前嫌帮哥们忙，瞧我这不知名的哥们魅力。"

刚子说着还将了将耳边的头发，余鹏飞好笑地白了他一眼。

不一会儿，就听小杨对着电话里的爷爷温柔地说道："真的，巴适得很。"

小杨无奈地挂了电话，说道："上次去鬼城，我带了一份好吃的小鬼鸡回去给我爷爷,他说好吃,然后要自己做,结果昨天做了那么多,自己吃不下去了,还硬要我吃,吃完了还得说好吃。"

小杨虽然语气里满是心酸,但脸上都是幸福,想一想已经快要三十了,竟然还有爷爷给做好吃的,何尝不是一种幸福。

"哦,我爷爷说他问一问他的朋友们,应该可以打听到,他们平常在一起就是互相比自己的家谱和祖上的故事。"小杨说着,嘿嘿地笑了起来。

凤鸣湾生态园的酒店里,刘文庚挥退了手下,自己一个人坐在屋子里,情绪有些沮丧,没了之前嚣张跋扈的样子,看着整个凤鸣湾的景色,重重地吐了一口气。

他现在不同于秦桑尤,秦桑尤不用现身,崔丰实就能帮她找凤凰血脉,可自己不行。他花大价钱找的外援最后也倒戈崔丰实了,只剩下一个人可用。

刘文庚的电话响起,他接通:"喂。"随着电话里人的话,刘文庚的眼睛越来越亮。

"你没听错?"

刘文庚不敢置信,直到电话里对方说着:"我就在跟前,不会的,确定凤凰密码找到了,但现在怎么利用凤凰密码找出凤凰血脉还是个问题。"

刘文庚猛压心底的开心,眼里露出一股势在必得,说道:"记住,保护好自己,一旦有消息,随时保持联络。"

他嘱咐电话里的人:"把真正的凤凰密码照片发给我

一份。"

挂了电话不到一分钟,刘文庚收到凤凰密码"鹏"的玉石照片,有那么一瞬间他以为刚刚电话里的人耍他呢!

照片上,只是一个光秃秃的玉石而已,圆圆的,也不大,刘文庚生怕自己看漏了什么。"这就是'鹏'?"

"什么图案花纹也没有?怎么就说是凤凰密码呢?"

刘文庚在这边对着"鹏"的照片起了怀疑,另一边的崔丰实也没好到哪里去。他吐血吐了两天了,何朝阳无奈给秦灵灵打电话,让她来看看崔丰实。

崔丰实下榻的酒店房间内,用人正在将空调调到暖风,以便能照顾到房间里客人的身体状况。

等到用人做好一切,朝着崔丰实说道:"尊贵的客人,按照您的要求将房间内的温度和湿度都调整好了,您还有什么吩咐吗?"

床上的崔丰实正打着点滴,有气无力地摆摆手,让用人出去,之后看着床边的秦灵灵,又指了指自己手机里的照片说道:"你确定这个就是凤凰密码?"

秦灵灵点点头:"不会错的,那天他们在说这个的时候,正好我也在旁边,这张照片是我从余鹏飞手机里得来的。"

崔丰实脸色发白,十分虚弱的样子,眯起眼睛说道:"肯定是余鹏飞和那个小子回天津的时候,不知道得到了什么线索,哼!刘文庚从你们那偷来的假玉石以为是个真的,就让他自己在那儿玩自己的吧。"

秦灵灵看着崔丰实胸前的血迹,那是他吐血时沾上的,还没来得及收拾，秦灵灵想了很久，还是说道："余鹏飞那个人真的是好人一个，你若是真的只为了找凤凰血脉，那就不要伤害他，只管拿走凤凰血脉就好了。"

秦灵灵以往在余鹏飞面前是一副大大咧咧的样子，但在崔丰实面前，她说每一句话都是小心翼翼的，生怕自己哪一句话说错了就会引起崔丰实不高兴。

崔丰实转过头，看着坐在床边小小的秦灵灵，大大的眼睛看着自己，既可怜又无助。曾几何时，她秦灵灵也用过这样担心的眼神看着自己，而自己之所以能走到如今的地步，起因也只是为了一个秦灵灵而已。

想到这里，崔丰实轻蔑地看了一眼秦灵灵，不由得冷笑一声："怎么？你心疼了？"

"别忘了，谁对你最重要，还是说你根本不在乎我？"

崔丰实语气透着狠厉，像是在警告秦灵灵。"那个真正的玉石在哪？"

秦灵灵摇摇头，这个她还真不知道，她也不想知道，毕竟她做得越多，对余鹏飞的伤害就越大。

恐怕崔丰实早就看出了自己不愿意再当他的眼线了，不然在余鹏飞那里见过的一些细节拿到崔丰实手里，恐怕早就有了新的线索和进展了。

"我不知道，这个照片还是我趁着余鹏飞离开的时候拍的，他和刚子说，这就是凤凰密码，可就是一个圆圆的玉石而已。"

崔丰实点点头，没再看她，继续说道："那么说，如今只剩下用它来找到凤凰血脉了？"

崔丰实看着秦灵灵的表情就知道她在想着余鹏飞，生怕自己伤害了余鹏飞，呵呵，真是个好姑娘。

"我让人盯着这东西，你回去继续盯着余鹏飞的动作，一旦有了凤凰血脉的消息告诉我。"见秦灵灵不说话，崔丰实眸中暗了暗，说道，"我答应你，不动他，只要凤凰密码。"

听见崔丰实终于吐口答应了自己，秦灵灵尽量控制着自己的情绪，但崔丰实还是看到了她面色一松。

崔丰实让秦灵灵在一旁休息一会儿，照顾自己好久了，小姑娘的眼下都是乌青，看起来很疲惫。

秦灵灵不放心他，就在隔壁的房间躺下睡了，临睡之前还想着崔丰实答应自己的事情，崔丰实说不会伤害余鹏飞，秦灵灵心里暗暗松了一口气。

另一边，余大阳接到报纸，拿回房间准备看，路过餐厅的时候，见何朝阳在吃着东西，瞧见自己手里的报纸，何朝阳轻笑一声："果然不是白看的！于先生现在可是崔哥面前的风云人物了，连我都得小心翼翼恭维你，果然是来分大钱的。"

余大阳何尝听不出他话里的讥讽，痞痞地坐在何朝阳对面的椅子上，看着他将牛肉一口一口地送进嘴里，嘴角一弯："怎么？不服气？"

余大阳当了很多年的卧底，见过很多何朝阳这种人。在自己来之前，何朝阳是崔丰实的心腹，深得崔丰实的宠信，可自己来了之后，他就逐渐地失宠了。

论能力和脑袋的聪明度，崔丰实更愿意用流里流气的余大阳。何朝阳是很听话，但是过于胆小和古板，若不是有余大阳在，崔丰实早就死在刘文庚那些人手里了。

何朝阳"哼"了一声："凤凰密码已找到，凤凰血脉藏身地也知道了，相信再过不久，凤凰血脉就能被知晓了，只要得到了血脉，从此以后你也就没有什么用了。"

何朝阳说得十分轻佻，余大阳只笑笑也不生气："那我真的希望快点找到，拿到剩下的那些钱，我就成富翁了，还奔波个什么劲啊？"

他站起身拍拍脸色发黑的何朝阳，贴着他的耳边说道："这就是外援的好处。"

说完，余大阳大笑着离开，往自己的房间走去。

在路过秦灵灵房间的时候，有服务生正在敲门："秦小姐，您的餐到了。"

秦小姐？跟在儿子身边的那个女孩儿？

余大阳又回头望了望独自坐在椅子上的何朝阳，想起之前崔丰实说过，何朝阳一直在跟线人对接，那个线人一直跟着天津的那个小子，余大阳轻轻皱了一下眉毛，好像有些地方不对劲，可他来不及抓住，思维就溜走了。

另一边的余鹏飞三人接到消息，小杨的爷爷托人打听到一些事情，在大概三四百年以前，丰都确实有一批秦氏家族的人一夜之间消失了，下落不明。果然，又是秦姓。

别墅里，余鹏飞正握着电话，小杨的声音从电话另一头传来："据说当年从丰都走了三百多家的秦家人，一夜之间都消失了，最明显的就是有个村子。那个村子之前住的都是秦家人，在当地十分有些家底，就连仆人都在一夜时间消失得无影无踪。"

"不过，听说那个村子荒废了仅仅几年的时间，就有人回来看管着家院，后来十八世纪的时候，那些房屋时间太长了，就没有人住了，人们推倒了原有的建筑，重新盖了房屋。"

余鹏飞听着电话，心中起了怀疑。突然一夜之间消失了那么多秦家人，去向不明，从今以后再也没有了消息。

"我让人联系了那个村子的村长，他答应了明天见我们一下，但是他说了一句话我不太懂。"电话里小杨说着。

"什么？"

小杨"嗯"了一声，回想那人跟自己说的："他说，若不是有缘人他什么都不会说的。"

刚子笑道："有缘人？听这话好像有缘人他能看出来似的。"

小杨嘀咕了一句说自己也不知道。"听我朋友说，那个村长厉害得很，自己的子孙后代必须保证有一个终生守在村子里，这一辈子都没出过丰都一次。"

不知为什么，余鹏飞隐隐觉得小杨说的这个村子似乎冥冥之中就和凤凰血脉有关系。

"你们早点睡，明天一早，咱们早点去。"小杨说完，跟余鹏飞和刚子说了一声"晚安"之后挂了电话。

刚子对着余鹏飞说道："早点去吧，一旦秦灵灵明天一早回来了，有些事情不在我们掌控之内，会处于下风的。"

余鹏飞点点头，郑重地看了刚子一眼："我知道，明天我们早点。"

第二天一早，余鹏飞和刚子天刚亮的时候就去找小杨了，一方面是避开秦灵灵，另一方面那个村长告诉小杨，最好早点来找他，趁着村子里的人还没起床的时候最好。

余鹏飞一开始不懂这位村长的意思，后来才明白他的良苦用心。

从刚子的别墅出发，驱车到村子不过二十多分钟，这里十分僻静，余鹏飞看着一眼望不到头的田地和晨雾缭绕的村子，加上朝阳要升不升的样子，那幅画面令人十分舒适。

"这是哪里？"余鹏飞问道。

小杨指了指周围，说道："这是何家坪村，当年秦家人最集中的地方，周围紧挨着的几个村子都有秦家人。"

"这里有一个很久之前退下来的老村长，我们今天要见的就是他。"小杨一边说着，一边看着手机里的地址。

余鹏飞却发现一个事情，村子里有的人家门前挂着铃铛和布条，像一种装饰，又好像不是。

"他们为什么在门前挂着这东西啊？"余鹏飞瞧着不少人家挂着这东西，那铃铛被风吹得直作响。

小杨一笑："这个是当地的一些民风习俗，就好像回族人不吃猪肉一样，不过这个只是因为当地在很久以前似乎有一个国家存在而留下的，听说是个巫国，像这些铃铛啊什么的都是巫师常用的。"

"其实古代的巴文化中，'巫'是有很重要的地位的，

《大荒西经》中，就有关于'巫'的记载，'有灵山，巫咸、巫即、巫盼、巫彭、巫姑、巫真、巫礼、巫抵、巫谢、巫罗十巫，从此升降，百药爰在'。其实这个灵山，指的就是巫山，而巫山又在古巴国境内。"

"我之前看过一些资料，在古代神和人王是两种权力，两种权力是相辅相成的，而'巫'文化就是两种权力的融合，它能更好地在百姓中起到一个调和作用。当时有一些资料显示，从前的巴蜀的各位王者都是有双重身份的，他们一面是这个地方至高的统治者，一面又是巫师的身份。"

小杨继续说道："四川之前出土过三星堆的巴蜀巫师与祭祀用的东西，铜树铜人等很多种类文物，十分稀奇。之前重庆还出土过古人占卜用的文物，当时也是轰动了很多考古文化爱好者。在西周以前，地方性的国邦是神、王的两权结合，比如有一种叫做'禹步'，这种步伐跟大禹相关，后来说这种步伐是巫术用的步伐，禹就是大巫。"

巫师？余鹏飞想起自己之前和秦灵灵到四川时候看的那口井，那个老人额头上的刺青，还有当时小路上也有叮叮作响的铃铛和布条。

当时秦灵灵还说是不是大祭司用的东西，现在想来好像两者之间存在莫名的关系。

小杨来到一户高门大院的人家，这个人家相比于其他的人家要远很多，就一个孤零零的房子在山脚下。

开门的是一个大概十几岁的小男孩儿，见来人十分热情地说道："你们找我太爷爷？"

小杨用重庆话跟他说着，不一会儿，三人被小男孩儿引到一个堂屋里。

整个大院里,一眼望去都是浓浓的峡江风格装修,年代虽然久远了一点,却耐人回味。

远远地,余鹏飞和刚子三人从内门进来,就发现正堂上坐着一个长胡子老人,叼着长长的烟杆,周围站着几个人。

小杨带着余鹏飞两人来到正堂,那个小孩儿说道:"这就是我太爷爷,你们可以叫他秦族长。"

小杨几人赶紧问好,余鹏飞瞧着面前的老人不像刁钻的人。老人这会儿已经打量起刚子和自己,随后问道:"哪个是奔着秦家来的?"

刚子笑着说道:"是他,他叫余鹏飞,是我发小,我在咱们丰都好久了,他为了找凤凰血脉过来的。"

听到凤凰血脉这几个字,老人的眼神一冷,站在他旁边的几个人开始喊喊喳喳地说着当地话,似乎被这事惊到。余鹏飞听不太懂当地话,隐隐约约听到那些人话中意思怕自己是骗子。

余鹏飞点点头,望着周围的人,除了坐在椅子上的老人,其余的人也在六十岁左右了。

老人说道:"除了木娃子,其他的人全部出去。"随后看着刚子和余鹏飞,对着小杨说道:"他们两个留下,你出去。"

小杨连声说好,到了人家的地盘,想请人家帮忙就得听人家的。他对余鹏飞和刚子说道:"我出去了,剩下的事情就靠你们了哈。"

说完就跟着其他的人一起离开了,留下的还有刚刚引着几个人一起进来的小孩儿,屋子里一时间就剩下四个人。

老人示意木娃子给两人拿椅子，看着余鹏飞说道："你来找秦家人的？"

余鹏飞点点头："是的，我从天津过来的，那边有秦家人被害了，给我留了线索。"

老人又慢悠悠地吸了一口烟，余鹏飞发现他看似不着急，实则都在想着事情。果然，老人说道："来找秦家人？你却不姓秦？"

刚子刚要说话，被余鹏飞制止，说道："他是被争夺凤凰血脉的秦家人害的。"

老人眼神一抖，良久抬起头，说道："证据。"

余鹏飞和刚子似乎没听懂，以为老人要的是秦今明的死亡证明和凤凰血脉线索什么的，纷纷拿出来给老人看。

秦族长摆摆手，笑道："我说的不是这些东西。"

他看着余鹏飞不解的样子，继续说道："昨天，有人都跟我说了，你是奔着凤凰血脉来丰都的，既然你是替秦家找东西的，那就得拿出一些能证明你口中的秦家是凤凰血脉的保管人才行。"

秦族长呵呵地笑道："不是谁来说一声自己是秦家人，我就要信的。"

余鹏飞也理解，旁边木娃子递来两张大椅子，刚子赶紧接过来说着"谢谢"。

"凤凰密码我没带在身上，还请您理解，这一路我从天津过来遇到过不少人来找我抢凤凰密码，以为我知道凤凰血脉，其实我什么也不知道。"

余鹏飞说道："我能来找您，也是带着一丝丝希望的。"

他示意刚子将族谱的照片找出来给秦族长看看。

"这是我发现的秦家族谱,说实话,从秦越鹏之前的记录都没有了,就好像秦越鹏是凭空出现的这么一个人。后来我们发现,丰都在三四百年之前离奇消失了一批人。"

余鹏飞说完,秦族长只是笑一笑,余鹏飞接过刚子的手机,将图片放大递到秦族长的面前,说道:"这个印记也是我们才发现的,秦家的族谱有两本,而我们拿到的只是下册。"

秦族长脸上皱纹横生,在听到余鹏飞的话之后,戴上挂在脖子的老花镜,费劲地看了看手机照片,良久浑身一颤:"啊!"

多少年了,秦族长守在这里,他不是没想过要出去看看外面的世界,可是几百年来秦家的祖先就有言,不能离开这里。

他以为他的子子孙孙会像他一样,守在这片土地出不去,当面前的年轻人拿着正本的秦家族谱出现的时候,自己就好像做梦一样,就好比困了几百年的魂魄终于得到释放。

木娃子赶紧上前扶住自己的太爷爷,轻轻安慰着他。木娃子自己也有些激动,秦家的人找来了,是不是证明从今以后,自己的家族再也不用守着旧规矩,待在这小小的天地里出不去。

余鹏飞和刚子上前忙扶着激动的秦族长坐下,刚子看了余鹏飞一眼,两人的眼神在空中交会,说明两人找对人了。

良久,秦族长抹了抹眼中老泪,看着堂屋外的天说道:"我们根本就不姓秦。"

余鹏飞心里一咯噔，以为自己找错了，结果秦族长继续说道："有人说，我的祖上姓方，也有的说姓李，可几百年了，我们的家谱只姓秦。"

余鹏飞没有立即询问秦族长，而是等老人自己慢慢平静下来。

"族谱带了吗？"秦族长激动地问道，他险些失控，要知道秦家的两份族谱合二为一是他多少长辈一辈子以来梦寐以求的事情。

余鹏飞说道："没带，不光族谱，一些有用的东西我都没带过来。希望您见谅，这一路以来，凶险万分，想要秦家秘密的人太多，我不得不防。"

秦族长点点头，眼中又是兴奋又是紧张，目光灼灼地问着余鹏飞："天津那边的秦家如今怎么样了，一定发展得很壮大吧？"

余鹏飞刚想摇摇头，想说已经没人了，可话到嘴边太过凄凉，说道："保护凤凰血脉的，只剩下一个人了。"

秦族长放声大哭，吓得两人一愣，这秦族长怎么又哭了？

"秦家竟然要绝代了！老天爷啊！"秦族长十分伤心。

过了一会儿，秦族长情绪稳定下来，对余鹏飞和刚子说道："我的祖上是秦家的用人，根本不姓秦，我知道的只有这么多，一直记着一个家训，只要家里有活着的人，决不能离开脚下这片土地半步，要一代代地看守下去，直到有人拿着另外一本族谱主动找上门才可以。"

老人颤颤巍巍地摆着手，痛苦地说道："已经不知道多少辈的人了，包括我在内，家里的人都遵循一个事情，不能离开这里，至少要一代人接一代人地守下去。"

刚子问道："守什么呢？"

余鹏飞眼神一暗，难道是守着凤凰血脉？他和刚子对望一眼，心跳都有点加速。

老人抬起头，望着外面的阳光，眼中一片希望："有人告诉我，守着的是秦家千年的故事，可是具体是什么，我也不知道，因为我从未去过那里。"

半个小时后，木娃子带着余鹏飞和刚子来到后山，因为山太高，秦族长年纪大了不适合上山，只是嘱咐了他们几句，又不想让其他人跟着，怕走漏消息。

见余鹏飞三人扛着铁锹等走上山的背影，秦族长挂着拐杖，在家人的搀扶下慢慢地回过身子，对身后的众人说道："从现在开始，所有人都没有看到过这三个人来过我们家，时刻看着外面是否有可疑的人，一旦有不对劲的，立刻报警，也决不能走漏了村中有外客的消息，直到所有事情全部结束才行。"

众人低声说着"知道了"，快速离开做自己的事情去了，留着秦族长一个人在原地，看着自己生活近百年的地方，由衷地感慨："终于要结束了。"

上山的道路上，刚子和余鹏飞看着自己手中的铁锹和镐子，问着木娃子："你太爷爷让我们拿着这些工具上山干吗呢？"

木娃子虽然年纪小，但也不是不懂事的，笑道："一会儿上山你们就知道了。"

刚子揶揄着："嘿，年纪不大，你怎么还卖起关子了！"

木娃子笑道："怕你们听了之后害怕，然后跑了。"说完还贴心地将前方的杂草荆棘砍倒，怕伤到后面的哥哥们。

余鹏飞看着前面的木娃子，看年纪应该连高中都没上，问道："你多大啊？"

"十五了。"木娃子气喘吁吁，这条路他从前不常来，后来才走过几次，边走边看着自己的路线对不对。

刚子纳闷："那刚刚那么多人，秦族长为什么就留你在堂屋呢？"

木娃子停下脚步，看着后面的刚子和余鹏飞脸色丝毫未变，自己则累得已经走不动路了，"我是秦家下一代的族长，所以有些事情，太爷爷会留着我听一听。"余鹏飞和刚子恍然大悟地点点头。

半晌，天色大亮，太阳也越来越高。木娃子终于扒开最后一片草丛，松了一口气："我可算找到了，我们到了。"

余鹏飞和刚子上前将快有人高的草丛开出一条路出来，刚子看到面前的一幕，"啊"了一声。

"这……这不是坟冢吗？我们要找的就是这里？"刚子不敢置信，朝着木娃子问道。

面前是一个只有石碑、没有名讳的坟冢，墓碑东倒西歪的，年代看起来很远，坟包处用石头垒着。

余鹏飞见木娃子点点头，大口喘气，蹲坐在一旁休息。

他一头雾水,望向周围,是一片相似的坟冢,他慢慢走过去,一一看着墓碑上面的文字,都是秦家人的。

秦家人的坟冢都是围着那个荒坟下的墓坑位置,俨然在荒坟周围埋了一圈,余鹏飞皱着眉头,似乎察觉出不对。

"这是秦家人的墓?"余鹏飞问木娃子,见他点点头,余鹏飞又问道:"是哪个秦家?"

木娃子指指自己说道:"是我们家的,但这个没有字的石碑墓才是真正的秦家墓。"

"那既然是秦家的,为什么不好好修葺一下呢?"刚子问着,按说不管是真秦家还是假秦家,不应该都要好好收拾一下吗?

木娃子摇摇头,说道:"不是的,我太爷爷说了,收拾之后太过引人注意了,这样就挺好,秦家人的石碑上刻着'秦氏',一则是为了时刻记着自己是秦家人的奴仆,二来为了掩护北方真正的秦家人。"

余鹏飞和刚子点点头,刚子回过神问木娃子:"那你太爷爷让我们上山之后干什么呢?"

木娃子小嘴一撇,笑嘻嘻地说道:"掘坟!"

第十九章 峰回路转

半晌，余鹏飞和刚子好不容易将那座荒凉的坟挖了一个口子出来，目测刚刚好可以钻进去一个人的大小。

刚子欲哭无泪，对着一旁给自己弄山泉水的木娃子说道："我这辈子，这种大逆不道的事情，总共干了两次，这是第二次。"

木娃子瞪着大大的眼睛看着他，想说又不敢说，看着刚子咕咚咕咚地大口喝水，嘴角抖了抖。刚子何尝不知道他的小心思，说道："有话快说。"

木娃子开口："我说你怎么挖坟挖得那么熟练！我还以为你专业的呢！"

"嘿！你这个小崽子！"刚子被气笑，装作要抓木娃子。

"哈哈！"余鹏飞阴霾了多少天的心情，终于划过一片晴天，被逗得破防大笑。刚子踹了他一脚，将山泉水递给他。

刚子对木娃子白了一眼："你太爷爷真是的，也不让人来帮帮我们，还好我和鹏子是有些力量的，不然这会儿还真弄不出来一个洞。"

"嗯!"余鹏飞正在喝着水,听了刚子这话,朝他摆摆手,吞下嘴里的山泉水说道,"你没理解老爷子的良苦用心,那是怕人多眼杂,走漏了消息不说,对咱们和秦家都有危险。"

刚子点点头,他也就是故意过过嘴瘾罢了。

木娃子看着正在休息的两个人,糯糯地问道:"鹏子哥哥,刚子哥哥,是不是我们家从此以后就不用再守着这里了?"

余鹏飞和刚子对望一眼,刚子走到木娃子身边,搂着他的小肩膀说道:"看到那个人没有。"

木娃子顺着刚子手指的方向看着余鹏飞,点点头。

"他是来逆转一切的,把身在泥潭里的秦家人拉回幸福之源的,你可以不信任何人,但你要相信他。"

木娃子不太懂,但还是抱着希望点点头,满脸笑容地说道:"我相信你,刚子哥哥,因为家里已经好多年好多年没看到全家人眼中都有笑意了。"

余鹏飞低下头,抿着嘴唇攥着拳头,眼神中带着坚定。木娃子的话无疑给了他最大的鼓舞和力量,他无论如何也想不到,接到秦今明去世电话的那一刻,自己会搅进这么大一个事情中。

从天津到丰城、丰县,以及兜兜转转的一路,余鹏飞见过太多像秦家人一样守护凤凰血脉秘密的人了,可保护秦家人还是头一遭。

怪不得秦族长听到秦家就剩一人了会崩溃大哭,自己祖祖辈辈守护的主人秦氏已经没有人了。

刚子走过来，对着余鹏飞说道："太阳高了，咱们进去吧。"

余鹏飞点点头，让木娃子躲在树下的阴凉处等着自己。余鹏飞将要弯腰进坟冢的时候，被木娃子叫住。

木娃子从自己的小篓子里拿出几根香和打火机递给余鹏飞，说道："这个是我太爷爷让我给你的。"

余鹏飞先是一愣，随后点点头，说了声"谢谢了"，就钻进坟冢里，刚子嘱咐木娃子不要随处走动，一会儿自己跟余鹏飞就出来了。

外头木娃子躲在阴凉的树下有一搭无一搭地跷着二郎腿，一边细细听着坟冢里面的声音，怕余鹏飞和刚子有什么事叫自己。

而余鹏飞和刚子进去坟冢之后，便看到一个石制台阶，一路向下，弯弯曲曲的并不高，只是拐个弯之后，视野就很开阔了。

越往下，墓室便是一片漆黑，余鹏飞不得不将手电掏出，照向四周。

刚子看着墓室两边的油盆，想点却不敢点，余鹏飞说道："点吧，没事，这个墓室内带着水声，前面一定有小河之类的溪流，只要地下有溪流穿过，都会带来空气的。"

刚子点点头，这才用打火机点着了一张纸，扔进了油盆，过了几秒油盆才燃烧起来，将这个墓室照得明晃晃。

余鹏飞关掉手电筒，看着墓室的正墙壁上写着一个大大的"秦"字，一旁是五只凤凰的石雕，错落不一，有点神似凤凰密码"鹏"的五只小凤凰位置摆设，可面前这五只凤凰石雕摆设的位置又不一样，沿着石壁一圈都是石门，余鹏飞皱皱眉。

"这么多门，咱们应该往哪里找啊？"刚子说道。

余鹏飞对奇门遁甲之类的一窍不通，想不到秦家的墓室竟然还用上了这种法子，"唉，什么打算都做好了，就这一招没料到。"

他刚想吐槽自己今天这一趟是不是白来了，就见正面的石壁上似乎刻着字，只不过年代久远了，石壁似乎松动了一些，加上灰尘，不仔细看看不出来。

见余鹏飞上前看着石壁，刚子也跟上去轻轻擦掉石壁上的灰尘，露出原有的字本来的面貌。

"这是明代留下的。"

余鹏飞看着上面的字说道："越来越靠近我心中的猜想了。"余鹏飞眼中露出欣喜，念着上面的字："凤之所向，众鸟随之。"

刚子点点头："就是说凤凰往哪儿走，剩下的鸟就跟着走呗！"末了他又问余鹏飞，"你怎么知道这是明代留下的？"

余鹏飞指着上面的字："你没看到落款？"

刚子顺着他指的地方望去，果然有一行小字：明崇祯十七年封。

余鹏飞继续说道："明崇祯十七年封，封的意思就是再也不进来人了，那之前一定是发生了大事，所以秦家人才会选择将祖坟封掉。"

刚子看了看身后的五只凤凰,说道:"那这里转圈的石门,我们应该怎么走啊,不会像电视里说的那样,有机关埋伏吧。"

余鹏飞回头望了一眼,点点头:"不好说,秦家几十代人守护的东西,岂是一些匪徒说能得到就能得到的。"

余鹏飞转回那五只凤凰石雕前,认真地思考起来。面前的五只石雕跟"鹏"有些异曲同工之处,可能就是乱放,根本看不出任何一丝规律。

"凤之所向,众鸟随之。"刚子自顾自地说着。

余鹏飞看着每一只鸟的方向,发现它们朝着一个方向。

"这几只好像也不是凤凰吧?"刚子看着五尊石雕,发现它们除了身子大体像凤凰,但鸟头和尾巴之类的跟凤凰差得远了,而且每一只都不一样。

"两种可能。"余鹏飞说着,"第一,当年发生了一些事情,事情发生得突然,秦家在秘密筹划着什么,雕刻的工匠短时间内刻得不精细,只是按照数量临时凑数;第二,这几只石雕本就是这样的,是为了模仿自古以来跟在凤凰身后的稀奇鸟类,为了引出凤凰的位置。"

他继续说着:"这就是那句话,'凤之所向,众鸟随之'。"

余鹏飞将手电筒的光打向五只鸟共同朝向的那扇石门:"那个门里就是凤凰。"

刚子顿悟:"所以,这五只鸟是谜面,五只鸟共同朝向的地方就是真正的墓室?"

余鹏飞点点头,起身率先走向那间密室。

刚子掏出口罩，递给余鹏飞一个："戴上，这种地方常年不通气，说不定有细菌。"

整个墓室经人细细修缮过，就连脚下的路都铺着厚厚的石头。余鹏飞和刚子走向另一间墓室，一打开上面就是一长排的石墩子。

眼前的一幕让余鹏飞觉得十分眼熟，他想起来了，之前在重庆张侍女的宅子里，发现张侍女的时候，不就是在密室里的炕上吗！

墓室的石墩子大概有十几个，每一个上面都有点类似土渣的东西，有的能够看出是森森的白骨，有的能看出是木头渣子。

"这是？"

刚子拿起手电筒，照向整个墓室。不得不说，这个墓室太大了，一眼望不到头的感觉。"嘿，这个墓室怎么没有油盆啊？"

余鹏飞说道："这是先人安寝的地方，一般不会放照明的东西。"

刚子点点头，在心里默默数着石墩子，每一个石墩子代表上面安葬着一个人，刚子数下来有十八个。

"人到七十古来稀，就算活到六十岁吧，也得将近一千年，这一千年，秦家总共就葬了这几个人？"

余鹏飞走到每一个石墩子前，看着上面腐烂的东西，有的什么都没有了，有的还剩下一点点残渣。

但每一个石墩子前都有一个小墓志铭，介绍着每一位的生辰年月和平生事项。

"这是秦家历代凤凰血脉的守护者，所以才只有这些人。"余鹏飞快步走到最后一个石墩子前，把墓志铭上的灰尘擦了擦，看清上面的字之后，心中一喜。

"看，最后一位凤凰血脉秘密的守护者去世的年份与秦越鹏的基本吻合。"说到这里余鹏飞又起了怀疑，时间吻合了并不能看出当年秦家人为什么离开丰都。

两人又在墓室里看了看，再没有其他的东西，余鹏飞想看一看石壁上是否画了壁画什么的，毕竟古人想要保存下来什么东西，都是要靠石刻或者壁画才能保存下来的。

令他很遗憾的是，石壁上根本什么都没有。刚子拍拍他，示意他继续往前走去，再前面又是一个墓室。

越往里面，溪流声音越大。到了新的墓室里，是一尊石制的雕像，刚子看了看说道："张天后？"

张琪瑛的雕像为什么会在这里？

眼前的张琪瑛雕像和外面五只凤凰雕刻精细度差不多，看上去是粗略地打磨了一下，并没有将雕像做得逼真生动，好像是匆忙之下才完成的一样。

可墓室里，除了张天后的雕像之外，再也没有其他的东西，余鹏飞心中一冷，以为这是一个空的密室。

"张琪瑛跟秦氏有什么关系？"刚子看着面前比自己高的张琪瑛雕像，除了雕像底部有一个正正方方的石墩子之外，再无特殊的地方。

"你不觉得很奇怪吗？张琪瑛的石雕做得很粗糙，这个石墩子被打磨得太光滑了吧。"刚子问道。

余鹏飞也诧异，蹲下身子敲了敲墩子，里面发出空空的声音，他和刚子对视一眼。

"石墩子底座是空的？不正常。"余鹏飞将手电筒递给刚子，自己则拿起锤子挑声音最空的地方敲下去。

果然，石墩子里面大有天地，里面放着一卷厚厚的书，纸张发黄，散发着一股奇怪的味道。

"呕！"

刚子干呕了一下，用手捂着鼻子，皱着眉头说道："这是什么味道，这么难闻。"

余鹏飞让刚子拿出白手套，自己接过戴在手上，小心翼翼地将书取出，说道："这是麝香，里面应该还有花椒，在古代这两样是纯天然的防腐剂，能使书籍很好地保存。"

刚子挥挥手，想赶走空气里的味道："那为什么不用竹简啊？"

余鹏飞抬抬手里的书说道："你看它多厚，这么多内容，需要多少竹简才能写得下，这么小的地方想要藏起来的话，也不够藏的啊！"

余鹏飞拉下口罩，张嘴咬住手电筒的一端，让刚子赶紧拍照，以防书籍氧化。

其实这书看着厚，上面并没有多少内容，大概说的是张琪瑛发现自己身上有凤凰血脉之后，又和马超爱而不得，也不想让贼人将自己的凤凰血脉掠取，于是进入深山开始专心于祖父的五斗米教。

后来因为终身未嫁，没有子嗣，便将凤凰血脉的秘密藏进了两只神鸟里，交给秦氏保管。

"这段说的跟我在张侍女的宅子里看到的资料一样，基本没出入。"余鹏飞说道。

紧接着余鹏飞继续看着:"后因两只神鸟丢失了一只,秦氏自觉无颜见张天后,开始隐姓埋名历代保管最后一只飞天神鸟。"

刚子"嘶"了一声:"两只神鸟,丢了一只?丢的那只该不会是幼家人看守的那只吧?"

余鹏飞点点头:"差不多就是了。"

"明崇祯十三年,崇祯帝听信谗言,巴蜀之地有能立国安邦的千古宝贝,彼时帝已无力回天,开始命人对重庆搜查。大西王张献忠得天机之后,进攻四川,深入重庆,对重庆发起战乱,杀尽四川人,据说也是为了找到秦氏之人。"

"彼时,飞天神鸟凤凰血脉秘密的当代保管人为保族人和凤凰血脉秘密的安全,偷偷将携带血脉秘密的神鸟隐藏,将族谱一分为二,让最信赖的手下带着下半册的族谱和继任凤凰血脉保管人逃往北方,自己则带着族人逃向四川等地。"

余鹏飞念完,发现厚厚的一本书写到一半就没有了下文,刚子说道:"这还有那么多空白的地方,怎么不写了?"

"我猜,当时情急之下写了这些,可能当时凤凰血脉的保管人想着若能平安归来,再继续写,结果就一直都没有回来。"

刚子叹了口气:"每一代人都有每一代人的无奈啊!当时的保管人一定想自己的家族和凤凰血脉安安稳稳的,可惜啊,一走就再也没有回来。"

刚子翻着族谱,最后一页却写着几个字,他问余鹏飞那是什么。

"上面写的是飞天神鸟的特征，说它头顶太阳，口中携珠，振翅欲飞，它的头上、翅膀上、背上、腹部和胸前都有着世间最珍贵的东西，可使人长盛不衰，是人们最向往的宝藏。这大概是秦家人想留给后人一个线索吧。"

余鹏飞又翻了一页，眉头皱了好久，刚子慌忙上前看了起来。

"秦氏自知罪孽深重，将飞天神鸟丢失一只，恰逢乱世中，怕另一只神鸟也被贼人惦记，于是将凤凰血脉的线索藏在一块叫'鹏'的玉石中。"

余鹏飞喃喃地说着："最珍贵的宝藏？长盛不衰？"

刚子不解："我怎么觉得说的是别的意思呢，先不说是不是金银财宝之类的，可什么东西才能在凤凰的头上、翅膀上、背上、腹部放下？而且还能将秘密的线索藏在一块玉石中？"

"那就说明，我们手中的'鹏'真正的秘密还没有被我们发现。"

余鹏飞说着，让刚子拿出干净的口袋，将书轻轻放在背包里准备带出去。

继续往前走，还有一间墓室。这间墓室里大多都是石墩子，刚子笑笑："秦家人真是谨慎，这是防止那些用心不良的人，就算他们进来了也找不到重要信息的藏身之地。"

余鹏飞无奈，看着空空如也的墓室，除了有几个石墩子之外，再无其他。他上前敲了敲石墩子，果然每一个都发出空空的声音。

余鹏飞挥挥手，对刚子说道："来吧，砸吧，具体哪一个里面有惊喜砸了才知道。"

刚子看了看四周："这可就剩下最后一间密室了，估计再就没有线索了，那边就是暗河了。"

说完，刚子挥着锤子，将几个石墩子都砸开，余鹏飞见每一个里面都有东西，一一拿出来仔细地看。

他先是拿过第一个石墩子里面的竹简看着："顺治五年，兹有秦氏奴仆张进，奉家主秦越鹏之命回到酆都看管族墓，在此繁衍子嗣，永不得离开，待有持下半卷族谱之人，才可解脱。"

余鹏飞又拿出第二个石墩子里面的竹简继续看着："明崇祯十七年，家主秦至鹏自尽于主墓中，弥留之际，指人带垂髫之年新家主秦越鹏去往北方逃难，余下族人则前往四川避祸，因在四川受扰，族中之人被张献忠竞相残杀尽亡。奴仆张进带新家主秦越鹏奔向北方，繁衍子嗣。"

刚子听完点点头："就是说，当年秦家还真的出事了？"

"嗯，崇祯皇帝到后期的时候开始相信迷信之流的话，还真被人算出重庆这边有能安邦兴国的东西，于是开始让人来找。但这事不知怎么的，让当时刚刚拿下武昌的大西王张献忠知道了，所以张献忠准备下手四川和重庆，对这里的人痛下杀手，其中的一个原因就是为了找凤凰血脉。"

余鹏飞眼神一冷，仿佛置身当时的事件里："后来秦良玉不堪四川人受苦，开始奋力抵抗张献忠，我若记得不错的话，当时的秦良玉已经六十岁的高龄了，可见当时的局势多么紧张。"

刚子顺着他的话继续说着："后来，有人知道了秦家守护着凤凰血脉的秘密，所以当时秦家应该是知道纸包不住火了，匆匆隐藏好凤凰血脉秘密之后，开始逃亡，一路去了四川，被张献忠屠了全族，另一路继任家主秦越鹏和奴仆张进去了北方，一点点地发展到了秦今明这一代人。"

余鹏飞想起一件事情，对着刚子说道："我想起一个事情，之前和秦灵灵在四川的时候，我们去找了一口枯井，听说那口枯井上以前压了一只汉白玉大凤凰，后来秦今明还让王文的父亲模仿着雕刻了一只，那只假的现在还放在王文家后山的山洞里呢！"

"还有，当时我们去那口井的时候，村子里的装扮和今天我们看到的一样，像祭祀一样，有铃铛和布条，当时秦灵灵还说是不是祭祀用的，最主要的是，那口井里死的都是秦氏的人，据说是当年张献忠在四川大杀特杀，后来明末的女将军秦良玉看不下去了，奋力抵抗张献忠，救了一部分的秦家人，人们后来为了感恩秦良玉，也为了纪念秦家人惨死的冤魂，建了那口井。"

"这么说来，那口井里的人有可能就是当年何家坪村的秦家人，毕竟很多地方都吻合了，他们是巫国之后，所以后代们也继承了一些巫族的习俗。"刚子点点头，帮着把每一份竹简都装好。

余鹏飞点点头："怪不得，当时那个守候枯井的大爷说他是在守护秦家人。"

余鹏飞和刚子放下石板，把竹简和书籍装好，沿着墓室又仔仔细细地看了一遍。

回到祖先安寝的墓室里，余鹏飞叫住了刚子，让他帮自己拿着包，自己则掏出木娃子给的香，将它点燃，插在石床前的香炉里。

余鹏飞看了看望不到头的石床，走到最中央的位置，朝着所有先人磕了三个头，之后和刚子离开了。

外面木娃子正在等着两人，见两人出来了，他很是开心，迎上前帮着拿包和工具。

"鹏子哥哥，刚子哥哥，事情还顺利吗？"木娃子问道。

余鹏飞点点头："还算顺利吧，只不过依旧不知道凤凰血脉在哪里。"

刚子和木娃子在前头说笑着先行离去，余鹏飞则转过头看着面前的一个个坟冢，不由得感慨万千。

这些人都是秦家奴仆张进的后人，却世世代代为了守候自己的主人而永远留在这里不能离去。

人人都道，坟冢面前惊三惊。

可有谁又想过，自己和坟冢里面的人又有什么区别。每一个人都是这世间的过客而已，去黄泉的路上也不过是先来后到而已。

可有的人就像眼前的张进后人一样，同样来这世间走一遭，却要为别人而活着，不知道到头来他们是否有过后悔。

能让一个家族的人世世代代信守诺言，居于一方天地中，余鹏飞对长眠在此处的先者们深深敬佩。

他走到这些张进后人的坟前，深深地磕了三个头，表达着自己的敬佩和感激之情。

三人匆匆下了山，远远地，余鹏飞和刚子就看见秦族长拄着拐杖在等着二人，见到二人下山，起身迎了上去，眼中带着希望问道："怎么样？有发现了吗？"

余鹏飞明白老人的心思，轻叹一声说道："我们回去说吧，一言难尽。"

余鹏飞搀扶着秦族长回了堂屋，将书籍和竹简轻轻一放，把事情事无巨细地都告诉了秦族长。

当秦族长得知自己的姓氏之后，满眼泪花，一边笑着一边说道："事到如今，我们总算知道自己的姓氏了。可惜我的祖祖辈辈都没赶上好时候，他们到死都想知道自己的姓氏，如今这一天终于被我等来了，就算将来有离去的那天，我也能安心地离开了。"

余鹏飞又说道："到如今，我们也算知道凤凰血脉和秦氏之间的关系了，只可惜依旧没有找到凤凰血脉的藏身地。"

秦族长眼神暗淡，叹了口气："你能拿着下半卷的族谱来找我，已经说明了你就是那个天选之子，不是没找到，是你没悟透。人生在世，有些事情能让你参与其中，那是老天给你安排的，你好好想想手里的线索，一定会找到凤凰血脉最终的藏身地的。"

从秦家走的时候，余鹏飞和小杨、刚子还在想着秦族长的话，刚子一边开车一边挑眉："秦爷爷的意思是不是说我们笨啊！没悟透不就是说没猜出来吗？"

小杨摆摆手说道："不对，秦爷爷一定是看透了事情的本质，他说得对，余鹏飞能拿着族谱去找他已经说明事情就该结束了，或者说已经离事情真相大白不远了。"

真相大白？余鹏飞轻笑一声，事情离真相大白还远得很，小杨根本不知道这凤凰血脉的背后有多少人在盯着，但凤凰血脉最终一定是要被自己先找到，这样自己才能拖住所有人，为父亲争取一点时间，将所有人一网打尽。

眼见着中午，三人在外面随便吃了一点东西，余鹏飞让刚子打听一下，丰都或者重庆历史上有没有什么特别出名的鸟。

吃过午饭，余鹏飞之前让刚子找人问的事情有了着落。他让刚子打听一下丰都最近几十年里有没有发生什么稀奇的事，比如跟凤凰相关的。

余鹏飞和刚子刚回到别墅，秦灵灵也回来了，只不过看上去很疲惫。

余鹏飞问道："都还好吗？"

秦灵灵点点头，笑了笑，那眼中让余鹏飞看出了一丝丝开心，似乎这一趟出去让秦灵灵遇上了什么比较开心的事情。

"没事，你们在做什么？"

刚子听见客厅里秦灵灵的声音，快速将背包里的书籍和竹简处理好之后，悄悄地放进了房间的保险柜里。

随后他像个没事人一样，拎着毛巾擦着刚洗的头出来说道："我们都无聊死了，你吃饭了吗？"

刚子将秦灵灵的注意力成功转移，秦灵灵不再过问。

刚子本地朋友很多，几个小时就打听到了消息。说是2001年的时候，丰都县高家镇秦家院子墓群出土了一只巴渝神鸟。

看到"秦家院子""神鸟"的字眼,三人隐隐觉得不对劲,秦灵灵上网搜索了相关资料。

"这神鸟怎么感觉和凤凰血脉图案有些相似的地方呢?"秦灵灵将网上的图片给二人看了看,巴渝神鸟和凤凰血脉图案的头上都有一顶"烈日"。

余鹏飞说道:"除了这个,秦家院子也不对劲,秦家肯定有些什么关联是我们没找到的。"

刚子接着电话从别墅外面回来,一边说着话一边给余鹏飞和秦灵灵手势,他将电话挂掉说道:"走吧,我们找到了一位当年发掘巴渝神鸟的工作人员,他带我们去三峡博物馆里看看那只巴渝神鸟。"

两个多小时以后,三人来到三峡博物馆。接待三人的是一个六十多岁的男人,戴着眼镜,穿得简单干净,笑起来十分和善。

刚子上前叫着他"叔叔",转身向余鹏飞介绍道:"鹏子,这是我叔叔于力,当年挖掘巴渝神鸟的工作者之一,你可以叫他于叔叔。"

说完又介绍着秦灵灵:"这是他的女朋友。"余鹏飞两人礼貌地跟着叫声"于叔叔好"。

几人一边走着,于力一边向几人介绍着:"三峡博物馆,也称为重庆博物馆。是国家第一批一级博物馆,由西南博物院转变而来。全馆珍藏文物十万余件,种类繁多。文物历史悠久,最早可追溯到四川旧石器时代。馆内珍藏的历史名人手迹也很多，例如明玉珍、张献忠、秦良玉等。"

于力一边推开走进博物馆的门一边说着："这里藏着很多代表巴蜀文化的文物，历代文物更是数不胜数。"

进了博物馆，几人直接奔着巴渝神鸟走去，于力很热情地为几人介绍当年的事情："当年发现巴渝神鸟的时候，它还是一堆碎片，之后才拼成现在这模样的，全世界仅此一只，无可替代。"

几个人走到一个展示柜子面前，余鹏飞霎时间被面前这尊高约三十厘米的陶鸟吸引了目光，因为它比余鹏飞之前从网上图片看到的更加令人震撼。

这只陶鸟造型奇特，振翅欲飞，栩栩如生。余鹏飞终于明白了为什么于力要用无可替代这个词来形容巴渝神鸟。

迄今为止国内乃至全世界，从未在古文化的书籍资料里，或者墓葬出土的陪葬中发现类似巴渝神鸟的文物，巴渝神鸟是世界唯一一份。

巴渝神鸟，它双翅展开，曲颈纤长，头部高昂，目视前方，全身呈现为淡朱红色，头顶一块扁圆的圆盘，双足并站，似乎正要起身飞翔。

于力给几个人说了声"抱歉"，暂时出去接了一个电话，留下几个人观看巴渝神鸟。

秦灵灵望着面前的陶鸟，诧异道："为什么说它是凤凰呢？"

余鹏飞隔着玻璃柜子转圈，从不同角度细细打量巴渝神鸟："这只巴渝神鸟口里衔着珠子，头上一个圆盘，尾巴却不见了。"

"古人的确有'凤凰衔珠'这个词,而且这个尾巴会不会是一个长长的凤凰拖尾,因为年代久远,鸟的身子承受不住尾巴的重量,所以断裂丢失了?"

正说着,于力挂了电话回来,对着余鹏飞笑着说:"我来看巴渝神鸟好几次了,每一次都能被它的魅力所折服。不过,有人说重庆的地图本就是一只神奇的凤凰形状。而且呢,当地人有一种说法,虽然不常见,但我觉得跟这个有关系,就是人死后会在墓里用些凤凰的元素,祈求寓意更好。"

"确实,看实物要更加美观神奇,这只鸟的造型太独特了。"余鹏飞点点头,又问了一下当年发掘它的相关事情。

"当年以为它就是一个泥质的罐子,哪承想是这么一只震撼眼球的神鸟,据说当年跟它一起出土的还有一份帛书,只可惜遇到空气瞬间氧化了,当场有人看清了几个字,一个是'礼'字,一个是'义'字,还不等看清,整个帛就灰飞烟灭了。"

"礼?义!"余鹏飞和刚子同时叫道,将于力吓了一跳,忙问怎么了。

刚子找借口说道:"没事,我俩纯属好奇,呵呵。"说着干巴巴地笑了两声,他和余鹏飞对视一眼,就知道对方心里想着什么。

礼、义,和幼江口中被炸掉的石碑上的字一样,但余鹏飞和刚子却仍是一头雾水,没有什么其他收获。

回去的路上,二人情绪有些不佳,迫切要找到凤凰血脉秘密的余鹏飞,开始认真地思考起这几天自己的所见所闻。

他想起这几天自己和刚子在丰都各大景观看到的凤凰血

脉的图案，在脑中拼命将它们联系在一起。加上在秦家族墓里看到的那句话：凤之所向，众鸟随之。那么也就是说，凤凰密码"鹏"的用法和秦家族墓里的凤鸟摆阵一样，全部朝向一样的地方，就是凤凰血脉秘密的中心位置。

余鹏飞将自己的想法告诉了秦灵灵和刚子，三人得出一个结论：根据"鹏"中五只小凤凰的相同朝向，将它们按地名放在丰都的地图上，惊奇地发现这五只凤凰共同飞往的方向是名山。

"名山？"秦灵灵看着地图上被凤凰们圈起来的名山位置，陷入了沉思，看了看余鹏飞又紧张地问道："确定是这里吗？"

余鹏飞眉心微跳，背在身后的手互相用力捏着，表面看似平淡，实则心跳如雷，凤凰血脉的最终藏身地终于找到了！这一切终于到了最重要的时刻，他怎么能心中不激动？

刚子在一旁暗暗地看着余鹏飞，同样也是心中澎湃不已，事情终于有了着落。他又暗暗看着秦灵灵，肯定地说道："是这里没错。"

说完他和刚子交换了一下眼神，暗暗地注意起秦灵灵的表情。发现她在听完凤凰血脉藏身位置就是名山之后，似乎喘了个大粗气，好像心里放下一块大石头。

紧接着眉间微微上了喜色，眼中露出兴奋，嘴里也说着："太好了，我们终于可以结束这一切了。"

余鹏飞弄不懂这话的真假，心里却越来越凉，在他看来，此时的秦灵灵定是完成了崔丰实交代给她的任务。

"叮铃……"

余鹏飞的电话响起,他无奈地叹了口气:"那珠子多少钱啊?之前看凤饮的龙大叔拿着,人家也没什么激动情绪啊!"

秦灵灵一时间没理解余鹏飞的意思,踮着脚看向他手机的来电显示,突然大叫:"这老东西,他缠着你要做什么?"

余鹏飞嘴角抽了抽,瞧着秦灵灵这架势有种把自己老爹扒皮抽筋的感觉。

"喂?"

余鹏飞接起电话,眉头紧皱,顿了几秒没好气地说道:"我知道了。"

秦灵灵忙问什么情况,看样子是真的担心他。

余鹏飞也不怎么高兴,说道:"于小日的车在外面等我,你们先休息休息,现在凤凰血脉的藏身处已经确定了,就是名山,等我回来,咱们就去找出来。"

余鹏飞重重吐了一口气,似乎蓄力而发:"这回,事情真的要结束了。"他给刚子递了个眼神,便拿起衣服和手机走出去。

秦灵灵见状又跑回了屋子里,将门关上,刚子悄悄跟上,发现她又在给谁打电话,声音不如上次的清楚,只能知道她在讲话。

另一边,余鹏飞和父亲又回到那个浴池,余鹏飞咬咬牙说道:"你知道你现在给秦灵灵什么感觉吗?"

余大阳眨眨眼,看着儿子无辜地问道:"什么?"

余鹏飞拿着毛巾指着父亲:"你现在给秦灵灵的感觉,

像个不正经的老变态。"他本以为父亲会生气,结果余大阳哈哈大笑。

"不只她那么想吧,其他人都这么以为的吧!"说完,他露出一副毫不在意的样子,朝身上扬着水。

余鹏飞其实挺佩服他爸的,脑袋聪敏,做事该油滑的时候油滑,该正经的时候正经,身手了得,真是集天下好男儿的优点于一身。

他把发现凤凰血脉的藏身地点的事情告诉了父亲,余大阳点点头:"这么说事情差不多该收网了。"

余大阳要给儿子搓背,余鹏飞硬是拗不过父亲。此时,他想起了小时候,每次洗澡的时候,父母都要连哄带骗的,就像现在一样。唯一不同的是,母亲不在了,父亲也老了,自己也成了一个年轻人。

"我们收到消息,秦桑尤早在很久以前就回国了,国外的是个替身。今天上午的时候,确定了消息,她在丰都,把你找来就是想告诉你小心一点,那个女人可是个不简单的人。"余大阳一边给儿子洗澡一边说着。

如果说刘文庚是个胆子大、行事鲁莽的匹夫的话,那么秦桑尤就是个隐藏在黑暗中的蟒蛇,吐着危险的芯子,准备随时要了人的命。

"那注意崔丰实的动向不就能观察出线索吗?"余鹏飞说道。

余大阳无奈一笑:"坏就坏在他丝毫举动都没有。"

余鹏飞刚想说话,突然响起敲门声,余大阳给了他一个眼神,余鹏飞赶紧转过身子装作给他搓背。

"进来。"余大阳声音低沉，透着慵懒。

门外站着一位黑衣保镖，恭敬地对余大阳说道："于先生，崔老板让你尽快回去，说是有突发事情。"

余大阳瞥瞥保镖，没好气说了声"知道了"，保镖退了出去。

"突发事情？能有……"余鹏飞正说着，自己的电话响了起来，见是刘文庚打来的电话，他看了看父亲，后者示意他接起。

余鹏飞开启扩音，刚说了一个"喂"字，就听电话里响起刘文庚不怀好意的声音，电话里还传出女人的"唔唔唔"声音，好像嘴巴被封住了一样。

"余鹏飞，咱们也别绕弯子了，你的两位朋友都在我手里，我也是刚刚得到消息，说凤凰血脉在名山，我就在这里等你，你晚来一分钟，我就先朝那个女的下手，这黑漆漆的夜里，被鬼城的使者勾去一两个鬼魂有什么不正常的？你说呢余鹏飞。"

刘文庚话音刚落，刚子的声音在那头传来："你个老混蛋，快把那女的放了。"紧接着就是拳头的声音，再之后电话就没了声音。

余鹏飞看向父亲，发现他一筹莫展，似乎在想着重要事情，"怎么了？"

"不对劲。"余大阳眯着眼睛，在脑中将所有事情快速地想了一遍，问道："凤凰血脉在名山的事情，你还有跟谁说过吗？"

余鹏飞肯定着："那不可能，在你打电话的前五分钟我们才敲定这个事情的,只有秦灵灵、刚子和我。"

余大阳想了想,忽然一笑,眼睛清明:"原来他还是刘文庚的人啊!"

"他?谁啊?"

余大阳起身穿好衣服,嘱咐着儿子:"刘文庚以前安插在崔丰实身边的人,不过他对你没威胁。"

余大阳看着正手忙脚乱穿衣服的儿子,语气前所未有地严肃:"今天晚上可能就是警方收尾的时候了,你是至关重要的那个人,要小心。"

余鹏飞垂下眼睑,停顿了很长时间,良久才说道:"你呢?你怎么办?"

他见父亲拍拍胸脯说道:"你不用担心我,我身后是警方,你才是那根火线。"说着他起身走出浴池,跟外面的保镖说了句什么,那个保镖点头应着离去了。

紧接着余大阳又返回来,递给余鹏飞一样东西,说道:"见机行事。"

等到余鹏飞赶到名山的时候,发现刚子和秦灵灵被绑在鬼城的广场上,前面是宽阔汹涌的长江。

不远处,刘文庚坐在一张泰山椅子上,一身白衣,叼着雪茄,看不清表情。

看见余鹏飞身影的一瞬间,秦灵灵大叫:"余鹏飞别过来,快去找崔丰实!"

余鹏飞没听她的,抬抬手算是安慰她,又见两人脸上没有伤痕,刚子朝着自己点点头,心里稍微松一口气。

余鹏飞看向坐在椅子上的刘文庚,那人脸上的疤痕,加上诡异的神情,在月光的照映下格外恐怖。

"刘先生想要什么可以直说,何苦为难他们,再说他们知道什么?"余鹏飞走向刚子直接给他松绑,刘文庚的保镖想上前,被他凌厉的眼神吓了回去。

旁边的秦灵灵跪坐在地上,见余鹏飞先选择了刚子,眼里划过伤痛,微微有些失望。但转头余鹏飞就将她拉了起来解开了绑在手上的绳子,并小声地跟自己解释着:"刚子会点拳脚,先救他会增加咱们的胜算。"

不管余鹏飞心里到底是不是这么想的,但秦灵灵听了后之前的委屈全部消失了,她愿意相信余鹏飞。

余鹏飞将秦灵灵护在身后,拉过刚子,看向刘文庚:"刘老板,求人就要有求人的态度,你这可不是求人呐!"

也不知道怎么的,上次见刘文庚也没见他拄着拐杖,怎么这会儿坐在椅子上还用上拐杖了呢?余鹏飞瞥瞥刘文庚,该不会是自己亲爹动的手吧?

可实际上,刘文庚之所以用上拐杖还是因为他自己。他密室里的宝贝因为时间将至,全部烂成一团,某天早上打开密室的时候,见到一堆枯骨,刘文庚接受不了,摔下台阶,再后来就成了这个样子。

刘文庚摆摆手,下面的保镖齐齐掏出枪指着秦灵灵和刚子。

"你把他们解绑了又能怎么样,逃得能有我的枪快吗?"刘文庚给离自己最近的保镖一个眼神,那保镖顿悟,朝着余鹏飞的脚下开了一枪。

秦灵灵吓得"啊"了一声捂起耳朵，余鹏飞面色没有丝毫变化，拍拍秦灵灵的背安慰着她。

刘文庚"呦"了一声，说道："你们两个小子是练家子？肉挨到我这枪就成末末，呵呵，你们两个还真是不动如山啊！"

刘文庚似乎发现了新大陆，一脸的新奇之色，起身慢步走向二人，接过保镖的枪，指着秦灵灵的脑袋，微微仰着头，看着余鹏飞一字一句地说道："你认为她是你的女人？你小子还是太年轻了。"刘文庚肆意嘲笑着余鹏飞，话里恶心至极，"小小年纪就承受了男人承受不了的东西，你说你怎么就没发现自己头上那顶绿帽子呢？"

刘文庚将枪又向秦灵灵的脑袋顶了顶，吓得秦灵灵趴在余鹏飞怀里。

"她！是崔丰实的人。哈哈！"

刘文庚肆意大笑，转回身子又走回椅子，感叹道："崔丰实的狗还真是多啊！"回头却发现余鹏飞根本不在意秦灵灵和崔丰实的关系，似乎早就知道了一切的样子，眼里都是揶揄。

秦灵灵哆哆嗦嗦地解释着："余鹏飞，我和崔丰实不是他说的那样子。"

余鹏飞则将她再次拉向身后，说道："我知道。"

他这么一说，秦灵灵不明白是什么意思，心里七上八下的，后知后觉地才明白余鹏飞的话，原来自己早就暴露了。

刘文庚不爱看年轻人你侬我侬的，倒是十分佩服余鹏飞戴绿帽子的勇气。他冷笑道："我没什么耐心，一分钟答应我找出凤凰血脉，一分钟之后，我就让人开枪，到时候可不止有他俩死了。余鹏飞你只有一分钟的时间。"

余鹏飞其实在拖时间，他在等崔丰实出现，只要崔丰实能出现，那么事情就有回旋的余地。

很明显余鹏飞根本不配合刘文庚，气得刘文庚咬着牙下令开枪。

一时间几人面前的石板路面都被打碎，石子乱飞，余鹏飞将秦灵灵抱在怀里护着，嘱咐刚子小心。

就在大家以为刘文庚还会继续下手的时候，面前的几个保镖接连应声倒下，刘文庚一时间慌了神。

余鹏飞见状拉着秦灵灵和刚子迅速退后，紧接着远处又跑来一群保镖将刘文庚护在中间，他们紧张地望向来人。

崔丰实拿着枪慢悠悠地走近，可能因为是晚上，他给自己又加了一件外套。余鹏飞看向怀里的秦灵灵，崔丰实身影出现的那一刻，秦灵灵好似有了主心骨一样，不再紧张焦虑，望向崔丰实的眼神中划过几丝希望。

秦灵灵张张小嘴，看着崔丰实，眼里露出担心。余鹏飞看到这一幕，心里有些失望，秦灵灵果然在利用自己。

崔丰实脸上表情意味不明，好笑地看着秦灵灵，之后又瞥了一眼抱着她的余鹏飞，才越过两人走到刘文庚那堆人面前。

崔丰实手里的手枪带着长长的消音器，将枪口朝上，横在自己的头上蹭了蹭给头皮挠痒，身后的人噼里啪啦地开枪将刘文庚的保镖全部打倒。

山上的风有些大，空气中带着长江水的湿气，崔丰实接连咳嗽好几声。余鹏飞见崔丰实每一声咳嗽，似乎都能带走他浑身的力气，那单薄的身影在夜色中显得有些踉踉跄跄，余鹏飞心中一动，崔丰实咳嗽得似乎有些厉害，很少见到有人能咳嗽得连身子都站不住。

崔丰实猛地咳嗽了好久，肺腔中憋得厉害，脸色更加苍白，但眼角的阴鸷未减半分。崔丰实转头看着刘文庚，见他依旧硬撑着坐在椅子上，挺直了脖子看自己。

崔丰实意味深长地弯起嘴角，满脸嘲讽地看着他："怎么，不认识我了？"他把玩着手里的枪，熟练地卸了装，装了卸，又在刘文庚的身上比画着，自言自语道："打在哪里能喷出好看的血花儿呢！"

椅子上的刘文庚早就没有了之前的硬气，看着崔丰实阴恻恻地笑，冷哼了一声："崔丰实，你还真是秦桑尤的好狗。"

"哈哈。"崔丰实被逗得大笑，那模样似乎发疯了，跟之前余鹏飞见过彬彬有礼的样子截然相反。

崔丰实将一只脚踏在刘文庚裆部的椅子上，将左胳膊放在腿上支撑着，懒散地扬扬手枪，身后的保镖拨开队伍让出一条路。

只见两个大汉架着一个满身是血的人走过来，将他丢在刘文庚的面前，那人直接趴在地上一动不动。

有那么一刻，余鹏飞以为那人高马大的血人是自己的父亲，那人被拖来的一路上都是血迹，被保镖手里的光一照，散发着血红色。

"架起来。"崔丰实看着地上的人淡淡说道，两个大汉将地上的人拽起来，迫使他跪着。

崔丰实转向刘文庚，用枪挑着他的下巴，揶揄道："刘老板该不会是不认识这个人了吧？"紧接着故意做出一副吃惊的样子，随后又哈哈大笑。

刚子见状，紧贴着余鹏飞耳语着："这崔丰实疯得不比刘文庚轻啊！"

保镖将刘文庚拽下椅子，把他跟地上那个血人放在一起。崔丰实坐在椅子上，他看向余鹏飞这边，笑容古怪地盯着余鹏飞怀里的秦灵灵。

"何朝阳！我最得意的手下。"

崔丰实抿着唇点点头，又似叹了口气般继续说道："刘文庚啊刘文庚，你说你这些年往我身边塞了多少人，找不到秦桑尤就把眼线安插在我身边。"

"何朝阳是最早的那个人，紧接着好多人，什么蒋玉、魏什么什么的，太多了，我都不记清了。"

崔丰实指了指地上的血人，说道："他何朝阳是第一个向我倒戈的人，结果呢，你们自以为把我玩得团团转，现在可好，最终还是都要死在我手里。当然，刘文庚你真是自己搬起石头砸自己的脚，你推荐给我的最后一个人，是个好人，他可是扳倒你的最强奸细。"

崔丰实感叹着："我得感谢于小日啊！"说着，他的眼神中带着一丝丝安慰，就算旁人不知道崔丰实和于小日的关系，也能从他的眼神中看出这个叫于小日的人一定在崔丰实的心中是个特殊的存在。

的确，时至今日，在崔丰实的内心深处，于小日似乎是他崔丰实最有力最信任的后盾。对于崔丰实来说，于小日可不仅仅是被划拨到自己战线那么浅表的感情，于小日的存在给了崔丰实很多希望。

这话让余鹏飞竟然觉得有几分真的，他见崔丰实指了指秦灵灵："那个女孩儿，是我派在余鹏飞身边的人，一直跟何朝阳对接联系着。"

话说到这里，余鹏飞总算明白了为什么刚刚在浴池的时候，父亲会说那句"原来他还是刘文庚的人啊"。

父亲说的"他"就是指的何朝阳，何朝阳一开始是刘文庚派到崔丰实身边的卧底，结果倒戈到了崔丰实那边，但事实是何朝阳一直暗中将信息提供给刘文庚，就在刘文庚以为何朝阳可靠的时候，崔丰实却玩了一把现实版的《碟中谍》，一直利用何朝阳给刘文庚透漏消息，自己则螳螂捕蝉黄雀在后。

"啪！"

崔丰实将一卷黄纸摔在刘文庚的面前，讥讽道："丰都鬼城的路引，乃阴界唯一可以通行的文书，你这种畜生是要下地狱的，根本不配得到鬼城的路引，不过念在你帮我把余鹏飞弄到名山，我给你弄了一份路引文书。"

崔丰实用枪拍拍刘文庚的脸，凑近他狠狠地说着："好好拿着，这是你下去以后，唯一可以不用做孤魂野鬼的机会了。"说完，看着刘文庚死灰色的脸，崔丰实哈哈大笑。

余鹏飞眼神一冷，崔丰实刚刚的话让他明白了，就算没有刘文庚，崔丰实也要绑架自己来名山找凤凰血脉的。

可是秦灵灵不是崔丰实的人吗？他之前都告诉过秦灵灵，等自己回来他们就去找凤凰血脉，为什么崔丰实还要绑架自己呢？

刘文庚见地上躺着都是自己的人，自知没什么出路了，找到凤凰血脉已经是最后的希望了。可如今这条路也被崔丰实堵死，他才惊觉自己真的要完了。

"何朝阳确实是我安插在你身边最后的底牌，可崔丰实你只是一条看门狗，那凤凰血脉是秦家人的，你是捞不到的。哈哈！"刘文庚发疯地嘲笑着，指着崔丰实煞白的脸，继续骂道："你为秦桑尤做得再多，那个女人也不会怜惜你一分，别忘记了，她当年可以亲眼看着自己父母的尸体被野狗咬碎。"

地上的刘文庚笑得有气无力，余鹏飞看不到崔丰实的表情，他背对着自己，却没了刚刚的轻佻。

崔丰实慢慢回过身："秦天林，让你失望了。"

随着他慢悠悠地说着"秦天林"几个字的时候，刘文庚脸色瞬间煞白，他不敢置信地看着崔丰实。

第二十章 真相大白

一众人聚在鬼城广场上,各怀鬼胎,互相猜忌。

漆黑的夜色中,鬼城大门像极了一头猛兽,正张着血盆大口,准备随时吞噬这几个作恶多端的人。

广场的路灯正好照在崔丰实的后背,迎着灯光刘文庚看不清他的表情,只觉得这一瞬间,崔丰实像地狱里的使者一样要勾走自己的魂魄。

崔丰实踱着步子走到了秦灵灵面前,好似闲暇般欣赏着秦灵灵那张惊恐万分的小脸,一边对着刘文庚嘲笑道:"秦天林,你这招改头换面玩得并不高明啊,你以为没人知道?"

听到秦天林这个名字,刚子脑海中快速闪过一幅画面,他觉得这个名字好耳熟,只是没想起来在哪里听过,他悄悄问向余鹏飞。

余鹏飞皱着眉头,一边暗防崔丰实的靠近,一边在脑中极力搜寻"秦天林"这个名字。刹那间,他想到了自己在哪里听过这个名字,眼中的疑问瞬间清明。

"他就是咱们之前在秦家族谱上排查出来的两个可疑人选之一，一个是秦桑尤，另一个就是他！"

刚子大惊着："他不是三十年前就死了吗？"

余鹏飞朝着刘文庚扬扬下巴，嗤笑道："这不玩的改头换面吗？"

两人暗暗低语着，看似根本没将一旁的崔丰实当回事。崔丰实怎么会跟两个毛小子置气，他苍白的手指挑起秦灵灵下巴，暧昧地看着她，被余鹏飞一巴掌打掉。

"都虚成那样了，还调戏什么女人？"刚子嘲笑崔丰实，言语间毫不忌讳，也不在乎崔丰实是否生气。秦灵灵看到崔丰实硬生生被噎了一下，却找不到话来反驳他，最后没好气地走开。

崔丰实回到刘文庚面前，蹲下身子欣赏刘文庚恐慌的表情。

刘文庚那身昂贵的白色衣服这会儿被大片的鲜血染红，白色与红色的视觉碰撞，让人看得触目惊心。他额前的发丝也随意散落着，被额头上的汗珠浸湿后贴在皮肤上，狼狈不堪，但这一幕却更加取悦了崔丰实，他就喜欢看刘文庚匍匐在自己脚下，称奴装畜的样子。

崔丰实嘴角微微弯起，用手枪的消音器描绘着刘文庚脸上的那道疤痕，愉悦地说道："至于改头换面这一套东西，秦家人从古玩到今，你不算唯一一个，只能说是玩得最低下的一个，论谁能将秦家祖宗这套本事学到精髓，我比你强。"

余鹏飞眉心跳了跳，心中有种不好的预感。崔丰实的话暗有所指，意思太过明显，余鹏飞又联想到他崔丰实是秦桑尤的手下，与秦桑尤关系非比寻常，不知为何，余鹏飞总觉得崔丰实这句话跟秦桑尤似乎有着莫名的关联。

就在所有人都要等着看崔丰实接下来的动作，秦灵灵挣开余鹏飞的怀抱，要奔向崔丰实，被余鹏飞手疾眼快地拉住。

即使这样，秦灵灵戚戚哀哀地望着崔丰实，满眼的心痛，她朝着站起身的崔丰实大喊道："不要！"

可崔丰实哪里听她的，看了她一眼之后，随手拉下自己的头发。

那是一个假发套，摘下之后露出崔丰实本有的光溜溜的圆头，一副小骨架的脑袋，俨然不像一个男人该有的头骨骨架。

刚子不可置信看着崔丰实："这是？"

余鹏飞也皱着眉打量起崔丰实，脑中灵光一迸发，似乎想到了什么。

崔丰实身材不高，皮肤因为生病的原因也比寻常男性白了许多，还总爱多穿衣服，且就算在炎热的夏季，他也是将自己的胳膊严严实实地遮盖着。

崔丰实回到椅子上，眼睛里闪耀着光亮，这是一种重见天日的踏实感。

崔丰实朝着刘文庚的腿上开了一枪，疼得刘文庚啊啊大叫，崔丰实又摆摆手，立马有人上前给刘文庚注射了一针药物。

药水被注射进去之后，刘文庚渐渐止住喊叫，狠毒地看着椅子上一脸狞笑的崔丰实，苍白的嘴唇费力地吐出两个字："混蛋！"

"这是高浓度的止疼针,让你疼多难受啊,我要看着你慢慢流尽鲜血而死。"崔丰实漫不经心地说着,手上比画着枪,瞄着刘文庚,似乎在想着下一枪打在刘文庚身上哪里更好。

"要说你也真是的,二十年前你杀我父母的时候,我岁数也不小了,你怎么就记不住我的样貌呢?"

"二十年前?"刚子低声惊呼,转头想问余鹏飞,却发现余鹏飞正眼神凌厉地看着崔丰实,似乎早就看透了崔丰实的所有把戏。

刘文庚似乎被崔丰实的话吓到,跟跟跄跄着向前,颤抖地仰着头打量起崔丰实,仔细地瞧着崔丰实那张狰狞的脸。片刻,刘文庚似乎不敢相信自己的眼睛,仿佛泄了气的气球一样,蹲坐在地上。他大叫道:"秦桑尤!你这个恶妇!"

秦桑尤!

刚子大惊,这个看似被疾病折磨得很虚弱的男人,竟然就是那个让所有人恨之入骨的秦桑尤!

秦灵灵无声地哭了起来,她不希望秦桑尤走到这一步,可最终还是到了这般境地。

崔丰实挥挥手,手下的保镖将余鹏飞和刚子扣押住,秦灵灵则被拽到秦桑尤身边。她抱着秦桑尤说道:"你答应我的,不伤害他的,你还要他给你找凤凰血脉呢!你……你若真的伤了他,这么多年来的隐忍不就功亏一篑了吗?"

即使秦灵灵哭得声嘶力竭苦苦哀求着,秦桑尤根本不看她一眼。

秦桑尤将刘文庚双膝盖打了两枪，继续说道："说我狠，照你秦天林比可差得远呢！这些年你为了逃避真实身份、夺取凤凰密码杀了多少人，你还记得吗？"

"说到这里，我和余鹏飞可有相同的痛处呢！"秦桑尤接过保镖手里的帽子，戴在头上，很成功挑起了余鹏飞对刘文庚的恨。

见余鹏飞没有动作，只有暗暗咬着牙忍耐着，秦桑尤说道："你可真是好男人，这都能忍。"

一开始，余鹏飞在极力为父亲争取时间，只要警方找到崔丰实背后的秦桑尤，自己才可以有所行动。

可谁能想到，崔丰实就是秦桑尤，她淡淡开口说着自己的故事，神情忧伤，又好似说的事情跟自己无关。

"这些年，有人说我变了，就连你都是。"秦桑尤看着秦灵灵，眼神冰冷，没有一丝情谊，秦灵灵默默哭着。

"就那么一丁点的恩情，你就能把我抛弃了，只为了那个跟你毫无瓜葛的狗屁朋友！现在你是不是又要为这个小子向我开枪啊。"

余鹏飞和刚子一直在琢磨秦桑尤和秦灵灵两人的关系，可秦桑尤话里面找不到两人的直接关系。

"你可别忘了，我这些年是怎么过来的，我为什么要扮成男人讨生活。"秦桑尤怨毒地看着秦灵灵说道。当她见到秦灵灵委屈地望着余鹏飞，眼中爱意甚浓，秦桑尤的心中更是升起浓厚的怨恨。

"我才是你的至亲，是我将你的人生装扮得如今这般美丽，为了你，我可以刀尖舔血，我可以被打得半死，你不要忘记了，我的病是怎么来的。可到头来，你竟然会为了余鹏飞来伤害我，难道我在你的心里连一个刚认识几天的毛小子都比不过吗？秦灵灵，你不该这么对我的！我给过你很多的机会了。"

秦桑尤将枪指着余鹏飞，慢悠悠地下移了几分，正好指在余鹏飞的小腿上，吓得秦灵灵上前抱着她，死命地哀求着："我错了，可是你不要伤害他，他真的可以帮你找到凤凰血脉的，我们现在已经到了最关键的时刻，余鹏飞若是没了命，你这些年就白熬了！"

可即使这样，余鹏飞发现秦灵灵始终不愿意说出真相，她的心底还是维护秦桑尤的。

"余鹏飞，咱们许久之前就打过照面的，你也不用意外。"看着余鹏飞不解的眼神，秦桑尤别提有多兴奋了，在她的心里，把别人耍得团团转是一种刺激感十足的好游戏，"你们最开始寻找凤凰血脉的时候，还是我帮着找线索的。"

余鹏飞脑中回忆着之前所有的事情，跟秦灵灵有关的人？自己又认识的，而且一开始就能参与进来的人，究竟是谁？

"山火！你是山火？"

怪不得这段时间以来山火没了消息，原来竟然是秦桑尤！余鹏飞怪自己反应太慢，那山火两个字不就是"灵"字拆开的吗！

余鹏飞心里狠狠地疼了一下，所以，秦灵灵是一开始就有目的地接近自己吗？什么为了寻找凤凰，什么为了写一本书都是假的吗？

他看着跪在秦桑尤脚下小小一团的秦灵灵，那瘦弱的身躯在晚风中瑟瑟发抖，满脸泪痕地为自己求着秦桑尤，这一幕让余鹏飞一时间有些矛盾，到底哪一面才是真正的秦灵灵。

秦桑尤用枪指了指秦灵灵："当初她是不是拿着一张合照，跟你说那是她跟男朋友的？哈哈，那都是假的，那个男人她秦灵灵自己都不知道是谁，只不过为了做戏给你看而已，骗你的。"

"从秦今明的葬礼上，我就知道了你的存在，于是便命人暗中跟着你，发现你行踪诡异，于是安排她跟你坐了同一班飞机，你就不怀疑为何那么巧合，她就坐在你旁边的位置上吗？呵呵，那个经济舱的座位是我的手下用头等舱换来的。"

秦桑尤说到这里，余鹏飞脑中回忆着自己从天津机场第一次出发的时候，在候机处的座椅上，确实听到旁边的情侣说着头等舱乘客高价换经济舱的事情。当时自己还笑这世界什么人都有，原来那个时候，这些人的诡计就已经用在自己身上了。

"哼，原来当时头等舱高价换经济舱的事情是你们搞的，就是为了跟踪我？"余鹏飞冷笑道。

秦桑尤笑道："你真以为你所有的事情进展那么顺利，都是因为你自己厉害？若不是秦灵灵在你身边将你的消息第一时间传给我，我怎么会帮着你将带着凤凰血脉线索的《丹穴山画》和李渊的龙凤佩送到你面前，在你毫无头绪的时候让秦灵灵帮你，为的就是让你早一日找到凤凰血脉，我好坐享其成。"

余鹏飞冷笑:"那些网站上的信息也是你做的假图片吧?我还在想着谁会把那么重要的东西放在一个网站里让人知道!"

秦桑尤点点头:"聪明。不但如此,那个河南研究周室文化的姜老头也是我帮你搜罗的,虽然他不情不愿的,但还是被我花了高价收买了。要不然,他那样的倔脾气,怎么会随意给两个陌生人看自己辛辛苦苦探寻来的研究成果。"她又回头看了看秦灵灵,对余鹏飞说道:"她求我不要伤害你,可以!但我要看你的诚心。"

秦灵灵被保镖挟持着,不住地摇头示意余鹏飞别轻举妄动,余鹏飞冷笑:"也就是说秦今明是你杀的了?"

秦桑尤说道:"确切地说,是我的人扮成保姆潜入他家,盯着秦今明,但被他发现了,才下手杀了他。"

说罢还笑着解释道:"我本不想像刘文庚阴险毒辣,杀人无数,但这是秦今明自己撞上来的,本来大家都可以好好活着的,就比如你——余鹏飞,其实你也可以好好活着的。"

刘文庚趴地上哈哈大笑,嘴里都是血水,指着秦桑尤恶狠狠地说道:"你个毒妇,还好意思在这里说自己如何高尚,你当你周围都是些干净的人吗?"

刘文庚吐了一口血水,艰难地向秦桑尤的方向移动,嘴里说道:"你可别忘记了,我国外走私的线是什么时候被端的,你的线又是什么时候被端的,难道你真的觉得这是巧合?那么多的能人都败在你手上,为何于小日来了之后我们吃饭的东西全没了?"

刘文庚接着冷笑一声："哈哈，你该不会和我一样，只剩下凤凰血脉这一条出路了吧？"

听到刘文庚的话之后，秦桑尤本指着余鹏飞的枪开始颤抖，仿佛想到了什么惊天大事一样，余鹏飞清楚地看到她眼中划过的伤痛，但转瞬即逝。

余鹏飞暗叫不好，刘文庚成功将嫌疑转到了父亲身上，如果这个时候父亲贸然出现，秦桑尤一定会伤害父亲的。

秦桑尤转过身子，看着地上嘲讽自己的刘文庚，在顿了几秒之后，毫不犹豫地朝他开了枪，虽没一枪要了他的命，但地上的刘文庚只有出的气没有进的气了。

"我没那么多耐心，余鹏飞。"秦桑尤走近余鹏飞，认真地说着，"那个假玉石确实不是我拿走的，那东西被刘文庚从你那里拿走之后，到了于小日的手里，于小日才给了我。但第二次跟你见面之后我才知道是假的，现在，我要你拿出真的凤凰密码。"

"余鹏飞，一分钟，解开凤凰密码。"之前秦桑尤还想着要凤凰密码，这会儿却直接让他解开凤凰密码，找出凤凰血脉。

"你不用推诿演戏，她都告诉我了，凤凰血脉就藏在名山，你若说了我只是少费点脑子而已，你若不说那滚滚长江就是你的归宿。"

秦桑尤朝着秦灵灵扬扬下巴，秦灵灵感觉事情不妙，用眼神示意余鹏飞要小心，自己则努力想挣开身后保镖的压制。

"他是知道地点，但他不知道最终埋藏凤凰血脉的具体位置，你吓他也没用，我就在他身边一直跟着，他真的不知道凤凰血脉藏在名山的最终地方，你需要给他一点时间。"秦灵灵朝着秦桑尤大叫。

秦桑尤皱着眉头，对秦灵灵几乎没什么情谊，淡淡地说着："亏我刚刚听到你被刘文庚劫持了第一时间赶来救你，在我和这个男人之间，你还是永远向着他，你说的话我怎么信?!"

紧接着，秦桑尤似乎想到了更好玩的事情，将手里的枪指向秦灵灵，看着余鹏飞笑意不达眼底："现在，她向着你，我的威胁没用了，那么她对你有用吗?"

余鹏飞眼神一冷，装作自己知道她和秦灵灵的关系，骂道："你还真是个冷血的人，连她都能利用。"

秦桑尤看了看秦灵灵："几年前，是她先放弃我的。"

秦灵灵吸吸鼻子，不再想着挣扎，声音平淡地说道："你放弃吧，从那个时候开始，你就变得不人不鬼，你总说是我对不起你，我若真的放任你去作恶多端，才是害了你。"

秦桑尤不再管她说什么，对着余鹏飞说道："懒得数数，她！你救不救?"说着，秦桑尤朝着秦灵灵脚下的石板开了一枪，吓得余鹏飞心里漏跳了一拍。

刚子见秦灵灵浑身轻颤，就知道她在极度隐忍恐惧，他看向余鹏飞，两人的视线在空中交会。

余鹏飞对着秦桑尤说道："你何苦为难她，她本意是为你好，过得并不比你舒服。"

其实余鹏飞是不了解秦灵灵过去的，她连自己家里的情况都不愿意说，又怎么会跟自己讲起以前的事情，这无非是余鹏飞用来麻痹秦桑尤的一种手段。

秦桑尤将枪放下,无力地回到椅子上。余鹏飞看到她额头上冒着虚汗,脸色疲惫。

"刘文庚和我都是秦家人,这些年我们都在想尽办法去争夺凤凰密码。他改头换貌,我改变自己的性别,为的就是几千年的凤凰血脉。因为大家都是秦氏后人,被放在明面的人只有秦今明一家子,所以他才会被自己的族人杀死。"

秦桑尤望着漆黑的天空,那里似乎飘过自己的一生,有酸有苦,唯独没有甜。"我这一生一直都在仇恨里过着,用尽几十年追求凤凰血脉,为的就是那里面的长生秘术。哼!什么金啊银的,不值得一提,不过都是拿着枪就能解决的事情。相传破解凤凰密码就能得到凤凰血脉,可这东西只有秦家人才能破解,他秦今明是秦家人,我秦桑尤就不是了?!"

夜色渐深,名山上刮起清风,吹得余鹏飞身上有些冷。不远处立着鬼城园区内部位置介绍展示板,"天子殿"的几个字隐隐约约地入到余鹏飞的眼中,霎时间他想起了之前在秦家小女孩儿墓里发现的那首诗。

"光至鹏鸟现,福泽恩禄全;阎罗殿里求成全,竟是世间难得事。"

那块叫"鹏"的玉石,本是一块平平无奇的玉石,是在台灯的照射下才呈现出玉石里面的秘密。

"阎罗殿里求成全,竟是世间难得事。"凭着这句话,余鹏飞想到之前来过鬼城的那个晚上。他在一间屋子明明看到了发光的阎罗像,可转眼再看去就不亮了。

于是,他想到了凤凰血脉最终的藏身地点。可眼前被秦桑尤拴着,自己根本逃脱不了,不但如此,父亲那边还是危险的。

想了想,他垂下眼睑,再睁开时一片清明。

"我答应你。"

秦桑尤看着地上的秦灵灵,在听到余鹏飞的话之后,慢慢抬起头望着他,那眼神爱意缱绻,彼此望着,秦桑尤不由得冷笑一声,笑骂道:"这世间还真有爱情这种狗屁东西啊!"

可此时她的脑子里想到另一个人,痞痞的,却十分有主见。

"给我松绑。"余鹏飞淡淡说着,看了刚子一眼,后者瞬间领会。

秦桑尤盯着余鹏飞好久,不确定话中的真假,但现在的她已经没什么时间了。对着余鹏飞说道:"你最好不要耍什么花样,我手里的枪不长眼睛也没人性。"

保镖们将余鹏飞和刚子松了绑,余鹏飞见依旧不是时机,说道:"凤凰密码中的五只凤凰其实指的不是名山,而是双桂山、龙河、黄龙洞、雪玉洞、南天湖。在这几个地方中,刻着凤凰血脉图案的石头下,都埋着东西。将它们都取出来,拼到一起才是真正的凤凰密码。"

余鹏飞将兜里的"鹏"递给秦桑尤:"这就是你们一直要找的'鹏'。"

"这不就是一块普通的玉石吗,也就年代久远了些。"秦桑尤疑问道,但转眼她就换了想法,"等等,这重量不对!"

余鹏飞说道:"你放在灯光底下看看。"秦桑尤照做,发现真如他所说的,玉石里面大有乾坤。

"这五只小凤凰就代表着我刚刚说的五个地方,你如果想拿到凤凰血脉宝藏就得听我的。"

看着余鹏飞的表情不疑有他,加上玉石在手,秦桑尤思考了一小会儿,便让人动身前往五个地方。

余鹏飞和刚子被推着走在中间,他看了看刚子,微微点头,快速从腰间拿出信号枪朝着天空开去。

开第一枪的时候,秦桑尤的人反应十分迅速,直接跨步过来要拿下他,刚子在身后挡了一下,余鹏飞才开了第二枪,整个名山的天空被红色的信号枪照亮。

这是他跟父亲的暗号,开一枪代表情况十分紧急,不到万不得已不会开枪;开两枪代表秦桑尤出现。

另一边,余大阳看着名山上空亮起了两道红光,快速吩咐手下的人:"组织收网,秦桑尤出现。"

秦桑尤气愤至极,表情扭曲嘶吼道:"秋后的蚂蚱了,还想着反抗。"

她不管其他直接向余鹏飞开枪,余鹏飞来不及躲,被秦灵灵推了一把,那一枪结结实实地打在秦灵灵身上。

余鹏飞都能感应到一股鲜热的血打在自己胸前,他接过瘫软的秦灵灵,见枪口在她的肩膀处,赶紧帮她捂着伤口止血。

即使倒在余鹏飞怀里,秦灵灵依旧喃喃地说道:"别伤他,求你了。"

余鹏飞被泪水模糊了双眼,看着奄奄一息的秦灵灵,嘴里说着:"你怎么那么傻,她不敢杀我的。"

秦灵灵伤口处冒着一股股的血水,手在余鹏飞脸上轻轻抚摸着:"我了解她,她能做得出来。你快跑,不用管我。她已经疯了,她的病没法子治了,她会杀了所有人的,你快走!"

余鹏飞根本来不及思考秦灵灵说的话,只是担心地看着秦灵灵,又焦急地望着四周,祈求父亲的人马来得快一些。

秦桑尤眼见着自己头顶两个信号弹,不由得着急,再拖下去只会让事情更棘手,她心一横,反正凤凰密码已经知道了,先撤了再说。

秦桑尤冷笑着对手下说道:"扔到江里吧,别再开枪了,小心暴露。熄灭灯光,快速分散去那五个地方!"

之后她看了看手中的玉石,玩味地揣在余鹏飞兜里:"它是用很多人的命换来的,就用它送你走吧,你这一生也不虚此行了。哈哈!"

她手下的人动作飞快,把余鹏飞二人麻利地扔进了长江里。余鹏飞挣扎着,嘴里被灌满水,依稀听到岸上的秦灵灵叫着自己的名字,又听见她声嘶力竭地喊着"大姐"。

见滔滔江水将两人快速淹没,秦桑尤带着人匆匆离去,准备去余鹏飞说的五个地方找东西。

可她不知道的是,余大阳动作更快,在她刚刚登上双桂山的路上,余大阳就把她堵住了。余大阳带着警方将秦桑尤一群人围了个水泄不通,这是他跟儿子的计谋,余鹏飞先用双桂山、龙河、黄龙洞、雪玉洞、南天湖这五个地方是真正凤凰密码的所在地的借口来稳住崔丰实，余大阳却在这五个地方暗暗设下了埋伏，一旦秦桑尤出现在这五个地方的其中一处，便可第一时间将她抓住。另一边，警方分多路将名山中的刘文庚等全部收网。

秦桑尤眼见不妙，逐渐地向身后的长江岸边退去，余大阳拿枪指着她，慢慢跟着："你别费那些无用功了，退到哪里我都能把你救上来的。"

秦桑尤冷笑着："我还真是瞎了眼，怎么就相信你了呢！"她眼里有些潮湿，不得不说，刚刚自己拿着枪开向妹妹的时候，都不见她落泪，这会儿居然还伤感起来了。

余大阳啧啧两声："别说得我像是个渣男一样，自古正邪不两立，赶紧跟我回去交代所有事情！"

"哈哈！"秦桑尤大笑着，将头上的帽子一把扯下，看得余大阳一愣。

他怎么就没发现崔丰实就是个女的呢？这头上光秃秃的又是怎么回事？

面对余大阳，秦桑尤心情十分难受。面前的男人是之前苦苦保护自己的于小日，却一转眼变成拿着枪指着自己的卧底警察。纵使秦桑尤混迹商场多年，练就一个狡猾的脑子，也没看出于小日的真面目，她怎么能心中不苦恼、愤恨？

秦桑尤又哭又笑的，已经疯魔了，"回去干什么？嗯？你就不想想我已经很有钱了，为什么要找凤凰血脉？就为了那里面的黄白之物？"

她指了指余大阳："我提醒过你，那里面有长生秘术！"秦桑尤双手一摊，似乎不在乎所有事情的隐藏，说道："其实告诉你也无所谓,我身患癌症已久,花了那么大的代价找凤凰血脉,其实就是为了长生秘术而已。"

"哼!亏你还是富商,你还真相信那东西?"余大阳见崔丰实的枪已经丢掉了,自己收起枪,眼下的秦桑尤已经构不成威胁,自己可以腾出手随时防止她自杀。

秦桑尤摇摇头,闭着眼睛,满脸的无奈。她看着余大阳,说出自己心底的痛:"你不懂那种病痛,每天将你折磨得生不如死,我不是没想过死,可好不容易活一遭,为什么不争取呢?!有钱又如何,人在这世间永远都是最渺小的,连身体里的一个病痛都抵挡不了。"

说完,她看着余大阳咬着嘴唇:"我承认自己还是太感情用事了,你明明只是在针对工作,明明只是想抵抗黑恶,你从来都没把重心放在我身上过。"

余大阳眨着眼睛,什么意思,秦桑尤是说她被自己给吸引了?可他明明什么都没做啊!

秦桑尤苍白的脸庞显出生无可恋,她喃喃地问道:"于小日是你真名吗?"

"不是。"

"呵。"秦桑尤自嘲着,果然如她所想,又问道:"那你真名叫什么?"

"余大阳。"

秦桑尤缓了良久,才逐渐地抬起头,鼻子里的鲜血不断地冒出,就跟余大阳之前在厂子里无意间看到的一样,她的血是黑红色的。

"你的妻子就是被刘文庚杀死的那个?秦今明的情人?"

秦桑尤哈哈大笑,似乎不敢置信余大阳这么快就得到了报应,心里没来由地平衡了一下。反倒是余大阳微微抿着嘴唇,郑重地说着:"不是。"

"他们是至亲。"

一贯嬉皮笑脸的余大阳终于露出严肃:"你们在为非作歹的时候,伤害的正是我挚爱的人,我的爱人始终和我一样,永远站在邪恶的对面。"

秦桑尤扬起下巴,苦笑着:"挚爱?"长江边上,微风划过,江水声淹没了秦桑尤的呢喃:"原来,这东西这么伤人啊!"

她转过身子,望向刚刚秦灵灵倒下的地方,至亲、爱情?她这辈子都没有被爱过,去哪里知道爱情又痛又痒的滋味?

"余大阳,都是命,遇上你都是我的孽缘。"

说完,秦桑尤抹了一把脸上的血,见满手的黑色,眼神坚定,迈起步子越过护栏跳进江里。

余大阳脱掉外套,招呼身后的警员看管好手枪,也跟着跳进江里。几分钟之后,他抱着昏迷的秦桑尤露出水面,顺利上岸。

幸亏秦桑尤跳的地方水势不汹涌,不然余大阳可没有把握能把她救回来。

旁边的大夫正在检查秦桑尤是否有危险的时候,跑来一个警察对着余大阳说发现一个男孩子正在附近,刚刚从长江里上岸。

听到是一个男孩子的时候,余大阳心里一惊,不光自己的儿子,就连刚子有个闪失他都难辞其咎。紧接着就看到刚子浑身湿透地走过来,边走边甩着脸上的水。

余大阳慌忙上前关切地问:"要紧吗?有没有受伤?"刚子摇摇头,他又继续问道:"余鹏飞呢?"

刚子知道余大阳心里担心,指着对岸说道:"你儿子厉害呢,我和他一起被扔进江里,他还在那给我发信号呢!"

发信号?余大阳被弄得一头雾水,转头看向对岸鬼城的广场台阶上,余鹏飞正拿着手电向这边照着,一会儿亮一会儿灭的,打着摩斯密码,说着自己安好。

余大阳终于露出了笑容,臭小子,吓他一跳。身后的警察赶紧把秦桑尤拉走,余大阳看着余鹏飞离开的方向,顿觉不对,准备追上去看看。

见刚子正帮着抬东西,上前说道:"你赶紧回家去,换件衣服别着凉了,放下这个东西,怪重的,这都大人干的事!"

说完,余大阳说自己去追余鹏飞去了,留下一脸蒙的刚子,"大人干的事,我不是大人吗?"

其实在余大阳心中,刚子和余鹏飞一样,永远是孩子,不想让他们受一点委屈。

旁边的警员上前学着余大阳的语调调笑他:"起开起开,这都大人干的活。"

刚子气急:"嘿,我都二十五岁了,我怎么……啊!蒋叔叔?好久不见,我可想死你了。"刚子抱向那人,蒋叔叔是父亲生前的同事,也是看着刚子和余鹏飞长大的,刚子对他和余大阳一样,十分有感情。

另一边，余鹏飞来不及去管身上湿漉漉的衣服，粗鲁地抹了把脸，边自言自语边着急地走进鬼城。

"阎罗殿里求成全，竟是世间难得事！天子殿里，究竟有什么？"

他顺着景区的院子不断绕着路，跌跌撞撞，终于找到了那个天子殿，和他想的一样。

天子殿里隐隐散发着亮光，再仔细看去却什么都没有，就像秦今明卧室里的天花顶一样。

"凤凰密码一定跟阎罗有关系！阎罗？"余鹏飞再次在天子殿里细细寻找起来。

可天子殿里如同上次一般，并没有什么特别的地方。

他看向天花顶，那天花顶是一些劝导人心向善的文字而已，跟凤凰血脉没有任何关系。

他想到兜里的玉石，又将它拿出来细细看了看，还是没有发现什么。

只是因为他的手沾了水，玉石又光滑无瑕，余鹏飞手指滑了下，一时间没拿住玉石，那玉石掉在手电筒的照明灯上，将玉石再次映在天花顶上。

原本，余鹏飞没有当作一回儿事，上次也是这么不经意间在台灯下看到了玉石里的秘密。

他扫一眼天花顶，刚想低头拿起玉石和手电筒，却突然愣住。

天花顶上映着五只凤凰的图形不假，可余鹏飞注意到了凤凰之间的空隙竟都是规规矩矩的圆形。

按说，在一个玉石里面刻五只凤凰便已经很难了，谁又会为了细节将凤凰之间的缝隙都故意修成同样大小的圆形呢，岂不是画蛇添足？

让余鹏飞感觉奇怪的地方不止一处，那圆圆的缝隙孔洞竟然有五个，余鹏飞细细观察一番，有的地方其实没必要再去增加一些圆形的缝隙孔洞，这更有一种多此一举的感觉。

不但如此，他还发现那些圆圆的孔洞透过手电筒的光映在天花顶的文字上，孔洞的大小竟和天花顶的文字大小出奇地一致。

余鹏飞有个大胆的想法，他将玉石放在手电筒上慢慢调整着位置和方向，直至玉石的孔洞纷纷圈住了天花顶的一些文字，此刻，余鹏飞面色煞白。

凤凰血脉的最终秘密，他终于找到了！

天花顶的玉石孔洞透过手电筒的光圈住了五个文字：仁、义、礼、智、信。而这五个字被巧妙地隐藏在一段文字中，若不是余鹏飞拿了"鹏"来，谁又会想到被追寻了千年的秘密就藏在名山天子殿天花顶的一段文字中呢！

"为何是仁、义、礼、智、信呢？这五个字和凤凰血脉有什么关系？"余鹏飞喃喃自语，心中还是充满着谜团。

突然，他想到了幼江说的被炸掉的石碑，和三峡博物馆里巴渝神鸟出土的时候氧化的帛书，都曾经出现过"礼""义"二字。

"这样说来，当初张琪瑛藏在神鸟里的凤凰血脉的秘密就是五常！而秦家人最后保管的那只飞天神鸟，正是三峡博物馆的巴渝神鸟！"

这一刻，余鹏飞顿悟。

是了,他脑中闪现出那些豪杰的名字和五常的"仁、义、礼、智、信"。名字和五德来回在他的脑中转换。

熟悉中国传统文化的余鹏飞对这五个字倒是不陌生,他在脑海中回顾起这五个字的由来:仁、义、礼、智、信被称为儒家"五常",是儒家极力提倡的道德准则,最早由孔子提出"仁、义、礼",孟子在仁义礼之外又加入"智",将其概括为"四端",西汉时期董仲舒又加入"信",将仁义礼智信称为"五常之道"。具体来说,"仁"的核心是善良宽厚、博爱众人,"义"的核心是正直重情、尊贤爱才,"礼"的核心是谦让有礼、有节有度,"智"的核心是洞察世事、才能出众,"信"的核心是言而有信、说到做到。

从古至今,中国读书人毕生的追求就是格物致知、正心诚意、修身齐家、治国平天下,他们用仁义礼智信的道德标准要求自己,矢志不渝追求立言立功立德"三不朽",相比自己生命的长度,他们更看重精神的不朽。

一时间,历史上那些为了恪守仁义礼智信准则而付出生命的前辈,源源不断地涌入余鹏飞脑中:从屈原、文天祥到于谦、史可法、林则徐,再到赵一曼、董存瑞、黄继光,一代又一代中华儿女为了这五个字赴汤蹈火、舍生取义,而他们的牺牲,也唤起了无数仁人志士的心中之火,最终赢得了天下太平、人民安定。

想到这里,余鹏飞恍然大悟:仁、义、礼、智、信,不正是实现天下长治久安的方法吗?它是华夏儿女在几千年历史长河中沉淀形成的可贵品质,早已熔铸进了中国人的灵魂深处。相传得到凤凰血脉就能得到天下,原来这个血脉不是凤凰的血脉，而是在中华民族中相传万代的精神血脉。可惜古代的一些帝王却不懂这么简单而伟大的道理，以为得到凤凰血脉就可以坐享天下，长生不死。殊不知，真正的血脉是恪守"五常"之德，不能身体力行，得到凤凰血脉又能怎样？照样是万夫所指，身死国灭。

余鹏飞终于参透了凤凰血脉的秘密，但此刻的他却像被抽空了一样，坐在地上，低下头痛哭起来，他想到了自己的母亲。

在她母亲方小兰生前，自己并不理解她，还怨恨她为了情人抛夫弃子，万万没有想到，母亲费尽心血守护的竟然是这样一个传承千年的民族品质。思念、悔恨、内疚、激动，种种感情一起涌上心头，将余鹏飞紧紧环绕。

余大阳此时从后面匆匆跟上来，见儿子安好，便暗暗地放下了心。

紧接着他看着天花顶的一幕，愣在了原地，他的头顶上，赫然就是千百年来天下人追寻的凤凰血脉！

他走到儿子身边，也跟着坐在地上。他的挚爱正是因为面前的东西殒命的，他怎么能不痛心。

余大阳掏出上衣兜里的信，这是在事发前浴池内，余鹏飞拉着要走的自己塞给自己的，那是余鹏飞在秦家小女孩墓里找到的信，是方小兰留给自己的信。余大阳打开信，再次看着上面娟秀的字迹，仿佛妻子方小兰那张温柔的面庞又出现在了眼前。

大阳，如果有机会你看到这信的时候，可能事情已经发生得不可收拾了。我是秦家的孩子，叫秦鹏临，是秦今明的亲姐姐。

那年，我刚出生十几天，父母就宣布了我的死讯，将我偷偷送给方家，在两个月以后我成了方家刚刚出生的女儿方小兰。

在我生下儿子不久，我发现有人在偷偷地跟着我，他们却又不伤害我。

后来我才知道，跟着我的那几个人是我的亲生父母和我至亲的弟弟。经过几十年，他们终于承受不住骨肉分离之痛，常常在角落里偷偷地望着我和儿子。

后来，我们相认，我也知道了秦家所有的秘密。

你和秦今明的初相识始于一场车祸，那场车祸中你是为了救我而来，却不知道，那个时候我们已经相认了，并开始踏上了寻找秦家人守护的凤凰秘密之路。

秦家人世代守护着一个秘密——凤凰血脉。传说它有至高无上的宝藏，开启宝藏的密码一直被我们保管着，我们称它为"凤凰密码"。这些年来，自从我知道所有事情以后，就开始想着为秦家人谋一条生路，族人的互相厮杀太过残忍，我不想我的儿子、我的丈夫身陷囹圄，像我的先祖一样，一生都活在族人的互相厮杀中。

可即使这样，我们还是斗不过那些人。所以一开始，父母便将我改头换貌换了身份，用死亡来逃脱身份，保管秦家的凤凰密码，让我置身事外。

而我的弟弟秦今明则是明面上那个本代的凤凰密码保管

人，用来转移所有人的目光，承受着族人的攻击。别人以为我背叛了你，根本不存在的，那不过是我跟秦今明的计策罢了。

大阳，你那么好的一个人，跟你做一天的夫妻，我都会感觉到三生有幸，这世上哪里还有男人比得过你，只有这样，你和孩子才会安全。

信的结尾是方小兰絮絮叨叨说着这些年的爱意，余大阳每看一次心就痛一次，若不是儿子在身边，他会像一个风烛残年的老人一样，痛苦地活在这个失去了挚爱的世上，苟延残喘，孤独终身。

"在刚刚，我收到消息，之前向我们警局递举报信的人正是秦今明。"余大阳说完，余鹏飞抬起头看着父亲，片刻，他便似乎明白了一切。

余大阳无奈一笑，那笑中有些沧桑和悔意，他继续说道："不但如此，他还给我写了一封信，只是那信因为邮寄的原因，兜兜转转几个月才到我们警局。刚开始以为是普通的信件，直到有人看到上面的寄件人是秦今明之后才联系我。"

秦今明在信里说了所有事情的始末，方小兰死后，他自知姐姐的死因不明，怀疑他杀，同时感觉自己已经被人盯上，他便开始加快破解凤凰密码的速度，希望在那些人对自己下手前，能将凤凰血脉找到。

可自己哪里是那群丧心病狂的人的对手，姐姐已经死了，若是那些人顺着这条线找到余鹏飞，后果不堪设想。

秦今明自知自己早晚会死于那些人之手，就算将事情都告诉了余大阳，可凭着余大阳和余鹏飞两个人根本不是那些人的对手。

于是他将这些年搜集的秦桑尤和刘文庚的犯罪证据通通交给警方，一则可以打掉这两个犯罪团伙，二来可以用警方的力量保护余鹏飞。而自己开始参与找出凤凰血脉，研究起凤凰密码。

余大阳猜，在秦今明的保姆栾姨要休假回来的时候，秦今明发现了自己身边的漂亮保姆是秦桑尤的人，这才没了命。

在此之前，他为了以防万一，在老宅里的祠堂给余鹏飞留下模棱两可的信息，告诉余鹏飞实情，又怕那些人找到祠堂暗格看到信件，所以用假玉石和假族谱来干扰那些人。

看着天花顶上被圈出的文字，余鹏飞喃喃地说道："原来，安定天下和长生之术的秘密隐藏在这里啊！阴阳调和、浴火重生、五德兼备，这才是凤凰血脉的最终奥义！"

他又想起了之前得到的《丹穴山画》中的隐藏画——刘邦嘲笑秦室的那幅《凤凰幽居图》，现在想来刘邦当初早就悟透了凤凰血脉的意义，所以才有了与关中父老的"约法三章"。因为他知道，不履行五德，天下必不会长久。

在河南的时候，他和秦灵灵找到了一位研究周室文化的老者，看到笔记中记载着得到继承凤凰血脉秘密的女子就能得到天下，当时秦灵灵还说为何纣王的后宫中已经有了这样的女子，却还是灭亡了，自己当时还嘲笑纣王，说他为君不仁。现在想来，正是因为纣王没有履行凤凰血脉的奥义，荒诞行事，才失了天下。

丰都高家镇秦家院子出土的那只巴渝神鸟就是当年张琪瑛交给秦氏保管的另一只飞天神鸟，而秦氏一直保管着凤凰密码，余鹏飞的母亲方小兰就是本代密码的保管人。

"秦氏？"余鹏飞抬起头，眼睛微红，"秦灵灵也姓秦，她也是秦氏的人？"说着，余鹏飞想到了自己落入长江的前一秒，似乎听到秦灵灵撕心裂肺地叫着秦桑尤"大姐"。

这几个月以来，他对秦灵灵早已情根深种，就算自己之前有预感她是秦桑尤那边的人，可当真相摆在眼前的时候，余鹏飞还是很心痛。

余大阳看着抽泣的儿子，心疼不已，安慰道："这是你这辈子一定要经历的过程，别担心，如果她真的不是主谋，还好好地活着，你们还有可以见面的机会，到时候好好问问她。"

他想开口说自己和方小兰，但一想到方小兰是儿子心中最大的痛，也就什么都没说。

余鹏飞抹了一把眼泪："对了，刚刚秦桑尤说，秦今明是她安排人杀死的。"

余大阳点点头："人已经全部抓走了，接下来就看警方的了，我们该歇歇了。"余大阳怕儿子伤心，赶紧转移话题，站了身子，看着天花顶上精致的凤凰，不由得感叹道："古人的智慧真是博大精深，将这么一只精美的凤凰隐藏在小小的一块玉石中，传承千年而不褪色！"

不一会儿，刚子气喘吁吁地找来，见余鹏飞好好的，重重喘了一口气，说道："我以为你们爷俩怎么了，吓死我了，没事就好。"

余鹏飞看着二人，说道："爸，刚子。你们还记得之前龙大叔说的凤凰护卫队的事情吗？"

刚子点点头："记得，怎么了？"

余鹏飞继续说道："他说外国轰炸重庆的时候，炸了一块石碑，凤凰护卫队的人只拍到了那石碑碎裂前的一角，后来被幼家人口口相传保存了下来。"

余鹏飞指着地上的印记："其实那块石碑最开始的时候在这里，后来有人挪到了外面，恰好被炸了，那石碑上记载的正是五常的'仁、义、礼、智、信'……幼家人口口相传的东西正是当年张琪瑛藏在神鸟里的五德，后来那石碑的碎片就沉在南天湖的梦悦湖底。"

"所以，我妈墓里的那首诗说的是凤凰血脉的最终藏身点，而这块玉石有两道秘密：第一道是标注了平都山的位置，第二道就是最终的秘密。可是……"

余大阳不解："儿子，你想说的可是什么？"

余鹏飞仰着头望着天花顶上玉石被光映出的凤凰纹路，继续说道："可是我们在岩棺群石洞中发现的那个小瓷牌上的诗，说的就是平都山，我断定应该是有人猜到了名山下有不可告人的秘密，而名山又像秦始皇陵一样，挖不得动不得，所以抱憾终身，写了那样的诗。而这个人也许就是吴三桂的人，那人也许到最后发现了真相。岩棺群石洞一直有个传说，到石洞中躺一回的生人，日后都是长命百岁，而那人在知道真相后，心灰意冷，到岩棺群石洞中祈求借助石洞让自己延年益寿，长生不老。"

刚子一愣："那你是说，名山底下还有秘密？"

余鹏飞摇摇头，叹息一声："谁知道呢？华夏儿女自古就懂得藏形匿影，就像这凤凰血脉，数千年来不知道要了多少人的命，历经了数不尽的繁华盛世，依然能在历史长河中流传至今，可想而知，古人的智慧并不是我们几个人能参透的。不过不重要了，凤凰血脉的终极秘密我已经知道了，剩下的就留给后世人解决去吧。"

余鹏飞看着天花顶的文字问刚子："这片文字在这里好久了吗？"

刚子摇摇头："不清楚，我来了几次都没注意头顶的天花顶，不过，小杨之前说过，这里的大部分东西都是建庙以来就有的，但也许这片文字正是张琪瑛之后的秦家人留下的，为的就是提示后人凤凰血脉的最终秘密。"

余鹏飞点点头："这片文字有些模糊了，看起来年代久远了，像是雕刻上去的样子。"

第二天一早，余鹏飞从警方那里得知，刘文庚交代了所有事情，而秦桑尤病情加重，想要见上他父亲一面。

他向警方询问秦灵灵的下落，得知秦灵灵不知所终。挂了电话，刚子端着早餐走过来，喊着他吃饭。

见余鹏飞愁眉不展，就知道他又在想秦灵灵。刚子看了看沙发上秦灵灵的东西，说道："昨天你去你爸那儿之后，秦灵灵先是跑回房间打电话，紧接着就出门了，我问她也不理我，之后半个小时也不见回来，打电话又不接，我出去找，结果就被刘文庚抓去了。"

刚子坐下，看着余鹏飞说道："鹏子，哥们知道感情这东西伤人，现在她不见了，不代表她不在了，若是有情人，你们就还会有见面的机会。"

昨天秦灵灵的伤虽然在肩上，但也很重，鲜血流了很多，打湿了她半边衣服。刚子被秦桑尤的人扔进江里的时候，还见她在地上挣扎爬着，脸色惨白，想阻止自己的姐姐残害余鹏飞。

"我想问问她，为什么这么做，是不是也是跟她姐姐一样，被利益熏心了？对我是不是一点感情都没有了？哼！还是她对我的感情从头至尾都是敷衍？"余鹏飞苦笑一声，余光中看到了沙发上秦灵灵的粉色背包，小巧而又精致，像极了秦灵灵这个小人儿一样，美而灵动。余鹏飞拿起沙发上秦灵灵的背包，从里面掉出一个钱夹子，他打开的一刻泪水又模糊了眼睛。

这是第二次去王文家的时候，余鹏飞经历生死从水洞里出来，准备跟秦灵灵回酒店，路过一道小河，秦灵灵偷拍的自己。

明明就是几个月之前的自己，余鹏飞感觉过了好久一样。那时候的脸上还没有那么多愁眉不展，因为自己还不知道真相，心里也不如此刻这般难受。

"胡说！"刚子说道，"她对你没感情？昨天人家能帮你挡枪！那可是她亲姐姐打的她。"

"而且，昨天你没听秦桑尤说吗？就算昨天刘文庚不把你骗去名山，秦桑尤也要那么做的，说明什么？说明秦灵灵后来已经不肯告诉她秦桑尤事情的原委了，她不再帮秦桑尤传递消息了，秦桑尤被逼急了才出此下策，不然有秦灵灵这么好的眼线在这里，为什么只知道凤凰血脉在名山，却不知道在名山哪里呢！"

他将早餐递给余鹏飞，明明才一晚上，他觉得余鹏飞瘦多了，秦灵灵是一回事，他母亲和秦今明才是余鹏飞的心结。"吃吧，吃完好好睡一觉，醒了之后，我陪你回天津休息休息。"

正吃着，余大阳从外面面无表情地走进来。刚子挑挑眉，余叔叔之前一贯嬉皮笑脸的，这会儿怎么这么严肃，难道自己和余鹏飞闯祸了？

"余叔叔，一起吃点儿吧。"刚子起身要去拿筷子，被余大阳阻止了："你们吃吧，我早晨吃过了。"

说完，看着余鹏飞和刚子问道："你们订机票了吗？"

刚子摇摇头说还没，余大阳又说道："带我一个。"

余鹏飞立刻转过头，以为自己听错了："啥？"

余大阳无聊地坐在椅子上，没好气地说道："跟你们一起回去。"

刚子和余鹏飞对视一眼，弱弱地问道："啥意思啊余叔叔？你可别吓我俩了，我俩现在最害怕的就是你了。"

"哼！"余大阳被逗笑，掏出一张批准书扔给了刚子："我休假了，很久。"

说完，他终于看到儿子木讷的眼神变得有光，渐渐兴奋。余大阳靠近儿子几分："爸爸终于可以陪你打球了。"

丰都高铁站，人头涌动，有人在迎接着远道而来的朋友,一脸喜悦;有人在送别,依依不舍地拥抱着,诉说着离别之痛。

童乐乐和小杨送别余鹏飞三人,她眼睛有些湿润。如果不是警方找到自己,她根本不知道自己已经蹚入一摊致命的浑水里,更不知道危险从自己身边擦过。

"说实话,如果秦今明还活着,我真的愿意追随他到天津去,可惜啊!"童乐乐将一张照片递给余鹏飞,"这个你帮我压在他墓前的石头下,算是我们唯一的信物了。"

余鹏飞看着周遭丰都车站的景色,说不上来此刻心里是什么滋味,在丰都的这段时间,是他人生至今以来最难忘的日子。

"还回来吗?"童乐乐问着。

余鹏飞点点头:"会的,丰都是我第二次重生的地方,也是秦家人的希望。"余鹏飞无奈地笑着:"我现在总算知道为什么凤凰文化的蕴意是浴火重生,就像丰都这座城市一样,越挫越勇,阴阳调和,浴火重生。"

将近六月的天气里,丰都的市树桂花树还没到开的季节,可余鹏飞仿佛已经闻到了它满街飘香的味道。

这里不单单是世界闻名的鬼城,也有秦家人的希望,自从凤凰血脉被余鹏飞找到之后,公布天下的那一刻,奔赴丰都而来的人更是不计其数。

在离开丰都的高铁上,余大阳接了一个电话便离开了座位,留下了余鹏飞和刚子。

余鹏飞望着车窗外倒退的景色,陷入了伤感。

在那些倒退的风景中,他看到了自己曾去喝过的"凤饮"，还有曾经吃过的老火锅的店铺，一一从车窗前划过。

不知道龙大叔怎么样了？他是否还在因为幼江的离去而自责？

余鹏飞有些懊悔，当时为何不开导一下龙大叔，他实在不想龙大叔像幼江一样，后半辈子活在自责里。

"我这一辈子，到此刻为止，也算真正地活过一回。"余鹏飞对着刚子感慨道，"我从未想过，丰都这座历史悠久、文化底蕴深厚的城市会改变我的一生。我在丰都找到了人生的意义和未来的方向。"

刚子点点头，拍了拍余鹏飞，内心也是五味杂陈："说起来，你这一趟丰都之行，改变的不仅仅是你自己的命运，更是秦家人、很多人的一生，最起码以后不会再有人因为凤凰血脉而争夺、死去。"

此刻，余鹏飞的人生就像这趟高铁一样，从丰都出发，开向更有意义的方向。

第二天下午，余鹏飞带着母亲的照片回到老宅，刚子从车上拿下来很多打扫卫生的工具。

余鹏飞望着破落的院子，眼中潮湿，说了句："真想不到，我也是秦家人。"

他和父亲打开密室，将秦氏族谱取出，如今已经真相大白了，这东西就该好好保存着，没有再为它担心的必要了。

余大阳挂了电话走进密室，对着余鹏飞说道："你之前说王文家后山的水洞，已经去人了，不用担心了，这会儿这些东西不会再被掩藏了，该是昭告天下的时候了。"

余鹏飞心里松口气，面上露出喜悦，之前他还担心自己有点意外，那一洞的秘密该怎么办？

"铃铃铃……"

余鹏飞拍拍手上的灰，看着陌生的来电显示，望了父亲一眼。余大阳读懂儿子眼里的意思，他怕自己又被什么人盯上，说道："没事，接！"

余鹏飞小心翼翼接起电话，刚一接起就被一声粗暴的骂声差点震聋了耳朵。

"余鹏飞，你大爷的！"电话里刘未暴跳如雷，委屈不已。

"老子被抓了这么多天，你都不报警吗？你知不知道……"

余鹏飞自责地拍着大腿，他就说这段时间总觉得有什么事情自己忘记了，于是赶紧跑到父亲身边说道："糟糕！爸，我忽略了一件事情。"

一个小时以后，刘未都要把余鹏飞手机骂没电了，余鹏飞赔笑着说请他吃好吃的，又要给他介绍女朋友，刘未这才消下了心里那口气。

挂了电话，余鹏飞重重喘口气，心里想着这辈子都不要和刘未见面了，他怕刘未记仇永远不会放过自己。

密室里，余大阳用干净的毛巾仔仔细细地擦着秦家人的画像，到了自己妻子的那一张画像面前停住，望向那张坟墓照片好久，眼底露出百味苦涩和数不尽的哀思，直到余鹏飞和刚子的声音从外面渐渐传来，余大阳才恍然回过神，慌忙地抹了抹脸上的泪水，装作若无其事地对余鹏飞说道："儿子，把你妈妈的照片换上。"

余鹏飞拿过母亲的照片，看了许久。

母亲和父亲一样，这辈子从未留下过一张照片，他们都是为了保护这个家。就连母亲的这张照片，还是余大阳从公安局的网上系统那张方小兰的身份证上截图得来的，可对于余鹏飞父子来说，这已经是世间最珍贵的一张照片了。

秦鹏临的那张坟墓照片终于换成了自己的照片，她又换回了自己本来的名字，一切终于结束了，秦家人千百年来的恩怨也终止了，余鹏飞感觉自己做了一件好大的事情，又恍恍惚惚感觉自己什么也没做。

余鹏飞把秦今明的照片挂在方小兰的后面，照片是秦今明三十出头的样子，微微后梳的头发，目如朗星，雅人深致，一副难得的好相貌。在他出事之前，余鹏飞已经好久没见他了，不知道他是不是依旧那么英俊帅气。

曾经他以为的恩怨，结果都是秦今明的不得已而为之，都是为了保护自己这个秦家的后代。

再次面对秦今明的一切事物，余鹏飞没有了怨怼，没有了恨意。从小到大他对秦今明的那股子敬佩之情此刻更加浓烈，但其中还有一种让余鹏飞永远割舍不掉的感情，那就是血浓于水的牵挂。可惜的是，这份血水相连的关系他知道得太晚了。

余鹏飞曾一度悔恨，让秦今明人生最后的时光像个孤苦的老人一样，体会不到亲情的温暖，却每时每刻在为别人考虑，迎接自己的却是命丧黄泉。

在秦今明的照片后面，余鹏飞挂上了自己的照片，心中涌起一股浓烈的骄傲，曾几何时，他不愿意跟秦今明有任何的瓜葛，但此刻他以自己是秦家后人为骄傲。

余鹏飞给母亲做了一个牌位，放在秦家的祠堂里，秦今明的灵牌上换成了"先舅父秦今明之牌位"。

余大阳看着秦今明那块崭新的牌位，叹着气说道："以前，有人取笑我，说秦今明长得是这十里八乡最好看的男人，说你像极了他。我知道这是谣言，但那时候的我只有愤恨，如今，我只有感激。"

这几十年来，秦今明对余大阳父子很好，直到传出他和方小兰的谣言，秦今明和余大阳的关系才日渐疏远。

余大阳现在终于明白了秦今明这些年来看自己的眼神，那里面有委屈，有担心，还有伤痛。现在，一切都已经结束了，像极了一场梦。

几天后，余鹏飞准备参加篮球比赛，正和父亲还有刚子紧锣密鼓地准备着，却接到了一个电话。

"喂？余鹏飞吗？你好，我是市考古队的。我从别人那里得到了你的信息。我遇到了一件特别古怪的事情，想请你帮个忙。我们在丰都名山天子殿背后的山包里，勘测到一个面积巨大的空洞，外面散落的碎石隐约有文字，像是被破坏的石碑，经过初步检测，至少有上千年的历史……"

余鹏飞看着篮球场上的父亲和刚子正玩得不亦乐乎，随着电话里的人不停地说着，他眼中的恐惧逐渐加深……